REŞAT NURİ GÜNTEKİN

Çalıkuşu / *Reşat Nuri Güntekin*

Yayıncı ve Matbaa Sertifika No: 10614

Genel yayın yönetmeni Ahmet Bozkurt
Yayıma hazırlayan Şafak Barış
Kapak tasarım Sayat Ayık
Sayfa tasarım Derya Balcı

ISBN: 978-975-10-2768-9

17 18 19 20 107 106 105
İstanbul, 2017

Baskı ve Cilt
İnkılâp Kitabevi Yayın Sanayi ve Ticaret AŞ
Çobançeşme Mah. Sanayi Cad. Altay Sk. No. 8
34196 Yenibosna – İstanbul
Tel : (0212) 496 11 11 (Pbx)

İNKILÂP Kitabevi Yayın Sanayi ve Ticaret AŞ
Çobançeşme Mah. Sanayi Cad. Altay Sk. No. 8
34196 Yenibosna – İstanbul
Tel : (0212) 496 11 11 (Pbx)
Faks : (0212) 496 11 12
posta@inkilap.com
www.inkilap.com

REŞAT NURİ GÜNTEKİN

Çalıkuşu

Danışman
M. Fatih Kanter

Çalıkuşu ilk kez 1922 yılında Vakit gazetesinde tefrika edilmiş ve aynı yıl kitap olarak basılmıştır. Beşinci baskısından sonra eser, 1939 yılında bizzat Reşat Nuri Güntekin tarafından ele alınıp bazı değişiklikler yapıldıktan sonra tekrar yayımlanmıştır. Bu kitap söz konusu baskısından yararlanılarak aslına uygun olarak yayına hazırlanmıştır.

REŞAT NURİ GÜNTEKİN

ÇALIKUŞU

ON BEŞİNCİ BİN

İSTANBUL
ANKARA CADDESİ
1939

BİRİNCİ KISIM

I

Dördüncü sınıfta idim. Yaşım on iki kadar olmalıydı. Fransızca muallimimiz Sör Aleksi, bir gün bize yazı vazifesi vermişti. "Hayattaki ilk hatıralarınızı yazmaya çalışın. Bakalım, neler bulacaksınız? Sizin için güzel bir hayal temrini[1] olur," demişti.

Hiç unutmam, yaramazlığımdan, gevezeliğimden bıkan Sör'ler, o sınıfta beni arkadaşlarımdan ayırmışlar, bir köşede tek kişilik bir küçük sıraya oturtmuşlardı.

Müdirenin söylediğine göre "ders esnasında komşularımı lakırdıya[2] tutmamayı, uslu uslu muallimi dinlemeyi öğreninceye kadar" orada bir sürgün hayatı geçirmeye mahkûmdum.

Bir yanımda kocaman bir tahta direk vardı: Ne yapılsa baştan çıkarılmasına imkân olmayan ve ara sıra çakımın ucuyla ötesine berisine açtığım yaracıklara *stoik*[3] bir vakar

---

1 *tekrarlayarak alıştırma*
2 *laf, söz, lakırtı*
3 *acıya, eleme dayanıklı, metanetli*

ile tahammül eden sessiz sedasız, ağırbaşlı ve upuzun bir komşu.

Öte yanımda manastır terbiyesinin istediği serin ve mağmum[4] loşluğu temin için yapılmışa benzeyen ve pancurları[5] hiç açılmayan bir uzun pencere dururdu. Ehemmiyetli bir keşif yapmıştım. Göğsümü sıraya yaslayıp çenemi biraz yukarı kaldırdığım vakit pancurların arasından gökyüzünün bir parçasıyla bir büyük akasyanın yaprakları arasından tek bir apartıman penceresi ve bir balkon parmaklığı görünürdü.

Doğrusunu söylemek lâzım gelirse, manzara hiç de zengin değildi. Pencere her zaman kapalı durur, balkon parmaklığına hemen daima bir ufak çocuk şiltesi ile yorgan asılırdı.

Fakat ben, bu kadarından da memnundum.

Ders esnasında ellerim çenemin altında kilitli, sör hocalarıma çok ruhani görünmesi gereken bir vaziyette gözlerimi göğe –pancur aralıklarından görünen hakiki gökyüzüne– uydurduğum zaman, onlar bunu bir uslanma başlangıcı sanarak sevinirlerdi. Ben de onları atlatarak bizden gizlemeye çalıştıkları hayatı seyrediyormuşum gibi bir şey, bir atlatma ve intikam zevki duyardım.

Sör Aleksi, izahatını bitirdikten sonra bizi çalışmaya bırakmıştı.

Ön sıraları süsleyen ağırbaşlı sınıf birincileri hemen işe koyulmuşlardı. Yanlarında olmadığım hâlde ne yazdıklarını omuzları üzerinden okumuş gibi biliyordum: "İlk hatıram

---

4 *gamlı*
5 *panjur*

sevgili anneciğimin küçük karyolamın üstüne eğilen müşfik altın sarısı başı, bana muhabbetle gülümseyen gök mavisi gözleridir" tarzında şairane bir yalancık... Hakikatte annecikler altın sarısı ve gök mavisinden başka renklerde de olabilirlerdi. Fakat Sör'lerde okuyan kızlarının kaleminden bu renklere boyanmak, o biçâreler için bir mecburiyet, bizim için bir usuldü.

Bana gelince, ben bambaşka bir çocuktum. Çok küçük yaşta kaybettiğim annemden aklımda pek fazla bir şey kalmamıştı. Fakat herhâlde altın saçlı ve mavi gözlü olmadığı muhakkaktı. Böyle olunca da hiçbir kuvvet bana onu asıl çehresinden başka bir çehre ile düşündürmeye ve sevdirmeye muktedir[6] değildi...

*
* *

Beni bir düşüncedir almıştı. Ne yazacaktım? Duvardaki boyalı Meryem tablosunun altına asılmış guguklu saat durmadan yürüdüğü hâlde ben hâlâ yerimde sayıyordum. Başımdaki kordelayı[7] çözdüm, saçlarımı yavaş yavaş gözlerimin üzerine indirmeye başladım.

Bir elimle de kalemimi ağzıma sokuyor, ısıra ısıra dişlerimin arasında döndürüyordum.

Filozofların, şairlerin yazı yazarken burunlarını kaşımak, çenelerinin derilerini çekiştirmek gibi garip garip huyları vardır ya... Kalemi ısırmak ve saçlarımı gözlerimin üstüne dağıtmak da benim düşüncelere daldığıma alâmettir.

---

6 *gücü yeten, erkli*

7 *"İt.'dan kordella" kurdele, saça takılan ince kumaş bant*

Bereket versin benim düşünce saatlerim pek nadirdir. Çünkü o takdirde hayatım –masallardaki meşhur çarşamba karısı ve ocak anasının hayatı gibi– karmakarışık bir saç kümesi içinde geçecekti.

Aradan seneler geçti. Yabancı bir şehirde, yabancı bir otel odasında, sırf bitip tükenmeyecek gibi görünen bir gecenin yalnızlığına karşı koymak için, hatıralarımı yazmaya başladığım bu saatte bir elim yine aynı küçük çocuk tavrıyla saçlarımı çekiştiriyor, gözlerimin üstüne indirmeye uğraşıyor.

Bunun sebebine gelince, öyle sanıyorum ki ben etrafındaki hayata pek fazla kendini kapıp koyuveren, hafif ve dikkatsiz bir çocuktum. Besbelli sıkı zamanlarda kendi kendimle, kendi fikirlerimle yalnız kalmak için gözlerimle dünya arasında, bu saçlardan bir perde koymaya çalışıyordum.

Kalem sapını kebap şişi gibi dişlerimin arasında çevirmeye gelince, onun hikmetini doğrusu kendim de pek anlamadım. Bütün bildiğim, dudaklarımdan mor mürekkep lekelerinin eksik olmadığı ve bir genç kız hali alır gibi olduğum bir yaşta, beni bir gün mektepte ziyarete gelen birisinin karşısına âdeta bıyık çekmiş gibi çıkarak yerin dibine geçtiğimdir.

Ne anlatıyordum? Evet... Sör Aleksi'nin verdiği ilk hatıra vazifesini...

O gün bütün düşüncelerime rağmen, ancak şu kadarcık bir şey yazabildiğimi hatırlıyorum:

"Ben galiba balıklar gibi bir göl içinde doğdum. Annemi hatırlamıyor değilim... Babamı, dadımı, neferimiz Hüseyin'i... Beni bir gün sokakta koşturan bodur bir kara köpeği... Bir gün dolu bir sepetten gizlice üzüm çalarken parmağımı sokan arıyı... Gözüm ağrıdığı vakit içine damlatılan kırmızı ilacı... Sevgili Hüseyin'le beraber İstanbul'a gelişimizi... Evet bunlara benzer daha birçok şeyler aklımdan geçiyor... Fakat bunların hiçbiri ilk hatıra değil... Söylediğim göl içinde, büyük yapraklar arasında çırılçıplak çabalayışım kadar eski değil... Deniz kadar uçsuz bucaksız bir göl... İçinde büyük büyük yapraklar, dört bir tarafında ağaçlar var... İçinde yapraklar, kenarında büyük ağaçlar varsa bu göl nasıl deniz kadar büyük olur, diyeceksiniz... Vallahi yalan söylemiyorum ve ona sizin kadar ben de şaşıyorum... Fakat bu böyle, ne yapayım!"

Vazifem sınıfta okunduğu zaman, bütün arkadaşlarım bana dönerek kahkahayla gülmüşler ve zavallı Sör Aleksi onları yatıştırıp teskin etmek için hayli sıkıntı çekmişti.

*
* *

Garibi şu ki, Sör Aleksi siyah elbisesinin içinde filiz gibi boyu, bembeyaz *koleret*'i[8] ile alnına kaldırılmış bir saraylı yaşmağına benzeyen başlığı arasında sivilceli kansız yüzü, narçiçeği kırmızılığındaki dudaklarıyla şimdi karşımda belirse ve bana tekrar o suali sorsa, galiba aynı cevaptan başkasını bulamayacağım; yine balık gibi göl içinde doğduğumu söylemeye başlayacağım.

Sonraları öteden beriden öğrendiğime göre bu göl Musul taraflarında, adını bir türlü aklımda tutamadığım bir küçük köyün yanı başındadır, benim uçsuz bucaksız denizim bir

8 "Fr. collerette'den" kabarık ve işlemeli yakalık

ağaç kümesi arasında, kuru bir ırmaktan kalma bir avuç sudan başka bir şey değildir.

II

Babam; o zaman Musul'da imiş. Ben iki buçuk yaşında kadarmışım. Yaz o kadar şiddetli olmuş ki, şehirde barınmak kabil olmamış, babam annemle beni bu köye getirmeye mecbur kalmış. Kendisi her sabah atla Musul'a iner, akşamları güneş battıktan sonra dönermiş.

Annem hasta imiş. Beni bile gözü göremeyecek kadar hasta.

Bir zaman pek sefil olmuşum... Aylarca hizmetçi odalarında sürünmüşüm. Sonra köylerden birinde Fatma diye kimsesiz bir Arap kadını bulmuşlar... Fatma, yeni ölmüş çocuğundan boş kalan memesini ve kalbini bana vermiş...

İlk senelerde bir çöl çocuğu gibi büyümüşüm... Fatma beni bohça gibi sırtına bağlar, kızgın güneşlerin altında dolaştırır, hurma ağaçlarının tepesine çıkarırmış.

İşte o sıralarda yukarıda söylediğim köye gelmişiz. Fatma beni her sabah yiyeceğimizle beraber bu ağaçlığa getirir, çırçıplak suya sokarmış... Akşama kadar alt alta, üst üste boğuşur, türkü söyler, yiyecek yermişiz... Sonra, uykumuz geldiği vakit, kumları kümeleyerek yastık yapar, vücutlarımız suda, başlarımız dışarıda kucak kucağa, yanak yanağa uyurmuşuz...

Ben, bu su âlemine o kadar alışmışım ki, tekrar Musul'a döndüğümüz vakit denizden çıkan balığa dönmüşüm. Durmadan huysuzluk ederek çarpınıp çırpınır, fırsat buldukça üzerimdeki elbiseleri atarak çırılçıplak sokağa kaçarmışım...

Fatma'nın burnunda, yanaklarında, bileklerinde dövmeden süsler vardı. Bunlara o kadar alışmıştım ki, dövmesi olmayan yüzler bana âdeta çirkin görünürdü. Benim ilk büyük matemim Fatma'dan ayrılışım olmuştur. Döne dolaşa Kerbela'ya gelmiştik. Dört yaşımdaydım. Aşağı yukarı her şeyi hatırlayacak bir yaş. Fatma'ya iyi bir kısmet çıkmıştı. Dadımın gelin olduğu, köşeye oturduğu gün bugünkü gibi gözümün önündedir. Yüzleri Fatma gibi dövmeli olduğu için bana dünya güzeli gibi görünen kadınlarla dolu bir evde beni kucaktan kucağa gezdiriyorlar, sonra Fatma'nın yanına oturtuyorlardı.

Sonra, ortaya konan siniler üzerinde avuçla kapış kapış yemek yediğimizi hatırlıyorum. Nihayet, günün yorgunluğundan ve zilli deflerle[9] testi biçiminde dümbeleklerin verdiği sersemlikten, yine erkenden dadımın dizinde uyuyakaldım.

Oğlu Hüseyin'i Kerbela'da şehit ettikleri zaman Fatma anamız sağ mıydı, bilemiyorum. Fakat kadıncağız o kara güne yetişti ise kopardığı vaveyla, benim düğün gecesi sabahı evde kendimi yabancı bir kadının koynunda bulduğum zaman kopardığım vaveylanın yanında hiç kalırdı.

Hâsılı Kerbela, Kerbela olalı zannederim ki böyle gürültülü matem görmemiştir. Bağırmaktan sesim kısıldığı zaman, günlerce büyük adam gibi, açlık grevi yaptım.

---

9 *tef*

Dadımın acısını aylarca sonra bana, Hüseyin isminde bir süvari neferi unutturdu. Hüseyin talim esnasında attan düşerek sakat kalmış bir askerdi. Babam onu emir neferi olarak eve almıştı. Hüseyin delişmen bir adamdı. Beni çabucak sevmişti. Ben de umulmaz ve affedilmez bir vefasızlıkla onun sevgisine mukabele edivermiştim. Gerçi Fatma ile olduğu gibi beraber yatmıyorduk. Fakat sabahleyin horozlarla beraber gözlerimi açtığım dakikada soluğu onun odasında alır, ata biner gibi göğsüne oturarak parmağımla göz kapaklarını açardım.

Fatma'nın bahçesine, kırlarına bedel Hüseyin beni kışlaya, asker içine alıştırmıştı. Bu uzun bıyıklı kocaman adamın oyun icat etmekteki maharetini ben başka kimsede görmedim. Asıl güzeli, bunların çoğu kazalı, heyecanlı şeyler olması idi. Mesela beni lastik top gibi havaya fırlatıp tutar, yahut kalpağının üstüne oturtup ayaklarımdan tutarak sıçrar, fırıl fırıl çevirirdi. Saçlarım karışmış, gözlerim dönmüş tıkana tıkana haykırmaktan duyduğum zevki ondan sonra hiçbir şeyde bulamadım.

Bazen kaza da olmaz değildi. Fakat Hüseyin'le aramızda sıkı bir mukavele vardı. Oyunda canım yanarsa ağlamayacak, onu kimseye şikâyet etmeyecektim. Bu benim doğruluğumdan ziyade; onun bir daha benimle oynamamasından korktuğum için büyük bir adam gibi sır saklamaya alışmış olmamdandır. Çocukluğumda bana hoyrat derlerdi. Galiba hakları da vardı. Kiminle oynarsam canını yakar, bağırtırdım. Bu huy, herhâlde Hüseyin'le oynadığım oyunlardan kalma bir şey olacak.

Nasıl ki, kendi canım yandığı zaman da pek ah ü zara kapılmadan felaketi güleryüzle karşılayışım bana onun yadigârıdır.

Hüseyin bazen de kışlada Anadolulu neferlere saz çaldırır, beni yine testi gibi tepesinin üstüne yerleştirip garip oyunlar oynardı.

Bir zaman da onunla at hırsızlığına alışmıştık. Babam evde olmadığı zaman Hüseyin ahırdan atı çalar, beni kucağına oturtarak saatlerce kırlarda dolaştırırdı. Fakat eğlencemiz uzun sürmedi. Pek günahına girmeyeyim ama, galiba aşçı kadın tarafından babama gammazlandık ve zavallı Hüseyin ondan iki tokat yedikten sonra bir daha ata yanaşmaya cesaret edemedi.

Halis muhabbet kavgasız, gürültüsüz olmaz, derler. Biz de Hüseyin'le günde en aşağı beş nöbet kavga ederdik.

Bir tuhaf surat asma tarzım vardı. Odanın bir köşesinde yere çömelir, yüzümü duvara çevirirdim. Hüseyin üç beş dakika beni bu hâlde bıraktıktan sonra halime acıyarak birdenbire belimden kavrar, bağırta bağırta havaya kaldırırdı.

Bir nöbet de kucağında titizlik ettikten sonra nihayet neferi çenesinden öpmeye razı olurdum ve barışırdık.

Hüseyin'le arkadaşlığımız iki sene sürdü. Fakat o zamanın seneleri şimdikilere benzemezdi. O kadar uzun, o kadar uzundu ki...

*
* *

Çocukluk hatıralarımı anlatırken hep Fatma'dan, Hüseyin'den bahsedişim biraz ayıp düşmüyor mu?

Benim babam Nizamettin isminde bir süvari binbaşısı idi. Annemle evlendiği sene Diyarbakır'a göndermişler, gidiş o gidiş. Artık bir daha İstanbul'a dönmemiş. Diyarbakır'dan Musul'a, Musul'dan Hanıkin'e, oradan Bağdat'a, Kerbela'ya geçmiş... Bir yerde üst üste iki sene kalmamış.

Annemi bana benzetirler. Hele babamla evlendiği seneden kalma bir fotoğrafı vardır ki benim modelim gibidir. Fakat zavallı kadın sıhhatçe hiç bana benzememiş. Çok zayıfmış. Bitip tükenmez yolculuklara, dağların sert havasına, çöllerin ateşine dayanacak bir vücutta değilmiş. Sonra, galiba bir hastalığı da varmış. Fakat zavallının bütün evlilik hayatı, bu hastalığı saklamaya çalışmakla geçmiş... Ne yapsın, babamı çok seviyormuş. Kendisini zorla ayırırlar diye korkuyormuş...

Gittikçe İstanbul'dan uzaklaşan babam, her yeni yolculukta ona:

– Seni hiç olmazsa bir mevsim için, iki ay için annene göndereyim. O biçare de ihtiyar... Seni, kim bilir, ne kadar göreceği gelmiştir, dermiş.

Fakat annem:

– Şartımızda bu var mıydı? İstanbul'a beraber dönmeyecek miydik? diye âdeta çıkışırmış...

Hastalığı için de:

– Benim hiçbir şeyim yok... Biraz yorgunluk... İki gün evvel biraz hava değişti de ondan oldum, geçer, gibi şeyler söylermiş...

Sonra, İstanbul'u göreceği geldiğini babamdan saklarmış... Fakat mümkün mü?

Daha uykuya dalalı iki dakika olmadan uyandırır ve Kalender'deki yalımızda, civarındaki koruda veyahut Boğaz'ın sularında geçmiş bir uzun rüyayı anlatırmış... Birkaç uyku dakikasına bu kadar uzun rüyaları sığdırmak için insanın o yerleri herhâlde çok, pek çok göreceği gelmiş olması lâzım gelmez mi?

Büyükannem Serasker Kapısı'na[10], mabeyincilerin konaklarına giderek ağlayıp sızlıyormuş, fakat bu yalvarmalar bir türlü netice vermiyormuş.

Nihayet, annemin hastalığı artınca babam hiç olmazsa onu İstanbul'a götürmek için bir ay izin istemiş ve cevap beklemeden yola çıkmış.

Mahfeler[11] içinde çölü geçişimiz bugünkü gibi hatırımdadır.

Beyrut'ta denize kavuşmak, annemi biraz canlandırır gibi olmuştu. Misafir olduğumuz evde beni yatağına oturtarak saçlarımı tarıyor, ellerimin kirli, düğmelerimin kopuk olmasına aldırmadan başını göğsüme kapayarak ağlıyordu.

Bir gün büsbütün ayağa da kalktı; sandığından yeni el biseler çıkararak süslendi. Akşamüstü babamı karşılamak için aşağı indik. Babam bende biraz vahşi tabiatlı sert bir asker hatırası bırakmıştır. Fakat annemi ayakta görünce sevinçle koştuğunu, yeni yürüyen bir çocuk gibi onu bileklerinden tutarak ağladığını hiç unutmam...

Bu, bizim bir arada geçirdiğimiz son gün oldu. Annemi ertesi gün açık bir sandığın kenarında, başı bir çamaşır boh-

---

10 sadrazamlık görevi olmayan, ordu komutanlığı yapan vezirin görev yeri

11 deve sırtına konulan ve üzerine oturmaya yarayan sepet

çasının üstüne düşmüş, dudaklarında bir kan lekesiyle ölü bulmuşlar!

Altı yaşında bir çocuğun epeyce şeylere aklı ermesi lâzım gelir. Fakat ben nedense hiçbir şey sezememiştim. Bulunduğumuz ev kalabalıktı. Birçok günler büyük bir bahçede çocuklarla boğuştuğumu, Hüseyin'le beraber sokaklarda, deniz kenarlarında, cami avlusu gibi kubbeli yerlerde dolaştığımı biliyorum.

Annemi yabancı bir toprakta bıraktıktan sonra, İstanbul'a dönmek babamın içine elvermemiş... Galiba biraz da büyükannem ve teyzelerimle karşılaşmaktan çekinmiş... Fakat buna mukabil[12] beni onlara göndermeyi bir vazife bilmiş. Sonra tabii, günden güne büyüyen bir kız çocuğunu kışlada neferler elinde terbiye etmek imkânsızlığını da düşünmüş olacak.

III

Beni İstanbul'a neferimiz Hüseyin getirdi.

Lüks bir vapurda kılıksız bir Arap neferinin kucağında bir minimini kız çocuğu... Bu manzara vapurda birçok kimseye kim bilir ne sefil ve acı görünmüştür. Fakat bu seyahati Hüseyin'den başka kiminle yapsam muhakkak bu kadar mesut olamazdım.

Yalımızın arkasındaki korulukta bir taş havuz, bu havuzun kenarında, kolları omuz başlarından kopmuş çıplak bir çocuk heykeli vardı.

---

12 karşılık

İlk geldiğim günlerde bu kırık heykel, güneş ve rutubetten kararmış rengiyle, bana sakat bir çöl çocuğu gibi görünmüştü. Havuzun yeşilimsi sularının kızıl yapraklarla örtülü olmasına göre mevsim galiba sonbahardı. Bu yaprakları seyrederken altlarında birkaç kırmızı balığın dolaştığını gördüm ve büyükannemin özene bezene hazırladığı ipekli entarim ve yeni potinlerimle havuzun içine yürüyüverdim.

Etraftan bir çığlık koptu. Neye uğradığımı anlamaya meydan kalmadan teyzelerim beni kucaklarına kaparak yukarı götürdüler, bir yandan öpüp, bir yandan azarlayarak üstümü değiştirdiler.

Bu çığlık ve telaştan gözüm yıldığı için artık havuza girmeye cesaret edemiyor, yüzükoyun, kenarındaki çakılların üstüne uzanarak başımı suya sarkıtıyordum.

Bir gün yine bu vaziyette balıkları seyretmekle meşguldüm. Tablo bugünkü gibi gözümün önündedir. Büyükannem biraz arkada, omuzlarından hiç eksik etmediği siyah atkısıyla, bir bahçe iskemlesine oturmuş; Hüseyin namaz kılar gibi yanında diz çökmüştü.

Yavaş yavaş bir şey konuşuyorlardı. Herhâlde Türkçe konuşuyor olmalıydılar ki ne dediklerini anlayamıyordum. Fakat seslerinden, ara sıra bana bakmalarından şüphelendim. Tavşan gibi kulaklarımı dikmiştim. Dişimle kırıklayarak havuza attığım simit kırıntılarına üşüşen kırmızı balıkları kaybediyor, büyükannemle Hüseyin'in suyun dibine vurmuş akislerine bakıyordum. Hüseyin, bana bakarken kocaman mendiliyle gözlerini siliyordu. Çocukların bazen yaşlarının çok üstünde garip sezişleri vardır.

Bu başbaşa konuşmadan bir suikast kokusu aldım: Hüseyin'i benden ayıracaklardı.

Niçin? Bu incelikleri akıl edecek yaşta değildim. Yalnız, bu ayrılığın vakti gelince güneşin batması, yağmurun yağması gibi hiçbir tedbirle önüne geçilemeyecek bir felaket olduğunu gayet iyi anlıyordum.

O gece büyükannemin karyolasına bitişik küçük karyolamda birdenbire gözlerimi açtım. Başımda yanan kırmızı gece kandili sönmüştü. Fakat pencerelerden giren ay ışığı içinde oda bembeyazdı. Uykumu almıştım. İçimde dayanılmaz bir acı vardı. Bir zaman bileklerime dayanarak büyükanneme baktıktan, onun uyuduğuna kanaat getirdikten sonra yavaşça karyolamdan indim; ayaklarımın ucuna basarak odadan çıktım. Başka çocuklar gibi karanlık ve yalnızlıktan korkmazdım. Merdiven tahtaları gıcırdadıkça bir büyük insan ihtiyatıyla[13] yerimde durarak ağır ağır aşağı sofaya indim.

Kapıları sürgülemişlerdi. Fakat bahçe kapısının yanındaki pencere açık bırakıldığı için dışarı atlamak benim için bir saniyelik iş oldu.

Hüseyin, bahçenin ta öbür ucundaki bahçıvan kulübesinde yatardı. Beyaz gecelik gömleğimin uzun etekleri bacaklarıma dolaşa dolaşa oraya koştum. Hüseyin'in bir kerevet üzerine serilmiş yatağına sıçradım.

Onun uykusu çok ağırdı. Zaten Arabistan'dayken de sabahları onu uyandırmak bir işti. Gözlerini açmaya razı olması için ata biner gibi göğsüne oturup zıplamak, uzun bıyıklarını

13 sakınma

dizgin gibi yakalayıp çekmek ve bir misli bağırmak lâzım gelirdi. Fakat bu gece ben onu uyandırmaktan korkuyordum. Uyanırsa beni eskisi gibi koynunda yatırmaya razı olmayacağından, bütün yalvarmalarıma rağmen kucağına alarak büyükanneme teslim edeceğinden emindim.

Zaten bütün istediğim son bir gecemi daha onun koynunda geçirmekten ibaretti.

O geceki münasebetsizliğim yakın zamanlara kadar aile içinde söylenmiştir.

Büyükannem sabaha karşı uyanıp da beni yatağımda göremeyince çıldıracak gibi olmuş... Birkaç dakika içinde bütün yalı ayağa kalkmış... Ellerinde lambalar, şamdanlarla bahçelere, deniz kenarlarına dökülmüşler... Tavan arasından sokağa, kayıkhaneden havuzun iki karış suyuna kadar her yeri arayıp taramışlar... Bitişik arsadaki bostan kuyusuna fener sarkıtmışlar...

Neden sonra büyükannem, Hüseyin'i hatırlayarak odasına koşmuş ve beni neferin boynuna sımsıkı sarılarak uyumuş görmüş.

Ayrılık gününün faciasını hâlâ hatırlar ve gülerim. Ben ömrümde o günkü kadar dalkavukluk ettiğimi bilmiyorum. Hüseyin kapının yanına çömelmiş, koskoca bıyıklarıyla utanmadan ağlıyor, ben Bağdat'ta, Suriye'de Arap dilencilerinden öğrendiğim dualarla büyükannemin, teyzelerimin eteklerini öpüyordum.

*
* *

Romanlar mahzun insanı omuzları çökmüş, gözleri sönmüş, hareketsiz ve sessiz bir insan diye, yani daha açıkçası bir miskin şeklinde tasvir ederler.

Bende daima bunun aksi olmuştur. Ne zaman derin bir üzüntüye kapılsam gözlerim parlar, tavır ve hareketlerim neşelenir, içim içime sığmaz olur. Dünyayı hiçe sayıyormuşum gibi kahkahalarla gülerim, türlü gevezelik ve delilikler yaparım. Maamafih[14] öyle sanıyorum ki, yakın kimsesi ve başkalarına açılmaya kabiliyeti olmayan insanlar için bu daha iyi bir şeydir.

Hüseyin'den ayrıldıktan sonra da böyle yaptığımı hatırlıyorum. Yaramazlıktan kuduruyor, beni eğlendirsin diye getirdikleri akraba çocuklarına saldırarak canlarını yakıyordum.

Yabancılar tarafından ayıplanacak bir vefasızlıkla Hüseyin'i çabucak yakadan silkip atmıştım. Pek bilmiyorum ama, ihtimal ona sahiden de dargındım. Yanımda adı anıldıkça yüzümü ekşitiyor, yeni öğrenmeye başladığım Türkçe kelimelerle "Hüseyin pis, Hüseyin çirkin, edepsiz... Ööö," diye yere tükürüyordum.

Maamafih zavallı pis ve çirkin Hüseyin'in bana Beyrut'a çıkar çıkmaz gönderdiği bir kutu hurma, hiddetimi yatıştırır gibi olmuşu. Bunların bitmesinden bir felaket gibi korktuğum hâlde bir oturuşta hepsini silip süpürdüm. Bereket versin çekirdekleri kalıyordu. Onlarla haftalarca eğlendim. Bir kısmını iri katır boncuklarıyla karıştırarak ipliğe dizdim;

---

14 bununla beraber

muhteşem bir yamyam kolyesi şeklinde boynuma taktım. Ötekileri bahçenin ötesine berisine diktim. Aylarca her sabah küçük bir kova ile onları suluyor, bahçede bir hurma ormanı meydana gelmesini bekliyordum.

Zavallı büyükannem şaşkına dönmüştü. Benimle başa çıkmak hakikaten imkânsızdı. Sabah karanlığında uyanır gece yorgunluktan baygın düşünceye kadar gürültü ve yaramazlık ederdim. Sesim kesildiği vakit yalıyı âdeta telaş alırdı. Çünkü bu benim ya bir yerimi keserek sessiz sedasız kanımı dindirmeye çalıştığıma, ya bir yerden düşerek acıdan bağırmamak için kıvrandığıma yahut da sandalye ayaklarını testerelemek, minder örtülerini boyamak gibi muzır bir işle meşgul bulunduğuma delalet ederdi.

Bir gün kuşlara bez ve tahta parçalarıyla yuva yapmak için ağaçların tepesine çıkar, bir başka gün ocak bacasından taş atıp aşçıyı korkutmak için dam tepelerine tırmanırdım.

Yalıya ara sıra bir doktor gelip giderdi. Bir gün kapıda bu doktoru bekleyen boş arabaya atlayarak hayvanları kamçılamış, bir başka gün de kocaman bir çamaşır teknesini sürüye sürüye denize indirmiş, kendimi akıntıya salıvermiştim. Bilmem başkalarında da öyle midir? Bizim ailede öksüzlere el sürmek günah sayılırdı. Pek çekilmez hale geldiğim zaman verdikleri ceza, kolumdan tutarak bir odaya kilitlemekti.

Bütün çocukların "Sakallı Amca" diye çağırdıkları tuhaf bir akrabamız vardı. Bu sakallı amca, benim ellerime "Evliya parmaklığı" derdi. Çünkü parmaklarım bir gün yaradan, bereden hali kalmaz, daima kına koymuş gibi bez parçalarıyla sarılı bulunurdu.

Akranlarımla bir türlü geçinemezdim. Yaşça kendimden çok büyük olan akraba çocuklarını bile yıldırmıştım. Pek binde bir içimde bir sevgi dalgası kabaracak olursa bu da ayrı bir felaketti. İnsan gibi sevmeyi, sevdiğimi güzel güzel okşamayı öğrenememiştim. Sevdiğim insanın üstüne bir canavar yavrusu gibi atılır, kulaklarını ısırır, yüzünü tırmalar, tartaklaya tartaklaya şaşkına çevirirdim.

Akraba çocukları arasında yalnız birine karşı anlaşılmaz bir çekingenlik ve cesaretsizliğim vardı:

Besime teyzemin oğlu Kâmran. Maamafih ona çocuk demek de pek doğru olamazdı. Bir kere yaşça benden büyüktü. Sonra çok uslu ağırbaşlı idi. Çocukların arasına karışmaktan hoşlanmaz, elleri ceplerinde kendi kendine deniz kenarında dolaşır, yahut ağaçların altında kitap okurdu.

Kâmran'ın kıvırcık sarı saçları, beyaz, nazik, parlak bir cildi vardı. O kadar parlak bir cilt ki, cesaretim olsa da kulaklarına yapışsam, yakından yanaklarına baksam, aynada gibi, kendimi göreceğimi sanırdım.

Maamafih çekingenliğime rağmen bir gün Kâmran'la da kavga ettim; deniz kenarında sepete koyarak taşıdığım bir kaya parçasını onun ayağı üzerine bıraktım. Taş mı pek ağırdı, o mu fazla nazikti bilmiyorum. Birdenbire bir çığlık, bir vaveyladır koptu. Şaşırdım. Bir maymun çevikliğiyle bahçedeki büyük çınara tırmandım. Ne azar, ne tehdit, ne hatta yalvarma beni aşağıya indiremiyordu. Nihayet bahçıvanı benim takibime memur ettiler. Fakat o çıktıkça ben daha tepelere doğru kaçıyordum. Öyle ki adamcağız yoluna devam ederse benim vücudumu çekemeyecek kadar ince dallara çıkmakta tereddüt etmeyeceğimi ve bir kaza çıkacağını anladı, tekrar aşağı indi.

*
* *

Hâsılı, o gece ortalık kararıncaya kadar kuş gibi ağaç dalında tünedim.

Biçare büyükannemde uyku durak bırakmamıştım. Kadıncağız, bana iyiden iyiye sevdayı sarmıştı. Bazı sabahlar, bir gün evvelki yorgunluğunu dinlendirmeden benim gürültümle uyandıkça yatağında doğruluyor, beni kollarımdan tutup sarsarak: "Ne vardı ölüp de bu yaşımda bu canavarı benim başıma musallat edecek" diye anneme çıkışıyordu.

Fakat şurası da muhakkaktı ki, bu dakikalarda annem karşısına çıkıp, "Bu canavarı mı, yoksa beni mi?" diyebilseydi, büyükannem hiç şüphesiz beni alır, onu geldiği yere gönderirdi.

Evet, hastalıklı bir ihtiyar kadının bir gün evvelki yorgunluğunu dinlendirmeden uykudan uyanması zordur. Fakat dinlenmiş bir vücut, ıztıraba susamış bir ruh ile yatakta uyanış ve hatırlayıştaki zorluğu da unutmamak lâzım...

Hâsılı verdiğim zahmetlere rağmen eminim ki, büyükannem benimle çok avundu ve mesut oldu.

*
* *

Onu kaybettiğimiz zaman, dokuz yaşlarında idim. Babam da tesadüfen İstanbul'da bulunuyordu.

Zavallıyı bu sefer de Trablus'tan Arnavutluk'a kaldırmışlardı. İstanbul'da ancak bir hafta kalabilecekti.

Büyükannemin ölümü onu müşkül bir mevkide bırakıyordu. Bekâr bir zabit, dokuz yaşında bir kız çocuğunu peşine takıp dağ, taş sürükleyemezdi. Nedense beni teyzelerimin yanında bırakmaya yanaşamıyor, ihtimal, bir sığıntı vaziyetine düşmemden korkuyordu. Ne düşündüyse düşündü, bir sabah beni elimden tutarak vapura bindirdi; İstanbul'a geçirdi. Köprüde tekrar bir arabaya binerek bitip tükenmez yokuşlardan çıktık, çarşılardan geçtik, sonra büyük bir taş binanın kapısı önünde durduk.

Burası benim on sene kapalı kalacağım Sör mektebiydi. Bizi kapının yanında perdeleri ve pancurları kapalı loş bir odaya aldılar.

Her şey önceden konuşulup hazırlanmış olacaktı ki, biraz sonra içeri giren siyahlı bir kadın bana doğru eğildi; başındaki beyaz başlığın uçları garip bir kuşun kanatları gibi saçlarıma sürünerek yakından yüzüme baktı; yanağımı okşadı.

Mektebe ilk ayak atışımın yine bir kaza, bir yaramazlıkla başladığını hatırlıyorum.

Babam, Sör Süperiyör'le konuşurken ben, odada dolaşmaya, öteyi beriyi karıştırmaya başlamıştım. Üzerindeki renkli resimlere parmağımla dokunmak istediğim bir vazo yere düşerek kırıldı.

Babam kılıcını şakırdatarak yerinden fırladı, telaşla beni kolumdan yakaladı.

Kırılan vazonun sahibi Sör Süperiyör ise bilakis gülüyordu. Ellerini sallayarak babamı yatıştırmaya çalışıyordu.

*
* *

Mektepte ben, bu vazoya benzemez daha neler kıracaktım. Evdeki haşaralığım orada da devam ediyordu. Bu sörler ya hakikaten melek gibi sabırlı insanlardı, yahut da benim hoş bir tarafım vardı. Yoksa başka türlü benim kahrımı çekmek mümkün değildi.

Sınıfta mütemadiyen gevezelik eder, oradan oraya dolaşırdım.

Herkes gibi merdivenlerden inip çıkmak benim için değildi. Mutlaka bir köşeye sinerek arkadaşlarımın inmesini bekler, sonra atar biner gibi tırabzanın üzerine atlayarak kendimi yukarıdan aşağıya kapıp koyuverirdim. Yahut da ayaklarımı birbirine yapıştırarak zıplaya zıplaya basamaklardan atlardım.

Bahçede kuru bir ağaç vardı. Fırsat buldukça oraya tırmandığımı ve tehditlere kulak asmadan teneffüs sonuna kadar daldan dala atladığımı gören muallim bir gün, "Bu çocuk insan değil, çalıkuşu!" diye bağırmıştı.

İşte o günden sonra asıl adım unutuldu ve herkes beni "Çalıkuşu" diye çağırmaya başladı.

Bilmem nasıl sonradan bu isim aile arasında da aldı yürüdü ve Feride adı, bayram elbiseleri gibi, pek sayılı günlerde kullanılan resmi bir ad olup kaldı.

Çalıkuşu benim hem hoşuma gider, hem işime yarardı. Bir münasebetsizliğimden şikâyet edildiği vakit fütursuzca omuzlarımı silker, "Ne yapalım... Bir Çalıkuşu'ndan ne beklenir?" derdim.

Ara sıra mektebimize, çenesinde keçi sakalına benzeyen bir küçük sakal taşıyan gözlüklü bir papaz gelip giderdi. Bir gün el işi makasıyla saçımdan kestiğim bir parçayı zamkla çeneme yapıştırmıştım. Hoca benim tarafıma baktığı zaman çenemi avuçlarımın içine saklıyor, o başını öte yana çevirince ellerimi açıp sakalımı sallayarak papazın taklidini çıkarıyor ve çocukları güldürüyordum. Muallimimiz bu kahkahaların sebebini bir türlü anlayamayarak öfkesinden çığlık çığlığa bağırıyordu.

Bir aralık başımı sınıfın koridora açılan penceresine çevirecek oldumdu. Camın arkasında Sör Süperiyör'ün bana baktığını görmeyeyim mi?

Şaşkınlıktan ne yapsam beğenirsiniz? Boynumu bükerek, parmağımı dudağıma götürerek "sus" işareti yaptım; sonra da parmaklarımla ona bir öpücük gönderdim.

Mektebin en büyüğü bu Sör Süperiyör'dü. En ihtiyar hocalara kadar herkes onu Allah gibi sayardı. Böyle olduğu hâlde kendisinden hocaya karşı suç ortaklığı rica etmem kadıncağızı neşelendirdi. Sınıfa girerse ciddiyetini muhafaza edememekten korkuyormuş gibi gülerek ve parmağıyla beni tehdit ederek koridorun karanlığında kayboldu.

Sör Süperiyör, bir gün de beni yemekhanede yakalamıştı. Sınıftan çalıp getirdiğim kâğıt sepetine yemek artıklarını doldurmakla meşguldüm.

Sert bir sesle beni yanına çağırdı:

– Buraya gel Feride, dedi, nedir bu yaptığın?

Yaptığımda ne fenalık olduğunu anlamıyordum. Gözlerimi yüzüne kaldırarak:

– Köpeklere yiyecek vermek fena mı Masör? dedim.

– Hangi köpekler? Ne yemeği?

– Viranedeki köpekler... Ah Masör, beni görünce ne kadar sevindiklerini bilseniz... Dün akşam ta köşe başından karşıladılar, ayaklarıma dolaşmaya başladılar... "Sabredin... Ne oluyorsunuz... Viraneye gitmeden vermem" diyorum... Zalimler bir türlü lakırdı anlamıyorlar, beni yere yatırıyorlar... Benim de inadım tuttu. Sepeti sımsıkı eteklerimin arasında tuttum... Az kalsın beni parçalayacaklardı... Bereket versin bir simitçi geçiyordu, beni kurtardı.

Sör Süperiyör, gözlerini gözlerime dikmiş, beni dinliyordu.

– Peki, sen mektepten nasıl çıktın? diye sordu.

Hiç çekinmeden:

– Çamaşırhanenin arkasındaki duvardan atladım, dedim.

Sör, büyük bir felaket haberi almış gibi ellerini başına götürerek:

– Nasıl cesaret ettin? dedi.

Aynı safvetle[15]: – Merak etmeyiniz Ma sör[16]... Duvar çok alçak... Hem nasıl istiyorsunuz ki kapıdan çıkayım... Kapıcı beni bırakır mı hiç? Birinci defasında "Ma sör Terez seni çağırıyor" diye aldattım da öyle kaçtım... Rica ederim siz de beni haber vermeyin... Çünkü köpeklerin aç kalmaları tehlikesi var...

Sör'ler ne garip insanlardı. Zannederim ki başka bir mektepte bunu yapsam ya hapsedilir, yahut da bir başka ceza görürdüm.

O, benimle yüz yüze gelmek için yere çömeldi:

---

15 temizlik, saflık
16 "Fr. Ma soeur" kız kardeşim, hemşirem

– Küçük, hayvanları korumak güzel şey, dedi, fakat itaatsizlik etmek hiç öyle değil... Bırak sepeti bana... Ben kırıntıları kapıcı ile köpeklere gönderirim.

Hayatta kimse galiba bu kadın kadar beni sevmedi.

Sör'lerin buna benzer hareketleri o zaman yelin kayaya tesiri gibi bir şeydi, haşarılığıma, intizamsızlığıma mani olacağa benzemezdi. Fakat zamanla, gizli gizli içeriye işlemiş, bende silinmez izler şifasız bir zaaf ve rikkat[17] tortusu bırakmış olmasından korkarım.

*
* *

Evet, ben hakikaten garip, anlaşılmaz bir çocuktum. Hocalarımın zayıf damarlarını yakalamıştım. Her birinin en ziyade neden üzüleceğini gayet iyi keşfeder ve ona göre işkenceler hazırlardım.

Mesela Sör Matild isminde ihtiyar ve son derece mutaassıp bir musiki hocamız vardı. O, mesela duvardaki Meryem heykelinin önünde gözlerinde yaşlarla dua ederken, heykelin etrafında uçuşan sinekleri göstererek: "Ma Sör, aziz annemizi melekler ziyarete gelmiş" gibi bir sözle en can alacak yerinden vururdum.

Bir başka hocamızın son derece temiz ve titiz olduğuna dikkat etmiştim. Yanından geçerken kalemimin iyi yazmamasından şikâyet eder gibi yapar, onu şiddetle sallayarak zavallının bembeyaz yakasına mürekkep sıçratırdım.

Yine bir tanesi vardı ki, böceklerden pek korkardı. Kitaplardan birinde boyalı bir akrep resmi bularak makasla

---

17 *yufka yüreklilik, yumuşaklık*

etrafını kestim, sonra bu kâğıt parçasını yemekhanede yakaladığım iri bir at sineğinin sırtına zamkla yapıştırdım ve akşam mütalaasında bir bahane ile hocamın yanına yaklaşarak kürsünün üzerine bıraktım.

Ben Sör'ü lakırdıya tutarken sinek yürümeye başlamıştı. Zavallı kız, havagazı lambasının ışığında korkunç bir akrebin kıskaçlarını, kuyruğunu titreterek kürsünün üzerinde yürüdüğünü görünce bir feryat kopardı. Yanında duran bir "T" cetvelini yakalayarak bir vuruşta sineği kürsünün üstüne yapıştırdı; sonra arkasını duvara dayayıp elini yüzüne kapayarak küçük bir baygınlık geçirdi.

O gece yatağımda ben de bir yarım saatçik sağdan sola, soldan sağa döndüm ve kıvrandım.

Şöyle böyle on iki yaşında vardım. İçimde ar ve haya duyguları hayli inkişaf etmişti. Hocama yaptığımdan utanıyordum. Sonra kabahatimin kolay geçiştirilecek kabahatlerden olmadığını anlıyordum. Ertesi gün muhakkak istintaka[18] çağırılacak ve kim bilir ne olacaktım.

Uykum arasında Sör Süperiyör'ü birkaç kere karşımda gördüm. Çatkın bir çehre ile üzerime yürüyor, gözlerini açıyor, bağırıyordu.

Ertesi gün birinci ders vakasız geçti. İkincinin sonlarına doğru kapı aralandı; içeri giren bir Sör, hocaya bir şey söyledikten sonra beni eliyle dışarı çağırdı. Dehşet!

Ben omuzlarımı kısarak, dilimi çıkararak kös kös dışarı çıkarken çocuklar gülüyorlar, hoca cetveliyle hafif hafif kürsüye vurarak onları sükût ve ciddiyete davet ediyordu.

---

18 sorgu

Biraz sonra Sör Süperiyör'ün odasında idim. Fakat hayret! Müdirenin çehresi rüyada gördüğüm çehreye hiç benzemiyordu. O kadar ki, bir an akrepli sinek oyununu icat eden ve hocanın bayılmasına sebep olan yaramazın ben değil, o olduğuna inanacak gibi oldum.

Yüzü mahzundu, dudakları titriyordu. Beni elimden tutup göğsüne çekecek gibi bir hareket yaptı. Sonra yine bıraktı:

– Feride çocuğum... Sana bir haber vereceğim... Üzücü bir haber... Fakat lazım... Baban bir parça hastaymış... Bir parça diyorum ama galiba ziyadece...

Sör Süperiyör, elindeki bir kâğıt parçasını buruşuyor, sözünün arkasını getirmeye muvaffak olamıyordu.

Beni sınıftan getiren Sör'ün birdenbire mendilini yüzüne kapayarak dışarı çıktığını gördüm.

Anlamıştım. Bir şey söylemek istiyordum. Fakat Sör Süperiyör gibi benim de dilim tutulmuştu. Başımı çevirerek açık pencereden karşıki ağaçlara baktım. Güneş vurmuş tepelerinde kırlangıçlar uçuyordu.

Birdenbire bana da onlar gibi bir canlılık geldi:

– Anladım Ma Sör, dedim, üzülmeyiniz... Ne yapalım... Hepimiz öleceğiz...

Bu defa da Sör Süperiyör başımı göğsüne dayadı ve uzun müddet bırakmadı.

Kabul günü olmadığı hâlde biraz sonra teyzelerim beni görmeye geldiler. İzin alarak eve götürmek istediler. Razı olmadım. İmtihanların çok yakın olduğunu söyledim. Maamafih imtihanların çok yakın olması beni o gün her zamankinden fazla azgınlık etmekten menetmedi. O kadar ki, akşam mütalaasında şiddetli bir ateş bastı, tembellerin yaptıkları gibi kollarımı sıranın üstüne koyarak uyukladım ve o gece yemek yemedim.

Ertesi sabah uyandığım zaman her zamanki Çalıkuşu idim.

IV

Yaz tatillerimi Besime teyzemin Kozyatağı'ndaki köşkünde geçirirdim.

Buradaki çocuklardan bana hayır yoktu. Besime teyzemin kızı Necmiye, annesinin dizi dibinden ayrılmayan, sessiz ve biraz da hastalıklı bir çocuktu. Kâmran ağabeyinin hemen hemen bir eşi idi.

Bereket versin etrafta muhacir çocukları vardı. Onları bahçeye toplayarak başlarına geçer, akşama kadar âdeta kudururdum.

Bir aralık zavallı arkadaşlarım istiskale[19] uğramışlar, köşkün bahçıvanı vasıtasıyla kapı dışarı edilmişlerdi.

Fakat onlar, küçük gönüllü çocuklardı. Gördükleri hakarete aldırmayarak beni köşkten kaçırmaya gelirlerdi. Saatlerce kırlarda serserilik eder, bahçenin çitleri üzerinden aşarak yemiş çalardık.

Geceye doğru güneşten yüzümün derisi pul pul olmuş, yaralı ellerimle eteklerimin yırtıklarını kapatmaya çalışarak içeri girince, teyzem saçını başını yolar, bir kucak parlak

---

19 soğuk davranarak hoşlanmadığını belli etmek

tüy yığını altında ara sıra pembe ağzını açarak esneyen ve o haliyle alık ve tembel Van kedilerine benzeyen Necmiye'yi bana misal gösterirdi. Usluluğu, okumuşluğu, nazikliği, terbiyesi ve daha bilmem neleri ikide birde başıma kakılanlardan biri de Kâmran'dı.

Necmiye neyse ne... İşin nihayetinde o, annesinin dizi dibinde büyümüş yumuşacık, sıcacık bir külkedisiydi. Zaten kız kısmının da böyle olması lâzım geldiğini içimden tasdik etmez değildim.

Fakat o yirmi yaşına yaklaşan ve sivri uçlu incecik dudakları üstünde incecik bıyıkları çıkmaya başlayan koskocaman Kâmran'a ne oluyordu? Kız ayağı gibi küçücük ayaklarında beyaz podösüet[20] iskarpinleri, ipek çorapları, yürürken ince bir dal gibi sallanıyor zannedilen narin vücudu, sadakor[21] gömleğinin açık yakasından çıkan uzun beyaz boynu ile erkekten ziyade kıza benzeyen bu çocuğa son derece içerlerdim.

Erkek akrabalar ve konu komşu tarafından ikide birde ballandırılan meziyetleri fena hâlde kanıma dokunuyordu.

Kaç defa koşarken ayağım kaymış gibi yaparak üstüne düştüğümü, kitaplarını yırttığımı, sudan bahanelerle kavga çıkarmaya çalıştığımı hatırlıyorum. Fakat Allah'ın kulu bir gün bir parça canlan, kız, aksi bir şey söyle de kedi gibi boynuna atılarak seni tozun, toprağın içine yuvarlayayım; saçlarını çekeyim; yılan gözlerine benzeyen yeşil gözlerini parmaklarımla tehdit edeyim.

20 yumuşak ve üstü ince havlı bir çeşit deri
21 açık saman renginde bir tür ipek kumaş

Ayağına taş atarak onu kıvrandırdığım eski günü hıncımdan, zevkimden titreyerek hatırlardım. Fakat o, kendini ermiş, yetişmiş bir insan sayarak bana tepeden bakar, gözlerinde hain bir gülümsemeyle, "Ne zamana kadar bu çocukluk Feride?" derdi.

– Peki ama sende de ne zamana kadar bu pısırıklık, bu görücüye çıkan eski zaman kızı naz ve edaları?!...

Bu sözleri ne de olsa söyleyemem tabii... Yaş maşallah on üç, on dört... Bu yaşta bir kız yaptığı bir kabalığı bu kadar nezaketle karşılayan bir delikanlıya daha fazla sataşamaz. Dudaklarımdan gayriihtiyari münasebetsiz bir şeyler kaçmasından korkuyormuşum gibi elimi ağzıma kaparım, ona ferah ferah küfretmek için bahçenin yalnız köşelerine kaçarım.

Yağmurlu bir gündü. Kâmran köşkün alt katında akrabadan birkaç kadınla tuvalet[22] konuşuyordu. Kadınlar yaptıracakları kış elbiselerinin rengi hakkında ondan fikir alıyorlardı.

Ben bir köşede dilimi çıkarmış, gözlerimi şaşılatmış, bütün dikkatimle yırtık bir bluz kolunu yamamakla meşguldüm. Kendimi tutamadım; kahkahalarla gülmeye başladım.

Kuzenim:

– Ne gülüyorsun? diye sordu.

– Hiç... Dedim, aklıma bir şey geldi...

– Ne geldi?

– Söylemem...

---

22 giyim kuşam anlamında

– Haydi nazlanma... Zaten senin ağzında bakla ıslanmaz... Sonunda nasıl olsa söyleyeceksin...

– Darılma o hâlde... Sen hanımlarla tuvalet konuşurken düşündüm ki, Allah seni yanlış yaratmış... Kız olacakmışsın... Ama şimdiki yaşta değil... Şöyle on üç, on dört sularında...

– Peki sonra...

– Deminden beri bir karış yeri dikinceye kadar parmağımı delik deşik etmiş olmama göre ben de yirmi, yirmi iki yaşlarında bir erkek...

– Ey sonra?...

– Sonrası ne olacak, Allah'ın emriyle, Peygamber'in kavliyle seni kendime alırdım, olur biterdi.

Odada bir kahkahadır koptu. Başımı kaldırdım ve bütün gözlerin bana baktığını gördüm.

Misafirlerden biri bir münasebetsizlik etti:

– Peki ama bu şimdi de mümkün Feride, dedi.

Alıklaştım. Gözlerimi iri iri açarak:

– Nasıl? dedim.

– Nasıl olacak... Kâmran'a varırsın... O senin tuvaletlerinle uğraşır, söküklerini diker... Sen de sokak işlerine bakarsın...

Öfkeyle yerimden kalktım. Fakat bu kızgınlığım daha ziyade kendime idi. Lakırdıya çanak tutmuştum. Ben saçma söylemekte bu kadar ilerlemiş değildim ama anlaşılan elimdeki hain sökük bütün dikkatimi almıştı.

Maamafih, "hem suçlu, hem güçlü" kavlince yine taarruza geçtim:

– Mümkün ama Kâmran Bey için zararlı olur sanırım, dedim. Çünkü Allah esirgesin evde kavga çıkarsa kuzenimin hali ne olur? Vaktiyle nazik ayaklarına yedikleri taşı unutmamışlardır sanırım...

Gülüşmeler arasında garip bir ciddiyetle odama çıkıyordum. Maamafih kapıdan tekrar döndüm:

– Ayıp ettik, dedim, on dördüne gelmiş bir kız için pek ayıp oldu ama, kusura bakmazsınız artık...

Topuklarımla merdiven tahtalarına vurarak, kapılara çarparak odama çıktım. Kendimi top gibi karyolanın üstüne attım. Aşağıda kahkahalar devam ediyordu. Kim bilir, belki de benimle eğleniyorlardı. Alacakları olsun.

Şu Kâmran'la evlenmek galiba iyi bir şey olacaktı. Çünkü yaşlarımız gittikçe büyüyor, onunla kavga çıkarmak fırsatı gün günden uzaklaşıyordu. Bir kerecik olsun saç saça, baş başa dövüşerek hıncımı çıkarmak için evlenmemizden başka çare kalmıyor gibiydi.

*
* *

Yaz tatili sonlarında mektebimiz, bir zaman için için kaynar, bu taşkınlık ancak üç ay imtihanına doğru yatışırdı.

Sebebi şu: On üç, on dört yaşına gelen Katolik arkadaşlarım baharda Paskalya bayramında ilk Komünyonlarını yaparlar, etekleri yere değen beyaz ipek elbiseler, gelin duvaklarına benzeyen kucak kucak tüller örtünerek İsa Peygamber'e nişanlanırlardı.

Kilisede mum ışıkları, orgla çalınan ilahiler, her tarafı dolduran bahar çiçekleri kokularıyla karışarak bir kat daha ağırlaşan günlük ve öd ağacı dumanları içinde yapılan bu nişan töreni çok güzel bir şeydi. Fakat ne yazık ki, bu töreni takip eden tatil aylarında hain arkadaşlarım, hemen nişanlılarına vefasızlık ederler, balmumu renkli, mavi gözlü İsa'yı, karşılarına ilk çıkan bir hatta birkaç genç erkekle aldatırlardı.

Mektepler açıldığı zaman arkadaşlarım bavullarının gizli bir köşesinde mektuplar, fotoğraflar, hatıra çiçekleri ve daha ne bileyim, neler neler getirirlerdi.

Bahçede ikişer, üçer kol kola dolaştıkları zaman neler konuştuklarını bilirdim. Kızların en masum ve dindarlarına hediye edilen renkli ve yaldızlı peygamber ve melek resimlerinin altında saklanan fotoğrafların gençlere ait olduğunu anlamakta güçlük çekmezdim. Bahçenin bir köşesinde kızlardan birinin –etrafında uçuşan küçük böceklerin bile duyamayacağı bir sesle– arkadaşının kulağına fısıldadığı hikâyeyi gözümden kaçırmazdım.

Bu mevsimde kızlar ikişer, üçer kişilik gruplara ayrılır ve birbirlerine kene gibi yapışırlardı.

Ben biçare bahçede ve sınıfta tek başıma kalırdım. Arkadaşlarım bana karşı âdeta bir esrar kumkuması kesilirlerdi. Onlar, sörlerden ziyade benden çekinirlerdi. Niçin mi diyeceksiniz? Çünkü gevezeydim, sakallı dayının dediği gibi ağzımda bakla ıslanmazdı. Birinin mesela bir bahçe parmaklığı arasından bir komşu genciyle masum bir çiçek alışverişini duydum mu, bahçede âdeta tellal çağırırdım. Fazla olarak da böyle şeylere karşı son derece mutaassıptım.

Hiç unutmam, bir kış akşamı mütalaahanede[23] ders çalışıyorduk. Mişel isminde çalışkan bir kız kalın kafalı bir

23 *etüt sınıfı, çalışma yeri*

arkadaşına Roma tarihini müzakere ettirmek için sörden müsaade almış, en arka sıraya çekilmişti. Mütalaahanenin sessizliği içinde birdenbire bir hıçkırık duyuldu. Sör başını kaldırdı:

– Ne o Mişel, sen ağlıyor musun? Niçin? dedi.

Mişel, elini gözyaşlarından sırılsıklam kesilmiş yüzüne kapadı. Cevabı onun yerine ben verdim:

– Mişel, Kartacalıların mağlubiyetine meraklandı, ona ağlıyor, dedim.

Sınıfta bir kahkaha koptu.

Hâsılı arkadaşlarımın beni aralarına almamakta hakları vardı. Fakat herkesten ayrı kalmak, koskoca bir kız olduğum hâlde zevzek bir çocuk muamelesi görmek pek de hoş bir şey değildi.

Yaş on beşe gidiyordu. Aşağı yukarı annelerimizin gelin oldukları, büyükannelerimizin "aman evde kalıyoruz," diye telaşla Eyüp'teki niyet kuyusuna koştukları yaş...

Boyum fazla uzamamıştı. Fakat hırçınlığıma rağmen vücudum gelişiyor, yüzümde acayip renkler, ışıklar yanıp sönmeye başlıyordu.

Sakallı dayı, ara sıra ellerimden tutup beni pencere kenarlarına çekerek yüzümü miyop gözlerine sokacakmış gibi yüzüne yaklaştırarak, "Kız bu ne cilt, bu ne renk böyle... Perkal[24] basması mübarek! Ne solacak, ne eskiyecek!" diyordu.

Hadi canım, kız dediğin böyle mi olur? Topaç gibi bir vücut, fırça ile boyanmış bir yüz... Aynaya baktıkça bonmarşe

---

24 bir tür ince kumaş

camekânında bebek seyrediyorum zanneder, dilimi çıkarıp gözlerimi şaşılatarak kendimle eğlenirdim.

*
* *

Tatiller içinde en sevdiğim Paskalya yortusu idi. Bu iki haftayı geçirmek için Kozyatağı'na gittiğim zaman kirazlar yetişmiş, büyük bahçenin caddeye bakan yüzünü baştan başa kaplayan kiraz ağaçları yemişlerle donanmış bulunurdu.

Kirazı çok severdim. Bu on beş gün içinde serçe kuşları gibi hemen hemen yalnız kirazla geçinir, en yüksek dal tepelerinde kalmış son kirazları bitirmeden mektebe dönmezdim.

Bir akşamüstü yine bir ağaç tepesinde kiraz yiyor, çekirdeklerini fiskeyle uzaklara savurarak eğleniyordum.

Bunlardan biri yoldan geçen yaşlıca bir komşunun ta burnunun ucuna tesadüf etmesin mi?

Adamcağız neye uğradığını anlayamamıştı. Şaşkın şaşkın etrafına bakıyor, fakat başını ağaca kaldırmayı akıl edemiyordu.

Sesimi çıkarmasam, olduğum yerde kımıldamasam belki de hiç göremeyecek, münasebetsiz bir kuşun tepesinden geçerken düşürdüğü bir çekirdek sanarak geçip gidecekti.

Fakat son derece korkmuş ve utanmış olmama rağmen, kendimi tutamadım, gülmeye başladım.

Adamcağız iri bir dalın üstüne ata biner gibi oturmuş, at gibi bir kızın arsız arsız güldüğünü görünce dayanamadı, hiddetten kaşını, gözünü oynatarak:

– Bravo hanım kızım, dedi. Hiç yakıştıramadım, maşallah sizin gibi ermiş, yetişmiş koskoca bir hanıma...

O dakikada yer yarılsa yerin içine girecektim. Biçare Perkal basması kim bilir ne renklere girmişti? Ağaçtan düşmek tehlikesine rağmen, ellerimi mektep gömleğimin göğsü üzerinde kavuşturdum, hafifçe boynumu büktüm.

– Beni affediniz beyefendi, dedim, kaza vallahi... Daha doğrusu dikkatsizlik...

Bu masum yalvarma jesti mektepte sörler ve dindar talebelerin Meryem ve İsa karşısında dua ederken aldıkları bir jestti. Tesiri herhâlde çok zaman tecrübe edilmişti. Asırlarca müddet bu ilahi ana oğlu bile kandırmış olmasına göre, bu ihtiyarcığı da haydi haydi rikkate getirecekti.

Tahminimde aldanmamıştım. Komşu bu riyakâr nedamete[25] ve sesimdeki titreyişe aldandı, yumuşadı; nedense bana güzelce bir şey söylemek lüzumunu hissederek:

– Böyle dikkatsizliklerin yetişmiş bir küçük hanıma zararı dokunabileceğini düşünmüyor musunuz? dedi.

Maksadı gayet iyi anladığım hâlde, gözlerimi açarak:

– Niçin acaba efendim? dedim.

Elini güneşin yandan vuran ışıklarına siper ederek dikkatli dikkatli bana bakıyor, gülüyordu:

– Mesela sizi oğluma almakta tereddüt edebilirim.

Ben de güldüm.

– O cihetten[26] sigortalıyım, beyefendi; zaten uslu bir kız olsam da almazdınız.

---

25 pişmanlık
26 taraf, yön

– Nereden biliyorsunuz?

– Çünkü benim ağaca çıkmak, kiraz çekirdeği atmaktan çok daha büyük suçlarım vardır... Bir kere zengin değilim... İşittiğime göre zengin olmayan kıza pek iltifat eden olmazmış... Sonra güzelliğim de yok... Bana sorarsanız bu fukaralıktan daha büyük bir kusur...

Bu sözler, ihtiyar beyi pek eğlendirmişti.

– Siz çirkin misiniz kızım? dedi.

Somurttum:

– Ne demezsiniz, dedim. Ben kendimi bilmez miyim? Kız dediğiniz böyle mi olur? Uzun boy, sarı saç, mavi yahut yeşil gözler lâzım...

Bu ihtiyar bey vaktiyle biraz yaramazmış galiba... Acayip bir bakış ve değişik bir sesle:

– Ah zavallı çocuğum, dedi, sen güzelliğin ne olduğunu anlayacak, kendinin ne olduğunu fark edecek yaşta mısın acaba? Her ne ise... Sizin adınız ne bakayım?

– Çalıkuşu...

– Bu nasıl isim böyle?

– Pardon, beni mektepte böyle çağırırlar da... Asıl ismim Feride. Kendim gibi yuvarlacık, zarafetsiz bir isim.

– Feride Hanım... Sizin adınız da kendiniz gibi güzel, emin olun... Keşke oğluma sizin gibisini bulsam...

Bilmem neden, bu kibar tavırlı, tatlı sesli adamla gevezelik etmek hoşuma gidiyordu:

– Şu hâlde kendilerine de kiraz atabileceğim demek? dedim.

– Elbette... Elbette... Ona ne şüphe...

– Yalnız şimdilik müsaade edin de size birkaç kiraz vereyim. Beni affettiğinizi ispat için bunları mutlaka almanız lâzım... İki dakikacık...

Bir sincap hafifliğiyle dallara tırmanmaya başladım. İhtiyar komşu, ellerini yüzüne kapatarak:

– Aman dallar çatırdıyor... Sebep olacağım... Düşeceksiniz Feride Hanım, diye bağırıyordu.

Ben bu telaşa aldırmıyor, söyleniyordum:

– Merak etmeyin... Düşmeye o kadar alışığım ki... Mesela yakın olsak şakağımda bir yara izi görürdünüz. Bir iz ki, bütün öteki güzellikleri tamamlar...

– Aman kızım... Düşeceksiniz...

– Bitti efendim, bitti... Yalnız, onları size nasıl vereceğim? Buldum efendim, ona da çare buldum...

Önlüğümün cebinden mendilimi çıkardım, kirazları içine doldurarak bir çıkın gibi bağladım:

– Mendili hiç merak etmeyin... Henüz burnumu silmedim... Gayet temizdir... Şimdi onu yere düşürmeden tutmanızı rica ederim... Bir... İki... Üç...

İhtiyar komşu beklenmez bir çeviklikle kiraz mendilini yakalamıştı.

– Çok teşekkür ederim kızım, dedi. Yalnız ben şimdi mendilinizi nasıl iade edeceğim?

– Ziyanı yok... Size hediyem olsun!

– Nasıl olur?

– Niçin olmasın? Hem başka bir şey de var... Ben, birkaç güne kadar pansiyona döneceğim... Bizim mektepte bir âdet vardır... Kızlar tatil günlerinde genç erkeklerle kur yaparlar, sonra mektep açıldığı zaman bunları birbirlerine anlatırlar. Ben, daha böyle bir şey beceremediğim için yanlarında küçük düşüyorum. Yüzüme karşı bir şey söylemeye cesaret edemiyorlar ama muhakkak benim ahmaklığımla eğleniyorlar... Bu sefer ben bir şey kurdum... Mektebe gittiğim zaman mühim bir sırrım varmış gibi başımı önüme eğip düşüneceğim, mahzun mahzun gülümseyeceğim. Onlar: "Çalıkuşu, sende bir şey var!" diyecekler... Gevşek gevşek, "Hayır... Nem olacak?" diyeceğim... İnanmayacaklar; beni sıkıştıracaklar... O vakit, "Peki, öyleyse... Ama kimseye söylemeyeceğinize, yemin edeceksiniz!" diyeceğim ve bir yalan uyduracağım.

– Ne yalanı?

– Sizinle tanışmam bu yalanı kolaylaştırıyor... "Duvarın üzerinde sarışın, uzun boylu bir erkekle kur yaptık birbirimize!" diyeceğim... Tabii beyaz saçlı diyemem... Hem siz küçükken sarışınmışsınız galiba... Arkadaşlarımın huyunu bilirim. "Ne konuştunuz?" diye soracaklar... "Beni güzel bulduğunu söyledi," diye yemin edeceğim... Ben de mendil içinde kiraz verdim demek tabii münasebet almaz... Gül verdim diyeceğim... Fakat bu da olmadı... Gülü mendil içinde vermek âdet değildir... Hediye mendil verdim, derim olur biter...

Biraz evvel birbirimizle kavga etmemize bıçak sırtı kaldığı hâlde şimdi ihtiyar komşu ile gülüşüyor, ayrılırken birbirimize el sallıyorduk...

*
* *

O senenin yazında bu ağaca çıkmak illeti yüzünden başıma bir şey daha geldi.

Bir ağustos mehtabı gecesiydi. Köşke bir alay misafir gelmişti. Bunlar arasında Neriman diye yirmi beşlik bir dul vardı ki, ara sıra köşkü şereflendirmesi bir vaka olurdu.

Dünyada kendilerinden başka kimseyi beğenmeyen teyzelerimden alık hizmetçi kızlara kadar herkes bu kadına hayrandı.

Neriman'ın çok sevdiğini söyledikleri kocası bir sene evvel ölmüştü. Bunun için daima siyah giyerdi. Fakat bende öyle bir his vardı ki, siyah bu kadının sarışın çehresine çok iyi gitmese, matem devam etmeyecek, elbiseler takımıyla çöplüğe atılacaktı.

Neriman, kedi köpek okşar gibi hareketlerle beni de avlamaya çalışmıştı. Fakat nedense ben ona ısınamamıştım. Aramız hayli şeker renkti. Bana yaptığı avansları daima soğuk karşılıyordum...

O soğukluğun hâlâ devam etmesine rağmen, şimdi itiraf etmeye mecburum ki, bu Neriman haincesine güzeldi. Benim onda çekemediğim şey, fazla koketliği idi. Yalnız kadınlar arasında bulunduğu zaman şöyle böyle çekiliyordu. Fakat araya ezkaza bir erkek karışacak oldu mu, yüzü değişiyor, sesi, kahkahaları, bakışları bambaşka oluyordu. Hâsılı benim mektepteki saman altından su yürüten arkadaşların daha fenlenmişi[27]...

Kocasının lakırdısı açıldıkça bu kadının, "Benim için artık hayat bitti!" diye bir yalancı teessür rolü oynayışı vardı ki, beni

27 *yaşına göre bilmemesi gerekeni bilen, çok bilmişlik*

mahvederdi. O böyle yaparken ben, fena hâlde içerler, "Karşına dişe dokunacak biri çıksın, görürüz" diye söylenirdim.

Bizim köşkte Neriman'a akran sayılacak kimse yoktu. Lapacı Necmiye'yi insandan saymak tabii doğru olamazdı. Teyzelerim saçları, başları ağarmış koskoca kadınlardı. Ara sıra ötekinin berikinin ayağına ip takmaktan[28] başka konuşacak lakırdıları olamazdı. O hâlde, o hâlde!

Ben bu Neriman'ın köşke dadanmasındaki sebebi sezer gibi olmuştum. Galiba bizim budalaca kuzeni gözüne kestirmişti. Evlenmek için mi? Zannetmem. Otuzuna yaklaşmış bir dul kadının yirmi yaşındaki bir çocukla evlenmek istemesi, kepazeliğin dik âlâsı... O, böyle bir kepazelikten çekinmese bile benim cadaloz teyzelerimde, yavrularını öyle acemi çaylağa kaptıracak göz var mı?

O hâlde, o hâlde?

O hâldesi var mı? Mesut dul, lüksüne, fantazisine uşaklık edecek yeni bir kısmet avlayıncaya kadar benim kuzenle dalga geçecek, gönül eğlendirecek...

Kâmran'a budalaca dedim ama, kızgınlığımdan... Yoksa o ne yere bakan yürek yakan cinsinden sinsi bir sarı çıyandır. Neriman'la konuşurken güya bir şey belli etmemek istiyor ama, benim gözümden kaçar mı?

Çocuklarla boğuşurken, kendi kendime ip atlarken, yahut yere yatarak, iskambil falı açarken gözlerim hep onlarda...

Kuzenim neredeyse kadının ağzına girecek... Ara sıra hiçbir şeyin farkında değil gibi görünerek yanlarından ge-

---

28 *bir kimseyi çekiştirmek*

çerim... Hemen seslerini kısarlar... Yahut lakırdıyı değiştirirler. "Ne isterse yapsınlar, sana ne?" diyeceksiniz. "Bana ne olur mu?" Kâmran, düşmanım da olsa kuzenim... İster miyim, neyin nesi olduğu belli olmayan bir kadın onun ahlâkını bozsun...

Ne anlatıyordum... Evet bir ağustos mehtabı gecesi idi. Onlar köşkün önündeki verandada, lüzumsuz bir lüks lambası ışığında, kalabalık bir grup halinde konuşup gülüşüyorlardı.

Neriman'ın müzik notaları gibi hesaplı ve ahenkli kahkahaları sinirime dokunduğu için kendi kendime uzaklaşmış, bahçenin bir köşesinde ağaçların karanlığına dalmıştım.

Ta öbür uçta dallarından bir kısmını komşunun bahçesine sarkıtmış ihtiyar bir çınar vardır. Biçarenin işe yarayacak bir yemişi olmamasına rağmen, babayani[29] halini severim; bir sofa gibi üzerlerinde hiç korkusuz gezilen, iri ve yayvan dallarına çıkıp dolaşırım yahut otururum.

O gece de öyle yaptım, hayli yüksekçe bir dalına çıkarak oturdum.

Biraz sonra kulağıma bir hafif ayak sesi, arkasından kısık bir kahkaha geldi.

Hemen gözlerimi açtım, kulaklarımı diktim... Ne görsem beğenirsiniz? Kuzenim mesut dulla beraber bana doğru geliyor...

Oltasına balık yaklaştığını gören bir balıkçı gibi baştan ayağa dikkat kesilmiştim. Oturduğum yerde bir gürültü yapacağım diye ödüm kopuyordu. Boş korku!

---

29 gösterişsiz, özentisi olmayan

Onlar o kadar kendilerinden geçmişlerdi ki, oturduğum yerde davul çalsam galiba farkında olmayacaklardı. Neriman önden yürüyordu. Kuzenim bir Arap köle gibi dört beş adım geri idi. Duvarların arasından geçip yollarına devam etmeye kudretleri olmadığı için bulunduğum ağacın altında durdular.

Gelin yavrularım, gelin kuzularım... Sizi bana Allah gönderdi. Biraz sonra görüşürüz... Bu güzel mehtap gecesinden sizde unutulmaz bir hatıra bırakmaya elden geldiği kadar gayret ederiz.

Tam bu esnada ağustos böceği cırlamaya başlamaz mı? Çıldıracağım. Kuzenimin mesut dula çektiği nutku işitemiyorum... Elimden gelse, "Miskin, korkacak ne var? Buralarda kim olur?... Sesini çıkarsana" diye bağıracağım.

Bu nutuk arasından kulağıma yalnız: "Neriman, cicim, meleğim," diye birkaç kelime geldi. Zangır zangır titremeye başladım. Düşmesem bile gürültü edeceğim, yaprakları hışırdatacağım diye korkuyorum. Arada Neriman Hanım'ın da bir iki kelimesini yakalıyorum... "Rica ederim, Kâmran Bey, rica ederim," diyor.

Nihayet, sesler kesildi. Neriman yavaş yavaş duvara yürüyor, komşunun bahçesinde karanlıkta başka bir şey varmış da görmek istiyormuş gibi ayaklarının ucuna basarak kalkıyor.

Bu vaziyette tabii arkası, ne yapacağını bilemiyor gibi görünen Kâmran'a dönüktü.

Bu vaziyette tabii arkası, ne yapacağını bilemiyor gibi görünen Kâmran'a dönük...

Kuzenimin birdenbire ona yürüdüğünü, ellerini kaldırdığını görüyorum... Yüreğim oynuyor, "Nihayet aklı başına geldi, bu fena kadına güzel bir tokat atacak" diyorum. Kâmran bunu yapsa ben de ağlayarak kendimi ağaçtan atacağım, onunla ölünceye kadar barışacağım. Fakat o canavar bunu yapmadı. Sıska kollarından, bembeyaz kız ellerinden umulmaz bir kuvvetle onu evvela omuzlarından, sonra bileklerinden yakaladı. Kucak kucağa, soluk soluğa boğuşuyorlar, çınar yaprakları arasından kaçan ay ışıklarında saçlarının birbirine karıştığını görüyorum.

Ne rezalet yarabbi, ne rezalet! Bütün vücudum zangır zangır titriyordu. Biraz önce onlara güzel bir oyun oynamaya karar verdiğim hâlde şimdi beni sezmelerinden ödüm kopuyordu. Sahici bir kuşa dönüşüp bu dalların üstünden gökyüzüne kanatlanmayı, yukarıdaki ay ellerinde kaybolup giderek bu dünyadaki insanların yüzlerini artık görmemeyi ne kadar istiyordum.

Dudaklarımı parmaklarımla sıkmama rağmen, ağzımdan bir ses çıktı. Bu, galiba bir feryattı. Fakat aşağıdakiler tarafından duyulunca hemen bir kahkahaya döndü. Namussuzların o dakikada şaşkınlıklarını, perişanlıklarını görmeliydiniz!

Biraz önce ay ışığı gibi ayaklarını yere dokundurmadan yürüyor hissini veren mesut dul, şimdi ağaçlara çarparak, topukları burkularak alabildiğine kaçıyordu.

Kuzenim de öyle yapmak istemişti. Fakat o hızla biraz gittikten sonra ne düşündü ise düşündü, süklüm püklüm geri döndü.

Ben yapılacak başka şey bulamadığım için hâlâ gülmekte devam ediyordum. O meşhur "Karga ile Tilki" masalındaki tilki gibi ağacın altında sinsi sinsi dolaşmaya başladı.

Nihayet utanıp sıkılmayı bırakarak bana:

– Feride, çocuğum; azıcık aşağı iner misiniz? dedi.

Ben gülmeyi kestim; ciddi bir sesle:

– Ne münasebet? dedim.

– Hiç... Seninle konuşacağım var da...

– Benim sizinle konuşacak bir şeyim yok... Rahatımı bozmayınız...

– Feride, şakayı bırak!...

– Şaka mı? Yine ne münasebet?

– Ama sen de çok oluyorsun... Sen aşağı gelmek istemezsen ben yukarı çıkmayı bilirim.

Ölür müsün, öldürür müsün? Yürürken yolunda bir incecik su birikintisi gördüğü zaman telaş eden, atlamaya karar vermeden evvel üç dört kere iskarpinlerine ve suya bakan, bir sandalyeye oturacağı zaman pantolonunu parmaklarının ucuyla dizkapaklarından tutup yukarı çeken nazlı ve nazenin kuzenimin ağaca çıkmak istemesine gel de gülme.

Fakat o, bu gece sahiden canavar kesilmiş... Yakın dallardan birini tutarak ağacın gövdesine atlıyor, daha yukarılara çıkmaya hazırlanıyor...

Bu gece ağacın üstünde onunla yüz yüze gelmek fikri nedense beni çıldırttı. Böyle bir şey olursa felaketti. Onun yeşil yılan gözlerinin yakından baktığını görürsem, ağaç dalları arasında çırpışa çırpışa boğuşan iki yırtıcı kuşa döneceğiz. Gözlerini oyduktan sonra muhakkak aşağı atacağım. Ya onu, ya kendimi.

Fakat nedense bu çılgınlığı göstermeyi doğru bulmuyordum.

Yerimden doğrularak sert bir emir verdim:

– Durunuz bakalım orada...

O, aldırmadı, hatta cevap vermedi. Çıktığı dalın üstünde doğrularak daha yukarılara bakmaya başladı.

– Durunuz, dedim, netice fena olacak... Bilirsiniz ki, ben Çalıkuşu'yum. Ağaçlar benim mülkümdür... Oralara benden başkasının ayak basmasına tahammül edemem.

– Bu ne garip konuşma Feride?...

Hakikaten bu ne garip konuşma idi!...

Çaresiz alaycı bir tavır aldım. Gelirse daha yukarılara çıkmaya hazırlanarak:

– Biliyorsunuz ki, size hürmetim vardır, dedim, sizi ağaçtan aşağı yuvarlamaya mecbur olursam pek üzülürüm. Biraz evvel şiir okuyan sesiniz birdenbire değişerek "aman aman aman" diye bağırmaya başlarsa feci olur.

Onun sesini taklit ederek kahkahalarla gülüyordum.

– Şimdi görüşürüz.

Korku onu cesur ve çevik yapmıştı. Tehdidime aldırmadan altımdaki dallara tırmanmaya devam ediyordu.

Ağaçta âdeta bir kovalamaca oyununa başladık. O yaklaştıkça ben yukarılara çıkıyordum. Fakat dallar gittikçe inceliyordu. Bir aralık duvarın üstüne atlayıp kaçmayı düşündüm. Ancak, bunu yaparsam kaçamamam bir yerimi kırarak kuzenimin yerine benim haykırıp bağırmam ihtimali vardı.

Maamafih ne pahasına olursa olsun, bu gece birbirimize yaklaşmamalıydık. Politikayı değiştirerek sordum:

– Benimle konuşmayı niçin bu kadar istediğinizi anlayabilir miyiz acaba?

Benim bu sözlerim karşısında o da değişti, ciddi bir tavır alarak durdu:

– Seninle şakalaşıyoruz ama, mesele çok mühim, Feride... Korkuyorum senden...

– Öyle mi? Neyimden korkuyorsunuz acaba?

– Bir gevezelik etmenden...

– O, her gün yaptığım şey değil mi?

– Bu gecekinin her zamankilere benzememesinden...

– Bu gecede ne fevkalâdelik var ki?...

Kâmran çok yorulmuş, üzülmüştü. Artık pantolonunu falan düşünmeyerek dallardan birine oturdu; hâlâ şakaya devam ediyor görünmekle beraber, ağlayacak hâlde idi.

Ben ona acıdığım için değil, fakat ne olursa olsun artık onunla konuşmaya tahammülüm kalmadığı için, bir an önce kendimi kurtarmak için:

– Merak etme, dedim, korkulacak bir şey olmadığına emin olabilirsin... Hemen misafirinin yanına dön... Ayıp olur.

– Söz mü, Feride?... Yemin mi?...

– Söz, yemin... Ne istersen...

– İnanayım mı?

– Zannederim ki, inanmak lâzım... Artık eskisi kadar çocuk değilim...

– Feride...

– Hem ne biliyorum ki, ne söylememden korkuyorsun? Ben kendi kendime oturuyordum ağacımda...

– Bilmem, fakat inanmak gelmiyor içimden...

– Sana büyüdüğümü, hemen hemen bir genç kız olduğumu söyleyişimde elbet bir maksat var... Hadi sevgili kuzenim... Fazla üzülmeyin... Bazı şeyler vardır ki, çocuk görür... Fakat artık büyümeye başlamış bir genç kız hiç fark edemez... Hadi gönlünüz rahat etsin...

Kâmran'ın korkusu yavaş yavaş hayrete dönüşüyor gibiydi. Beni mutlaka görmek ister gibi ısrarla başını kaldırarak:

– Ne kadar başka türlü konuşuyorsun Feride... dedi.

Söz uzarsa içinden çıkamayacaktık. Yalancı bir hiddetle bağırdım:

– Yetişir artık... Uzatırsan sözümü geri alacağım... Kendin düşün...

Bu tehdit, onu korkuttu. Kös kös ağaçtan indi, Neriman'ın gittiği tarafa gitmekten utanıyormuş gibi, bahçenin aşağı taraflarına yürümeye başladı.

V

Mesut dul, o geceden sonra köşkte görünmez oldu. Kâmran'a gelince, onun da uzun zaman benden korktuğunu hissettim.

İstanbul'a her inişinde bana hediyeler getiriyordu. Resimli bir Japon şemsiyesi, ipek mendiller, ipek çoraplar, yürek biçiminde bir tuvalet aynası, şık bir el çantası...

Bir hoyrat çocuktan ziyade yetişmiş bir genç kıza yakışacak bu şeylerin bana verilmesindeki mana ne idi? Çalıkuşu'nun gözünü boyamak, gagasını kapatarak gevezelik etmesine mani olmaktan başka ne olabilir?

Başkası tarafından hatırlanmaktaki zevki anlayacak yaşa gelmiştim. Sonra bu güzel şeyler hoşuma gidiyordu.

Fakat nedense bu hediyelere ehemmiyet verdiğimi ne Kâmran'a ne de başkasına göstermek istiyordum.

Üzeri sazdan köşkler, çekik gözlü Japon kızlarıyla süslenmiş şemsiyemi yere, tozların içine düşürdüğüm zaman almıyor, teyzelerimden:

– Feride, sana verilen hediyelerin kıymetini böyle mi bilirsin? diye azar işitiyordum.

Parmaklarımı parlak ve yumuşak derisine sürerken âdeta hürmet duyduğum çantama bir gün elimdeki sulu yemişleri dolduracak gibi bir jest yaparak onları çığlık çığlığa bağırtmıştım.

Biraz gözümü açabilsem, Kâmran'ın bu korkusundan ben daha ne istifadeler eder, ufak tefek şantajlarla onu daha neler, neler almaya mecbur edebilirdim.

Fakat ben bir yandan o kadar sevdiğim bu eşyaları bile, yırtmak, kırmak, sonra ayaklarımın altına alarak ağlaya ağlaya ezmek istiyordum.

Kuzenime olan küskünlüğüm, nefretim bir türlü geçmek bilmiyordu.

Başka yazlar mektebin açılacağı günlerin yaklaştığını gördükçe başım ağrır, gözlerim kararırdı. Halbuki o sene bu evden, bu insanlardan uzaklaşacağım günü iple çektim.

*
* *

Mektebin ilk haftalarında bir pazar günüydü. Sörler bizi Kâğıthane tarafına gezmeye götürmüşlerdi.

Sörler, sokakta gezmeyi pek sevmezlerdi ama nedense o akşam karanlığa kalmıştık.

Ben taburun en arkasında yürüyordum. Bilmem nasıl oldu. Bir aralık farkına varmadan arkadaşlarımla aramdaki mesafeyi dehşetli surette açılmış buldum. Beni her zamanki âdetim üzerine en önde gidiyor zannetmiş olacaklar ki hiçbir taraftan bir ses çıkmıyordu. Derken yanımda bir gölge belirdi. Baktım, Mişel...

– Sen misin Çalıkuşu? dedi. Niçin böyle kendi kendine, yavaş yavaş yürüyorsun?

Sağ ayağımın bileğine sarılı mendili gösterdim:

– Biraz evvel oynarken düştüğümün, ayağımı yaraladığımın farkında değilsin galiba... dedim.

Mişel, fena kız değildir. Halime acıdı.

– İster misin sana yardım edeyim, dedi.

– Herhâlde beni arkana almayı teklif edecek değilsin...

– Tabii hayır... Buna imkân yok... Fakat koluna girebilirim, değil mi? Öyle değil... Kolunu omzuma at... Daha kuvvetli... Ben de seni belinden tutayım... Yükün biraz hafifler... Nasıl yürürken daha az acı hissetmiyor musun?

Dediğini yapmıştım. Hakikaten iyi oluyordu.

– Mersi Mişel, dedim, sen çok şık bir kızsın...

Biraz yürüdükten sonra Mişel:

– Biliyor musun Feride, dedi. Bu pozda yürüdüğümüzü gören arkadaşlar ne zannedecekler?

– Ne zannedecekler?

– Feride de âşık olmuş... Mişel'e derdini anlatıyor, diyecekler...

Birdenbire durdum...

– Doğru mu söylüyorsun? dedim.

– Elbet...

– O hâlde hemen kolumdan çık.

Bu emri verirken bir asker kumandanı gibi serttim.

Mişel, beni tutmakta devam ederek:

– Koca budala, dedi, nasıl buna ihtimal veriyorsun?

– Budala mı, niçin?

– Herkes senin ne olduğunu bilmez mi?

– Ne demek istiyorsun?

– Hiç... Sanki senin böyle bir maceran olamayacağını... Kimse ile kur yapmana ihtimal olmadığını...

– Niçin... Beni çirkin mi buluyorsun?

– Hayır... Çirkin değil... Belki hatta güzel... Fakat ıslah kabul etmez surette saf, aptal...

– Benim için böyle mi düşünüyorsun?

– Ben değil, herkes öyle düşünüyor... Sevgi işinde Çalıkuşu bir hakiki *gourde*'dur, diyorlar.

Türkçesini pek iyi bilmiyordum ama, *gourde* Fransızcada asma kabağı, su kabağı, bal kabağı gibi bir manaya gelir. Hangisi olursa olsun fena şey... Zaten kısa boyum, kalınca vücudumla bu kabaklardan birine de pek benzemez değildim... Şu hâlde Çalıkuşu'ndan sonra bana bir de *gourde* diye isim takılırsa, dehşet! Ne yapıp edip bu haysiyet kırıcı tehlikenin önüne geçmek lâzımdı.

Yine ondan öğrendiğim bir jestle başımı Mişel'in omzuna koydum, manalı bir yan bakışla hazin hazin gülümsedim:

– Siz öyle zannede durun.

– Ne söylüyorsun, Feride?

Mişel durmuş, hayretle bana bakıyordu. Ben boynumu çarpıtarak tasdik ettim:

– Maalesef öyle, dedim ve yalanımı bir kat daha yutulur bir renge sokmak için bir de iç çektim...

Mişel bu defa hayretinden bir istavroz çıkardı:

– Güzel... Çok güzel, Feride... Yazık ki bir türlü inanamıyorum.

Zavallı Mişel, öyle sevme çılgını bir kızdı ki, bunu başkasında sezmek bile ona zevk veriyordu. Fakat, dediği gibi ne çare ki inanmaya ve açıktan açığa sevinmeye cesaret edemiyordu.

Bir münasebetsizliktir yapmıştık. Artık arkasını getirmek namus borcu oluyordu:

– Evet Mişel, dedim, ben de seviyorum.

– Yalnız sevmek mi Çalıkuşu?

– Şüphesiz, karşılığı da var *grande gourde.*

Biraz evvel onun bana söylediği *gourde* kelimesini ben bir de başına "kocaman" sıfatını takarak ona iade ettiğim hâlde, "Sensin, o senin adındır!" demek bile aklına gelmiyordu.

Demek ki yalana başlar başlamaz ona kendimi tanıtmaya muvaffak olmuştum, ne saadet!

Mişel şimdi beni daha büyük bir muhabbetle kollarında tutuyordu:

– Anlat Feride... Anlat, nasıl oldu? Demek sen de ha? Nasıl, sevmek güzel şey değil mi?

– Elbet güzel...

– Kim bu?... Çok mu güzel sevdiğin genç?

– Çok güzel!

– Nerede gördün? Nasıl tanıdın?

– ...

– Haydi, artık ısrarı bırak.

Israrı bırakmaya can atıyordum. Fakat ne uydurup söyleyeceğini bilemiyorum. Sevecek bir hakiki insan bulanlara şaşmak lâzım... Çünkü onun bir hayalini bile bulmak o kadar güç, o kadar güç ki...

– Haydi Feride... Bekleme... Yoksa benimle şaka ettin, diyeceğim.

Birdenbire telaşlandım. Şaka mı! Allah esirgesin... Ben asma yahut su kabağı ha... Öyle bir aşk hikâyesi uydurayım ki sen de şaş...

Mişel'e sevdiğim diye prezante etmek[30] için aklıma kim gelse beğenirsiniz? Kâmran!...

– Kuzenimle birbirimize kur yapıyoruz...

– Geçen sene mektebin *parluvarında*[31] gördüğüm sarışın kuzen mi?

– Ta kendisi...

– Ah ne güzel!

Dedim ya, bu Mişel, sevmek için yaratılmış bir kızdır... Kâmran şimdiye kadar mektebe ya iki defa uğramıştır, ya

30 *tanıtmak*
31 *"Fr. parloir" ziyaretçilerin kabul edildiği salon*

üç... Mişel'in, ciğer kokusunu alan kedi gibi genç bir erkek kokusu alarak parluvara koşmuş, belki bizi gözetlemiş olması garip değil mi?

Yıldızlar çıkmıştı. Sonbahar olmasına rağmen hava insana ekin kokuları duyduğunu zannettirecek kadar yazdı.

Vücudum, bütün ağırlığıyla Mişel'in omuzlarına asılı, saçlarımız, yanaklarımız birbirine dokunarak ona uydurma bir masal anlatmaya başladım

– Bundan daha parlak bir gece idi, diyordum, kapının önündeki kalabalıktan uzaklaşmıştık... Ben önde, kuzenim iki üç adım arkamda... O bana güzel bir şeyler söylüyordu, ne olduğunu tekrar edemeyeceğim... Çünkü istemiyorum... Ağustos böcekleri öyle gürültü yapıyorlardı ki... Yürüdük, yürüdük... Ay ışığından, havuza dönmüş meydanlardan, ağaçların karanlıklarına giriyoruz... Sonra, tekrar meydanların aydınlığına çıkıyoruz... Arkasından yine karanlıklar...

– Sizin bahçe ne kadar uzun, Feride!

Bir falso yapmış olmaktan korkuyordum.

– O kadar uzun değil ama yavaş gidiyoruz da, diyor ve devam ediyorum:

– Zaten yolumuzun sonuna geldik... Bahçenin bittiği yerde komşu duvarına binmiş bir büyük çınar var... Onun altına kadar gittikten sonra durduk... Ben, ayaklarımın ucuna basarak duvarın üstünden komşu bahçeye bakar gibi yapıyordum... O ellerini ovuşturuyor... Bir hareket yapacak... Fakat cesaret edemiyor...

– Mademki yüzün dönük... Bunları nasıl görüyorsun?

– Kuzenimin gölgesi duvara vuruyor... Ondan...

Rolümü mutlaka çok iyi oynuyor olmalıydım ki, bunları anlatırken titriyordum, sesim tıkanıyor, gözlerim yaşlanıyor...

– Sonra, Feride, sonra?

– Sonra... Kuzenim birdenbire bileklerimden tutuyor...

– Ah ne güzel, sonra?...

– Sonrası... Ne bileyim?

– Ama en güzel yerinde bırakıyorsun...

– Sonra ağaçta bir kuş ötüyor... Kaba, çirkin bir kuş... Korkuyoruz, kaçıyoruz...

Artık gözyaşlarımı tutamıyor, başımı Mişel'in göğsüne koyarak hıçkıra hıçkıra ağlıyorum... Bu ağlama ne kadar sürüyor bilmiyorum... Bereket versin Mişel'le beraber kaybolduğumuzun farkına varanlar oldu... Bağıra bağıra bizi aradılar. Arkadaşım da onlara seslendi:

– Geliyoruz, dedi, hızlı yürüyemiyoruz... Çalıkuşu'nun ayağı acıyor...

– Hakkın var, Mişel... Ben de zaten onun için ağlıyorum... Şimdi artık daha hızlı gidebiliriz.

*
* *

Ben o gece herkes yattıktan sonra yatağımda ağladım. Fakat zannederim ki, bu seferki yaşlar rol için değil, kendi kendime kızgınlığımdandı. Mademki arkadaşlarıma bir *gourde* olmadığımı ispat için bir yalan uydurmaya karar vermiştim, dünyada başka insan kalmamış gibi niçin kuzenimi, dünyanın muhakkak en iğrendiğim insanı olan Kâmran'ı ileri sürmüştüm. Kendi kendime yemin ettim ki, yarın uyanır uyanmaz Mişel'i ellerinden tutarak bir köşeye sürükleyeceğim, akşamki söylediklerimin yalan olduğunu ona anlatacağım.

Fakat ne çare ki; ertesi sabah uyandığım zaman hiddetim de, utancım da tamamıyla geçmiş bulunuyordu.

Bana her zamankinden bambaşka gözlerle bakan ve bir hasta çocuk muamelesi eden Mişel'e hakikati söylemeye cesaret edemedim.

Masal yavaş yavaş arkadaşlarımın arasında yayıldı. Mişel, onlara sıkı bir tembih geçmiş olacak ki, kimse bana bir şey söyleyemiyordu. Fakat bakışlarından, gülüşlerinden ne demek istediklerini anlıyordum. Bu bana garip bir gurur veriyordu. Bir zaman gevezeliği, yaramazlığı bırakmaya mecbur oldum. Bu vaziyette bir insanın bebek gibi atlaması, sıçraması, yaramazlık etmesi şık bir şey olmazdı.

Maamafih, huy canın altındadır, derler. Akşamüstleri son teneffüste Mişel'in koluna asılarak ona yavaş yavaş yeni masallar uydurmakta devam ederken, ara sıra da yine şeytana uyuyordum.

*
* *

Yine bir kır gezintisi dönüşü idi.

O gün nedense bizimle gelmemiş olan Mişel, beni kapıdan karşıladı, elimden tutarak koşa koşa bahçenin bir köşesine götürdü:

– Sana havadisim var, dedi, hem sevineceksin, hem üzüleceksin...

– ! ! ? ?

– Bugün senin sarışın kuzen mektebe geldi...

– ...

– Şüphesiz senin için... Keşke sen de benimle kalsaydın.

İnanmıyordum. Bir büyük sebep yokken Kâmran, beni aramaya gelmiş olsun! Mişel herhâlde yanlış görmüş olacaktı.

Maamafih, bu şüpheyi kendisine söylemedim. Yalancıktan inanmış gibi görünerek:

– Bir genç erkeğin kur yaptığı kızı görmeye gelmesinden daha tabii ne olur? dedim.

– Bulunmadığına üzüldün, değil mi?

– Zannederim.

Mişel yanağımı okşadı.

– Maamafih o yine gelir, dedi, mademki seviyor...

– Ona ne şüphe?

O akşam, yemekten sonra Sör Matild beni çağırdı, bir sırma tel ile birbirine bağlanmış iki resimli şeker kutusu uzatarak:

– Bunları sana kuzenin getirdi, dedi.

Sör Matild, hiç hoşlanmadığım bir tiptir. Fakat kutuları bana uzatırken boynuna sarılıp yanaklarını öpmemek için kendimi zor tuttum.

Demek Mişel yanlış görmemişti. Mektebe gelen kuzenimdi. Arkadaşlarım arasında masalımın doğru olduğundan şüphe eden varsa bu kutuyu görünce onlar da fikirlerini değiştirmeye mecbur olacaklardı. Ne güzel.

Kutularımın biri renk renk fondanlar, biri yaldızlı varakalara[32] sarılmış şokololarla dolu idi. Üç beş ay evvel olsa on-

---

32 madenlerden dövülerek oluşturulmuş parlak yaprak

ları en yakın arkadaşlarımdan bile ne ihtimam ile gizlerdim. Fakat o gece mütalaa[33] saatinde kutularım elden ele sınıfı dolaşıyor, bütün çocuklar, insaflarının derecesine göre, için- den birer, ikişer, üçer tane alıyorlardı.

Bazıları uzaktan bana manalı işaretler yapıyorlardı. Ben utanmış gibi yaparak başımı öte tarafa çeviriyor, gülüyor- dum. Ne güzel!

Mişel maalesef, yaldızlı dipleri görünmeye başlamış olan kutularımı tekrar bana teslim ettiği zaman:

– Bu kutular âdeta nişan şekeri kutusu, Feride, diye fısıl- dadı.

Masalım bana biraz pahalıya mal olmuştu, ama ne yapar- sınız.

Üç gün sonra idi. İmtihan için boyalı bir coğrafya harita- sı hazırlıyorum. Boya işleri bana hiç gelmezdi. Biraz savruk olduğum için ikide birde renkleri birbirine karıştırır, ellerimi ve dudaklarımı boyardım.

O gün de ben yine bu hâlde uğraşırken kapıcının kızı sınıfa girdi; beni görmek için gelen kuzenimin *parluvarda* beklediğini haber verdi. Ne yapacağımı bilmiyor gibi etra- fıma ve kürsüde oturan muallim Sör'e şaşkın şaşkın bak- tığımı hatırlıyorum.

O:

– Haydi Feride, dedi, haritalarını olduğu gibi bırak... Mi- safirini gör...

Haritaları olduğu gibi bırakayım, âlâ... Fakat misafiri han- gi suratla görmeye gideyim?...

---

33 etüt

Yanımdaki arkadaşım, önlüğünün cebinden minimini bir ayna çıkarmış, benimle eğlenir gibi önüme koymuştu.

Yüzümün, hele ağzımın hali felaketti. Yazı yazarken kalemi ağzıma soktuğum gibi, şimdi de fırçayı ağzıma sokmuştum. Dudaklarım yol yol sarı, kırmızı, mor boyalarla boyanmıştı. Bunları ne mendille, ne de su veya sabunla çıkarmama imkân olmadığını, hatta uğraşsam büsbütün sıvaştıracağımı biliyordum.

Kâmran'ın ehemmiyeti yok tabii, onun karşısına hangi çehreyle çıkmayı canım isterse öyle yaparım... Fakat gelenin kim olduğunu öğrenerek kıs kıs gülen arkadaşlarıma karşı ben kur yapan, hatta nişanlanmaya hazırlanan bir kız vaziyetindeyim. Hay Allah cezasını versin!

Koridordan çıkarken gözüme ilişen bir ayna, sıkıntımı büsbütün artırdı. O kadar ki, *parluvarın* önü boş olsaydı belki de içeri girmeyecektim. Fakat ne çare ki, ortada bu hareketime mana verecek yabancılar dolaşıyordu.

Ne yapalım, artık olan olmuştu. Kapıyı hızla açarak fırtına gibi içeri atıldım. Kâmran pencerenin yanında ayakta duruyordu. Doğruca yanına gitsem, ne bileyim, mesela, birbirimizin elini tutmak lâzım gelecekti; kuzenimin kadın eli gibi temiz ve süslü ellerini ıslak ellerimin boyasıyla berbat edecektim.

Gözüme masanın üstünde yine sırma tellerle birbirine bağlı paketler ilişti. Bunların bana ait olduğunu anladım. Artık işi gürültüye getirmekten, ellerimin, dudaklarımın boyalarını bir çocuk deliliği perdesi altında saklamaktan başka çare yoktu. Siyah önlüğümün eteklerini tutarak kutuların önünde muhteşem ve uzun bir reverans yaptım. Bu esnada parmaklarımı biraz da eteklerime silmek ihtiyacını ihmal etmedim. Sonra, kutulara elimle birkaç sıkı öpücük göndererek bir parça da dudağımın boyalarını hafiflettim.

Kâmran gülerek yanıma yaklaşmıştı. Biraz da ona iltifat etmek lâzım geliyordu:

– Bunlar ne büyük iltifatlar Kâmran Beyefendi, dedim, gerçi şokololar, fondanlar biraz kılıcımızın hakkı ama, ne de olsa insan mahcup oluyor... Evvelki günkü kutuda bir nevi fondan vardı. İnşallah onların hemşirelerine bu yeni kutularda da tesadüf etmek mümkün olur... Fakat hakikaten tarifine imkân yok... İnsan onları ağzında eritirken yüreği de beraber eriyor.

Kâmran:

– Bu sefer zannederim daha kıymetli bir şey bulacaksın, Feride, dedi.

Yalancı bir telaş ve sabırsızlıkla onun gösterdiği kutuyu açtım, içiden iki yaldızlı kitap çıktı. Bunlar Noel yortularında küçük çocuklara hediye edilen resimli bebek masalları kabilinden şeylerdi. Kuzenim, herhâlde anlamadığım bir sebeple benimle eğlenmek istemiş olacaktı. Sırf bunun için buraya kadar zahmet ettiyse ayıp doğrusu... Ona küçük bir ders vermek sırası gelmiş miydi acaba? Bilmiyorum, fakat kendimi tutamadım. Boyalı dudaklarıma uymayacak bir ciddiyetle:

– Hediyelerin her türü için teşekkür etmek lâzım, dedim. Fakat müsaade ederseniz küçük bir *römark*[34] yapayım..

34 *"Fr. remarque" ihtar, uyarı*

Birkaç sene evvel siz de bir çocuktunuz. O vakit haliniz ve ağırbaşlılığınızla büyük insanlara benzerdiniz gerçi, ama ne de olsa, bir çocuktunuz değil mi? Siz maşallah seneden seneye büyüyor, resimli roman kahramanlarına benzer bir genç oluyorsunuz da ben daima yerimde sayıyorum?

Kâmran, hayretle gözlerini açtı:

– Pardon Feride, dedi, anlamadım.

– Anlaşılmayacak bir şey yok. Yani siz büyüyorsunuz da ben neden *Bibliyotek Roz*[35] masallarını okuyacak bir bebek kalıyorum ve bir türlü haline göre on beş yaşına girmiş bir kız muamelesine lâyık görülmüyorum?

Kâmran, şaşkın şaşkın, yüzüme bakmakta devam ediyordu:

– Yine anlamadım, Feride!

Bu anlayışsızlığa hayret eder gibi bir jest yaptım, dudaklarımı bükdüm. Fakat doğrusu aranırsa ne demek istediğimi ben de anlamamıştım. Yaptığıma pişman oluyor, bir kaçamak arıyordum.

Bu defa sinirli bir hareketle ikinci kutunun bağını kopardım. İçinde yine fondanlar vardı.

Kâmran, hemen hemen resmi bir tavırla hafifçe eğildi:

– Artık size ermiş, yetişmiş bir genç kız muamelesi etmek lâzım geldiğini ağzınızdan işitmek beni pek bahtiyar etti, Feride, dedi; kitaplar için sizden af dilemeye lüzum görmeyeceğim. Çünkü fondanlar ispat etmiştir ki, kitaplar zaten bir şakadan başka bir şey değildi. Maksat size kitap getirmek

35 "Fr. Bubliothèque Rose" pembe kitaplık

olsaydı belki o demin bahsettiğiniz romanlardan da seçebilirdim.

Kâmran'ın bu tavrı, bu sözleri muhakkak alaydı. Fakat ,öyle de olsa, onun karşımda bu sesle, bu kelimelerle konuşması hoşuma gidiyordu.

Cevap vermeye mecbur olmamak için ellerimi bir dua vaziyetinde birbirine kavuşturarak dalgın bir hayranlık rolü oynuyordum. O sözünü bitirince yüzüne baktım; gözlerime düşen saçları bir baş işaretiyle silkeleyerek:

– Ne söylediğinizi dinleyemedim, efendim, fondanlar o kadar güzel ki... Maamafih bunları görünce barıştık. Mesele yok. Çok mersi, Kâmran.

Dinlenilmediğini zannetmesine onun galiba canı sıkılmıştı. Maamafih, o da nedense bunu bana sezdirmemek istedi; içini çekerek yalancı bir somurtkanlıkla:

– Ne yapalım, mademki çocuk hediyeleri makbule geçmiyor artık, bundan sonra büyük insanlara mahsus ciddi şeylerle hatırınızı sorarız, dedi.

Ben şimdi yalnız fondanlarımla meşgul görünüyordum. Bir mücevher mahfazası[36] seyreder gibi sevinçle kutuya bakıyor, içinden çıkardığım şekerleri, bir resimli gazetenin üstüne sıralıyordum. Aynı zamanda da saçmasapan şeyler söylüyordum:

– Bunları yemek de bir sanattır, Kâmran. Hem bu sanatı âcizane ben keşfettim. Bak, mesela sen şu sarıyı kırmızıdan evvel yemekte bir zarar görmezsin, değil mi? Halbuki ne

36 *kutu*

yazık! Çünkü kırmızı hem fazla tatlıdır, hem biraz nanelidir. Onu evvela yersem sanırım o nazik lezzetine, o şairane kokusuna yazık olur. Ah, canım şekerler...

Bir tanesini alarak dudaklarıma götürdüm. Kuş yavrusunu sever gibi okşuyor, onunla âdeta konuşuyordum.

Kuzenim elini uzattı.

– Onu bana versene, Feride, dedi.

Tuhaf bir nazarla[37] yüzüne baktım:

– Ne demek!

– Yiyeceğim.

– Kutuyu yanında açtığımıza galiba fena ettik. Getirdiklerini kendin yemeye başlarsan işimiz var...

– Sade onu ver!

Hakikaten bu ne demekti! İnsan başkasının ağzına sürülmüş bir şeyden iğrenmemek için... Neler düşünüyorum!

Herhâlde bir şaşkınlık ve dalgınlık saniyesi geçirmiş olacağım ki kuzenim birdenbire elini uzattı, fondanı parmaklarımdan kapmak istedi. Fakat ben daha atik davrandım. Şekeri kaçırdım ve ona dilimi çıkardım:

– Sizin böyle el çabukluğu hünerleriniz yoktu ama nasıl oldu, diye alay ettim.

– Bakın, ben size bu kadar güzel fondanın nasıl yeneceğini tarif edeyim de ondan sonra kapın...

Başımı biraz arkaya atarak tekrar dilimi çıkardım, fondanı üzerine koydum. Şeker yavaş yavaş eridikçe başımı iki tarafa sallıyor, dilim serbest olmadığı için el hareketleriyle ona fondanın lezzetindeki fevkalâdeliği anlatıyordum.

37 *bakış*

Kuzenim o kadar tuhaf bir şaşkınlıkla bakıyordu ki, kendimi tutamadım, gülmeye başladım.

Sonra, tekrar ciddileştim, kutuyu uzatarak:

– Şimdi artık öğreneceğinizi öğrenmiş sayılacağınız için bir tane ikram edebilirim.

Kâmran yarı şaka bir hiddetle kutuyu itti:

– İstemem, dedi, hepsi senin olsun.

Aramızda aşağı yukarı konuşulacak şey kalmamıştı. Terbiye icabı evdekilerden haber sorduktan ve onlara *komplimanlarımı*[38] gönderdikten sonra kutularımı koltuğumun altına sıkıştırarak çıkmaya hazırlanıyordum.

Birdenbire *parluvarın* yanındaki odadan hafif bir gürültü oldu. Kedi gibi kulak kabartarak dinledim.

Mektep levhalarına ve haritalarına mahsus olan bu odanın biraz evvel kapısı açılmıştı. Sonra levhalardan birinin yere düşmesine benzer bir ses işitmiştim. Şimdi de arkadaki camlı kapının arkasında fare tıkırtısından farkı olmayan bir gürültü ve hareket hissediyordum.

Kuzenime belli etmeden bu kapıya şöyle bir bakınca ne göreyim! Buzlu camın arkasında kocaman bir baş gölgesi... Derhal işi çakmıştım. Mişel'di. Bir haritaya ihtiyaç olduğunu söyleyerek aptal Sör'ü kandırmış, *parluvarın* yanındaki odadan bizi gözetlemeye gelmişti.

Gölge kaybolmuştu. Fakat camın altındaki anahtar deliğinden bu kızın bizi gözetlediğine hiç şüphem yoktu. Ne yapacaktım? Birbirine kur yapan iki insan sıfatıyla, o bizden mutlaka fevkalâde bir şeyler bekliyordu. Benim kuzenimc

38 "Fr. compliment'dan" gönül okşayıcı söz

"Haydi, Allah yolunu açık etsin, evdekilere selam" diye aptal aptal kapıdan çıktığımı görünce her şeyi anlayacak, koridorda başımı kollarının arasına sıkıştırıp saçlarımı karıştırarak, "Bana masal okudun, ha!" diye gülecekti.

Bu korku bana o saniyede bir hınzırlık düşündürdü. Doğru bir şey değil ama, mademki bir rol oynamaya başlamıştık, sonuna kadar devam edecektik.

Mişel, mektep arkadaşlarımın çoğu gibi Türkçe bilmezdi. Şu hâlde söyleyeceğimiz lakırdıların ehemmiyeti yoktu. Elverir ki, ses ve *jestler* sevişen iki insanın *jestlerine* benzesin...

Kâmran'a:

– Az kalsın unutuyordum, dedim. Sütninenin torunu köşkte mi?

Sütninenin torunu senelerden beri köşkte büyüyen bir öksüzdü.

Kâmran, sualime şaşırır gibi oldu:

– Elbette köşkte, dedi, nereye gitmesini istersin?

– Tabii... Biliyorum... Yalnız... Ne bileyim işte? Ben bu çocuğu o kadar seviyorum ki...

Kuzenim gülümsedi:

– Bu da nereden çıktı, dedi, yüzüne bile baktığın yoktu biçarenin[39]...

Garip bir hareketle:

– Yüzüne bakmamak ne ispat eder, rica ederim, dedim; sevmediğimi mi? Ne delilik!... Bilâkis ben, bu çocuğu o kadar çok seviyorum ki...

---

39 zavallı, çaresiz

Bu *seviyorum* kelimesini, La Dam o Kamelya[40] rolü oynayan bir aktris *jestiyle* boynumu bükerek ellerimi göğsümün üstünde kavuşturarak tekrar ediyor, yan gözle de kapıya bakıyordum.

Mişel, altı kelime Türkçe biliyorsa, bunların üçü mutlaka "sevmek, sevgi, sevda" gibi şeyler olacaktı. Maamafih tahminimde yanıldığım hâlde de bir *diksiyonere*[41] bakabilir, yahut da "seviyorum ki" kelimesinin ne dehşetli bir manası olduğunu herhangi bir Türkçe bilenden öğrenebilirdi. Yalnız vaziyeti sade Mişel'e karşı değil, Kâmran'a karşı da idare etmek lâzımdı. Bu ikinci politikayı herhâlde becerememiş olacağım ki, Kâmran sözlerime de *jestime* de gülmeye başladı:

– Bu nereden esti birdenbire Feride? dedi.

Nereden eserse essin. Durulacak zaman mı? Aynı ateşle:

– Ne yapayım, böyle... Seviyorum işte, dedim.

Bana bir şey vadedeceksin... Eve gider gitmez benim tarafımdan bu zavallı küçüğe bir *suvenir* olarak... Bir *suvenir* olarak... Anlıyor musun, bir *suvenir damur*[42] olarak?...

Sütninenin torununa götürmek üzere Mişel'in gözü önünde, Kâmran'a bir şeyler teslim etmeyi ne kadar isterdim. Fakat ceplerimden, aksi gibi akşam mütalaasında uyuklayan ihtiyar Sör'e atılmak için büküp hazırladığım kâğıt parçalarından başka bir şey çıkmıyordu. Maamafih, çaresizlik bana bunun daha iyisini ilham etti. Kâmran'ı birdenbire ellerinden tuttum, kucağına atılacak gibi bir tavır alarak:

---

40 La dame aux camelias – A. Dumas Fils'in Kamelyalı Kadın Romanı

41 sözlük

42 "Fransızca souvenir d'amour" aşk armağanı

– Bu çocuğu benim tarafımdan kucağına alacaksın, dedim, yanaklarını, gözlerini tekrar tekrar öpeceksin, anlıyor musun... Bunu bana vaediyorsun ya...

Kâmran'la âdeta kucak kucağa gibiydik. Nefeslerimiz birbirine karışıyordu. Hiçbir şeyden haberi olmayan zavallı kuzenim, bu taşkınlığa mana veremiyor, şaşırıyordu.

Rol, muvaffakiyetle oynanıp bitmişti. Perde artık kapanabilirdi. Kâmran'ın ellerini bırakarak soluk soluğa kendimi dışarı attım. Mişel'in koridorda bana yetişerek boynuma sarılacağını biliyordum. Etrafta bir ses işitmeyince durdum, döndüm, yavaş yavaş levhalar odasının kapısına doğruldum. İçeride bir gürültü, bir ses işitmeyince kapıyı aralamadan kendimi alamadım. Ne göreyim! Ara sıra bize müzik dersi vermeye gelen ihtiyar Frer Ksavye değil mi? Titrek ayaklarıyla bir iskemlenin üzerine çıkmış, bir dolabın yukarı gözlerinde nota defterleri arıyor...

Tüüü, Allah cezasını versin... Mişel diye bir vehme[43] kapılmışım, boş yere kendimi Kâmran'a rezil etmişim!

Humma nöbeti geçirenler gibi yüzümün ateş içinde yandığını hissediyordum. Sınıfa gideceğim yerde, bahçeye çıktım, çeşmenin önüne giderek musluğu açtım, başımı altına uzattım.

Vücudumda yanma ile beraber garip bir titreme de vardı. Musluğun suları saçlarımdan, yüzümden akarak gömleğimin içine süzülürken, düşünüyordum.

Sevmek denen şeyin rolü bu kadar insanı yakıp titretecek bir şey olursa kendisi, kim bilir, neydi?

---

43 *kuruntu*

VI

O sene Kâmran, birçok defalar mektebe uğradı. O kadar çok ki, her kapı açılışında beni *parluvara* çağırmaya geliyorlarmış gibi yüreğim hopluyordu. Bütün sınıf onun bana getirdiği şokolalar, kurabiyeler, pastalarla geçindi diyebilirim.

Çalışkanlığı kadar oburluğuyla da meşhur sınıf arkadaşlarımdan Mari Pırlantacıyan şekerlerimi iri beyaz dişleriyle yerken gizlemeye muvaffak olamadığı bir haset ve hayranlıkla:

– Flörtünün bu kadar güzel şeyler getirmesi için seni ne kadar çok sevmesi lâzım, diyordu.

Maamafih bu masal artık bana bezginlik vermeye başlıyordu. Bazen kendi kendime düşünüyordum: Geveze bir çocuğa sükût hakkı diye getirilen bu şeyleri benim arkadaşlarıma başka türlü göstermem namussuzluk değil miydi? Hem Kâmran niçin bu kadar sık mektebe geliyordu? Her defasında: "Şu taraflarda oturan bir hasta arkadaşımı yoklamaya geldim de... Taksim bahçesinde biraz çalgı dinlemek istedim de..." gibi sebepler söylüyordu.

Hiçbir şey sormamama rağmen yine bir gün:

– Nişantaşı'nda babamın bir eski arkadaşını görmekten dönüyorum... Babamın çok sevdiği bir insandı, dedi.

Kendimi tutamayarak birdenbire bir baskın yaptım:

– Adı nedir? Ne iş yapar? Evinin adresi ne? dedim.

Kuzenim şaşaladı; o kadar şaşaladı ki, bir uydurma isim ve adres bile düşünemedi. Renkten renge girerek ve gülerek:

– Ne yapacaksın? Niçin bu merak? gibi kelimelerle beni atlatmaya uğraştı.

Ortada ehemmiyetli bir mesele varmış gibi:

– Ben, hafta başında teyzeme sorarım, dediğim zaman ise daha fazla kızardı.

– Sakın ha! Anneme ondan bahsetme... Görüşmemi istemez de, diye yalvarmaya başladı.

Sinsi çiyan, aklı sıra beni aldatacak, ben senin ciğerinin içini bilirim.

Hiddetle ayağa kalktım, zorla tutmaya çalıştığım ellerimi ceplerime saklayarak:

– Ne baba dostlarınızla, ne kendi dostlarınızla meşgul olduğumu zannediyorsanız yanılıyorsunuz. Münasebetsizliğimden öyle bir lakırdı ortaya atıverdim işte, diye dışarı çıktım.

O günden sonra Kâmran ne zaman mektebe geldiyse bir bahane uydurdum, yanına çıkmadım. Getirmekte devam ettiği kutuları sınıfta, yahut bahçede yırtarak açıyor, içindekilerini, bir tanesine el sürmeden, çocuklara yağma ettiriyordum.

Hakikat meydanda idi. Mesut dul mutlaka bu taraflarda bir yerde oturuyordu. O geceden sonra mutlaka anlaşmışlardı. Kuzenim ikide birde onun evine gidiyor, o arada bana da uğruyordu.

İstedikleri ahlâksızlığı yapsınlar... Bana ne. Fakat beni arada oyuncak etmeleri fena hâlde gücüme gidiyordu. Bu ,aklıma geldikçe vücuduma ateş basıyor, hiddetten ağlamamak için dişlerimle dudaklarımı kanatıyordum.

Neriman'ın nerede oturduğunu evden sorup öğrenmek işten bile değildi. Fakat bu kadının adını ağzıma almak bana tahammül edilemeyecek bir şey gibi görünüyordu.

Eve çıktığım bir tatil günüydü. Bir misafir Necmiye'ye:

– İki gün evvel Neriman'dan bir mektup aldım, dedi. Çok mesutmuş...

Küçük bir fino köpeğini havuzda yıkamak için dışarı çıkıyordum. Bu sözleri işitince kapının yanında durdum, yere çömelerek köpeği yavaşça kucağımdan indirdim.

Mesut dul için bir şey soramazdım, fakat kulağıma da yasak yoktu ya...

Misafir devam ediyordu:

– Neriman kocasından çok memnun görünüyor, bu sefer mesut olsun zavallı.

Necmiye bir hamam kubbesi ahmaklığıyla:

– Ya, ya! Bu sefer bari mesut olsun zavallı, diye misafirin kelimelerini aynen tekrar edip lakırdıyı kapatmaz mı?

Artık çaresiz iş başa düşmüştü; alaycı bir tavırla:

– Hanımefendi tekrar evlendiler mi? dedim.

– Kim hanımefendi?

– Mektubunu aldığınız hanım. Neriman Hanım...

Misafirin yerine Necmiye cevap verdi:

– Ay haberin yok mu? Çoktan... Neriman bir mühendisle evlendi... Beş altı aydan beri kocasıyla beraber İzmir'de...

"Bu sefer bari mesut olsa zavallı," duasını bu sefer de ben üçüncü defa olarak tekrar ettim ve köpeği kucağıma kaparak dışarı fırladım. Fakat artık havuza gitmiyor, çitlerin, bağ kütüklerinin üstünden atlayarak koşuyor, bahçenin etrafında dört dönüyordum.

VII

O yaz bir seyahat yaptım. Uzak değil, Tekirdağ'a kadar... Malum ya, hayatta Allah bana teyzeden bol bir şey vermemiştir. Bunlardan biri de Tekirdağ'dadır. Kocası olan Aziz eniştemiz senelerden beri oralarda mutasarrıftır[44]... Müjgân isminde benden üç yaş büyük bir de kızları vardır. Akraba çocukları arasında galiba en ziyade[45] onu severim.

Müjgân çirkindir. Fakat bu, bana hiç batmaz. Aramızdaki farkın üç yaştan ibaret olmasına rağmen, ben onu çocukken nedense daima kocaman bir insan gibi görmüşümdür. Şimdi farkın daha azalmış olmasına rağmen yine öyle görür ve onu "abla" diye çağırırım.

Müjgân abla, benim taban tabana zıddımdır. Ben ne kadar çılgın ve yaramazsam, o, o kadar ağırbaşlıdır. Fazla olarak da müstebittir[46]. Her istediğini yaptıran, diyebilirim ki, yalnız odur. Bazen nasihatlerine biraz somurtsam, arzularına karşı kafa tutsam bile neticede daima yelkenleri suya indirmek lazım gelir. Niçin? Ne bileyim! İnsan birini sevmek felaketine uğradı mı esir gibi bir şey oluyor.

Müjgân birkaç senede bir Ayşe teyzemle beraber İstanbul'a gelir ve birkaç hafta köşkte yahut öteki teyzelerimde misafir kalırdı.

O yaz, Tekirdağ'dan bana, hemen hemen resmi bir davet geldi. Ayşe teyzem, Besime teyzem'e yazdığı bir mektupta,

---

44 *sancak beyi*
45 *fazla*
46 *zorba*

"Sizden ümidim yok," diyordu. "Fakat Feride'yi iki aydan aşağı olmamak üzere bu tatilde mutlaka bekliyoruz. Malum ya, biz de teyzeyiz. Gelmezse eniştesi de, ben de, Müjgân da fena hâlde darılacağız."

Besime teyzemle Necmiye, Tekirdağ'ı dünyanın bir ucu gibi görüyorlar, uzak yıldızlara bakar gibi gözlerini büzerek: "Olacak şey mi? İmkân var mı?" diyorlardı.

Ben alaycı bir hürmetle karşılarına eğilerek:

– İzninize olursa bunun imkânsız bir şey olmadığını ispat ile kesb-i şeref edeceğim[47], dedim.

Arkadaşlar arasında yaz tatillerinde aileleriyle beraber seyahate çıkanlar ve dönüşte bize bol bol övünenler vardı. Demek mektep açıldığı zaman bana da aşağı yukarı böyle bir şey yapmak fırsatı çıkıyordu.

Bir sene evvelki flört masalına bu sene de bir seyahat hikâyesi ilave etmek hoş bir lüks olacaktı. Yalnız benim iddiam, çantamı elime alarak, romanlarda okuduğum Amerikan kızları gibi, kendi kendime vapura binmekti. Fakat teyzelerim bu arzumu telaşlı çığlıklarla karşıladılar ve yanıma bir bekçi katmadan yola çıkmama razı olmadılar. Hatta böyle olduğu hâlde: "Karanlıkta güverteden denize sarkma... Kimse ile konuşma... Vapur merdivenlerinden deli gibi inme" gibi ağır nasihatlarla haysiyetimi kırdılar. Sanki Tekirdağ'a işleyen pabuç cesametindeki[48] külüstür vapurun bir transatlantik gibi seksen metre merdiveni varmış gibi...

---

47 *şeref kazanmak*
48 *büyüklük, cüsse*

İki senedir görmediğim Müjgân'ı büyümüş, konuşmaya cesaret edemeyecek kadar kerli ferli bir hanım olmuş buldum. Maamafih yine çabucak anlaştık.

Ayşe teyzemle Müjgân'ın sürü sürü ahbapları vardı. Ben de onların arasına karıştım.

Her gün bir misafirliğe, köşke yahut bağa davet ediliyorduk. Artık kocaman bir kız olduğumu, bir hafiflik yaparsam beni ayıplayacaklarını söyledikleri için hareketlerime son derece dikkat ediyordum. Yabancı kadınlara kompliman yaparken, suallerine ciddi ve nazik cevaplar vermeye çalışırken, kendimi misafirlik oyunu oynayan bebeklere benzetiyordum. Maamafih insan arasına katılmak biraz da gururumu okşamıyor değildi.

Bu misafirlikler beni eğlendirmekle beraber, yine de en çok sevdiğim zamanlar Müjgân'la yalnız kaldığım saatlerdi.

Eniştemin evi denize bakan yüksek bir bayırın üstünde idi. Müjgân abla, benim bazı yerleri dik bir duvara benzeyen bu bayırdan sahile inmemi evvela tehlikeli bulmuş, beni menetmeye uğraşmıştı. Fakat sonradan kendisi de buna alıştı. Saatlerce kumlarda yatıyor, suların üzerinden taş sektiriyor, sahil boyunca yürüyerek ta uzaklara gidiyorduk.

Deniz bu mevsimde çok güzel ve sakindi, fakat neşesizdi. Bazen saatler geçer, üzerinde bir yelken, ince bir duman parçası görünmezdi. Hele akşamüstlerine doğru sular insanı hasta edecek kadar genişliyor ve yalnızlaşıyordu. Bereket versin ben bu tehlikeyi daha evvelden hissediyor, sahildeki kayaları kahkahalarımla çın çın öttürüyordum.

Bir gün Müjgân'la başımızı almış ta ilerideki bir buruna doğru yürümüştük. Maksadımız bu burnu meydana getiren kayaların öte tarafındaki koya geçmekti, fakat aksi gibi, yol kapalıydı. Ayaklarımızı çıkararak suya girmekten başka çare yoktu. Ben kendi hesabıma bu mecburiyete sevindim bile. Fakat ermiş, yetişmiş bir küçük hanım olan Müjgân'ı ne yapacağız?

Ne söylersem iskarpinlerini ve çoraplarını çıkartmayacağını bildiğim için ona bir teklifte bulundum:

– Gel, Müjgân abla, seni arkama alayım... Öyle geçireyim, dedim.

Razı olmadı:

– Deli çocuk, sen koskoca insanı nasıl kaldırırsın! dedi.

Zavallı Müjgân, yaşı gibi boyu da benden büyük olduğu için kendisini taşımaya gücüm yetmeyeceğini zannediyordu.

Sinsi sinsi yanına yaklaşarak:

– Bakalım, bir tecrübe edelim de, olursa ne âlâ, dedim ve onu kalçalarından yakaladığım gibi havaya kaldırdım.

Müjgân bunu evvela sahiden birkaç adımlık bir tecrübe sanmıştı. Kendini kurtarmaya çalışarak:

– Delilik etme, bırak. Sen beni nasıl taşırsın? diye gülüyordu. Fakat çıplak ayaklarımla suyun içinde yürüdüğümü görünce çıldıracak gibi oldu.

– Tüy gibi hafifsin abla, dedim. Çırpınacak olursan boylu boyumuza düşeriz, ikimize de yazık olur. Fakat rahat durursan korku yok.

Zavallı kız, sapsarı kesilmişti. Bir kelime söylerse muvazenenin[49] bozulmasından korkuyor gibi ağzını, gözlerini kapıyor, elleriyle saçlarıma sarılıyordu.

Zavallı Müjgân, bir karışlık suyun üstünde, bir uçurumdan geçiyormuş gibi gözlerini kapıyor, sırtımda kımıldamaya cesaret edemiyordu.

Bir de burnu dönünce ne görelim! Karaya çekilmiş bir sandalın yanında yiyecek yiyen üç balıkçı bize bakmıyor mu?

Müjgan birdenbire korktu, kıracak gibi ellerimi sıkarak:

– Ettin mi edeceğini, Feride? diye fısıldadı, şimdi ne yapacağız?

Ben güldüm:

– Balıkçılar adam yemezler ya, dedim.

Maamafih vaziyetimiz hakikaten tuhaftı. Hele ben, dizkapaklarıma kadar çıplak bacaklarım, elimde çoraplarımla insan içine çıkacak hâlde değildim.

Müjgân, incecik bacaklarıyla –süpürge önünden kaçan örümcek gibi– koşmaya hazırlanıyordu. Ben bu korkuyu ayıp buldum, işi pişkinliğe vurarak balıkçılarla konuşmaya başladım.

Suların o gün niçin kıyıdaki yolları kapadığını, hangi saatlerde denizin ne taraflarında balık tuttuklarını sordum. Sırf lakırdı olsun diye saçma sapan sualler...

Balıkçıların ikisi yirmişer yaşında, yahut biraz daha fazla iki genç, biri sakallı bir ihtiyardı.

Gençler utangaç görünüyorlardı. Cevaplarını ihtiyar verdi. Fakat o da besbelli benim gibi lakırdı bulmakta güçlük çektiği için kim olduğumu sordu.

---

49 denge

Bir an durakladıktan sonra: "Ben Marika diye bir kızım; tüccar amcama İstanbul'dan misafir geldim," dedim ve yürüdüm.

Müjgân beni kolumdan tutarak sürükler gibi koştururken: "Allah cezanı versin. Niçin böyle yaptın?" diyordu.

– Ne bileyim, dedim... İstanbul'daki teyzeler, "Dilini sıkı tut. Saçma sapan konuşma... Oraları dedikoducu yerlerdir," diye tekrar tekrar tembih ettiler bana. Balıkçılar, "Bu nasıl Müslüman kız böyle, sade başını değil bacaklarını da açıyor," demesinler diye.

Hâsılı, korkak Müjgân bu hiçten şeyi âdeta büyük bir mesele yaptı...

VIII

Akşamüstleri Müjgân'la kol kola gezerken genç bir süvari zabitinin etrafımızda dolaştığına dikkat etmiştim. Bu zabit sözde atına talimler yaptırıyordu. Fakat Allah'ın kırında başka gidilecek yer yokmuş gibi mütemadiyen[50] bizim gezdiğimiz yolda gidip geliyor, yanımızdan geçerken bize bakıyordu; hem de o kadar garip bir alaka ile ki, neredeyse durup konuşacak.

Bir gün o yine atını oynatarak ve bizi duvar kenarındaki ağaçlar arkasına kaçırarak yanımızdan geçtikten sonra yavaşça güldüm, öksürdüm ve:

– Anlayalım Müjgân abla! dedim.

Müjgân yüzüme baktı:

---

50 sürekli olarak

– Ne demek istiyorsun, Feride? dedi.

– Şunu demek istiyorum ki artık eskisi kadar çocuk değiliz abla... Zabit Bey'le mükemmel kur yapıyorsunuz.

Müjgân gülmeye başladı:

– Ben mi? Deli çocuk.

– Biraz akran muamelesi etmek tenezzülünde bulunmanızdan ne çıkar efendim?

– Zabitin benim için dolaştığını mı zannediyorsun?

– Onu zannetmemek için biraz aptal olmalı.

Müjgân tekrar güldü. Fakat bu defaki gülüşte biraz ıztırap vardı. Sonra içini çekti:

– Yavrucuğum, ben öyle arkasından koşulacak bir kız değilim ki... O, senin için etrafımızda gidip geliyor...

– Ne söylüyorsun, abla!

Gözlerim faltaşı gibi açılmıştı.

– Evet, senin için... Sen gelmeden evvel yine görürdüm. Fakat beni yolun kenarındaki şu ağaçlardan ayırt etmeden geçer giderdi ve bir daha dönmezdi...

O gece, yemekten sonra Müjgân'la evin önüne çıkmıştık. Konuşmadan denize doğru yürüyorduk.

Müjgân:

– Senin bir derdin var Feride, dedi, hiç sesin çıkmıyor.

Biraz durakladıktan sonra cevap verdim:

– Gündüz söylediğin münasebetsiz lakırdıyı aklımdan çıkaramıyorum, mahzun oluyorum.

Müjgân şaşırdı:

– Ne dedim ben?

– "Ben arkasından koşulacak bir kız değilim ki," dedin.

Müjgân hafif bir kahkaha kopardı:

– Peki ama bundan sana ne?

Ellerini tuttum, gözlerim dolu dolu, donuk bir sesle:

– Sen çirkin misin abla? dedim.

O, yine güldü, benimle eğlenerek yanağıma bir fiske vurdu:

– Ne çirkin, ne güzel!... Ortayım diyeyim de kavgayı kısa keselim... Sana gelince, biliyor musun sen büyüdükçe dehşet bir şey oluyorsun!

Ellerimi Müjgân'ın omuzlarına koydum, onu öpecek gibi burnumu burnuna sürerek:

– Benim için de orta diyelim de mesele bitsin, dedim.

Bayırın kenarına gelmiştik. Yerden taş toplayarak denize atmaya başladım. Müjgân da bana uydu. Fakat zavallı, hem taş atmasını bilmiyordu, hem de kolları kuvvetsizdi.

Benimkilerin her zaman havada kaybolduktan sonra uzakta bir yakamoz parıltısıyla suları yıldızlandırmasına mukabil onunkiler gülünç bir patırtı ile bayırın taşlarına çarpıyor, yahut aşağı kumsala düşüyordu ve dehşetli gülüyorduk.

Ay ışığından sırsıklam bir denizin iki genç kıza ilhamı bu olmamalıydı ama ne yaparsınız. Maamafih biraz sonra Müjgân yorularak büyük bir kaya parçasının üstüne oturdu; ben de ayaklarının dibine çöktüm.

Bana mektep arkadaşlarıma dair sualler soruyordu. Ona benim Mişel'in birkaç vakasını anlattım. Sonra elimde olmadan kendi uydurma masalımdan balıse başladım.

Buna ne sebep vardı? Müjgân'a yaptığım itiraf sadece bir gevezelik ihtiyacı mıydı? Bilmiyorum. Fakat ara sıra münasebetsizliğimi hissederek durmak istediğim hâlde bir türlü kendimi tutamıyordum.

Müjgân'a anlattığım şey, netice itibariyle, arkadaşlarımı nasıl bir kurt masalıyla aldattığımın hikâyesi idi. Fakat o zaman rol icabı nasıl mahzunlaşıyorsam, şimdi de öyle bir mecburiyet olmadığı hâlde o hüznün aynına kendimi kaptırıyordum. Sesim yavaş yavaş perdeleniyor, bakışlarım bulanıyordu. Müjgân'ın yüzüne bakmaktan çekiniyordum. Kâh onun etekleriyle, düğmeleriyle oynuyor, kâh başımı dizine koyuyor ve daima denize, uzaklara bakıyordum.

Masalımın kahramanının kim olduğunu evvela Müjgân'dan saklamaya gayret etmiştim. Fakat sonradan bunu da ağzımdan kaçırdım.

Müjgân, bir şey söylemiyor, sadece saçlarımı okşayarak beni dinliyordu.

Sözümü bitirdiğim ve arkadaşlarıma uydurduğum yalanın ayıp bir şey olduğunu kendimin de anladığımı söylediğim zaman, o ne dese beğenirsiniz?

– Zavallı Feride'ciğim. Sen Kâmran'ı sahiden seviyorsun, dedi.

Bir çığlık kopararak Müjgân'ın üstüne atıldım, onu kuru otların içine yuvarlayarak tartaklamaya başladım:

– Ne dedin abla, ne dedin? Ben sinsi sarı çıyanı...

Müjgân soluk soluğa kendini kurtarmaya çalışıyor, debeleniyor:

– Bırak beni, deli... Üstümü başımı yırtacaksın. Yoldan görecekler, rezil olacağız, Allah aşkına yapma, diye yalvarıyordu.

– Sözünü mutlaka geri alacaksın...

– Mutlaka geri alacağım, dedi. Ne istersen yapacağım, bırak beni...

– Ama öyle hatır için değil, beni aldatmak için değil...

– Peki, hatır için değil... Seni aldatmak için değil... Sahiden...

Müjgân, ayağa kalkmış, üstünü silkiyor:

– Feride, sen sahiden deliymişsin, diye gülüyordu. Ben yerimden kalkmamıştım. Titreyerek:

– Allah'tan korkmadan bana nasıl iftira ediyorsun, abla, dedim. Ben daha çocuğum.

Sonra kendimi tutamayarak ağlamaya başladım.

*
* *

O gece yatağımda beni şiddetli bir ateş bastırdı. Bir türlü uyuyamıyor, sayıklıyor, ağa düşmüş kocaman bir balık gibi kendimi oradan oraya atıyordum.

Bereket versin geceler kısa idi. Ortalık aydınlanıncaya kadar Müjgân beni yalnız bırakmadı.

Vücudumda bir şey değişmiş gibi kendi kendime karşı yenilmez bir korku ve tiksinti duyuyordum. İkide birde bir bebek hıçkırığıyla Müjgân'ın boynuna sarılıyor; "niçin öyle söyledin, abla?" diye hıçkırıyordum.

O, besbelli yeni bir hücuma uğramaktan ürktüğü için ne "evet", ne "hayır" diyor, sade saçlarımı okşayarak, başımı kucağına alarak beni yatıştırmaya çalışıyordu. Yalnız sabaha karşı o da asabileşerek isyan etti, hırçın bir sesle beni azarladı:

– Deli, sevmek ayıp mı? Kıyamet kopmadı ya... Daha olmazsa evlenirsiniz, olur biter... Uyu bakayım gözümün önünde... Ben öyle terbiyesizlik istemiyorum.

Müjgân ablanın bu umulmaz baskısı karşısında bu sefer de ben sindim. Zaten vücudumda da uğraşmaya kuvvet kalmamıştı. Bütün bir gece dağda kurtla boğuştuktan sonra sabaha karşı kendini bırakan Mösyö Seguin'in Keçisi[51]'ne dönmüştüm.

Uykuya dalarken Müjgân'ın tekrar katılaşmış bir sesle:

– Galiba o da sana karşı lakayt değil, diye fısıldadığını işittim, fakat artık isyana kudret bulamayarak uyudum.

*
* *

Ertesi gün yerli zenginlerden birinin çiftliğine davetli idik.

Hayatımda bugünkü kadar azdığım ve eğlendiğim bir gün olmamış gibidir.

Ayşe teyzemle Müjgân'ı çiftliğin havuzu kenarında büyüklerle dedikodu yapmaya bırakarak çocukları peşime takmış, etrafta otu ota, suyu suya katmıştım. Hatta bir aralık çıplak bir ata binmeye uğraşarak ufak bir tehlike de geçirmiştim. Teyzemle Müjgân beni gördükçe birtakım el ve baş işaretleri yapıyorlardı.

51 *Alphonse Daudet'nin "Değirmenimden Mektuplar" kitabındaki bir hikâyesi*

Ne demek istediklerini gayet iyi anlıyordum. Fakat anlamak işime gelmediği için görmezlikten geliyor, ağaçların arasında tekrar kendimi kaybediyordum.

Evet, on beş yaşında, kendi nazik tabirleri üzere "at anası gibi" bir kızın baş açık, bacaklar çıplak, üst baş darmadağınık, işçiler, yanaşmalar arasında hoyratlık etmesi ayıptı, bunu ben de biliyordum ama, bir türlü kendime lakırdı anlatamıyordum.

Bir aralık, Müjgân'ı yalnız bularak kolundan yakaladım:

– Ne anlıyorsun bu Ermeni gelini edalı hanımlardan. Gel sen de benimle bareber, dedim.

O, âdeta kızdı:

– Gece sabaha kadar hal mi bıraktın bende? dedi. Sonra ilave etti:

– Sen hakikaten şaşılacak bir mahluksun, canavar gibi bir şeysin Feride, dedi. Akşam ne hâldeydin? Sabahleyin iki saat bile uyumadın, tekrar ayağa kalktın. Halinde zerre kadar yorgunluk eseri yok. Rengin parlıyor, gözlerin parlıyor. Halbuki beni ne hale getirdin, bak!

Zavallı Müjgân, hakikaten acınacak hâldeydi. Geceki uykusuzluktan sonra yüzü, gözlerinin beyazına kadar balmumu gibi sararmıştı.

– Geceyi hatırlamıyorum bile, dedim ve tekrar kaçtım.

*
* *

Akşamüstü, arabamız geciktiği için yaya olarak dönüyoruz. Bu tabii, daha iyi. Zaten çiftlik uzak bir yerde değil... Teyzem, kendi yaşında iki komşusuyla arkadan geliyor. Ben, nihayet biraz canlanmaya karar veren Müjgân'la kol kola hayli önden yürüyorum. Yolun bir yanında yıkık duvarlar, çitlerle çevrilmiş bahçeler, öte yanında o büyük ümitsizliğe benzeyen yelkensiz ve dumansız deniz var.

Bahçelerde vakitsiz bir sonbahar başlamış. Duvarları, çitleri saran yeşillikler kurumuş, tek tük çiçekleri toz içinde sararıp buruşmuş. Seyrek fasılalarla birbirinden ayrılan cılız gürgenlerin ince, titrek gölgeleriyle beraber yolun tozları üzerine kuru yapraklar dökülüyor.

Yalnız ta uzaklarda, kendi haline bırakılmış bahçenin derinlerinde birtakım kırmızı benekler seçiliyor. Bunlar böğürtlenlerdir ve muhakkak ki Allah onları çalıkuşları gagalasın diye yaratmıştır.

Bu sebepten ümitsiz denizi bırakıyorum ve Müjgân'ın kolundan tutup böğürtlenlere doğru sürüklemeye başlıyorum. Arkadakiler kaplumbağa adımlarıyla bizi geçip aşağı köşenin başına varıncaya kadar biz, seksen defa işimizi bitiririz.

Fakat Müjgân abla insanı sabırsızlıktan çıldırtacak kadar mızmız. Tarlanın ortasında yürürken iskarpinin topuğu burkuluyor, kuru ekin saplarının ayaklarına batmasından korkuyor, iki karışlık bir hendekten atlamak lâzım geldiği zaman tereddüt ediyor.

Bir aralık bir köpeğin hücumuna uğradık. Müjgân'ın el çantasına sığacak büyüklükte bir köpek. Ablam bunu görünce kaçmaya, imdat istemeye kalkıştı. Nihayet böğürtlenlerden de korkuyordu. "Hastalanacaksın... Miden bozulacak" diye yemişleri elimden kapmak istiyordu. Ara sıra hafifçe boğuşuyorduk. Böğürtlenler eziliyor, yüzüme yapışıyor, benim geniş yakalarıma iki sırma çapa işlenmiş beyaz maren[52] bluzumu lekeler içinde bırakıyordu.

Aradakiler bize yetişinceye kadar biz, işimizi bitiririz demiştim ama, ben Müjgân ve böğürtlenlerle devamlı hâlde çalışırken onlar yolun alt başını bulmuşlardı. Galiba bizi merak etikleri için köşeyi dönmüyorlar, arkaya bakıyorlardı. Yanlarında bir erkek vardı.

Müjgân, "Kim acaba?" dedi.

– Kim olacak, bir yolcu, yahut bir köylü.

– Zannetmiyorum.

Doğrusu aranırsa onu ben de pek zannedemiyordum. Akşamın alacakaranlığı ve yol kenarındaki büyük ağaçların gölgeleri arasında pek iyi seçilmemekle beraber başka türlü bir insan olduğu görülüyordu.

Biraz sonra bu erkek bize el salladı, sonra onlardan ayrılarak bize doğru yürüdü.

Şaşırmıştık. Müjgân:

– Çok tuhaf! Herhâlde bir bildik olacak, dedi ve biraz sonra heyecanla ilave etti:

– Feride, bu Kâmran'a benziyor. Sakın...

– İmkânı yok. Ne işi var burada, dedim.

– O, vallahi, ta kendisi.

Müjgân koşmaya başladı. Ben, bilâkis yürüyüşümü daha ağırlaştırmıştım. Soluğumun tıkandığını, dizlerimin kesildiğini hissediyordum.

---

52 "Fr. marin'den" gemici

Yolun kenarında durdum. Ayağımı büyük bir taşın üzerine koyarak eğildim, iskarpinlerimin bağını çözdüm; sonra ağır ağır yeniden bağlamaya başladım.

Yüz yüze geldiğimiz zaman ben, sakin ve biraz da alaycı idim.

– Hayret, dedim, siz buralarda... Bu kadar uzun yolculuğu nasıl göze aldınız?

O bir şey söylemiyor, bir yabancı karşısında gibi çekingen bir gülümseme ile yüzüme bakıyordu. Sonra elini uzattı.

Ben, kendiminkileri hemen geri çektim, arkamda sakladım.

– Müjgân abla ile kendimize bir böğürtlen ziyafeti verdik. Ellerim yapış yapış. Sonra da üstüne tozlar yapıştı. Teyzeler nasıl? Necmiye nasıl?

– Gözlerinden öptüler, Feride.

– Mersi.

– Ne kadar yanmışsın, Feride... Derin pul pul olmuş.

– Güneşten.

Bir aralık Müjgân söze karıştı:

– Sen de öyle, Kâmran, dedi.

– Kim bilir... Şemsiyesiz mehtapta mı dolaştı, nedir? dedim.

Gülüştük ve yürüdük.

Biraz sonra Ayşe teyzem ile Müjgân, kuzenimi aralarına aldılar. Teyzemin komşuları kırkı geçmiş yaşlarıyla kendilerini kadından, Kâmran'ı erkekten sayarak biraz alarga[53] gidiyorlardı.

---

53 uzaktan

Ben, önde çocuklarla beraber yürüyordum. Fakat kulağım arkada idi. Kuzenimin teyzemle Müjgân'a, kendisini hangi rüzgârın buraya attığını anlatmasını dinliyordum:

– Bu yaz İstanbul'da çok sıkıldım, dedi, ama bilemezsiniz ne kadar çok...

Topuğumu hiddetle yere vurdum, içimden: "Elbette, dedim, mesut dulu yad ellere[54] kaçırdıktan sonra bundan tabii ne olur?"

O devam etti:

– Evvelki gece ayın on beşi idi. Bir arkadaş grubuyla Alemdağı'na çıktık. Son derece güzel bir gece. Fakat benim yorucu eğlencelere tahammülüm yok. Sabaha doğru kimseye haber vermeden kendi kendime şehre indim. Hâsılı fena hâlde sıkılıyordum. Birkaç gün İstanbul'dan uzaklaşmayı düşündüm. Fakat nereye gidersiniz? Yalova'nın mevsimi değil. Bursa bu aylarda cehennem gibi yanar. Birdenbire aklıma siz geldiniz. Zaten sizi de dehşetli göreceğim gelmişti.

*
* *

Eniştemle teyzem o akşam Kâmran'ı geç vakte kadar bahçede alıkoydular. Müjgân da yorgunluktan ayakta duramayacak hâlde olmasına rağmen, burunlarının dibinden ayrılmıyordu.

Ben, bilâkis, gruba alarga duruyor, ikide birde içeride yahut bahçenin arka taraflarında kayboluyordum.

Bir aralık bilmem niçin yanlarına yaklaşmak lâzım gelmişti. Kâmran, halimden alındığını gösteren bir tavırla:

54 *yabancı kimseler veya gurbet*

– Misafire hürmette kusur ediliyor galiba, dedi.

Ben gülerek omuzlarımı kaldırdım:

– "Misafir misafiri çekemez" derler dedim.

Müjgân beni tekrar kaçırmamak ister gibi sımsıkı bileğimden, eteğimden tutuyordu. Silkindim ve yatmaya ihtiyacım olduğunu söyleyerek odama çıktım.

Müjgân geç vakit odaya geldiği zaman ben yatağımda uyumuyordum. Karyolamın kenarına oturdu, yüzüme baktı. Güleceğimi hissederek öte tarafa döndüm, horlamaya başladım.

O zorla başımı kaldırdı:

– Sahtekârlığa lüzum yok, aç gözlerini, dedi.

– Vallahi uyuyordum, diye gözlerimi iri iri açtım.

Fakat ikimiz de kendimizi tutamayarak gülmeye başladık. Müjgân çenemi okşayarak:

– Tahminim doğru çıktı, dedi.

Sert bir hareketle karyola demirlerini zıngırdatarak doğruldum:

– Ne demek istiyorsun?

O, birdenbire ürktü:

– Hiç... Hiç, dedi. Sonra gülerek ilave etti:

– Allah aşkına boğuşmaya falan kalkayım deme, yorgunluktan ölürüm. Ve lambayı söndürerek yatağına girdi.

Birkaç dakika sonra da ben onun karyolasına gitmiş, başını yastığından kaldırarak kollarıma almış bulunuyordum. Fakat o zavallı hakikaten uyumuştu. Gözlerini açmadan: "Yapma, Feride" diye yalvardı.

– Peki, dedim, yalnız dilinin ucunda bir şey var ki mutlaka söylemezsen bu sefer ben uyuyamayacağım.

Odanın karanlığına, Müjgân'ın kapalı gözlerine rağmen yüzümü onun saçlarına saklayarak kulağına fısıldadım:

– Senin aklından delice bir şeyler geçiyor... Anlıyorum... Ona bir şey söyleyecek olursan seni zorla kucağıma alır, ikimizi birden denize atarım...

Müjgân:

– Peki... Peki... Ne istersen, dedi ve hâlâ hafif hafif başını sarsmakta devam etmeme rağmen tekrar uyudu.

*
* *

Kâmran'ın gelmesi hakikaten keyfimi kaçırmıştı. Ona karşı duyduğum hiddete, korkuya, iğrenmeye benzer karmakarışık his günden güne artıyordu. Karşı karşıya geldiğiniz zaman hiç sebep yokken kabalık ediyor ve kaçıyordum.

Bereket versin Aziz eniştem, misafirine fena hâlde kancayı takmıştı. Onunla görüştürmek için eve çeşit çeşit insanlar çağırıyor ve hemen her gün uzun bir araba gezintisine yahut yerlilerden birinin bağ ve bahçesine davete götürüyordu.

Bir sabah, yine böyle bir davete gitmeye hazırlanan kuzenimle merdiven başında karşılaşmıştım. Yolumu kesti, işitilmediğinden emin olmak ister gibi bir tavırla etrafına baktıktan sonra:

– İkramın fazlalığından öleceğim, Feride, dedi.

Ben, onunla merdiven parmaklığı arasındaki aralıktan ona sürünmeden geçip geçemeyeceğimi hesap ederek:

– Fena mı? dedim. Sizi her gün gezdiriyorlar.

Kâmran komik bir yeis[55] ile gülümsedi, gözlerini tavana kaldırdı:

– "Misafir misafiri çekemez" ama, misafirin misafire ev sahibini çekiştirmesi eski usullerdendir, dedi, bari ben de öyle yapayım...

Kuzenim nedense benim ilk gece söylediğim "misafir misafiri çekemez" sözüne içerlemişti. İkide birde bana bunun için taş atıyordu.

– İyi ama, dedim, ortada şikâyet edilecek bir şey yok. Her gün yeni yeni yerler, insanlar tanıyorsunuz.

O, tekrar dudak büktü:

– Tanıdığım insanlar hiç öyle zevk verici insanlar değil.

Artık kendimi tutamadım:

– Sizi eğlendirecek insanı nereden bulup getirsinler, zavallılar? dedim.

Kâmran, kendisini eğlendirecek insandan kimi kastettiğimi anlamıştı. Heyecanla elerini uzattı:

– Feride, dedi.

Fakat uzanan elleri boşta kaldı. Ben onun vücuduyla merdiven parmaklığı arasındaki delikten fırlayıp kaçmıştım. Basamakları ikişer ikişer atlayarak, şarkı söyleyerek bahçeye doğru koşuyordum.

*
* *

Nihayet bir gün Müjgân bana edeceğini etti.

Bir sabah, onunla deniz kenarındaki bayırda dolaşıyorduk.

---

55 üzüntü, umutsuzluktan kaynaklanan

Gece yağmur yağdığı için havada tatlı bir sonbahar serinliği vardı. Dumana, sise benzeyen şekilsiz bir bulut, güneşi saklıyor, denizin durgun yüzünde nereden geldiği belli olmayan uçuk bir aydınlık titriyordu.

Uzakta yelkenleri sönmüş birkaç balıkçı kayığı gölge gibi hareketsiz duruyordu.

O gün nasılsa serbest kalan Kâmran'ın caddeden geçtiğini gördüm.

İri bir ağaç kökünde oturan Müjgân'ın yüzü deniz tarafına dönük olduğu için o bunun farkında olmamıştı. Ben de görmezlikten gelerek bir yarım çevirme hareketiyle vücudumu aynı istikamete çevirdim. Fakat hiçbir şey görmediğim, işitmediğim hâlde onun bize doğru geldiğini seziyor, ensemde hafif bir ürperti hissediyordum. Müjgân:

– Ne o, sen birdenbire sustun, dedi ve başını çevirince on, on beş adım ileride Kâmran'ı gördü.

Ayaküstü birkaç dakikalık bir sabah sohbetinden kaçınmaya artık imkân kalmamıştı.

Kâmran Müjgân'a takılmakla söze başladı:

– Bugün de şemsiyenizi unutmamışsınız, dedi.

O, gülerek cevap verdi:

– Evet ama, bugün de yağmur tehlikesi var.

Kuzenim, kendi durgun ve kararsız mizacına benzeyen bugünkü havadan pek hoşlandığını anlatıyordu. Müjgân buna itiraz etti. Elindeki şemsiyeyi açıp kapamakla eğlenerek:

– Güzel ama, insana hüzün veriyor, dedi, bu mevsimden sonra günler ekseriya bugüne benzer. Sonra, kış. Bilmezsiniz buranın kışı ne kadar sıkıcıdır... Babam aksi gibi öyle bir alıştı ki, başka bir yere kaldıracaklar diye ödü kopuyor.

Kâmran şaka etti:

– O kadar aleyhinde bulunmayın. Kim bilir, belki zengin bir yerli ile evlenirsiniz.

Müjgân, işi ciddiye alarak başını salladı:

– Allah esirgesin, dedi.

Bu esnada yanımızdan çıplak ayakla bir balıkçı geçiyordu. Bir gün kendimi Marika diye tanıttığım ihtiyar balıkçı. Başı yine bir kırmızı mendille sarılı. Bana aşinalık[56] etti:

– Çoktan görünmüyorsun, Marika, dedi.

– Bir gün sizinle balığa çıkmaya hazırlanıyorum, dedim.

Konuşa konuşa bayırın kenarına doğru yürümeye başladık.

Biraz sonra tekrar yanlarına döndüğüm zaman, Müjgân kuzenime bu Marika hikâyesini anlatıyordu. Sözünü bitirdikten sonra bileğimden tuttu:

– Beni değil ama, galiba Feride'yi büsbütün Tekirdağ'da bırakacağız, dedi. Kısmeti çıktı. İsa Kaptan diye bir balıkçının oğluna istiyorlar. Balıkçı deyip de geçmeyin. Son derece zengin bir insan.

Kâmran gülüyor:

– Milyoner de olsa o kadar demokrat olamayız, değil mi, Feride? diyordu. Ben, kuzen sıfatıyla buna katiyen razı olmam.

Akıllı uslu Müjgân'ı bugün hangi hain şeytan dürtüyordu. Kâmran'ın bu sözüne karşı ne dese beğenirsiniz?

---

56 tanıdığını belli etmek

– Hepsi o kadar değil, Feride'nin daha yüksek kısmetleri de var. Mesela ateş gibi bir süvari zabiti. Her akşamüstü atıyla evimizin karşısına geliyor, kendini Feride'ye beğendirmek için tehlikeli hünerler yapıyor.

Kâmran, bu sefer kahkaha ile gülüyordu. Fakat bu kahkahanın içinde deminki gülüşe benzemeyen, tuhaf bir şey, bir kırıklık vardır.

– Buna bir diyeceğim yok. Cevap vermek kendi hakkı, diyordu.

Müjgân'a gizli bir "sana gösteririm" işareti yaparak:

– Sen çok oluyorsun artık, dedim, bilirsin ki, böyle lakırdılardan hoşlanmam.

O ihtiyaten[57], Kâmran'ın arkasına geçerek bana göz kırptı:

– Yalnızken böyle konuşmuyorsun ama, dedi.

– Yalancı, iftiracı...

Bu sefer de Kâmran işi parmağına dolamıştı:

– Bunu bana da söyleyebilirsin, Müjgân, diyordu. Ben yabancı değilim ki...

Hiddetle ayağımı yere vurdum:

– Anlaşıldı. Sizinle kavga etmeden konuşulamayacak. Allahaısmarladık, dedim ve hiddetle denize doğru yürümeye başladım.

IX

Yürümeye başladım, fakat bir his bana bu uzaklaşmanın, başlamış lakırdıyı bırakmayacağını haber veriyordu. Bayırın

57 *her ihtimale karşı*

kenarına gittikten sonra hiddetle denize taş atmaya başladım. Ara sıra yere eğilir gibi yaparak arkaya bakıyordum. Gördüğüm şeyler hiç emniyet verecek gibi değildi. Müjgân, beni mahvetmek üzereydi ve bunun önüne geçmek için benim elimde çare yoktu.

Evvela gülerek konuşuyorlardı. Sonra ikisi de ciddileştiler. Müjgân söyleyeceği şeyleri bulmakta güçlük çekiyor gibi şemsiyesiyle toprağa çizgiler çiziyor, kuzenim bir heykel gibi dimdik duruyodu. Nihayet ikisinin de dönüp bana baktıklarını ve fenası, yanıma doğru yürümeye başladıklarını gördüm.

İşin anlaşılmayacak bir yeri kalmamıştı. Kendimi bayırın en dik yerinden olanca hızımla aşağıdaki kumsala kapıp koyuverdim. O gün, o inişte nasıl olup da yuvarlanmadığıma, hem de bir yerimden değil de birkaç yerimden kırılıp dökülmediğime hâlâ şaşarım.

Maamafih, bu tehlikeli deligözlülük de beni onlardan kurtaramamıştı. Başımı çevirince onların bayırın başka tarafından yavaş yavaş inmekte olduklarını görmeyeyim mi?

Koşmaya başlayacak olsam, bu nazlı insanların –ata da binseler– beni yakalayamayacakları muhakkak. Ancak şu var ki, benim kaçışım manalı olacak, her şeyi anladığımı, yahut hiç değilse bir şeyden şüphelendiğimi gösterecek.

Onun için, hiçbir zorum, sıkıntım yokmuş gibi, ara sıra denize taşlarımı atmakta devam ederek, hızlı hızlı yürüdüm. İlerideki burnu dönersem selamete çıkmış olacaktım. Fakat aksiliğe bakın ki, bu sabah deniz çekilmiş, kayanın ucunda kupkuru bir geçit açılmıştı.

Planım hazırdı. Kumsalda biraz daha yürüdükten sonra, oradaki bir keçi yolundan tekrar bayıra tırmanmaya başlayacaktım. Burası, keçilerin bile zor çıkacakları bir yol olduğu için onlar beni kovalamaktan vazgeçecekler, izimi kaybetmiş olacaklardı.

Yalnız buranın öte tarafında, birdenbire karşıma çıkan bir komedi yahut facia, birkaç dakika bana her şeyi unutturdu. Biraz evvel yanımızdan geçen ihtiyar balıkçı, elinde bir kürekle kara bir sokak köpeğini kovalıyordu. Hayvan bağıra bağıra oradan oraya kaçıyor, ihtiyar, ara sıra yetiştikçe küreği biçarenin, ötesine berisine yapıştırıyordu.

Evvela köpeğin kuduz olması ihtimali aklıma geldi ve duraladım. Fakat şimdilik balıkçı, ondan daha kudurmuş görünüyor, kendini kaybetmiş bir hâlde, çarpınıp çırpınıyor ve bağırıyordu.

Birdenbire yanına yaklaşmaya cesaret edemeyerek bağırdım:

– Ne var, ne istiyorsun zavallı hayvandan?

İhtiyar, iyiden iyiye solumuştu. Bir an, dayağa fasıla vererek küreğine dayandı. Ağlar gibi bir sesle:

– Ne olacak, ateşte kaynayan katranı devirdi meret, dedi. Lâkin bunu onun yanına bırakmayacağım.

Hiddetin sebebi anlaşılmıştı. Köpek, balıkçının kumsalda bir çalı ateşi üzerinde kaynamakta olan bir teneke katranını devirmişti. Büyük suç! Fakat, herhâlde hayvancığın sandal küreğiyle öldürülmesini icap ettirecek derecede büyük suç değildi.

Köpek bir kaya kovuğunun içine, aklınca emin bir yere saklanmıştı. Biraz sonra kürekli düşmanının, ikinci bir hücumuna uğradığı zaman ne yapacağını, kendi ayağıyla girdiği bu kapandan nasıl kurtulacağını düşünmeden, kesik kesik uluyordu. Halbuki kumsal boyunca dümdüz koşup gitseydi, yahut benim tasarladığım yoldan bayıra tırmansaydı mutlaka kurtulacaktı.

Vaktim olsa, bu zavallı köpeği kurtarmak için bir şey yapardım. Fakat ne çare ki, benim derdim de kendi başımdan aşkındı. Ben de onun gibi kovalanıyordum.

Müjgân'la kuzenimin, burnu dönmeleri tekrar aklımı başımdan aldı ve arkama dönmeden yine hızlı adımlarla biraz yürüdükten sonra, bayıra tırmanmaya başladım.

Maamafih evvelce de düşündüğüm gibi, büsbütün kaçmaya da içim razı olmuyordu. İkide birde duruyor, belli etmeden yavaşça arkama, daha doğrusu aşağıya bakıyordum.

Facia, Müjgân'la Kâmran'ı da alakadar etmiş görünüyordu. Devrilmiş katran tenekesinin başında heyecanla konuşuyorlardı.

Nihayet, kuzenimin cebinden çantasını çıkardığını, balıkçıya paralar verdiğini gödüm. Daha garibi, sevinçle küreğini yere atan balıkçı, bana dönüyor, elleriyle işaretler yapıyordu.

Darısı başıma, köpek kurtulmuştu. Onların arkamdan beni çağırmalarına aldırış etmeyerek evin yolunu tuttum.

Müjgân'ın yaptığını hatırladıkça, aklım çileden çıkıyor, bütün vücudumu ateş basıyordu. Ara sıra tırnaklarımla avuçlarımı kopararak: "Rezil oldum, alacağın olsun, Müjgân!" diyordum.

O hızla zannederim ki, İstanbul'a kadar giderdim. Fakat kapının önünde Aziz eniştem karşıma çıktı:

– Kız, ne o çehre? Pancar gibi kızarmışsın! Biri mi kovaladı, diye yolumu kesti.

Sinirli bir gülme ile: "Ne münasebet enişte!" dedim ve çocuk sesleri gelmekte olan arka bahçeye koştum.

Arka bahçede, büyük bir gürgen ağacına asılı, bir kolan[58] salıncağı vardı. Bazı günler komşu çocuklarını toplayarak, burasını bayram meydanlarına çevirirdim. Bugün küçük arkadaşlarım, benim davetimi beklemeden irili ufaklı bir sürü halinde gelmişler, salıncağın etrafını sarmışlardı.

Ne güzel tesadüf! Eve gelirken odama kaçarak kapıyı kilitlemeyi düşünmüştüm. Fakat onlar muhakkak arkamdan gelecekler, zorla kapıyı açtırmak isteyerek, sofada rezalet çıkaracaklardı. Halbuki şimdi çocukların arasına karışır, işi deliliğe vurarak onların yanıma sokulmalarına mani olabilirdim. Arkadaşlarım arasında salıncağa önce binmek yüzünden kavga çıkmıştı. Ben hemen aralarına atıldım, kollarımla onları iki tarafa dağıtarak:

"Hepiniz kenara sıralanın, bakayım..." dedim, ben, sizi birer birer kendim sallayacağım.

Salıncağa atladım, küçüklerden birini de karşıma alarak, yavaş yavaş sallanmaya başladım.

Çok geçmeden onlar sökün ettiler ve çocukların arkasında durdular.

58 *dokumadan yapılan iki iplik arasına minder vb. yerleştirilerek yapılan salıncak.*

Müjgân hızlı hızlı soluyor, ara sıra eliyle göğsünü bastırıyodu. Kuzenim onu fazlaca koşturmuş olacaktı.

İçimden, "Daha beter ol!" dedim ve salıncağı hızlandırdım.

Kenarda nöbet bekleyen çocuklar titizlenmeye: "Çok oldu ama, bizi de, bizi de" diye bağrışmaya başlıyorlardı. Fakat ben kulak asmıyor, başımdaki gürgenin sık yapraklarını hışırdatarak gittikçe artan bir hızla havalanıyordum.

Bu hâl, çocukları büsbütün hırslandırmıştı. Sabırsızlıklarından, çizdiğim sınırı aşarak, kendilerini salınacağın önüne atıyorlar, Müjgân'la Kâmran onları kollarından çekerek yüzlerini, gözlerini çarpıp dağıtmalarına mani oluyorlardı. Daha fenası, benimle beraber sallanan küçük de kesilmişti. Dizlerimin arasında çığlık çığlığa haykıran bu yumurcağın ipleri bırakmasından, yere düşüp ölmesinden korkmaya başlamıştım.

Çaresiz salıncağı durdurdum ve çocuğa çıkışmaya başladım. Bir parça hızlı sallanmaktan korkacak çocuğun kolan salıncağında ne işi vardı? Bunlar evde küçük kardeşlerinin beşiğinde sallansalar daha iyi olurdu. Daha buna benzer birtakım sözler. Yani açıkçası, Kâmran'ın bana lakırdı söylemesine fırsat vermemek için şirret bir yaygara. Bereket versin öteki çocuklar da ayrı perdeden, ayrı tempodan başka yaygaralar koparıyorlar, bahçeyi cehenneme çeviriyorlardı.

– Beni de, Feride abla. Beni de. Beni de. Beni de.

– Hayır, hiçbirinizi almayacağım, korkuyorsunuz.

– Korkmayız Feride abla, korkmayız, korkmayız, korkmayız.

Bu esnada evin penceresinden teyzemin sesi işitildi:

– Feride, onların da biraz gönlünü ediver, canım.

Hemen o tarafa döndüm ve uzun bir münakaşaya giriştim:

– Teyze, böyle söylüyorsunuz ama, düşerlerse, bir yerleri kırılırsa sonra beni haşlarsınız.

– A kızım, çocukları düşürmek şart değil ya. Yavaş sallayıver.

– Teyze, bilmez gibi söylemeyin, rica ederim. Kırk yıllık Çalıkuşu'nu daha tanımadınız mı? Bana güven olur mu? Uslu uslu başlarım. Sonra, salıncak gidip geldikçe şeytan yavaş yavaş dürtüşler, "Haydi, haydi. Biraz daha, biraz daha" diye. "Etme, eyleme, yanımda çocuklar var!" diye cevap veririm. Fakat o, "Haydi. Haydi. Bir parçacık daha, bir parçacık daha, ne olursun" diye devam eder. Derken, ağacın dalları, yaprakları da koro gibi, "Haydi Feride, haydi Feride, diye tekrar ederler. Bu kadar teşvike bir zavallı Çalıkuşu nasıl dayanır, insaf etsenize!

Gevezeliğim tükeniyor, fakat arkam dönük olduğu hâlde, kuzenimi omuz başımda hissediyordum. Sesim kesilir kesilmez onun başlayacağına hiç şüphem yok. Ne yapmalı! Onunla yüz yüze gelmeden nasıl kaçmalı!

Eteklerime bir çocuğun sarıldığını görüyorum, koltuklarının altından tutarak havaya kaldırıyorum. Bu misafirlerimin en miniminisi, yedi sekiz yaşında bir bebektir. Yüzünü yüzüme yaklaştırarak:

– Hatırın kalmasın ama, seninle hiç olmaz diyorum. Bu tombul yanacıkları kanatırsak nasıl olur!

Çocuğun arkasını bir gölge kaplıyor. Bu, Kâmran'dır. Bu başı başımdan ayırır ayırmaz onunla yüz yüze, göz göze geleceğimize hiç şüphe yok. Artık kurtuluş çaresi kalmadı. Ondan kaçınmak, korkmak dünyada kibirime yediremeyeceğim şey. Onun için küçüğü kollarımdan indiriyorum ve dimdik Kâmran'ın gözlerine bakıyorum:

– Haydi küçük, Kâmran ağabeye yanaş. O, hanım gibi nazlı, nazik bir çocuktur. Ninnisi eksik bir sütnine gibi seni sarsmadan, yormadan uslu uslu sallar. Yalnız, fazla kıpırdama. Çünkü nazik kolları seni zapt edemez. İkiniz de düşersiniz.

Niyetim, gözlerim gözlerine dikili, ona baş eğdirip neticeye kadar bu küstah ve zalim alaya devam etmek. Fakat o gözlerini kaçırmıyor, "Nafile uğraşma, hepsini biliyorum" der gibi bir bakışla bana bakıyordu. O zaman partiyi kaybettiğimi anlıyorum. Başımı önüme eğiyor, mendilimle tozlu avuçlarımı silmeye başlıyorum.

Kâmran:

– Eğleniyorsun öyle mi yaramaz? dedi. Şimdi görürüz, beraber sallanacağız.

Çevik bir hareketle ceketini çıkardı. Müjgân'ın kollarına fırlattı.

Teyzem pencereden:

– Aman, Kâmran, çocukluk etme. O canavarla başa çıkamazsın, bir yerini kırar, diye bağırıyordu.

Çocuklar, eğlenceli bir şey seyredeceklerini anlayarak geri çekildiler. Biz salıncağın yanında yalnız kaldık.

Kuzenim gülerek:

– Ne bekliyorsun, Feride? dedi, korkuyor musun?

Bu sefer yüzüne bakmaya cesaret edemeyerek:

– Ne münasebet, dedim ve salıncağa atladım.

İpler gıcırdadı, salıncak yavaş yavaş hareket etti.

Ben, ihtiyatlı davranıyor, çok zorlu olacağını hissettiğim bu sallanmada kuvvetimi muhafaza etmek için dizlerimi hafifçe bükmekle iktifa ediyordum[59].

Gitgide süratimiz artmaya, gürgen gittikçe çoğalan yaprak hışırtılarıyla sarsılmaya başladı.

İkimiz de dişlerimizi sıkıyor, bir kelime bize biraz kuvvet zayi ettirecekmiş[60] gibi susuyorduk.

Hareketin sarhoşluğu yavaş yavaş beni sarıyor kendimden geçiyordu.

Kamrân'ın başı birdenbire bir yaprak yığınına daldı, uzun saçları alnına döküldü.

Alaycı bir sesle:

– Pişman olmaya başladınız mı acaba? diye sordum.

O da gülerek.

– Kimin pişman olacağını görürüz, dedi.

Dağınık saçlarının arkasından, pırıl pırıl yanan yeşil gözleri bende garip bir kin, bir zulüm meyli[61] uyandırıyordu. Kuvvetle dizlerimi bükerek salıncağa çılgın bir sürat verdim. Şimdi, her gidiş ve gelişte başımız yaprakların içine dalıp çıkıyor, saçlarımız birbirine karışıyordu. Bir aralık, bir rüya içinde gibi teyzemin "yeter, yeter!" diye bağıran sesini işittim.

---

59 yetinmek
60 kaybettirmek
61 eğilim

Bunu Kâmran da tekrar etti:

– Yeter mi, Feride? dedi.

– Onu size sormalı, diye cevap verdim.

– Benim için hayır, dedi. Müjgân'dan öğrendiğim güzel şeyden sonra, yorulmama imkân yok...

Dizlerim birdenbire gevşedi, iplerin elimden kurtulmasından korktum.

Kâmran, devam etti:

– Bunu ümit ediyordum. Ben buraya senin için geldim Feride... Hareketten kalmış olmama rağmen salıncak hâlâ aynı hızla sallanıyordu. Kollarımı iplerin etrafından geçirdim, ellerimi birbirine kenetledim.

– İnelim artık, düşeceğim, diye yalvardım.

O, düşkünlüğümü anlamadı:

– Hayır, Feride, dedi. Benimle evlenmeye razı olduğunu ağzından işitmeden seni bırakmam, beraber düşüp ölünceye kadar.

Dudakları saçlarımın arasından alnıma, gözlerime dokunuyordu. Dizlerim büküldü; birbirine kenetlenmiş ellerim açılmamakla beraber kollarım iplerin etrafına kaydı. Kâmran, beni bu esnada kavramamış olsaydı, muhakkak düşecektim. Fakat onun kuvveti beni muhafaza etmeye kâfi değildi. Muvazenesi bozulan salıncağın birdenbire dönen ipleri arasında yere yuvarlandık.

Hafif bir sersemlikten sonra gözlerimi açtığım zaman kendimi teyzemin kucağında buldum.

Islak bir mendille şakaklarımı siliyor:

– Bir yerin acıyor mu, kızım? diyordu.

– Hayır teyze, dedim.

– Öyleyse niçin ağlıyorsun?

– Ben mi ağlıyorum, teyze?

Gözlerindeki yaşlar ne?

Başımı teyzemin göğsüne soktum:

– Düşmeden evvel ağlamış olacağım, teyze dedim.

X

Üç gün sonra, Ayşe teyzemle Müjgân da bize katılmış olarak sürü sepet İstanbul'a dönüyorduk. Havadisi oğlunun bir mektubuyla öğrenen Besime teyzem ile Necmiye bizi, Galata rıhtımında karşılamaya koşmuşlardı.

Nişanlılığımın ilk haftaları herkesten kaçmakla geçti. Bunların başında Kâmran geliyordu. O benimle yalnız kalmak, beraber gezinmek ve konuşmak istiyordu. Zannederim bu her nişanlı gibi onun da hakkıydı. Fakat ne çare ki, ben dünyadaki nişanlıların en acemi ve vahşisiydim. Kâmran'ın bana doğru geldiğini gördüğüm zaman ürkmüş bir at gibi patır patır kaçıyordum, arkamdan sapan taşı yetişemiyordu.

Müjgân vasıtasıyla ona bir ültimatom vermiştim. Karşı karşıya geldiğimiz zaman benimle nişanlı gibi konuşmayacaktı. Sözümü tutmazsa her şeyi bozacağımı yeminlerle söylüyordum. Müjgân, Tekirdağ'ında olduğu gibi burada da ara sıra beni yatağımda sıkıştırıyor:

– Niçin bu deliliği yapıyorsun, Feride, diyordu. Biliyorum ki, onu ölesiye seviyorsun. Bunlar sizin en güzel zamanlarınızdır. Kim bilir, onun sana söyleyecek ne güzel şeyleri vardır...

Müjgân bazen bu kadarla kalmıyor, incecik elleriyle saçlarımı okşayarak onun ağzından konuşuyordu.

Yatağımda büzülerek:

– İstemiyorum... Korkuyorum, utanıyorum; tuhaf bir şey işte... Anlatamayacağım ki, diye sızıldanıyor, daha üstüme varırsa ağlıyordum.

Sonra, beni bırakıp yatmaya gittiği zaman Kâmran'ın söylediği şeyleri kendi kendime tekrar ediyor, bu kelimelerin ahengi içinde uykuya dalıyordum.

*
* *

Teyzem, bana özene bezene bir nişan yüzüğü yaptırmıştı. Benim yaralı parmaklarıma yakışmayacak kadar göz alıcı, zengin bir taş.

Bunu teyzem bir İstanbul dönüşünde, beni bir pencere kenarına çekerek bir sürpriz gibi gösterdiği, karşıki ağaçların içinde kaybolmak üzere olan güneşe tutup pırıldattığı zaman, gözlerimi kapayarak geri çekildim, ellerimi arkama sakladım, kızardığımı göstermemek için yüzümü perdenin karanlığına siper ettim.

Teyzem beni anlamadı, sevinçle boynuna sarılmayışıma hayret eder gibi:

– Beğenmedin mi yoksa, Feride? dedi.

Soğuk bir sesle:

– Çok güzel teyze, mersi, dedim.

Bu hareketime canının sıkıldığı anlaşılıyordu. Maamafih, bu uzun sürmedi. Tekrar gülümsemeye başlayarak:

– Elini uzat da bir tecrübe edelim, dedi, eski bir yüzüğünü ölçü verdim. İnşallah dar falan değildir.

Teyzem kolumu zorla çekecekmiş gibi, arkama sakladığım parmaklarımı birbirine kilitliyordum:

– Şimdi imkânı yok, teyze dedim, daha sonra.

– Çocukluk etme, Feride.

İnatla başımı önüme eğdim, ayaklarımın ucuna bakmaya başladım.

– Birkaç gün sonra akrabalarımıza bir küçük davet vereceğiz. Nişan takacağız.

Yüreğim hızlı hızlı çarpıyordu:

– İstemem, dedim. Buna mutlaka lüzum görüyorsanız ben mektebe gittikten sonra yapın.

Güzel bir azarı hak etmiştim. Fakat, teyzem, yine büyüklüğün kendisinde kalmasını istedi. Gülümserken dudaklarını kısarak hafif bir alay geçti:

– Nasıl, nişan toplantısında senin yerine bir vekil mi koyacağız? Nikâhta öyledir ama, kızım, nişanda henüz böyle bir âdet çıkmamıştır.

Verilecek cevap olmadığı için önüme bakmakta devam ediyordum.

Teyzem, alacağım dersin şiddetini gidermek için bir eliyle belimden tuttu; ötekiyle çenemi, saçlarımı, alnımı okşayarak:

– Feride, zannederim ki, artık çocukluğu bırakmak zamanı gelmiştir, dedi; şimdi senin yalnız teyzen değilim, annenim de... Buna pek memnun olduğumu söylemeye lüzum yok değil mi? Sen Kâmran için, huyunu bilmediğim herhangi bir yabancı kızdan çok daha iyisin. Yalnız... Yalnız biraz fazla havaisin. Çocuklukta bu belki pek zararlı bir şey değildir. Fakat gitgide büyüyorsun. Büyüdükçe de elbet ağırlaşacaksın, akıllanacaksın. Mektebini bitirmene ve evlenmenize aşağı yukarı dört sene var. Hayli uzun zaman. Böyle olmakla beraber sen nişanlı bir kızsın. Ne demek istediğimi, bilmem, anlatabiliyor muyum? Ciddi ve ağırbaşlı olmalısın. Çocukluğa, yaramazlığa, inatçılığa artık nihayet[62] vermelisin. Kâmran'ın ne kadar ince hisli ve nazik olduğunu biliyorsun.

Kelimesi kelimesine aklımda kalmış olan bu sözlerde hakikaten yakıp hırpalayacak bir şey var mıydı? Bunu bugün bile anlamış değilim. Fakat, ne bileyim, teyzemin beni kıymetli oğlu için biraz küçük gördüğü kokusunu seziyordum.

Nasihatlerinin nasıl tesir ettiğini anlamak ister gibi:

– Şimdi artık anlaştık değil mi, Feride? dedi. Sırf akraba ve bir iki yakın dost için bir nişan ziyafeti yapacağız.

Kendimi çiçeklerle ve avizelerle süslü bir masada şimdiye kadar alışmadığım bir tuvaletle, bambaşka saçlar ve çehreyle onun yanında gördüm. Bütün bakışlar üzerimize toplanmıştı.

Birdenbire titreyek silkindim:

– İmkânı yok bunun teyze, diyerek dörtnala aşağı kaçtım.

Müjgân, bugünlerde benim için bir abladan fazla bir şey, hemen hemen bir anne olmuştu. Geceleri odamızda yalnız kaldığımız zaman lambayı söndürüyor, onun hırpalanmaktan

62 son

büsbütün incelmiş vücudunu kollarımın arasına alıyor, cevap vermemesi için elimle ağzını tıkayarak yalvarıyordum:

– Dünyada en acıdığım, alay ettiğim insanlar nişanlı kızlardı. Ben onlardan biri oldum. Onlara yalvar. Kimse bana nişanlı demesin. Yerin dibine geçiyorum, korkuyorum, ben daha çocuğum. Önümüzde daha dört uzun sene var. O zamana kadar daha büyürüm, alışırım. Kimse bana nişanlı muamelesi etmesin şimdi.

Nihayet ağzı serbest kalan Müjgân:

– Peki, diyordu. Yalnız bir şartla. Daha doğrusu iki şartla. Evvela benimle boğuşmayacaksın. Sonra, onu çok sevdiğini bana, yalnız bana, bir kere daha tekar edeceksin.

O zaman, Müjgân'ın göğsüne yüzümü saklıyor, başımla üst üste birkaç kere "evet" işareti yapıyordum.

*
* *

Müjgân, vaadinde durmuştu. Evdekilerden olsun, dışarıdakilerden olsun kimse yüzüme karşı nişanlandığımdan bahsetmiyordu. Arada bir şakalaşmaya kalkanlar olursa benden, ağızlarının payını alıyorlar ve susuyorlardı. Hatta bunlardan biri bir gün benden ağzına bir hafif şamarcık da yedi. Fakat bereket versin yabancı değil, kuzenimin ta kendisi idi. Benim tarafımdan gayet haklı bir şamarcık; fakat, Allah esirgesin Besime teyzem duysa, kim bilir, bana neler yapardı?

Böyle olmakla beraber yine de köşkte pek rahat sayılmazdım. Mesela mevkiim büyüdüğü için günün birinde beni evin daha hatırlı bir odasına taşıyorlar, perdelerimi, karyolamı, gardırobumu değiştiriyorlardı ve bunun sebebini sormaya, tabii, cesaret edemiyordum.

Bir gün, araba ile Merdivenköy'de bir köy düğününe gidilecekti. Araba, kalabalıkça idi. Boş bulundum:

– Arabacının yanına bineyim, dedim.

Bir kahkaha koptu. Ben kızararak kös kös arabaya bindim.

Eskiden olduğu gibi ara sıra mutfaktan kayısı kurusu falan aşırmaya gittikçe hain aşçı:

– Ne istersen açık deyiver, küçükhanım. Gayrı zatınıza hırsızlık yakışmaz, diye benimle alay ediyordu.

Kimse henüz bir şey söylemediği hâlde artık sokaktan çocuk çağırmaya da cesaret edemiyordum. Kırk yılda bir ağaca çıkmak için bucak bucak saklanmak ve geceyi beklemek lâzım geliyordu. Fakat, bunların arasında en başa çıkılmazı, Kâmran'dı. Vakansın[63] son günleri köşkte, onunla kovalamaca oynamakla geçti diyebilirim.

O, beni yalnız yakalamak için fırsat arıyordu. Ben, bütün şeytanlığımı, kendimi tenha bir yerde kıstırmamaya sarf ediyordum.

Ara sıra bana teklif ettiği araba gezintilerine yanaşmıyor, pek fazla ısrar ederse yanımıza –Müjgân'dan başka– birisini alıyor ve yolda mütemadiyen onunla konuşuyordum. Müjgân'dan başka diyorum. Çünkü Müjgân'ın yolda beni onunla yalnız bırakmak için kaçmayacağına, yahut da lüzumsuz gevezelikler etmeyeceğine emniyetim yoktu.

---

63 "Fr. Vacance" tatil

Kâmran bir gün bana:

– Biliyor musun Feride, beni bedbaht ediyorsun dedi.

Kendimi tutamadım:

– Şimdiden mi? dedim.

Bu suali, o kadar komik bir hayretle sormuştum ki ikimiz de gülmeye başladık.

– Müjgân'a söylediğini bir kere de senin ağzından işitmek istiyorum. Zannederim ki, bu benim hakkım.

Müjgân'a ne söyledğimi hatırlamıyormuşum gibi yalandan gözlerimi havaya kaldırdım, düşündüm. Sonra:

– Evet, ama, dedim. Müjgân kız. Cariyeniz de zannederim, öyle. Aramızda konuştuğumuz her şey herkese söylenemez.

– Ben herkes miyim?

– Yanlış anlamayınız. Tipiniz biraz kadın tipi olmasına rağmen erkeksiniz. Demek ki bir kız arkadaşa söylenecek her şey bir erkeğe tekrar edilmez.

– Ben senin nişanlın değil miyim?

– Galiba bozuşacağız. Biliyorsun ki ben bu kelimeyi istemiyorum.

– Görüyorsun ki kendime bedbaht demekte hakkım var. Yine belki ağzıma vurursun diye kelimeyi söylemeye cesaret edemiyorum. Fakat sana karşı, kimse için duymadığım bir his var içimde...

Ne vakitten beri kaçtığım kapana tutulmak üzere olduğumu anladım. Konuşursam, ya sesim titreyecekti, ya başka bir münasebetsizlik yapacaktım. Kâmran'ın sözünü ağzına bırakarak sokağa doğru bir koşu kopardım.

Onun da, arkamdan geleceğini zannediyordum. Fakat öyle bir şey işitmeyince yavaşladım; biraz sonra usulca arkama baktım.

O, sadece, ağaçlardan birinin altındaki bir kamış kanepeye oturmuştu.

Kendi kendime:

– Galiba ben, ayıp yapıyorum, dedim.

Öyle sanıyorum ki, Kâmran bu esnada bana baksa pişmanlığımı anlayacak, tekrar yanıma gelecekti ve galiba, ben de artık kaçamayacaktım.

Kuzenimin oturuşunda, hakikaten bedbaht bir insan tavrı vardı. Kendi kendime gayret vermek için söylenmeye başladım:

– Sinsi sarı çıyan. Bu bahçede mesut dulun etekleri arkasından nasıl koştuğunu daha unutmadım. Pekâlâ yapıyorum.

*
* *

Tatilin son günlerinde başımdan geçen bir kazayı da söylemeden geçemeyceğim.

Köşk halkı bir gün sağ elimin bir parmağının kocaman bir sargı beziyle bağlı olduğunu gördüler. Soranlara:

– Bir şey değil, bir parçacık kestim; ziyanı yok, kendi kendine geçer, diyordum.

Teyzem yarayı inatla sakladığımı fark edince:

– Mutlaka bir yaramazlık ettin. Ehemmiyetli bir şey ki, saklıyorsun. Bir hekime gösterelim, başımıza bir iş açar, diyordu.

Hakikat şuydu: Teyzem, beni bir gün yatak odasındaki gardırobundan galiba bir mendil almaya göndermişti. Gardırobun aralık bir gözünde mavi kadife kaplı bir mahfaza gördüm. Bu, benim nişan yüzüğümdü. Onu bir dakika parmağımda seyretmek hevesine karşı koyamadım. Fakat bu kapris bana pahalıya mal oldu. Yüzük, teyzemin korktuğu gibi biraz dar yapılmıştı; bir türlü parmağımdan çıkmıyordu. Manasız bir heyecan içinde bir hayli zorladım, sonra dişlerimle çıkarmaya çalıştım. Nafile. Ben, uğraştıkça parmak şişiyor, yüzük büsbütün daralıyordu.

Söylesem muhakkak bir çaresini bulacaklardı. Fakat, nedense, bu yüzükle yakalanmak fena hâlde kibirime dokunuyordu. İşte o zaman, parmağımı bir sargı ile bağladım. Tam iki gün vakit buldukça odama kapanıp sargıyı çıkararak kendi kendime saatlerce uğraşıyordum. Üçüncü gün, hakikati utana sıkıla teyzeme itiraf etmeye hazırlandığım bir zamanda yüzük kendiliğinden çıkıvermesin mi?

Niçin? Herhâlde, geçen iki gün içinde üzüntü ve sıkıntıdan zayıflamış olacaktım.

Tatilin son günü hazırlığa başlamıştım. Kâmran buna itiraz etti:

– Bu kadar aceleye ne lüzum var. Feride? Birkaç gün daha kalabilirsin, dedi.

Fakat ben, model bir talebeymişim gibi razı olmuyor:

– Sörler, mutlaka mektep açıldığı gün gelmemi tembih ettiler. Bu sene de dersler çok sıkı, yolunda çocukça bahanelerle inat ediyordum.

Kâmran bu ısrarım karşısında yine bir hüzün ve dargınlık nöbeti geçirdi.

Ertesi gün, beni mektebe götürürken hiç konuşmadı ve ayrılacağım zaman:

– Benden bu kadar çabuk kaçmak isteyeceğini ummazdım, Feride, diye sitem etti.

XI

Zaten, pek öyle aklı başında, çalışkan bir talebe değildim. Üstelik bu dert çıkınca büsbütün kendimi şaşırdım.

İlk üç ayın notları son derece fena gitti. Bu, bir gayret yapıp kendimi toplarlamazsam, sınıfta kaldığımın resmiydi.

Bültenler dağıtıldığı günün akşamı Sör Aleksi, beni bir köşeye çekti.

– Notları beğendin mi, Feride? dedi.

Bedbin bir tavırla başımı saklayarak:

– Epeyce bozuk Ma Sör, dedim.

– Epeyce değil, pek çok. Ben sizin bu kadar düştüğünüzü hatırlamıyorum. Halbuki bu sene başka türlü çalışacağınızı umardım.

– Hakkınız var. Bu sene geçen seneden bir yaş daha büyüğüm.

– Sade o kadar mı?

Garip şey! Sör Aleksi çenemi okşuyor, manalı manalı gülüyordu. Ne yapacağımı şaşırarak gözlerimi gözlerinden kaçırdım.

Ah bu Sörler! Dünyaya ait hiçbir şeyin farkında görünmemelerine rağmen en küçük dedikoduları bilirler, öğrenirler. Kimden? Nasıl? On sene aralarında yaşadığım ve öyle pek alık salık bir kız olmadığım hâlde bunu bir türlü anlayamamışımdır.

Ben, bir bahane ile kendimi kurtarmaya uğraşırken, Sör Aleksi, daha açıldı:

– Zannederim ki bültendeki numaraları herkese göstermekten sıkılacaksınız, dedi.

Arkasından daha ağır bir taş:

– Bu sene sınıf geçemezseniz bir sene, bir uzun sene daha burada beklemek tehlikesi var.

Baktım ki taarruza geçmezsem Sör Aleksi'den yakamı kurtarmaya imkân yok. Çaresiz yüzsüzlüğü ele aldım, yalancı bir saflıkla:

– Tehlike mi? Niçin tehlike? diye sordum.

Sör Aleksi, kadınca konuşmasının zaten son hadlerine varmıştı. Bundan ilerisine gitmek, aşağı yukarı, benimle yüz göz olmak demekti. Mağlup olduğunu bana göstermekten çekinmeyen koket bir tavırla yanağıma bir fiske vurdu:

– Onu sen kendi kendine bulabilirsin, dedi ve yürüdü.

*
* *

Mişel, bu sene mektepte yoktu. Olsaydı, muhakkak, beni, konuşmaya mecbur edecek, zihnimdeki perişanlığı büsbütün arttıracaktı.

Bir sene evvel uydurma bir masaldan bahsederken ne kadar serbest ve farfaraysam[64] bu sene hakikaten nişanlı bir kız vaziyetine düştükten sonra o kadar korkak olmuştum. Arkadaşlarımdan beni tebrik edenleri kısa, kuru bir teşekkürle başımdan savıyor, yılışmak meylini gösterenlere yüz vermiyordum.

Yalnız bir tanesi, bizim taraflardaki bir Ermeni doktorun kızı, bu inadımı yenmeye muvaffak oldu. Hafta tatillerini mektepte geçiriyordum. Üç ay içinde ya iki ya üç gece eve çıkmıştım.

Sebebini kendim de pek iyi bilmediğim bu inat, Besime teyzemle Necmiye'yi gücendiriyor, Kâmran'a ne düşüneceğini, ne yapacağını şaşırtıyordu. O, ilk aylarda her hafta mektebe uğruyordu. Sörler bir şey söylemeye cesaret edememekle bareber bir nişanlının bir talebeyi ziyaret etmesini skandal addediyorlar, kuzenimin beni *parluvarda* beklediğini haber verirken, yüzlerini ekşitiyorlardı.

Ben, *parluvarın* mahsus açık bıraktığım bir kapı kanadına dayanıyor, ellerimi mektep gömleğimin kayış kemerlerine sokarak ayakta nihayet beş dakika konuşuyordum. Kuzenim, ara sıra bana mektup yazmayı da teklif etmişti. Fakat Sörlerin gelen mektupları, Türkçe bilen birisine okuttuktan sonra yırtmak âdetleri olduğunu söyleyerek vazgeçirmiştim.

Bu ziyaretlerin birinde, aramızda hiç hoş olmayan bir konuşma geçtiğini hatırlıyorum.

Kâmran uzak durmama sinirlenerek kapıyı zorla kapamak istemişti. Fakat, o yaklaşırken ben, kendimi dışarı atmaya hazır bir vaziyet almış, alçak sesle:

---

64 taşkın, şamatacı, ağzı kalabalık

– Rica ederim Kâmran, demiştim, biliyorsunuz ki, odada görünür görünmez kaç delik varsa o kadar da göz vardır.

O birdenbire duraladı:

– Nasıl olur, Feride? Biz nişanlıyız.

Yavaş yavaş omuzlarımı kaldırdım:

– İşte, asıl o bozuyor ya dedim; bir gün, "Ziyaretleriniz biraz sıkça oluyor. Affedersiniz ama, burasının mektep olduğunu hatırlamanız lâzım gelir" yolunda bir söz işitmek istemezseniz...

Kâmran bembeyaz kesildi ve o günden sonra bir daha mektebe uğramadı.

Yaptığım hakikaten fena idi. Fakat, başka çare yoktu. Kâmran'ın yanından sınıfa dönüş, bütün başların bana çevrilmesi yürekler acısı bir şeydi.

Ne anlatıyordum? Evet bir gün doktorun hafta tatilinden dönen kızı bana:

– Kâmran Bey, Avrupa'ya gidiyormuş, öyle mi? dedi.

Birdenbire şaşaladım:

– Nereden bu haber? dedim.

– Babamdan, Madrid'deki amcası çağırmış.

"Bilmiyorum" demeyi kibirime yediremedim.

– Evet, öyle bir fikir var; küçük bir seyahat, dedim.

– Pek küçük değil, sefaret kâtibi oluyormuş.

– Çok az kalacak.

Konuşmayı bu kadarla keserek ayrıldık. Arkadaşımın babası, bizim köşkten ayağı eksik olmayan bir insandı. Aile doktorumuz gibi bir şeydi. Havadisin doğru olması mümkündü. Fakat, nasıl oluyor da bir şey söylemiyorlardı. Günleri hesapladım. Yirmi günden beri köşkten haber alamamıştım.

O gece hep bu meseleyi düşündüm. Kâmran'a gösterdiğim manasız uzaklığı unutuyor, bu kadar mühim bir şeyi bana haber vermediği için içimden darılıyordum. İşin nihayetinde biz artık birbirine bağlı iki insandık.

Ertesi gün perşembe idi. Hava açık olduğu için öğleden sonra gezmeye çıkacaktık. İçim içime sığmıyordu. Bu düşünceler içinde bir gece daha geçirmek fikri beni korkuttu.

Sör Süperiyör'e giderek teyzemin hasta olduğunu söyledim ve izin istedim.

Allahtan o gün, Sörlerden biri Kartal'a gidiyordu. Erenköy istasyonuna kadar beraber gitmek şartıyla, Sör Süperiyör, istediğim izni verdi.

Elimde küçük valizimle köşke vardığım zaman ortalık kararmak üzereydi.

Kapıda beni köşkün köpeği karşıladı. Bu ihtiyar köpek, son derece açgözlü ve dalkavuktur. Çantamda iyi kötü daima yenecek bir şey bulunduğunu bildiği için yolumu kesiyor, karşımda ayağa kalkarak geri geri yürüyor, ön ayaklarıyla bana tutunmaya çalışıyordu. Ağaçların arasından Kâmran'ın bana doğru gelmekte olduğunu görerek yere çömeldim, köpeğin üstüme sürünmesini istemediğim kirli ayaklarını yakaladım.

O, kocaman ağzını güler gibi açarak dilini sarkıtıyor, ben, onun burnunu sıkıyordum. Hâsılı, aramızda bir oyun, bir cilveleşmedir gidiyordu.

Kâmran ta yanıma geldiği zaman keşfetmiş gibi görünerek:

– Şu gülüşe bakınız, dedim, aman, ne kocaman ağız! Timsaha benzemiyor mu?

O, şimdilik dudağında acı bir tebessümle yalnız bana bakıyordu.

Köpeği bırakarak eteklerimi silkeledim; mendilime ellerimi de sildikten sonra birini kuzenime uzattım:

– Bonjur Kâmran, teyzem nasıl? Ehemmiyetli bir şey değil inşallah...

O biraz hayretle:

– Annem mi? diye sordu. Annemin hiçbir şeyi yok. Hasta diye mi duydun?

– Evet, hasta diye işittim de merak ettim; pazara kadar sabredemeyerek izin aldım.

– Kim söyledi?

Yeni bir yalan uydurmaya vakit olmadığı için:

– Doktorun kızı, dedim.

– O mu sana söyledi?

– Evet, söz arasında, "Babamı size çağırdılar, galiba teyzeniz hasta imiş" dedi.

Kâmran hayret ediyodu:

– Yanlış olacak. Hatta doktor, son günlerde, ne annem, ne de başkası için köşke uğramadı.

Bu nazik bahis üzerinde fazla durmadan:

– Çok sevindim, dedim, öyle merak ediyorum ki... Onlar, tabii, içerdeler...

Çantamı yerden alarak yürümek istedim. Kâmran elimden tuttu:

– Neden bu acele Feride, âdeta benden kaçıyorsun? dedi.

– Ne münasebet, dedim. Botlarım sıkıyor da... Zaten içeriye beraber gidecek değil miyiz?

– Evet, ama içeride de çaresiz herkesle bareber konuşacağız. Halbuki, ben seninle yalnız konuşmak istiyorum.

Heyecanımı gizlemek için alaycı bir tavır alarak:

– Emir sizin, dedim.

– Mersi. O hâlde, istersen kimseye görünmeden bahçede biraz dolaşabiliriz.

Kaçmamdan korkuyor gibi elimi bırakmıyordu. Öteki eliyle çantamı aldı. Yan yana yürümeye başladık. Nişanlandık nişanlanalı ilk defa yan yana...

Yeni yakalanmış bir kuşun yüreği, göğsünde nasıl atarsa benimki de öyle atıyordu. Fakat zannederim ki beni bıraksa da artık kaçmaya kuvvet bulamayacaktım.

Birbirimize bir şey söylemeden bahçenin sonuna kadar yürüdük. Kâmran, beklediğimden çok fazla müteessir ve dargın görünüyordu. Bu üç ay içinde ne olmuştu, aramızda ne değişmişti, bilmiyorum. Fakat, bu saatte kendimi ona karşı suçlu görüyor, şimdiye kadar gösterdiğim vahşiliğe pişman oluyordum.

Kış ortasında olduğumuzu unutturacak kadar güzel ve sakin bir akşamdı. Etrafımızdaki kuru dağ tepeleri bir mercan kızıllığı içinde yanıyordu. Kâmran'a karşı suçlarımı bu kadar kolay kabul etmemde bunun da mı tesiri vardı acaba, bilmiyorum!

Bu saatte, onun gönlünü alacak bir kelime bulmak benim için dayanılmaz bir ihtiyaçtı. Fakat, aklıma hiçbir şey gelmiyordu.

Artık geri dönmekten başka yapılacak iş kalmayınca Kâmran:

– Şuraya biraz oturabilir miyiz, Feride? dedi.

– Sen, nasıl istersen, dedim.

Vakadan sonra ilk defa sen diyordum.

Kâmran, pantolonuna dikkat etmeden oradaki bir kayanın üstüne oturuverdi. Onu hemen kolundan tutup kaldırdım:

– Sen naziksin; kuru yere oturma, dedim ve arkamdaki lacivert pardösüyü çıkararak oturacağı yere serdim.

Kâmran gözlerine inanamıyordu;

– Ne yapıyorsun, Feride? dedi.

– Hasta olmaman için, dedim, zannederim ki, seni muhafaza etmek bundan sonra benim vazifem oluyor.

Kuzenim bu sefer de galiba kulaklarına inanamadı:

– Ne söylüyosun, Feride? dedi. Bunu sen mi bana söylüyosun? Nişanlandığımızdan beri senden işittiğim en tatlı söz.

Başımı önüme eğdim ve sustum.

Kâmran, pardösümü tekrar eline almıştı. Okşar gibi hareketlerle kollarına, yakasına, düğmelerine dokunuyordu.

– Sana biraz sitem yapmaya hazırlanıyordum, Feride, dedi, fakat şimdi hepsini unuttum.

Gözlerimi kaldırmadan:

– Ben sana bir şey yapmadım ki, dedim.

O, beni tekar vahşileştirmekten ürküyormuş gibi yanıma yaklaşmaktan korkarak:

– Zannederim ki, yaptın, Feride, dedi, hatta fazlaca bile. Bir nişanlı, bu kadar ihmal edilir mi? İçimde fena şüpheler de uyandı. Sakın Müjgân yanılmış olmasın?

İstemeden güldüm. Kâmran, merakla sebebini sordu. Evvela cevap vermek istemedim. Fakat, o, ısrar edince gözlerimi kaçırarak:

– Müjgân yanılsaydı böyle olmazdık ki, dedim.

– Böyle ne demek? Yani benim nişanlım mı?

Gözlerimi kapayarak üst üste iki defa başımı salladım.

– Feridem!

Bir küçük feryada benzeyen bu ses hâlâ kulağımdadır. Gözlerini açtım ve onun büyümüş gibi görünen gözlerinde iki iri yaş damlası gördüm.

– Beni, bu dakika içinde o kadar mesut ettin ki, ölürken aklıma gelirse ağlayacağım. Öyle yüzüme bakma. Sen daha pek küçüksün. Mümkün değil, öyle şeyleri anlayamazsın. Hepsini unuttum artık.

Kâmran, bileklerimi tutmuştu. Onları geri çekmedim, fakat hıçkıra hıçkıra ağlamaya başladım. Bu, böyle bir nöbetti ki Kâmran âdeta korktu.

Aynı yollardan geriye dönerken ben hâlâ ikide bir içimi çekiyor ve hıçkırıyordum. O artık bana elini dokundurmaya cesaret edemiyordu. Fakat, ben onun gönlünün rahat ettiğini anlıyor ve memnun oluyordum.

– Sen önden gitmelisin, dedim. Ben havuzda yüzümü iyice yıkayacağım. Beni bu suratla görürlerse ne derler!

*
* *

Birdenbire aklıma gelmiş gibi Kâmran'a sordum:

– Avrupa'ya bir seyahat varmış öyle mi?

O cevap verdi:

– Bir fikir. Daha doğrusu, benim fikrim de değil. Madrid'deki amcamın bir tasavvuru[65]. Nereden duydun?

Kısa bir tereddütten sonra:

– Doktorun kızından, dedim.

– Doktorun kızı sana ne çok haberler veriyor, Feride?

– ......

Kâmran dikkatle yüzüme bakıyordu. Kızararak başımı çevirdim.

– Sakın annemin hastalığı bir bahane olmasın?

– ......

– Doğru söyle, Feride. Sen bunun için mi geldin?

Yanıma yaklaşmıştı. Elleriyle başımı okşamak istiyor, fakat ürkmeden korkuyordu. Halbuki ben, bilâkis, ona alışmaya başlamıştım. Sualini bir kere daha tekrar etti:

– Tahminim doğru mu, Feride?

Kâmran'ı çok memnun edeceğini hissederek, "Evet" diye başımı salladım.

– Ne güzel... Dünden beri talihim ne kadar değişti!

Ellerini oturduğum koltuğun kenarlarına dayayarak bana doğru eğildi. Bu vaziyette dört tarafımdan kuşatılmış bulunuyordum. Bana el dokundurmadan yaklaşmak için kurnazca bir buluş. Oturduğum yerde kirpi gibi büzülüyor, omuzlarımı kaldırarak geri çekiliyordum. Çok yakın olan yüzüne bakmamak için mendilimle oynayarak sordum:

– Amcan ne teklif ediyor.

65 *fikren kurma, zihinde şekillendirme*

– Olacak gibi değil. Beni sefaret kâtibi olarak yanına almak istiyor. Muayyen[66] bir mesleği, yahut bir memuriyeti olmamasını bir erkek için eksiklik sayıyor. Ben, tabii, onun fikirlerini söylüyorum. "İlerde bir sefaret memuruyla beraber Avrupa'ya gitmek belki Feride'yi de memnun edecektir" diyor. Ne bileyim, böyle birtakım sözler...

Bahis ciddileştiği için Kâmran muhasaraya[67] nihayet vererek doğrulmuştu. Ben de hemen yerimden kalktım.

Konuşmamız devam etti:

– Bu teklife niçin "olacak şey değil" dedin? Avrupa'ya gitmek seni memnun etmeyecek mi?

– O cihetten söylemiyorum. Bundan sonra ben artık hareketlerimde serbest bir insan değilim. Hayatıma taalluk eden[68] her şeyi seninle konuşmaya mecburum. Öyle değil mi?

– O hâlde gidebilirsin.

– Demek benim İstanbul'dan ayrılmama razı oluyorsun, Feride?

– Mademki bir erkek için mutlaka bir meslek lâzımmış...

– Sen, benim yerimde olsan gider miydin?

– Zannederim ki, giderdim. Yine zannederim ki, senin de şimdi öyle yapman lâzım.

İtiraf etmeliyim ki bu sözleri yalnız dudaklarım söylüyordu. Yoksa içimden bu dakikada büsbütün başka türlü konuşuyordum. Maamafih bana da hak vermen lâzım. "Ben seni bırakıp gideyim mi?" diye sorana başka türlü cevap bulunur mu?

---

66 *belirli*
67 *kuşatma*
68 *ilgilendirmek*

Öte taraftan Kâmran da, bu ayrılığı bu kadar kolay kabul etmeme müteessir[69] oluyordu. Bana bakmadan odanın içinde bir iki adım yürüdükten sonra döndü, aynı suali tekrar etti:

– Demek amcamın teklifini kabul etmemi doğru buluyorsun?

– Evet.

İçini çekti:

– O hâlde düşünürüz. Kati bir karar vermek için, daha vaktimiz var.

Yüreğim hafifçe burkuldu. "Düşünürüz" deyince artık mesele kalmıyor muydu?

Herkesin daima benden istemiş olduğu gibi bir büyük insan ağırbaşlılığıyla konuşmaya başladım:

– Ben daha fazla düşünmeye değer bir şey görmüyorum. Amcanın teklifi hakikaten hoş bir teklif. Kısa bir seyahat hiç fena olmaz.

– Bir memuriyet, o kadar kısa bir şey mi, Feride?

– Doğrusu, pek uzun da sayılmaz. Bir, iki, üç, dört senecik. Göz yumup açıncaya kadar geçer... Tabii arada geleceksin de...

Bu bir, iki, üç, dört seneyi parmaklarımda o kadar kolay sayıyordum ki...

XII

Kâmran'ı bir ay sonra, Galata rıhtımından vapura bindiriyorduk. Onu, Avrupa'ya gitmeye teşvik ettiğim için arkaba-

69 *üzülmek*

larımın hepsi beni tebrik ediyorlardı. Yalnız Müjgân bundan memnun olmadı. Tekirdağ'dan bana yazdığı mektupta: "Hiç iyi yapmadın, Feride" diyordu. "Mani olmalıydın. En güzel senelerinizi ayrı geçirmekte ne mana vardı? Dört sene biter tükenir şey mi?"

Maamafih bu dört sene Müjgân'ın korktuğundan çok daha çabuk geçti.

Kâmran tekaüt[70] olan amcasıyla beraber büsbütün İstanbul'a döndüğü zaman ben bir ay evvel mektepten çıkmış bulunuyordum.

Mektepten çıkmak! Ben, içinde yaşadığım müddetçe bu loş binaya güvercinlik adını vermiştim. Elimde iyi kötü bir diploma ile kendimi dışarı atacağım günün benim için bir kurtuluş bayramı olacağını söylerdim. Fakat günün birinde güvercinliğin kapısı açılınca, kendimi, boyumu bir hayli uzatan yeni siyah çarşafım, uzun topuklu iskarpinlerimle sokakta bulunca neye uğradığımı şaşırdım. Üstelik teyzem de köşkte düğün hazırlıklarına başlamıştı. Bu beni büsbütün çileden çıkardı.

Köşk; boyacılar, dülgerler[71], terziler, uzak semtlerden gece yatısına gelmiş akrabalarla dolup boşalıyordu. Herkes, kendine göre bir işle meşguldü. Kimi şimdiden davet mektupları yazıyor, kimi, eksikleri tamamlamak için çarşı pazar dolaşıyor, kimi dikişle uğraşıyordu. Ben, şaşkınlığımın içinde işi serseriliğe vurmuştum. Bir işe yaramak şöyle dursun, başkalarının işlerine bile engel olacak türlü münasebetsiz-

---

70 emekli
71 yapıların kaba ağaç işlerini yapan usta

likler yapıyordum. Son parti bana, bir delilik arız olmuştu[72]. Eskiden olduğu gibi, misafir çocuklarını peşime takıyor, köşkün altını üstüne getiriyordum.

Her yer gibi mutfakta da tamir ve boya vardı. Bunun için yeni aşçı kabını kacağını arka bahçede kurduğu bir çadıra nakletmiş, açıkta yemek pişirmeye başlamıştı.

Bir akşamüstü onun, çadırın önünde tatlı kızartığını gördüm ve derhal aklıma bir şeytanlık geldi:

– Çocuklar, dedim, siz şu kümeslerin arkasına saklanın. Hiç sesinizi çıkarmayın. Ben size tatlı çalıp getireceğim.

Aradan beş dakika bile geçmeden elimde dolu bir tabakla küçük arkadaşlarımın yanına dönüyordum.

En iyisi, çocuklara paylarını dağıttıktan sonra, herbirini bahçenin bir köşesine dağıtmak ve tabağı kümesin içine saklamaktı. Fakat ben bunu, daha doğrusu aşçının, hırsızlığı fark edince hiddetle öteye beriye koşacağını akıl edememiştim.

Biraz sonra mutfak çadırının önünde bir kıyamettir koptu. Aşçı, "Bunu yapanın vallahi billahi kemiklerini kıracağım!" diye bağırıyordu. Fena hâlde korkan küçükler beni dinlemeyerek kaçışmaya başladılar ve şüphesiz pek iyi de ettiler. Çünkü biraz sonra, aşçı izimizi keşfediyor, elinde bir sopa dehşetiyle salladığı kepçesiyle deli gibi üstümüze saldırıyordu.

Hain adam, aralarında beni en büyük gördüğü için, ötekileri bırakıp beni kovalamaya başlamıştı. Bu arada ayağı

72 *bulaşmak, yapışmak*

takılıp yere boylu boyunca yuvarlanınca hiddeti büsbütün arttı.

Aşçı yabancı, vaziyet ise çok nazikti. Yakalanırsam, derdimi anlatıncaya kadar hiç olmazsa bir iki kepçe yiyecek, rezil olacaktım.

Köşk tarafına doğru manevra yapmaya imkân olmadığı için çaresiz sokak tarafına koşuyor, çığlık çığlığa haykırıyordum.

Allah'tan olacak, sabahtan beri çalışan terzi matmazel, Dilber Kalfa ile beraber bahçeye hava almaya çıkmış. Yolun bir köşesinde onlarla karşılaşınca, "Geliyor" diye boyunlarına sarıldım ve arkalarına saklandım.

Dilber Kalfa aşçının kepçesine karşı ellerini uzatarak:

"Ne yapıyorsun aşçıbaşı, çıldırdın mı? O, Gelin Hanım o" diye bağırdı.

Başka bir zamanda olsaydı, bu kelime için, Dilber Kalfa'yı, mutlaka hırpalardım. Fakat o kadar korkmuştum ki, ben de gayri ihtiyari onunla beraber bağırıyordum:

"Vallahi ben Gelin Hanım'ım, aşçıbaşı"

Ben bu aşçı kadar çılgın ve aksi insan görmedim. Kalfa ve matmazelin teminatlarına bir zaman inanamadı. "Yok, böyle hırsız gelin hanım olmaz!" diye söylendi; neden sonra, aklı yatınca da: "Öyleyse aferin gelin hanım sana!" dedi. "Alırsın öyleyse yeni pantolunu; bak, pantolonun dizkapağını da patlattırdın bana!"

Adamcağız, düştüğü zaman burnunu da çarpıp sıyırmıştı ama, bereket versin, onu tazminat hesabına katmıyordu.

Gizli kalması için, yaptığım ısarlara rağmen, bu komedi duyuldu ve her yemekte bana bakıp bakıp gülmek âdet sırasına girdi.

*
* *

Düğüne üç gün kalmıştı. Yine her akşamüstü mahut[73] arka bahçenin kapısında çocuklarla ip atlarken, yeni bir hücuma uğradım. Fakat bu seferki hücumu yapan, ilkinde beni aşçıdan kurtarmaya çalışan terzi matmazeldi. Belki otuz seneden beri köşkün dikişlerini diken bu matmazel, altmış yaşında gözlüklü bir ihtiyar kızdı. Dünyanın en nazik ve tatlı insanı olmasına rağmen, bu akşam o da bana karşı ateş püskürüyordu.

– Rica ederim, matmazel, birkaç güne kadar size madam diyeceğiz. Doğrudur bu yaptığınız? Son provanızı yapmak için yarım saattir sizi arıyorum.

Daha fenası Besime teyzem de matmazelle beraberdi ve çatkın çehresi, münakaşa uzarsa ondan yana çıkacağını gösteriyordu.

– Pardon matmazel, buracıkta idim. Temin ederim ki işitmedim, dedim.

Teyzem, artık dayanamadı, bana çıkışacağı her zaman yaptığı gibi eliyle çenemi tutup okşayarak:

– Yavrucuğum, sen, kendi sesinden, kahkahandan kimseyi işitecek hâlde değilsin ki, dedi, üç gün sonra da davetlilerimiz arasında yine böyle bir şey yapmandan âdeta korkmaya başladım.

---

73 bilinen

Her zaman, daha haşarı ve hoyrat görünmeme rağmen, o gün benim, en karışık heyecanlarla sarsıldığım, okşanmak ve anlaşılmak ihtiyacıyla için için eridiğim bir tarihti.

Çenemi teyzemin elinden çekmeden eteklerimi parmaklarımla iki yanından tuttum ve hafif bir reveransla dizimi büktüm:

– Üzülmeyiniz teyze, dedim. Çok değil, daha üç güncük dişinizi sıkmanız lâzım. O zaman benim için teyzeden başka bir adınız ve sıfatınız olacak. Çalıkuşu'nun teyzesine yaptığı naz ve şımarıklığı Feride'nin, o hanımefendiye yapmaya cesaret edemeyeceğini size temin ederim.

Teyzemin gözleri yaşardı, beni yanaklarımdan öperek:

– Senin her zaman annen oldum ve öyle kalacağım, Feridem, dedi.

Taşkınlığım o hâldeydi ki, ben de onu birdenbire kalçalarından yakalayıp havaya kaldırdım ve tıpkı bana yaptığı gibi yanaklarından öptüm.

*
* *

Matmazel, ufak bazı rötuşlardan başka eksiği kalmayan beyaz elbisemi ellerinde kaldırdığı zaman kıpkırmızı kesildiğimi hissettim. Odadakileri birer birer okşayıp öperek yalvarmaya başladım.

– Ne olursunuz siz dışarı çıkın. Gözünüzün önünde giyinemeyeceğim. Arkasında etekli elbisesiyle Çalıkuşu'nun bir tavus kuşu şekline girdiğini bir tasavvur edin. Aman, ne gülünç! Kendim bile güleceğim. "Ne olur, bu iş adi tuvaletle olsun" diye o kadar yalvardım, kimselere derdimi dinletemedim.

Matmazel elindeki elbise ile üzerime geldikçe –birisi beni yakalamaya geliyormuş gibi– köşelere kaçıyor, tir tir titriyordum.

Dışarıdakiler gürültüyü artırıyorlar, mutlaka içeri girmek istiyorlardı.

– Bir parça daha, rica ederim, bir dakikacık, hepinizi çağıracağım, diye yalvardım. Fakat onlar inanmadılar:

Aldatıyor, soyunduktan sonra çağıracak, diye bağrışarak kapıya dayandılar.

İşte o zaman iki taraf arasında heyecanlı bir uğraşmadır başladı.

Dışarıdakiler, çocuk büyük karmakarışık itişerek, gülüşerek kapıyı zorluyorlar, ben kollarımın bütün kuvvetiyle içeriden müdafaa ediyordum.

Sofada demirli potinleriyle tepinerek, "Hücum... Hücum... Muharebe var" diye bağrışan çocukların sesine bütün köşk halkı koşuyordu.

Matmazel, omuz başımdan:

– Yapmayınız, Allah aşkına, çekilin; elbise parçalanıyor, diye bağırıyor, fakat sesini işittirmeye muvaffak olamıyordu.

Bir aralık, nedense gürültü kesilir gibi oldu. Kapıya bir ayak sesi yaklaşıyordu. Kâmran'ın:

– Aç, Feride, benim. Bana yasak yok, tabii. Bırak, sana yardıma geleyim, dediğini işittim ve büsbütün çıldırdım.

Bu sefer:

– Hepsi gelsinler, ziyanı yok, sen olmaz. Sen Allah aşkına git. Vallahi ağlayacağım, diye yalvarmaya başladım.

Fakat Kâmran, bu yalvarışıma aldırmadı, kapıya hızla dayanarak iki kanadını ardına kadar açtı.

Ben çığlık çığlığa odanın bir köşesine kaçtım ve elime geçirdiğim bir mantoya sarılarak büzüldüm.

Matmazel, bayılacak hâldeydi:

– Güzelim elbise gitti, diye âdeta saçını başını yoluyordu. Kâmran mantoyu bir ucundan tuttu ve gülerek:

– Mağlubiyetini artık teslim etmen lâzım Feride, dedi. Aç, elbiseni göreyim.

Bende artık ne ses vardı, ne hareket.

O, biraz bekledikten sonra devam etti:

– Feride, şimdi sokaktan geldim. Çok yorgunum. Uğraştırma beni. Elbiseni o kadar merak ediyorum ki, inat edersen zora müracaat etmek mecburiyetinde kalacağım. Bak, beşe kadar sayıyorum: Bir iki, üç, dört, beş...

Kâmran mümkün olduğu kadar geciktirdiği bu beşten sonra, mantomun ucunu çekince yüzümü gözyaşlarına bulanmış gördü, fena hâlde şaşırdı ve yarı zorla odayı boşaltarak kapıyı kapadı.

Matmazelin hayretten dili tutulmuştu. Kâmran da aşağı yukarı o hâldeydi, biraz sonra mahcup ve müteessir bir sesle:

– Affet beni, Feride, dedi, ben, sana küçük bir şaka yapmak istemiştim. Buna hakkım var sanıyordum. Fakat, hâlâ o kadar çocuksun ki... Beni affediyorsun değil mi?

Başımı hâlâ mantomun içinde saklayarak cevap verdim:

– Peki ama sen hemen odadan çıkmalısın.

– Bir şartla. Seni bahçenin nihayetindeki kayanın yanında bekleyeceğim. Hatırlıyor musun, dört sene evvel bir akşam, seninle orada barışmıştık. Şimdi de öyle yapacağız. Söz mü?

Kısa bir tereddütten sonra:

– Peki, gelirim, dedim, ama sen şimdi git.

Zavallı matmazelin bu acayip tabiatlı gelinle konuşmaya bile artık cesareti kalmamıştı. O, ağzını açmadan beni soyduktan sonra, tekrar kısa etekli pembe elbisemi giydim, üstüne siyah mektep önlüğümü geçirdim, sonra Müjgân'ın bile yüzüne bakmadan odadan kaçtım ve gözlerimdeki kırmızılık geçinceye kadar soğuk su ile yüzümü yıkadım. Bahçeye indiğim zaman ortalık kararıyordu. Şimdi asıl mesele kendimi kimseye göstermeden onun yanına kapağı atmaktı.

Kendi kendime dolaşıyor gibi yaparak, mutfağın arkasından dolaştım, aşçı ile bir iki kelime konuştum. Sonra ağır ağır dış kapıya yürümeye başladım. Maksadım, izimi büsbütün kaybettirdikten sonra bahçe duvarının dibinden onun yanına inmekti. Fakat...

XIII

Daima açık duran sokak kapısının dışında siyah çarşaflı, uzun boylu bir kadın gözüme ilişti. Peçesi kapalıydı. Köşkten bir şey sormak istediği hâlde içeri girmeye cesaret edemiyor gibi bir hali vardı.

Kâmran epeyce zamandan beri beni bekliyordu. Bu peçenin altından bildik çehresi çıkmasından ve beni söze tutmasından korkarak yolumu değiştirdim ve ağaçların arasına dalmaya çalıştım. Fakat, o birdenbire beni çağırdı:

– Küçük hanım, biraz zahmet eder misiniz, efendim?

Çaresiz döndüm, kapıya doğru yürümeye başladım:

– Buyurunuz hanımefendi, bir emriniz mi var?

– Merhum Seyfetin Paşa'nın köşkü değil mi?

– Evet, efendim.

– Siz köşkten misiniz, efendim?

– Evet.

– O hâlde sizden bir ricada bulunacağım.

– Emrediniz, efendim.

– Ben, Feride Hanımefendi ile görüşmek istiyorum. Hafifçe irkildim, gülmemek için başımı eğdim, ilk defa işittiğim bu "hanımefendi" sözü bana öyle tuhaf geliyordu ki... Feride Hanımefendi'nin ben olduğumu mümkün değil, söylemeye cesaret edemeyecektim. Dudaklarımı ısırarak:

– Çok âlâ hanımefendi, dedim. Buyurun, lütfen içeri; köşkten sorarsanız size Feride Hanım'ı çağırırlar.

Siyah çarşaflı kadın, kapıdan girmiş yanıma yaklaşmıştı:

– Size tesadüfüm çok iyi oldu, çocuğum, dedi. Sizden bir yardım rica edeceğim. Benim Feride Hanım'la yalnız olarak konuşmama delalet[74] edeceksiniz. Mümkünse kimsenin bundan haberi olmamalı.

Hayretle yüzüne baktım. Ortalık kararmış olduğu ve peçesini hâlâ açmadığı için yüzünü fark edemiyordum. Hafif bir tereddütten sonra:

---

74 aracılık, rehberlik

– Hanımefendi, dedim. Acayip bir kıyafette olduğum için birdenbire cesaret edemedim. Fakat Feride benim.

Kadın, hafif heyecanlandı:

– Kâmran Bey'le evlenecek Feride Hanım mı?

– Köşkte bir tane Feride var hanımefendi, diye gülümsedim.

Siyah çarşaflı kadın, birdenbire durmuştu. Biraz evvel kendisini Feride ile görüştürmemi sabısızlıkla istediği hâlde şimdi karşımda put kesilmesine ne mana vermeliydi? Acaba Feride'nin ben olduğuma hâlâ mı inanamıyordu? Yoksa başka bir şey mi vardı? Merakımı gizlemeye çalışarak tekrar konuşmaya mecbur oldum:

– Emrinizi bekliyorum, hanımefendi.

Garip şey, kadın hâlâ ağzını açmıyor.

Biraz ileride ağaçların arasında bir bahçe kanepesi gözüme ilişti:

– İsterseniz şuraya gidelim, hanımefendi, dedim. Kimse bizi rahatsız etmeden konuşabiliriz.

Kadının sükûtu, biz kanepeye oturduktan sonra da devam etti. Fakat, nihayet karar vermiş olacak ki, elinin sert bir hareketiyle peçesini kaldırdı ve otuz yaşlarında zeki ve sinirli bir kadın çehresi meydana çıktı. Havanın karanlığına rağmen benzinin korkunç surette sararmış olduğu görülüyordu.

– Feride Hanım, dedi, ben bir eski arkadaşımın zoruyla bir elçi vaziyetinde buraya geliyorum. Fakat, üzerime aldığım vazifenin bu kadar güç olduğunu kestirememiştim. Biraz evvel sizi görmek için ısrar ettiğim hâlde şimdi âdeta kaçmak istiyorum.

Vücuduma bir titreme yapıştı; kalbim şiddetle çarpıyordu. Fakat biraz cesur olmazsam onun dediğini yapacağını, kaçacağını hissettim. Mümkün olduğu kadar sakin bir tavır takınmaya çalışarak:

– Vazife vazifedir, hanımefendi, dedim. Cesur olmak lazım. Bahsettiğiniz arkadaş beni tanıyor mu?

– Hayır. Daha doğrusu şahsınızı görmemiş. Yalnız Kâmran Bey'in nişanlısı olduğunuzu biliyor.

– Kâmran Bey'i tanıyor mu?

– .....

Artık bende de daha fazla sormaya kuvvet kalmamıştı. Bu dakikada meraktan çıldıracak gibi olduğum hâlde o sahiden gitmeye kalksa, zannederim yolundan çeviremeyecektim.

– Dinleyiniz beni Feride Hanım. Niçin birdenbire durakladığımı anlamıyorsunuz. Burada ermiş, yetişmiş bir hanımla karşılaşacağımı umuyordum. Halbuki önüme âdeta bir mektep çocuğu çıktı. Sizi fazla müteessir etmekten korkuyorum. Tereddütümün sebebi bu.

Yabancı kadının bana acır gibi bir hali vardı. Bu, izzetinefsime dokundu ve bana bütün kuvvetimi iade etti.

Ayağa kalktım, kanepenin önündeki ağaca arkamı dayadım, kollarımı kavuşturarak sakin ve hatta vakur bir sesle:

– Bu vaziyette tereddüt doğru değil, dedim. Görüyorum ki, konuşacağımız şey mühim. Onun için teessürü falan bir tarafa bırakarak açık konuşursak daha iyi olur.

Kadın benim bu cesur tavrım karşısında biraz kendini topladı ve bir sual sordu:

– Kâmran Bey'i çok seviyor musunuz?

– Bunun sizinle alakasını göremiyorum, hanımefendi.

– Belki vardır, Feride Hanım.

– Açık konuşmazsak işin içinden çıkamayacağımızı evvelce söyledim, hanımefendi.

– Peki, öyle olsun. Size Kâmran Bey'i, bir başkasının da sevdiğini haber vermeye mecburum.

– Olabilir, hanımefendi. Kâmran birçok meziyetleri olan bir gençtir. Bir başkasının onu gözüne kestirmiş olmasında hiç fevkalâdelik görmem.

Bu, bir yaprak bile kımıldamayacak kadar sakin ve güzel yaz akşamında beklenilmez bir fırtınanın gelip çattığını gayet iyi anlıyor, fakat nereden geldiğini anlayamadığım bir kuvvetle buna karşı durmaya kendimi hazır buluyordum.

Kadına söylediğim son cümlede bir parça alay bile vardı. Ayağa kalkmamakla beraber yerinde doğruluşundan, sinirli bir hareketle çarşafının eteklerini düzelterek kanepenin tahtalarını tutuşundan, onun da artık bu işi kısa kesmeye karar vermiş olduğunu anladım. Makine gibi çabuk ve âdeta renksiz bir sesle söyledi:

– İlk bakışta sizi bir çocuk gibi görmüş olmakla beraber, mükemmel yetişmiş yüksek bir genç kız karşısında bulunduğumu anlıyorum. Kâmran Bey maalesef sizi lâzım geldiği kadar takdir edememiş. Yahut, ne bileyim, belki takdir ettiği hâlde geçici bir zaafa kapılmış. Hâsılı iki sene evvel bahsettiğim arkadaşla Avrupa'da tanışmışlar. Bilmem, size daha fazla tafsilat[75] vermek doğru olur mu?

---

75 ayrıntı

Başımı salladım:

– Sözlerinizin doğru olduğunu ispat için evet.

– Arkadaşımın adı Münevver'dir. Eski mabeyincilerden birinin kızıdır. İlk defa sevdiği bir adamla evlenmiş, bahtiyar olamamıştı. Sonra hastalandı. Doktorlar Avrupa'ya gönderilmesini tavsiye ettiler. Tam iyi olup memleketine döneceği bir sırada başına bu geldi. Kâmran Bey bir aralık İsviçre'ye gitmiş. İzinle mi, vazifeyle mi, pek bilemiyorum. Tesadüfleri orada olmuş. Kâmran Bey bir hafta için İsviçre'ye geldiği hâlde iki aya yakın bir zaman orada kalmış, Hatta bu yüzden galiba bir cezaya da uğramış.

– Müsaadenizle bir sual, dedim. Arkadaşınızın bunları benim haber almamı istemekten maksadı ne?

Yabancı kadın, bu defa ayağa kalkmaya mecbur oldu, eldivenli ellerini ovuşturarak:

– İşte bunu söylemek güç, dedi. Münevver bugün sizin düşmanınız vaziyetindedir.

– Estağfurullah.

– Öyledir, Feride Hanım. Fakat hiç fena bir insan değildir. Gayet içlidir. Kâmran Bey onun için rasgele bir macera değildir. Onunla evlenmeyi umuyordu. Bir kabahat varsa tamamıyla Kâmran Bey'de. Çünkü bir başkasıyla sözlü olduğunu bile saklamış. Beni bu çirkin vazifeyi üstüme almaya sevk eden şu ki, zaten hasta olan bu içli kadının ölmesinden korkuyorum.

– Yani Kâmran'la evlenmezse mi?

– Niçin yalan söyleyeyim, öyle? Münevver bu haberden sonra katiyen yaşamaz.

– Yazık zavallıya.

– Daha doğrusu ikinize yazık.

Fazla ileri gittiğini anlatmak ister gibi elimle bir işaret yaptım ve güldüm:

– Beni karıştırmayınız, siz şimdilik yalnız onu düşünebilirsiniz.

– Niçin, Feride Hanım? Gerçi Münevver, bunca senelik arkadaşım. Fakat siz de çok iyi ve bu işte tamamıyla suçsuz, günahsız bir genç kızsınız. Onun için size de acırsam...

Bu defa, daha sertleştim, mağrur bir tavırla:

– Ona müsaade edemem, dedim. Hem zannederim ki artık konuşacak şeyimiz de kalmadı.

Yabancı kadının, bir şey aramak ister gibi, ara sıra el çantasını açıp kapadığını görüyordum. Benim artık konuşmaya nihayet vermek istediğimi görünce bir buruşuk kâğıt çıkardı.

– Feride Hanım, sözlerimden belki şüphe edersiniz diye size Kâmran Bey'in bir mektubunu getirdim. Bilmem, onu görmek sizi müteessir edecek mi?

Mektubu evvela elimle itmek istedim. Fakat sonra yanlış bir şey yapmış olmaktan korkarak aldım.

– İsterseniz onu size bırakayım. Sonra okursunuz. Arkadaşıma artık lüzumu kalmadı.

Omuzlarımı silkerek:

– Bana bir faydası olmayacak dedim. Bir hatıradır; kendisinde kalması daha iyi olur. Yalnız bir dakika müsaade ederseniz bir göz gezdireyim.

Karanlık artmıştı. Ağaçların arasından yola çıkarak mektubu gözlerime yaklaştırdım, zaten bu yazıya alışık olduğum için okumaya başladım:

"Benim Sarı Çiçeğim" diye başlıyordu. Arkasından bir sürü edebiyat. Güneş doğmadan evvel nasıl dünyaya belli belirsiz bir aydınlık yayılırsa, sarı içeği görmeden evvel de onun kalbine böyle bir aydınlık yayılmış. "İçimde anlaşılmaz bir sevinç var. Ben, mutlaka fevkalâde bir şeyle karşılaşacağım!" diyormuş. Nihayet o fevkalâdelik olmuş, bir akşamüstü otelin bahçesinde ışıklar yanarken sarı çiçeği karşısında görmüş...

Ondan ötesini o kadar çabuk okuyordum ki, gözlerim gittikçe artan karanlık içinden yazıları o kadar fena seçiyordu ki, hemen hiçbir şey aklımda kalmadı, diyebilirim. Yalnız bilmem neden mektubun birkaç defa tekrar ettiğim şu son satırlarını hâlâ şimdi bile gözümün önünde buluyorum:

"Gönlüm boştu. Sevmeye ihtiyacım vardı. Sizi uzun ince vücudunuzla, menekşe gözlerinizle karşımda görünce her şeyin rengi değişti."

Yabancı kadın, ağır ağır yanıma gelmişti, sesi titreyerek:

"Feride Hanım, sizi üzdüm. Fakat inanınız ki" diye bir cümleye başlamak istedi.

Ben birdenbire silkinerek sözünü kestim, mektubu uzatarak:

– Ne münasebet, dedim. Üzülecek bir şey yok ortada. Bunlar olağan işlerdir. Hatta, size teşekkür bile edeceğim. Bana bir hakikati öğrettiniz. Şimdi artık sizden müsaade isteyeceğim.

Hafif bir baş selamıyla yürüdüm. Fakat o, beni tekrar arkamdan çağırdı:

– Feride Hanım, bir dakika daha müsaade. Arkadaşıma ne söyleyeyim?

– Vazifenizi yaptığınızı söylersiniz. Öte tarafı artık kendi bileceği şeydir, dersiniz, olur biter.

Yabancı kadın, bana bir kere daha seslendi, fakat artık dinlemedim, hızla ağaçların arasına daldım.

Kâmran'ın bizim artık bir daha barıştığımızı göremeyeceği kayanın yanında ne kadar beklediğini bilmiyorum. Fakat beklemekten usanarak odama geldiği ve masamın üstünde çizgili mektep defteri yaprağına karalanmış şu birkaç satırı gördüğü zaman herhâlde şaşalamış olacaktır. "Kâmran Beyefendi. 'Sarı Çiçek' romanını baştan başa öğrendik. Bir daha ölünceye kadar birbirimizi görmek yok. Senden nefret ediyorum."

Feride

İKİNCİ KISIM

I

– Geldiğin günden beri gece demezsin gündüz demezsin, yazarsın da yazarsın. Ne bitip tükenmez yazıdır bu! Mektup desem değil, mektup, deftere yazılmaz. Kitap desem değil, bizim bildiğimiz, kitabı saçlı sakallı ulemalar yazar. Sen parmak kadar çocuksun. Öyleyse ne yazarsın böyle durup dinlenmeden?

Bana bu suali soran; otelin ihtiyar odacısı Hacı Kalfa'dır. Bir saatten fazla bir zamandan beri dışarıda şarkı söyleyerek tahta siliyordu, şimdi yoruldu; benimle, kendi dediği gibi, iki satır lakırdı atmaya geldi.

Hacı Kalfa'nın halini görünce kendimi tutamadım kahkahalarla gülmeye başladım:

– Bu ne kıyafet, Hacı Kalfa.

Her zaman beyaz bir önlükle dolaşan Hacı Kalfa, bugün arkasına dört peşli[76] bir eski zaman entarisi giymiş, çıplak

---

76 elbisenin etek kısmı

ayaklarıyla tahtaları silerken düşmemek için eline kocaman bir sopa almıştı.

– Ne yaparsın, hanımlık yapıyoruz, hanım gibi giyineceğiz elbette, dedi.

Hacı Kalfa, ara sıra konuştuğum dertli bir komşumdan başka, odama giren tek insandır. İlk günlerde çekiniyordu. Bir iş için odama gireceği zaman kapıyı vuruyor, "Başını ört hocanım, ben geliyorum," diyordu.

Ben alay ediyor, "Haydi canım, Hacı Kalfa, işin mi yok Allah aşkına. Teklif mi var aramızda?" diyordum.

O, çatkın çehresini daha çatıyor:

– Yo! İş senin bildiğin gibi değildir. İslam "muhaddaratları[77]"nın yanına öyle sallapati girilmez, diye bana çıkışıyordu.

"Muhaddarat" herhâlde kadın falan demek olacaktı. Fakat hocalık gururuma yediremediğim için bunu Hacı Kalfa'dan soramıyordum. Maamafih, alay ede ede Hacı Kalfa'ya bu saygının manasızlığını anlatmıştım. Şimdi, aklına estikçe kapımı vuruyor, çekinmeden içeriye giriyordu.

Hacı Kalfa, gülmemin bir türlü kesilmemesine evvela kızacak oldu, fakat sonradan vazgeçti:

– Beni kızdırmak için mahsus yapıyorsun ama kızmayacağım, dedi.

Sonra, gözlerinde garip bir hüzünle ilave etti:

– Kafeste kuş gibi o kadar sıkılıyorsun bu yalnız odada ki biraz alay çıkar, gül, ziyanı yok, ahbaplık daha artarsa ben,

77 *örtülü namuslu kadınlar*

sana bir parça da oynayacağım galiba, biraz eğlenmen için, anladın mı efendim?

Hacı Kalfa'ya ne yazdığımı anlatmak kabil değildi.

– Yazım pek çarpık çurpuk da meşk[78] yazıyorum Hacı Kalfa, dedim. Yarın öbür gün derse başlayacağım. Çocuklar ayıplar sonra.

Hacı Kalfa, fotoğraf karşısında poz alır gibi sopasına dayandı, gözlerinde tatlı bir gülümseme ile cevap verdi:

– Çocuk aldatıyorsun, Hacı Kalfa kaç baharın yoğurdunu yemiştir, bilirsin sen? Onlar ki hattat gibi sülüs yazarlar, iki para etmez yazdıkları. Onlar ki böyle karınca ayağı gibi eğri büğrü bir şeyler karalarlar, ne çıkarsa onlardan çıkar. Biz, devairde[79] ne kadar taban tepmiş, ne çeşit memurlar görmüşüz, bilirsin sen? Bir derdin vardır senin, vardır ama, her neyse onun orası bizlere düşmez. Yalnız yazarken parmaklarını mürekkeple boyamamaya gayret et ki, çocuklara karşı asıl ayıp odur. Haydi bakalım, sen yaz yazını; ben de tahtalarımı fırçalayım.

*
* *

Hacı Kalfa'yı savdıktan sonra tekrar masamın başına geçtim. Fakat, artık çalışamıyorum; onun bazı sözleri beni sardıkça sarıyor.

Adamcağızın hakkı var. Mademki artık koskoca insanım, yarın, öbür gün işine başlayacak bir hocayım; o hâlde kendimden, çocukluğumdan hiçbir iz, eser bırakmamaya çalış-

---

78 *alıştırma, örnekleme*
79 *resmî daireler*

malıyım. Hakikaten parmaklarımdaki hatta Hacı Kalfa'nın söylememesine rağmen, dudağımdaki mürekkep lekeleri ne oluyor! Hele geceleri defterime yazarken sık sık kendimi mektepte görmem, artık bir daha görmeyeceğim insanların etrafımda dolaşıyor gibi olmalarını hissetmem, biraz da bu lekelerden gelmiyor mu?

Hacı Kalfa'nın bir sözü daha zihnime takılıyor: "Kafeste kuş gibi o kadar sıkılıyorsun bu yalnız odada ki..."

Kafeslerin hepsinden nihayet kurtulduğum bugün de birinin beni, kafeste bir kuş gibi, görmesi doğru değil. Sonra, kuş kelimesinin eski "Çalıkuşu"nu kırık kanadı, kapanmış gagasıyla düştüğü yerden kaldırmak gayreti var. Hacı Kalfa, böyle konuşmakta devam ederse, aramızın bozulmasından korkuyorum.

Maamafih, defterimi eksik bırakmamak için son bir gayret lâzım. Arkamda bıraktığım iğrenç dünyaya bir kere daha dönmeliyim.

O akşamüstü, yabancı kadından, öğreneceğimi öğrendikten sonra odama gidiyordum. Taşlıkta teyzeme tesadüf ettim, karanlıkta bir köşeye gizlenmek istedim. Fakat teyzem beni görmüştü.

– Kim o, diye seslendi. Sen misin Feride? Niçin saklanıyorsun?

Cevap vermeden karşısında durdum. Birbirimizin yüzünü fark edemiyorduk.

– Niçin bahçeye gitmiyorsun?

– ......

– Mutlaka yine bir yaramazlık!..

Görünmez bir el göğsüme basıyor, nefesimi kesiyor gibiydi.

– Teyze, dedim.

Teyzem, bu dakikada bana bir tatlı kelime söylemiş olsaydı, hafifçe yanağıma dokunsa, saçımı okşasaydı, ağlayarak kollarına atılacak, belki her şeyi söyleyecektim.

Fakat o, benim ne hâlde olduğumu fark edemedi. "Yine ne derdin var, Feride?" dedi. Teyzemden bir şey istediğim vakit daima böyle söylerdi. Fakat, bu akşam bana öyle geldi ki, bu sözlerle "Artık yetmedi mi?" demek istiyor.

– Hiç teyze, dedim, müsaade edersen seni öpeceğim.

Teyzem, ne olsa, annem demekti. Onu, son bir defa öpmeden ayrılmak istemiyordum.

Cevabını beklemeden ellerini tuttum, karanlıkta iki yanağından, sonra gözlerinden öptüm.

*
* *

Odam darmadağınıktı. İskemlelerin üstüne elbiseler atılmıştı. Açık dolap gözlerinden çamaşırlar sarkıyordu. Benim cesaret ettiğim şeyi yapacak insanın, arkasında derbeder bir mektep çocuğu odası bırakması ayıptı. Fakat, ne çare ki vakit çok dardı.

Penceremde ışık görüp gelmelerinden korkarak karanlıkta hemen el yordamıyla, ona bırakılacak birkaç satırı yazdım.

Sonra, dolabımı açtım. Kırmızı bir kurdele ile bağlı diplomamı, yadigâr kıymetinde birkaç parça eşyayı, annemden kalma küpe, yüzük gibi bir iki fakir mücevheri mektep valizime doldurdum.

Kapılardan kaçan evlatlıkların da böyle yaptıklarını hatırlıyor, acı acı gülüyordum.

Nereye gideceğimi, ancak, sokağa çıktıktan sonra düşündüm. Evet, ben nereye gidecektim? Yarın olsa kolay. Zihnimde müphem[80] surette tasarlanmış bir şeyim vardı. Asıl mesele bu geceyi geçirmekteydi. Gecenin bu saatinde nereye sığınabilirdim? Her şeyi göze almış olmama rağmen elimde valizimle sabaha kadar tarlalarda dolaşamazdım ya. Biraz sonra köşkte bir kıyamet kopacaktı. Rezalet korkusuyla belki polise başvuramazlardı. Fakat, etrafa kol kol arayıcılar çıkacağı muhakkaktı. Tren, vapur, hatta araba yolculuğu tehlikeliydi. İzimi çabucak keşfederlerdi. Gerçi hayatını kendi istediği gibi yaşamak isteyen bir insanı zorla, bu köşke dönmeye mecbur edecek bir kuvvet yoktu. Fakat kararımı bir çocuk deliliği, şımarık bir kız nazı sanacaklar; beni de, kendilerini de boş yere üzeceklerdi.

Onları bu fikirden vazgeçirmek, hatta bir daha adımı anmaya tövbe ettirmek için yarın teyzeme nasıl bir mektup yazacağımı biliyordum. Fakat, bu gece nerede barınacaktım?

Evvela, aklıma, civar köşklerde oturan bazı arkadaşlarım geldi. Beni muhakkak ki iyi karşılayacaklardı. Fakat, yaptığımız az çok bir rezaletti. Bu vaziyette bir kızı bir gececik olsun evlerine kabul etmek, belki tuhaflarına gidecekti. Sonra bu fevkalâdeliği izah için onlara bir şey söylemek lâzım gelecekti. Yabancılara hesap vermenin ve onlardan nasihat dinlemenin gücüme gideceğini hissediyordum. Nihayet, ilk

80 belirsiz

aklıma gelen isimler tabiatıyla evdekilerin de aynı kolaylıkla düşüneceği isimler olacak, beni aramaya, en evvel onlardan başlayacaklardır. Arkadaşlarımın aileleri gece yarısı telaş içinde beni sormaya gelen aileme, benim hatırım için "Burada yok" demeye cesaret edebilecekler miydi?

İstasyona giden caddeyi tehlikeli bularak aradaki İçerenköy yollarına sapmıştım. Karanlık gittikçe artıyordu. Şaşırmaya, cesaretimi kaybetmeye başladığım bir zamanda aklıma birdenbire bir şey geldi. Sekiz on sene evvel akrabalarımızdan birinin evinde sütninelik etmiş bir muhacir kadını vardı ki, Sahrayıcedit'te oturur ve sık sık köşke gelirdi.

Geçen sene bir gün, uzunca bir akşam gezintisinden dönerken onun evine uğramış, yarım saat kadar bahçesinde dinlenmiştik. Eskilerimi daima ona verdiğim için benimle arası gayet iyiydi. Geceyi onun evinde geçirirdim ve kimse, benim orada olacağımı akıl etmezdi.

Sokaktan bir muhacir arabası geçiyordu. Evvela onu çevirmek istedim, fakat bu hem tehlikeliydi, hem de üstümde bozuk param yoktu.

Çaresiz, yaya olarak Sahrayıcedit yolunu tuttum. Karanlıkta bir gölge gördükçe, yahut bir ayak sesi işittikçe titreyerek duruyordum. Gece vakti, ıssız kır yollarında, tek başına dolaşan bir kadından kim şüphe etmezdi? Bereket versin, ortalıkta in cin yoktu. Yalnız bir bağın kenarından geçerken küçük bir tehlike atlattım. Karşıdan, türkü söyleyerek birkaç sarhoş geliyordu. Bir sıçrayışta bağın kenarındaki alçak çitin üstünden aştım; onlar geçip gidinceye kadar orada gizlendim. Bağda köpek falan olsaydı halim haraptı.

Bundan başka, Sahrayıcedit caddesini geçerken kaldırımlar üstünde, yorgun yorgun sopasını sürüyen bir bekçiye rastladım. Fakat hoş bir tesadüf oldu. Adamcağız beni görmeden yan sokaklardan birine saptı.

Sütnine ile ihtiyar kocası, beni görünce şaşırdılar. Yolda hazırladığım kurt masalını okudum. Büyük amcamla Üsküdar'dan geliyorduk. Şurada arabamızın tekerleği kırıldı. Bu saatte başka araba da bulamadık. Çaresiz, yaya dönüyorduk. Uzaktan sizin lambanızı gördük. Amcam, "Haydi Feride, yabancı yer değil ya, sen sütnineye misafir ol bu gece. Ben de şuradaki bir ahbabımda kalayım!" dedi.

Doğrusu masalım bu saf insanlarca bile pek kolay inanılacak bir masal değildi. Fakat, küçük hanımı bir gece misafir etmek şerefi onlar için o kadar büyük bir şeydi ki, sözlerimden şüphe etmediler.

Zavallı sütninenin benim için hazırladığı kır lavantası kokan tertemiz yatağı ertesi sabah boş, dokunulmamış gördüğü zaman ayakları suya ermiştir ki, o vakit de kuş uçmuş kervan geçmiş bulunuyordu.

*
* *

O gece, sütninenin odasında, lambamı söndürmüş, karanlığa baka baka uzun bir plan hazırlamıştım.

Dolabımın bir köşesinde, kırmızı kordelasıyla, ağır ağır solup sararmaktan başka bir şeye yaramayacak zannettiğim diplomam gözümde bir ehemmiyet almıştı. Bütün ümidim, pek makbul olduğunu söyledikleri bu kâğıt parçasındaydı. Onun sayesinde Anadolu vilayetlerinden birinde bir hocalık alacak, bütün hayatımı çoluk çocuk arasında, şen ve mesut geçirecektim.

İstanbul'dan çıkıncaya kadar, Eyüpsultan'daki Gülmisal Kalfa'nın evinde gizlenmeye karar vermiştim. Gülmisal Kalfa, annemin dadısıydı. Annem evlenirken, onu da Eyüp'te ihtiyar bir kolcubaşıya[81] vererek çırak çıkarmışlardı[82].

Annemi çok sevmesine mukabil, teyzemlerle arası bozuktu. Büyükkannem sağken ara sıra yalıya gelir, bana boyalı Eyüp oyuncakları getirirdi. Fakat, o öldükten sonra kalfa, büsbütün ayağını kesmiş, teyzelerim de adını anmaz olmuşlardı. Sebebini bilmiyordum ama, aralarında galiba bir de kavga çıkmıştı.

Herhâlde, İstanbul'da benim için Gülmisal Kalfa'nın evinden daha emin bir yer yoktu.

Teyzem zihnimde gittikçe dallanıp budaklanan mektubu aldıktan sonra, ağlamaktan başka bir şey yapamayacaktı. Öteki alçak da ne de olsa insandı. İzimi keşfetse bile, karşıma çıkmaya yüz, surat bulamayacaktı.

O sabah, kalfanın sokak kapısını aralık buldum. Kendisi kınalı kaşlarının üstünde bir başörtüsü, çıplak ayaklarında hamam nalınlarıyla evinin taşlığını yıkıyordu.

Bir şey söylemeden kapının önünde durdum, onu seyretmeye başladım. Yüzüm sımsıkı kapalı olduğu için beni tanıyamıyor, fersiz mavi gözleriyle şaşkın şaşkın bana bakıyordu.

– Bir şey mi istediniz hanım? dedi.

---

81 muhafaza memuru
82 cariye veya odalıkların evlenmelerine izin vermek

Bir iki kere yutkunduktan sonra:

– Dadı, beni tanımadın mı? diye sordum.

Sesim, onun üzerinde anlaşılmaz bir tesir yaptı, ürkmüş gibi geri çekilerek:

– Fesuphanallah, fesuphanallah! diye seslendi. Açsana yüzünü hanım?

Valizimi ıslak taşların üstüne koyarak peçemi kaldırdım. Kalfa, boğuk bir feryat kopardı:

– Güzide, Güzidem gelmiş. Ah evladım!

Damarları çıkmış zayıf kollarıyla boynuma sarılıyor, gözlerinden sel gibi yaşlar akarak:

– Ah çocuğum, ah çocuğum diye hıçkırıyordu.

Bu fazla heyecanın sebebini anlamıştım. Benim gittikçe anneme benzediğimi söylerlerdi. Hatta, onu hiç unutmayan eski bir arkadaşı: "Güzide'nin, tamamıyla yirmi yaşındaki çehresi, sesi. Feride'yi ağlamadan dinleyemiyorum" derdi.

Gülmisal Kalfa'ya da şimdi aynı şey olmuştu. Ağlamanın bu kadar güzel bir şey olacağını, bu ihtiyar Çerkez halayıktan evvel bana hiç kimse anlatamamıştır.

Annemi ben, hayal meyal hatırlarım. Bazı terk edilmiş odalarda, toza, toprağa bulanmış, çizgileri ve boyaları silinmiş eski resimler şeklinde belli belirsiz bir hayal. Bu hayal, bugüne kadar bende ne bir hüzün, ne bir fazla sevgi uyandırmıştı.

Fakat, Gülmisal Kalfa, zavallı ihtiyar kafasından benimle onu ayırt edemeyerek "Güzidem" diye hıçkırırken, içimde anlaşılmaz bir şey oldu. Annem, gözümün önünde, ölümünün ateşi yüreğimde, ben de "anne, anneciğim!" diye katıla

katıla ağlamaya başladım. Zavallı kalfa kendini unutmuş, benimle uğraşmaya başlamıştı.

Gözyaşlarımın içinde ona sordum:

– Kalfa, annem bana çok mu benziyordu?

– Çok, kızım, seni görünce aklım karıştı, onu görüyorum sandım. Allah topracığı kadar ömür versin sana.

İhtiyar kalfa, taşlığın yanındaki odada, beni çocuk gibi soyarken, hâlâ için için ağlamakta devam ediyordu.

Onun patiska perdeli küçük odasında geçirdiğim ilk saatlerin tadını dünyada unutamayacağım. Beni, soyduktan sonra, dokuma bir örtü ile kaplı kerevetinin üzerine yatırdı, başımı dizine koydu, alnımı ve saçlarımı okşayarak annemi anlatmaya başladı.

Doğduğu gün, mavi yüzlü yemenisi ile ilk defa kucağına aldığı dakikadan sonra ayrıldığı güne kadar, bütün hatıralarını bir bir anlattı.

Sıra bana gelince, ben de, başıma gelenleri ona, olduğu gibi söyledim. Kalfa sözlerimi, bir çocuk masalı dinler gibi gülümseyerek dinliyor, ara sıra, "Vah yavrum" diye içini çekiyordu. Fakat, dün gece köşkten nasıl kaçtığımı, bir daha ölünceye kadar oraya dönmeyeceğimi söylediğim vakit, telaşa düştü: "Feride, sen çocukluk etmişsin, Kâmran Bey bir cahillik etmiş. Tövbe eder, bir daha yapmaz!" dedi.

Gülmisal Kalfa'ya isyanımı anlatmaya imkân yoktu. Hikâyemin sonunda dedim ki:

– Gülmisal Kalfa, ihtiyar kafacığını nafile yorma! Ben, iki üç gün sana misafir olduktan sonra başka bir memlekete gideceğim. Elimin emeğiyle yaşayacağım.

Ben, böyle söylerken, kadıncağızın gözleri doluyor, ellerimi okşayıp yanaklarına, dudaklarına sürerek:

– Bu ellere kıyabilir miyim ben? diyordu.

Kalfayı dizlerimin üstüne oturtup hoplatarak, buruşuk yanaklarını çekiştirerek anlattım ki, o eller için şimdilik fazla bir tehlike yoktur. Yaramazlık eden birkaç küçüğün ara sıra kulaklarını çekmekten başka bir şeyde kullanılacak değildir.

Anadolu'da nasıl hocalık edeceğimi, neler yapacağımı öyle neşe ile anlatıyordum ki, nihayet, o da, benim heyecanıma kapıldı. Yeşil bir bürümcüğe sarılı küçük Mushaf'ını duvardan indirdi ve onun üzerine yemin etti ki, burada misafir kaldığım müddetçe, beni ele vermeyecektir. Öte taraftan beni aramaya gelenler olursa, kapıdan çevirecektir.

O gün akşama kadar, Gülmisal Kalfa ile ev işi gördük. Ben, şimdiye kadar hep hazırdan yemiştim. Bir gün bir yumurta bile pişirmemiştim. Bu, artık değişmeliydi. Bundan sonra, aşçıyı hizmetçiyi nerede bulacaktım? Hazır Gülmisal Kalfa elimdeyken ondan nasıl yemek pişirileceğini, bulaşık ve çamaşır yıkanacağını, hatta, söylemesi ayıp ama, nasıl sökük dikilip çorap yamanacağını öğrenmeliydim.

İskarpinlerimi, çoraplarımı çıkardıktan sonra işe girişmiştim. Kalfanın isyanlarına, feryatlarına kulak asmadan, kuyudan kova kova su çektim. Tahtaları sildim yahut batırdım. Sonra, yine kuyu başına oturarak onunla beraber zerzevat ayıkladım.

Zerzevat ayıklamak deyip geçeriz, ama o ne ince işmiş! Kalfa, soyduğum patatesleri gördükçe feryat ediyor:

– Kızım, sen onların yarısını kabuklarıyla beraber atıyorsun, diyordu.

Ben, o vakit dikkatle gözlerimi açıyor:

– Sahi öyle kalfa. Ben, bunu senden öğrenmeseydim, bin zahmetle satın aldığım patateslerimin yarısını atacak ve ömrümün sonuna kadar farkında olmayacaktım, diyordum.

Ondan öğreneceğim şeyleri yazmak için yanıma küçük bir not defteri koymuştum.

İkide birde:

– Dadı, patatesin tanesini kaç kuruşa verirler? Kabuklarını en çok kaç santim kesmek lâzım gelir? gibi sualler soruyor, dadıyı güldürüyordum.

Hele:

– Dadı, tahta silmek için kaç kova su lâzım? dediğim zaman, kadıncağızın âdeta gözlerinden yaş geldi.

Cahil bir Çerkeze yeni mektep usullerini nasıl anlatırsın? Bunları yaparken seviniyor, akşamdan beri, vücudumun bir yerinden gelen hafif sızının âdeta uyuştuğunu duyuyordum.

Tenceremizi ateşe koyduktan sonra, mutfaktaki tertemiz hasırın üstüne oturduk.

– Ah, kalfacığım, diyordum, kim bilir gideceğim yerler ne kadar güzeldir. Ben, Arabistan'ı hayal meyal biliyorum. Anadolu herhâlde ondan çok daha güzeldir. Oradaki insanlar bize benzemezlermiş. Kendileri fakirmiş, fakat gönülleri öyle zengin, öyle zenginmiş ki, hiçbiri, değil fakir bir akraba çocuğuna, hatta düşmanına ettiği iyiliği başına kakmak mürüvvetsizliğinde[83] bulunmazmış. Küçük bir mektebim olacak. Baştan başa çiçeklerle donatacağım. Çocuklarım, bir alay çocuğum olacak. Kendime, "Abla" dedirteceğim. Fakir olanlara, elimle siyah gömlekler dikeceğim. "Hangi elinle?" diyeceksin. Gülme, alay etme. Onu da öğrenirim elbette.

Kalfa, kâh gülüyor, kâh pişman olmuş gibi kızarak:

– Feride, evlatçığım, sen çok yanlış yola gidiyorsun, diye içini çekiyordu.

Görürüz bakalım hangimizin yanlış gittiğini.

Bu işler bittikten sonra teyzemin o korkunç mektubu yazıldı. Bu mektubun bir yerinde şöyle söylüyordum: "Seninle açık konuşacağım, teyze. Kâmran, bana hiçbir zaman bir şey söylemedi. O, benim için hiçbir zaman kendini beğenmiş, şımarık, manasız, ruhsuz, karaktersiz bir konak çocuğundan başka bir şey olmadı. Zayıf, mini mini, çerden çöpten bir insan. Daha sayayım mı?

Ben, onu hiçbir zaman ne beğendim, ne istedim, ne de başka türlü bir his duydum. 'Böyledir de niçin onunla evlenmeye razı oldun?' diyeceksin. Çalıkuşu'nun kafasızlığı malum. Bir delilik yaptık. Fakat, bereket versin ki, kendimi vaktinde topladım. Oğlunuz için böyle düşünen bir kızın saadetli eviniz için nasıl bir felaket olacağını anlamanız lâzım gelir. İşte, bugün, içinizden ayrılmak ve aradaki bütün bağları kesmek suretiyle bu felaketin önünü aldım. Senelerden beri gördüğüm iyiliklerin birazını ödedim.

Bu lakırdıları işitikten sonra, artık, benim adımı ağzınıza almak küçüklüğünden kendinizi sakınacağınızı umarım. Yi-

83 *insaniyetsiz*

ne bilmelisiniz ki, bu ağza alınmaz lakırdıları utanmadan, çekinmeden bile size yazan nankör ve terbiyesiz kız, karşı kaşıya gelecek olursanız, bir çamaşırcı kadın kavgası yapmaya da kadirdir. Bunun için en iyisi, artık birbirimizin adını anmamak olacaktır. Farz edin ki, Çalıkuşu da, anası gibi bir köşede ölüp gitti. İsterseniz bir iki damla gözyaşı dökün. Ona karışmam. Fakat, sakın uzaktan, bir yardıma filan kalkayım demeyin. Hakaretle reddederim.

Ben yirmi yaşında, postunu sudan kurtarmış bir insanım, canım nasıl isterse öyle yaşarım."

Bu terbiyesiz mektubu hatırladıkça daima utanacak ve ağlayacağım. Fakat lâzımdı. Teyzemin beni aramasına, belki peşime düşmesine başka türlü mani olamazdım. Varsın kızsın, darılsın teyzem bana. Fakat üzülmesin.

II

Ertesi gün mektubumu elimle postaya verdikten sonra, doğru Maarif Nezareti'ne gittim, arkamda Gülmisal Kalfa'nın bol çarşafı, yüzümde onun kalın peçesi vardı. Böyle yapmaya mecburdum. Çünkü, hem sokakta kendimi kimseye tanıtmamak lâzımdı hem de Maarif Nezareti'nin, açık gezen kadın hocalara pek emniyet etmediğini[84] işitmiştim.

Nezaret kapısını buluncaya kadar cesur ve neşeliydim. İşlerimin gayet kolay biteceğini umuyordum. Bir hademe beni Nazır'ın yanına götürecek, o da diplomamı görür görmez,

---

84 *güvenmemek*

"Hoş geldin hanım kızım. Biz de senin gibileri bekliyorduk" diye beni, Anadolu'nun en yeşil bir memleketine tayin edivereceкti. Fakat, kapıdan girince hava birdenbire değişti; beni bir heyecan, bir korku aldı.

Girintili, çıkıntılı sofalar, binanın alt başından üst başına kadar acayip acayip merdivenler, bu sofalarda, bu merdivenlerde bir alay insan. Kimseye bir şey sormaya cesaret edemiyor, şaşkın şaşkın etrafıma bakınıyordum.

Sağımda, yüksek bir kapının üzerinde "Makam-ı Nezaret" diye bir tabela gözüme ilişti. Herhâlde Nazır'ın odası orada olacaktı. Kapının önünde, parlak marokenden kıvrım kıvrım somya telleri fışkırmış bir köhne koltukta kolları yaldızlı kerli ferli bir hademe oturuyordu. Öyle bir edası vardı ki insan, "acaba Nazır Paşa, yahut Bey bu mu?" diye şüpheye düşse yeriydi.

Korka korka yanına yaklaştım:

– Nazır Bey yahut Paşa'yı görmek istiyorum, dedim.

Hademe parmaklarını tükürükleyip kumral palabıyıklarının ucunu kıvırarak, şahane bir bakışla beni süzdü, ağır ağır:

– Ne yapacakmışsın Nazır Bey'i? dedi.

– Hocalık isteyeceğim, dedim.

O, bıyıklarının ucunun ne şekil aldığını görebilmek için dudaklarını büzüp cevap verdi:

– Böyle şey için Nazır Bey rahatsız edilmez. Git, dairesine söyle. Usulü dairesinde muamele yap.

Usulü dairesinde muamelenin ne olduğunu öğrenmek istedim. Fakat o, artık cevap vermeye lüzum görmedi; aynı mağrur ve şahane eda ile başını öbür tarafa çevirdi.

Peçenin altında, korku ile dilimi çıkardım. Bu böyle olursa, efendisi, kim bilir ne olacak? Vay gelen başımıza, diye düşündüm.

Merdiven parmaklığının kenarına sekiz on su kovası dizmişler, üzerine –köşkte tahterevalli oynamak için kullandığımız tahtalara benzer– bir uzun tahta alarak garip bir peyke[85] meydana getirmişlerdi. Peykenin üzerinde kadınlı erkekli bir yığın insan oturuyordu.

Siyah yün çarşafını çenesinin altından iğnelemiş, çini mavi gözlü bir ihtiyar kadını gözüme kestirdim, yanına yaklaşarak halimi anlattım. Acı bir bakışla:

– Meslekte müptedi[86] olduğunuz görülüyor. Nezarette tanıdığınız kimse yok mu? dedi.

– Hayır. Belki bir tanıdık vardır ama bilemiyorum, dedim, fakat buna ne lüzum var?

Söylediği kelimelere göre âlim bir hocahanım olduğu anlaşılan mavi gözlü kadın gülümsedi:

– Bunu daha sonra anlarsınız kızım, dedi. Gelin sizi Tedrisat-ı İptidaiye Dairesi'ne[87] götüreyim, bir kere Müdür-i Umumi[88] Beyefendi'yi görmeye çalışın.

Müdür, siyah sakallı, yer yer çiçek bozuğundan yenmiş kocaman kafalı, kalın kaşlı gayet esmer bir adamdı. Odasına girdiğim zaman, yazıhanesinin önünde ayakta duran iki genç kadınla konuşuyordu.

---

85 sedir
86 acemi
87 ilköğretim
88 genel müdür

Bir tanesi fark edilecek kadar titreyen elleriyle çantasının içinden buruşuk kâğıtlar çıkarıyor, birer birer yazıhanenin üstüne koyuyordu.

Müdür, kâğıtlara şöyle bir göz gezdirdi, imzalarına, damgalarına baktı, sonra:

– Gidin, ismizini şubeye kaydettirin, dedi.

Hanımlar, geri geri giderek bir temenna[89] ettiler.

– Siz ne istiyorsunuz hanım?

Bu sual bana sorulmuştu. Biraz şaşırarak, kekeleyerek halimi anlatmaya başladım. Fakat o, birdenbire sözümü kesti. Sert bir sesle:

– Muallimlik değil mi? İstidanız[90] var mı? dedi.

Daha ziyade şaşırdım:

– Yani diplomam mı demek istiyorsunuz, dedim.

Müdür, sinirli bir istihfafla[91] dudaklarını büktü; köşede oturan cılız bir misafire başını salladı:

– Görüyorsunuz ya hali. İnsan, nasıl çıldırmaz? İstida ile şehadetname arasındaki farktan haberleri yoktur. Sonra muallimlik isterler; daha sonra da maaş az, yer uzak diye kafa tutarlar.

Odanın tavanı fırıl fırıl başımda dönüyordu. Ne diyeceğimi kestiremeyerek şaşkın şaşkın etrafıma bakıyordum.

Müdür, daha sert bir sesle:

– Ne bekliyorsunuz? dedi. Haydi bilmiyorsanız bir bilene sorun. İstida yapın!

---

89 öne eğilip eli başa götürerek selam vermek
90 dilekçe
91 küçümseme

Ben, şaşkınlıkla bir yere çarpmadan odadan çıkmaya çalışırken köşede oturan küçük efendi araya girdi:

– Beyefendi hazretleri, müsaade buyurulur mu? Hanım size halisane[92] bir nasihat vereyim.

Aman Yarabbi, neler söyleniyordu! Benim gibi kadınlar, hocalıktan ziyade, sanata heves etmeliymişler. Beyefendinin buyurdukları gibi, istida ile şahadetname[93] arasındaki farkı henüz anlamamış olduğuma göre hocalıkta muvaffak olacağım esasen şüpheliymiş. Fakat çalışırsam, mesela iyi bir terzi olur, hayatımı kazanırmışım.

*
* *

Merdivenden inerken gözlerim etrafı kapkara görüyordu. Kolumu biri tuttu. O kadar dalgındım ki, az kaldı bağıracaktım.

– İşin nasıl oldu kızım?

Bu suali, yine o çini mavi gözlü hanım soruyordu. Öfke ve ümitsizlikten ağlamamak için dişlerimi sıkarak halimi anlattım. Tatlı bir gülümseme ile:

– Tanıdığın olup olmadığını bunun için sormuştum, kızım, dedi, maamafih, meyus[94] olma. Yine bir çaresi bulunur belki. Gel seni tanıdıklardan bir şube müdürüne götüreyim. Eksik olmasın, iyi adamcağızdır.

Tekrar merdivenleri çıktık. İhtiyar hocanım, bu sefer beni, büyük bir kalem odasından buzlu bir camekânla ayrıl-

92 *içtenlikle*
93 *diploma*
94 *üzgün, karamsar*

mış, minimini bir hücreye soktu. Bugün, hakikaten şansım yoktu. Çünkü, orada da pek ümit vermeyen bir manzara ile karşılaştım. Sakalının bir tarafı siyah, bir tarafı âdeta ağarmış bir efendi, hiddetten ateş püskürüyor, karşısında benim biraz evvelki halime benzer bir vaziyette tir tir titreyen bir hademeyi dövecek gibi hareketler yapıyordu.

Önünde duran bir fincan kahveyi, bulaşık suyu döker gibi, pencereden sokağa serpti, sonra hademeyi ite kaka kapıdan dışarı çıkardı.

Yeni arkadaşımın yavaşça eteğinden çektim:

– Aman, buradan kaçalım, dedim.

Fakat buna vakit kalmadı. Müdür bizi görmüştü:

– Hayrola Naime Hocanım, dedi.

Öfkeli bir insanın bu kadar çabuk yatıştığını ömrümde ilk defa görüyordum. Ne çeşit huyları var bu memurların yarabbi?

Mavi gözlü hocanım, birkaç kelime ile halimi anlattı. Müdür tatlı bir gülümseme ile bana:

– Pekâlâ kızım, pekâlâ. Geç, şöyle otur bakalım, dedi.

Bu kuzu gibi adamın, biraz evvel sokağa kahve döken, ihtiyar bir hademeyi dut ağacı silker gibi tartaklaya tartaklaya dışarı atan insan olduğuna bin şahit isterdi.

– Aç yüzünü bakayım kızım. O!.. Sen daha hemen hemen çocuksun. Yaşın kaç?

– Yirmiyi bitirmek üzereyim efendim.

– Acayip. Maamafih her neyse. Ancak sen dışarı gidemezsin. Senin için hayli tehlike var.

– Niçin efendim?

– Niçini var mı, kızım? Sebep meydanda.

Müdür Efendi gülüyor, eliyle yüzümü göstererek Naime Hocanıma işaretler yapıyor, fakat meydanda olan bu sebebi bir türlü söylemiyordu.

Nihayet, mavi gözlü hanıma göz kırparak;

– Ben daha açık söyleyemem. Sen kadınca daha iyi anlatırsın Naime Hanım, dedi.

Sonra, sakalını iki yana sallayarak kendi kendine konuşur gibi ilave etti:

– Ah, sen bilsen dışarılarda ne yaman ibni[95] yamanlar vardır!

Ben, saf bir hayretle:

– Efendim, ibni dediğiniz adamlar kimlerdir, bilmiyorum. Fakat siz de bana onların olmadığı yerde ders bulursunuz, dedim.

Müdür, bu sefer elini dizkapaklarına vurarak daha fazla güldü:

– Eh!.. Bu hakikaten hoş!

Ben, bir insanı ilk görüşte ya severim ya sevmem. Sonradan bu ilk hissimin değiştiğini hiç hatırlamıyorum.

Her nedense, bu adamcağıza birdenbire kanım kaynayıvermişti. Hele bir yanı beyaz, bir yanı kara olan sakalı, öyle hoştu ki, yüzünü sağa çevirdiği zaman hemen hemen genç bir adamı görüyordunuz; sola çevirdiği zaman ise o adam, birdenbire gidiyor, yerine beyaz sakallı o ihtiyar yüzü gülümsemeye başlıyordu.

---

95 oğlu

– Darülmuallimat'tan bu sene mi çıktınız, hanım kızım?

– Hayır efendim, ben Darülmuallimat'tan çıkmadım. Dam dö Siyon mektebinden[96] diplomalıyım.

– Nasıl mektep bu?

Müdüre uzun uzun izahat verdim, sonra diplomamı uzattım. Galiba Fransızca bilmiyordu. Fakat, belli etmemek için kâğıdın ötesine, berisine bakıyor, elinde evirip çeviriyordu.

– Güzel, âlâ...

Naime Hocanım teklifsiz bir tavırla:

– Kuzum beyefendi, siz iyilik etmeyi seversiniz, şu çocuğu boş göndermeyin, dedi.

Müdür, kaşlarını çatarak, sakalını çekiştirerek düşünüyordu:

– Pek güzel, pekâlâ ama bizimkiler galiba bu mektebin diplomasını tanımıyorlar.

Aklına bir şey gelmiş gibi elini masaya vurarak:

– Kızım, sen İstanbul rüştiyelerinden birinde Fransızca muallimliği istersin. Bak, sana yolunu öğreteyim. Doğru İstanbul Maarif Müdürlüğü'ne gidersin...

Ben müdürün sözünü kestim:

– İstanbul'da kalmama imkân yok efendim, dedim, mutlaka vilayetlerden birine gitmek mecburiyetindeyim.

O şaşırmıştı:

– Amma yaptın ha! dedi. Gönlünün rızasıyla Anadolu'ya gitmek isteyen muallimeye ilk defa tesadüf ediyorum. Ayol, biz muallimlerimizi İstanbul'dan çıkarıncaya kadar akla karayı seçeriz. Sen ne dersin Naime Hocanım?

---

96 "Notre Dame de Sion" Fransız Kız Lisesi – İstanbul

Müdür, benden şüphelenmişti. Kurnazca bir istintak ediyor[97], ailem hakkında sualler soruyordu. Adamcağızı kandırıncaya kadar başıma hal geldi.

Müdür, oturduğu yerden, "Şahap Efendi" diye seslendi. Camekânlı kalem odası arasındaki kapıdan, ufak tefek, cılız bir genç göründü:

– Bak, Şahap Efendi, hanım kızı odaya al; Anadolu'da muallimlik istiyor, bir istida müsveddesi yaz, bana getir.

Artık, işime olmuş gözüyle bakıyor, müdürün boynuna atılmak, sakalının beyaz tarafından öpmek istiyordum. Şahap Efendi, beni kalem odasında karışık bir masanın önünde oturttu, müdürün istediği müsveddeyi yazmak için bana sualler sormaya, söylediklerimi bir kâğıt parçasına not etmeye başladı. Bu fakir kıyafetli, hasta çehreli memurda korkak, mahcup bir hal vardı. Sual sormak için bana baktıkça, âdeta kirpikleri titriyordu.

Pencerinin yanında duran orta yaşlı iki kâtip, ağız ağıza bir şeyler konuşuyorlar, ara sıra yan gözle bize bakıyorlardı. Bir tanesi;

– Şahap, evladım, sen bugün fazla yoruldun. Şu istidayı biraz da biz yazalım, dedi.

Kuruyası dilim durmaz ki. Hele biraz sevindiğim vakit. Hiç münasebeti olmadığı hâlde:

– Bu dairede, arkadaşlar birbirlerini ne iyi koruyorlar, dedim.

Şahap Efendi, kıpkırmızı kesilerek başını eğdi. Acaba bir pot mu kırmıştım? Herhâlde öyle olacak. Çünkü ötekiler de

97 *sorgulamak*

gülüşüyorlardı. Ne dediklerini pek duyamadım; yalnız biri, "Muallime Hanım hayli pişkin ve mukaşşer[98]" sözü kulağıma çalındı. Bu sözlerin manası ne idi? Bu efendiler ne demek istemişlerdi?

İstida müsveddesi birkaç kere müdürün yanına gitti, geldi. Kırmızı mürekkeple allanıp pullandıktan sonra temize çekildi.

Müdür:

– Haydi bakalım, kızım, Allah tesirini halk etsin[99]. Ben, elimden geldiği kadar yardım ederim, dedi.

Yanında başka kimseler olduğu için daha fazla bir şey söylemeye cesaret edemedim. Fakat bu kâğıdı kime götüreceğimi, ne söyleyeceğimi bilmiyordum. Belki Naime Hocanımı tekrar görürüm ümidiyle etrafıma bakınırken gözüme Şahap Efendi ilişti.

Küçük kâtip, merdiven başında, birini bekliyordu. Benimle göz göze gelince mahcubane başını indirdi. Bir şey söylemek istediği, fakat cesaret edemediği anlaşılıyordu. Yanından geçerken durdum:

– Size bugün çok zahmet verdim, dedim. Lütfen bunu nereye götüreceğimi de söyler misiniz efendim?

– Muamele takip etmek güç bir şeydir, hemşire hanım, dedi. İzin verirseniz istidanızla bendeniz meşgul olayım. Siz rahatsız olmayın. Yalnız, arada sırada kaleme uğrayıverirsiniz.

– Ne vakit geleyim? dedim.

– İki, üç gün sonra.

---

98 kabuğu soyulmuş
99 yaratmak

İşin iki, üç gün uzaması canımı sıkmıştı. Fakat, gelgit, tam bir ay sürüklendi. Zavallı Şahap Efendi'nin gayreti olmasaydı, belki daha da uzayacaktı.

Şöyle böyle derler ama, erkeklerin içinde de ne insaniyetliler var. Bu çocuktan gördüğüm iyiliği hiç unutmayacağım. Beni kapıdan görünce koşuyor, merdiven başlarında bekliyordu.

O, elinde kâğıtlarımla odadan odaya dolaşırken utancımdan yerlere giriyor, nasıl teşekkür edeceğimi bilemiyordum.

Bir gün, küçük kâtip, boğazına bir bez bağlamıştı. Boğula boğula öksürüyor, konuşurken sesi kısılıyordu.

– Hasta mısınız? Niçin bu hâlde daireye geliyorsunuz? dedim.

– Bugün cevap almaya geleceğinizi biliyordum, dedi.

İstemeden güldüm. Bu bir sebep olabilir miydi?

– Tabii başka işler de var. Malum ya, mektepler yeni açıldı.

– Bana verilecek iyi bir cevabınız var mı?

– Bilmem. Evrakınız Müdür-i Umumi'de. Teşrif ettiğiniz vakit kendisiyle görüşmenizi söyledi.

Müdür-i Umumi, çatık çehresine bir kat daha dehşet veren bir siyah gözlük takmış, önünde duran bir yığın kâğıdı birer birer imzalayıp yere fırlatıyor, ak bıyıklı bir kâtip namaz kılar gibi eğilip doğrularak onları topluyordu.

– Efendim, beni emretmişsiniz, dedim.

Yüzüme bakmadan, sert bir sesle:

– Sabret hanım. Görmüyor musun? dedi.

Ak bıyıklı kâtip, kaşları ve gözleriyle işaret ederek beklememi anlattı. Ayıp bir şey yaptığımı anlayarak birkaç adım geriye çekildim, paravanın yanında beklemeye başladım.

Müdür, kâğıtları bitirdikten sonra gözlüğünü çıkardı, mendiliyle camlarını silerek:

– İstidanız reddedildi. Zevcenizin hizmeti otuz seneyi bulmuyormuş, dedi.

– Benim mi efendim, dedim, bir yanlışlık olmasın?

– Sen Hayriye Hanım değil misin?

– Hayır, ben Feride'yim efendim.

– Hangi Feride? Ha, aklıma geldi. Maalesef sizinki de öyle. Mektebiniz Nezaret-i Celile'ce[100] musaddak[101] değilmiş. Bu diploma ile memuriyet verilmez.

– Peki, ben ne olacağım?

Bu manasız söz, istemeden dudaklarımdan dökülüvermişti. Müdür, tekrar gözlüğünü taktı, benimle alay eder gibi bir tavırla:

– Artık orasını da, müsaadenizle, kendiniz düşünün, dedi. Bu kadar meşguliyet arasında, bir de sizin ne olacağınızı düşünmeye kalkarsak vay halimize.

Ömrümde acısını unutmayacağım dakikalardan biri de bu olacaktır. Evet, ben, ne olacaktım?

İyi kötü, senelerce çalıştım. Bu yaşımda en uzak gurbetleri göze alıyordum. Böyle olduğu hâlde, yine beni kovuyorlardı. Ben, ne olacaktım? Yeniden teyzemin evine dönmek, ölümden daha fena bir şeydi.

Son bir ümitle öteki müdüre başvurdum. Ağlamamak için dişlerimi sıkarak:

---

100 yüce bakanlık
101 tasdikli, onaylı

– Beyefendi, benim diplomam işe yaramazmış, ne yapayım ben şimdi? dedim.

Bu sözleri söylerken, fazla mı şaşkınlık gösterdim nedir adamcağız âdeta müteessir oldu:

"Ne yapayım kızım? Ben de söyledim ama varak-ı mihr ü vefayı[102] okuyup dinleyen var mı?" dedi.

Bu şefkat, beni âdeta şımartmıştı:

– Beyefendi, ben mutlaka bir iş bulmaya mecburum. Kimsenin beğenmediği, en uzak bir köy de olsa, ben güler yüzle kabul edeceğim.

Müdür, birdenbire bir şey düşünmüş gibi:

– Dur, kızım, bir tecrübe daha...

Köşede, pencerenin yanında, uzun boylu, irice yapılı bir bey gazete okuyordu. Yüzü sokak tarafına dönük olduğu için yalnız, ağarmaya başlamış saçlarıyla sakalının bir kısmını görebiliyordum.

Müdür bağıra bağıra:

– Beyefendi, müsaade buyururlar mı biraz? dedi.

O, bir şey söylemeden döndü, ağır ağır yanımıza geldi. Müdür, eliyle beni gösterdi:

– Beyefendi, siz sevabı seversiniz. Bu çocuk bir Fransız mektebinden çıkmış. Halinden, sözlerinden kibar bir ailenin çocuğu olduğu anlaşılıyor. Fakat malum ya, düşmez kalkmaz bir Allah. Çalışmak mecburiyetinde kalmış. "En uzak bir köşeye bile giderim" diyor. Fakat bizimkini bilirsin ya. Gülü tarife ne hacet! "Olmaz" diye kesip attı. Siz Nazır Beye-

---

102 sevgi ve vefa, sevgide sadakatin kâğıdı

fendi'ye bir iki "kelime-i tayyibe[103]" lütfederseniz bu iş olur. Kuzum Beyefendi!

Müdür, bu sözleri söylerken, onun, vakitsiz bir mihnetle çökmeye başlamış omuzlarını okşuyordu. Giyinişinden, halinden, tanıdığım inanların hepsinden başka türlü bir insan olduğunu anlamıştım. Müdürü dinlerken hafifçe eğiliyor, iyi işitmek için elini kulağının arkasına koyuyordu.

Biraz kanlı, fakat halim, munis gözlerini bana çevirdi, kısık bir sesle Fransızca konuşmaya başladı. Nereden çıktığıma, nasıl çalıştığıma, ne yapmak istediğime dair sualler soruyordu. Verdiğim cevaplardan memnun kaldığı belliydi.

Biz konuşurken, şube müdürü keyifli keyifli gülüyor:

– Bülbül gibi söylüyor Fransızcayı maşallah. Bir Türk kızı için şayan-ı takdir doğrusu, diyordu.

Gülmisal Kalfa, daima: "Ayın on beşi karanlıksa, on beşi aydınlıktır" derdi. Sonradan, büyük bir şair olduğunu öğrendiğim o insan bana bakarken, benim için, bu aydınlığın başlamak üzere olduğunu hissediyordum. Bir aydan beri, yavaş yavaş kaybettiğim güzel neşemi tekrar buldum.

O insan, bana yine şimdiye kadar kimseden işitmediğim güzel sözler söyledikten sonra, beni yanına aldı, Nazır'ın odasına götürdü.

O geçerken hademeler ayağa kalkıyor, kapılar âdeta kendiliklerinden açılıyordu.

Yarım saat sonra B... vilayetinin,merkez rüştiyesinde açık bulunan bir coğrafya ve resim muallimliğine tayin edilmiş bulunuyordum.

---

103 güzel söz

Çalıkuşu, o akşam Eyüp'e dönerken sevincinden âdeta uçuyordu. Bundan sonra, o da artık kendi ekmeğini kendi kazanan bir insandı. Kimse, artık ona, adına merhamet ve himaye denen büyük hareketi yapmaya cesaret edemeyecekti.

*
* *

Üç gün sonra, her muamele bitmiş, harcırahımı almış bulunuyordum.

Bir sabah Gülmisal Kalfa beni vapura getirdi. Şahap Efendi, erkenden rıhtıma gelmiş, bizi bekliyordu. Bu çocuğun insanlığını dünyada unutamayacağım. Her işimle uğraşmış, gittiğim yerde, ineceğim otelin adresine kadar hiçbir şeyi ihmal etmemişti. Şimdi de erkenden hâlâ sarılı hasta boğazıyla, rıhtımın rüzgârı ve rutubeti içinde beni uğurlamaya geliyordu.

Bavulumu, yol hediyesi olarak getirdiği küçük bir kutu ile beraber, kamaraya kendi eliyle yerleştirdi. Tekrar tekrar inip çıkarak kamarotlara tembihler veriyor, yorulup üzülüyordu.

Vapur kalkıncaya kadar, güvertenin bir köşesinde oturduk.

İnsan, ayrılık saatinde durmadan konuşmalı, nesi varsa söyleyip bitirmeli değil mi? Halbuki bu bir saat içinde, Gülmisal Kalfa ile belki, on çift söz konuşmadık. O, sönük mavi gözleriyle denizi seyrediyor, ellerimle oynuyordu. Yalnız vapur kalkacağı zaman dayanamadı: "Anneni buradan vapura bindirdim, Feride. Hem, o senin gibi yalnız değildi. İnşallah yine seni böyle kucağıma alırım." dedi, hıçkıra hıçkıra ağlamaya başladı.

Şahap Efendi'nin yanımızda olmasına rağmen, ben de galiba kendimi tutamayacaktım. Fakat o esnada bir kargaşalık oldu, "Haydi hanım, merdiven kalkıyor!" diye kalfacığımı omuzlarından yakaladılar, tartaklaya tartaklaya merdivenden indirmeye başladılar.

Küçük kâtip hâlâ yanımda duruyordu. Teşekkür için elimi uzattığım vakit, benzini sapsarı, gözlerini dolmuş gördüm. İlk defa dikkatle yüzüme bakmaya, adımı söylemeye cesaret etti:

– Feride Hanım, büsbütün gidiyorsunuz demek, dedi.

Bu ayrılık dakikasının bir bulut gibi üstüme çöken ağırlığına rağmen gülümsemekten kendimi alamadım.

– Artık şüphe kaldı mı? dedim.

O artık bir şey söylemedi, elini elimden çekerek koşa koşa merdivenden indi.

*
* *

Deniz yolculuğunu çok severim. Altı, yedi yaşında bir küçük kızken, babamın neferiyle beraber yaptığım seyahatin zevki hâlâ içimdedir. Vapur, vapurdaki insanlar, hatta Hüseyin, unutulmuş, büyük bir denizi uçarak geçen bir kuşun hayalinde ne kadar kalması mümkünse, bende de aşağı yukarı ona benzer bir şey kalmıştır. Her tarafı akıcı parıltılarla dolu bir mavi boşluk içinde uçmak sorhoşluğu. Denizin bendeki bu çılgın tesirine rağmen, güvertede kalmaya tahammül edemedim, vapur Sarayburnu'nu dönerken, kamarama indim; Şahap Efendi'nin getirdiği kutu, bavulumun üzerinde duruyordu. Ne olduğunu merak ederek açtım. Bir kutu fondan... Benim dünyada en delicesine sevdiğim şey.

Küçük kâtibin hediyelerinden birini dudaklarıma götürdüm. Fakat birdenbire gözlerimden yaşlar boşandı. Niçin böyle ağlıyordum, bilmiyorum! Kendi kendime söz anlatmak istedikçe gözyaşlarım artıyor, göğsümü tıkıyordu. Sebepsiz ıztırabım bu biçare şekerden geliyormuş gibi, gayri ihtiyarı, kutuyu yakaladım, kamaranın minimini penceresinden denize fırlattım.

Evet, dünyada bu gözyaşlarından daha manasız şey olamaz. Bunu anlıyorum. Fakat buna rağmen, hâlâ şimdi, bu satırları yazarken kirpiklerimden yaşlar süzülüyor, önümdeki defter kâğıdını fiske fiske kabartıyor.

Bu, acaba dışarıda sessiz sedasız yağan yağmurun tesiri mi? Şimdi İstanbul nasıl? Orada da böyle yağmur var mı? Yoksa Kozyatağı'ndaki bahçe, şimdi ay ışıkları içinde pırıl pırıl yanıyor mu?

Kâmran, ben sadece senden değil, senin olduğun yerlerden de nefret ediyorum.

III

Bu sabah, uyandığım vakit günlerden beri devam eden yağmuru dinmiş buldum. Bulutlar dağılmıştı. Sade pencerenin karşısındaki yüksek dağ tepelerinde yer yer ince dumanlar tütüyordu.

Gece yatarken pencereyi kapatmayı unutmuşum. Hafif bir sabah rüzgârı, karyolanın örtülerine, dağınık saçlarıma vuran güneş ışıklarını sarı pullar gibi titretiyor, parça parça dağıtıyordu.

Beş günden beri bu küçük otel odasında, sinirlerim iyice bozulmuştu. Gece bir aralık uyanmış, yanaklarımı, üzerine kırağı yağmış yapraklar gibi ıslak bulmuştum. Yastığım da öyleydi. Demek ki uykumda ağlamıştım. Halbuki, şimdi bir parça güneş neşemi, hatta ümidimi yeniden canlandırıyor, vücuduma mektep yatakhanesinde uyandığım bahar sabahlarının hafifliğini veriyordu.

Bugünün bana, güzel bir haber getirmemesine imkân yoktu. Artık, bir şeyden korkmuyorum. Sevinçle yatağımdan fırladım, eski biçim küçük lavabonun önünde yıkanmaya başladım.

Temiz bir su birikintisine başlarını daldırıp çıkaran kuşlar gibi silkintilerle suları etrafa, karşımdaki aynanın camına sıçratıyordum.

Kapı hafifçe vuruldu. Hacı Kalfa'nın sesi:

– Sabah şerifler hoyrolsun hocanım, sen yine erkencisin bugün, dedi.

– Bonjur Hacı Kalfa, dedim, öyle oldu. Sen nereden anladın benim uyandığımı?

Hacı Kalfa güldü:

– Ne bileyim, kuş gibi ıslık çalıp duruyorsun.

Hakikaten, kuşa benzeyen bir tarafım olduğuna kendim de inanmaya başlıyordum.

– Kahvaltını getireyim mi?

– Bugün kahvaltı etmesem olmaz mı?

Ses, bu defa hiddetlendi:

– Yok... Olmaz. Ben öyle şey istemem. Gezme yok, eğlenme yok, mahpus gibi tıkıldın, kaldın. Bir de yiyecek yemezsen karşıki komşuya dönersin sonra.

Hacı Kalfa, bu son sözü karşı odadaki komşuya işittirmemek için, ağzını anahtar deliğine koymuş, sesini alçaltmıştı.

Bu Hacı Kalfa ile ne iyi dost olmuştuk. İlk sabah uyanır uyanmaz giyinmiş, çantamı koltuğuma alarak sıçraya sıçraya otelin merdivenlerinden inmeye başlamıştım. Hacı Kalfa, yine o beyaz peştamalıyla küçük bir havuzun yanında nargile temizliyordu.

Beni görünce kırk yıllık bir ahbap gibi:

– Hayrola Feride Hanım, sen niye böyle erken uyandın, ya? Ben seni yol yorgunluğu ile öğleye kadar uyur sandım, demişti.

Ben gülerek:

– Öyle şey olur mu? Vazife sahibi bir hoca, öğleye kadar nasıl yatar? demiştim.

Hacı Kalfa nargilesini bırakarak ellerini beline dayamış:

– Şuna bak hele! Daha kendi çocuk, anladın mı efendim, ayağının tozuyla mektebe gider çocuk okutmaya, diye gülmeye başlamıştı.

Ben, Maarif Nezareti'nden tayin kâğıdımı aldığım dakikadan beri, artık, hafiflik etmemeye yeminliydim. Fakat Hacı Kalfa'nın bir bebekle konuşur gibi hali karşısında, ben de birdenbire çocuklaşmıştım, çantamı top gibi havaya atıp tutmuştum.

Bu hareket, Hacı Kalfa'yı büsbütün keyiflendirmişti. Ellerini birbirine vurarak:

– Yalan mı dedim, daha sen, kendin çocuksun! diyor ve kahkahalarla gülüyordu.

Bir otel odacısıyla bu derece yüz göz olmak ne dereceye kadar doğru bilmiyorum, fakat ben de onunla beraber gülmüş, öteden beriden konuşmaya başlamıştım.

Hacı Kalfa, kahvaltı etmeden mektebe gitmeme katiyen razı değildi:

– Akşama kadar öyle aç açına el âlemin yumurcaklarıyla uğraşılmaz, anladın mı efendim? Sana peynir, süt getiriveyim. Hem, efendim, bu daha ilk gün, acelesi müstacel[104] değil, diye beni zorla havuzun başına oturtmuştu. Bu saatte otelin avlusunda kimseler yoktu.

Hacı Kalfa, karşıki dükkânlardan birine:

– Molla, bizim hocanıma İstanbul simidiyle beraber süt getiriver, diye seslenmiş, sonra da bana dönerek:

– Molla'nın sütü de süttür hani. Sizin İstanbul sütleri bunun yanında nargile suyu gibi kalır, demişti.

Hacı Kalfa'nın rivayetine göre Molla, yaz kış ineklerini armutla besler, onun için sütleri armut kokardı.

İhtiyar Ermeni bunu anlatırken gözünü kırpıyor:

– Ancak, Molla'nın kendi de az buçuk armut kokar, diye alay ediyordu.

Ben, havuzun başında kahvaltı ederken Hacı Kalfa, bir yandan nargilelerini çalkalıyor, bir yandan bitip tükenmez

104 acele yapılması gereken, acil, evgin

şehir dedikodularıyla beni eğlendiriyordu. Aman yarabbi, bu adam, neler biliyordu! Hele mektep hocaları hakkında... Her birini kaç kat elbiseleri olduğuna varıncaya kadar içli dışlı tanıyordu.

– Az eğlen, seni ben götüreyim. Mektep yakındır, ancak yollar karmakarışıktır. Sonra kaybolursun, demiş sakat ayağıyla önüme düşerek beni, hakikaten kendi kendime kaybolacağım Merkez Rüştiyesi'nin yeşil boyalı tahta kapısına kadar götürmüştü.

*
* *

Görünüşü ne kadar sefil olursa olsun, o gün, mutlaka sevmek azmiyle girdiğim bu mektepte nasıl bir felâketle karşılaştığımı tafsilatıyla anlatmalıyım.

Kapıcı kulübesinde kimse yoktu. Bahçeden geçerken haneli[105] bir dokuma çarşafa sımsıkı bürünmüş, yüzü iki katlı peçeyle kapalı bir kadına tesadüf ettim. Kolunda eski bir meşin çanta ile sokağa çıkmaya hazırlanıyordu. Beni görünce durdu. Dikkatli dikkatli bakmaya başladı:

– Bir şey mi istiyorsunuz, hanım?

– Müdire Hanım'ı göreceğim.

– Bir işiniz mi var? Müdire benim.

– Öyle mi efendim? dedim. Ben yeni coğrafya ve resim hocanız Feride'yim. Dün İstanbul'dan geldim.

Dokuma çarşaflı müdire yüzünü açmıştı. Beni tepeden tırnağa kadar süzdü, sonra tereddütle:

---

105 kare kare, göz göz

– Bir yanlışlık olmasın kızım, dedi. Bizim coğrafla ve resim hocalığı açıktı, fakat bir hafta evvel Gelibolu mektebinden bir hoca gönderdiler.

Fena hâlde şaşırmıştım:

– İmkânı yok efendim, dedim. Beni Maarif Nezareti'nden gönderdiler. Emrim çantamda.

– Fesuphanallah, fesuphanallah, dedi. Emrinizi göreyim, bakayım.

Kadıncağız, kâğıdı birkaç kere okudu, tarihine baktı, sonra başını sallayarak:

– Böyle yanlışlıklar ara sıra oluyor, dedi. Fakında olmadan ikinizi de aynı yere tayin etmişler. Vah Huriye Hanım, vah!

– Huriye Hanım kim efendim?

– Gelibolu'dan gelen öteki hoca. Kendi halinde iyi bir kadıncağız... Oranın havasıyla imtizaç[106] edememiş. Burasını istemiş. Meğer biçarenin başına gelecek varmış.

– Yalnız o değil, ben de müşkül mevkide kalıyorum efendim, dedim.

– Evet, orası da öyle. Netice anlaşılıncaya kadar kadıncağızı meraklandırmayalım bari. Ben, bir iş için Maarif Müdürlüğü'ne gidiyorum. Haydi, siz de gelin. Bakalım, belki bir çare buluruz.

Maarif müdürü, uyuklar gibi gözlerini yumarak karşısındakileri dinleyen, sayıklar gibi kesik kesik lakırdı söyleyen, battal, ağır bir adamdı.

106 uyuşmak, uyum sağlamak

Bizi, can sıkıntısıyla dinledikten sonra ağır ağır:

– Ben ne yapayım, öyle yapmışlar, öyle olmuş. İstanbul'a yazmalı. Bakalım ne cevap gelir? diyordu.

Kısa yeleğinin altından çıkan kırmızı kuşağına bakarak evvela yük arabacısı sandığım iri yarı bir kâtip:

– Bu hanımın emrindeki tarih daha yeni. Binaenaleyh asıl makbul[107] ve muteber[108] olan budur, dedi.

Müdür, istihareye[109] varır gibi düşündü, sonra:

– Hayret, gerçi öyle ama, ötekine işten el çektirmek için emir yok. Nezaret-i Celile'den istizah[110] edelim. Sekiz, on güne kadar cevap alırız. Siz de artık o zamana kadar idare-i maslahat buyurursunuz, Müdire Hanım, diye hükmetti.

Yine, dokuma çarşaflı müdirenin peşinde aynı dolambaçlı sokaklardan, tırıs tırıs mektebe döndüm. Keşke doğru otele gitseymişim.!

Huriye Hanım, kırk beş yaşlarında, kara yüzlü, hırçın tavırlı, ufak tefek bir kadındı. Vakayı haber alır almaz yüzü bir kat daha karardı, gözleri büyüdü, incecik boynunun kenarlarında iki damar şişti. Sonra bayramda çocukların çaldığı kursak düdüğü[111] gibi bir feryatla: "Eyvahlar olsun a dostlar! Bu da mı başıma geldi?" diye düşüp bayıldı.

Muallimler odası birbirine giriyor, gözlüklü bir ihtiyar hoca, kapıya üşüşen talebeleri kovmak için, âdeta kucak kucağa onlarla güreşiyordu.

---

107 *kabul edilen*
108 *geçerli*
109 *bir işin hayırlı olup olmayacağını rüyada görmek için uykuya yatmak*
110 *açıklama isteme*
111 *kurutulmuş kursakla yapılan düdük*

Arkadaşlar, Hayriye hocanımı sırtüstü yere yatırmışlardı. Yüzüne sular, sirkeler sürüyorlar, boynundan büzmeli fanila gömleğini gevşeterek, pire ısırıklarıyla benekli göğsünü ovuşturuyorlardı.

Ben, ne yapacağımı şaşırmış bir hâlde, odanın bir köşesinde, kolumda çantamla dimdik duruyordum.

Biraz evvel, kapıdaki çocukları kovan ihtiyar hocanım, gözlüğünün üstünden aksi aksi yüzüme baktı:

– Kızım, insaniyetine şaştım doğrusu, dedi. Bir de üstelik gülüyorsun.

Hakkı vardı. Maalesef kendimi tutamayarak gülümsemiştim. Kadıncağız, ona değil, kendi perişanlığıma güldüğümü nereden anlayacaktı?

Fakat, gülen yalnız ben değilmişim. Uzun boylu, keskin kara gözlü bir genç kadın da kıs kıs gülüyordu. Yanıma yaklaştı. Kulağıma usulcacık:

– Bilmeyen bu kadının kocası evlenmiş, üstüne ortak getirmiş sanır. Baygınlık falan değil, vallahi şirretliğinden, dedi.

Huriye Hanım, yüzünden burnundan sular akarak gözlerini açmıştı. Midesinde barut patlamış gibi gürültü ile geğiriyor, başını iki yana sallayarak:

– A dostlar, bana neler oldu? Bunca yıldan sonra başıma bu haller gelmeli miydi? diye perde perde sesini yükseltiyordu.

"Bülbülün çektiği dili belasıdır!" derler, yine bir münasebetsizlik ettim, hiç lüzum yokken, "Biraz iyileştiniz inşallah?" diye bir nezaket yapmak istedim. Sen misin hatır soran? Huriye Hanım, öyle bir parlayış parladı ki, anlatamam. Aman neler söylemedi? Hem canına kastetmişim hem de üstelik keyif soruyormuşum. Dünyada bundan büyük yüzsüzlük, arsızlık, terbiyesizlik olmazmış.

Bir köşeye sinmiş, utancımdan gözlerimi kapamıştım. Hocalar, Huriye Hanım'ı bir türlü yatıştıramıyorlardı. Perde perde sesini yükseltiyor, öyle kelimeler söylüyordu ki, Merkez Rüştiyesi'nde değil, en adi bir sokakta bile ağıza alınamazdı. Ne mal olduğum zaten yüzümden belliymiş. Onun ekmeğini elinden almak için Nezaret'te kim bilir, kaç kişiye...

Köşede, gözlerim kararıyor, vücudum buz gibi donuyor, dişlerim birbirine çarpıyordu. En fenası, öteki hocanımlar da hemen hemen ona hak veriyor gibi vaziyetler alıyorlardı.

Birdenbire ortadaki masaya bir yumruk indi, bardaklar, sürahiler şangır şangır öttü.

Bunu yapan, biraz evvel benimle beraber gülen keskin kara gözlü genç kadındı. O, şimdi canavar gibi bir şey olmuştu. Yükseldikçe güzelleşen hırçın bir sesle haykırıyordu:

– Müdire Hanım, bu nasıl müdirelik? Bu kadının, bir muallimenin namusuna dil uzatmasına nasıl müsaade ediyorsunuz? Neredeyiz? Bir kelime daha söylemesine müsaade edersiniz, onu değil sizi mahkemelerde süründürürüm. Kendini nerede sanıyor bu kadın?...

Kara gözlü muallime, bu defa da ayağını yere vurarak öteki hocanımlara çattı:

– Aferin size arkadaşlar, çok beğendim doğrusu. Mektep içinde bir meslektaşın tahkir edilmesini[112] böyle sırıta sırıta dinliyorsunuz ha?

112 aşağılamak

Ortalık, bir dakikada sütliman olmuştu. Huriye hocanım, yalnız kalacağını anlayınca, yine ayılıp bayılmaya, ağlamaya başladı. Ders vakti galiba gelmişti. Hocalar defterlerini, kitaplarını, dikiş sepetlerini alarak birer birer dağılmaya başladılar.

Müdire Hanım, "Sizi odamda bekliyorum, kızım," diye kapıdan çıktı...

Biraz sonra, odada beni müdafaa eden arkadaşla yalnız kalmıştım. Ona teşekkür etmeye lüzum görerek:

– Vah vah!.. Siz de benim için üzüldünüz, dedim.

O, ehemmiyeti yok, demek ister gibi omuz silkti ve güldü:

– Mahsus yaptım. Böylelerine ara sıra gözdağı verilmezse olmaz. İnsanın başına çıkmaya kalkarlar sonra. Ne yaparsınız. Dersten sonra görüşürüz olmaz mı?

Müdirenin kapısına kadar gittiğim hâlde içeri girmeyi bir türlü canım istemedi. Tekrar bu bahsi tazelemek beni iğrendiriyordu. Kollarım düşmüş, çantam ağırlaşmıştı, kimseye görünmeden mektepten çıktım, otele döndüm.

*
* *

Hacı Kalfa, beni görür görmez, meyus bir tavırla kollarını kaldırdı:

– Vah hocanım vah, neler gelmiş senin başına? diye söylenmeye başladı.

Vakayı benden daha iyi biliyordu. Bu kadarcık bir zaman içinde nasıl duymuştu.

Aman kızım, gözünü dört aç. İstanbul'a yazacağız diye sana bir oyun oynamasınlar. Nezarette tanıdığın varsa hemen mektup yazalım, dedi.

Beni nazıra tavsiye eden yaşlıca bir şairden başka kimseyi tanımadığımı söyledim. Hacı Kalfa, onun adını işitir işitmez çocuk gibi sevindi:

– Vay, o, benim velinimetimdir ayol, dedi. Burada bir zamanlar idadiye[113] müdürü idi. Melek gibi bir insandır. Yaz kızım yaz ve beni seversen benden de selam yaz, de ki: "Hacı Kalfa kulun mübarek destlerinden[114] bûs ediyor[115]."

*
* *

Zavallı Hacı Kalfa, ikide bir, sakat ayağını sürüye sürüye yukarı çıkıyor. "Müddeiumumi[116] Bey, hak onundur, korkmasın. Maarif müdürünü sıkıştırsın, diyor" yahut "belediye mühendisi yarın İstanbul'a gidecek. Nezarete uğramayı vadetti" yolunda havadisler getiriyordu.

Ne tuhaf memleket! Birkaç saat içinde rezaleti duymayan kalmamış. Otelin kahvesinde, hep bundan bahsediliyormuş.

– Hacı Kalfa, bu ne iş? dedim. Burada herkes herkesi tanıyor?

İhtiyar adam, ensesini kaşıyarak:

– Avuç içi kadar yer, dedi. Nerede bulursun o taşına toprağına kurban olduğum İstanbul'u. Orada olsa kim kime,

113 *lise*
114 *el*
115 *öpmek*
116 *savcı*

dum duma. Buranın dedikodusu boldur. Bunu, böylece bilmiş olasın. Benden sana nasihat: Kâmil ol, uslu ol. Öyle çarşıda pazarda yüzü açık gezme. İmdi[117] (aman Yarabbi, bu imdi kelimesini ne tuhaf bir eda ile söylüyordu!) Sana bir kısmet de çıkar inşallah. Burada bir hocanım vardı. Arife Hocanım. Ceza Reisi kendine nikâh etti. Şimdi, bir eli yağda, bir eli balda. Darısı senin başına. Ama güzel diye mi? Ne gezer! İffetli diye, ağırbaşlı diye. İmdi, dünyada, namustan kıymetli şey yoktur insan için.

Gün geçtikçe, Hacı Kalfa'nın bana emniyeti, teveccühü[118] artıyordu. Her gün, evinden ufak tefek eşya, dantel bir bardak örtüsü, işlemeli bir yüz havlusu, resimli hazır yelpaze gibi şeyler getiriyor, odamı süslüyordu.

Bazen biz konuşurken, aşağıdan, direk gibi bir ses:

– Hacı Kalfa, ne cehenneme kayboldun yine? diye haykırıyordu.

Bu, Hacı Kalfa'nın efendisi, otelin sahibiydi.

İhtiyar adam, her defasında türkü söyler gibi, makamla yavaş yavaş:

– Elinin körü, elinin körü. Hacı Kalfalar kaldırsın seni, diye söyleniyor; sonra bağırıyordu:

– Geldik, geldik, az işimiz var da...

*
* *

Otelde, Hacı Kalfa ile beraber, bir ahbabım daha olmuştu: Otuz beş, kırk yaşlarında Manastırlı bir kadıncağız.

---

117 şimdi
118 ilgi göstermek, yakınlık

Onunla ahbaplığımızın nasıl başladığını anlatayım: Otele ilk geldiğim akşam, odamda eşyamı yerleştiriyordum. Hafif bir kapı gıcırtısı işittim. Baktım, odaya sarı basma entarili, yeşil krep başörtülü bir kadın giriyor.

Daha kapıdan girerken: "İyisiniz inşallah, safa geldiniz, hanım kızım" diye hatır sordu. Düzgünlü[119] zayıf yüzü; kireçle delik deşiği tıkanmış, harap bir duvarı hatıra getiriyor; rastıklı kaşları, simsiyah dişleri, bu çehreye bir ölü kafası korkunçluğu veriyordu.

Biraz şaşırarak:

– Safa bulduk efendim, dedim.

– Valide hanım nerede?

– Hangi valide hanım efendim?

– Hocanım... Siz hocanımın kızı değil misiniz?

Kendimi tutamayarak gülmeye başladım:

– Ben hocanımın kızı değil, kendisiyim efendim.

Kadın, yere çömelir gibi yaparak, ellerini dizlerine vurdu:

– Ay! Hocanım siz misiniz? Hiç de böyle parmak gibi gencecik hocanım görmedim. Ben, sizi yaşlı başlı hocanım sanıyordum.

– Şimdi böylesi de oluyor efendim.

– Olur ya, olur ya... Bu dünyada ne olmaz? Biz, ta şu karşıki odacıkta oturuyoruz, çocukları uyuttum, "sefa geldin" demeye geldim size... Allah eksik etmesin, gündüzleri çoluk çocuk gailesi var. Haçan[120] bu vakit olur, çocuklar uyurlar,

119 bir nevi fondöten
120 ne vakit

bir kasavettir basar beni. Yalnızlık bir Allahü Teâlâ'ya muhsustur öyle değil mi hemşireceğim? Efkârlan bre efkârlan. İç sigara, iç sigara, iç sigara. Sabahı ederim. Allah gönderdi sizi hemşireceğim. İki lakırdı eder, açılırız.

Kadıncağız, bana evvela "hanım kızım" diye hitap ederken, hoca olduğumu öğrenince, bunu "hemşireceğim"e çevirmişti.

Odadaki iskemleyi göstererek:

– Buyurun, oturun, dedim ve kendim karyolanın kenarına oturarak ayaklarımı salladım.

Manastırlı hanım:

– Ben iskemlede rahat edemem hemşireceğim, dedi ve tuhaf bir şekilde yere, ayaklarımın dibine oturarak dizlerini dikti, sonra entarisinin cebinden bir teneke tütün kutusu çıkararak kalın sigaralar sarmaya başladı. Bunlardan birini bana ikram etti.

– Teşekkür ederim, ben içmem efendim, dedim.

O:

– Ben de çokluk içmezdim ya. Gam, kasavet böyle yaptı, dedi.

Komşum, adamakıllı dertliydi. Manastır'da epeyce zengin bir adamın kızıymış. Haline göre bağları, bahçeleri, öküzleri, inekleri, varmış. Babasının kapısında üç beş fukara doyuyormuş. Manastır'ın belli başlı beylerinden birçoğu onu istemiş. Fakat cahillik bu ya, o, "İlle kılıçlı zabite varacağım" diye tutturmuş. Keşke, anası ona yüz sopa vurup o beylerden birine verseymiş. Lâkin, o biçare kadın da başına geleceği ne bilsin! Tutmuş, bir tanecik kızını belindeki kılıçtan başka malı, mülkü olmayan bir mülazıma[121] vermiş. Hürriyete kadar şöyle böyle geçinmişler. Kocası 31 Mart'ta, Hareket Ordusu'yla beraber İstanbul'a gitmiş. Gidiş o gidiş. Bir daha ne gelmiş ne de iki satırlık bir mektup yazmış. Nihayet günün birinde, İstanbul'dan dönen bir ahbaptan, kocasının B...de bulunduğunu ve bura yerlilerinden bir kadınla evlendiğini haber almış. Eh, olur ya, şeriatımız dörde kadar izin veriyor. Zavallı komşum, biraz ağlayıp sızladıktan sonra üç çocuğunu almış ve buraya gelmiş. Gelgelelim, kocası bu işten hiç memnun olmamış. Ne vaktiyle yalvara yakara aldığı karısı, ne ciğerpare evlatçıklarını gözü görüyor, onları ters yüzüne Manastır'a çevirmek için ısrar ediyormuş. "Bunca senelik karınım. Etme bana bu cefaları" diye ayaklarına kapandığı, köpekler gibi yalvardığı hâlde, bir türlü kendisini de burada alıkoymaya razı edemiyormuş.

Bu uzun hikâyeyi dinledikten sonra dayanamadım:

– A hanımcığım, siz de niçin sizi istemeyen bir insan üstüne bu kadar düşüyorsunuz? O sizi tekmeliyorsa siz de onu tekmelersiniz, olur biter, dedim.

Manastırlı hanım, cahilliğime acır gibi, gülümseye gülümseye:

– A hemşireceğim, gözümü açtım, onu gördüm. Bunca yıl bir yastığa baş koyduk. Kocadan ayrılmak kolay mı? dedi ve sesini titrete titrete:

"Anadan geçilir, yârdan geçilmez" diye bir beyit okudu.

Ben, âdeta hiddetle:

---

121 teğmen

– İnsan, kendini aldatan bir erkeği nasıl sever? Ben, bunu anlayamıyorum, dedim.

O, siyah dişleriyle acı acı sırıtarak:

– Siz, daha pek çocuksunuz, hemşireceğim. Bu acıları çekmemişsiniz, bilmiyorsunuz. Allah yine de bildirmesin, dedi.

– Ben bir kız biliyorum ki evleneceğine iki gün kala, nişanlısının kendisini başka bir kadınla aldattığını öğrendi, bu fena adamın yüzüğünü başına attı ve yabancı bir memlekete kaçtı.

– Sonradan pişman olmuştur o kız, hemşireceğim. Acırım ona. Yüreği hasretten göz göz olmuştur. Sen, kurşunla vurulanları hiç işitmedin mi, be hemşireceğim? Bazıları, vurulduklarının farkında bile olmazlar; üç beş adım koşarlar, kaçıp kurtuluyoruz sanırlar. Yara sıcakken acımaz, hemşireceğim. Hele bir kere soğumaya başlasın. Sen bak, seyret o kızcağız nasıl yanıp yakılacak?...

Hiddetle karyoladan fırladım, deli gibi odanın içinde dolaşmaya başladım. Yağmur pencereleri kamçılıyor, sokaktan boğuk köpek ulumaları geliyordu. Manastırlı komşum, derin bir ah çektikten sonra devam etti:

– Gurbet ellerindeyim. Kolum, kanadım kırık. Elim ermez, gücüm yetmez. Manastır'da olaydım, kocamı iki günde bu aşüftenin[122] elinden kurtarırdım ya.

Hayretle gözlerimi açarak:

– Ne yapardınız? dedim.

122 "Farsça'dan" oynak kadın

– Ortağım, burada kocama basmış büyüyü, basmış büyüyü. Dilini ağzını bağlamış adamcağızın. Velâkin, Manastır büyücüleri daha ustadır. Çok değil, üç mecidiyeyi gözden çıkardım mı, kocamı kadının elinden alırlar, yine bana getirirlerdi.

Manastırlı hanım, bana Rumeli büyücüleri hakkında uzun uzadıya tafsilat vermeye başladı:

Arif Hoca adında bir Arnavut varmış ki, domuz kulağını, birçok ameliyatlarla, bir dürbün haline getirirmiş, bir kadın bu garip dürbünü gözüne koyarak bir kere kocasına baktı mı, erkek ne kadar haşarı olursa olsun, hemen yola gelirmiş. Çünkü, bütün kadınlar, ona domuz gibi görünürmüş.

Arif Hoca, bazen bir sabun parçasına, bir toplu iğne saplar ve sabunu okuyup üfledikten sonra toprağa gömermiş. Sabun toprakta eridikçe, insanın düşmanı da oturduğu yerde erir, iğne ipliğe dönermiş.

Kadıncağız, teneke kutusundan, üst üste sigaralar sarıp içerek buna benzer masallar anlatıyor, büyüler tarif ediyordu.

Ne boş, ne zavallı lakırdılar! Ya hele, o soğuduktan sonra sızlanmaya başlayan yara masalı! Hiç böyle şey olur mu? Ben, öteki zalim için hiç üzülüyor muyum? Onu hiç aklıma getirdiğim oluyor mu?

Manastırlı komşumun katmerli düzgünleri, kazan kulplu rastıkları, çökük gözevlerini korkunç bir halka ile saran kuyruklu sürmeleri, bende evvela bir tiksinme hissi uyandırmıştı.

Fakat bunların, erkeğini tekrar elde etmek için yapılmış bir hile, bir süs olduğunu öğrenince içim sızladı. Zavallı kadın, diyordu ki:

– Adamcağızımın gözüne hoş görüneyim diye çocukların boğazından kesip düzgün, rastık, sürme alıyorum, yeni gelin gibi süsleniyorum, ama olmuyor. Dedim ya, büyü.

O günden beri odamın kapısı ara sıra gıcırdıyor, başımı çevirmeden anlıyorum ki odur.

– İşin var mı, hemşireciğim? Azıcık geleyim mi?

Yalnızlıktan o kadar bunalmışım ki, bu ses beni âdeta sevindiriyor. Kalemimi bırakarak, ağrıyan parmaklarımı birkaç kere sallıyorum ve komşumun artık ezberlediğim sırnaşık aşkının hikâyesini zevkle dinlemeye hazırlanıyorum.

*
* *

Penceremin karşısında dimdik yükselen dağın manzarası ilk günlerde beni eğlendiriyordu. Fakat, ondan da yorulmaya başladım. İnsan, bu dumanlı yamaçların rüzgârı içinde saçı başı dağılarak, etekleri uçarak dolaşmadıkça, yalçın kayalar üstünde, keçi yavruları gibi sıçrayıp eğlenmedikçe neye yarar?

Nerede o, başımı alıp saatlerce kırlarda dolaştığım, bahçe kenarlarındaki çitlere değneklerle vurarak, sık yapraklı ağaçları taşlayarak kuş kaldırdığım günler! Halbuki ben, Anadolu'yu asıl bunun için istiyordum.

Küçükten beri resim yapmayı çok severim. Mektepte tam not aldığım hemen tek ders o idi. Köşkte tertemiz oda duvarlarına, mektepte heykellerin mermer kaidelerine, kurşun yahut boya kalemleriyle yaptığım resimler için ne kadar azar işitmiş, ceza çekmiştim. İstanbul'dan gelirken çantama bir alay resim kâğıdı ve boya kalemleri atmıştım.

Oteldeki yalnız günlerimde yazıdan sıkıldıkça resim yapıyordum ve bu, benim için hoş bir teselli oluyordu. Hatta Hacı Kalfa'nın da biri kara kalem, diğeri sulu boya iki resmini yapmaya çalışmıştım.

Resimlerin ne dereceye kadar benzediğini bilemiyorum. Fakat o, burnunun, gözünün hususiyetlerinden değilse bile, yuvarlak ve çıplak başından, pos bıyıklarından, beyaz önlüğünden kendini tanıdı ve ustalığıma hayran oldu.

Adamcağız üşenmeden çarşı pazar dolaşıyor, kızına çerçeve işletmek için ucuz atlaslar, kadife ipekleri, renkli boncuklar satın alıyordu.

Nihayet, fazla sıkıldığımı görerek beni evine davet etti. Hacı Kalfa, karısının tutumluluğu sayesinde kutu gibi bir ev yaptırmış, boş zamanlarında çocuklarının yardımıyla, bunu yeşile boyamıştı.

Ev derin bir uçurumun kenarında. Uçurum o kadar derin ki bahçenin sarmaşıklarla örtülü tahta parmaklığına kollarınızı dolayıp aşağı baktığınız zaman başınıza hafif bir dönme geliyor. Bu bahçede Hacı Kalfa ailesiyle beraber ne tatlı birkaç saat geçirdim!

Nevrik Hanım, Samatyalı imiş. Kocası gibi kaba saba, fakat iyi ruhlu, saf bir kadıncağız. Beni görünce "İstanbul kokuyorsunuz, küçük hanım" diye boynuma sarılmaktan kendini alamadı. İstanbul'un adı anıldıkça gözleri yaşarıyor, kocaman göğsü derin hasret nefesleriyle kalaycı körüğü gibi kabarıp iniyor.

Hacı Kalfa'nın on iki yaşlarında bir oğlu, on dört yaşlarında bir kızı var. Kızın adı Hayganuş. Pancar renginde, kara kırmızı yanakları, suçiçeği çıkıyormuş gibi iri sivilcelerle dolu, kalın kaşlı, mahcup ve beceriksiz bir Ermeni kızı.

Mirat; etli butlu ablasının tersine, çiroz gibi kuru, renksiz, bücür bir çocuk.

Hacı Kalfa, okuryazar bir adam değilmiş ama, ilmin kıymetini takdir edermiş. İnsan her şeyi bilmeliymiş. Sırasına göre yankesicilik bile lâzım olurmuş. Mirat, iki sene Ermeni mektebine gitmiş, iki seneden beri de Osmanlı mektebinde okuyormuş.

Hacı Kalfa'nın programına göre bu çocuk, iki senede bir mektep değiştirecek, yirmi yaşına kadar sıra ile Fransızca, Almanca, İngilizce, İtalyancayı mükemmel öğrenerek tam bir adam olacakmış. Tabii, bu solucan gibi sıpsıska çocuk o zamana kadar bu yükün altında ezilip ölmezse!

Hacı Kalfa, bir gün oğlundan bahsederken dedi ki:

– Mirat'ın adına dikkat etmişsindir. Ne arifane[123] isimdir o, bulmak için bir hafta kafa patlattım. İki lisana da uyar. Ermenice Mirat, Osmanlıca Murat.

Sonra fevkalâde zekice bir şey söyleyeceğine işaret olmak üzere gözlerinden birini kırparak ilave etti:

– Mirat, namünasip[124] bir halt yeyip, beni kızdırdığı zaman ben de ona, sen, ne Mirat'sın, ne Murat; ancak bir meretsin, derim.

---

123 sezgili olana yakışır biçimde
124 uygun olmayan

İhtiyar Ermeni'nin bu hiddet sahnelerinden biri de, benim evlerinde bulunduğum zamana tesadüf etti. Görülecek şeydi! Çocuğun kabahati, anasının pişirdiği bir yemeği beğenmemiş olmaktı.

Hacı Kalfa, onu âdeta darbımeseller[125] ve beyitlerle azarlıyordu:

– Hele şu miskine bak. Bacak kadar boyu var, türlü türlü huyu var. Dilenciye hıyar verdilerse beğenmemiştir, eğridir diye sokağa atmış. Eşek hoşaftan ne anlar? İhtarlarımı sem-i itibar[126] kulağına(!) sok. Yoksa, tekdirat ile uslanmayanın hakkı kötektir. Sen kim oluyorsun ki Allah'ın verdiği ekmek ve nimeti beğenmiyorsun?!..

Sen seni bil sen seni
Sen seni bil sen seni,
Sen seni bilmez isen
Patlatırlar enseni.

Hayganuş'a gelince, kız olmasına rağmen onun tahsiline de Mirat'ınkinden daha az ehemmiyet veriliyor değildi.

Hayganuş, Ermeni Katolik Mektebi'ne gidiyordu. Hacı Kalfa bir gün, komşularından inmeli bir ihtiyarla, siyah şalvarlı bir dudu[127] karşısında kızını sıkı bir imtihandan geçirmemi istedi.

Dünyada bundan daha gülünç manzara olmazdı... Hacı Kalfa, kızcağızın kitaplarını, defterlerini zorla dizlerimin üzerine koyuyor:

---

125 atasözü
126 işitip dikkate alarak
127 yaşlı Ermeni kadını

– Haydi bakalım Hayganuş, hocanıma karşı yüzümü kara çıkarırsan yedirdiğim ekmek burnundan gelsin, diyordu.

Bir iki zarp[128], taksim[129] ameliyesinden[130] sonra resimli bir "Peygamberler Tarihi" açtım, İsa ve vaftize dair bir parça tesadüf etti. Kızcağız, vaftizi anlatırken saçma sapan bir şeyler söyledi. Mektepten kulağım dolu olduğu için tashih ettim, vaftize dair bazı sade malumat verdim.

Hacı Kalfa, beni dinlerken gözleri büyümüş, başında saç olmadığı için kaşlarının kılları dimdik olmuştu. Hıristiyanlık hakkındaki bilgilerim ona bir mucize kadar yüksek görünüyor:" Bu ne iştir ki! Bir Müslüman muhaddarat benim dinimi papazlardan iyi biliyor. Ben, seni şöyle böyle bir hanım sandımdı, anladın mı? Meğerki, sen hakikat eli öpülecek bir ulema imişsin," diye istavroz çıkarıyordu.

Yerinden kıpırdanması iskeleden mavna kalkması gibi zorlu bir iş olan şişman karısını ensesinden tuttu, bana doğru getirerek: "Şu çocuğu benim tarafımdan, ta alnının ortasından öp, anladın mı?" diye üstüme attı.

Zavallı Hacı Kalfa, kendini erkekten sandığı için bu vazifeyi karısına yaptırmıştı.

İhtiyar odabaşı, o günden sonra önüne gelene benden, benim derin ilmimden bahse başlamış. Öyle ki, otele girip çıktığım zaman kahvedeki işsizler beni görmek için suratlarını camlara yapıştırıyorlardı.

Ben, "Hacı Kalfa, Allah aşkına vazgeç. Böyle şeylere lüzum var mı?" diye kızıp söylendikçe, o âdeta, isyan ediyor:

128 çarpma
129 bölme
130 iş, işlem

"Mahsus söylüyorum. Hani sanki, büyüklerin kulaklarına gitsin de, sana ettiklerinden utansınlar gibilerinden" diyordu.

Hacı Kalfa'nın ailesiyle tanışmak, bana başka bir cihetten de kârlı oldu. Samatyalı Madam, gayet güzel reçel ve şekerlemeler yapmasını biliyordu. Benim "Peygamberler Tarihi" hakkındaki bilgilerimden, herhâlde, çok daha hayırlı bir ilim.

Kendisinden hem kolay, hem ucuz reçel tarifleri aldım ve Gülmisal Kalfa'nın yemeklerini yazdığım deftere özene bezene not ettim. Bundan sonra, bizim oburluğumuzla kim meşgul olmayı hatırına getirecek?

İnşallah işlerim yoluna girsin, benim de başımı sokacak küçücük bir evim olsun, kendim için bir reçel dolabı yapacağım. Hacı Kalfa'nın evindeki gibi, raflarımı oymalı uçurtma kâğıtlarıyla süsleyeceğim; bu raflara yakutlar, kehribarlar, sedefler gibi parlayacak renk renk kavanozlar dizeceğim. Ne âlâ, bunları, her aklıma geldikçe yemek için kimseden izin istemek, yahut büfe hırsızlığı etmek mecburiyeti de yok. Allah vere de hasta olmasam.

Evet, al, sarı, beyaz, reçel kavanozları. Aralarında sadece yeşil yok. Artık aklıma bile getirmediğim Kâmran'ın o kadar nefret ettiğim gözleri, beni yeşil renge garez ettirdi.

Şimdi gayet iyi hatırlıyorum. Kâmran, ben evvelden de, senden şimdiki kadar nefret etmediğim zamanlarda da gözlerine garezdim. Bu garez başladığı zaman, daha on iki yaşımda yoktum. Kendin de, elbette unutmamışsındır. İkide bir avuçlarıma toz doldurarak yüzüne serperdim. Bu, yalnız bir çocuk yaramazlığı mıydı acaba? Hayır, güneş işlemiş yosunlu denizler gibi içlerinde hileli hareler dolaşan gözlerini acıtmak içindi.

*
* *

Yine sapıttım. Halbuki maksadım sadece bugünün vakalarını kaydetmekti.

Nerede kalmıştım? Evet Hacı Kalfa benim günlerden beri ilk defa açan güneşten doğan neşemi bir yerden iyi bir havadis öğrendiğime vermiş ve beni sıkıştırmaya başlamıştı. Kendime ait bir haberin ondan evvel benim kulağıma gelmesi mümkün mü? Neredeyse acıktığımı ve uykum geldiğini bile bu garip otel odacısından öğreneceğim!

Hacı Kalfa:

– Hele nazlanma söyle. Böyle fıkır fıkır gülüşün boş değil. Sen Allah bilir iyi bir şey işittin? diyordu.

Ondan daha kulağı delik görünmek, nedense izzetinefsimi okşuyor, yarı şaka, yarı ciddi bir tavırla manalı manalı gülüyor, göz kırpıyordum:

– Kim bilir belki söylenmemesi lâzım gelen bir sırdır. Güneş, o kadar güzeldi ki, kaybolmak tehlikesini göze alarak otelin biraz ilerisindeki köprüyü geçtim, karşıma çıkan dik bir yokuşa vurdum, sonra, bir çayır, bir ağaçlık ve ikinci bir köprüden geçtim. Daha da dolaşacaktım, fakat kaybolmaktan daha büyük bir tehlike baş gösterdi. Babayani çarşafıma, sımsıkı kapalı peçeme rağmen kılıksız birtakım erkekler peşime takılmaya, söz atmaya başlamışlardı.

Hacı Kalfa'nın nasihatlerini hatırlayarak korktum ve tekrar ters yüzü geri döndüm.

Maarif Müdürlüğü'nde kuşaklı başkâtibin: "Hâlâ İstanbul'dan bir ses seda yok, hemşire hanım" cevabıyla karşılaşacağıma emindim. Fakat, sokağa çıkmışken bir kere oraya da uğramak zaruriydi.

Müdürün hademesi merdivende beni görünce: "İsabet ki, geldin Hocanım," dedi, Bey de seni arıyor, birazdan otele gelecektim."

Bey dediği maarif müdürü idi. Hayret! O, yine kırmızı çuha kaplı yazıhanesinin önünde, ebedi yorgunluğunu dinlendirir gibi elini, kolunu salıvermiş, yakasını gevşetmiş, gözleri yarı kapalı düşünüyordu.

Beni görünce, esnedi, gerindi ve tane tane söylemeye başladı:

– Hanım kızım, Nezaret-i Celile'den henüz bir cevap almış değiliz. Ne irade buyurulacağını kestiremiyorum. Ancak, Huriye Hanım kıdemli bir muallime olduğu için sanırım ki onu iltizam ederler[131]. Aksi bir cevap geldiği takdirde müşkül mevkide kalacaksınız. Aklıma bir çare-i tesviye[132] geldi. Buraya bir, iki saat mesafede bir "Zeyniler" nahiyesi var. Havası, suyu güzel, menazır-ı tabiiyesi[133] ferah-fezâ[134], ahalisi haluk[135] ve müstakim[136], cennet gibi bir yer. Orada bir Vakıf Mektebi vardı. Geçen sene, bir hayli fedakârlıkla tamir ve tecdit[137] ettik. Birçok levazım-ı tedrisiye[138] ve ikmal-i

131 *tercih etmek*
132 *çözüm yolu, çaresi*
133 *doğal manzarası*
134 *sefalı*
135 *iyi ahlaklı*
136 *doğruluktan şaşmayan*
137 *yenilemek*
138 *eğitim araç gereci*

nevakısına[139] muvaffak olduk. Mektebin içinde muallimlerin ikametine mahsus daire de var. Şimdi bir genç muallimimizin himmet ve fedekârlığına muhtacız. Gönül ister ki, oraya sizin gibi güzide[140] bir hanım gitsin. Cidden iyi bir yer. Hem de aynı zamanda ecirli[141] bir hizmet-i vataniye[142] olur. Gerçi, maaşı sizin burada alacağınız maaştan noksan. Fakat buna mukabil, et, süt, yumurta vesaire fiyatları, buradakiyle nispet kabul etmeyecek kadar ucuz. İsterseniz bol para da biriktirebilirsiniz. Maamafih, ilk fırsatta maaşınıza zam yaparak bugünkü miktara iblağ[143] ederim. O takdirde buradaki İdadi Müdürlüğü'nden daha kârlı bir vaziyete gelirsiniz.

Bu teklif karşısında ne söyleyeceğimi bilmeyerek susuyordum.

Maarif Müdürü devam etti:

– Mektepte ihtiyar bir hatun var. Hem derslere yardım ediyor, hem mektebin hizmetlerini görüyor. Kendi halinde, namazında niyazında bir kadıncağız. Yalnız, yeni tedris[144] usullerine vâkıf değil. Gayri, siz onu da çeker çevirirsiniz. Maahaza[145], Zeyniler'i beğenmeyecek olursanız bana iki satır bir şey yazarsınız, derhal sizi buraya münasip bir yere alırım. Hoş, siz orayı gördükten sonra merkeze tayin edilseniz de "istemem" diye ayak direyeceksiniz ya.

---

139 eksikleri tamamlamak
140 seçkin
141 sevabı olan
142 vatan hizmeti
143 bir şeyin miktarını tamamlamak
144 öğretim
145 bununla beraber

Hava güzel, manzara güzel, yiyecek içecek ucuz, ahalisi iyi. Şöyle böyle İsviçre köyleri gibi bir şey. İnsan, Allah'tan daha ne ister?

Gözümün önüne güneşli yollar, gölgeli bahçeler, dereler, ormanlar geliyor, yüreğim şiddetle çarpıyordu.

Maamafih, birdenbire "evet" demeye cesaret edemedim. Hiç olmazsa bu işi Hacı Kalfa'ya bir kere danışmalıydım.

– Şimdi müsaade buyurunuz, iki saat sonra gelir, cevabımı veririm efendim.

Müdür Bey biraz canlanır gibi oldu:

– Aman kızım, bu iş müstacel. Başka talipleri de var, elden kaçırırsan karışmam sonra.

– O hâlde, yalnız bir saat beyefendi, dedim.

Maarif müdürünün yanından çıkınca, sofada ortağım Huriye Hanım'la burun buruna gelmeyeyim mi? B...de bizim ismimizi, iki ortaklar koyduklarını birkaç gün evvel, yine Hacı Kalfa'dan öğrenmiştim. Bu kadın gözümü o kadar yıldırmıştı ki, yüzünü görünce korktum, görmemezliğe geldim ve acele acele oradan sıvışmak istedim. Fakat yolumu kesti, sırnaşık bir dilenci gibi çarşafımın kolunu tutarak benimle konuşmaya başladı:

– Hanımefendi kızım, geçenlerde size karşı bir terbiyesizlik ettim. Allah aşkına kusuruma bakmayınız. Sinir hali.Pek fazla müteessirdim de... Ah kızım, benim neler çektiğimi bilseniz, halime acırsınız herhâlde. Terbiyesizliğimi affedin.

Ben korkarak:

– Ziyanı yok efendim, dedim ve geçmek istedim.

Fakat nedense o, yakamı bırakmamaya karar vermişti. Evvela halinden şikâyet etti, başında beş canın sokak ortasında kalacağını ve dileneceğini anlattı.

Huriye Hanım gittikçe coşuyor, perde perde sesini yükselterek iğrenç bir tarzda yalvarıyordu. Ne söyleyeceğimi, ne yapacağımı şaşırmıştım.

Daha fenası, bu garip komedyayı gören yanımıza geliyor, etrafımızda kalem odacılarından, kâtiplerden, kahve, şerbet taşıyan peştamallı esnaf çıraklarından bir daire çevriliyordu.

Yüzüm, ellerim ateş gibi kesilmişti. Utancımdan yerlere giriyordum.

Bu defa, ben yalvarmaya başladım:

– Rica ederim Hocanım, yavaş konuşun. Herkes bize bakıyor.

Fakat o, inadına kameti[146] artırdı. Şimdi âdeta saçlarını yolarak, yakasının düğmelerini koparארak ağlıyor, ellerimi dizlerimi öpmeye kalkıyordu.

Etrafımızdaki kalabalığın gittikçe büyümekte olduğunu dehşetle gördüm. Hani İstanbul'da sokak ortasında diş çeken, leke sabunu, nasır ilacı satan yaygaracı esnafın etrafına nasıl üşüşürler, biz de öyle bir kalabalığın ortasında kalmıştık.

Etraftan, "Yazıktır zavallıya, ağlatma fukarayı küçük hanım," yolunda sözler de işitilmeye başlamıştı. Birdenbire omuz başımda peyda olan yeşil sarıklı, ak sakallı, iri yarı bir hoca, doğrudan doğruya bana hitap etti:

---

146 yüksek sesle konuşmak, sesini yükseltmek

– Kızım, yaşlılara hürmet ve muavenet[147] bir vazife-i diniye ve insaniyedir. Gel, şu hatunun rızkına mani olma. Allah'ı da, Peygamber'i de hoşnut etmiş olursun. Cenab-ı Hak rezzak-ı âlemdir[148]. Elbet, sana da gaip[149] hazinesinden başka bir kapı açar, dedi.

Çarşafımın içinde bir yandan titriyor, bir yandan buram buram ter döküyordum. Durmadan elindeki maşayı şakırdatan bir kahveci çırağı öteden:

– Öyledir öyle, diye bağırdı. Sen evvel Allah nerede olsa ekmeğini çıkarırsın!

Kalabalığın bir kısmı kahkahalarla gülmeye başlamıştı. Bu esnada kırmızı kuşaklı kâtip de sahnede göründü. Kahveciyi yakasından yakalayıp hemen merdivenlerden atarak:

– Ahlâksız herif, şimdi senin ağzını yırtarım, diye bağırdı.

Niçin gülmüşlerdi? Kahvecinin söylediği, Hoca Efendi'nin söylediğinden başka bir şey değildi ki!

Huriye Hanım, öyle ağladı, rezalet o kadar büyüdü ki, bu maskara vaziyetten kurtulmak için canımı isteseler verirdim. Nihayet:

– Peki, peki, nasıl isterseniz öyle olsun. Fakat, Allah aşkınıza yakamı bırakınız, dedim ve yere kapanarak öpmeye çalıştığı dizlerimi zorla kurtardım ve Maarif Müdürü'nün odasına döndüm.

Biraz sonra bana Merkez Rüştiyesi'ndeki derslerimden kendi arzumla istifa ettiğime ve Zeyniler mektebi muallimliğine talip olduğuma dair bir kâğıt imzalattılar.

---

147 yardım
148 bütün canlılara rızık veren
149 gözle görülmeyen, bilinmez

Bir saate kalmadan bütün muamele bitmiş, o yerinden kımıldamaya üşenen Maarif Müdürü araba ile valinin konağına giderek emrimi imzalatmıştı.

Bazen aylar ayı masadan masaya süren muameleler istedikleri zaman öyle kolay çıkıyor ki...

*
* *

Otele döndüğüm zaman Hacı Kalfa, beni kapıda karşıladı, hem sitemli, hem memnun bir tavırla:

– Sen sakladın da ben öğrenmedim mi sanki? Allah mübarek etsin, dedi.

– Neyi öğrendin?

– Emrinin geldiğini canım...

– Ne emri Hacı Kalfa?

– Canım Merkez Rüştiyesi'nde seni alıkoymuşlar. Huriye Hanım'ın pasaportunu eline vermişler.

– Yanlış, Hacı Kalfa. Ben şimdi Maarif Müdürü'nün yanından geliyorum. Öyle bir şey yok.

İhtiyar adam, şüpheli şüpheli yüzüme baktı:

– Hayır, emir dün akşam gelmiş. İyi bir yerden işittim. Demek ki, Müdür, senden sakladı. Bu işte bir oyunbazlık var mı dersin? Anlat, hele anlat.

Hacı Kalfa'nın saf vesvesesiyle alay ederek bir nefeste vakayı anlattım ve çantamdan emrimi çıkararak elimde salladım:

– Yaşadık Hacı Kalfa! İsviçre gibi bir yere gidiyoruz.

Hacı Kalfa beni dinlerken iri burnu horoz ibiği gibi kızarıyordu. Ellerini birbirine vurarak dövünmeye başladı:

– Ne ettin behey cahil çocuk, ne ettin? En sonunda seni tongaya bastırdılar ha! Hemen git, Müdüre baltayı as!

Tekrar omuzlarımı silktim:

– Değmez Hacı Kalfacığım. Sen üzülme o kadar. Sonra hasta olursan ne yaparız?

Adamcağızın benim hesabıma kızmakta, telaş etmekte hakkı varmış. Akşama doğru iş bütün tafsilatıyla anlaşıldı. Maarif müdürü, Huriye Hanım'ı tutuyormuş. Nezarete yazdığı tezkerede onun daha kıdemli bir muallim olduğunu ileri sürerek benim başka bir yere kaldırılmamı istemiş. Fakat, nezaret, nedense beni bırakıp ortağımı ileride açılacak başka bir yere göndermeyi muvafık[150] görmüş.

Dün akşam gelen emir üzerine maarif müdürü, Rüştiye Müdiresi ve galiba Huriye Hanım'ın Rumeli'den hemşehrisi olan muhasebe müdürü geç vakit bir toplantı yapmışlar, beni bir köye atıp yerime Huriye Hanım'ı alıkoymak için plan tertip etmişler.

Huriye Hanım'ın maarif müdürlüğü koridorunda benimle karşılaşması evvelden hazırlanmış bir şeymiş. Hatta o ak sakallı hocayı bile, mahsus getirmişler.

Maarif müdürünün sözleri üzerine şık bir Avrupa köyü gibi görmeye başladığım Zeyniler'e gelince, dağlar arasında kuş uçmaz, kervan geçmez bir yermiş! Bir seneden beri boş olduğu hâlde en düşkün muallimler bile oraya gitmeye yanaşmıyorlarmış.

Ben bunları öğrendikçe şaşırıyor, saçlı sakallı bir büyük memurun, bu kadar safvetle beni aldatmasını bir türlü aklıma sığdıramıyordum.

---

150 uygun

Hacı Kalfa, sinirli bir tavırla başını iki yana sallıyor:

– Sen bilmezsin o uyur yılanı, diyordu, uyur uyur da sonra adama öyle bir vurur ki, nereden geldiğini fark edemezsin, anladın mı efendim?

– Adam sen de! İnsanı en yakın akrabaları kalpsizce vurduktan sonra yabancılar vurmuş ne çıkar? Ben, o Zeyniler'de de mesut olmasını bileceğim. Gönüller şen olsun!

IV

Zeyniler, 28 Teşrinievvel [151]

Bugün, akşama doğru bir çekçek[152] arabasıyla Zeyniler'e geldim. Maarif müdürü, galiba yolları şimendifer[153] yürüyüşüne göre ölçüyor. Çünkü "nihayet iki saat" dediği yol tam sabahın onundan geceye kadar sürdü. Ne yapsın mübarek adamcağız! Kabahat kendisinin değil, kâh dağ yamaçlarına tırmanan, kâh kurumuş sel çukurlarına inen Zeyniler yoluna dişli şimendifer yaptıramamış olanların.

Hacı Kalfa Ailesi, beni şehirden yarım saat uzaktaki bir çeşme başına kadar selametlemeye geldi. Bütün aile, bir düğüne, daha doğrusu bir cenaze alayına gider gibi giyinmişti.

Arabanın hazır olduğunu haber vermeye geldiği vakit, az kaldı Hacı Kalfa'yı tanıyamıyordum. Beyaz peştamalını, taşlıklar, sofalar ve merdivenlerde, kendine göre bir ahenkle

---

151 ekim ayı

152 öküz gibi hayvanlarla çekilen bir tür araba

153 tren

sürüdüğü şıp şıp terliklerini çıkarmış, arkasına soluk çuhadan yakası kapalı uzun bir ceket, ayaklarına imam galoşları[154] giymişti. Aziziye biçiminde kocaman bir kırmızı fes, saçsız başını kulaklarına kadar örtüyordu. Samatyalı Madam Hayganuş'un ve Mirat'ın tuvaletleri de onunkinden aşağı değildi.

İçinde çok acı saatler geçirmiş olmama rağmen küçük odamdan âdeta hüzünle ayrıldım. Mektepte bize bir şiir ezberletmişlerdi. İnsan, yaşadığı yerlerde beraber bulunduğu insanlara görünmez ince tellerle bağlanırmış; ayrılık vaktinde bu bağlar gerilmeye, kopan keman telleri gibi acı sesler çıkarmaya başlar, her birinin gönlümüzden kopup ayrılması, bir ayrı sızı uyandırırmış. Bunu yazan şair ne kadar haklıymış!

*
* *

Bir tesadüf eseri olarak Manastırlı komşum da, benimle aynı günde B...den ayrıldı. Fakat o, herhâlde benden çok daha acınacak bir vaziyette olarak...

Dün gece, çantaları hazırladıktan sonra yatmıştım... Uykumun arasında iri iri konuşma sesleri işitiyor, fakat bir türlü kendimi açamıyordum.

Birdenbire korkunç bir gürültü ile yataktan fırladım. Sofada bir şeyler yıkılıp devriliyor, gecenin sessizliği içinde çocuk feryatları, boğuk hırıltılar, sille tokat seslerine karışıyordu. Uyku sersemliğiyle ilk aklıma gelen şey yangın oldu. Fakat yangına uğrayanlar herhâlde birbirlerini dövmezlerdi.

---

154 potinin kirlenmesini önleyen arkalıklı terlik biçiminde yarım kundura

Dağınık saçlarım, çıplak ayaklarımla odadan fırladım ve feci bir dayak vakasıyla karşılaştım. Dev yapılı, pala bıyıklı bir zabit, Manastırlı komşumu yerden yere sürüyor, çizmeleriyle çiğniyordu.

Çocuklar bir ağızdan, "Anamız... Babam anamızı öldürüyor!" diye haykırıyorlardı.

Zavallı kadın her tekmeden, yılan gibi ıslık çalarak inen her kamçıdan sonra inleyerek tahtaların üzerine yuvarlanıyor, fakat inanılmaz bir kuvvetle yine yerinden kalkarak zabitin dizlerine tırmaşıyordu[155]: "Kulun kurbanın olayım efendiciğim, öldür beni, lâkin bırakma, boşama!..."

Yarı çıplak olduğum için tekrar odama girmiştim. Zaten öyle olmasa da elimden ne gelirdi?

Alt katta yatanlar da uyanmış olacaklardı. Aşağı sofadan ayak patırtıları, anlaşılmaz sesler geliyordu.

Sofanın tavanında bir aydınlık gezinmeye başlamıştı. Merdiven aralığında Hacı Kalfa'nın çıplak başı parladı. Adamcağız, gürültüyü işiterek uyanmış, bir teneke lamba yakalayarak don gömlekle dışarı fırlamıştı.

İhtiyar odacı: "Ne ayıptır, ne rezalettir, otelde bu olur mu?!" diye bağırarak aralarına girmek istedi. Fakat zabit, Hacı Kalfa'nın karnına çizmeli ayağıyla öyle bir tekme savurdu ki, biçare âdeta kocaman bir futbol topu gibi havaya fırladı ve aralık kapıdan sırtüstü odama yuvarlanarak çıplak bacakları havaya kalktı. Bereket versin ben, atik davranmış kollarımla adamcağızın kafasını yakalamıştım. Yoksa, çıplak kafa, kocaman bir bal kabağı gibi tahtalara çarpıp patlayacaktı.

---

155 tırmanmak

Uyku sersemliği, korku, şaşkınlık, sonra Hacı Kalfa'nın hali hep bir araya gelmiş, fena hâlde sinirlerimi bozmuştu.

İhtiyar adam, "Vay aman! Vay aman! Hay nalçasına tükürdüğümün katırı!" diye söylenerek ayağa kalkıyordu.

Fakat bu sefer ben, karyolamın üstüne düşmüştüm. Ömrümde başıma gelmemiş bir kahkaha krizi içinde bunalıyor, tıkanıyor, ellerimle yorganları burarak kıvranıyordum. Artık dışarıda ne olup ne bittiğini anlayacak hâlde değildim.

Sesler, gürültüler tamamıyla kesilip otel sükûnuna dönünceye kadar kendime gelemedim.

Vakayı sonradan bana anlattılar:

Manastırlı Hanım'ın, arsız muhabbeti, nihayet kocasının canına yetmiş, zabit, ne pahasına olursa olsun kadını çocuklarıyla beraber memlekete göndermeye karar vermiş. Bu gece, biletlerin alınmış olduğunu, ertesi sabah erkenden hazır bulunmasını söylemeye gelmiş.

Manastırlı Hanım, kolay kolay onun yakasını bırakmaya razı olur mu? Tabii yalvarmaya, sırnaşmaya başlamış. Aralarında kim bilir ne gibi sözler ve sahneler geçtikten sonra bu korkunç dayak faslı başlamış.

Belki iki saat sonra, tekrar uyumaya hazırlandığım sırada Hacı Kalfa, hafifçe kapıma vurdu: "Bak bakasın, Hocanım, otelde başka kadın yok. Fakir hatuncağız bayılıp duruyor. Salt gülmek olmaz. Gel dinini seversen şuna biraz bak. Adımız erkeğe çıkmış diye yanına giremiyorum. Sonra ölür, mölür de başımız derde girer he!" dedi.

Kapı aralığında Hacı Kalfa'nın yüzünü görünce beni tekrar bir gülme aldı. "Geçmiş olsun!" demek istiyordum, fakat bir türlü kelimeler ağzımdan çıkmıyordu.

Hacı Kalfa, dargın dargın yüzüme baktı; yarı mahcup bir eda ile başını sallayarak:

"Gülürsün! Salt kıkır kıkır gülürsün. Ha çapkın seni! Şuna bak hele!" dedi.

"Gülüyorsun" kelimesini "gülürsün" diye o kadar tuhaf söylüyordu ki, şimdi bile gülmekten kendimi alamıyorum. Hemen bir saatten fazla dertli komşumla uğraştım. Zavallının vücudu yara bere içindeydi. İkide bir bayılıyor, gözlerinin siyahı kaybolarak çeneleri kilitleniyordu.

Bir baygınla uğraşmak, ilk defa başıma gelen şey. Ne yapmak lâzım geleceğini kestiremiyordum. Fakat iş başa düşünce, adama öyle gayret geliyor ki...

Bu, her biri en aşağı beş dakika süren bayılmalarda kadıncağızın kollarını, vücudunu ovuşturuyor, kızına sürahiden su döktürerek ıslatıyordum. Alnı, yanakları, dudakları birkaç yerinden çatlamıştı. Bu çizgilerden ince ince sızan kanlar düzgünlere, sürmelere karışıyor, kirli bir siyahlık alarak çenesine, göğsüne sızıyordu. Yarabbi, ne çok boya varmış bu yüzde!... O kadar su döktüğüm hâlde, bir türlü bitip tükenmiyordu.

O sabah, uyandığım vakit, karşı odayı boş buldum. Zabit, erkenden onu, çocuklarıyla beraber bir arabaya atarak götürmüş, komşum gitmeden beni görmek, helallik dilemek istemiş, fakat gece, onun yüzünden uykusuz kaldığımı bildiği için uyandırmaya kıyamamış. Hacı Kalfa'ya selam bırakmış ve tekrar tekrar gözlerimden öpmüş.

*
* *

Arabada, gözüm Hacı Kalfa'nın yüzüne rastladıkça gülüyordum. O, bu yersiz neşenin sebebini anlıyor, dargın bir gülümsemeyle başını sallayarak:

– Gülürsün he! Hâlâ kıkır kıkır gülürsün he! diye bana çıkışıyordu.

Sonra, akşamki tekmenin dehşetinden bahsederek: "Tabanına tükürdüğümün katırı, anladın mı efendim, bir tepti beni, karnımın içini karmankarış etmiştir. Mirat, benden sana baba nasihati: Sen sen ol, karı koca arasına gireyim deme. Karı koca ipektir, araya giren köpektir," diyordu.

Bütün aile, çekçek arabası içinde üst üste, şehrin dışındaki bir çeşme başına kadar gelmiştik.

Ayrılık yeri burasıydı. Hacı Kalfa, iki tıpalı şişeye hazırlamış olduğu sularını çeşmeden tazeledi ve ihtiyar arabacıma uzun uzadıya tembihler verdi. Samatyalı Madam, gözleri dolu dolu, bir gün evvelden benim için eliyle yaptığı çörekleri sepetime doldurdu.

Bana karşı tamamiyle lakayt olduğunu zannettiğim vahşi Hayganuş, bir yerini incitmiş gibi birdenbire ağlamaya başladı. Hem de ne ağlayış! Kulağımda iki inci küpe vardı. Onları çıkararak Hayganuş'un kulağına taktım.

Hacı Kalfa, hediye için âdeta mahcup oluyor: "Yoo, hocanım, hediye dediğin para edecek şey olmamalı. Bunlar kıymetli inciler," diyordu.

Yine hafifçe güldüm. Kızının benim için döktüğü inciler yanında iki paralık kıymeti olmadığını nasıl anlatırsın bu saf adamcağıza!

Hacı Kalfa, beni tekrar arabaya bindirdikten sonra, derin derin içini çekti, elini göğsüne vurarak, "Tövbe olsun, hani şu ayrılık bana akşamki tekmeden ağır geldi doğrusu" dedi.

Geceki hengâmeyi hatırlatan bu sözler beni bir kere daha güldürdü. Araba yürümeye başlamıştı. O hâlâ arkamdan parmağını sallıyor, "Gülürsün he çapkın, gülürsün!" diyordu.

Yol, şimdiden uzamaya başlamış olmayıp da gözlerimi görebilseydin, bu sözleri söylemeyecektin Hacı Kalfacığım.

*
* *

Araba, inişli yokuşlu dağ yollarına girmişti; kâh kurumuş sel çukurlarından geçiyor, kâh boş tarlaların, bozulmuş bağların kenarlarını takip ediyordu.

Seyrek fasılalarla tek tük köylülere, yorgunluktan inler gibi sesler çıkaran kağnılara, sırtlarında çalı demetleri taşıyan çıplak ayaklı kadınlara tesadüf ediyorduk.

İnce bir bağ yolundan, eşkıya gibi korkunç kıyafetli, uzun bıyıklı iki jandarma geliyordu. Yanımızdan geçerken arabacıya, "Selamünaleyküm," dediler, dik dik bana baktılar.

Hacı Kalfa: "Yollar maşallah emindir, ama ne olur ne olmaz, peçeni kapa. Senin suratın öyle her yerde açılacak suratlardan değildir, anladın mı efendim?" demişti.

Uzaktan birisinin geldiğini görür görmez, hemen Hacı Kalfa'nın tembihini hatırlıyor, yüzümü kapıyordum.

Saatler geçtikçe yollara mahzun bir ıssızlık çöküyordu. Bu çekçek arabalarının ince, yanık sesli çıngırakları var. İcat edenler ne iyi düşünmüşler. Yamaçlarda, derelerde uyandırdıkları, uzak akisler insana âdeta bir teselli sesi gibi geliyor.

Hele bir kayalığın içinden geçerken öyle sandım ki uzaklarda, şu yanmış gibi görünen kara taş yığının öte tarafında görünmez bir yol var, ince sesli bir kadın, hıçkıra hıçkıra ağlayarak bu yolun içinde arkamızdan koşuyor.

Akşam yaklaşıyor, güneş ağır ağır tepelere çekilirken boğazlara karanlık çökmeye başlıyordu.

Yol, hâlâ bitip tükenmek bilmiyordu. Görünürde ne bir köy, hatta, ne bir ağaçlık...

İçimde yavaş yavaş bir korku uyanmaya başlamıştı. Ya geceden evvel, Zeyniler köyünü tutamazsam. Ya dağ başlarında yalnız kalırsam?

Arabacı, ara sıra durarak hayvanlarını dinlendiriyor, insanla konuşur gibi onlarla konuşuyordu.

Bir taşlığın ortasında, yine böyle bir mola vermesinden istifade ettim:

– Daha çok var mı? diye sordum. O, ağır ağır başını sallayarak cevap verdi:

– Geldik.

Bu adam yaşlı bir insan olmasaydı, benimle eğlendiğini hükmedecektim.

– Nasıl olur? dedim. Allahın kırındayız. Görünürde köy falan yok.

İhtiyar adam, arabadan çantalarımı çıkarmaya çalışarak cevap verdi:

– Na, şu patikadan ineceğiz, Zeyniler, buraya beş dakika çeker. Araba yolu yok.

Taşların arasından minare merdiveni gibi dik bir yoldan inmeye başladık. Aşağıda, akşamın alaca karanlığı içinde kapkara bir servilik, etrafı çitle çevrilmiş, çıplak bahçeler arasında tek tük kulübeler, tahta evler görünüyordu.

İlk bakışta Zeyniler bana, hâlâ yer yer dumanları tüten bir yangın harabesi gibi göründü.

Köy deyince gözümün önüne yeşillikler arasında eski Boğaziçi yalılarındaki güvencinliklere benzeyen sevimli, şen manzaralı kulübeler gelirdi. Halbuki bu evler, çökmeye yüz tutmuş, simsiyah viranelerdi.

Yıkık bir değirmenin önünde abalı, sarıklı bir ihtiyara rast geldik, kaburga kemikleri soyulmuş zayıf bir ineği, ipinden sürüye sürüye bu evlerden birine doğru götürmeye çalışıyordu. Bizi görünce durdu, dikkatli dikkatli bakmaya başladı. Bu ihtiyar hoca Zeyniler muhtarı imiş. Arabacı onu tanıyordu. Birkaç kelime ile benim kim olduğumu anlattı.

Belden büzmeli, bol siyah çarşafım, sımsıkı peçemle genç olduğumu anlamamak mümkün değildi. Böyle olduğu hâlde Muhtar Efendi, beni fazla süslü bulmuş olacak ki, tuhaf tuhaf baktı, sonra ineğini çıplak ayaklı bir çocuğa teslim ederek önümüze düştü.

Köyün dar sokakları içine girmiştik. Evleri şimdi daha iyi görebiliyordum. Hani Kavaklar'da önüne ağlar serilmiş, yağmurdan çürüyüp kararmış, Boğaz rüzgârlarından bir yana çarpılmış, viran balıkçı kulübeleri vardı. Bu evler, ilk bakışta onları hatırlatıyordu.

Altlarında dört direkten ibaret ahırlar, üstlerinde asma merdivenle çıkılan bir iki oda. Herhâlde, bu Zeyniler şimdiye kadar işittiğim ve resimlerini gördüğüm köylerden hiçbirisine benzemiyordu.

Etrafı tahta havalelerle[156] çevrilmiş bir bahçenin kırmızı kapısı önünde durduk. Yapraklarına varıncaya kadar siyah görünen bu köyde gördüğüm ilk renk bu kırmızı tahta oldu!

Muhtar, yumruğuyla kapıyı çalmaya başladı. Her vuruşunda kapı yıkılacak gibi sarsılıyordu.

İlk defa ağzımı açmaya cesaret ederek:

– İçeride kimse yok galiba, dedim.

Muhtar, başını sallayarak cevap verdi:

– Hatice Hanım akşam namazını kılıyor olmalı. Az bekleyeceğiz.

Arabacının beklemeye vakti yoktu; çantaları kapının önüne bırakarak bizden ayrıldı.

Muhtar abasının eteklerini toplayarak yere çömeldi. Ben bavulumun kenarına iliştim, konuşmaya başladık.

Bu Hatice Hanım, pek Müslüman bir kadınmış. Tarikata mensupmuş. Köyün ölüsüne, dirisine o yetişirmiş. Mevlitleri o okur, gelinlerin yüzüne o yazar, sekeratta[157] bulunan hastaların ağzına son zemzem damlasını o akıtır, kadın cenazelerini o yıkayıp yaşmaklarmış.

Muhtar Efendi, herhâlde medrese falan görmüş bir adama benziyordu. Fırsattan istifade ederek bazı nasihatlar vermek istediğini anladım. Usul-i cedidin[158] aleyhinde bulunmuyor, fakat yeni mekteplerin din derslerini ihmal ettiklerinden şikâyet ediyordu.

156 bir yeri çeviren perde veya duvar, tahta perde
157 ölüm anı
158 yeni usul

Şimdiye kadar buradan birkaç hocanım geçmiş; fakat nafile, hiç birisinin Kur'an-ı Kerim'e, İlmihale[159], kâfi derecede vukufu[160] yokmuş.

Bu Muhtar Efendi, Hatice Hanım'dan hoşnutluk getiriyordu. Ben,bu dersleri yine bu saliha[161], âkile[162], zahide[163], abide[164] hatuncağıza bırakarak kendim başka dersler okutursam köyü daha ziyade memnun edermişim.

Ben, bu nasihatleri dinlerken içeriden bir nalın tıkırtısı gelmeye başladı. Muhtar Efendi ile ayağa kalktık. Kapının arkasında bir kol demiri şangırdadı, kalın bir ses:

– Kimdir o? diye bağırdı.

– Yabancı değil, Hatice Hanım B...den bir hocanım geldi.

Bu Hatice Hanım, iri yapılı, kocaman yüzlü, biraz kamburu çıkmış, yetmişlik bir ihtiyardı. Kınalı saçlarının üstüne yeşil bir yemeni örtmüş, arkasına ferace[165] biçiminde koyu bir yeldirme[166] giymişti. Meşin gibi sert, esmer yüzünün buruşukları arasında inanılmayacak kadar taze ve canlı gözleri, bembeyaz dişleri vardı. Peçemin arkasından yüzümü görmeye çalışarak: "Sefa geldin hocanım, buyurun!" dedi.

Bahçeden sokağa çıkmak yasakmış gibi bir eliyle kapıya dayanıp öteki eliyle çantalarımı aldı; sonra, tekrar kapıyı demirleyerek önüme düştü.

---

159 din bilgilerini öğreten kitap
160 anlayış, bilgi
161 iyi, dinin buyruklarına uygun davranan
162 zeki, akıllı
163 sofu
164 değerli, bir konuda sembol olmuş kişi
165 mantoya benzer yakasız uzun üstlük
166 baş örtüsü ile birlikte giyilen hafif üstlük

O önde, ben arkada bahçeden geçtik, Maarif Müdürü Bey'in büyük fedakârlıklarla müceddeden ihya ettiği[167] mektep binası da öteki evlerin eşiydi. Yalnız, alt kattaki direklerin etrafını henüz kararmaya vakit bulamamış tahtalarla çevirmişler, dershane haline koymuşlardı.

Kapıdan gireceğim vakit Hatice Hanım, kolumu yakaladı, "Dur kızım" dedi.

Ben birdenbire ürktüm.

O dudaklarının ucuyla okuduğu kısa bir duadan sonra:

– Haydi kızım, besmele çek de evvela sağ ayağını at, dedi.

Alt kat, zindan gibi karanlıktı. İhtiyar kadın beni elimden tutarak dar bir taşlıktan geçirdi, eskilikten basamakları oynayan karanlık bir merdivenden çıktık. Yukarıki kat viran bir sofa, bir de yüksek pencerelerinin tahta kepenkleri sımsıkı kapalı kocaman bir odadan ibaretti. Maarif Müdürünün müjdelediği muallim dairesi.

Hatice Hanım bavulu yere bıraktı, odanın bir köşesinde dolap vazifesi gören eski ocağın içinden bir lamba çıkarıp yaktı.

– Oda, bu sene boş kaldığı için tozlanmış. Yarın sabah erkenden temizlerim inşallah.

Bu zavallı kadın, mektebin eski hocasıymış. Maarif idaresi, mektebi bu şekle soktuğu zaman onu sokağa atmaya acımış, iki yüz elli kuruşla burada alıkoymuş. Yarı hoca, yarı hademe gibi bir şey. Artık, ben nasıl istersem öyle çalışacakmış.

---

167 yeniden canlandırmak, yenilemek

Kadıncağızın benden korktuğunu anlıyordum. Hesapça, ben onun amiriydim. Bile bile kimseye fenalık yapacak bir kız olmadığımı birkaç kelimeyle anlattıktan sonra dairemi seyretmeye başladım.

Eskilikten delik deşik olmuş kirli kaplamalar, yağmurdan çürümüş, tahtaları sarkmış simsiyah bir tavan, bir köşede içine kırık dökük konmuş ocak, ötede çarpık bir kerevet. Demek bundan sonra, hayatım bu odada geçecekti!

Havasız bir mahzene düşmüş gibi göğsüm tıkanıyor, ellerim, ayaklarım üşüyordu.

– Kuzum Hatice Hanım, bana yardım et de şu pencerelerden birini açalım, dedim, kendi kendime beceremeyceğim galiba.

İhtiyar kadın, benim işe el sürmeme taraftar değildi. Uğraşa uğraşa kepenklerden birini açtı. Manzarayı görünce tüylerim diken diken oldu.

Karşımda korkunç bir mezarlık vardı. Tepelerinde, hâlâ akşam ışıkları sönmemiş serviler, sıra sıra mezar taşları, daha aşağıda sazlıklar içinde donuk donuk parlayan su birikintileri.

İhtiyar kadının derin bir göğüs geçirdiğini işittim:

– İnsan, sağlığında alışmalı kızım, hepimizin gideceği yer orası, dedi.

Bu söz tesadüf müydü, yoksa haberim olmadan bu manzara karşısında bir korku ve telaş mı göstermiştim? Fakat hemen kendimi topladım. Cesur olmak lâzımdı. Âdeta şen denecek bir kayıtsızlıkla:

– Demek burada bir mezarlık var, bilmiyordum dedim.

– Evet kızım; Zeyniler kabristanı. Eski zamandan kalma. Şimdi cenazeleri başka yere gömüyorlar, burası tarih gibi bir şey. Ben, Zeyni Baba'nın fenerini yakmaya gidiyorum, şimdi gelirim.

– Zeyni Baba kim, Hatice Hanım?

– Himmeti[168] hazır, nazır olsun, bir mübarek zat, na, şuradaki servinin altında yatar.

Hatice Hanım, yavaş sesle dualar fısıldayarak merdivene doğru yürüdü. Ben, şimdiye kadar, böyle şeylerden ürktüğümü bilmiyorum. Fakat bu dakikada, servi kokularıyla dolu bir karanlık odada yalnız kalmak bir ürkeklik veriyordu.

İhtiyar kadının arkasından koştum:

– Ben de geleyim mi sizinle? dedim.

– Gel kızım, daha iyi olur. Gelir gelmez, Zeyni Baba'yı ziyaret edersen daha makbule geçer.

Mektebin arka kapısından mezarlığa girdik, taşların arasından yürümeye başladık.

Bazı ramazan ve bayram arifelerinde teyzelerim beni Eyüp'teki aile mezarlığımıza götürürlerdi.

Fakat ben ölümün hazin ve ürkütücü bir şey olduğunu ilk defa bu karanlık Zeyniler mezarlığında duydum.

Taşlar, benim gördüğüm mezar taşlarından büsbütün başka şekildeydi. Dizi dizi asker safları gibi muntazam, yüksek, dimdik, tepeleri düz, bedenleri simsiyah taşlar. Yazılar okunmuyordu. Yalnız, başlarında birer küçük "Ya Rab" kelimesi seçiliyordu.

---

168 esirgeme, yardım

Küçüklüğümde bir masal dinlemiştim. Bilmem hangi küçük sultanı kaçırmak için uzak bir dağın arkasından bir eski zaman ordusu geliyormuş. Askerler gündüz mağaralarda saklanıyorlar, geceleri yol yürüyorlarmış. Karanlıkta görünmemek için tekmil vücutlarını siyah kefenlere sarıyorlarmış. Böylece aylarca zaman yol gittikten sonra, tam şehri basacakları gece Allah küçük sultana acımış, karanlıkta sinsi sinsi ilerleyen bu siyah kefenli gece ordusunu taşa çevirmiş. Bu sıra sıra dizilmiş siyah taşlara bakarken o eski masalı hatırladım: "Sakın burası o korkunç ölüm askerlerinin taşa döndüğü masal memleketi olmasın!" diye düşündüm.

– Bu Zeyniler kimlermiş Hatice Hanım?

– Ben de bilmem kızım, bu köy eskiden onlarınmış. Şimdi mezarlarından gayri bir şeyleri kalmamış. Himmetleri hazır nazır olsun, erenlerdenmiş. Zeyni Baba bunların en büyüğü. Kimsenin iyi edemediği hastaları, buraya getirirler. Ben, bir kötürüm kadın bilirim ki, buraya sırtta getirdiler, ayaklarıyla yürüye yürüye gitti.

Zeyni Baba'nın türbesi, mezarlığın en nihayetinde, kocaman bir servinin altında idi. Hatice Hanım, her gece, ona üç kandil yakarmış. Birisi servinin dalına, birisi kapının iç tarafına, öteki de sandukanın başına.

Türbe, toprağın içine gömülmüş bir mahzendi. Zeyni Baba, bu mahzende, yedi sene güneş aydınlığı görmeden çile doldurmuş. Öldüğü vakit mübarek cesedine kimse el sürememiş. Üstüne, bir sanduka yapmışlar.

Hatice Hanım, kandillerden ikisini yakmıştı. Mahzene inen birkaç basamaklı merdiveni göstererek:

– Haydi kızım, içeri girelim, dedi.

Ben, bu basamakları inmeye cesaret edemiyordum. Arkadaşım tekrar döndü:

– Haydi kızım, buraya kadar geldikten sonra girmezsen günah olur. Gönlünde ne dileğin varsa Zeyni Baba'dan iste!..

Yüreğim hazan yaprağı gibi titreyerek merdivenleri indim. Mezara indirilen ölülerde, eğer bir parça his olaydı, mutlaka bu dakikada benim duyduğum şeyi duyarlardı. Göğsüme ıslak, soğuk bir toprak kokusu doldu.

Zeyni Baba'nın sandukası yeşil boyalı bir çinko ile örtülmüştü. Sonradan Hatice Hanım'ın anlattığına göre, bütün ömrünü kanaat ve sefalet içinde geçiren Zeyni Baba, öldükten sonra üzeri süslü ve işlemeli örtüler istememiş. Ara sıra, öteden beriden gönderilen örtüler bir hafta dayanmıyor, parça parça çürüyüp eriyormuş.

İhtiyar kadın, hafif fısıltılarla dualar okuyarak evliyanın başındaki kandile yağ koydu, sonra bana döndü:

– Köyde birisi öleceği vakit, Azrail aleyhisselam, evvela Zeyni Baba'ya misafir olur, o vakit bu ışık kendi kendine söner. Şimdi kızım, Zeyni Baba'dan isteyeceğini iste, dedi.

Dizlerim kesiliyor, artık ayakta durmaya takatım kalmıyordu. Ateşler içinde yanan alnımı Zeyni Baba'nın serin pûşîdesine[169] dayadım; dudaklarımdan ziyade yaralı kalbim-

---

169 örtü (Farsça)

le söyler gibi yavaş yavaş: "Zeyni Babacığım, dedim. Ben, küçük, cahil bir Çalıkuşu'ndan başka bir şey değilim. Sana nasıl yalvarmak lazım geldiğini bilmiyorum. Kusuruma bakma. Senin hoşuna gidecek şeylerden hiçbirini bana öğretmediler. İşittim ki, sen yedi sene güneş görmeden, burada çile doldurmuşsun. Sakın sen de, insanlığın zalimliğinden, vefasızlığından kaçmış olmayasın? Babacığım, senden büyük bir şey isteyeceğim. Bu yedi sene içinde elbette güneşlerin, rüzgârların hasretini çektiğin zamanlar olmuştur. Seni o dakikaların acısına katlandıran o melek sabrından bana da ver. İnlemeden, ağlamadan çilemi doldurayım!.."

*
* *

Odamda yalnızım. Hatice Hanım, erkenden beni bıraktı. Mektebin alt katındaki, bodrum gibi izbesine çekildi. Orada, gece yarısına kadar ibadet eder, tesbih çekermiş.

İki saatten beri lambanın ışığında bu satırları yazıyorum. Dışarıdan, uzak bir su sesi geliyor, ara sıra tavanda tıkırtılar oluyor. Ensemde hafif bir üşüme hissi ile kulak veriyorum. O vakit, harap binanın içinde, daha başka sesler duymaya başlıyorum. Merdiven tahtaları yavaşça gıcırdıyor, sofada insanlar fısıldaşır gibi gizli sesler uyanıyor.

Çalıkuşu, haydi yat artık. Gecenin içinde gizli gizli söyleşen bu seslerden korkma. Onlar ne kadar zalim olsa, *"Sarı Çiçekleri"*'ne yetim teyze kızlarını çekiştiren dudaklar kadar sana fenalık edemez.

*
* *

Zeyniler, 20 İkincikânun

Bu sabah hesap ettim. Ben Zeyniler'e geleli, aşağı yukarı, bir ay olmuş. Bu bir ay, bana şimdi on yıldan daha uzun görünüyor. Şimdiye kadar defterime bir şey yazmak istemedim. Daha açıkçası bundan korktum.

İlk günlerin titiz ümitsizliği içinde, kim bilir ne münasebetsiz şeyler yumurtlayacaktım? Halbuki artık buraya alışmaya başladım. Sör Aleksi'nin hiç dilinden düşürmediği bir söz vardı: "Kızlarım, ümitsiz hastalıkların, mukadder felaketlerin son bir ilacı vardır: Tahammül ve tevekkül. Elemlerde bir gizli şefkat var gibidir. Şikâyet etmeyenlere, kendilerini güler yüzle karşılayanlara karşı daha az zalim olurlar."

Çalıkuşu bu sözleri daima gülümseyerek dinlerdi. Halbuki şimdi onları doğru buluyor ve gülmeye cesaret edemiyorum.

Zeyniler'deki bir ay içinde öyle saatlerim oluyordu ki, bunalıyordum. "Uğraşmak beyhude! Daha fazla dayanamayacağım!" diyordum. İşte o zaman, Sör Aleksi'nin bu peygamberce sözleri imdadıma yetişiyordu. İçim kan ağlarken gülmeye, şarkı söylemeye, ıslık çalmaya başlıyordum. O kadar ki, kalbim, nihayet bu neşenin yalanına inanıyor, suya konan kuru çiçekler gibi titreye titreye canlanmaya başlıyordu.

Sonra, etrafımda yaşayan şeylerde teselli aramaya koyuldum. Elime geçirdiğim taze bir yaprağı yanağıma, dudaklarıma sürüyor, bahçede bulduğum cılız bir kedi yavrusunu göğsüme bastırıyor, nefeslerimle ısıtıyordum. Daha olmazsa kendi kendime: "Feride, aptallığın lüzumu yok. Biraz gayret.

Biliyorsun ki, yaşamak için artık güler yüzden, cesaretten başka sermayen kalmamıştır" diyordum.

Bu neşenin uydurma, uçucu bir şey olduğu malum. Varsın öyle olsun. Kapalı bir mahzende sızan bir ışık parçası, yıkık bir duvarın taşları arasında açmış sıska bir çiçek, her şeye rağmen bir varlık, bir tesellidir.

Bugün cuma, mektep yok. Birkaç günden beri yağan yağmurlar durdu. Sonbahar, dışarıda son bir ayrılık bayramı yapıyor. Uzaklardaki sıradağlar, sazlıktaki sular da güneşe karşı gülümsüyor gibi bir hâl vardı... Serviler, mezar taşları bile korkunç sertliklerini kaybetmiş gibi görünüyorlar. Kendimi derin derin yokluyorum. Görüyorum ki, alışmaya, hatta bu karanlık ve can sıkıcı memleketi biraz daha benimsemeye ve sevmeye başlamışım!

*
* *

Geldiğimin ertesi sabahı derse başlamıştım. Bu ilk gün, hayatımın en unutulmaz bir günü olarak yaşayacaktır.

Maarif müdürünün, büyük fedakârlıklarla yenileştirdiği dershaneyi şimdi, sabahleyin, daha iyi gördüm. Burası herhâlde eski bir ahır olacaktı. Yalnız, altına tahta döşemişler, pencerelerini genişleterek, cam, çerçeve taktırmışlardı.

Ocak bacaları gibi kapkara görünen duvar kaplamalarında tepe aşağı takılmış bir harita ile bir iskelet levhası, bir çiftlik ve bir yılan resmi sarkıyordu. Bunlar da herhâlde yeni ders aletleri olacaktı.

Dershanenin bahçe tarafındaki duvarın dibinde –ahir zamanından kalma– bir hayvan yemliği vardı ki, kaldırmaya lüzum görmemişler, üstüne bir tahta kapak çakarak bir nevi dolap haline getirmişlerdi.

Çocuklar yemeklerini, kitaplarını, mektebe yakılmak için kırlardan getirdikleri çalı çırpıyı buraya saklarmış.

Hatice Hanım bu dolabın başka bir vazifesi olduğunu da söyledi. Öteden beri, dayakla uslanmayan yaramazları bunun içine hapsederek adam edermiş. Muhtarın Vehbi isminde bir küçük oğlu varmış ki, hemen bütün zamanını bu sandığın içinde geçirirmiş. Bu çocuk bir yaramazlık yaptığı zaman kendiliğinden dolaba girer, tabuttaki cenaze gibi sırtüstü yatar ve yine kendi eliyle kapağı kaparmış.

Ben, hayretle:

– Muhtar Efendi buna bir şey demiyor mu? diye sordum.

Hatice Hanım, başını salladı:

– Muhtar, memnun oluyor. Aferin sana Hatice Hanım. İyi ki aklıma getirdin. Bizim evde bir dolap var. İnşallah, hınzırı yaramazlık ettiği zaman ben de onun içine kapatayım, diyor.

– Güzel terbiye usulü! Mektepte erkek çocuk da var mı?

– E, var, iki, üç tane. Büyücekleri Garipler köyündeki erkek mektebine gönderiyoruz.

– Garipler Köyü nerede?

– Şu karşıdaki ağaran kayaların ardında.

– Yazık değil mi çocuklara, karda, kışta oraya kadar nasıl gidip geliyorlar?

– Onlar yola alışıktır, çamursuz havalarda bir saate bile kalmadan giderler. Sadece yağmurlu, çamurlu, karlı havalarda biraz zorluk çekiyorlar.

– Peki, niçin onları da burada okutmuyoruz?

– Kadın erkek bir arada okur mu?

– Onları erkekten mi sayacağız?

– Elbette kızım, on ikişer, on üçer yaşında koca delikanlılar.

Hatice Hanım, biraz durdu, dilinin altında bir şey vardı ki, söylemeye çekiniyordu. Nihayet cesaret etti:

– Hele şimdi hiç caiz olmaz!

– Neden?

– Sen pek gencecik bir hocanımsın da ondan, kızım.

İstanbul'da, bir "horozdan kaçan namuslu kadın" tabiri vardı. Bizim Hatice Hanım, tam o cinsten bir insan olacaktı. Cevap vermeye lüzum görmeyerek başka şeylerle meşgul oldum.

Büyük fedakârlıklarla meydana gelen levazımdan mühim bir kısmı da beş tane eski biçim hantal mektep sırasıydı. Fakat tuhafı şu ki, bunları kullanmaya lüzum görmeyerek dershanenin bir köşesine atıvermişlerdi.

– Niye böyle yaptınız, Hatice Hanım? dedim.

– Ben yapmadım, eski hocanım yaptı kızım, dedi. Çocuklar böyle yerlere oturmaya alışmışlardır. Minare gibi şeyin üstünde adamın zihnine ders girer mi? Hocanım müfettiş falan gelir diye büsbütün atmaya da korktu. Çocuklar, mektebe geldikleri vakit evvela oraya oturturuz. Sonra ders okuyacakları zaman şuradaki hasırın üstüne indiririz. Zenginlerin ayrıca şilteleri de vardır.

İhtiyar kadına, bana yardım etmesini söyleyerek hasırı kaldırdım. Yerleri temizledikten sonra, sıraları dizerek bir sınıf haline getirdim.

Hatice Hanım'ın çehresinden memnun olmadığı anlaşılıyordu, fakat bana karşı koymaya cesaret edemiyor, ne dersem yapıyordu. Ben, ellerim toz toprak içinde bu işleri bitirmeye çalışırken talebelerim de birer birer sökün etmeye başlamışlardı.

Zavallıların kıyafetleri öyle sefil ve perişandı ki... Hemen hiçbirisinde çorap, potin yoktu. Başları, eski püskü bez parçalarıyla sımsıkı kundaklanmış, çıplak ayaklarındaki nalınları şıkırdata şıkırdata dershanenin kapısına kadar geliyorlar, orada nalınlarını çıkartarak yan yana diziliyorlardı.

Çocuklar beni görünce birdenbire ürkmüşlerdi. Utana utana kapıdan bakıyorlar, kendilerini çağırdığım zaman kollarıyla yüzlerini kapıyorlar, yahut kapının arkasına saklanıyorlardı. O kadar ki, bazılarını bileklerinden tutarak yarı zorla sınıfa sokmaya mecbur oldum.

Yanıma geldikleri zaman gözlerini sımsıkı yumarak öyle bir el öpüşleri vardı ki, gülmemek için kendimi zor zapt ediyordum.

Besbelli, köyün bir âdeti olan bu öpücüklerden her biri gülünç bir ahenkle şaklıyor ve elimin üzerinde hafif ıslaklık bırakıyordu. Yavrucakları kendime ısındırmak için her birine bir iki hoş kelime söylüyordum. Fakat onlar, mümkün olduğu kadar tatlı bir sesle sorduğum sualleri –insanı mahcup edecek kadar inatçı bir sükûtla– cevapsız bırakıyorlar, yalnız birçok naz ve niyazdan sonra adlarını söylemeye razı oluyorlardı.

"Zehra, Ayşe, Zehra, Ayşe, Zehra, Ayşe."

Aman yarabbi! Bu köyde ne çok Ayşe ve Zehra vardı. Hiç de gülecek hâlde olmamama rağmen, aklıma tuhaf şeyler geliyordu: Mesela bir müfettiş gelse de talebelerimi tanıtmamı istese "dokuz Ayşe ile on iki Zehra var!" diye çabucak işin içinden çıkacaktım. Sonra, kolaylık olması için, Ayşeleri dershanenin bir tarafına, Zehraları öteki tarafına oturtmak, bahçede top oynatırken –çünkü teneffüslerde bu çocukları muhakkak eğlendirecektim– Ayşeler bu yana, Zehralar bu yana, diye gruplar yapmak mümkündü.

Kendimi tutamayarak, gizli gizli eğlenmeye başlamıştım. Yeni gelen kız çocuklarına, "Kızım, sen Zehra mısın, yoksa Ayşe mi?" diye soruyor ve çok kere umduğum cevabı alıyordum.

Yumuk yüzlü bir küçük kız, hepsinden cesur çıktı. Kara gözlerini yüzüme kaldırarak, "Sen ne biliyorsun benim adımı?" diye hayret etti.

Talebelerimi birer birer sıralara oturtuyor, yerlerini bellemelerini tembih ediyordum. Zavallıların hali görülecek şeydi. Bir türlü sıralara yerleşmesini beceremiyorlar, ağaç dalına yahut asma çardağına oturmuş gibi garip vaziyetler alıyorlardı.

Yanlarından ayrıldığım zaman göz ucuyla bana bakıyorlar, tuhaf bir surette sallanan kirli bacaklarını –kabuğuna çekilen kaplumbağalar gibi– yavaş yavaş çekerek altlarına alıyorlardı. Ne yapalım, yavaş yavaş alışacağız.

Bir şey pek tuhafıma gitmişti. Utana sıkıla yanıma gelen, gözlerini kapayarak el öpen, köylü gelini gibi nazlı ağızlardan bir kelime alınabilen bu çocuklar, kitaplarını açar açmaz dik bir sesle bağıra bağıra okuyorlardı. Sınıf kalabalıklaştıkça gürültü artmaya, başım iyiden iyiye sersemlemeye başlamıştı.

Hatice Hanım'a:

– Her zaman böyle bağıra çağıra mı çalışırlar? Buna dayanılır mı? diye sordum.

O, biraz hayretle yüzüme baktı.

– Elbette kızım! Mektep bu. Keser vurmadan ağaç yontulur mu? Ne kadar ses çıkarırlarsa, ders o kadar zihinlerinde yer eder, diye cevap verdi.

Sınıf, hemen hemen dolmuştu. Mektebin tek güzel ve yeni eşyası olan hoca kürsüsüne, kuvvetle elimi vurdum. Lakırdı söyleyecek, sessiz çalışmalarını tembih edecektim. Fakat benim gürültümü merak edip başını kaldıran bile olmadı. Hatta taşlanmış bir arı kovanı gibi uğultu, bilakis daha fazla arttı.

"Euzübillahi, ebced, hevvez, hutti, cim üstünde ce, cim esre ci."

Çocukları yola getirmek için, herhâlde epeyce sıkıntı çekeceğim anlaşılıyordu. Fakat neticede muvaffak olacağıma hiç şüphem yoktu.

Hatice Hanım'a:

– Bugün, sen yine bildiğin gibi okut, Hatice Hanım. Ben, sınıfı nizama sokmadan derse başlayamayacağım, dedim.

İhtiyar kadın, şüpheli bir bakışla:

– Biz ne gördükse, onu okutuyoruz kızım. Sizin bildiklerinizi bilmeyiz, ne yapalım, mektepli değiliz ki, dedi.

Kadıncağızın ne demek istediğini sonradan anladım. Hatice Hanım, kendisini imtihana çektiğimi zannetmiş. İki yüz elli kuruş aylığı kaybetmekten öyle korkuyor ki...

Havanın açık olmasına rağmen kızlardan birkaçı başları eski peştamallarla örtülü olarak mektebe gelmişlerdi. Hatice Hanım'a bunların niçin böyle yaptıklarını sordum.

O, hemen her sualim gibi buna da hayretle cevap verdi:

– İlahi kızım, bunlar koskoca gelinlik kızlar. Sokakta baş açık gezecek değiller ya.

Aman Yarabbi, bu on, on ikişer yaşındaki solucan gibi soluk, renksiz çocuklar mı yetişkin kız! Ben hakikaten çok tuhaf bir yere düşmüşüm.

Böyle olmakla beraber bir dereceye kadar sevindim. Bunlara gelinlik kız diyenler bana elbette evde kalmış ihtiyar kız gözüyle bakacak, kimse artık çocuk diye eğlenmeyecektir.

En geç mektebe gelenler erkek çocuklardı. Bu delikanlılar, büyük adam gibi ev işi görürler, kuyudan su çekerler, inek sağarlar, dağdan odun taşırlarmış.

Hatice Hanım, onlara, biraz dışarıda durmalarını söyledi, sonra mahcup mahcup:

– Galiba başörtünü unutmuşsun kızım, dedi.

– Buna lüzum var mı?

– E, hakçası aranırsa var. Ben karışmam ya, baş açık ders okutmak günah olmaz mı?

"Bilmiyorum" demeye utandım, hafifçe kızararak: "Gelirken başörtüsü almayı unuttum da" diye yalan söyledim.

Hatice Hanım:

– Peki kızım, sana temiz bir tülbent vereyim, dedi. Odasında açılıp kapanırken çıngır çıngır öten bir sandıktan yeşil bir yemeni çıkarıp verdi.

Başa gelen çekilecek, ne çare! Yemeniyi saçlarımın üstüne attım, iki ucunu İstanbul sokaklarında fal bakan Çingene kızları gibi çenemin altından iliştirdim.

Pencerelerden birinin kapalı kepengi, önündeki camı soluk bir endam[170] aynasına benzetmişti.

Belli etmeden pencerenin önüne gittim, kendimi seyretmeye başladım. Ben mektep hocası olduktan sonra, kendime bir kıyafet düşünmüştüm. Fikrime göre bir hoca vazife başında, başka kadınlar gibi giyinemezdi.

İcadım çok sadeydi. Diz kapaklarıma kadar siyah parlak satenden bir gömlek, belde kayış bir kemer, kemerin altında mendil ve not defteri için iki küçük cep.

Yalnız bu siyahlıkları biraz açmak için beyaz ketenden geniş bir yaka. Ben uzun saçı hiç sevmem, fakat hoca olduktan sonra başımı böyle bırakamazdım. Bir aydan beri, saçlarımı uzatmaya başladığım hâlde, henüz omuzlarıma inmemişti.

İlk ders için bu dediğim tarzda giyinmiş, saçlarımı aksilik edip alnıma düşmesinler diye sıkı sıkı fırçalamıştım. Parlak siyah gömleğimin, fırçadan kurtulur kurtulmaz isyana başlayan kısa saçlarımın üstündeki bu yeşil tülbent, o kadar tuhaf duruyordu ki, gülmemek için âdeta dudaklarımı sıkıyordum.

---

170 boy

*
* *

Kendilerinden kaçmak için saçlarımı Hatice Hanım'ın yeşil tülbentiyle örttüğüm delikanlı talebelerimi takdim edeyim:

Evvela, fare gibi sandıkta vakit geçiren küçük Vehbi, hakikaten eğlenceli bir fındık sıçanı. Boncuk gibi kara parlak gözleri, küçük kurnaz yüzü, sivri çenesiyle mektebin en şeytan çocuğu...

Topaç gibi yusyuvarlak, ak gözlü, parlak dişli, kıpkırmızı ağızlı, kuzguni siyah bir Arap: Cafer Ağa. Kendisine, sadece Cafer diyenlere mektepte cevap vermemekle iktifa eder, fakat sokakta taş atarmış.

On yaşında, iskelet gibi kuru, çiçek bozuğu, süzgün kirli çehreli, küçük dişli bir çocuk: Aşur.

Nihayet, sınıfın en ehemmiyetli siması: Hafız Nuri, on yaşında imiş, fakat yüzü yetmişlik bir ihtiyar gibi buruşuk. Çenesinin altında yeni kapanmış bir sıraca[171] yarası ki, dal gibi boynunun çıplak kalmasına sebep olmuş. Kirpiksiz patlak gözleri, beyaz sarığının altında yumurta biçiminde bir kafa, hülasa[172], para ile gösterilecek acayip bir mahluk.

*
* *

Hatice Hanım, o sabah, taze taze mezarlıktan kesilmiş uzun değnekleri yanına yerleştirdikten sonra, birer birer çocukları yanına çağırmaya, derslerini okutmaya başladı.

O ders verirken, ötede kıyametler kopuyordu.

---

171 lenf düğümleri şişkinliğiyle beliren tüberküloz türü
172 kısaca

Sör Aleksi sınıfta gürültümüzden rahatsız oldukça, mum gibi sarı parmaklarını birbirine geçirir, berrak mavi gözlerini bir Meryem tasviri saflığıyla gökyüzüne kaldırarak, "Bana bir Kalver[173] azabı çektiriyorsunuz!" derdi.

Sınıftaki bütün gürültülerin, yaramazlıkların elebaşısı olan Çalıkışu sana ettiklerini acı acı çekmeye başlıyor. Bu sersem edici gürültünün önünü almak, talebelerimi sessiz çalıştırmaya, sınıfta verilen bir dersi hep birden dinlemeye alıştırmak için iki hafta uğraştım.

Neyse, emeğim boşa gitmedi. İlk günlerde bütün gayretime rağmen çocuklarla başa çıkamıyordum. Hatice Hanım'ın sınıfta yılan gibi ıslık çalan taze değneklerinden sonra sesim onlara öyle hafif geliyordu ki...

Bazen canıma yetiyor, "Gel Hatice Hanım!" diye dışarıya bağırıyordum. Onun, küpe binerek havalarda uçan masal cadısı gibi dershaneye girmesi bana hayli yardım ediyordu.

Nihayet bu gürültüyü, yavaş yavaş söndürmeye muvaffak oldum. Şimdi, sınıf daha sakin. Çocuklar, yavaş yavaş söz anlamaya başlıyorlar. Hatta onlar ne kadar bağırırlarsa, dersin o kadar kuvvetle zihinlerine yerleşeceğine inanan Hatice Hanım bile memnun. İkide birde "Hay Allah razı olsun kızım, kafacığım dinlendi" diyor. Fakat, benim istediğim sadece bu değildi. Onlara biraz hayat ve neşe de vermek istiyordum. İşte bu, bir türlü kabil olacağa benzemiyordu.

Bu köyün evleri, sokakları, mezarları gibi çocuklarında da siyah bir neşesizlik var. Renksiz dudakları gülmenin ne ol-

---

173 *İsa'nın asıldığı yeri anımsatmak için haç dikilmiş yüksek yer*

duğunu bilmiyor, durgun gözleri ağır bir melal[174] içinde ölümü düşünüyor gibi. Ben bile, yavaş yavaş onlara benzemeye başlamıyor muyum! Eskiden ölümü ben başka türlü düşünürdüm: İnsan elli sene, altmış sene, hülasa istediği kadar yorgunluktan bitap düşünceye kadar gezer, koşar, eğlenir. Sonra, gözleri tatlı bir uyku ihtiyacıyla mahmurlaşmaya başlar. O vakit bembeyaz, temiz bir yatağa uzanır. Yeni başlayan uykuların hafif sarhoşluğu içinde gülümseye gülümseye sönüp gider. Güneşe karşı parlayan beyaz mermerler üstünde kucak kucak çiçekler... O mermerlerdeki küçük yalaklardan su içmeye gelmiş birkaç kuş... İşte ölüm denince benim gözümde böyle sevimli ve hemen hemen neşeli bir hayal uyanırdı. Şimdi, onun acı lezzetini, toprak, öd ağacı ve servi kokuları içinde dilimle tadıyor, ciğerlerimle kokluyor gibiyim!

*
* *

Çocukların bu kadar ağır ve neşesiz olmalarına Hatice Hanım'ın da hayli yardımı dokunmuş. Bu kadıncağız hocanın vazifesini, kalplerde dünya emelini söndürmek diye öğrenmiş. Her fırsatta yavrucakları ölümle yüz yüze getiriyor. Duvardaki birkaç tabiiye[175] levhasını sırf bu maksatla mektebe gönderilmiş sanıyor. Mesela:

"Bu dünya fanidir, kimseye kalmaz!
Yürü dünya yürü, ahir zamanıdır!"

kabilinden korkunç bir ilahi okuttuktan sonra iskelet levhasını ortaya koyuyor, "Yarın biz ölünce etlerimiz böyle çü-

174 *hüzün*
175 *tabiat bilgisi*

rüyecek, kemikler böyle kuruyacak" diye ölümün dehşetini ve kabir azaplarını anlatmaya başlıyor.

İhtiyar kadına göre, öteki levhalar da aşağı yukarı aynı şeyi ifade etmektedir. Mesela çiftlik resmini gösterirken, "Allah bu koyunları kullarım yesin de bana ibadet etsin diye yarattı. Koyunları kör boğazımız zifleniyor da, Allah'a borcumuzu ödüyor muyuz? Ne gezer? Ama, yarın toprağa girdiğimiz vakit, Münkir, Nekir elinde ateşten topuzuyla dikildiği vakit bakalım ne cevap vereceğiz" yolunda bir şeyler söylüyor ve tekrar ölümün tasvirine geçiyor.

Yılan levhasına gelince Hatice Hanım, onu şahmeran[176] diye tanıtmış. Hasta olan köylülerin isimlerini yılanın karşısına yazmak suretiyle, onların tedavisine de çalışıyor.

Evet, bu biçare çocukları bir parça neşelendirmek, güldürmek için ne maskaralıklar yapıyorum.

Fakat, emeklerim boşa gidiyor.

Mektebe teneffüs usulünü de koyduk. Çocukları yarım saatte, bir saatte bir bahçeye çıkarıyorum, eğlenceli, meraklı oyunlar öğretmeye çalışıyorum. Nedense, bir türlü bunlardan tat duymuyorlar. O vakit, çaresiz onları kendi hallerine bırakarak bir köşeye çekiliyorum.

Bu mihnet[177] çekmiş, yaşlı başlı insanlara benzeyen yorgun çehreli, donuk gözlü kız çocuklarının en büyük eğlenceleri, bahçenin bir köşesine toplanıp ölüm, tabut, teneşir, zebani, kabir gibi korkunç kelimelerle dolu ilahiler okumaktan ibaret! Hele bir tanesi var ki, tüyler ürpertiyor.

---

176 *başı insan gövdesi yılan biçimde efsanevi yaratık*
177 *sıkıntı*

Onlar seslerini titrete titrete hep bir ağızdan:

"Haramiler gibi soyarlar seni,
Bir kuru tabuta koyarlar seni,
Zalim ölüm sana çare bulunmaz."

diye uluşurlarken gözümün önünden sıra sıra cenaze alayları geçiyor.

Çocuklarımın en sevdikleri eğlencelerden biri de cenaze oyunudur. Ekseriya, uzun öğle teneffüslerinde oynanan bu oyun âdeta bir tiyatro piyesi gibidir ve başlıca aktörleri Hafız Nuri ile Arap Cafer Ağa'dır.

Cafer Ağa hastalanıyor, kız çocukları, etrafına toplanarak Kuran okuyorlar, ağzına zemzem akıtıyorlar.

Küçük, akı çok gözlerini belerterek ruh teslim edince kızlar feryat ederek çenesini bağlıyorlar. Sonra Cafer Ağa'yı teneşirde yıkıyorlar.

Çocukların, kırık bir kapı tahtasını yeşil başörtülerle süsleyerek meydana getirdikleri tabutun korkunç bir sahici tabuttan farkı yok.

Hafız Nuri'nin dik, meşum[178] bir sesle sela vermesi, ezan okuması, cenaze namazı kıldırması tüyleri ürpetecek bir şey. Hele mezar başında, "Ya Cafer İbn-i Zehra!" diye bir talkın verişi var ki, gece rüyalarıma giriyor.

Dediğim gibi, bu memleketin havasında insan, ölümü âdeta kokluyor. Hele geceler, o her saati bitmeyecek gibi

---

178 uğursuz

sürüklene sürüklene geçen geceler... Onların vehimlerine[179], korkularına dayanmak daha müşkül[180]!

Gecenin birinde dağda çakallar ulumaya başladı. Fena hâlde ürktüm. Ne olursa olsun Hatice Hanım'ın odasına inmek istedim.

Fakat bu küf kokulu bodrum gibi odanın kapısını açınca, gördüğüm manzara, bana çakalların sesinden bin kat daha korkunç geldi.

İhtiyar kadın, baştan başa beyazlara bürünmüş, bir seccadenin üstünde kendinden geçmiş gibi, boğuk bir sesle bir şeyler okuyarak, iki yana sallanarak esma tesbihi[181] çekiyordu.

V

Burada sevmeye başladığım üç şey var:

Birisi, pencerenin altındaki akar çeşme ki hiç durmayan sesiyle yalnız gecelerimde, âdeta bana arkadaşlık ediyor.

İkincisi, küçük Vehbi: Hatice Hanım'ın saltanatı zamanında, ömrünü sandığın dibinde, sırtüstü ceza çekmekle geçiren çocuk. Ben, bu afacana iyiden iyiye abayı yaktım. Buradaki çocukların hiçbirine benzemiyor. (K)'leri (C) gibi telaffuz ederek öyle serbest, şen bir konuşması var ki...

Vehbi, bir gün bahçede küçük parlak gözlerini süze süze yüzüme bakıyordu:

– Ne bakıyorsun Vehbi? dedim.

---

179 kuruntu
180 zor
181 Allah'ın 99 güzel ismini anmak

Hiç çekinmeden:

– Sen güzel cızmışsın be. Ağama alıvereyim seni. Bizim gelinimiz ol. Ağam, sana pabuçlar, entariler, taraklar alıverir.

Vehbi'nin her hali iyi, hoş ama, bir türlü beni saymıyor. O kadar ki, azarladığım, yavaşça ince kulağını çektiğim zaman bile bana ehemmiyet vermiyor. Maamafih, belki de bunun için onu bu kadar seviyorum.

Vehbi, bu münasebetsizliği de yapınca kaşlarımı çattım.

– İnsan, hocasına böyle lakırdı söyler mi? İşitirlerse senin ağzını yırtarlar dedim.

Çocuk benim saflığımla eğlenir gibi:

– Yağma var mı, başcasına söyler miyim? dedi.

Aman Yarabbi, bu parmak kadar köylü çocuğu neler biliyordu! Aynı fütursuzlukla devam etti;

– Sana İstanbullu yence derim, cestane cetiriveririm, ağam senin boynuna altınlar tacar.

– Senin yengen yok mu?

– Var ama, o cara cız, onu da çoban Hasan'a veririz.

– Senin ağan ne iş görür?

– Candarma.

– Candarma ne yapar?

Vehbi, düşüne düşüne başını kaşıdı; sonra:

– Cavurları çeser, dedi.

Vehbi'nin, hoşuma giden bir hali de, kibir ve inadıdır. O, kocaman bir erkek kadar kafa tutmasını bilir. Derste yanlışını çıkardığım vakit hem utanır, hem kızar. Bir türlü yanlışını düzeltmek istemez. Daha üstüne varacak olursam isyan eder, istihfafla yüzüme bakarak:

– Sen, carı cısmısın, aklın ermez, der.

Üçüncü sevdiğime gelince; o, kimsesiz küçük bir kızdır. Derse başladığımın, galiba, beşinci sabahıydı. Sıralara göz gezdirirken birdenbire kalbim tatlı bir heyecanla çarptı. En arka sıranın ucunda, bembeyaz denecek kadar uçuk sarı saçlı, duru beyaz tenli, melek gibi güzel çehreli bir kız çocuğu, inci gibi dişleriyle bana gülümsüyordu.

Bu çocuk kimdi? Birdenbire nereden çıkmıştı?

Elimle işaret ettim.

– Yanıma gel bakayım, dedim.

Bir kuş hafifliğiyle yerinden atladı. Benim, mektepte yaptığım gibi, sıçraya sıçraya yanıma geldi.

Yavrucak, son derece fakirdi. Ayakları çıplak, saçları darmadağınıktı. Arkasındaki rengi kaybolmuş basma entarinin yırtıklarından beyaz, nazik teni görünüyordu.

Minimini ellerini tuttum:

– Yüzüme bak küçük, dedim.

Korka korka başını kaldırdı, kıvırcık kirpiklerinin arasında iki lacivert göz parladı.

Zeyniler'de, çektiğim ıztırap beni ağlatamamıştı. Fakat, bu yarı çıplak kız çocuğunun güzel gözleri, kırmızı ağzının içinde iki inci dizisi gibi gülen dişleri, o dakikada kendimi tutmasaydım, beni hıçkıra hıçkıra ağlatacaktı.

Hafifçe çenesini okşadım, bütün kızlara sorduğum gibi, ona da:

– Senin adın Zehra mı küçük, yoksa Ayşe mi? dedim.

O, temiz bir İstanbul telaffuzu ve inanılmayacak kadar tatlı bir sesle:

– Benim adım Munise, hocanım, dedi.

– Sen bu mektepte mi okuyorsun?

– Evet, hocanım.

– Niçin kaç gündür gelmedin?

– Abam göndermedi hocanım, işimiz vardı. Bundan sonra gelirim.

– Senin annen yok mu?

– Abam var hocanım. (Munise, ablaya aba diyordu.)

– Annen ne oldu?

Küçük kız gözlerini önüne indirdi, sustu. Bana öyle geldi ki bu çocuk kalbinde, bilmeden bir gizli yaraya dokundum.

Daha ziyade ısrar etmeyerek başka bir şey sordum.

– Dün akşamüstü türkü söyleyen sen miydin Munise?

Bir gün evvel civar bahçelerden birinde ince bir çocuk sesinin türkü söylediğini işitmiştim. Bu ses öyle tatlı, burada işittiğim seslerden o kadar başka idi ki, başımı pencereye dayayarak gözlerimi kapamış, birkaç dakika kendimi başka yerlerde, adını anmak istemediğim vefasızlık memleketlerinde sanmıştım.

Türkü söyleyen bu küçük kızdan başkası olamazdı.

Munise, utana utana başını salladı:

– Bendim hocanım, dedi.

Çocuğu yerine gönderdikten sonra derse başladım. Kendimde bir fevkalâdelik hissediyordum.

Bu küçük kız, bana ılık bir ilkbahar güneşi gibi tesir etmişti. Karlar içine gömülmüş kuş yuvalarına düşen sarışın bir ışık parçası.

Yuvanın soğuk neşesizliği içinde başını kanatlarının arasına saklayarak titreyen hasta ve küskün Çalıkuşu yavaş yavaş canlanmaya, eski şenliğini tekrar bulmaya başlıyordu. Vücudumun hareketlerine tuhaf bir oynaklık, sesime, söyleşime hareretli bir ahenk geliyordu.

Ders verirken gözlerim gayri ihtiyari ona dönüyordu. O da bana bakıyordu. İnci dişlerinde tatlı bir gülümseme, lacivert gözlerinde dudaklarıma sürünürcesine hissettiğim bir muhabbetle annelik hissini ben, ömrümde ilk defa bugün duydum.

Yalnız yaşamaya mecbur olduğuma göre, bari böyle bir küçük kızım olsaydı! Yazık, bu, bana nasip olmayacak.

Munise hakkında Hatice Hanım'dan pek az şey öğrenebildim. "Abam" dediği kadın üvey annesiymiş. Babası ihtiyar bir orman memuru imiş, ikinci karısını bu köyden aldığı için tekaüt[182] olduktan sonra buraya bağlanıp kalmış. Karısının tarlasıyla evi, kendisinin beş on kuruş tekaüt aylığı sayesinde geçinip gidiyorlarmış.

Hatice Hanım'a dedim ki:

– Anlatışına göre ailesinin hali vakti pek fena değil, niçin bu çocuğa bakmıyorlar?

İhtiyar kadın, kaşlarını çattı:

– O kadar baktıklarına şükür, başkası olsa sokağa atardı.

– Niçin?

– Bu kızın annesi fena kadın, kızım, aklımda kalmadı, beş yıl evvel mi ne, bir jandarma mülazımıyla kaçtı. Bu kızcağız

182 *emekli*

daha pek küçüktü. Ondan sonra, zabit de onu bırakıp başka memlekete gitmiş. Kadın dillenince delikanlılar dağa kaldırmışlar, hâsılı kötü oldu gitti.

– Olabilir. Hatice Hanım ama bu çocuğun ne kabahati var?

İhtiyar kadın o haşin taassubuyla[183] başını salladı:

– Daha ne yapsınlar? Öyle kadının çocuğuna diba[184] kumaşları giydirecek halleri yok ya, dedi.

Munise, her gün mektebe gelemiyordu. Sorduğum vakit:

– Abam çamaşır yıkattı, abam tahta sildirdi, abama odun toplayıverdim dağdan, gibi cevaplar veriyordu.

Bu çocuğa, arkadaşları pek iyi bir gözle bakmıyorlardı. Sınıfta onu daima kendilerinden uzak tutuyorlar, fırsat buldukça gizli gizli canını yakarak ağlatıyorlardı. Bunda biraz benim de kabahatim vardı. Küçük kıza karşı duyduğum sevgiyi gizleyememiştim. Sınıfta onu okşadığımı, bahçede yanıma alarak konuştuğumu görenler fena fena bakıyorlardı.

Bir gün Munise'nin mektep bahçesinde ağladığını, "Ne yapıyorum ben size, yapmayın!" diye yalvardığını duydum ve kendimi göstermeden pencereden baktım. Kızlar çeşmeden ağızlarına su dolduruyorlar, Munise'yi kovalayarak bu suyu üstüne püskürtüyorlardı. Çocuk ağlaya ağlaya köşeden köşeye kaçıyor, elleriyle yüzünü, boynunu saklamaya çalışıyordu.

O ağır ve korkak tavırlı, durgun bakışlı kızlar yaralı ceylanı kovalayan av köpeklerine dönmüşlerdi. Kara bacaklarının

183 bağnazlık
184 altın gümüş işlemeli ipek kumaş

üstünde sert bir çeviklikle sıçraşıyorlar, leş kargaları gibi vahşi çığlıklar koparak etrafında dönüyorlardı. Küçük kızı kâh köşede sıkıştırarak, kâh topraklara yuvarlayarak avurtlarını şişiren suyu yüzüne, yırtık entarisinin yarı açık bıraktığı göğsüne fışkırtıyorlardı.

Aklım başımdan gitmişti. Deli gibi odadan fırladım. Öyle koşuyordum ki, sağ ayağım merdivenin küçük tahtalarından birini çökerterek içine geçti. Ben bahçeye çıktığım zaman muharebenin şekli değişmiş bulunuyordu. Munise'ye kendi gibi küçük fakat çetin bir yardımcı çıkmıştı: Küçük Vehbi.

Bu dokuz yaşındaki yaramazın kahramanlığını unutamayacağım. Vehbi çeşmeden akan suların biraz ötede meydana getirdiği çamur batağına girmiş, bir ördek gibi çırpınıyor, Munise'ye hücum edenleri korkunç bir çamur yağmuruna tutuyordu. Kolları, ayakları, yüzü çamurdan simsiyah kesilmişti. İnce sesi, kızların yaygaraları arasında keskin bir düdük gibi ötüyordu.

– Cavurun kızları, bırakın cızı, be. Hepinizi çeserim!

Kızlar bu hücum karşısında gerilemeye mecbur oldular. Munise'yi yarı baygın bir hâlde kucağıma aldım, odama götürdüm.

Bu güzel, küçük kızı, kollarımda sıkarken duyduğum şeyleri söylemek mümkün değil. Kalbimin derinlerinde gizli bir pınar kaynıyor gibi, göğsüme sıcak bir şeyler iniyor, bütün vücudumu, gözlerimi ıslatan, nefesimi kesen, ılık, baygın bir lezzet sarıyordu.

Ben, bu sarhoşluğu bir kere daha duydum gibi geliyor. Fakat acaba nerede? Ne vakit?

Şimdi, bunları yazarken kalbim duruyor, gözlerimi uzaklara dikerek düşünüyordum. Evet, nerede. Ne vakit? Bu, herhâlde eski bir rüyanın hatırası olmalı. Çünkü bu uzak, silik hayalde, rüya gibi aklın almayacağı şeyler var. Kendimi havaların boşluğu içinde uçar gibi görüyorum. Etrafımda sert hışırtılarla yüzüme, saçlarıma sürünerek akan bir yaprak seli var. Acaba nerede? Yok, yok, yalan, ben ömrümde böyle şeyi ilk defa hissettim.

*
* *

Talebelerimi o gün biraz ihmal ederek, Munise ile meşgul oldum. Fırtınalarla örselenmiş zambaklara benzeyen güzel vücudunu, beyaz denecek kadar açık sarı saçlarını temizledim.

Biçare, hemen on dakika, için için ağlamakta devam etti. Ah, bu gözyaşları!

Bana öyle geliyordu ki, onlardan dökülen damlalar, kızın küçük yüzüne değil, benim kalbimin içine sızıyor.

Çocuğun, yavaş yavaş emniyetini kazanıyordum. Ben, ona eski entarilerimden birini alelacele küçültüp dikerken, o, bir kedi yavrusu gibi eteklerime sokuluyor, ıslak gözleriyle derin derin yüzüme bakıyordu.

Vakitsiz ve haksız bir mihnete uğramış bütün çocuklar gibi, Munise'de de büyük bir insan hali var. Benim daha bir iki aydan beri anlamaya başladığım bazı şeyleri o, çoktan öğrenmiş. Evet, üç küçük kardeşinin kahrını hep o çekermiş. Böyle olduğu hâlde, abasını bir türlü memnun edemez, her gün birkaç kere dayak yermiş.

Bir hafta evvel bahçeye, komşunun ineği girmiş. Munise, onu kovmaya uğraşırken, en küçük kardeşi salıncaktan düşmüş, Abası onu bir temiz dövdükten sonra ahıra kapamış, iki gün kuru ekmek kırıntılarından başka bir şey vermemiş.

Munise bana fildişleri gibi beyaz teninde mor lekeler, çürükler gösteriyordu. Bunlar, hep o dayağın izleri imiş.

Dayanamadım:

– Peki Munise, dedim, baban sana acımıyor mu?

Cahilliğime acır gibi, derin derin yüzüme bakıp gülümseyerek:

– O da bana acıyor, ben de ona acıyorum, dedi. İkimizin de elimizde bir şey yok ki...

Bu sözleri söylerken öyle bir göğüs geçirmesi, iki elini açarak bu minimini avuçlarındaki çaresizliği, öyle bir göstermesi vardı ki yüreğimi eritti.

Bebek oynar gibi seve seve, sevine sevine uğraşarak Munise'yi süsledim. Küçük kıza, bir el aynası içinde kendisini gösterdiğim vakit, sevinçten kıpkırmızı oldu. Pembe bir kordela ile iki yandan örülmüş saçlarına, lacivert yünlüden kısa entarisine, uzun siyah çoraplarına bir yabancıyı seyreder gibi korka korka bakıyordu.

Sonradan anladığıma göre, Munise'nin süsü günlerce Zeyniler Köyü'ne dedikodu sermayesi olmuş. Bazıları benim iyiliğimden hoşlanmış. Fakat birçok kimse de memnun kalmamış. Anası dağlarda gezen bir yılan yavrusuna, bu kadar merhamet fazla imiş. Sonra süsün bu derecesini günah sayanlar, çocuğu annesinin gittiği fena yola sapmaya bir teşvik addedenler de bulunmuş.

Zavallı Munise, pembe kordelasından, kısa etekli lacivert entarisinden, siyah çoraplarından hevesini alamadı.

Üvey annesi, bu elbiseleri kim bilir, ne düşünerek sandığa kaldırmış. Çocuk iki gün sonra aynı yırtık entari içinde mektebe geldi.

Munise, mektebe pek seyrek uğruyor. Hele üç günden beri hiç görünmedi. Bakalım, yarın küçük Vehbi'den ona dair havadis isteyeceğim.

*
* *

Zeyniler, 30 Teşrinisani[185]

Mektebe günden güne daha fazla ısınıyordum. Viran dershane âdeta temiz ve sevimli bir şekil aldı. Hatta, onu bir parça süslemeye de muvaffak oldum.

İlk günlerde o kadar vahşi, yabancı bulduğum çocuklar, şimdi bana daha cana yakın geliyorlar. Ben mi onlara alıştım, yoksa usanmak bilmeyen gayretim sayesinde onlar mı yavaş yavaş yola gelmeye başlıyorlar, pek bilmiyorum? Fakat, zannederim ki ikisinin de tesiri var.

Çok çalışıyorum. Onlardan ziyade kendim için, kendimi işsizlik ve yalnızlığın müzmin[186] melaline kaptırmamak için, geceli gündüzlü didiniyorum. Muvaffakiyetsizliğe uğradıkça meyus olmuyorum. Bu bulanık, durgun gözlü, karanlık ruhlu çocuklar da biraz düşünce, bir parça yaşamak zevki uyandırdığımı hissedince seviniyorum.

---

185 kasım ayı
186 süreğen, kronik

Köylü komşulardan bazıları ara sıra bana misafir geliyorlar. Bunlar da, konuşmaktan pek hoşlanmayan, hele gülmeyi hiç bilmeyen şeyler. Galiba biraz da benden utanıp çekiniyorlar. İlk günlerde o kadar sade giyinmeye alıştığım hâlde yine beni fazla süslü bulduklarını, halimi beğenmediklerini anlıyordum. Hatta, muhtarın karısı birkaç defa da taş atmıştı.

Ben, onlara elimden geldiği kadar sevimli görünmeye, hatırlarını hoş etmeye çalıştım. Hatta bazılarına mektup yazmak, entari biçip dikmek gibi hizmetlerde bile bulundum. Şimdi, öyle hissediyorum ki benim hakkımdaki fikirleri biraz değişti.

Evvelsi gün, yine muhtarın karısı gelmişti. Kocasından bana selâm getirdi. Muhtar Efendi demiş ki: "Ben onu ilk gördüğüm zaman pek gözüm tutmadıydı ama, Allah için iyi kızmış. Hanım hanımcık mektepte oturuyor. Bir işi olursa bana haber versin."

Bu iltifata, tabii, teşekkür ettim.

Burada beni beğenen, sık sık ziyaretime gelen bir ehemmiyetli şahsiyet daha var: Köyün ebesi Nazife Molla. Adı Zehra, yahut Ayşe olmayışına göre, herhâlde başka yerli bir kadıncağız ki, çok geveze olması da bunu gösteriyor.

Dedikodu yapıyor zannetmesinler diye fazla şey sormaya cesaret edemiyorum. Fakat köy hakkında bana meraklı ve eğlenceli şeyler öğretiyor. Kendine göre, çok anlayışı ve incelikleri bile var. Mesela, bir gün odada yalnız bulunduğumuz hâlde başkalarına işittirmekten korkuyormuş gibi, ağızını kulağıma yaklaştırdı, Munise'nin annesi için merhamet ve müsamaha[187] ile dolu şeyler söyledi. Sonunda başını sallayarak:

– Kabahat, o papaz kocasında. Günahını o çeksin. Aman kızım, söylediklerimi başkasına söyleme. Adamı taşa gömerler sonra, diye ilave etti.

Ebe Hanım'ın bir hafız oğlu varmış. Bu Ramazan B...ye cerre[188] gitmiş. Epeyce kârlı bir iş bulmuş olacak ki, daha dönmemiş. Bu sene Allah nasip ederse hafızı evlendirecekmiş.

Kadıncağız, sırası düştükçe hafızı methediyor, manalı manalı göz kırparak bana ümitler veriyor. Bazı kayıt ve şartlara riayet edersem Hafız Efendi'ye zevce olabilmek şerefine layık görüleceğimi anlıyorum. Hâsılı bu kadın, beni epeyce eğlendiriyor.

Ebe Hanım, bu sabah yine gelmişti. Bana mevlit okumayı bilip bilmediğimi sordu. Yakında bir düğün varmış da. Anlaşılan bu köyün düğünlerinde çalgı yerine mevlit okuyorlar.

Gülmemek için dudaklarımı ısırarak:

– Bilirim ama, sesim yok, Ebe Hanım, dedim.

Ebe Hanım, bana teessüf etti. Eski hocahanımlardan biri gayet güzel mevlit okur, bu sayede epeyce para kazanırmış. Maamafih, bugünkü ziyaretten asıl maksat bu değildi. Fakir bir kızcağızı gelin ediyorlarmış. Komşular sevaplarına bir iki tencere ile yatak tedarik etmişler, gelini köşeye oturtmak

---

187 hoşgörü

188 para ve erzak toplamak için belli aylarda köylerde imamlık, müezzinlik yapmak

için benden de bir eski entari istiyorlarmış. Zaten bu kız, benim yabancılarımdan da değilmiş, mektepte talebelerimden biriymiş.

Bunu işitince hayret ettim:

– Benim çocuklar arasında gelinlik kız yok ki Ebe Hanım, dedim. En büyüğü on iki yaşında.

Nazife Molla güldü:

– İlahi kızım, on iki yaş küçük mü? Ben, köşeye oturduğum zaman on beş yaşıdaydım da, bana evde kalmış kız dediler.

Şimdi, eski âdetler kalktı ama, bu öksüzün kimseciği yok, sokakta kaldı. Burada bir çoban Mehmet var, ona veriyoruz. Hiç değilse bir dilim ekmek yedirir.

– Kim bu kız, Ebe Hanım?

– Zehra.

Sınıfımda yedi, yahut sekiz tane Zehra var, onun için birdenbire hatırlayamadım. Fakat Ebe Hanım, hangisi olduğunu söylediği vakit hayretten donakaldım.

Çoban Mehmet'le evlenecek Zehra, insanın rüyasına girse korkutacak kadar acayip bir mahluk, bir nevi delidir. Kına renginde çalı gibi sert, karmakarışık saçları, balmumu gibi renksiz yüzünde yine o renkte çilleri, daracık alnıyla bir hizada korkunç gözleri vardır.

Daha ilk görüşte, bu çocuğun hasta olduğunu anlamıştım. Sınıfta hiç konuşmaz, fakat bir şey anlatmak, yahut dersi okumak lâzım geldiği vakit birdenbire dik, korkunç bir sesle bağırmaya başlar.

Anlayamadığım cihet şudur ki, Zehra, hesap ve ezber derslerinde sınıfın en kuvvetli talebesidir.

Sınıfta olduğu gibi, bahçede de herkese uzak durur, ne o güzelim tabut, teneşir ilahilerine, ne o neşeli cenaze oyunlarına iştirak eder.

Fakat onun, birkaç günde bir, kendi kendine oynadığı bir oyun vardır ki, beni ötekilerden ziyade dehşetlendirir. Zehra bahçenin ortasında, havadan gelen bir sesi dinliyor gibi yaptıktan sonra, gözlerini belertir, durduğu yerde bir çay semaveri gibi fıkırdamaya, acayip sesler çıkarmaya başlar. Sonra, bu cezbe[189] hali artar, kırmızı saçları kabarır, ağzı köpürür, haykıra haykıra dönmeye başlar. Bu şüphesiz bir oyundur. Fakat, bilmem neden, ben onu seyrederken titremeye başlarım.

Ebe Hanım, bana, bu kızın gelin olacağını anlatırken kendi kendime: "Eyvah, dedim, Zehra o gece şevke gelir de Çoban Mehmet'e bu oyunu oynamaya kalkarsa, biçarenin vah haline."

Komşum gittikten sonra, eski elbiselerimden birini daha bozdum. Zehra'ya gelin elbisesi dikmeye başladım. Ne çare, bu zavallı kıza biraz çeki düzen vermeli. Hiç olmazsa Çoban Mehmet, daha ilk geceden onu bırakıp kaçmasın.

Zeyniler, 1 Kânunuevvel[190]

Zehra, dün gece muhtarın evinde gelin oldu. Çoban Mehmet, mahzun olmasın diye köyün meydanında davul, zurna çaldılar, bir iki pehlivan güreştirdiler.

---

189 *bir duyguyla coşup kendinden geçme*
190 *aralık ayı*

Kadınlar arasında da, ayrıca bir kına gecesi yapıldı, mevlit okutuldu.

Benim hediye ettiğim gelin elbisesi köyün ihtiyarlarına yine fazla alafranga görünmüştü. Kulağıma etraftan, "Yarın ahiret", "Münkir, nekir", "Kızgın topuz" gibi kelimeler geliyordu. Buna mukabil genç kadınların ağızlarının suyu akıyordu. Aralarında, galiba, geline haset edenler bile oluyordu.

Gece pek eğlendim. Muhtarın karısı güzel bir sofra hazırlamıştı. Ortada dönen sözlerden, bu fedakârlığın Zehra'dan ziyade, "İstanbullu Hocanım"a gösteriş yapmak için göze alındığını anlaşılıyordu.

Çoban Mehmet'e gelini teslim etmeden evvel gülünç bir el öpme merasimi yapıldı.

Bu kaba saba, utangaç köy delikanlısının gözlerini yumarak öptüğü eller arasında benimki de vardı. Hoca demek, bir bakıma ana demek olduğu için bu lâzımmış.

Bu el öpme merasiminde, öyle gizli bir komedi geçti ki, hiç unutamayacağım. Muhtarın karısı ile Ebe Hanım başta olmak üzere, beş altı ihtiyar kadın, uzun bir kerevetin şiltesi üzerinde sıralanmışlardı. Ben hâlâ onlar gibi bağdaş kurup oturmasını beceremediğim için, ocağın yanında bir çamaşır sandığının kenarına ilişmiş bulunuyordum.

Gözlerini bir türlü yerden ayırmaya cesaret edemeyen Çoban Mehmet, evvela beni görmemişti. Ebe Hanım köşeden, "Mehmet oğlum, hocanımın da elini öp!" diye beni gösterince delikanlı, utana sıkıla yanıma geldi. Ben ciddiyetle elimi uzattım, fakat, çobanın parmaklarımı tutmasıyla bırakması bir oldu. Bunun bir el olduğuna inanamıyor, aptal aptal bakıyordu. Ben, güldüğümü belli etmemeye çalışarak, "Öp evladım" dedim.

Adamcağız, elimi tekrar tuttuktan sonra dayanamadı, utanıp sıkılmayı bırakarak, yüzüme baktı ve göz göze geldik. Daha fenası, tam bu esnada ocaktan yüzüme vuran kuvvetli bir çıra aydınlığında güldüğümü de gördü. Çobanın bu dakikadaki şaşkınlığı kadar ömrümde gülünç bir şey gördüğümü hatırlamıyorum.

El öpme merasiminden sonra, damadı, gelinin bulunduğu odaya doğru götürdüler. Zehra, yeni elbisesi, biraz evvel kendi elimle tarayıp süslediğim başıyla, hemen hemen güzelce bir kıza dönmüştü. Fakat, kendisini, bura âdetlerince, duvak yerine yeşil atlastan bir nevi torbanın içine sokmuş oldukları için, çoban üzerinde ne tesir yaptığını göremedim.

*
* *

Zeyniler, 15 Kânunuevvel

Bu sabah, uyandığım vakit, etrafımda bir eksiklik var gibi geldi. Dikkat edince, buldum. Geceleri bahçede, mahzun bir ninni sesiyle akan çeşme durmuştu.

Pencereyi açmak için yatağımdan kalktım. Tahta kepenkler bugün fazla mukavemet[191] etti ve ben, kuvvetle sarsarken aralarından karlar dökülmeye başladı.

Meğer, bu gece kar başlamış. Zeyniler, âdeta tanınmayacak bir hale gelmişti.

---

191 direnç, dayanıklılık

Hatice Hanım'dan işitmiştim. Burada kar, bir kere yağmaya başladı mı, nisana kadar bir daha kalkmazmış. Ne iyi şey, demek yaprakları bile siyah görünen bu karanlık ve can sıkıntısı memleketin asıl baharı kış aylarında başlıyor.

Öteden beri kar, benim için, yeni açılmış badem çiçeklerinden daha güzel bir şeydir. Bahçede bu beyaz, temiz, yumuşak şeylerin içinde yuvarlanmakta bulduğum neşe ve zevki hiçbir bayramda bulamam. Sonra insan, için için nefret ettiği insanlara karşı ne tatlı intikam vesileleri[192] bulur. Benim vaktiyle bir düşmanım vardı ki, kardan çok korkardı. Kalın fanila yakalar içine sakladığı nazik boynuna haberi olmadan kar doldurur; o, soğuktan kızarmış dudaklarıyla titrer ve renkten renge girerken neşeden çıldırırdım.

Zeyniler, 17 Kânunuevvel

Kar, gittikçe artıyor, yollar kapandı. O kadar ki, çocuklardan birçoğu mektebe gelemiyor.

Bugün hayatımın en acı, en dertli günü oldu. Sabahleyin talebelerim bana fena bir havadis getirdiler. Dün gece, Munise, bir kabahat yapmış, abası odunla dövmek için üstüne yürümüş, çocuk odanın penceresinden kendini bahçeye atmış, karlar ve karanlıklar içinde uzun müddet kalamayacağını, biraz sonra kapıya gelip yalvaracağını zannetmişler, fakat saatler geçtiği hâlde, çocuk görünmemiş. O vakit, komşulara haber vermişler. Köy delikanlıları, ellerinde yanar çıralarla sokaklara dökülmüşler, zavallının nereye gittiğini anlamak bir türlü mümkün olamamış.

192 sebep, bahane

Munise'yi en sevmeyen arkadaşları bile ona acıyorlardı. Akşama kadar her yeri aradılar. Küçük kıza, ne kadar ehemmiyet verdiğimi bildiği için, Muhtar Efendi, Vehbi ile sık sık bana havadis gönderiyordu.

Vehbi, bugün büyük bir erkek kadar ciddi ve telaşlı idi. Munise'nin hâlâ bulunamadığını anlatmak için soğuktan morarmış avuçlarının içini gösteriyor, kaşlarını çatarak: "Citti fakir kızcağız, kurtlar yemiş olmalı!" diyordu.

Akşama doğru Vehbi'nin bu şüphesi büyüklere geçmeye başladı. "Çocuk, bu fırtınada başka köye gitmiş olamaz. Ya bir yerde soğuktan donup öldü, ya canavar paraladı!" diyenler oluyordu.

Bu, göz gözü görmeyen tipi gününün siyah bir duman gibi inen akşamıyla beraber, içime vahşi bir ümitsizlik çöktü. Hayata zalim ve haksız bir şey diyenlere ilk defa inanıyor, ona isyan ediyordum.

Sesim, soluğum kesilmiş, başım ateşler içinde, erkenden yatağıma girdim, aydınlık bu gece gözlerimi incittiği için lambamı söndürdüm.

Dışarıda fırtına gittikçe artıyor, pencere kepenklerini zorlu hücumlarla sarsıyordu.

Zavallı küçük kız, kim bilir, nerelerde gömüldü, açık sarı saçları kim bilir, karanlığın hangi bucağında, eski mehtaplardan kalma bir ışık limesi[193] gibi titriyor?..

*
* *

193 parça

Kaç saat geçtiğini bilmiyorum. İnsan böyle hallerde zaman hissini kaybediyor. Mezarlık tarafındaki kapıya vuruyorlar gibi bir ses işitmeye başladım. Rüzgârdan başka ne olabilirdi? Fakat hayır, bu rüzgâr sarsıntısından başka bir şeydi. Yatağımdan doğrularak kulak verdim ve gecenin içinde boğuk bir insan iniltisi işitir gibi oldum. Hemen yatağımdan fırladım, omuzlarıma bir örtü alıp aşağı koşmaya başladım.

Niyetim Hatice Hanım'ın odasına uğrayarak onu uyandırmaktı. Fakat o da bu sesi işitmiş, elinde bir mum parçasıyla taşlığa çıkmıştı.

Kapıyı birdenbire açmaya cesaret edemedik. Zaten gürültü de kesilmişti. Hatice Hanım erkek gibi kalın sesiyle: "Kimdir o?" diye bağırdı. Cevap yok. İhtiyar kadın bir kere daha seslendi. O vakit, rüzgârın gürültüsü içinde ince bir sesin inlediğini işittik. Hatice Hanım, "Sen kimsin?" diye bağırdı. Fakat ben sesi tanımış, "Munise" diye haykırarak kol demirlerine sarılmıştım.

Kapı açılır açılmaz içeriye karlı bir rüzgâr doldu, ihtiyar kadının elindeki mum birdenbire söndü.

Karanlıkta, kollarımın içine buz gibi donmuş, küçük bir vücut düştü.

Hatice Hanım, tekrar mumunu yakmaya uğraşırken, ben onu göğsümde sıkıyor,hıçkıra hıçkıra ağlıyordum.

Son kuvvetini tükettiği anlaşılan Munise, kollarımda baygın gibiydi. Yüzü mosmor, saçları dağılmış, elbisesinin içine karlar dolmuştu.

Çocuğu soyduktan sonra kendi yatağıma yatırdım. Hatice Hanım'ın mangalında ısıttığım fanila parçalarıyla vücudunu ovuşturmaya başladım. Munise, kendine gelir gelmez ilk sözü, "Bir parça ekmek!" diye yalvarmak oldu. Bereket versin, biraz sütümüz vardı. Hatice Hanım'la onu ısıttık ve kaşık kaşık çocuğa vermeye başladık.

Dakikalar geçtikçe Munise'nin yüzü kızarmaya, gözlerine fer gelmeye başlıyordu. Kollarımda ara sıra içini çekiyor, kim bilir, hangi acı ile için için ağlıyordu?

Ah, şu çocuk gözlerindeki minnet! Dünyada, bir parça iyilik edebilmekten daha güzel bir şey olmuyor. Fırtına içinde viran bir gemi teknesi gibi sallanan bu sefil ve karanlık oda, ocağın kızıl akisleri içinde birdenbire öyle munis ve mesut bir yuva olmuştu ki... Biraz evvel hayata gösterdiğim emniyetsizlik için, kendi kendimden utanıyordum.

Çocuk, artık konuşmaya başlamıştı. Kolları boynumda, sarı saçları bileklerimden dökülerek, gözlerime bakıyor, sorduğum suallere ağır ağır cevap veriyordu. Dün akşam, üvey annesinden çok korkmuş, köyün öteki ucundaki bir ambara kaçarak samanların arasına girmiş. Samanlar insanı yatak gibi sıcak tutuyormuş. Fakat, bugün çok acıkmış. Dışarı çıkarsa tutup yine eve götüreceklerini biliyormuş. Onun için çaresiz, geceyi beklemiş.

Zavallı çocuğun en büyük ümit yeri benmişim. Bütün gün, "Hocanım mutlak bana ekmek verir," diye kendini avutmuş.

Biraz sonra, çocuğun parlak gözlerine bir gölge düştüğünü, parlak neşesinin sönmeye başladığını fark ettim. Sormaya lüzum yoktu. Çünkü aynı korku bende de uyanmıştı. Yarın sabah Munise'yi yine eve götürmek lâzım gelecekti.

İçimde sönük bir ümit yok değildi. Çok güzel bulduğumuz için, hiçbir zaman elimize geçmeyecek sandığımız şeylere karşı duyulan o ümitsiz ümit.

Munise'de neticesiz bir rüya uyandırmaktan korkar gibi yavaş bir sesle Hatice Hanım'a dedim ki:

– Mademki bu kızı, evlerine istemiyorlar. Acaba ben, onu kendime evlat etmek istesem razı olurlar mı? Benim de kimsem yok. Vallahi bu çocuğa kendi evladım gibi bakarım. Acaba vermezler mi?

Bu çılgın arzum, Hatice Hanım'ın dudaklarından çıkacak kelimeye bağlıymış gibi, titreye titreye ellerimi uzatıyor, boynumu büküyordum.

İhtiyar kadın, gözlerini ocağa dikmiş, düşünüyordu. Ağır ağır başını salladı:

– Fena olmaz. Yarın muhtarla konuşalım. O, "Peki!" derse babasını da razı ederiz. İyi olur, dedi.

Ben, ömrümde bu kadar güzel bir ümit sözü işittiğimi bilmiyorum. Cevap vermeden Munise'yi göğsüme çektim. Çocuk, ellerimi öperek, "Anacığım, anacığım!" diye ağlamaya başladı.

*
* *

Ben, bu satırları yazarken, Munise, yatağımda, sarı saçlarında ocağın mesut kızıllıkları titreyerek uyuyor. Ara sıra derin derin içini çekiyor ve dolu dolu öksürüyordu.

Bu çocuğu, bana bırakırlarsa ne kadar mesut olacağım yarabbi! O vakit ne geceden, ne fırtınadan, ne sefaletten, hiçbir şeyden korkum kalmayacak. Onu, kendi elimle büyüteceğim, mesut edeceğim. Ben, bunu bir zamanlar başka küçükler için ümit etmek çılgınlığına kapılmıştım, fakat onlar, bir akşamüstü kalbimde kucak kucağa öldüler. Munise'yi bana verirlerse onlara pek o kadar acımayacağım.

Artık, hayatla barıştım. Her şeyi tekrar seviyorum. Kâmran, bir akşamüstü, kalbime gömdüğüm o zavallı miniminileri öldüren sen olduğun hâlde bu gece, senden bile eskisi kadar nefret etmiyorum.

Zeyniler, 18 Kânunuevvel

Bu gece yine, galiba gözlerimi uyku tutmayacak. Hastalar gibi mesut olanlara da geceler öyle uzun geliyor ki...

Sabahleyin Hatice Hanım'la beraber muhtarın evine gittim. İhtiyar adam, Munise için havadis sormaya geliyorum sandı.

– Daha bulunamadı ama, bakalım bir iki yerde ümidim var, gibi sözlerle beni teselli etmeye başladı.

Ben, akşamki vakayı anlattım. Sözümün sonuna gelirken yüreğim çarpıyor, gözlerim kararıyordu. Dünyada en olmayacak bir şey için yalvarır gibi ellerimi kavuşturdum:

– Bu küçük kızı bana verin. Kendime evlat edeyim, bağrıma basayım. Görüyorsunuz ki, biçare onların elinde ziyan olacak, dedim.

Muhtar Efendi, gözlerini kapadı, sakallarını çekiştirerek bir zaman düşündü, sonra:

– Pekâlâ kızım, hakikaten sevap bir iş işlemiş olursun, dedi.

– Demek Munise'yi bana vereceksiniz?

– Babası zaten öteki çocuklara bakmaktan âciz. Vermeyip de ne yapacak. Olmazsa eline beş, on kuruş da veririz.

O dakikada, sevinçten nasıl çıldırmadığıma hayret ediyorum. Bu kadar kolay ele geçireceğimi umar mıydım? Akşamdan beri saatlerce düşünmüş, edebilecekleri itirazlara cevaplar bulmuş, yüreklerini rikkate geçirmek için zihnimde âdeta nutuklar hazırlamıştım. Daha olmazsa annemden kalan birkaç parça mücevheri verecektim. Onları bu zavallı küçük esiri kurtarmaktan daha iyi bir yere sarf edebilir miydim? Fakat, işte bunların hiçbirine hacet kalmıyor, Munise bir canlı oyuncak gibi kollarıma bırakılıyordu.

Ben başkaları gibi değilim. Çok sevindiğim, mesut olduğum vakit, duygularımı sözlerle anlatamam. Mutlaka karşımdakinin boynuna sarılmak, onu öpmek ve hırpalamak isterim. Muhtar Efendi de o dakikada işte böyle bir tehlike geçirdi ve sadece buruşuk elinin bir defa öpülmesiyle benden kurtuldu.

İki saat sonra, muhtar, Munise'nin babasıyla beraber mektebe geliyordu. Ben, bu adamı fena çehreli, korkunç, zalim bir insan diye düşünüyordum. Halbuki, bilâkis, ufak tefek, hastalıklı düşkün bir ihtiyardı.

Bana, İstanbullu olduğunu, fakat kırk seneye yakın bir zamandan beri memleketini görmediğini söyledi, karışık bir rüyayı anlatır gibi tereddütlerle Sarıyer'den, Aksaray'dan bahsetti.

Munise'yi bana vermeye razı oluyordu. Fakat ona çok acıdığını hissettim. Çocuğu mesut etmek için elimden geleni esirgemeyeceğimi, onu daima kendisine göstereceğimi vadettim.

*
* *

Zeyniler'in, fakir, karanlık mektebi bugüne kadar, böyle bir bayram, böyle şenlik görmedi. Bundan eminim. Munise ile sevincimizden odalara, sofalara, sığmıyorduk. Kahkahalarımız, saçaklarda uyumuş kuşları uyandırıyor gibi tavanlardan şen cıvıltılar geliyordu.

Munise, birkaç saat içinde nazlı bir küçük hanım hali almıştı. Al faniladan bir elbisem var ki, ben giyemezdim. Onu bir parça daraltıp kısaltarak ona koket bir kostüm yaptım. Kız, bu elbise içinde, nasıl anlatayım, bir içim su, ağza alınınca eriyen fondan şekerleri gibi bir şey oldu.

Kar, bir gün evvelki şiddetini kaybetmiş olmakla beraber hâlâ devam ediyordu. Akşamdan evvel, çocuğu elinden tutarak bahçeye çıkardım. Hatice Hanım, Zeyni Baba'nın kandillerini yakmaya gidinceye kadar gezdik, birbirimizi kovaladık, mezar taşları arasında top muharebesi yaptık.

Neşemiz, ihtiyar kadının çatık yüzünü bile güldürmüştü:

– Haydi artık içeri girin, üşüyeceksiniz, hasta olacaksınız, derken tatlı tatlı sırıtıyordu.

Üşümek mi? İnsanın içinde güneş yanarken üşümek mi? Bu akşam gökyüzü bana batıdan doğuya kadar dallarını uzatmış bir ağaç gibi göründü; yavaş yavaş sallandıkça, üstümüze beyaz çiçeklerini döken kocaman bir yasemin ağacı!

Zeyniler, 30 Kânunuevvel

Munise ile öyle canciğer olduk ki... Bu küçük kız, derslerimden artan bütün saatlerimi alıyor. Ona ne biliyorsam öğretmek istiyorum. Günde bir iki saat Fransızca ders veriyorum, hatta ara sıra –köyde duyarlar da bizi taşa gömerler– kapıları, pencereleri kapatarak ona bir parça dans bile öğretiyorum. Bazen, kendi kendime güleceğim geliyor.

– Çalıkuşu! Sen, her şeyi öğreteceğim diye Munise'yi Allah esirgesin, Hacı Kalfa'nın Mirat'ına çevireceksin, diyorum.

Bu fakir köy çocuğu, birdenbire bir asilzadeye benzedi. Her halinde, her sözünde ince bir sevimlilik var. Evvela, buna hayret etmiştim. Fakat şimdi sebebini anlamaya başlıyorum. Munise'nin annesi, herhâlde dedikleri kadar adi bir mahlûk olmayacak.

Çocuk bana son derece minnettar. Bazen, hiç sebepsiz yanıma yaklaşıyor, ellerimi tutarak yanaklarına, dudaklarına sürmeye başlıyor. O vakit ben de onun nazik bileklerini ellerimin içine alıyorum, minimini parmaklarını birer birer öpüyorum.

Zavallı küçük, asıl iyiliği kendisinin bana ettiğini bilmiyor, onu yanıma almakla bir fedakârlık ettiğimi sanıyor.

*
* *

Bu çocuğun öyle ümit edilmeyen tuhaf sözleri var ki... Geldiğinin ikinci günüydü:

– Munise, istersen bana anne de, daha iyi olur, dedim.

Tatlı tatlı gülümseyerek yüzüme baktı:

– Olur mu abacığım?

– Niçin olmasın?

– Sen çocuksun, abacığım, sana nasıl anne derim!

Bu sözü âdeta izzetinefsime dokundu, parmağımla onu tehdit ederek:

– Seni şeytan seni, dedim, neden ben küçük olayım? Ben yirmi yaşını geçmiş koca kadınım.

Munise dilini dişlerinin arasına sıkıştırarak bana bakıyor, bir şey söylemeden gülüyordu.

– Yalan mı? Koskoca kadınım, diye tekrar ettim.

O, büyük bir adam gibi dudaklarını büzdü.

– Sen, benden o kadar büyük değilsin ki abacığım, on dört, on beş yaşında.

Kendimi tutamayarak gülmeye başladım. Munise yüz bulmuştu, utana utana:

– Sen daha gelin olacaksın abacığım. Ben saçımın iki tarafına teller takacağım. Kendin gibi güzel bir...

Elimle, çocuğun ağzını kapadım:

– Bir daha böyle bir şey söylersen dudaklarını koparırım, dedim.

*
* *

Küçüğümün bir hali de süsü çok sevmesi, fazlaca koket olması. Ben koket ruhlu kızlardan öteden beri pek hoşlanmam ama, Munise'nin ayna karşısında süslenmesi, beğene beğene kendine gülümsemesi beni eğlendirmiyor değil. Hatta dün elinde yanmış bir kibrit ucu da yakaladım. Gizli gizli, gözüne sürme çekmeye uğraşıyordu. Maskara kimden de öğrenmiş bilmem ki... Şimdi neyse ne ama, birkaç seneye kadar bir genç kız olup çıkarsa birini bulup sevmeye, evlenmeye kalkarsa fena.

Bunlar aklıma geldikçe hem kız anneleri gibi heyecanlanıyorum, hem de bir yandan hoşlanıyorum.

Munise dün kızara bozara benden bir ricada bulundu. Saçlarının benim saçlarım gibi olmasını istiyormuş.

Bebek oynar gibi Munise ile oynamak benim zaten Allah'tan aradığım şey. Küçük kızı dizlerimin arasına aldım, saçlarının örgülerini çözerek istediği gibi tarayıp fırçaladım.

Rafın üzerinde duran küçük aynayı aldı.

– Kuzum abacığım, gel, ikimiz yan yana aynaya bakalım, dedi.

Fotoğraf çektiren kardeşler gibi baş başa verdik, aynanın içinde gülüyor, birbirimize dilimizi çıkarıyorduk.

Munise lacivert gözleri, duru beyaz teni, ince şirin yüzüyle bir melek gibi güzeldi. Fakat memnun görünmedi, eliyle burnumu, dudaklarımı kurcalayarak:

– Nafile abacığım, sana benzemiyorum ki, dedi.

– Daha iyi ya çocuğum.

– Neme lâzım abacığım, ben senin gibi güzel değilim ki...

Başını daha ziyade yaklaştırıyor, boynumun altından geçirdiği küçük eliyle, bu sefer yanağımı okşayarak:

– Abacığım, sen kadife gibisin. Senin yüzünde insan ayna gibi kendini görüyor, diyordu.

Bu münasebetsiz çocuğun saçmalarına gülüyor, o kadar emekle düzelttiğim saçlarını karıştırıyordum. Fakat ne saklayayım, defterimi benden başkası okuyacak değil, kendimi güzel zannettiğimden çok güzel buluyor, "Feride, sen kendini bilmiyorsun. Sende kimseye benzemeyen başka bir şey var!" diyenlere hak verecek gibi oluyordum.

Neler söylüyorum! Ah, bu küçük kız! Ben onun aklı başında bir kız haline getirmeye çalışırken o beni kendi gibi koket yapacak.

*
* *

Zeyniler, 29 Kânunusani[194]

Defterime bir aydan beri el sürmemiştim. Yazı yazmaktan, herhâlde faydalı işlerim vardı. Hem de mesut günlerin yazılacak nesi olur ki?

Bir aydan beri derin bir gönül sükûnu içinde yaşıyordum. Yazık ki devam etmedi. İki gün evvel buradan geçen bir posta arabası benim için dört mektup bırakmış. Onları görür görmez içime bir ateş düştü. Kimden geldiğini, içlerinde ne olduğunu bilmeden:

– Keşke bunlar ben görmeden yolda kaybolsaydılar, dedim.

İlk tahminimde yanılmamıştım. Zarfın üzerindeki yazıyı tanıyordum. Mektuplar ondan geliyordu.

Zarflar beni buluncaya kadar elden ele dolaşmış, üzerleri mavili kırmızılı yazılar, damgalarla dolmuştu. Elimi sürmeye cesaret edemeden bir tanesinin üstündeki adresi okudum.

"B... Merkez Rüştiyesi muallimlerinden Feride Hanımefendi'ye."

194 ocak ayı

Zarfları avucumda buruşturduktan sonra ocağın yanındaki rafa fırlattım. Pencereye başımı dayayarak dalgın dalgın uzaklara baktığımı gören Munise:

– Abacığım, neren ağrıyor? Yüzün sapsarı, dedi.

Kendimi toplamaya çalışarak gülümsedim:

– Bir şeyim yok, çocuğum. Bir parçacık başım ağrıyor. Seninle biraz bahçeye çıkarsak geçer.

Gece yatağımda, gözlerim karanlığa dikili, saatlerce uykusuz kaldım. Büyük bir kararsızlık içinde perişan oluyorum, yüzsüz zalim, bu mektuplarda, kim bilir, bana neler söylemeye cesaret ediyordu? Birkaç defa lambamı yakarak onları okumak istedim, fakat kendimi zapt ettim. Onları okumak ayıptı, benim için bir tenezzüldü.

Aradan iki gün geçti. Mektuplar hâlâ orada duruyor, odanın havasına bir zehir neşreder[195] gibi beni için için eritiyordu. Müzmin hüznüm Munise'ye de geçmişti. Zavallı kız derdimin nereden geldiğini biliyor, beni hasta eden bu kâğıtlara kinle, nefretle bakıyordu.

Bu akşam yine pencerenin yanında düşünüyordum. Munise çekine çekine yanıma geldi, korkak bir tavırla:

– Abacığım, dedi, ben bir şey yaptım ama bilmem darılacak mısın?

Birdenbire döndüm. Gözlerim gayri ihtiyari ocağın yanındaki rafa giti. Mektuplar orada yoktu, teessürden göğsüm tıkanarak:

– Nerede onlar? dedim.

Çocuk, başını eğdi:

---

195 yaymak

– Ben onları yaktım abacığım. Ne yapayım sen pek üzülüyordun?

Hafif bir feryat ile:

– Ne yaptın Munise? dedim.

Çocuk benim şiddet göstermemi, omuzlarından tutup sarsmamı bekliyor, titriyordu. Başımı bileğime koyarak yavaş yavaş ağlamaya başladım.

– Abacığım ağlama. Ben onları yakmadım, sana mahsus öyle söyledim. Üzülmeseydin o vakit yakacaktım. Al işte.

Küçük kız, bir eliyle başımı okşuyor, ötekiyle mektupları elime tutuşturmaya çalışıyordu.

– Al abacığım, onlar galiba, senin sevdiğin birisinden geliyor.

Birdenbire silkindim:

– Yumurcak, o nasıl lakırdı? diye bağırdım.

– Ne bileyim abacığım. Sevdiğinden olmasa böyle ağlar mıydın?

Bu çok bilmiş cücenin sözlerinden utandım, gözyaşlarımdan utandım. Bu hale bir nihayet vermek lâzımdı. Artık kararımı vermiştim.

– Küçüğüm, keşke bu sözleri söylemeseydin. Fakat mademki bir kere söyledin. Bak, sana ispat edeyim. Mektuplar benim sevdiğim bir insandan gelmiyor. Gel seninle beraber yakalım onları.

Oda karanlıktı, yalnız ocakta bitmeye yüz tutmuş bir çalı demeti ara sıra parlayıp sönüyordu. Mektuplardan birini ateşe fırlattım. Zarf kıvrıla kıvrıla yanmaya başladı. Biterken ikincisini, sonra üçüncüsünü attım.

Munise anlayamadığım bir hisle göğsüme sokulmuştu. Mektuplar birer birer yanarken, karşımızda ölmek üzere olan bir insan varmış gibi susuyorduk. Sıra dördüncüye geldiği vakit içime dayanılmaz bir pişmanlık acısı çöktü. Fakat ötekiler yandıktan sonra bunu bırakamazdım. Kalbimin bir parçasını koparır gibi ıztırapla onu da attım.

Son mektup ötekiler gibi birdenbire tutuşmadı, bir ucundan ince bir duman çıkarak için için yanmaya başladı. Sonra zarfın gevşeyip açıldığını, ince yazılarla dolu bir kâğıdın yavaş yavaş yanmaya başladığını gördüm. Artık tahammül edemiyordum. Munise, gönlümden geçenleri biliyor gibi birdenbire eğildi elini ateşe sokarak son mektubun bir parçasını kurtardı.

*
* *

Onu ancak çocuğu uyuttuktan sonra okumaya cesaret ettim. Ancak şu satırlar kalmıştı.

"Annem geçen sabah yüzüme bakarken ağlamaya başladı: 'Nen var anne? Niçin ağlıyorsun?' diye sordum. Evvela söylemek istemedi: 'Hiçbir şey yok. Bir rüya gördüm' dedi. İnat ettim, yalvardım, nihayet söylemeye mecbur oldu. Sakin sakin ağlayarak şunları anlattı:

"Rüyamda onu gördüm. Karanlık bir yerlerde dolaşıyor, önüme gelene: 'Feride buralarda mı? Allah rızası için söyleyin!' diyordum. Yüzü örtülü bir kadın beni elimden tutarak tekkeye benzeyen loş bir yere soktu.

İşte, Feride şurada yatıyor. Boğaz hastalığından öldü, dedi. Baktım, evlatçığım gözleri kapalı yatıyor. Daha yanağının rengi bile solmamış. O acı ile, ağlaya ağlaya uyandım. Ölü diri getirir derler, değil mi, oğlum? Feride'yi yakında göreceğim, değil mi, Kâmran?

Annemin sözlerini sana aynen yazdım. Beni bir tarafa bırak. Fakat annen demek olan bu ihtiyar kadını daha ziyade ağlatmak doğru mu? Teyzenin rüyası o günden beri benim de rüyam oldu. Ne vakit gözlerimi kapayacak olsam seni uzak bir memleketin karanlık bir odasında gözlerin kapalı, siyah saçların, taze yüzün..."

Mektup parçası burada bitiyor, bana sade teyzemin matemini anlatıyordu. Kâmran, görüyorsun ki, bizi her şey birbirimizden ayırıyor. Seninle artık iki düşman bile değiliz; birbirini hiç, ama hiç görmeyecek iki yabancıyız.

Zeyniler, 5 Şubat

Dün gece, geç vakit bataklık tarafından silah sesleri gelmeye başladı. Ben korktum, fakat Munise hiç telaş etmedi.

– Her zaman olur, jandarmalar eşkıya kovalıyor, dedi.

Silah sesleri seyrek fasılalarla on dakika kadar devam ettikten sonra durdu.

Bu sabah, havadisi öğrendik. Munise'nin tahmini doğruymuş. Postayı soyan birkaç serseri ile jandarma arasında bir çarpışma olmuş. Jandarmalardan biri ölmüş, öteki ağır yaralı olarak Zeyniler'in misafir odasına getirilmiş.

Öğleye doğruydu, küçük Vehbi, soluk soluğa mektebe geldi, beni elimden yakalayarak:

– Kız hocanım, çabuk zarını (çarşaf olacak) giyin gel be. Seni misafir odasına çağırıyorlar, dedi.

– Kim çağırıyor?

– Hekim çağırıyor, babam söyledi.

Hemen çarşafımı giydim, Vehbi önde, ben arkada misafir odasına gittik.

Burası, iki basık oda ile merdivenli, çarpık bir sofadan ibaret viran bir hayrat[196]. Gece, kar, hastalık gibi sebeplerle yoluna devam edemeyen yolcuları burada barındırıyorlar, sevaplarına biraz yiyecek veriyorlar.

Kapıda burnundan soğuk havaya dumanlar çıkararak eşinen güzel bir atın yüzünü okşadıktan sonra içeri girdim. Avlu karanlık olduğu için lamba yakmaya mecbur olmuşlardı.

Kalın kaputlu; kocaman çizmeli, şişman bir askeri doktor, merdiven basamağına oturmuş bir şeyler yazıyor, avluda yüzü seçilmeyen birkaç kişi ile konuşuyordu. Çehresini yandan görüyordum. Dolgun beyaz bıyıkları, kalın kaşları, canlı ve sevimli bir yüzü vardı. Fakat yarabbi, bu adam konuşuyorken ne kadar kaba, hatta ayıp kelimeler kullanıyordu. O kadar ki bir ara, ters yüzü geri dönmeyi aklımdan geçirdim.

Mutlaka yine fena bir kelime söyleyeceğini anlatan sert bir kahkaha ile gülerek başını çevirince beni gördü, birdenbire durdu; boz renkli ceketi üzerinde kocaman siyah sakalını görebildiğim birisine:

– Yahu, yüzbaşım, hatırın kalmasın ama sana, "Ayı Dayı" adını takanların yerden göğe kadar hakları varmış. Aramızda

---

196 halkın yararlanması için yapılan okul hastane vb. yapı

kadın varmış da ne diye beni kibar kibar söyletiyorsun, dedi ve bana döndü.

– Hemşire Hanım, kusura bakmayın. Geldiğinizi göremedim. Geçiniz yukarı. Ama biraz durun da ben ineyim. Merdivenler yufka gibi. İkimizi birden çekeceğe benzemiyor. Haydi, geçin şimdi. Ben geliyorum.

Basamakları ikişer ikişer atlayarak yukarı çıktım.

İhtiyar doktorun, "Yüzbaşım" dediği adama takılmakta devam ettiğini işitiyordum:

– Yüzbaşım, bu muallime İstanbullu. Nereden anladığıma şaşıyorsun, değil mi? Ah, yüzbaşım, sen kâinatta hangi hadiseye böyle koyun gibi bön bön bakmadın? Merdiveni çıkışından anladım. Gördün mü nasıl keklik gibi sekiyor? Şimdi, istersen yaşını da söyleyeyim: Bu kadıncağız, taş çatlasa kırktan fazla değil.

Böyle delidolu sözler, öteden beri beni pek eğlendirir. Kendi kendime güldüm.

İşte bunda yanıldın Doktor Efendi, dedim.

Beş dakika sonra ihtiyar doktor çizmeleri altında merdivenleri çatırdatarak yukarı çıktı, yüzüme bakmadan konuşmaya başladı:

– Efendim, vaka malum, bir yaralımız var. Ehemmiyetli bir şey değil. Fakat bakılmaya muhtaç. Kendim biraz sonra gideceğim. Yapılacak şey, ehemmiyetsiz bir pansuman ama, ağızlarına, yüzlerine bulaştırmalarından korkuyorum. Onların doktora da emniyetleri zayıftır. Fırsat buldular mı, hemen kocakarı ilaçlarına başvururlar. İster misiniz yaranın üstüne türlü müzahrefat[197] yapıştırsınlar? Siz mektep, medrese görmüşsünüz. Yapılacak şeyleri ben size tarif ederim. Adamcağız ayaklanıncaya kadar bakıverirsiniz artık, yalnız bilmem içiniz dayanır mı?

– Dayanır Doktor Bey. Benim sinirlerim kuvvetlidir. Hiçbir şeyden korkmam, efendim.

– Sen açsana yüzünü bakayım, dedi.

Bu teklifsiz sözlerde garip bir samimiyet vardı ki, hiç fütursuz peçemi kaldırdım, hatta biraz da güldüm.

İhtiyar doktor kollarını kaldırdı, saf yüzünde komik bir hayretle gülmeye başladı. Hem de kahkahalarla...

– Sen ne arıyorsun burada?

Bu sefer de ben şaşırdım. Bu adam beni, acaba bir yerden mi tanıyordu? Maamafih, ben de işi biraz maskaralığa vurmaktan korkmadım. İnsana o kadar emniyet ve yakınlık hissi veren bir çehresi vardı ki...

– Zannederim, beni tanıdığınızı iddia etmeyeceksiniz, Doktor Bey...

– Şahsını değil, nev'ini tanırım kızım, nev'ini. Hatta, maalesef yeryüzünde çok azalmaya başlayan nev'ini.

– Mamutlar gibi mi efendim?

Beş aydan beri zorla içime hapsettiğim yaramazlıklar yeniden taşmaya başlıyordu. Sör Aleksi'nin daima söylediği gibi, bana hiç yüz vermeye gelmez. Hemen şımarmaya, küçük bebekler gibi ağzımda kelimeleri ezip büzmeye, maskaralık yapmaya başlarım.

---

197 süprüntüler

Herhâlde doktor çok gün görmüş, temiz bir adamdı. Aynı gür kahkaha ile gülerek:

– O ipiri, suratsız fil azmanlarının tam tersine ufacık, neşeli, sıhhatli, zarif –hatta ihtiyar olduğum için güzel sıfatını da ilave edebilirim– güzel bir kibar çocuğu, söyle bakayım bana, sen nereden düştün buralara?

Bu kaba saba asker doktorunun çiğ kelimeleri, gürültülü kahkahaları altında derin bir rikkat sezmeye başlıyordum. Nihayet ciddi görünmeye çalışarak:

– Ben muallimim, Doktor Bey. Hizmet etmek istiyordum, buraya gönderdiler. Ben yer ayırt etmem. Nerede isterlerse çalışırım.

Ben bunları söylerken o dikkatli dikkatli yüzüme bakıyordu.

– Demek sen buraya hizmet için geldin? Sırf maarife, memleket çocuklarına hizmet için öyle mi?

– Evet, maksadım bu.

– Bu yaşta, bu çehre ve yaradılış ile mi? Sen doğruyu söylesene bana. Gözlerime bak bakayım. Ha, şöyle! Ben, bunları yutarım mı sanıyorsun?

Yumuk yanaklarına gömülerek tatlı tatlı gülümseyen beyaz kirpikli gözleriyle ta gönlümün içini görür gibi devam etti.

– Değil, kızım. Asıl sebep başka. Hatta, maişet[198] derdi de değil. Sen saklamaya çalışıtıkça, daha iyi görüyorum. Kim olduğunu, aileni, evinizi falan sorsam söylemezsin değil mi?

---

198 geçim

Bak, bak nasıl biliyorum. Bunda bir muamma var. Maamafih korkma. Derin karıştıracak değilim. Aramızda bir işaret kâfi.

İkimiz de sustuk. İhtiyar doktor biraz düşündükten sonra:

– Sana bir küçük hizmet etmeme müsaade eder misin? Seni, daha iyi bir yere göndertsem ister misin? Benim tek tük bildiklerim vardır maarifte.

– Hayır teşekkür ederim, yerimden memnunum.

Yine gülerek omuzlarını silkti, alay eder gibi bir sesle:

– Çok âlâ çok âlâ. Fakat fedakârlıklar öyle kır sür gitmez. Günün birinde canın sıkılırsa bana iki satırlık bir şey yaz, adresimi de bırakayım sana. İnsanlıktır bu.

– Teşekkür ederim.

Odalardan birisinin kapısını açtı. Çarpık bir kerevetin üstünde, vücudu ve yüzü bir asker yağmurluğuyla örtülü bir adamcağız yatıyordu.

Doktor:

– Nasılsın Molla, biraz ferahladın mı? diye seslendi.

Yaralı, eliyle yağmurluğu kaldırarak davranmaya çalıştı:

– Kımıldama, yat. Ağrın sızın var mı?

– Yok, çok şükür. Sade elmacık kemiğim az sızlıyor.

Doktor yine güldü:

– Ah benim sevgili ayılarım! Diz kapağını elmacık kemiği sanır. Midesini tabanında farz eder ama, yerine göre karşısına dikilenlere de duman attırır. Geçer Molla, bir şey kalmaz. Allah'a şükret ki az sola sapmadı o kurşun. Sen bir haftaya kadar dipdiri ayağa kalkmak ister misin? Yok, burası rahat geldi de, biraz yatayım dersen o başka. Öyleyse, bu kızcağız ne derse yapacaksın, anladın mı? Doktorun artık o. Yaranı o değiştirecek. Eğer ev ilacı falan diye bir halt ettiğini duyarsam vay haline, Alimallah tekrar gelir, çatır çatır keserim bacağını.

Sargılarını çözmeye başlamıştı. Yarayı biraz fazla hırpalayarak adamcağızı, "Aman Bey!" diye bağırtıyordu.

– Kes sesini be. Yazık senin erkekliğine! Koskoca bıyıklı, sakallı herif parmak kadar kızın yanında bağırmaya utanmaz mısın? Bu yara değil, oyuncak. Böyle hastabakıcıya düşeceğimi bilsem ben bile bir tarafımı şöyle zararsızca kestirirdim.

İhtiyar doktor, bir saat sonra sakallı yüzbaşı ile beraber köyden ayrıldı.

Dünyada bundan daha sade bir vaka olamaz, değil mi? Fakat ben, şimdiye kadar bu derece tuhaf bir heyecanla bu kadar için için sarsıldığımı bilmiyorum.

VI

Zeyniler, 24 Şubat

Bu sene, yaz erken gelecek diyorlar. Bir haftadan beri havalar açtı. Ortalık günlük güneşlik, tepelerde kar olmasa insan kendini mayısta sanacak.

Bugün cumaydı. Öğle yemeğinden sonra odamda Munise'nin suluboya bir resmini yapmaya uğraşıyordum. Birdenbire kapı çalındı. Hatice Hanım, başörtüsü boynuna düşmüş, eli ayağı titreyerek içeri girdi. Onu hiç bu kadar telaşlı ve heyecanlı görmemiştim.

– Aman hocanım aşağıya iki efendi geldi. Birisi maarif müdürüymüş, teftişe gelmiş. Çabuk in! Ben konuşmaya sıkılırım.

Acele acele çarşafımı giyerken kendi kendime gülüyordum; odasında elini kolunu hareket ettirmeye üşenen bir tembeller şahı buraya kadar zahmet etsin, inanılır şey değil!

Aşağıda, dershane kapısı önünde, biri gayet uzun, öteki gayet kısa boylu iki adamla karşılaştım. Ben, gözlerimle etrafta onu ararken kısa boylu adam, bana doğru yürüdü. Karanlıkta pek iyi seçemediğim yüzünden bir tek gözlük parladı:

– Muallime Hanım mı? Teşerrüf ettim. Ben, Maarif Müdürü Raşit Nâzım. Bu ne karanlık yer böyle. Mektep değil, âdeta ahır.

– İçerisi biraz daha aydınlıktır efendim, dedim.

Minimini vücuduna göre bacaklarını tuhaf bir surette açarak öyle azametli bir yürüyüşü vardı ki...

Kapıdan içeri bir adım attıktan sonra durdu, nutuk verir gibi elini sallayarak:

– Monşer[199], şuraya bak, dedi. Ne mizer[200], ne mizer!.. Mektep demeye bin şahit ister. Nasıl radikal olmak lâzım? "Ya hep, ya hiç!" dediğime bir kere daha hak veriyorsun ya!

Şimdi, onları daha iyi görüyordum. İlk bakışta bir çocuk, yeni yetişen bir dandy[201] sandığım maarif müdürü, hemen

199 *"Fr mon cher" azizim*
200 *"Fr. misère" sefalet*
201 *"İng. dandy" züppe*

hemen elliye dayanmış bir köseydi. Durmadan kaşını, gözünü oynatıyor, söylediği her kelime için kırış kırış yüzüne ayrı bir mana veriyordu.

Ötekine gelince, o inadına uzun, kuru, esmer ve ince bıyıklı bir adamdı. O kadar uzun ki, âdeta kamburu çıkmıştı.

Maarif müdürü, tekrar bana döndü:

– Efendim, arkadaşımı takdim edeyim. Vilayet Nafia Mühendisi Mümtaz Bey.

Ben lakırdı olsun diye:

– Öyle mi efendim? Pek güzel, dedim.

Maarif müdürü, sınıfın mukavemetini muayene eder gibi topuklarını vurarak dolaşıyor, sıralara, levhalara bastonunun ucuyla dokunuyordu:

– Azizim, büyük projelerim var. Her şeyi yıkıp yeniden yapacağım. Tertemiz müesseseler. İstediğim tahsisatı vermezlerse vay hallerine. Çok tedarikli geldim. İstanbul matbuatı ateş etmeye hazır bir batarya vaziyetinde, benden küçük bir işaret üzerine bam bum... Müthiş bir bombardıman. Anlıyorsun ya, ya bu kafanın içindeki dünya hakikat olacak, ya ben postu vereceğim.

Bütün bu güzel sözlerin benim, zavallı bir köy hocasının gözlerini kamaştırmak için söylendiğine şüphe yoktu. Tekrar tek gözlüğünü yerleştirerek:

– Ne kadar talebeniz var? dedi.

– On üç kız, dört erkek çocuk, efendim.

– On yedi çocuk için bir mektep. Garip lüks! Sen binayı görecek misin Mümtaz?

– Mal meydanda. Ne hacet?

Maarif müdürü, grandiyöz[202] projesinden bahsederken mühendisin, yan yan bana baktığını fark ediyordum. Sonunda bana anlatmamak için gayet bozuk bir Fransızca ile:

– Aman azizim, bir bahane ile şunun yüzünü açtır, yüzünün rengi peçesinin altında yangın gibi yanıyor. Nereden düşmüş buraya? dedi.

Maarif müdürü, göründüğü gibi değilmiş; arkadaşının bu sözlerinden âdeta sıkıldı ve ötekinden daha fena bir Fransızca ile cevap verdi:

– Rica ederim azizim, mektepteyiz. Ciddi olunuz!

Müdür çenesinin altındaki pörsümüş deriyi lastik gibi uzatarak bir şeyler düşünüyordu. Birdenbire kararını vererek bana döndü:

– Efendim, ben bu mektebi kapatacağım.

Ben, şaşkın şaşkın:

– Niçin efendim, bir şey mi oldu? dedim.

– Efendim, böyle kepaze binada çocuk terbiye edilmez. Sonra talebe de az. Vilayette kaldığım müddetçe bütün gayretimi sarf edeceğim, köylerden birçoğunu ucuz, fakat zarif, sıhhi, modern, yani müceddet[203] mekteplere sahip etmeye çalışacağım. Şimdi bana lütfen izahat veriniz.

Bonjurunun cebinden şık bir karne çıkarmıştı. Mektebe ait bazı malumat isteyerek kaydetti, sonra:

– Size gelince, efendim, dedi. Sizi başka münasip bir yere tayin ederim. Mektebin kapanma emrini alınca B...'ye gelirsiniz, icabına bakarız. İsminiz lütfen?

---

202 "Fr. grandiose" görkemli
203 yeni

– Feride.

– Efendim, Avrupa'da güzel bir âdet vardır. Baba adını da ilave ediyorlar. Daha muvazzah[204] bir isim olur. Siz muallimler, bu yenilikleri tatbik edivermelisiniz. Faraza künye defterine talebenizi, Melahat babası Ali Hoca, diye yazacağınıza, Mehalat Ali deyiverirsiniz, olur biter. Anlaşıldı mı, efendim? Pederinizin ismi?

– Nizamettin.

– Efendim, size Feride Nizamettin diyeceğiz. Bu şekil size birdenbire garip görünür, ama alışırsınız. Nereden mezunsunuz?

Mektebimi söylemeye çekindim. Çünkü Fransızca bildiğim anlaşılırsa mühendis biraz evvelki sözleri için belki bozulacaktı. Onun için sadece; "Hususi tahsil gördüm efendim" dedim.

– Dediğim gibi B...ye geldiğiniz vakit beni ziyaret edersiniz. Size münasip bir yer ararız. Haydi Mümtaz, programda daha iki köy var.

Talebe sıralarından birine oturarak uzun, ince bacaklarını sallayan mühendis yine o güzelim Fransızcasıyla sırnaştı:

– Bu fevkalâde bir parça. Beni bırak da sen git. Bir çare bulup mutlaka yüzünü açtırmalıyım.

Maarif müdürü, yeniden telaşlandı, bana bir şey sezdirmemek için Türkçe:

– Vaktimiz var. Raporunuza sonra yazarsınız. Haydi buyurun, dedi ve yürüdü.

---

204 açık, açıklanmış

Mühendis sokak kapısının önünde duruyor, binanın damını, pencerelerini muayene eder gibi bakınıyor, aydınlığa çıkmamı bekliyordu.

İnadıma arkamı döndüm ve bir şeylerle meşgul göründüm.

Adamcağız, bahçeyi geçerken, bir iki kere daha başını çevirdi. Sokak kapısından çıktıktan sonra tahta havalenin kenarını takip ediyor, ara sıra ayaklarının ucunda yükselerek içeriye bakıyordu.

Havadis çabucak köyün içine yayılmıştı. Cuma olmasına rağmen çocuklar, çocuk anaları mektebe koşuyorlar, mekteplerinin kapanmasından pek müteessir görünüyorlardı. Mektep gibi kendime karşı da yabancı ve hissiz sandığım çocukların ağlayarak elimi öpmeleri bana çok dokundu.

Hatice Hanım, başına kocaman bir çatkı çatarak odasına çekildi. Ben de, müşkül vaziyete düşüyordum ama, doğrusunu söylemek lâzım gelirse bu işte asıl yanan o biçare oldu.

Akşamüstü muhtarın karısı ile Ebe Hanım tekrar mektebe geldiler. İkisi de müteessirdi. Hele Ebe Hanım, bana manalı bakışlarla içini çekiyor:

– Benim başka niyetim de vardı ama, Cenab-ı Hak yardım etmedi, diyordu.

Bu teessüre benim de yapmacık bir teessürle mukabele etmem lâzımdı. Gözlerimi önüme indirerek:

– Ne yapalım Ebe Hanım, kısmet değilmiş, diye cevap verdim.

Hâsılı, bu tek gözlüklü, minimini efendi, bir sözle Zeyniler'i altüst etti. Köylülerin ağzını bıçak açmıyor.

Yeryüzünde Zeyniler'den daha kötü bir köye düşmenin mümkün olmadığını bildiğim hâlde bu teessür, bana sirayet ediyor. Yalnız, Munise müstesna[205]. O yaramaz, sevincinden uçuyor: "Ne vakit gideceğiz, abacığım, iki güne kadar gider miyiz? diye kuş gibi çırpınıyor.

Zeyniler, 3 Mart

Yarın yola çıkıyoruz.

Munise, ilk günlerde pek seviniyordu. Fakat dünden beri onda tuhaf bir neşesizlik baş göstermeye başladı.

Ara sıra gözlerini uzaklara dikerek düşünüyor, sorduğum şeylere dalgın dalgın cevap veriyordu:

– Munise, benimle gitmek istemiyorsan seni bırakayım, dedim.

Hemen cevap verdi:

– Allah esirgesin, abacığım, kendimi kuyuya atarım.

– Kardeşlerinden ayrılacağına üzülüyor musun?

– Üzülmüyorum, abacığım.

– O hâlde babanı göreceğin gelecek!

– Babama acırım ama o kadar sevmem abacığım.

– Peki, öyleyse derdin ne?

– ......

Gözlerini indirerek susuyor, daha ısrar edersem yalandan gülmeye, boynuma sarılmaya başlıyor. Fakat ben, bu yalancı neşeye inanmıyordum. Munise'nin asıl sevincini ben bilmez miyim? Maamafih, bu berrak çocuk gözlerinde her zaman

---

205 hariç, dışında

bir parça hüzün bulmuştum. O kadar söyletmeye çalışmıştım. Bütün emeklerim boşa gitmişti.

Bir gün bir tesadüf, bana bu çocuk kalbinin gizli derdini öğretti. Akşama doğru bir aralık, Munise ortadan kaybolmuştu. Halbuki tam bu saatte kendisine ihtiyacım bulunduğunu biliyordu. Yol hazırlığı için bana yardım edecekti.

Birkaç defa çağırdım. Cevap gelmedi. Mutlaka bahçede olacaktı. Pencereyi açtım, "Munise, Munise!" diye seslendim.

İnce sesiyle uzaktan, Zeyni Baba'nın türbesi yanından:

"Efendim, şimdi geliyorum! diye cevap verdi.

Yanıma geldiği vakit, tek başına, niçin oralarda dolaştığını sordum. Cevap verirken şaşırıyor, manasız bahaneler göstererek, beni aldatmaya çalışıyordu.

Dikkatle yüzüne baktım. Gözleri kıpkırmızıydı. Hafifçe solmuş yanaklarında yeni kurumuş gözyaşı izleri vardı. Birdenbire telaşlandım. Orada ne yaptığını, niçin ağladığını söyletmek için, sıkıştırmaya başladım. Bilekleri ellerimin içinde, yüzünü gizlemek için boynunu çevriyor, dudaklarında hafif bir titreme ile sukût ediyordu.

Ben, mutlaka söyletmeye azmetmiştim. Eğer hakikati benden gizlerse onu burada bırakacağımı söyledim. O vakit tahammül edemedi. Büyük bir günahı itiraf eder gibi, başını önüne eğerek utana utana söyledi:

– Annem beni görmeye gelmiş. Gideceğimi duymuş da... Darılma bana abacığım.

Bu büyük günahı söylerken bütün vücudu titriyor, gözleri yaşla doluyordu.

Anladım küçük, minimini gönlünün acısını, benden ümit edeceğinden çok daha iyi anladım.

Yüzüne düşmüş saçlarını düzelterek, yavaş yavaş çenesini okşayarak halim[206], sakin bir sesle:

– Bunda korkacak, ağlayacak ne var? Annen değil mi, elbete göreceksin, dedim.

Biçare; hâlâ inanamıyor, korka korka gözlerime bakıyor; herkesin nefretle, lanetle andığı bu kadını sevmediğine beni inandırmak için, çocukça sebepler arıyordu. Fakat, onu öyle seviyor, öyle yana yana seviyordu ki...

– Çocuğum, eğer anneni sevmiyorsan ben seni çok ayıplarım, dedim. Anne sevilmez mi hiç? Haydi koş, onu çevir. "Abam mutlaka seni görmek istiyor" de. Ben türbenin yanına geliyorum.

Munise, dizlerime sarılarak eteklerimi öptü, sonra koşa koşa bahçeye gitti. Bu yaptığım, büyük bir ihtiyatsızlıktı, biliyorum. Eğer bu kadınla görüştüğümü duyacak olurlarsa, fena şeyler söyleyecekler, belki de burada ismimi lanetle anacaklardı. Fakat olsun...

Türbenin altındaki ağaç kümesi içinde onları bir hayli bekledim. Kadıncağız, epeyce uzaklaşmış, Munise onu yolundan çevirmek için sazların öte tarafına koşmuş olacaktı.

Nihayet, göründüler. Onların ana, kız yan yana gelişleri öyle hazin, öyle hazin bir şeydi ki... Birbirlerinden çekinir, utanır gibi ayrı ayrı yürüyorlar, çamurlara batıyor gibi yaparak, gecikiyorlardı. Bu kadına muhabbetle, şefkatle dolu

---

206 yumuşak

bir şeyler söylemeye hazırlanmıştım. Fakat, nedense karşı karşıya geldiğimiz zaman, birbirimize söyleyecek söz bulamadık.

Uzun boylu, narin yapılı bir kadıncağızdı. Arkasında yamalı bir eski çarşaf, yüzünde peçe yerine mor bir yemeni, ayağında topukları kopmuş, sırsıklam, yırtık iskarpinler vardı. Birinden korkuyor gibi titrediğini hissediyordum. Mümkün olduğu kadar sakin, heyecansız görünmeye çalışarak:

– Yüzünüzü açsanıza, dedim.

Küçük bir tereddütten sonra peçesini kaldırdı. Çok taze olduğu belliydi. Nihayet otuz, otuz beş yaşlarında. Fakat sarışın çehresi öyle yorgun, öyle yıpranmıştı ki...

Böyle kadınları ben, çok boyalı diye bilirdim. Halbuki yüzünde boyadan eser yoktu. En ziyade içime dokunan şey Munise'ye çok benzemesi oldu. Birdenbire bana öyle geldi ki Munise büyümüş, bu yaşa gelmiş. Sonra, sonra...

Çocuğu gayriihtiyari bir hareketle omuzlarından tutarak dizlerime doğru çektim. Göğsüm derin nefesle şişiyor, gözlerim doluyordu. Üstüme aldığım büyük, çok büyük bir vazifeydi. Fakat ben, bunu yapacak, Munise'yi güzel ahlâklı mesut bir kadın olarak yetiştirecektim. Ömrümün en büyük tesellisi bu olacaktı. Zihminden geçen şeyleri o da benimle bareber düşünüyormuş gibi, dedim ki:

– Hanımcığım, görüyorum ki talih size bu küçük kızı elinizde büyütmek bahtiyarlığını nasip etmemiş. Ne yapalım, dünya bu! Şunu size söylemek isterim ki, gönlünüz rahat etsin. Ben onu bağrıma bastım. Kendi kızım gibi büyüteceğim. Hiçbir şeyden mahrum etmeyeceğim.

İlk defa söz söylemeye cesaret etti:

– Biliyorum küçük hanım. Munise, bana söylüyordu.Ara sıra yolum düştükçe onu görmeye geliyordum. Allah sizden razı olsun.

– Demek, Munise'yi görüyordunuz?

Küçük kollarını belime dolayan Munise'nin tekrar titremeye başladığını hissettim. Yeni bir kabahati tutulmuştu. Demek gizli gizli anasını görüyormuş. Sonra, daha hazini, bu görüşmeleri benden gizlediğini kadına söylemeye nedense utanmış.

– Eğer burada kalmış olsaydık, çocuğu her zaman size gösterirdim, dedim. Halbuki ben yarın B...ye hareket ediyorum. Oradan nereye gideceğim belli değil. Yüreğiniz rahat olsun, hanımcığım. Ona ana olacağım diyemem. Çünkü annenin yerini hiçbir şey tutamaz. Fakat iyi bir abla olmaya çalışacağım.

Aşağıdaki sazlıkta bir adamın dolaştığını gördük. Bu, benim talebem Cafer Ağa'nın babasıydı. Sık sık batalıkta yaban ördeği avlamaya gelirdi.

Munise'nin annesi, birdenbire telaşlandı:

– Gideyim hanımcığım, dedi, beni sizin yanınızda görmesinler.

Bu söz, zavallı kadında, ince bir ruh olduğunu gösteriyordu. Zaten halinden, tavrından, yüzündeki manalardan da anlamıştım. İlk tahminim doğruydu. Munise, yüzü gibi ruhunun inceliğini ve kibarlığını bu talihsiz anneden almıştı. Kadıncağızın beni dedikodudan korumak için gösterdiği telaş âdeta kibrime dokundu. Onda iyi bir his bırakmadan ayrılmak istemiyordum. Dedikodulara hiç ehemmiyet vermediğimi göstermek için:

– Niçin acele ediyorsunuz? Bir parça daha kalmaz mısınız? dedim.

Zavallı kadın derin bir minnetle ellerime bakıyor, onları öpmek için dudakları titriyordu. Fakat bana dokunmaya cesaret edemediği belliydi.

Son fırtınanın devirdiği cılız bir kavak ağacının gövdesine oturduk, Munise'yi aramıza aldık. Şimdi söylemek sırası ona gelmişti. Zavallıcık hayatını bana anlatırsa daha hafifleyeceğini hissediyormuş gibi bir hararetle söylüyordu ve öyle düzgün konuşuyordu ki...

Bu kadının sade fakat hazin bir sergüzeşti[207] vardı. İstanbul'da Rumelikavağı'nda doğmuştu. Küçük bir memur olan babasıyla anası birbiri arkasına ölünce onu Bakırköy'de kibar bir aileye evlatlık vermişlerdi. Evin çocuklarıyla beraber büyümüş, hemen hemen bir küçük hanım muamelesi görmüştü. On beş on altı yaşına geldiğinde ona âdeta iyi kısmetler çıkmaya başlamıştı. Fakat o hiçbirisini istemiyor, hepsine bir bahane buluyordu. Çünkü onun bir sevdiği vardı: Evin küçük beyi, o vakit Harbiye Mektebi'ne giden, bıyıkları henüz terlemiş bir genç. Gerçi bir ümidi yoktu, ne olsa bir evlatlık parçası olduğunu biliyordu. Fakat hafta başlarında onun yüzünü görmeyi, sesini işitmeyi şimdilik kâr sayıyordu.

O sırada Büyük Efendi, B...ye defterdar olmuş ve aile, yalnız Harbiyeli oğlunu İstanbul'da bırakarak takımıyla buraya göç etmiş.

207 macera

B...de genç mektepliyi görmeden geçen dört ay, onu dört senelik bir ayrılık kadar çıldırtmış ve nihayet küçük bey yaz tatilini geçirmek için ailesinin yanına gelince...

Çok geçmeden macera duyulmuş. Beyefendi, hanımefendi, küçük hanımlar hep birden onun üstüne yürümüşler ve onu artık evde tutmak istemeyerek buraya yakın köylerden birine bir ihtiyar kadının yanına göndermişler. Munise'nin dört yaşında kuşpalazından ölen ablası orada dünyaya gelmiş. Bu hâlde bir kızı, elinde çocuğu ile kim kabule razı olur? Nihayet o, ağlaya sızlaya ihtiyar bir orman memuruna varmaya razı olmuş. İlk zamanlar bir şey söylemiyor, talihine razı oluyormuş. Fakat, kocası bu Zeyniler köyüne de yerleştikten sonra ona ağır, dayanılmaz bir can sıkıntısı basmış. Karanlık odasında bunalıyor, günden güne sararıp soluyormuş.

Zavallı kadın, bunları anlatırken hâlâ kendini o ağır karanlığın içinde görür gibi gözlerine, vücuduna bir yorgunluk çöküyordu.

İşte bu sıralarda eşkıya takibi için köye bir jandarma kolu gelmiş. İki üç hafta, sazlığın karşısında çadır kurup oturan bu askerlerin genç zabiti onu takibe başlamış. Kadın da nasılsa şeytana uymuş ve kocasını, çocuğunu bırakarak zabitle beraber kaçmış...

Bu sade hikâye, bilmem neden, bana çok tesir etti. Akşam yaklaşıyordu. Munise'yi annesiyle yalnız bırakarak mektebe doğru yürümeye başladım. Belki de artık birbirini göremeyecek olan bu iki insanın bu ayrılık dakikasında birbirlerine söyleyecek bir şeyleri olurdu. Yahut da benim gözümün önünde istedikleri gibi kucaklaşıp ağlayamazlar, içlerinde bir hicran yarası kalırdı.

Mezar taşları üzerinden atlayarak mektebe dönerken derin derin düşünüyordum. Munise, ben seni asıl kimsesizliğin, yapayalnızlığın için sevmiş, sana daima acımıştım. Maamafih, bu dakikada seni kıskanıyorum. Senin sefil, düşkün bir kadın, fakat ne de olsa bir anne olan anneni kıskanıyorum. Sen doğduğun, büyüdüğün yerlerden ayrılırken gözlerinde bir anne bakışının hatırasını, dudaklarında anne yaşlarının acı lezzetini götürecektin.

B..., 20 Mart

Bu sabah, Zeyniler Köyü'nden getirdiğim evrakı çantama doldurarak maarif müdürüyetine gittim. Munise'yi uykuda bırakmıştım. Vakit erkendi, daire yeni açılıyordu, tek tük gelen memurlar mahmur mahmur kahve, nargile içiyorlardı.

Kırmızı kuşaklı başkâtibin yerinde şimdi kıvırcık kara sakallı, yağlı yakalı bir efendi oturuyordu. Hademelerden birine sordum. Maarif müdürü ile beraber başkâtibin de değiştiğini, iş için bu sakallı efendi ile konuşmak lâzım geldiğini söyledi.

Yanına yaklaşarak selam verdim. Maarif Müdürü Bey'in emriyle kapanan Zeyniler Mektebi muallimi olduğumu, mektebin evrakını teslime geldiğimi söyledim:

Başkâtip, biraz düşündü:

– Ha evet, dedi, pekâlâ. Azıcık dışarıda bekleyin de Müdür Bey gelsin.

Dairenin loş, basık sofasında tam üç saat müdürü beklemek lâzım geldi. Böyle yerlerde gelen geçen, insana dik dik bakıyor, hatta söz atanlar bile oluyor.

Pencerelerden birinin kenarına kırık bir merdiven dayamışlardı. Basamaklardan birine ilişerek beklemeye başladım.

Pencere, harap medrese avlusuna bakıyordu. Kolları sıvalı, mavi şalvarlı bir softa, şadırvanın kenarında zerzevat ayıklıyor, dalları yanımdaki pencerenin içine kadar giren kocaman bir çınarın üstünde serçeler oynaşıyorlardı.

Dirseklerim dizlerimde, çenem ellerimin içinde, düşünüyordum.

Dün sabah bu vakit daha Zeyniler'den ayrılmamıştım. İrili ufaklı bütün talebelerim kayalığın üstendeki araba yoluna kadar beni selametlemeye gelmişlerdi. Ne arsız gönlüm var benim? Etrafımdaki insanları ne kadar çabuk seviyorum. Aziz eniştemin tuhaf bir sözü vardı. Ara sıra beni ellerimden tutarak:

– Ah, benim yapışkan kızım, evvela insanı yadırgarsın, kaçarsın; sonra çam sakızı gibi öyle bir yapışırsın ki, derdi.

Adamcağızın hakkı varmış. Bu çocukların hepsine acıyordum. Güzellerine güzel, çirkinlerine çirkin, sefillerine sefil oldukları için. Böyle her ayrıldığım yerde kalbimin bir parçasını bırakırsam âlâ!

Zavallılar birer birer elimi öptüler. Çoban Mehmet, Zehra ile, bana yeni doğmuş bir keçi yavurusu göndermiş. Adamcağızın hediyesi öyle yüreğime dokundu ki... Henüz gözleri açılmamış olan bu yavrucağı Munise'nin kucağına verdim.

Çekçek arabasının yanık sesiyle çıngırakları boş sahra[208] için-de titremeye başladı. Yavaş yavaş Zeyniler'den uzaklaştık. Çocuklara, siyah renkli taşların içinde kayboluncaya kadar Munise ile beraber arkalarından mendil salladık.

Arabanın otel kapısında durması, Hacı Kalfa'nın yine meraklı bir zamanına tesadüf etmişti.

İhtiyar adam, ağzında bir karaciğerle kapıdan fırlayan kocaman bir kediyi kovalıyordu. Elindeki nargile marpucunu kamçı gibi sallayarak, "Dur, gâvurun kedisi, derini yüzerim!" diye bağırarak yanımdan geçerken", "Hacı Kalfa" diye seslendim.

Sesin nereden geldiğini birdenbire anlayamayarak durdu, arabanın içinde beni görür görmez kollarını kaldırıp sokağın içinde avazı çıktığı kadar, "Vah, iki gözüm hocanım!" diye bağırdı.

Adamcağızın sevinci görülecek şeydi. Ağzında ciğerle karşıki viranenin duvarlarına tırmanmaya çalışan kediye, neşeli neşeli,

– Var, güle güle zıkkımlan, telaş etme. Helal olsun, diye bağırdıktan sonra yanıma geldi.

Hacı Kalfa, o kadar memnundu ki, kucağında keçisiyle beni takip eden Munise'yi ancak otelin ikinci katında fark etti:

– Vay hocanım, bu da kim, nereden çıktı? diye sordu.

– Benim kızım, Hacı Kalfa, dedim. Senin haberin yok, ben, Zeyniler'de evlendim, şimdi bir kızım var.

Hacı Kalfa, Munise'nin çenesini okşayarak:

---

208 kır

– Söyleyene bakma, söyletene bak. O da olur inşallah. Kız da kız dediğine değer ha! Tosun gibi, dedi.

Güzel bir tesadüf eseri olarak mavi kuşlu odam yine boşmuş. Buna çok sevindim, akşam, Hacı Kalfa beni zorla evine yemeğe götürdü.

Yorgunluğumu bahene ederek gitmek istemedim. İhtiyar adam bana âdeta emir veriyor:

– Şuna bak hele, sen altı ay yayan yürüsen, benzin bile solmaz, tövbe olsun, diyordu.

*
* *

Bunların hepsi güzel, hepsi âlâ. Fakat, beni düşündüren başka bir mesele var. Dün akşam, yatmadan bir hesap yaptım, o kadar tuhaf bir netice çıktı ki inanamadım. Bir kere de aynı hesabı parmaklarımla tekrar ettim. Maalesef doğruydu. Bu netice, çok acıklı olmakla beraber gülmekten kendimi alamadım. Ben, şimdiye kadar kendi gayretim, kendi çalışmam sayesinde geçindiğimi zannediyordum. Halbuki elimdeki parayı sarf etmekten başka bir şey yapmamıştım.

Zavallı Gülmisal Kalfacığım, yanımda epeyce bir para bulundurmadan yabancı bir memlekete gitmenin doğru olmadığını söylemiş, annemin elmaslarından birini satarak parasını ayrı bir kese içinde elime teslim etmişti.

Şimdiye kadar birçok masrafım olmuştu. Öyle ya, bu kadar zaman açıkta kalmıştım. Sonra yol paraları da epeyce tutuyordu. Fazla olarak fakir bir köy hocasından başka bir şey olmadığımı da düşünmemiştim. Etrafımda sefil, aç bir insan gördüğüm zaman ufak tefek muavenetlerde bulunmayı vazife bilmiştim. Fakat insanlar, sahi, insafsız mahlûklar. Bendeki yüz yumuşaklığından alınmış cesaretle etrafımda açılan eller, hele son zamanlarda o kadar çoğalmıştı ki...

Tabii, ne tuttuğunu hâlâ bugün de pek iyi bilmediğim birkaç kuruş aylığım bütün masraflarımı karşılayamazdı. Daha fenası, bu aylıklardan ikisini de henüz almaya muvaffak olamamıştım.

İşte bu fevkalâde ihtiyaçlar karşısında her başım sıkıştığında bu keseye el atmıştım. Fakat şimdi bu zavallı torbacık da öyle hafilemişti ki, içindekilerini saymaya cesaret edemiyordum. Demek, beş ayın bütün macerasına, bütün yorgunluklarına rağmen beni yaşatan yine ailemin yardımı olmuştu.

Pencereden giren çınar yapraklarıyla oynayarak bunu düşünürken hem güleceğim hem de ağlayacağım geliyordu. Maamafih, yine bir teselli icat ettim:

"Üzülme Çalıkuşu, hiçbir şey kazanamadınsa, geçinmek, yaşamak ve tahammül etmek ne olduğunu da mı öğrenmedin? Bu az kazanç mı? Bundan sonra artık çocukluğu bırakır, kadın kadıncık olursun kızım!" dedim.

Ben, böyle düşünürken boş sofada birdenbire bir telaş uyandı. İhtiyar bir hademe bir elinde bir palto, bir elinde bir baston ile maarif müdürünün odasına doğru koşuyordu.

Birkaç dakika sonra minimini boylu müdürün azametli boynunu yükseltip tek gözlüğünü parlatarak merdivenden çıktığını gördüm. Arkasından odaya girecektim. Biraz evvel müdürün paltosuyla bastonunu götüren sakallı hademe karşıma dikildi:

– Dur be hanım, beyefendi nefes alsın. Acelen ne? Ananın karnında dokuz ay nasıl bekledin? diye bana çıkıştı.

Böyle muamelelere yavaş yavaş alışmıştım, onun için müteessir olmadım. Hatta, bilâkis, halim bir sesle:

– Kuzum baba, beyefendi kahvesini içtikten sonra haber ver. Beklediğiniz muallime gelmiş de, diye rica ettim.

Maarif müdürü, beklemiyordu. Fakat öyle söylersem hademenin belki daha fazla gayrete geleceğini düşünüyordum. Ne yaparsınız bu kurnazlıkları öğrenmek lâzımdı.

İhtiyar hademe, üç beş dakika sonra tekrar odadan çıktı. Siyah çarşafımla beni birdenbire fark edemeyerek söylenmeye başladı:

– Nerede o kadın? Hay Allah, hem adamın iki ayağını bir pabuca sokar, hem kaçar.

– Darılma baba, buradayım. Gireyim mi?

– Haydi, gir bakalım, senin de gönlün olsun.

Müdür, başı açık, dudağının ucunda kocaman bir puro ile makamında oturuyor, köşedeki bir koltuğa gömülmüş yaşlı bir zata küçücük vücudundan umulmayacak kadar çatlak, cüretli bir sesle bir şeyler söylüyordu:

– Efendim, ne memleket, ne memleket! Dünyanın israfını yaparlar da kendilerine bir kartvizit bastırmazlar. Seksen kişi sizi görmek istediğine dair kapıdan hademe ile haber gönderir. Hademe doğru dürüst isimlerini söyleyemez, bir keşmekeştir gider. Ben, idarede Deli Petro sistemine taraftarım. Memurları yalnız resmi hayatlarında değil, hususi hayatlarında da takip etmeli; yedikleri, içtikleri şeye, oturdukları, gezdikleri yere, elbiselerine müdahale etmeli. Gelir gelmez mekteplere bir tamim gönderdim. Asgari iki günde bir tıraş olmayacak, ütüsüz pantolon, yakasız gömlek giyecek muallimlerin azledileceklerini söyledim. Dün mekteplerden birini teftişe gidiyordum. Kapının önünde bir muallime rastladım. Tanımazlıktan gelerek: "Git, muallime haber ver, maarif müdürü geldi, de!" dedim.

– Efendim, muallim bendenizim, diye cevap verdi.

– Hayır, sen bir hademe olmalısın. Çünkü bu kıyafette muallim olamaz, ben bu şekilde giyinmiş bir muallime tesadüf edersem kolundan tuttuğum gibi sokağa atarım.

Herif taş gibi dondu kaldı. Arkama bakmadan içeri girdim. Şimdi, yarın yine o mektebe gideceğim. Bu adamı aynı hâlde görürsem derhal azledeceğim.

Söze başlamak için müdürün susmasını bekliyordum. Fakat onda öyle bir teşebbüs yoktu; gittikçe coşarak esip savurmaya devam ediyordu:

– Evet efendim, geçenlerde mekteplere tamim gönderdim: "Muallime ve muallimler mutlaka bir kartvizit bastırmalı. Kartsız olarak makama vuku bulacak müracaatlar kabul edilmez!" dedim. Fakat kime anlatırsın?

Birdenbire sert bir tavırla bana döndü:

"Bahse girerim ki Muallime Hanım da bu tamimi almıştır. Fakat buna rağmen yine kartsız müracaat ediyor. Yine hademenin ağzında: "Siz bir hanım çağırmışsınız, o geldi!" teranesi. Kim? Hangi hanım? Sarı çizmeli Mehmet Ağa.

Hayretten donakaldım. Demek bütün bu sözler bu hiddet bana karşı. Benim kartsız içeri girmek istediğim için!

– Ben sizden emir almadım efendim, diyebildim.

– Nasıl olur? Siz nerede hocasınız?

– Geçen hafta gelmiştiniz. Zeyniler köyü muallimesi. Kapanmasını emrettiğiniz mektep.

Maarif müdürü, kaşlarından birini kaldırarak düşündü:

– Ha, evet hatırladım, ne yaptınız, muamele bitti mi?

– Emrettiğiniz gibi oldu efendim, söylediğiniz evrakı da getirdim.

– Peki başkâtibe teslim edin, tetkik etsin.

Kirli yakalı başkâtip, beni tam iki saat istintak etti[209]. Evrakı tekrar tekrar gözden geçiriyor: "Müteferrika[210] senetleri", "evrak-ı müsbite[211]", "lüzum müzekkeresi[212]", "beyanname sureti[213]", falan diye birçok anlayamadığım şeyler soruyor, ihtiyar heyetinden getirdiğim mazbatalara[214] itiraz ediyordu.

Ben, ikide birde şaşırdıkça onun öyle bir dudak bükmesi, "Sözde bunlar da hoca!" diye bir hakaret etmesi var ki... Yanlış battal edilmiş[215] bir senet pulu için beni âdeta ağlatacaktı.

Sonra, bir mesele daha çıkardı. Bilmem kaç yıl önce bir muallimeye dam tamiri için iki yüz elli kuruş vermişler, onun senedi yokmuş. "Niye bu paranın mahsubu yapılmamış? Senet nerede? Bulamazsan mahkemeye gidersin!" diye ter ter tepiniyordu.

---

209 sorguya çekmek
210 küçük giderler için ayrılan para
211 ispatlayı belgeler
212 makama yazılan yazı
213 resmi kuruluşa verilen açıklama yazısı, bildiri
214 tutanak
215 kullanılmaz

Ben:

– Beyefendi, yapmayınız, ben oraya gideli yarım sene bile olmadı, diye anlatacak gibi oluyor, fakat bir türlü lakırdı anlatamıyordum.

Nihayet:

– İlallah efendim, illalah efendim. Ben böyle rezalete gelemem efendim. Benim deli olmaya vaktim yok efendim, diye söylenerek kâğıtları aldı, maarif müdürünün yanına girdi.

Bulunduğum odada biri sarıklı, öteki, bıyıkları henüz terlemiş iki kâtip daha vardı, masalarının başında kendi işleriyle meşgul görünüyorlar, bizimle hiç alakadar olmuyorlardı.

Başkâtip hiddetle odadan çıkınca bu iki efendi birdenbire yerlerinden fırladılar, müdürün odasına bitişik olan kapıya kulaklarını koyarak dinlemeye başladılar.

Fakat kâtiplerin bu zahmeti beyhudeydi. İki dakika sonra müdürün, değil bizim odadan, belki sokaklardan bile işitilecek bir sesle bağırmaya başladığı duyuldu.

Sarıklı kâtip sevincinden, genç kâtibin sırtına vuruyor:

– Allah senden razı olsun Müdür Bey, şu teresi bir kalayla, dinsizin hakkından imansız gelir, diyordu.

Maarif müdürü başkâtibe şöyle söylüyordu:

– Bıktım efendim senden, bıktım senden. Bu, ne şekilperestlik, bu ne küflenmiş kırtasiyeci kafası. Hakkı var kadının. Sana kaç senelik senedi yaratacak hali yok ya. Aklın ermiyorsa git, çık git. İstediğin yere kadar yolun açık. Zaten sen gitmesen, ben seni taburcu edeceğim. Hay, hay, derhal yaz istifanı. Yazmazsan adam değilsin.

Eyvah, yüreğime iniyordu. Kâtiplere:

– Aman Efendiler, ben istemeden galiba bir felâkete sebep oluyorum. Gideyim, o hiddetle beni görmesin. Belki ağır bir şey söyler, dedim.

Sarıklı kâtip memnuniyetten oynacak bir hâlde idi:

– Yok hemşire hanım, yok, dedi. Aldırış etme. Müstahaktır o terese, ikide birde kendinden daha edepsiz biri çıkıp ağzının payını vermezse rahat etmez, it dişi, köpek dirisi. Allah senden razı olsun, o bu paparadan sonra birkaç gün sakinler, kendinin de kafası dinlenir, bizim de...

Ses kesilmişti: Kâtipler, hemen masalarına koştular. Hafız Efendi, kendi kendine:

– Bu meseldir; dinsizin hakkından imansız gelir, diye bir şeyler mırıldanıyordu.

Başkâtip, ayaklarıyla beraber sakalı da titreyerek içeri girdi. Başını çevirmeden yanlarına bakan kızlar gibi, gözlerinden birinin yan bir bakışıyla kâtipleri süzdü. Onlar öyle sakin ve müsterih[216] çalışıyorlardı ki, müsterih oldu, yavaş yavaş söylenerek yerine oturdu.

Maamafih çalışamıyordu. Birkaç kere uflayıp pufladıktan sonra yavaş sesle söylenmeye başladı.

– Elli yaşına gelmiş, bunca memuriyetlerde bulunmuş, muameleye bizim baş hademe kadar aklı ermiyor bu teresin. Kendi yarın cehnnem olur gider, kabak bizim başımıza patlar. Öyle ya, günün birinde başımıza bir müfettiş ekşise, muamelatı bir gözden geçirse: "Be herifler, siz eşek başı

216 rahat

mısınız? Bu iki yüz elli kuruşun mahsubu niçin yapılmamış? Sizin bu usulsüzlüğü niye gözünüz görmedi?" dese, herif hepimizi birden mahkemeye sevk etse hakkıdır. Hazine-i devlet hukukuyla oyun olur mu? Vallahi biz geberip gitmiş olsak, yüz sene sonra evlat ve ahfadımızdan[217] bu parayı tahsil ederler.

Kâtipler, başlarını defterlerinden kaldırmış, hürmetli bir dikkatle bu serin sözleri dinliyorlardı.

Başkâtip, havayı iyi bularak sordu:

– İşittiniz mi mendeburun yediği herzeleri?

Hafız hayretle başını kaldırdı:

– Hayrola, bir ses işittik ama, size miydi?

– Kısmen bana; ukala dümbeleği.

– Esef buyurmayın, dedi, onlar muamelata vakıf değillerdir. Zatıâliniz olmasanız üç günde bu dairenin altı üstüne gelir.

Bu sözleri hafız söylüyordu. Biraz evvel başkâtibin uğradığı hakarete çocuk gibi sevinen Hafız Efendi! Yarabbi, bunlar ne tuhaf insanlar!

Maamafih sarıklı kâtibin tahmini bir dereceye kadar doğru çıkmıştı. Başkâtip, geçirdiği fırtınadan sonra hayli yumuşamış ve sakinleşmiş görünüyordu.

Bir sigara yakıp dumanlarını iki tarafa savurarak:

– Adam sende, kim bu devlete hizmet etmiş de, "Bir Allah razı olsun" demişler, dedi ve beni daha fazla yormadan acele acele evrakı teslim aldı.

---

217 torunlar

Biraz sonra, kendi işim için ikinci defa olarak maarif müdürünün odasına girdiğim zaman, yorgunluktan dizlerim titriyor, gözlerim kararıyordu.

Müdür şimdi başka bir davanın peşindeydi. Türlü huysuzluklarla hademelere odasının tozlarını aldırıyor, duvardaki resimlerin yerlerini değiştiriyor ve ikide bir küçük bir el aynasında saçlarını, kravatını muayene ediyordu.

Hâlâ aynı köşede oturan ihtiyar efendi ile aralarında geçen bazı sözler bana bu hazırlığın sebebini anlattı: B...ye, Piyer For isminde bir Fransız gazetecisi gelmiş, maarif müdürü dün akşam vali tarafından verilen ziyafette bu muharrir ve karısı ile tanışmış. Piyer For çok enterasan bir adammış. Gazetesinde: "Yeşil B...de Birkaç Gün" serlevhası[218] altında bir seri makale yazacakmış.

Müdür, heyecanla anlatıyordu:

– Bugün saat üçte karı koca, ziyaretime gelmeyi vadettiler. Kendilerine mekteplerimizin bir ikisini göstereceğim. Gerçi bir Avrupalıya göğsümüzü gere gere gösterebilecek bir mektebimiz yok ama, bir politika yapacağız çaresiz. Herhâlde lehimizde yazı koparacağımızı umuyorum. Bereket versin ki, ben bulundum burada, yoksa bu ziyaret selefim zamanında olsaydı, Avrupa'ya rezil olduk gittiydi.

Ben hâlâ kapının yanında, paravanın bir köşesinde bekliyordum. Acele acele:

– Yine ne var, hanım? dedi.

– Muamele bitti, efendim.

– Pekâlâ, teşekkür ederim.

---

218 başlık

– !!!

– Teşekkür ederim, gidebilirsiniz.

– Bana başka bir emriniz olacaktı. Yeni bir memuriyet için.

– Evet, fakat şimdi açık yerim yok. Münhal[219] vukuunda[220] bir şey yaparız. İsminizi kaleme kaydettirin.

Maarif müdürü bunları keskin bir sesle acele acele söylüyor ve bir an evvel çekip gitmemi bekliyordu.

"Münhal vukuunda!"

Bu sözü İstanbul'da, maarif nezaretinde de birçok defalar işitmiştim ve manasını maalesef çok iyi biliyordum. Müdürün sinirli sesi bende tuhaf bir isyan uyandırmıştı. Dışarı çıkmak için kapıya bir adım attım, fakat o saniyede gözümün önüne bir hayal, oteldeki odamızda minimini keçisiyle oynayarak beni bekleyen Munise'nin hayali geldi.

Evet, ben şimdi eski Feride değildim. Hemen hemen ağır vazifeleri olan bir anneydim.

O vakit tekrar döndüm. Yağmur altında sokaklardan geçenlere el açan bir fukara gibi başım önüme düşmüş, sesimde bir korkak dilenci ahengiyle:

– Beyefendi, beklemeye vaktim yok, dedim. Söylemeye utanacağım, fakat müşkül bir vaziyetteyim. Eğer bana hemen bir iş vermezseniz...

Daha fazlasını söyleyemiyordum. Yeisimden, utancımdan göğsüm tıkanıyor, gözlerim yaşlarla doluyordu.

O, aynı titiz ve telaşlı tavrıyla:

---

219 açık bulunan, boş
220 olması, gerçekleşmesi

– Söyledim hanım, dedi. Açığım yok. Yalnız "Çadırlı"da bir köy mektebi var ama, karışmam. Berbat bir yer diyorlar. Çocuklar köy kahvesinde okuyorlarmış. Muallim için de yatıp kalkacak yer yokmuş. İşinize gelirse tayin edeyim veyahut daha iyi yer isterseniz, beklersiniz.

– ....

– Haydi, efendim, cevabınızı bekliyorum.

Bu Çadırlı'nın Zeyniler'den daha fena bir köy olduğunu zaten işitmiştim. Fakat aylarca buralarda sürünmekten, türlü hakaretlere uğramaktansa kabul etmek daha iyi olacaktı.

Başımı önüme eğdim, nefes gibi hafif bir sesle: "Peki, kabule mecburum" dedim.

Fakat maarif müdürü cevabımı işitmedi. Çünkü bu dakikada kapı birdenbire açılmış, dışarıdan biri, "Geliyorlar" diye seslenmişti.

Maarif müdürü, redingotunu ilikleyerek kapıdan fırladı. Benim için çekilip gitmekten başka iş kalmamıştı. Fakat kapıdan çıkacağım sırada onun Fransızca, "Giriniz, rica ederim." dediğini işittim.

Dışarıdan evvela kalın mantolu bir genç kadın girdi. Yüzünü görünce hafif bir hayret feryadını menedemedim. Gazetecinin karısı benim eski sınıf arkadaşlarımdan Kristiyan Varez'di.

Kristiyan, bir tatilde, ailesiyle beraber Fransa'ya gitmiş, orada kuzenlerinden genç bir gazete muharririyle evlenerek bir daha geri dönmemişti.

Arkadaşım birkaç sene içinde inanılmayacak kadar değişmiş, kerli ferli bir kadın olmuştu. Sesimi işitince başını çevirdi ve yüzümdeki peçeye rağmen bir anda tanıdı:

– Çalıkuşu, benim küçük Çalıkuşum, sen burada, ah, ne tesadüf!

Kristiyan, beni en çok seven arkadaşlarımdandı. Ellerimden tutarak beni odanın ortasına çekti. Yarı zorla peçemi açtı ve yanaklarımdan öpmeye başladı. Henüz görmeye muvaffak olamadığım kocası ve bahusus[221] maarif müdürü, kim bilir, ne kadar şaşırmışlardı.

Ben, onlara arkamı çeviriyor, gözlerimdeki yaşları göstermemek için yüzümü arkadaşımın omzuna saklıyordum.

– Ah Çalıkuşu, her şey aklıma gelirdi, fakat seni böyle simsiyah bir alaturka çarşafla ve gözlerinde yaşlarla burada bulacağımı ümit etmezdim.

Yavaş yavaş kendimi toplamıştım. Gizli bir hareketle tekrar peçemi kapamak istedim. Fakat o, mani oldu. Zorla beni kocasına döndürerek:

– Piyer, sana Çalıkuşu'nu takdim edeyim, dedi.

Piyor For, uzun boylu, güzel çehreli, kumral bir adamdı. Fakat biraz delişmendi, yahut da, ben hep lakırdılarını tarta tarta söyleyen ağırbaşlı insanlar arasında yaşaya yaşaya adamcağızı öyle görecek hale gelmiştim.

Gazeteci, elimi öptü ve eski bir bildikle konuşur gibi:

– Matmazel, çok bahtiyarım, dedi. Bilir misiniz, biz hiç yabancı değiliz. Kristiyan, sizden o kadar çok bahsetti ki... Hatta o, sizi takdim etmeseydi de ben Çalıkuşu'nu tanıyacaktım. Mektepte arkadaşlarınız ve hocalarınızla beraber çıkmış bir grup fotoğrafınız vardır. Orada çenenizi Kristiyan'ın omuzuna dayamıştınız. Görüyorsunuz ya, sizi ne kadar tanıyorum.

---

221 özellikle

Onlar maarif müdürünü tamamıyla unutmuş gibi benimle konuşmaya başlamışlardı. Bir aralık başımı çevirecek oldumdu. Öyle bir manzara gördüm ki, başka yerde olsam kahkahalarla gülerdim. Misafirlerle beraber odaya birtakım yabancılar da girmişti. Bunlar, maarif müdürü, en önde ve ortada olmak üzere etrafımızda bir yarım daire çevirmişler, ağızları hayretten bir karış açılmış, meraklı bir hokkabaz hüneri seyreden köylüler gibi benim Fransızca konuştuğuma bakıyorlardı.

Daha garibi, aralarında Zeyniler'e gelen uzun boylu nafia mühendisi de vardı. Sonradan bu efendinin, misafirlere mihmandarlık ettiğini anladım. Adamcağız, nihayet muradına ermiş, yüzümü görmüştü. Bununla beraber, köyde benim için maarif müdürüne Fransızca söylediği sözleri hatırladıysa herhâlde biraz sıkılmış olacaktır.

Artık olan olmuştu. Eski bir sınıf arkadaşıma kendimi bu kadar düşkün bir vaziyette göstermek izzetinefsimi kırmıştı. Buna bir de manevi zillet manzarası ilave etmek istemeyerek yüksek sesle ve olanca cüret ve neşemle konuşmakta devam ediyordum.

Maarif müdürü, nihayet vaziyetteki tuhaflığı gördü. Minimini boyu ile gülünç bir revarans yaparak:

– Oturmanızı rica ederim, rahatsız olmayınız, diye koltukları gösterdi.

Bana artık çıkıp gitmek düşmüştü. Kristiyan'a yavaşça:

– Senden artık müsaade isteyeceğim, dedim.

Fakat o, çam sakızı gibi yapışıyor, bir türlü yakamı bırakmıyordu. Arkadaşımın ısrarını maarif müdürü de fark etti.

Biraz evvel bana o kadar soğuk ve fena muamele eden bu adam, derin bir hürmetle önümde eğilerek bir koltuk da bana ikram etti:

– Hanımefendi ayakta kalmayın, lütfen, dedi.

Çaresiz oturduk. Kristiyan, benim sırtımda babayani bir çarşafla burada bulunmamı bir türlü aklına sığdıramıyor, kocasına hitap ederek:

Bilmezsin Piyer, Feride ne enterasan bir kızdır, diyordu. İstanbul'un en asil ailesine mensuptur. O kadar zarif bir zekâsı, öyle güzel bir karakteri vardır ki... Onu burada görmek beni çok mütehayyir etti[222].

Arkadaşım beni methederken hem hoşlanıyor, hem utanıyordum.

Ara sıra gözlerim maarif müdürüne tesadüf ediyordu. Adamcağız hâlâ hayretten kendini kurtaramıyordu. Ya o saygısız nafia mühendisi! Odanın bir köşesine saklanmış beni göz hapsine almıştı.

Tabii, ona bakmıyordum. Fakat, hani bazen insanın yüzünde böcek dolaşır da tuhaf ürperme olur, onun gözlerinin de böyle bir böcek gibi yüzümde dolaştığını bakmadan hissediyor, rahatsız oluyordum.

Kristiyan'ın merakını yatıştırmak için, şu şekilde izihat vermeye mecbur oldum:

– Bütün bunlarda şaşılacak bir şey yoktur, herkesin bir şeye heves ettiği gibi, ben de hocalığa heves ettim. Gönlümün rızasıyla bu vilayette çalışmak, memleketin çocuklarına

---

222 şaşırttı

hizmet etmek istedim. Hayatımdan memnunum, herhâlde yelkenli kayık ile dünya seyahatine çıkmak kadar tehlikeli bir kapris değil. Şaşıyorum bunun ne kadar tabii bir şey olduğunu bir türlü anlamak istemiyorsun.

Mösyö Piyer For kuvvetli bir ses ve ukala bir tavırla:

– Ben anlıyorum matmazel, dedi. Ruhun böyle ince *élan*'larını[223] Kristiyan da şüphesiz çok iyi anlar. Fakat, birdenbire kendisini toplayamadı. Benim bundan çıkardığım netice şudur ki, İstanbul'da iyi bir garp terbiyesi görmüş bir yeni genç kızlar zümresi[224] vardı. Bunlar Loti'nin dezanşante'leri[225] gibi faydasız spleen'lerle[226] kendilerini harap eden nesilden bambaşka bir nesle mensupturlar. Onlar, aksiyon'u boş hayale tercih ediyorlar ve İstanbul'daki refah ve saadetlerini bırakarak kendi ihtiyarlarıyla[227] Anadolu'yu uyandırmaya geliyorlar. Ne güzel, ne ulvi[228] bir feragat[229] numunesi ve benim için ne bulunmaz bir makale mevzuu. Türklerin uyanışından bahsederken müsaadenizle sizin adınızı da zikredeceğim[230] matmazel Feride Çalıkuşu.

Telaşla:

– Kristiyan, kocanın benim adımı gazeteye geçirmesine müsaade edersen seninle dostluğu keserim, dedim.

Piyer For, kendimi saklamak istemek arzumu yanlış anladı:

---

223 "Fr." hamle, sıçrayış
224 topluluk
225 "Fr. desenchante" memnuniyetsiz
226 "İng. spleen" huysuzluk
227 seçim
228 yüce
229 hakkında vazgeçmek
230 ismini söylemek, anmak

– Bu tevazu da çok güzel matmazel, dedi, sizin gibi bir genç kızın arzularına itaat etmek bir vazifedir. Memleketin hangi bahtiyar mektebinde hoca olduğunuzu sorabilir miyim?

Dedim ya, artık olan olmuştu. Maarif Müdürü'ne döndüm, Türkçe olarak:

– Bendenize teklif ettiğiniz mektep neresiydi? dedim. Çadırlı Köyü'nü buyurmuştunuz galiba...

Piyer For, karnesine dayanarak:

– Durunuz, durunuz, dedi, nasıl söylediniz: Çağırla, yoksa Çanırlı? Matmazel, vilayet içindeki gezintilerimiz arasında fırsat bulursak, sizi güzel köyünüzde talebeleriniz arasında ziyaret ederiz.

Maarif müdürü kıpkırmızı, yerinden kalkmıştı:

– Matmazel Feride Hanımefendi köy muallimliği için ısrar ediyor. Fakat ben, kendisinden merkezdeki Darülmuallimat'ın Fransızca hocalığında daha büyük hizmetler yapabileceği kanaatindeyim.

Anlamadan yüzüne baktım. Bana Türkçe olarak şu izahatı verdi:

– Fransız mektebi mezunu olduğunuzu ve Fransızca bildiğinizi söylememiştiniz, böyle olunca iş değişir. Şimdi sizi Nezarete inha edeceğim[231]. Emriniz gelinceye kadar vekil olarak çalışırsınız. Yarın sabah işe başlarsınız, olur mu?

Hayatın bir felaketten sonra daima bir saadet verdiğini, o güzel darbımeselin[232] söylediği gibi, ayın on beşi karanlıksa, on beşinin mutlaka aydınlık olacağını bilmiyor değildim.

---

231 atamak için önermek
232 atasözü

Fakat bu mehtabın bu kadar koyu bir karanlıktan, bu kadar umulmaz bir dakikada doğacağını aklıma getiremezdim.

Munise tekrar gözlerimin önüne geldi. Fakat bu sefer bir otel odasında minimini keçisiyle oynayan fakir bir çocuk değil, güzel bir evin çiçekli bahçesinde çember çeviren şık bir küçük hanım gibi.

*
* *

Ayrılacağımız zaman Kristiyan, beni bir köşeye çekti:

– Feride, sana onu soracağım. Sen nişanlıydın, niçin evlenmedin?

–.....

– Cevap vermiyorsun, nişanlın şimdi nerede?

Başımı önüme eğdim, gayet yavaş:

– Geçen sonbahar onu kaybettik, dedim.

Bu cevap, Kristiyan'a çok tesir etti.

– Nasıl Feride, doğru mu söylüyorsun? dedi. Ah, zavallı Çalıkuşu!... Hangi rüzgârın seni buraya attığını şimdi anlıyorum.

Sımsıkı bileklerimi tutan elleri titriyordu:

– Feride, onu çok severdin, değil mi? Saklama küçüğüm, itiraf etmekten kaçınırdın, fakat herkes bunu bilirdi.

Kristiyan, uzak bir rüyayı takip eder gibi gözleri dalgın, sesi hareketli devam etti:

– Hakkın vardı, onu sevmemek mümkün değildi. Birkaç defa seni görmeye gelmişti. O zaman, gördüğümü hatırlıyorum. Hiç kimseye benzemeyen bir tavrı vardı. Ne yazık! Sana çok acırım, Feride. Zannederim ki, bir genç kız için sevdiği bir nişanlının ölümünü görmekten büyük felaket olamaz.

*
* *

"Sana çok acırım Feride, bir genç kız için sevdiği bir nişanlının ölümünü görmekten büyük felaket olamaz!" dediğin zaman gözlerimi önüme indirerek kapadım: "Doğru, hakkın var" dedim. O vaziyette başka ne diyebilirdim? Fakat ben sana yalan söyledim Kristiyan.

Ben bir genç kız için daha büyük bahtsızlıklar da biliyorum. Sevdiği bir nişanlının ölümünü gören genç kızlar zannettiğin kadar acınacak insanlar değillerdir. Bir büyük tesellileri vardır onların, aradan aylar, yıllar geçtikten sonra, bir gece yabancı bir memleketin karanlık ve soğuk bir odasında yalnız kaldıkları vakit, o nişanlının çehresini göz önüne getirmek imkânına maliktirler[233]: "Bu zavallı gözlerin son bakışı benimdi!" demek hakkına maliktirler. Bu hayalin yüzünü kalplerinin dudağıyla... Halbuki, ben bu haktan mahrumum Kristiyan!..."

B..., 9 Mart

Bu sabah B... Darülmaullimatı'nda derse başladım. Buraya galiba çok ısınacağım. Maamafih Zeyniler'den sonra, burasını beğenmediğimi söylersem esasen ayıp düşer.

Yeni arkadaşlar görünüşte fena insanlar değil, talebem yaşça bana yakın, hatta zannedersem, bir kısmı benden büyük, akıllı hanımlar.

Hele Recep Efendi isminde sarıklı bir müdür var ki, ömür. Mektebe geldiğim vakit Muavine Hanım, beni doğru müdü-

---

233 sahip

rün odasına götürdü. Recep Efendi'nin idareye gittiğini, neredeyse geleceğini söyleyerek beklememi rica etti.

Kâh pencereden teneffüs bahçesini seyrederek, kâh duvardaki levhaların karışık yazılarını okumaya çalışarak yarım saate yakın onu bekledim.

Nihayet geldi, yolda bir sağanağa tutulmuş, latası[234] fena hâlde ıslanmıştı.

Beni odada görünce:

– Hoş geldin,kızım, idareden şimdi haber verdiler. Allah cümlemize mübarek etsin, dedi.

Ağarmış top sakalının çerçevesi içinde yuvarlak yüzü, elma gibi kırmızı yanakları, her bir tarafa bakan şaşı gözleri vardı..

Üstünden akan sulara bakarak:

– Tu, Allah belasını versin, dedi. Şemsiyeyi almayı unutacak olduk. Başımıza bu hal geldi, akılsız kafanın derdini ayaklar çeker, derler ama, bu seferlik bizim lata çekti. Kusura bakma kızım, ben, biraz kurunacağım.

Latasını çıkarmaya başlamıştı. Ben ayağa kalkarak:

– Efendim, rahatsız etmeyeyim, sonra gelirim, diye dışarı çıkmak istedim. O, bir el işaretiyle tekrar oturmamı emretti:

– Yok canım efendim, teklif mi var? Biz keenne[235] senin pederin sayılırız, dedi.

Arkasında mor çizgili sarı atlastan bir yelek yahut gömlek vardı (yakasına bakarsan gömlek, ceplerine bakarsan yelek).

234 Osmanlıda ilmiyenin giydiği üstlük (din işleriyle uğraşanların)
235 sanki, bir bakıma

Sobanın yanına bir iskemle çekerek oturdu. Kocaman meşin kunduralarının at nalı şeklinde çivilerle süslü tabanlarını ateşe vererek benimle konuşmaya başladı.

Çekiçle üstlerine vurulan madenler gibi, kulakta çınlayan tuhaf bir sesi vardı; bütün K'leri G gibi telaffuz ederek konuşuyordu.

– Sen bayağı çocukmuşsun, be kızım. (Her yerde işittiğim bu söz artık canımı sıkmaya başlamıştı.) Dün de işlerin amma tıkırında gitmiş ha! Maazalik[236], bir memuriyetin muhafazası, o memuriyetin istihsalinden[237] daha müşküldür. Gayri ona göre çalışırsın. Benim muallimlerim keenne öz kızlarım demektir. İlle velâkin gayet ciddi olmalı. Bir tanesi geçenlerde bir halt yiyecek olduydu: Tövbeler olsun, maarif müdürüne sormadan pasaportunu eline verdim, kapı dışarı ettim. Öyle değil mi, Şehnaze Hanım? Ağzını açmaya tövbe mi ettin?

Şehnaze Hanım, mektebin müdür muaviniydi. Öksürmeden lakırdı söyleyemeyen orta yaşlı, cılız, hasta yüzlü bir kadıncağız. Deminden beri bir şey söylemek istediğine dikkat ediyordum. Sinirli sinirli:

– Evet, evet, öyle olmuştu, dedi. Sonra söz söylemek fırsatını kaçırmamak istiyor gibi:

– Hamalları iki mecidiyeden aşağı razı edemiyorum, ne yapalım? diye ilave etti.

Müdür Efendi, sobanın yanında dumanları çıkmaya başlayan ıslak kundurularının nallı tabanlarından tutuşmuş gibi yerinden fırladı:

---

236 *bununla beraber*
237 *elde etmek*

– Bak tereslere, tövbe olsun arkalığı sırtıma alır, eşyayı kendim taşırım. Ben delibozuk bir herifim. Yapar mı yaparım, sen git, öyle söyle.

Sonra tekrar bana döndü:

– Sen, benim bu şaşı gözleri görüyor musun? Onların yan bakışlarını alimallah bin liraya satmam. Şöyle bir bakıverdim mi, akılları başlarından gider. Yani demem o demek ki, arife[238] olmalı, fadıla[239], edibe[240] olmalı. Vazifede kusur etmemeli, hariçten muallimlik vakarını muhafaza etmeli. Muavine Hanım, ders vakti oldu mu dersin?

– Oldu efendim, talebe sınıfa girdi.

– Haydi kızım, seni talebeye takdim edeyim. İlle velâkin evvela git, şu yüzünü iyi bir yıka.

Müdür Efendi, bu sözleri biraz sıkılarak, sesini çatlatarak söylemişti. Fena hâlde şaşırdım, acaba yüzüme bir şey mi sürülmüştü?

Muavine Hanım'la birbirimize baktık. O da benim gibi mütehayyirdi:

– Yüzümde bir şey mi var efendim? dedim.

– Kızım, kadın kısmının zib[241] ve ziynete inhimakı[242] bir meylî[243] fıtrîdir[244]. İlle muallim kısmının öyle yüzü gözü boyalı sınıfa girmesi caiz değilir. Bugün sana pederane ihtar ediyorum.

---

238 anlayışlı
239 üstün, erdem sahibi
240 terbiyeli, edepli
241 süs bezeli
242 düşkünlük
243 eğilimi
244 yaradılış

Ben şaşkın şaşkın:

– Fakat bende boya yok, Müdür Efendi, ben dünyada yüzüne boya sürmüş insan değilim, dedim.

Recep Efendi, aksi aksi yüzüme bakıyor:

– Amma yaptın ha, amma yaptın ha, diyordu.

Birdenbire işi anladım ve kendimi tutamayarak güldüm:

– Müdür Efendi, o boyalardan ben de şikâyetçiyim. Ama ne yapalım ki Allah sürmüş, su ile yıkamaya imkân yok, dedim.

Muavine de benimle beraber gülmeye başlamıştı:

– Hanımın tabii rengi efendim, dedi.

Bu defa, kahkahalar Müdür Efendi'ye sirayet etti. Fakat, onun gülüşü de herkesten başka türlü idi. "Ha, ha, ha" diye gülerken (h) harflerini, yine mektebe gelmiş çocuklara alfabe talim eder gibi tane tane döküyordu:

– Amma tuhaf iş ha, Allah'tan ha, Allah'tan ha? Allah da verdi mi verir. Sen böyle parlak yüz gördün mü Muavine Hanım? Kızım, annen sana süt yerine gül reçeli mi emzirdi be? Hay Allah!

Herhâlde bu Recep Efendi, pek hoş bir insan olacaktı. Çabucak kanım kaynamıştı.

Müdür Efendi, hâlâ üstünde ince ince dumanlar tüten latasını giymiş, beni sınıfa götürmeye hazırlanmıştı. Bir koridor penceresinden talebelerimi görür görmez yüreğim ağzıma geldi. Ne kabalık yarabbi! Dershanede belki elli çocuk vardı. Hepsi de hemen hemen ben akran genç kızlar. Birdenbire üstüme dikilen bu bir yığın göz karşısında âdeta eriyordum.

Müdür Efendi, hemen bu dakikada çekilip gitseydi, müşkül bir vaziyette kalacak, lakırdıları şaşıracaktım. Bereket versin, onda müthiş bir dinletme merakı vardı:

– "Çık kızım, makamına bakalım!" diye hemen hemen zorla beni kürsüye çıkardıktan sonra, uzun bir nutka başladı. Aman, neler söylemiyordu! Avrupalılar tıbbı, kimyayı, felekiyat[245] ve riyaziyatı[246] Araplardan aldıkları hâlde biz ne halt karıştırıp Avrupalılardan ulûmu cedîdeyi[247] almıyormuşuz? Avrupalıların hazain-i ilm-ü irfanına[248] pâyzen-i duhul[249] olup alâ kadr-il-istitâa[250] ahz-ı ganaim[251] meşru bir çapul[252] imiş. Bu çapul öyle topla, tüfekle olmaz, ancak Fransevi[253] diliyle olurmuş.

Hoca Efendi iyiden iyiye coşmuştu. O maden gibi kulaklarda çınlayan sesiyle bar bar bağırarak beni gösteriyordu:

– O memalik-i irfanın[254] anahtarları, na şu parmak kadar kızın elindedir. Siz onun heybetine bakmayın; parmak kadar görünür ama, içi cevherlidir maşallah. Sıkı yapışın, boğazına basın, ilmini ağzından alın, limon gibi sıkın ha.

O melûn kahkaha nöbetlerinden birinin tutmak üzere olduğunu hissediyor, yerlere geçiyordum. Aman yarabbi, rezil olacaktım! İlk defa doğrudan doğruya sınıfa bakmaya cesaret ettim. Onlar da gülüyorlardı. Böylece talebemle ilk ba-

---

245 gök bilimi
246 matematik
247 yeni ilimler, bilgiler
248 bilgi, bilim hazinesi
249 prangalı mahkûm, esir
250 güç yettiği kadar
251 ganimetler almak
252 yağma
253 "Os." Fransızca
254 memleketler

kışımız tatlı bir tebessüm oldu. Öyle zannederim ki bu bakış, gizli gülüşme o anda bizi birbirimize sevdirdi.

Sınıfta gülüşmenin artması nihayet Müdür Efendi'nin dikkatini celbetmişti. Birdenbire yumruğunu kürsüye vurdu. Şaşı gözlerinin bin liraya satmayacağını söylediği o korkunç yan bakışlarından biriyle sınıfı süzerek:

– O ne ya? O ne ya, o ne ya? Size, az yüz verdiler mi astarını da istersiniz. Bu kadın kısmına yüz vermeye gelmez ya, tövbe olsun, berbat ederim. Kapayın çabuk ağızlarınızı. Pişmiş kelleler gibi ne sırıtıp duruyorsunuz, diye bağırdı.

Kızlar o kadar aldırış etmiyorlardı. Doğrusu ben onlardan daha ziyade ükmüştüm. Nutuk hemen on beş dakika kadar devam etti. Ara sıra gülüşmeler arttıkça Recep Efendi kürsüyü yumrukluyor: "Ne sırıtıyorsunuz? Kalpatanı getiririm ha" diye yarı şaka, yarı sahi onları tehdit ediyordu. Nihayet, son bir defa daha, "Sıkı tutun, yakasını bırakmayın, limon gibi sıkıp ilmini ağzından almazsanız, yuh sizin ervahınıza[255]; ananızdan babanızdan, devletten, milletten yediğiniz ekmek zıkkım olsun!" diye bağırdıktan sonra çıktı gitti.

Talebemle yalnız kaldığım bu ilk dakikanın bu kadar müşkül olacağını düşünememiştim. Sabahtan akşama kadar durmadan söyleyen geveze Çalıkuşu, dut yemiş bülbüle dönmüştü. Başımın içi bomboştu. Söyleyecek bir kelime bulamıyordum. Kendimi tutamadım, gayri ihtiyari, hafifçe güldüm. Bereket versin, talebelerim beni hâlâ Müdür Efendi'nin nutkuna gülüyor sandılar. Onlar da gözlerime bakarak

255 "yazıklar olsun" anlamında kınama sözü

gülümsemeye başladılar. Birdenbire bana bir cesaret geldi. Artık kendimi toparlamıştım.

– Hanımlar, diye söze başladım. Bir parça Fransızcam var, bunun size faydası olursa bahtiyar olacağım.

Artık, tılsımım bozulmuştu; dilim açılmıştı. Hiç güçlük çekmeden söylüyor, kızlarımın yavaş yavaş bana ısındıklarını hissediyordum. Böyle kocaman hanımlara karşı *kızlarım* diyebilmek ne saadet! Yalnız ara sıra biraz fazla gülüyorlardı, benim için hava hoş. Fakat maazallah Recep Efendi, o bin liradan fazla değer yan bakışıyla sınıf penceresinden bakarsa dehşet! Onun için talebelerime ayrıca bir ihtarda bulunmaya lüzum gördüm:

– Hanımlar, gülmeleriniz tebessüm edercesini geçmemeli. Sizi tehdit etmek için benim elimde Müdür Efendi'nin galiba "kalpatan" dediği şey her neyse ondan yok. Fakat size kırılırım, dedim.

Hâsılı, ilk dersim pek güzel geçti.

Sınıftan çıkarken kızlarımdan biri yanıma geldi. Bana "kalpatan"ın sadece "kerpeten" demek olduğunu söyledi. Müdür Efendi fazla gülenleri "kalpatanla dişlerinizi sökerim ha!" diye zarifâne tehdit edermiş.

B... 28 Mart

Kızlarımdan çok ama pek çok memnunum. Beni o kadar sevdiler ki, teneffüste bile peşimi bırakmıyorlar. Arkadaşlarıma gelince, doğrusu onlara da fena insanlar diyemem. Bana karşı fazla soğuk duranlar, odanın bir köşesinde yan yana bakarak benim için herhâlde iyi olmayan şeyler fısıldaşanlar yok değil. Fakat insan, evinde bile herkesle sevişebilir mi?

Arkadaşlar arasında en hoşuma giden, Nezihe ve Vasfiye diye iki sevimli İstanbul çocuğu. Birbirlerinden hiç ayrılmıyorlar. Fakat, muavin Şehnaze Hanım bana, bunlarla sıkı fıkı arkadaş olmamamı tavsiye etti. Sebebi nedir, bilmiyorum! Bunlardan başka iki tane de eski bildik var. Birisi vaktiyle Merkez Rüştiyesi'nde beni müdafaa eden uzun boylu, keskin kara gözlü kadın ki, burada haftada bir gün ders veriyormuş. Müdür Efendi'nin yan bakışlarından kokmayan yegâne arkadaşımız bu. Bilakis Recep Efendi, ondan çekiniyor, gizli gizli mavi latasının yakasını silkerek: "Vah ne şirrettir o! Şunu bir atlatsam yok mu, tövbe olsun gözüm açılacak!" diyor.

Eski bildiklerden ikincisi kocaman gözlüklü, dişlek bir ihtiyar muallime. Vaktiyle arası sıra tren arkadaşlığı ederdik. Göztepe taraflarından bir yerde muallimeydi.

Onun da gözü beni ısırıyor, dikkatle yüzüme bakarak:

– Allah, Allah! Bu kadar benzeyiş görmedim. Vaktiyle trende afacan bir mektep kızı görürdüm. Size öyle benzerdi ki... Fakat o, galiba, Fransız filandı. Türlü maskaralıklar eder, bir vagon halkını güldürmekten kırar geçirirdi, diyor.

Ben, önüme bakarak:

– İhtimal, olabilir, diyorum.

Mektepte birkaç erkek muallim de var. Zahit Efendi, ihtiyar bir ulûmu diniye[256] hocası. Coğrafya hocası Ömer Bey,

256 din bilgileri

kıranta[257] bir miralay mütekaidi[258]. İsmini bilmediğim bir yazı muallimi, nihayet musiki muallimi Şeyh Yusuf Efendi. Yalnız mektebin değil, bütün B...nin en ehemmiyetli bir şahsı. Yusuf Efendi, bir Mevlevi şeyhiymiş, birkaç sene hastalanmış, zavallı adamcağızda galiba verem varmış. Doktorlar bulunduğu memlekette kalırsa öleceğini söylemişler. Dul bir hemşiresiyle beraber iki sene evvel B...ye gelmiş, iki kardeş, kendi kendilerine küçük, sessiz bir evde yaşıyorlarmış. Bu küçük evi bilenler söylüyorlar, bir musiki müzesi gibiymiş. Her çalgıdan, her sazdan varmış. Zaten Şeyh Efendi, meşhur bir bestekâr, öyle parçaları varmış ki, insan, onları ağlamadan dinleyemezmiş.

Kendisini ilk defa soğuk, yağmurlu bir günde gördüm. Teneffüste talebelerimle beraber bahçeye çıkmış, onlara yepyeni bir top oyunu öğretmek bahanesiyle biraz oynamış, eğlenmiştim. İçeriye girdiğim vakit siyah gömleğim ıslanmıştı. Arada şunu da söyleyeyim ki, benim kendi icat ettiğim bu kıyafet mektepte yavaş yavaş yayılmaya başladı. Hatta talebelerim arasında bile. Müdür Efendi bunun rengine itiraz ediyor, "Müslüman kısmına kara giymek yakışmaz, yeşilden yapmalı!" diyor, ama leke olacağını bahane ederek aldırmıyoruz.

Muallim odasında kocaman bir çini soba yanıyordu. İki duvar köşesiyle bu soba arasındaki aralığa girerek ayakta durmuş, ellerimi önlüğümün ceplerine sokarak üstümü kurutuyordum. Kapı açıldı, içeriye otuz beş yaşlarında, ince

257 *saçı ağarmaya başlamış erkek, bakımlı özenli*
258 *emekli*

uzun boylu bir efendi girdi. O, bildiğimiz bütün siviller gibi giyinmişti. Böyle olduğu hâlde bahsedilen Şeyh Yusuf Efendi'nin mutlaka bu zat olduğunu anladım. Mektepte onu çok seviyorlar. Arkadaşlar, hemen etrafını aldılar, paltosunu çıkardılar. Soba borusunu kendime siper ederek ona bakmaya başladım. Halim, tatlı bir adamdı. Süzgün yüzünde, ekseriya ölmeye mahkûm hastalarda görülen renksiz, nazik, şeffaf beyazlık vardı. İnce sarı sakalı, açık mavi gözleri bana pansiyonun loş dehlizlerinde mahzun mahzun gülümseyen İsa resimlerini hatırlattı. Hele söz söyleyişi doyulmayacak kadar tatlı idi. Bu halim, tallı seste belli belirsiz bir şikâyet ahengi vardı. Hani hasta çocukların sesinde duyulan o mazlûm gizli şikâyet! Etrafında bir daire çeviren arkadaşlarıma bir türlü bitmeyen yağmurlardan şikâyet ediyor, açık havaları, hırçın bir sabırsızlıkla beklediğini söylüyordu. Bir aralık gözlerimiz birbirine tesadüf etti. Köşenin karanlığında beni biraz daha iyi görmek için hafifçe gözlerini büzdü:

– Kim bu küçük hanım, talebelerimizden mi? diye sordu.

Arkadaşlarım hep birden bana döndüler. Vasfiye gülerek:

– Affedersiniz Beyefendi, dedi. Takdim etmeyi unuttuk. Yeni Fransızca muallimimiz Feride Hanım.

Bulunduğum yerden başımla selamladım:

– Büyük bestekârımızı tanıdığıma çok memnun oldum efendim, dedim.

Sanatkârlar böyle cümlelere karşı pek hassas oluyorlar. Beyaz teninde bir pembelik uçtu. Ellerini ovuşturarak boynunu büktü:

- Bendeniz bestekâr sıfatına layık olacak bir eser vücuda getirdiğime kani değilim. Birkaç parça eserimde küçük bir meziyet varsa, o da Hâmit, Fikret gibi bazı büyük şairlerdeki ilahi melali samimi bir sesle ifade etmesinden ibarettir, dedi.

Hülasa, bu Yusuf Efendi'yi bir ağabey gibi seviyorum.

B... 7 Nisan

En büyük bir emelime daha kavuştum. Dünden beri güzel, küçük, temiz bir evim var; bunu bana, Allah razı olsun Hacı Kalfa buldu. Kendi evine iki üç dakikalık mesafede, aynı setin kenarında üç odalı, minimini, bahçeli, şirin bir evceğiz. Daha iyisi, bunu bana içinin eşyasıyla beraber kiraladılar.

Munise de, ben de dün çok neşeliydik. Sözde biraz temizlik yapacak, eşyayı düzeltecektik. Ne gezer; gülmeden, birbirimizi kovalamadan, alt alta, üst üste boğuşmaktan göz açamadık ki...

Hele biçare Munise, gözlerine inanamıyor, kendisini saraya girmiş zannediyor. Sadece Mazlum –Çoban Mehmet'in verdiği keçinin ismini Mazlum koyduk– bizi epeyce korkuttu. Bu yaramaz, açık kalan mutfak kapısından bahçeye, oradan dereye inen bayıra kaçmış. Aşağısı minare boyu yer. Allah esirgesin, hafifçe ayağı kaysa doğru dereye düşecek. Hoş, bu şeytan mahluklar ayaklarını basacakları yeri benden iyi bilirler ya. Neyse, içeri alıncaya kadar epeyce yürek üzüntüsü çektik.

Evet, evimizden çok memnunuz. Munise, taşlıktaki mavi çinilere ayağını sürüyor duvardaki çiçek resimlerini elleriyle seviyor.

Yalnız, akşamüstleri ortalık kararırken biraz mahzun oluyoruz. Komşu evlere, ellerinde mendillerle babalar, kardeşler geliyor. Bizim kapımızı bu saatlerde hiç kimse çalmayacak; bu daima, böyle olacak.

Bu memleketin, öyle güzel bir baharı var ki... Her taraf yemyeşil oldu. Bahçemde renk renk çiçekler açıyor, odamın pencerelerine sarmaşıklar tırmanıyor. Hele bahçemizin önündeki dik bayır âdeta bir zümrüt çağlayanı. Bu dalgalı yeşillik içinde gelincikler, taze yaralar gibi kanıyor. Bütün boş günlerimi bu bahçede Munise ile koşmaca oynamak, ip atlamakla geçiriyorum. Yorulduğumuz vakit ben resim yapmaya başlıyorum; Munise, keçisiyle beraber çimenlerin üstüne uzanıyor. Resim merakı bende yeniden uyandı. Birkaç günden beri Munise'nin suluboya bir resmiyle uğraşıyorum. Yaramaz kız uslu dursa çabucak bitecek, fakat pozdan pek sıkılıyor. Başında kır çiçeklerinden bir çelenkle, çıplak kollarında keçisiyle karşımda oturmak ona pek güç geliyor.

Ara sıra Mazlum, hırçınlık etmeye, uzun ince bacaklarıyla debelenmeye başlıyor. O vakit Munise, "Abacığım, vallahi ben durmak istiyorum ama, Mazlum durmuyor, ne yapayım?" diye kaçıyor. Bazı kızıyorum, parmağımla onu tehdit ederek:

– Ben, senin şeytanlığını anlamıyor muyum sanıyorsun? Sen hayvanı mahsus gıdıklıyorsun, diyorum.

Mektepteki derslerim galiba fena gitmiyor. Müdür Efendi benden çok memnun. Yalnız, gülmeyi fazla sevdiğim için ara sıra darılıyor: "Kalpatanları sana da getiririm ha!" diyor. Ben, yalandan surat ediyorum: "Ne yapayım, Hoca Efendi? Üst dudağım bir parça kısa da ciddi durduğum vakit bile gülüyorum sanıyorsunuz!" diyorum.

Müdür Efendi'nin nedense lisan derslerine muhabbeti var. Kendisi bile eski bir alfabe bulmuş, ara sıra heceliyor, bana kelimeler sorarak manasını kurşun kalemiyle kitabın kenarına işaret ediyor.

Şeyh Yusuf Efendi ile ahbaplığımız çok ilerledi. Bu nazik, mahsun hastaya bayılıyorum. Sesinin o gizli şikâyetiyle öyle güzel, ince şeyler söylüyor ki... On gün evvel tuhaf bir vaka geçti: Mektebin kullanılmayan eşya ile dolu metruk bir salonu var. O gün, bir ders levhası almak için o salona girmiştim. Pancurlar kapalı olduğundan buraya âdeta bir akşam karanlığı basmıştı. Etrafıma bakınırken köşelerden birinde gözüme toza, toprağa bulanmış bir eski org ilişti, birdenbire gönlümde tatlı ve mahzun bir ihtizaz[259] uyandı. Çocukluğumun mesut günleri bu orgun çaldığı ağır, derin ilahiler içinde geçmişti. Unutulmuş bir dost mezarına yaklaşır gibi titreye titreye onun yanına gittim. Bu salona ne yapmaya geldiğimi, nerede olduğumu unutmuştum. Yavaşça ayağımı bastım, tuşlardan birine parmağımı koydum. Org, yaralı bir gönülden gelir gibi ağır, derin bir ses verdi. Ah, bu ses!

---

259 titreşim

Ne yaptığımı düşünmeden bir sandalye çektim. Orgun önünde oturdum; yavaş, gayet yavaş olarak sevdiğim kantik'lerden[260] birini çalmaya başladım.

Org inledikçe yavaş yavaş kendimi kaybediyor, ağır bir rüya içine gömülmeye başlıyordum. Mektebimin loş koridorları gözlerimin önünde açılıyor, siyah önlüklü, kesik saçlı arkadaşlarım, kafile kafile bu dehlizden geçiyordu. Ne vakitten beri burada olduğumu, neler çaldığımı bilmiyordum. Eski günlerimin eski rüyasına tamamıyla kendimi terk etmiştim.

Arkamda derin bir ah, yapraklar içinden rüzgâr geçmesine benzer bir ses işittim. Hafifçe titreyerek başımı çevirdim. Karanlıkta gözüme Şeyh Yusuf Efendi'nin sarışın siması göründü. Kırık bir dolaba dayanmış, boynunu bükmüş, mavi gözlerinde ağır bir melâl ile beni dinliyordu.

– Devam et yavrum, devam et, rica ederim, dedi.

Cevap vermedim. Orgun üzerine başımı daha ziyade eğerek gözlerimden akan yaşlar kuruyuncaya kadar çaldım. Sonra göğsümde tutuk nefeslerle yorgun, bitkin bir hâlde durdum.

– Sizde ne derin bir istidad-ı musiki[261], ne hassas bir kalp varmış Feride Hanım! Bir çocuk ruhunun bu engin hüznü nasıl bildiğine mütehayyirim.

Ben, lakayt görünmeye çalışarak cevap verdim:

– Bunlar, kantik denilen bir nevi ilahilerdir ki, esasen böyle yanık şeylerdir efendim. Hüzün bende değil, onlarda.

---

260 "Fransızca – cantique" dinsel şarkı
261 müzik yeteneği

Yusuf Efendi, bu sözlerime inanmadı, hafifçe başını sallayarak:

– Kendime bir üstad-ı sanat diyemem, fakat bir musiki parçasındaki meziyetlerden hangisinin bestekâra, hangisinin musikişinasa[262] ait olduğunu tefrikte[263] yanılmam. Sesler gibi parmakların da bazı ihtizazları vardır ki, ancak bir hassas kalbin melâlinden akar. Bu kantik dediğiniz ilahilerden bazılarının notasını bana ihsan edebilir misiniz?

– Bunlar kulaktan kapma şeyler efendim, notalarını ne bileyim.

– Beis[264] yok. Bir gün, bir müsait vaktinizde siz orgda tekrar onları lütfederseniz, bendeniz de defterime zapt ederim[265]. Geçenlerde vefat eden bir ihtiyar rahibin terekesinden[266] bendeniz de bir org almıştım. Musiki aletlerine merakım var da efendim. Bendehanede[267] bir köşeye koydum. Bu parçaları çalmak isterim.

Konuşa konuşa salondan çıkmıştık. Ayrılacağımız vakit, Şeyh Efendi, bana bir vaatte bulundu:

– Samimi bir melâl mahsulü olan bazı parçalarım var ki, kimseye çalmadım. Anlamayacaklarından emindim. Onları inşallah bir gün size çalarım, olmaz mı küçük hanım?

İşte bu vaka, Şeyh Efendi ile olan ahbaplığımızı bir kat daha artırdı. Vadettiği parçaları daha dinlemedim, fakat pek

---

262 müzikle uğraşan, müzisyen
263 ayırma, ayırt etme
264 engel, zarar
265 yazıya geçirmek
266 ölen birinin bıraktığı herşey, bırakıt
267 köle, kul evi (tevazu sözü) bizim ev anlamında

güzel şeyler olacağını tahmin ediyordum. Çünkü bu hasta ve hassas Şeyh, alelade bir tahta parçasına dokunsa, onu feryada getirecek sanıyorum. Birkaç gün evvel çocuklardan biri satın almak istediği udu muayene ettirmeye getirmişti. Parmaklarının ucuyla tellere şöyle birkaç defa dokunacak olduydu, öyle sandım ki, bu ince parmaklarla uda değil, gönlümün içine dokunuyor.

B..., 5 Mayıs

Dün, büyük bir kabahat işledim: Meydana çıkacak diye yüreğim titriyor. Yaptığım şeyin iyi olmadığını biliyorum; fakat ne yapayım, içimden öyle geldi. Muallimler, haftada bir gece mektepte nöbetçi kalıyorlar. Dün gece sıra benimdi.

Akşam mütalaasında muavin Şehnaze Hanım'la beraber mektebi dolaşıyorduk. Sınıfların birindeki havagazı lambasının iyi yanmadığını görerek içeri girdik. Muavine, çok marifetli bir kadın. Elinden her iş gelir. Ayağının altına bir sandalye çekerek lambayı muayene ediyordu. Kapıdan ihtiyar hademe kadın girdi. Elimde bir mektup ile arka sıralarda oturan bir talebeye yaklaşmaya başladı.

Tam mektubu vereceği vakit muavine, birdenbire bulunduğu yerden:

– Dur, Ayşe Kadın! O ne? dedi.

– Hiç, Cemile Hanım için kapıcıya bir mektup bırakmışlar da.

– Onu bana getir. Talebeye gelen mektupları evvela ben göreceğim, diye kaç kere size tembih ettim. Ne kafasız kadınsın!

Bu dakikada tuhaf bir şey oldu. Cemile, yerinden atlayarak hademenin elinden mektubu kapmıştı.

Muavine hiç sükûnetini bozmadan:

– Buraya gel, Cemile, dedi. Cemile, hareket etmiyordu.

– Buraya gelmeni söylüyorum Cemile, niçin itaat etmiyorsun?

Bu cılız, hastalıklı kadında öyle bir âmirane eda vardı ki, ben bile titredim. Sınıfa derin bir sukût çökmüştü, sinek uçsa işitilecekti.

Cemile, başını önüne eğerek ağır ağır yanımıza geldi. On altı, on yedi yaşlarında güzel bir genç kızdı. Daima arkadaşlarından kaçtığını, bahçede tenha köşelerde, düşüne düşüne dolaştığını görürdüm. Derslerde de dalgın ve mahzundu.

Yüzünü yakından gördüğüm vakit, çocuğun büyük bir teessür içinde olduğunu anladım. Yüzünde bir damla kan kalmamıştı. Karşımızda başını eğerken dudakları sararıyor, göz kapakları hemen titriyor denecek suretle açılıp kapanıyordu:

– Cemile, o mektubu bana ver!

– ......

Muavin, hırçın bir sabırsızlıkla ayağını yere vurdu:

– Haydi, ne bekliyorsun?

– Niçin, Muavin Hanım, niçin?

Bu "niçin" sözünde, bu küçük kelimede meyus bir isyan vardı. Muavine, sert bir hareketle elini uzattı, kızın bileğini hırpalayarak mektubu kaptı.

– Haydi, şimdi yerine git!

Şehnaze Hanım, zarfın üzerine göz gezdirirken hafifçe kaşlarını çatıyordu. Fakat, çabucak kendini topladı. Derin sükûnete rağmen heyecan içinde olduğu hissedilen sınıfa hitap ile:

– Mektup, Cemile'nin Suriye'deki biraderinden... Yalnız hemen bana itaat etmediği için yarına kadar ona vermeyeceğim, dedi.

Talebeler, tekrar başlarını kitaplarının üzerine eğdiler. Muavine ile beraber dışarı çıkarken sınıfa gizli bir göz gezdirdim. Arka sıralarda birkaç genç kız, baş başa vermiş, bir şeyler fısıldaşıyorladı. Cemile'ye gelince, başını sıranın üstüne saklamış, omuzları hafif sarsıntılarla titriyordu.

Koridora giderken muavine:

– Cezanız pek ağır oldu, dedim. Yarına kadar nasıl bekleyecek, kim bilir, ne kadar sabısızlık içindedir?

– Merak etme kızım. O, mektubu hiçbir zaman okuyamayacağını anladı.

– Nasıl, Muavine Hanım, kardeşinden gelen bu mektubu ona vermeyecek misiniz?

– Hayır, kızım.

– Niçin?

– Çünkü kardeşinden gelmiyor.

Muavin sesini daha ziyade alçaltarak devam etti:

– Bu Cemile, epeyce zengin bir adamın kızıdır. Bu sene genç bir mülazımı sevdi. Babası mümkün değil, razı olmuyor. Gerek evde, gerek mektepte bu kız, göz hapsindedir. Mülazımı Bandırma'ya gönderdiler, biz bu çocuğu yavaş yavaş tedaviye çalışıyoruz. Halbuki o, ikide birde biçarenin yarasını tazeliyor. Bu, üçüncü mektuptur ki elime geçti.

Konuşa konuşa muavinin odasına gitmiştik. Sehnaze Hanım hırçın bir hareketle bu mektubu buruşturdu, sobanın kapağını kaldırarak içine attı.

*
* *

Vakit gece yarısına yaklaşıyordu. Ben hâlâ nöbetçi muallimler odasındaki yatağımda uyuyamıyordum. Nihayet, kararımı verdim. Koridorda dolaşan nöbetçi hademeyi bir bahane ile aşağı göndererek muavinen boş odasına girdim. Perdeleri açık kalmış bir pencereden odaya soluk bir mehtap aydınlığı vurmuştu. Bir gece hırsızı gibi titreyerek sobanın kapağını açtım, yırtılmış, buruşturulmuş kâğıt yığınları içinden Cemile'nin zavallı mektubunu bulup çıkardım.

Nöbet gecelerimde herkes uyuduktan sonra boş koridorlarda, sessiz, karanlık yatakhanelerde dolaşmak çok hoşlandığım bir şeydir. Burada üstü açılmış bir küçük kızı örterim, ötede yatağında öksüren minimini bir hastanın yorganını düzeltirim, ateşli başına yavaşça elimi koyarım, daha ileride kumral bir saç kümesinin içinde bir genç kız uyur yarı açık ince dudaklarıyla hangi ümide gülümsediğini kendi kendime sorarım.

Bu birçok genç kızın uyuduğu loş, sessiz yatakhanelere ağır bir rüya bulutu çökmüş gibidir. Bu havayı dağıtmamak, biçareleri er geç kaybedecekeri bu rüyadan uyandırmamak için ayaklarımın ucuna basa basa, yüreğim titreyerek yürürüm.

O gece, Cemile'nin karyolasını bulduğum vakit biçare, yeni uyumuştu. Bunu, kirpiklerinde daha kurumamış gözyaşı damlalarından anladım.

Yavaşça üzerine eğildim:

– Bahtiyar küçük kız, mektep önlüğünün cebinde sevdiğinden gelen mektubu bulduğun zaman, kim bilir, ne kadar sevineceksin? Bu kaybolmuş şeyi hangi görünmez gece perisinin oraya getirip bıraktığını kendi kendine soracaksın. Cemile, o bir peri değil, sadece bir biçaredir, nefret ettiği insandan gelebilecek mektupları daima kalbinin bir parçasıyla beraber yakmaya mahkûm bir talihsiz...

B... 20 Mayıs

Dün dersler kesildi. Üç güne kadar imtihanlara başlıyoruz. B...'deki bütün kız mektepleri bugün, şehirden bir saat uzakta, bir dere kenarında Mayıs Bayramı yaptılar. Ben, böyle kalabalık gezintilerden hoşlanmıyorum. Onun için gitmemeye, bugünü bahçemde geçirmeye niyet etmiştim. Fakat, kız mekteplerinin şarkılar söyleyerek geçtiğini gören Munise sızıldanmaya başladı. Tam onun gönlünü etmeye çalışırken çat çat kapı çalındı. Baktım, muallim arkadaşlarımdan Vasfiye ile son sınıftan birkaç talebe. Vasfiye mutlaka beni önüne takıp götürmek emriyle müdür tarafından gönderilmişti. Recep Efendi:

– Tövbe olsun, ben onun için hassaten kuzu doldurttum, helva yaptırdım. Ne rezalettir bu? Olmaz, efendim, olmaz, diye bar bar bağırıyormuş.

Talebelerime gelince, onlar da son sınıf namına ricaya geliyorlardı:

– İpekböceği" benim yeni ismim. Çalıkuşu bitti. Şimdi "İpekböceği" çıktı. Hem daha fenası, büyük talebelerim yüzüme karşı da böyle "İpekböceği" demekten çekinmiyorlar. Vallahi, âdeta izzetinefsime, muallimlik vakarıma dokunuyor. Hem bu isim yalnız mektepte kalsa yine şikâyet etmeyeceğim. Geçen gün, kahvelerden birinin önünden geçiyordum. Zengin bir ipek tüccarı olduğunu söyledikleri poturlu, mintanlı, kaba saba bir adam, kahvenin bir ucundan öbür ucuna: "Sekiz tane dut bahçem var, böyle ipekböceğine sekizi de kurban olsun!" diye bağırmaz mı? Öyle utandım ki, yer yarılsa yere geçecektim. Bir daha o sokağa uğramadım. Müşkül vaziyette kalmıştım. "Gitmem" diye inat etsem: "Naza çekiyor kendini!" diyecekler, eğleneceklerdi. Onun için, çaresizce çarşafımı giyerek peşlerine takıldım.

*
* *

Küçük talebelere beyaz giydirmişlerdi. Dere kenarı papatya çayırlarına dönmüştü. Bu memlekette ne kadar çok kız mektebi varmış. Yeşil bahçelerin arasındaki yılankavi[268] yollardan, marşlar okuyarak gelen mektep taburları bitip tükenmek bilmiyordu.

Erkek hocalar derenin karşı tarafındaki bir ağaçlığa çekilmişlerdi. Bizim aramızda yalnız Recep Efendi, mavi latası, kocaman siyah şemsiyesiyle dolaşıyor, bir köşeye taştan

---

268 dolanbaçlı

ocaklar kuran aşçılara bağıra bağıra emirler veriyordu. Muallimlerle büyük talebeler çarşaflarını atmak, açık saçık gezip eğlenebilmek için Müdür Efendi'yi güç bela kandırdılar, erkekler tarafına savdılar.

Bilmem niçin, ben bugün hiç eğlenemiyordum. Bu yüzlerce kız çocuğunun çılgın neşesi, sevinci bana dalgın, yorgun bir hüzünden başka bir şey vermiyordu.

Şurada bir iptidai mektebi[269] mızıka ile marş okuyor, ötede bir alay genç kız, itişe kakışa, çığlık çığlığa top, yahut esir almaca oynuyor, daha ileride çocuk büyük karmakarışık bir insan kümesi manzume okuyan, yahut nutuk söyleyen bir çocuğu alkışlıyordu. Munise, kalabalığın içinde kaybolmuştu. Yaramaz, benimle oturur mu?

Uzakta, yüksek bir setin kenarında bir sıra kestane ağacı vardı. Genç hocalardan bazıları büyük talebelerle beraber bu ağaçlara kolan salıncakları kurmuşlardı. Yaprak kümelerinin arasında renk renk etekler uçuyor, çığlıklar, kahkahalar dalgalanıyordu.

Ben yavaş yavaş kalabalıktan ayrılmış, bir sel çukuru kenarında kocaman bir kayanın gölgesine oturmuştum. Taşın kovuklarında bitmiş cılız sarı çiçekleri koparıp ayaklarımın altından geçen suya atıyor, dalgın dalgın düşünüyordum.

Birdenbire arkamda ince bir sesin, "Buldum... İpekböceği burada!" diye bağırdığını işittim.

Meğer salıncak eğlencesi için beni arıyorlarmış. Yarı zorla beni oraya kadar götürdüler. "İstemem, yorgunum, sallan-

---

269 ilkokul

masını bilmiyorum!" diyordum. Fakat ne arkadaşıma, ne talebelerime söz anlatmak kabil değildi. Mürüvvet Hanım –beni vaktiyle Merkez Rüştiye Mektebi'nde müdafaa eden keskin kara gözlü kadın– mutlaka benimle sallanmak istiyordu. Salıncaklardan birine atladık. Fakat nafile, kollarım titriyor, dizlerim vücudumun yükünü kaldıramıyor gibi çöküyordu. Zavallı Mürüvvet, bir hayli uğraştıktan sonra vazgeçti:

– Nafile böceğim... Sen hakikaten sallanmaktan korkuyorsun. Benzin kül gibi oldu, düşeceksin, dedi.

Müdür Efendi, öğle yemeğinde bizimle beraberdi.

Benim bugünkü neşesizliğimi o da fark etmişti. İkide bir, "Hani, niye gülmüyon, vay aksi çocuk vay... Gülme, dediğim yerde gülersin, burada somurtur durursun!" diyordu. Adamcağız yemekten sonra da peşimi bırakmadı. Mektepten mahsus çay semaveri getirtmişi. Bana eliyle çay pişirmek istiyordu. Hocalardan biri uzaktan el işaretleriyle beni çağırdı:

– Hademelerden birini gönderip Şeyh Yusuf Efendi'ye bir tambur getirttik. Uzak bir yerde ona çalgı çaldıracağız. Aman şu zevzeğin elinden kendini kurtar da gel, dedi.

Bu hakikaten kaçırılmayacak bir fırsattı. Yusuf Efendi'nin musikisi bana sardıkça sarmıştı. Zavallı bestekâr, epeyce zamandan beri hastaydı. Mektebe gelmiyordu.

Bir iki günden beri iyileştiğini işitiyorduk. Bugünkü mektep eğlencesine o da gelmek istemişti.

Kadın hocalar, bir bahane ile Yusuf Efendi'yi erkeklerden ayırmışlardı. Sekiz, on kişilik bir kafile kendimizi göstermemeye çalışarak dere kenarındaki ince bir yolu takibe başladık. Şeyh Efendi, bugün çok canlı ve neşeliydi. Yolun uzadığını görerek onun yorulmasından korkanlara gülüyor, "Bu ince yol, ebedi gitse yorulmayacağım. Bugün kendimi o kadar kuvvetli hissediyorum!" diyordu.

Arkadaşlardan biri usulca kulağıma eğildi, erkek muallimlerden bazılarının bir köşede gizlice rakı içtiklerini, Şeyh Efendi'ye de birkaç kadeh verdiklerini söyledi. Yusuf Efendi'nin neşesi belki biraz da bundan ileri geliyordu.

Dere yolunda on beş dakika yürüdükten sonra bir harap su değirmenine vardık. "Çağlayanlar" dedikleri bu yerde vadi birdenbire darlaşıyor, âdeta bir boğaz vücuda getiriyordu. Dere kenarındaki kayalıklar öyle yüksekti ki, güneş aşağıya kadar inemiyor, sular âdeta bir fecir[270] aydınlığı içinde akıyordu.

Buradan bizi kimsenin işitmesine imkân yoktu. Şeyh Yusuf Efendi'yi sık yapraklı bir ceviz ağacının altında oturttular, tamburu eline verdiler. Ben uzakça bir yerde, etraftan suların köpüre köpüre aktığı bir kayanın üstüne sinmiştim. Arkadaşlar yine rahat vermediler:

– Olmaz, olmaz... Buraya gel, mutlaka geleceksin! diye beni, bestekârın karşısına oturttular.

Tambur başladı. Bu musiki, ömrümce kulaklarımdan gitmeyecek! Arkadaşlar, çimenlerin üzerine yarı uzanmışlardı. En kaba saba görünenlerin bile ağlayacak gibi dudakları titriyor, gözleri doluyordu.

Kumral, saçlarını omzuma dayayan Vasfiye'nin kulağına:

– Ben, Şeyh Efendi'yi ilk defa mektepte dinlemiştim. Çok güzeldi tabii, fakat böyle değildi, dedim.

---

270 tan, şafak

Vasfiye, süzgün gözlerinde muammalı bir gülümseme ile:

– Evet, çünkü Yusuf Efendi ömründe hiçbir gün bugünkü kadar mesut ve aynı zamanda bedbaht olmadı, dedi.

– Niçin? diye sordum.

Dikkatli dikkatli yüzüme baktı, başını tekrar omzuma bırakarak:

– Sus, dinleyelim, dedi.

Şeyh bugün, hep eski şarkıları çalıyordu. Bunlardan hiçbirini şimdiye kadar dinlememiştim. Her parçanın sonunda artık bitecek diye yüreğim titriyordu. Fakat gözleri yarı kapalı, yavaş yavaş sararmaya başlayan şakakları ince bir terle nemlenmiş, birini bitirdikten sonra ötekine başlıyordu.

Gözlerimi, bu yarı kapalı gözlerden ayıramıyordum. Bir aralık, solgun yanaklarına birkaç damla yaşın süzüldüğünü gördüm. Birdenbire yüreğim oynadı. Bir hastayı bu kadar yormak günahtı. Dayanamadım, şarkılardan birini bitirmesinden istifade ederek:

– Biraz dinlenmez misiniz? dedim. Rahatsız görünüyorsunuz. Neyiniz var?

Cevap vermedi. Islak kirpikleri arasında, o masum çocuk gözleriyle derin derin bana baktı, sonra tekrar başını tamburuna dayayarak yeni bir şarkıya başladı:

"Pür ateşim, açtırma benim ağzımı zinhar[271]
Zalim, beni söyletme derunumda[272] *neler var."*

---

271 *sakın*
272 *gönlümde*

Yusuf Efendi, şarkıyı bitirirken, başı tamburun üstüne düştü. Zavallıya hafif bir baygınlık gelmişti. Hocalar hep şaşırdılar. Ben, "Biz sebep olduk, bu kadar yormamalıydık!" dedim. Mendilimi ıslatmak için süratle taşların üstünden sıçrayarak dereye indim. Bu çok hafif bir baygınlıktı. Hatta âdeta bir baş dönmesi. Elimde ıslak mendille yanına döndüğüm vakit o, gözlerini açmıştı.

– Bizi korkuttunuz efendim, dedim.

O renksiz bir gülümseme ile:

– Bir şey değil, ara sıra oluyor, dedi.

Arkadaşlarımda bir tuhaflık hissetmeye başlıyorum. Manalı manalı bana bakıyorlar, aralarında yavaş sesle bir şeyler söyleşiyorlardı.

Aynı yoldan geri dönüyorduk. Ben Vasfiye ile beraber en arkaya kalmıştım.

– Bu Şeyh Efendi'de bir hal var, dedim. İçin için bir şeye üzülüyor gibi görünüyor.

Arkadaşım, o biraz evvelki manalı bakışıyla beni tekrar süzdü:

– Sahi mi söylüyorsun, Feride? Hatırın kalmasın, fakat inanamayacağım. Demek sen hiçbir şey bilmiyorsun?

Vasfiye, garip bir bakışla bana gözlerini dikmişti.

– Bilsem saklamaya ne sebep var? dedim.

O yine inanmadı:

– Bütün B...nin bildiği bir şeyi sen nasıl bilmezsin?

Bu manasız şüpheye gülümseyerek omuzlarımı silktim:

– Biliyorsunuz ki ben B...de çok kapalı ve yalnız yaşıyorum. Kimsenin hiçbir şeyi ne alakadar değilim.

Arkadaşım ellerimi tuttu:

– Yusuf Efendi, seni ölesiye seviyor, Feride, dedi.

Gayri ihtiyarı ellerimi yüzüme kapadım. Dere kenarında çocukların sevinçli gürültüsü hâlâ devam ediyordu. Kimseye sezdirmeden kafileden ayrıldım, iki bahçe arasındaki dar bir yoldan saparak kendi kendime eve döndüm.

B..., 25 Temmuz

Yaz ayları uzadıkça uzadı. Sıcaklar tahammül edilmeyecek derecede. Her şey sarardı, etrafta yeşillik namına bir şey kalmadı. Karşıdaki koyu yeşil tepeler soluk yanık bir renk bağladı. Onlar, uzakta, yaz güneşinin kamaştırıcı ışıkları içinde kocaman kül yığınları gibi cansız ve manasız görünüyor. Sıkılıyorum. Boğulacak gibi, ölecek gibi sıkılıyorum. Memleket şimdi bomboş. Talebeler dağıldı, hocalardan birçoğu tatil aylarını geçirmeye başka yerlere gitti. Nezihe ile Vasfiye bana ara sıra İstanbul'dan mektup gönderiyorlar. Bu sene İstanbul çok güzelmiş. Suları, Adayı anlata anlata bitiremiyorlar. Bir yolunu bulurlarsa orada kalacaklarmış.

Doğrusu istenirse, benim de burada kalmaya niyetim yok. Şeyh Yusuf Efendi vakası beni çok müteessir etti. İnsan içine çıkmaya utanır oldum. Mektepler açılacağı vakit başka bir memlekette ders isteyeceğim. Daha uzak hatta daha fena bir yere razıyım. Öyle bir yer ki, beni üzsün, uğraştırsın, ziyanı yok, fakat kendi kendimle yalnız bırakmasın.

B..., 5 Ağustos

Hoca olduğumdan beri ikinci defadır ki talebelerimin gelin olduğunu görüyorum. Fakat bu sefer zavallı Zehra'nınki gibi değil. Bu gece, bu saatte Cemile artık kirpiklerinde kurumamış gözyaşı damlalarıyla yatağında uyumuyor. Cemile'nin güzel başına bu gece, bu saatte sevdiği genç mülazımın göğsü yatak oldu. Bu çocukların ikisi de birbirlerine olan sevdalarında öyle sebat ettiler ki, nihayet anneleri, babaları da baş eğmek mecburiyetinde kaldı.

Cemile'yi de, Zehra gibi, kendi elimle süsledim. Bir zamandan beri hiçbir kalabalık yere gitmemek için inat ediyordum. Fakat Cemile, mahsus evime geldi, ellerimi öperek yalvardı. Bir gece, karanlıkta kendisine ettiğim hizmeti acaba anladı mı? Bilmiyorum. Fakat anasını, babasını razı ettiği gün ilk müjdeyi bana getirmişti. İhtimal ki şüphe ediyor.

Evet, Cemile'yi elimle süsledim, duvağını elimle taktım. Burada bir âdet var: Kim olursa olsun genç kızların saçına mutlaka bir parça gelin teli takıyorlar, bunu bir uğur sayıyorlar. Hırçın inadıma rağmen Cemile'nin annesini, saçımın bir tarafına minimini bir tel parçası iliştirmekten menedemedim.

Mülazımı çok merak ediyorum. Cemile'yi onun kolunda görmedikçe saadetlerine inanamayacaktım. Fakat buna imkân olmadı. Erkenden evime dönmek mecburiyetinde kaldım.

Her yerde olduğu gibi, burada da bütün kadınların gizli gizli bana baktıklarını, birbirlerine bir şeyler fısıldadıklarını görüyordum. Bütün dudaklarda yine bir "İpekböceği" sözüdür dolaşıyordu. Belediye reisinin karısı olduğunu söyledikleri, elmaslara, altınlara batmış bir şişman kadın, dikkatli dikkatli yüzüme baktıktan sonra yanındakilere benim işitebileceğim bir sesle:

– Bu İpekböceği sahiden afet, adamcağızın yanmakta hakkı varmış, dedi.

Artık burada duramazdım. Cemile'nin annesinden müsaade istedim; hasta olduğumu, mümkün değil duramayacağımı söyledim. Küçük gelinin yanında muallim arkadaşlarımdan birkaçı vardı. İhtiyar kadın, bana onları gösterdi:

– Cemile'ye hocaları nasihat veriyorlar, sen de bir iki şey söyle hanım kızım, dedi.

Bu masum arzuyu gülümseyerek kabul ettim. Talebemi bir köşeye çekerek:

– Cemile, dedim, hocan olmak sıfatıyla annen, sana nasihat vermemi istedi. Sen nasihatlerin en güzelini kendi kendine verdin. Yalnız çocuğum, sana bir tembihim olacak. Mülazımın şimdi senin yanına gelmeden evvel sokaktan yabancı bir kadının geldiğini, sana gizli bir şey söylemek istediğini haber verirlerse sakın dinleme, yavrum, o kadından kaç, güzel başını mülazımının kuvvetli göğsüne sakla.

Cemile, bu sözlere, kim bilir, ne kadar hayret etmiştir? Hakkı var, çünkü şimdi ben bile hayret ediyorum. Onları bir yabancı ağzından işitmiş gibi sebebini, manasını kendi kendime soruyorum.

B... 27 Ağustos

Bu akşam, minimini bahçemizde ziyafet vardı. Munise ile beraber, Hacı Kalfa ailesini akşam yemeğine davet etmiştik. Alay olsun diye sokaktan üç dört kırmızı kâğıt fener aldırmış, cılız bir badem ağacının sofra üzerine eğilen dallarına asmıştım.

Hacı Kalfa, bunları görünce pek keyiflendi:

– Ayol, bu ziyafet değil, On Temmuz şenliğidir, dedi.

– Hacı Kalfa, bu gece benim kendi On Temmuzum, dedim.

Evet, bu gece kendi hürriyet şenliğimdi. Çalıkuşu, kafesinden kurtulalı bu gece tam bir sene olmuştu. Bir sene, üç yüz altmış beş gün. Ne uzun?

Evvela çok neşeliydim. Mütemadiyen gülüp söylüyordum. O kadar maskaralık ediyordum ki, Samatyalı Madam, gülmekten tıkanıyor, Hayganuş'un sivilcelerle dolu şişkin yüzü dallardaki kırmızı fenerlerle bir renk oluyordu. Hacı Kalfa'nın ellerini dizlerine vurarak:

– Dil otu mu yedin be kızım? diye gülmesi vardı ki...

Geç vakte kadar bahçede oturduk, sonra fenerlerimden birini Mirat'a, birini Haganuş'a vererek misafirlerimi selametledim. Munise, gündüzden çok yorgun olduğu için daha biz konuşurken sandalyesinde uyuklamaya başladı. Onu yatağına gönderdim, kendim tek başıma bahçede kaldım.

Sakin, yıldızlı bir geceydi. Karşı setteki evlerde ışıklar sönmüştü. Dağ, bu yıldızlı semanın içinde korkunç bir gölge yığını gibi yükseliyordu.

Bileklerimle alnımı setin kenarıdaki parmaklığın soğuk demirine dayadım. Etrafımda ne ses, ne hayat. Yalnız uçurumun dibinde, bu dayanılmaz sıcaklara rağmen hâlâ kurumayan derede hafif bir çağıltı, birkaç yıldız aksi.

Kâğıt fenerlerin mumu artık tükeniyordu. Onların renkli ışıklarıyla beraber içimdeki neşenin de sararıp solduğunu, gönlüme derin, çaresiz bir karanlığın inmeye başladığını hissediyordum.

Bu bir senenin kâh karanlığını, kâh aydınlık günlerini birer birer hayalimden geçirdim, ne uzun, yarabbi, ne uzun?

Soğuğa, cefaya, mihnete hiç şikâyetsiz tahammül eden sağlam bir vücudum var.

İhtimal daha kırk sene, elli sene yaşayacağım. İhtimal daha elli yaş bu hazin muzafferiyetin hazin yıldönümünü görmek lâzım gelecek. Hayat, ne uzun, yarabbi, ne uzun?

İhtimal, Munise bile bana kalmayacak.

Saçlarıma yavaş yavaş aklar düşecek.

Ümit edeyim, tahammül edeyim, güzel. Ben buna razıyım, fakat niçin, neyi beklemek için?

Bu bir sene içinde, birkaç defa, kendimi zapt edemedim, ağladım. Fakat bunların hiçbirisinde bu gece gözkapaklarımın içini yakan yaşlardaki acılık yoktu. O vakit, sadece gözlerim ağlamıştı. Bu gece gönlüm ağlıyor.

B..., 1 Teşrinievvel

Dersler başlayalı iki hafta oluyor. Muallim arkadaşlarımın birçoğu B...ye döndüler. Hatta, mutlaka İstanbul'da kalmak isteyen Vasfiye bile. Biçare, bir türlü açık yer bulamamış.

Nezihe'nin başına bir devlet kuşu konmuş. Bir cuma günü Surlar'da bir genç zabite tesadüf etmişler. Zabit, onları Boğaziçi'nden Fatih'e kadar takip etmiş.

Bu iki arkadaşımın şimdiye kadar tesadüf ettiği her erkek gibi, o da Vasfiye'yi tercih ediyormuş. Hatta, bilmem hangi parkta birbirlerine randevu vermişler. Fakat aksi olacak, Vasfiye'nin o gün misafirleri gelmiş. Zabiti merakta bırakmamak için Nezihe'ye yalvarmış:

– Kuzum Nezihe! Sen, benim yerime git, bugün gelemeyeceğimi söyle. Başka gün için mülakat[273] al, demiş.

Nezihe, akşam eve uğradığı vakit, delikanlıyı göremediğini söylemiş. Fakat, kızın halinde bir tuhaflık varmış. Birkaç gün sonra iş anlaşılmış. Meğer o gün, Nezihe ne yapıp yapmış, genç zabitin zihnine girmiş, hain kız, bir hafta sonra onunla nişanlanmış.

Vasfiye, çok mahzun, bir yandan, aziz bir arkadaşı tarafından aldatılmak gücüne gidiyor, bir yandan da yalnız kaldığından şikâyet ediyor. İkide birde içini çekerek:

– Ah Feride Hanım, Sizinle ne güzel iki arkadaş olabilirdik. Fakat nasıl anlatayım, siz o kadar neşeli, iyi, munis bir kız olduğunuz hâlde, yaşamak zevkini anlamamışsınız, diyor.

Yuvalarda yeni yavruların yumurtadan çıkma zamanında nasıl neşeli bir hayat uyanırsa, mektepte de öyle bir hal var.

Hele birkaç gün evvel şimşekle, gök gürültüleriyle başlayan şiddetli bir yağmur sıcak ve sakin bir yazın bana verdiği müzmin hüznü, anlaşılmaz yaşamak yorgunluğunu dağıttı. O kadar hafif, o kadar neşeliyim ki...

B... 17 İlkteşrin

Yağmurlar on günden beri devam ediyor, hem de ne şiddetle. İlk günlerde benim gibi sevinen, solgun benizlerine

---

273 görüşme

taze bir hayat rengi gelen son çiçekler harap oldular. Biçareler, bahçede durmadan yağan yağmurun altında başlarını eğiyorlar: "Artık yeter!" der gibi büzülüp titreşiyorlar.

Bu akşam, mektepten döndüğüm vakit benim de aşağı yukarı onlardan kalır yanım yoktu. Sırılsıklam olmuştum. Çarşafım vücuduma, peçem yüzüme yapışıyor, sokakta rast geldiğim insanları halime güldürüyordu.

Munise'nin, bu akşam benzi biraz soluktu. Nezle olmasından korkarak erkenden, zorla yatağa yatırmış, ıhlamur kaynatmıştım. Yaramaz kız yatakta şikâyet ediyor, benim ihtimamlarımla[274] eğlenerek:

– Abacığım, soğuk, insana ne yapar? Geçen sene karda, samanlıkta yattığım geceyi unuttun mu? diyordu.

Bu gece, hiç uykum yoktu. Munise'yi uyuttuktan sonra elime bir kitap alarak sedire uzandım. Yağmurun saçaklarda, su oluklarında çıkardığı sesleri, on beş günden beri bitmeyen bu matemi dinlemeye başladım. Ne kadar vakit geçmişti, bilmiyorum? Birdenbire hızlı hızlı kapı çalındı. Bu saatte kim olabilir?

Kapıyı açmaya cesaret edemedim. Misafir odasının cumbasından uzandım. Karanlığın içinde uzun boylu bir kadın hayaleti, cumbanın altında yağmurdan korunmaya çalışıyor, elindeki muşamba fenerden çıkan ışıkla, sokaktaki su birikintileri içinde çırpınıyordu.

– Kim o? diye sordum.

Titrek bir ses:

---

274 özen

– Açınız, Feride Hanım'ı görmeye geldim, dedi.

Kapıyı açtığım vakit titriyordum. O akşamdan beri yabancı kadınlardan gözüm yılmıştı. Ne vakit böyle birinin, beni aradığını görsem, fena bir haber alacağımı sanıyordum. Bu vakitsiz misafir, yüzümü görmek için feneri kaldırmıştı. Solgun bir çehre, iki mükedder[275] mavi göz fark ettim.

– Müsaade eder misiniz içeri gireyim, hocanım?

Bu çehre, bu ses, bana emniyet verdi. Kim olduğunu, niçin geldiğini sormaya lüzum görmeden, "Buyurunuz" dedim. Yanımdaki misafir odasının kapısını açtım.

Kadın, odayı ıslatmaktan çekiniyor gibi, etrafına bakınıyor, oturmaya cesaret edemiyordu.

Bir şey söylemiş olmak için:

– Ne yağmur, ne yağmur. İnsanı âdeta yıkıyor! dedi.

Dikkatle yüzüne bakıyordum. Halbuki perişanlığının yağmurdan daha başka bir şeyden geldiği besbelliydi. Asıl maksadını söylemek için, daha sakinleşmek istediğini anladım, birdenbire ne istediğini sormadım.

İlk hissim, beni aldatmıştı. Bu munis çehreli, asil bir kadındı.

Nihayet: "Kiminle görüşüyorum efendim?" diye sordum. Benden korkuyor gibi başını eğdi:

– Feride Hanımefendi, ben yabancı değilim. Gerçi şimdiye kadar görüşmedik ama sizi uzaktan tanıyorum.

Biraz sustu, sonra bir cesaret hamlesiyle ilave etti:

– Bir meslektaşınızın kardeşiyim. Mektebinizin musiki hocası Şeyh Yusuf Efendi'nin.

---

275 kederli

Birdenbire yüreğim ağzıma geldi. Fakat kuvvetli olmak, hiçbir şey sezdirmemek lâzımdı:

– Öyle mi efendim? Görüştüğümüze memnun oldum. Şeyh Efendi, biraz daha iyiler inşallah, dedim. Bu saatte, bu hâlde gelen bir misafire söylenecek söz, elbette bu değildi. Fakat başka ne diyebilirdim?

O, cevap bulamayarak susuyor. Ben, yüzüne bakmaya cesaret edemeyerek gözlerimi yere indiriyordum. Hafif bir hıçkırık sesi işittim. Kurtulmak imkânı olmayan bir felakete razı olur gibi başımı daha ziyade eğerek bekledim.

O, ağlamamak için elleriyle göğsünü, boynunu tutarak:

– Kardeşim bu gece ölüyor, dedi. Akşama doğru birdenbire ağırlaştı. Altı saatten beri kendini bilemiyor. Sabaha çıkmayacak.

Cevap vermedim. Ne söyleyebilirdim?

– Küçükhanım, Yusuf; benim üç yaş küçüğümdür ama, evladım sayılır. Annemiz öldüğü vakit, Yusuf, miniminicikti. Ben de büyük değildim. Böyle olduğu hâlde ona analık ettim. Ömrümü ona bağladım. Dul kaldığım vakit sizin yaşınızda ancak vardım. Tekrar evlenebilirdim. İstemedim. Tek Yusufçuğum yalnız kalmasın diye. Halbuki şimdi o, beni yalnız bırakıp gidiyor. Bunları size niçin mi söylüyorum küçük hanım? Beni ayıplamayınız. Bu saatte sizi rahatsız ettiğim için, yalvararak sizden isteyeceğim şey için bana darılmayın, beni kovmayın diye...

Sözünün burasında bitkin vücudunun birdenbire çöktüğünü gördüm. Bir fenalık zannederek omuzlarından tutmak istedim. Dizlerimi öpüyor, yerlere sürünerek çırpına çırpına ağlıyordu.

Hafif bir hareketle kendimi kurtardım. Bu dakikada ne kadar sakin olmak mümkünse o kadar sakin bir sesle:

– Hanımefendi, felaketinizi anlıyorum, söyleyiniz. Elimden gelecek bir şeyse, dedim.

Kadının ağlamaktan şişen soluk mavi gözlerinde bir ümit ışığı canlandı. Zavallı, göğsünün sarsıntılarını elleriyle zapt etmeye çalışarak devam etti:

– Yusuf, on seneden beri hastaydı. O kadar uğraştım, o kadar çırpındım. Melun hastalık, bir türlü durmuyor, kardeşimi için için yiyip bitiriyordu. Nihayet bu vaka oldu. Sizi gördü. Zaten fazla içli bir adam. Gözle görünürcesine eriyip bitmeye başladı.

Sözün burasında hafif bir isyan feryadını menedemedim.

– Hanımefendi yemin ederim ki, ben kardeşinize bir şey yapmadım. Kendim de zaten bir yaralıdan başka bir şey değilim, dedim.

– Hanım kızım, evladım, sizin de belki bir sevdiğiniz var, darılmayınız. Yemin ederim ki bunları şikâyet için söylemiyorum. Ben göründüğü kadar kaba ruhlu bir kadın değilim. İşin nihayetinde Yusuf'un kardeşiyim. Senelerden beri onun musikisi içinde yaşadım. Sizden değil, hatta bu tesadüften bile şikâyetim yok. Yusuf'un yatağında mum gibi eridiğini görüyorum. Fakat öyle anlıyorum ki, mesut ölüyor. Ne şikâyet var, ne acı söz, ne çırpınma. Bazen kendini kaybediyor da. O vakit göz kapakları hafif hafif titriyor, soluk dudakları gizli bir gülümseme ile yavaşça isminizi tekrar ediyor. Düne kadar bu derdinden bana hiç bahsetmemişti. Dün ellerimi tuttu, birer birer parmaklarımı öperek: "Onu bir kere daha göster bana abla!" diye çocuk gibi yalvarmaya başladı. Yusuf için her fedakârlığa razıydım. Fakat buna imkân göremiyordum. İçim parça parça oldu.

– İyi ol Yusuf, çabuk iyi ol! Elbet bir gün yine göreceksin... diye alnını, saçlarını okşadım. Feride Hanım, bu hastanın hiçbir şey söylemeden bana nasıl darıldığını, başını öte tarafa çevirerek nasıl ümitsizlikle gözlerini kapadığını görseydiniz! Anlatmak mümkün değil ki... Bugün akşama doğru büsbütün gözlerini kapadı. Onların bir daha açılmayacağını biliyordum. Uğruna ömrümü, saadetimi vakfetmiş, onu hiçbir şeyden mahrum etmemiştim. En çok istediği şeyi bir kere göstermeden hasret içinde gözlerini kapadığını görmek... Bu acıyı size anlatmak mümkün değil, Feride Hanım, mümkün değil. Bu öyle bir sevap ki, can çekişenlerin dudaklarına verilmiş bir damla su gibi.

Artık devam edemedi. Yüzünü eteklerime saklayarak çocuk gibi hıçkırdı.

*
* *

Bu gecenin vakalarını bir rüya gibi hatırlayacağım.

Yağmurların içinde, önümdeki fenerin donuk izini takip ederek birçok dar, karanlık sokaktan geçtim. Hiçbir şey hissetmiyor, hiçbir şey duymuyor, sele düşmüş bir yaprak gibi iradesiz sürükleniyordum.

Beni gölgelerle dolu yüksek, geniş bir odaya aldılar. Duvarlarda tamburlar, utlar, kemanlar sallanıyor, karışık raflarda neyler sürünüyordu. Bestekâr bu çalgılarla dolu odanın bir köşesinde geniş bir demir karyola içinde ölüyordu.

Ayaklarımın ucuna basarak yanına yaklaştım. Mum gibi sarı çehresine ölümün sükûneti şimdiden çökmüş, kapalı gözlerinin çukuruna karanlık dolmuştu.

Yalnız dudaklarında, bembeyaz dişlerini gösteren aralık dudaklarında bir parça hayat rengi kalmıştı.

Biraz evvel o kadar telaşlı ve perişan görünen kadıncağız, bu son vazife karşısında hayret verici bir sükûn ve tahammül gösteriyordu. Sevgi, şefkat denen şeyde ne mucizeler var yarabbi! Mektebe gidecek çocuğunu uyandıran bir ana gibi elini hastanın başına koydu:

– Yusuf, çocuğum, bak, arkadaşın, Feride Hanım sana hatır sormaya geldi. Aç gözünü, Yusuf, dedi.

Hasta, hiçbir şey işitmiyor, hiçbir şey görmüyordu: Onun bir kere daha gözlerini açmadan ölmesi ihtimali, biçare kadına, o güzel tahammülünü yavaş yavaş kaybettiriyordu. Tekrar ağlamaya, sesi boğulmaya başlamıştı:

– Yusuf, yavurucuğum, bir kere daha gözlerini aç, görmeden ölürsen, daha ziyade yanacağım.

Yüreğim merhametten eziliyor, dizlerim vücudumun yükü altında çökecek gibi oluyordu. Karyolanın başucunda masaya benzeyen bir karanlık kümesine dayanmıştım. Bunun bir org olduğunu fark ederek titredim. Kalbim, öyle söyledi ki, bu biçare gözleri son defa açacak mucize ancak bu org olabilir. Düşündüğüm şey belki cinayet, belki bundan daha büyük bir günahtı. Fakat kenarından bakanları içine çeken uçurum gibi bu org da benim tahammülümü elimden aldı. Gayri ihtiyari ayağımı bastım, parmağımı tuşlardan birine koydum.

Org, yaralı bir gönül gibi derin derin inledi. Odanın karanlık köşeleri, duvarlardan gölgelerini uzatan sazlar gizli figanlarla titreştiler.

Hakikat mi, yoksa benim yaşlarla perdeli gözlerimin bir vehmi mi olduğunu söyleyemeceğim. Bana öyle geldi ki hasta, bu sesle son bir defa mavi gözlerini açtı.

Ablası yastığa yüzünü kapamış hıçkırıyordu.

Bir mukaddes vazife yapar gibi ölünün üzerine eğildim, henüz bir hayat bakiyesiyle titriyor gibi görünen gözlerine dudaklarımı sürdüm.

. . . .

İlk busemi ben, bir ölünün sönmüş gözlerine mi tevdi edecektim[276]!

B..., 2 Teşrinisani

Bu akşam B...deki evimde son gecem... Yarın erkenden hareket ediyorum.

O vakadan sonra tabii burada kalamazdım. Şehirde herkes benden bahsediyor, herkes, beni merak ediyordu. Mektebe gidip gelirken kaç kişi peşime takıldı, kaç kişi artık iki kat örtmeye başladığım peçemin altından yüzümü seçebilmek için yolumu kesti; kaç saygısızın, biraz sesini alçaltmaya bile lüzum görmeden:

---

276 vermek, bırakmak

– İpekböceği bu ha? Zavallı Şeyh! dediğini işittim.

Arkadaşlarımın yanında konuşmaya utanıyor, sınıfa girerken kıpkırmızı olduğumu hissediyordum.

Bu böyle devam edemezdi. Çaresiz maarif müdürüne gittim. Buranın havasına dayanamayacağımı söyledim; başka bir memlekette bana bir ders bulmasını rica ettim. Dedikodulardan galiba onun da haberi vardı. Çünkü hemen bana hak verdi. Yalnız başka bir yerde bana göre ders bulmak müşküldü. Daha az maaşlı daha küçük bir mektep olursa da kabul edeceğimi söyledim; elverir ki uzakta bir yer olsun.

İki gün evvel emri geldi: Ç... Rüştiyesi'ne tayin etmişler.

Zavallı Çalıkuşu, rüzgâra kapılmış sonbahar yapraklarına döndü.

ÜÇÜNCÜ KISIM

I

Ç..., 23 Nisan

Bugün Hıdırellez. Evde yalnızım. Hatta, sade evde değil, kasabada da hemen hemen öyleyim. Evler boş çarşılar kapalı. Bütün kasaba halkı, erkenden yemek sepetleriyle Söğütlük'te kuzu yemeğe gitti. Köşe başında her zaman kötürüm bir dilenci oturur. O bile eğlenceden geri kalmak istemedi, arabaya biner gibi, azametli bir eda ile bir hamalın sırtına binerek kafileye karıştı.

Maamafih, benim en ziyade hoşuma giden köpekler oldu. Kurnaz hayvanlar, ziyafetin kokusunu almışlar, bohçalar, sepetler, ihramlarla[277] yola çıkan her kafilenin arkasında birkaç da onlardan takılmış.

Munise'yi komşulardan alay imamı Hafız Kurban Efendi'nin karısıyla beraber gönderdim. O bensiz gitmemek için

---

277 yün yaygı

bir hayli sızlandı, fakat başıma bir çatkı çattım, "Biraz hastayım açılırsam belki arkadan gelirim" dedim.

Onları hastayım diye aldattım ama bugün, bilakis çok iyiyim ve çok neşeliyim. Gitmek istemediğimin sebebine gelince, ben, artık böyle kalabalık eğlence yerlerinden hoşlanmıyorum.

Evde yalnız kalır kalmaz başımdan çatkıyı attım. Yavaş sesle türküler söyleyerek, ıslık çalarak hanım hanım evimin işini gördüm. Mektepte günlerce erkek gibi çalıştıktan sonra ara sıra ev hanımlığı etmek bana öyle tatlı geliyor ki...

Bu işler bitince sıra kuşlarıma geldi. Maskaraların kafeslerini temizledim, sularını tazeledim, sonra güneş alsınlar diye bahçeye çıkardım. Şimdi tam yarım düzine kuşumuz var. Buraya gelirken Mazlum'u, Hacı Kalfa'nın oğluna bırakmak mecburiyetinde kalmıştık. Munise çok üzülmüş, ağlamıştı. Kızcağızım içlenmesin diye ona bu kuşları aldım. Sonradan bana da bir merak geldi. Fakat komşunun sarı kedisinden bu hayvancıklara hiç rahat yok. Ne vakit kafesleri bahçeye çıkarsam, gelip karşılarına oturuyor. Görünüşte sakin, halim bir kedi. Yeşil gözlerini aralık ederek âdeta şefkatle kuşlara bakıyor, hele ara sıra çenesini titreterek hafif hafif sesler çıkarması var ki onlarla konuşuyor zannedersiniz. Bugün, "Bakalım ne yapacak?" diye kuşlardan birini kafesten çıkardım, onun yüzüne doğru yaklaştırdım. Zalim hayvanın üstünden bir rüzgâr esmiş gibi sarı tüyleri dalgalandı, yeşil gözlerinden kıvılcımlar parladı. Yumuşak pençelerinin içinden tırnaklarını çıkarıyor, kuşun üstüne atlamaya hazırlanıyordu.

Zavallı yavrucuk elimin içinde kanatlarını, boynunu kısarak öyle bir titriyordu ki... Öteki elimle kediyi başından tuttum:

– Bu hain yeşil gözlerdeki tatlılığa bakan, seni gökyüzündeki melekleri düşünüyor sanır, dedim. Halbuki senin derdin, bu biçareyi parçalamak değil mi? Bak, ben şimdi senden ne güzel intikam alacağım.

Öteki elimi açtım. Zavallı kuş birdenbire sendeledi, azat olduğuna inanamıyor gibi durdu. Sonra, ince bir feryat kopararak uçmaya başladı. Kedinin hayran bir yeis ile kuşu takip eden yeşil gözlerini yüzüme yaklaştırarak kahkahalarla gülüyor:

– Nasıl, kuşu parçalandın mı sarı zalim? diye eğleniyordum.

İçimde derin bir sevinç vardı. Yalnız bu sarı kediden değil, zavallı küçük kuşlara musallat olan bütün sarı mahlûklardan öç almış gibi seviniyordum.

Neşemi yalnız öteki kuşların şikâyeti kırdı. Bu hakikaten bir şikâyet miydi, bilmiyorum, fakat bana öyle geldi ki, zavallılar: "Niçin bizi arkadaşımız gibi mesut etmiyorsun?" diyorlar. Gönlümün o daima itaat etmek lâzım gelen hırçın, sert emirlerinden biriyle kafese doğru yürüyordum.

Hepsini birden azat edecektim. Fakat birdenbire Munise aklıma geldi. Yanağımı kafeslerden birinin teline dayadım:

– Sizi bırakayım, güzel, fakat sonra Munise'ye, öteki sarı müstebide[278] ne cevap vereceğiz? Ne yapalım küçükler, ne kadar uğraşsak bu sarı hainlerden kendimizi büsbütün kurtaramıyoruz, dedim.

---

278 zorba

*
* *

Kuşlardan sonra sıra kendime geldi. Ben havayı bir parça güneşli gördüğüm vakit, daima soğuk su ile saçlarımı yıkarım. Onların yavaş yavaş güneşte kuruması en büyük zevkimdir.

Bugün yine öyle yaptım; sonra kafeslerimin karşısındaki erik ağacına çıkarak ıslak saçlarımı hafif hafif esen bahar rüzgârına dağıttım. Saçlarım artık uzamış, hemen hemen belime inmişti. B...de saçlarımın niçin kısa olduğunu arkadaşlarıma söylemeye utanmıştım. Onlar bunu kadın için ayıp, daha doğrusu bir kusur sayıyorlar. Hacı Kalfa'ya varıncaya kadar, herkesten bir türlü saç ilacı salık[279] almıştım. Saçlarımın bu kadar çabucak uzadığını görenler kerameti kendilerinde bildiler; ilaçlarındaki tesire benim demet demet uzayan gür saçlarımı şahit tuttular.

Erik ağacı kafeslerin ta karşısındaydı. Kuşlar, boncuk gibi parlayan, gözlerini güneşe dikerek ötüşüyorlardı. Ben, ıslık çalarak onları taklit ediyor, ince bir dalın üstünde, salıncakta gibi sallanıyordum. Bir aralık yanımdaki evin penceresine gözüm ilişti. Bir de ne göreyim! Komşu alay imamı Hafız Kurban Efendi, ablak yüzünde iki cami kandili gibi parlayan yuvarlak, çipil gözleriyle bana bakmıyor mu?! Ne olduğumu anlatamam. Kılığım, kıyafetim bir şeye benzese neyse. Fakat ayaklarım çıplak, arkamda açık bir beyaz gömlek. İlk

279 *tavsiye*

hareketim arkama dökülen ağır saç kümesine sarınarak onu boynuma, göğsüme dağıtmak oldu. Sonra kendimi bir yük gibi ağaçtan aşağı attım. Bereket versin dal yüksek değildi. Kulağıma "aman, eyvah!" diye bir ses geldi. Düşen, biraz da canı yanan bendim. Fakat, bağıran komşum Hafız Kurban Efendi'ydi.

İsmini gülmeden söyleyemediğim bu Hafız Kurban Efendi, elli yaşlarında bir alay imamıdır. Çok zengin olduğunu söylüyorlar. Karısı pek taze, otuz yaşına bile girmemiş, güzel, kara gözlü, filiz gibi bir Çerkes kızı. Aramız pek iyidir. Bugün Munise'yi gezmeye götüren de odur. Çocuğu olmadığı için benim küçük yaramazı o da kendi kızı gibi seviyor. Fakat bugünkü vaka neşemi kaçırdı. Alay imamından çok utandım. Kim bilir, ne kadar ayıplamıştır! Şimdi bu satırları yazarken utancımdan yüzümü ateş basıyor, kıpkırmızı olduğumu hissediyorum. Of, yarabbi! Mektep hocası da oldum, hâlâ deliliği bırakamıyorum. Tevekkeli B...deki Müdür Recep Efendi bana, "Allah gecinden versin, hani ölüp de mezara girsen talkın veren imamı güldüreceksin!" demezdi.

Bugünkü programımın öğleden sonraki kısmı; geldim geleli çantamda duran defterime son altı ayın vakalarını yazmaktı. Boğaz ile beraber sahildeki istihkâmların[280] bir kısmını gören penceremin önüne geçtim. Ben bu eve zaten yalnız bu pencereyi sevdiğim için geldim. Yoksa tamah edilecek hiçbir şeyi yok.

---

280 siper

B...den kaçmak için ilk teklif ettikleri yeri kabul etmiş, ne burayı sevip sevmeyeceğimi düşünmüş, ne de aylığımın azlığına ehemmiyet vermiştim.

Fakat talihime gayet iyi bir yer çıktı. Sakin, şirin bir asker memleketi. Yerli olsun, yabancı olsun, kimin babasını, kardeşini, oğlunu, kocasını sorarsanız asker; ya zabit, ya nefer. Hocalarının bile bir kısmı tabur imamı, alay müftüsü, filan gibi askerlikte bir ilişiği olan insanlar. Komşum Kurban Efendi'nin, sarığıyla beraber ara sıra üniforma giydiği, kılıç taktığı bile oluyor.

Ç...nin kadınları pek hoşuma gidiyor. Vefakâr, çalışkan, hayatlarından memnun, munis ve sade insanlar. Çalışmak gibi eğlenmeyi de çok seviyorlar. Hafta geçmez ki bir düğün olmasın. Bir düğün, türlü türlü isimde kına geceleriyle tam bir hafta sürüyor. Demek ki onlar hemen her gece eğleniyorlar.

Evvela buna nasıl para dayandırıyorlar, diye şaşıyordum. Fakat sonradan sırrını anladım.

Mesela bir kadın, ağır bir gelinlik elbisesini on sene, yirmi sene, her düğünde giyiyor, sonra onu yine tertemiz kendi kızına giydiriyor. Eğlenceleri çok sade. Çalgıları, armonika çalan bir ihtiyar Ermeni kadını ki küçük bir kumaş parçası, birkaç para ile memnun oluyor.

Evet, sade eğlenceler. Fakat değil mi ki memnun oluyorlar, pekâlâ. Keşke ben de onların içinde doğsaydım, keşke ben de bir gün parmaklarımda, avuçlarımın içinde hurma gibi kınalar! Her ne ise, başka bahse geçelim.

Komşularım beni birdenbire sevdiler. Yalnız aralarına karışmadığıma, bu eğlencelerden zevk almadığıma darılıyorlardı. Kibirli sanmasınlar diye onlara kul köle oldum, mektepteki kızları gibi kendilerinden de elimden gelen nezaketi, yardımı esirgemedim.

*
* *

Burada en sevdiğim bir yer de "Söğütlük" dedikleri dere kenarı. Kalabalık günlerde pek cesaret edemiyorum. Fakat bazı tenha akşamüstleri, mektepten dönerken Munise ile oraya uğruyoruz. Söğütlük âdeta bir söğüt ve çınar ormanı. Kim bilir, kaç yüz senelik? Çınarların aşağı kısımlarındaki dalları kesmişler, yalnız gövdeleriyle tepelerindeki dallar ve yapraklar kalmış. Akşam gölgesinin çökmeye başladığı saatlerde insan oraya girerse, ucu bucağı bulunmaz bir viran kubbenin altına girmiş gibi oluyor. Yandan vuran son güneş aydınlıkları bu yüksek, harap çınar gövdelerini göz alabildiğine uzanıp giden kırık sütunlara benzetiyor. Derenin öbür kıyısında etrafları çitlerle çevrilmiş, sıra sıra bahçeler, o bahçelerin arasında gölgelere boğulmuş incecik yollar var. Karşıdan bu yollara bakarken bana öyle geliyor ki onlar insanı bildiğimiz dünyadan başka yerlere götürecek, en umulmaz emellere kavuşturacak.

*
* *

Memleketin zenginleri, Hastalar Tepesi isminde bir yerde oturuyorlar. İsmi fena ama kendi en şen, en mesut insanların yeri. Geldiğim vakit bana orada güzel bir ev göstermişlerdi. Fakat cesaret edememiştim. Şimdi B...deki kadar zengin değilim. Daha fakirâne yaşamaya, daha küçük bir evde oturmaya mecburum. Maamafih, şimdiki evim de pek fena yerde değil. Meydanlığı, kahvesi, dükkânlarıyla kasabanın pek işlek bir yerinde. Mesela sabahleyin Söğütlük'e giden bütün Ç... halkı önümden geçti. Şimdi vakit daha erken olmakla beraber dönüş başladı. Biraz evvel Söğütlük'ten bir zabit kafilesi dönüyordu. Acele acele karşıdan gelen bir mülazımla konuşmak için durdular. Mülazım:

– Niçin böyle erken dönüyorsunuz? Ben daha yeni gidiyorum. Şimdi nöbetten çıktım, dedi.

Ceketinin önü daima açık duran şişman, yaşlı bir kolağası[281] –ki her zaman tesadüf ederim– cevap verdi:

– Dön, zahmet etme. Söğütlük'ün tadı yok bugün. O kadar bakındık, Gülbeşeker yok!

Bu şehrin askerleri galiba gülbeşeker çok seviyorlar. Çocuğunun, büyüğünün ağzında bir gülbeşekerdir gidiyor. Anlaşılan bu, bir nevi gül tatlısı olacak. Fakat Hıdrellez günü mesirede gülbeşeker aramak, onu bulamadığı için meyus olmak pek çocuklara yakışır bir şey!

Evet, bu gülbeşeker sözü çocuk, büyük bütün erkeklerin ağzında, kaç defa sokakta kulağımla işittim.

Mesela bir akşamüstü mektepten dönüyordum. Önümde fakir kıyafetli birkaç genç gidiyordu. Bunlardan birine bilmem ne ikram etmek istediler. O reddediyor:

---

281 Osmanlı ordusunda yüzbaşıyla binbaşı arasındaki rütbe

– Vallahi olmaz, şimdi yemek yedim. Yemiş değil, ne olsa yiyemem, diyordu.

Bir başkası:

– Bir şey yiyemez misin? Gülbeşeker de olsa yemez misin? diye onu omuzundan sarstı.

Delikanlı hemen yumuşadı, sırıta sırıta:

– Bak, ona yüzüm yok, diye cevap verdi.

Bazen kahvenin önünde oturan erkekler mahalleye su taşımakla geçinen fakir, fakat tuhaf neşeli bir çocukla şakalaşıyorlar:

– E, Süleyman söyle bakalım, ne vakit senin düğünü yapıyoruz?

– Ne vakit isterseniz ben alesta hazırım.

– Süleyman, sen bu fukaralıkla nasıl geçinisin?

– Kuru ekmeğimi gülbeşekere sürer yerim. Allah'tan belamı mı isteyeceğim?

Bu şakayı hemen her gün tekrar ediyorlar. Fakat, en tuhafı, bizim komşu Hafız Kurban Efendi. Üç gün evvel kapının önünde Munise'yi yakaladı. Kızcağızı zorla yanaklarından öperek:

– Oh, mis gibi gülbeşeker kokuyor, dedi.

Sokakta Sögütlük'ten dönen kafileler çoğalmaya başlıyor. İnce bir kahkaha. Munise'nin sesi. Munise geliyor. Yaramaz kızı dört saatte dört ay görmemiş gibi göreceğim geldi.

23 Nisan (İki saat sonra)

Gülbeşekerin ne olduğunu öğrendim: Munise, Söğütlük'te tesadüf ettiği birkaç muallimeye benim hasta olduğumu söylemiş, merak etmişler, dönüşte kapıdan uğrayarak hatırımı sormak istemişler.

Birkaç dakika içeri girmeleri için ısrar ettim. Bunlardan birine şaka olsun diye, "Bari gülbeşeker bulabildiniz mi? Sokaktan geçen zabitler bulamadıklarından şikâyet ediyorlardı!"

Arkadaşım gülerek cevap verdi:

– Pekâlâ biliyorsunuz ki, biz de ondan mahrum kaldık!...

– Niçin?

– Çünkü gelmediniz!

Şaşkın şaşkın yüzüne baktım, gülmeye çalışarak:

– Ne münasebet! dedim.

Mualimler hep gülüyorlardı. Arkadaşım, şüpheli bir bakışla:

– Sahi bilmiyor musun? dedi.

– Vallahi bilmiyorum.

– Zavallı Ferideciğim, sen ne kadar safsın! Gülbeşeker, Ç... erkeklerinin, bu güzel rengin için sana koydukları isim.

Ben, şaşkınlıktan kekeleyerek:

– Nasıl ben mi? Demek gülbeşeker dedikleri, o sokak delikanlılarının ekmeklerine sürüp yemekten bahsettikleri... Eyvahlar olsun! Utancımdan iki elimi yüzüme kapadım. Demek ben böyle kocaman bir kasabanın diline düşmüştüm, ne ayıp yarabbi!

Arkadaşım zorla yüzümü açtı, yarı şaka, yarı sahi:

– Bundan şikâyet edilecek ne var? Bir kasabanın erkeklerini meşgul ediyorsunuz, bu saadet hangi kadına müyesser oldu[282]? dedi.

---

282 nasip olmak

Bu erkekler, sahi çok fena mahlûklar. Bana burada da rahat vermiyorlar. Yarabbi, artık nasıl insan içine çıkacağım, komşularımın yüzüne nasıl bakacağım?

Ç..., 1 Mayıs

Deminden beri yukarıda talebelerimin vazifelerini tashih ediyordum[283]. Kapı çalındı, Munise aşağıdan:

– Abacığım, misafir geldi, diye seslendi.

Taşlıkta siyah çarşaflı bir hanım geziniyor, yüzü kapalı olduğu için tanımadım, tereddütle:

– Kimsiniz efendim? diye sordum.

Birdenbire ince bir kahkaha koptu; hanım, kedi gibi boynuma sıçradı. Meğerse Munise imiş. Yaramaz kız beni belimden tutarak taşlığın içinde döndürüyor, küçük buselerle yanaklarımı, boynumu öpüyordu. Çarşaf ona birdenbire yetişmiş bir genç kız hali vermişti. Küçüğüm bu iki senenin içinde hayli serpilmiş, hemen bana yaklaşan ince boyu, günden güne çiçek gibi açılan güzelliğiyle nazlı, nazik bir küçük hanım olmuştu. Fakat insan daima gözünün önünde duran şeylerdeki değişikliği fark edemiyor.

Onu bu hâlde gördüğüm vakit hesapça sevinmem lâzım gelirdi. Halbuki bilakis mahzun oldum. Bunu Munise de fark etti:

– Abacığım, ne oldu? Şaka yaptım. Seni sakın darıltmayayım? dedi.

Zavallı çocuk, bir kabahat yapmış gibi dargın dargın yüzüne bakıyordum:

---

283 doğrulamak, düzeltmek

– Munise, dedim. Seni büsbütün alıkoymak mümkün değil. Çünkü görüyorum ki durmayacaksın. Şimdiden düğünlerde gelin tellerini başına takarken için titriyor. Anlıyorum kızım, durmayacaksın, mutlaka gelin olmak isteyeceksin, beni yalnız bırakacaksın.

Bu yalnızlığın acısı şimdiden içime çökmüş gibi gözlerim doluyordu. Munise'nin bir kelime ile beni teselli etmesi için halimle, bakışlarımla âdeta yalvarıyordum. Fakat hain kız dudaklarını büktü.

– Ne yapalım abacığım, âdet böyle, dedi.

– Demek bir yabancının karısı olmak için beni bırakacaksın?

Munise cevap vermedi, sade güldü. Fakat ne gülüş! Zalim şimdiden onu benden ziyade seviyordu.

Bu sefer ben biraz evvelki sözlerimin aksini söylemeye başladım.

– Gelin olsan bile harhâlde yirmi yaşına kadar vakit var.

– Yirmi yaş çok değil mi abacığım.

– O hâlde on dokuz, haydi nihayet on sekiz. Cevap vermiyorsun ama, gülüyorsun. "Ben biliyorum" demek ister gibi sinsi sinsi gülüyorsun. Vallahi on sekizinden aşağı olmaz.

Afacan gülüyor, pazarlığımla eğleniyordu. Utanmasam hüngür hüngür ağlayacaktım. Sarı insanların hepsi vefasız oluyor, hepsi insanı başka türlü üzüyor.

Ç..., 10 Mayıs

Mektep talebeleri içinde on iki, on üç yaşlarında bir zengin paşa kızı var. Büyümüş de küçülmüş gibi kavruk, çürük dişli, bücür, azametli bir kız.

Nadide Hanımefendi, –eğlenmek için hanımefendi diyorum, mektepte şimdiden onu öyle çağırıyorlar– Hastalar Tepesi'nin en güzel konağında oturur, her gün paşababasının landosu[284] ve koç boynuzu gibi pala bıyıklı emir çavuşuyla mektebe gelir gider.

Öyle sanıyorum ki bu küçük hanım, bir şey öğrenmekten ziyade fakir arkadaşlarına, hatta hocalarına kurum satmak için mektebe geliyor. Çocuklar, onun halayıkları vaziyetindedir. Hocalar, onun bin türlü kahrını, nazını çekmeyi vazife biliyorlar. Ara sıra büyük hanımefendi, kızının muallimlerini konağa davet eder, ziyafet verirmiş. Zavallı arkadaşlarım, orada gördükleri debdebe ve saltanatı, yedikleri yemekleri, hanımefendilerin tuvaletlerini söyleye söyleye bitiremezler. Arkadaşlarımın bu hali beni hem güldürür, hem iğrendirir. Bu Abdürrahim Paşaların ne ruhta insanlar olduğunu anladım. Debdebeleri, saltanatlarıyla birtakım görgüsüz, ehemmiyetsiz insanların gözünü kamaştırmaktan zevk alan, kaba birtakım "ne oldum" delileri.

Arkadaşlarım birkaç defa beni de götürmek istediler, bir hakarete uğramış gibi kızardım, istihfaf ile omuzlarımı silktim.

Fakir çocukların potinlerini bağlamak, çamurlarını temizlemekten çekinmediğim hâlde bu azametli küçük hanım efendiye hiç yüz vermiyorum. Hatta, derste hırpaladığım da oluyor. Fakat aksiliğe bakınız ki o her hocadan ziyade bana musallat. Hiç peşimden ayrılmıyor.

Bu sabah öğleye doğru kapımda bir araba durdu. Bir de ne bakayım. Abdürrahim Paşa'nın landosu değil mi? Pala

284 iki sıralı üstü açılabilen çift körüklü binek arabası

bıyıklı emir çavuşunun araba kapısını açtığını, talebem Nadide Hanım'ın etraftan koşan mahalle çocukları arasında bir prenses azametiyle evime geldiğini gördüm. Bütün mahalle hayret içindeydi. Karşı evlerdeki kafeslerin arkası kadın başlarıyla doluyordu.

Nadide Hanım, büyük ablasının bir tezkeresini getiriyordu. "Muallime Hanım, paşababam, validem ve bendeniz bugün bize teşrifinizi rica ediyor ve emrinize tahsis edilen araba ile gelmenizi bekliyoruz."

Maksadı derhal anladım. Akılları sıra servetlerinin debdebeleriyle, öteki hocalar gibi benim de gözlerimi kamaştıracaklar. İlk fikrim bir iki soğuk teşekkür kelimesiyle küçük hanımı, çavuşu ve landoyu geri göndermek oldu. Fakat, kalbimde birdenbire başka bir arzu uyandı: Bu sonradan görme ne oldum delilerine güzel bir ders vermek...

İstanbul'da, bu paşaların çok daha yüksek numunelerini görmüştüm. Hatta böyleleriyle biraz uğraşırdım da. Yüzlerinden yalancı maskeleri sıyırmak, azametli gösterişler altında gizlenen çirkinlikleri, hiçlikleri meydana çıkarmak Çalıkuşu'nun en büyük eğlencesiydi. Ne bileyim ben, böyle doğdum. Pek fena bir kız değilim, küçükleri, ehemmiyetsizleri çok seviyorum. Fakat servelileri yahut yapmacık kibarlıklarıyla övünenlere karşı daima zalimim.

İlk sene hanım hanımcık oturduktan sonra bugün bir parça afacanlık etmek benim hakkımdı.

İnadıma, sade, fakat çok şık giyindim. Allah'tan, bir kat lacivert elbisem vardı. Amcam Paris'ten göndermişti.

Nadide Hanımefendi'yi, aşağı odada biraz fazla bekletmekten çekinmedim. B...de iken pek beğendiğim için bir Avrupa mecmuasından kesip sakladığım bir baş modelini aynanın kenarına iliştirdim, bütün kuvvetimi, maharetimi sarf ederek onu taklit ettim. Bu baş, fazla fantezist ve viöjö[285] idi. Fakat neme lâzım? Ben bugün, bir aktris gibi bu kibar "kenar dilberleri" üstünde yapacağım tesire bakarım.

Aşağıdaki küçük hanımı, sadece kendimi süslemek için yalnız bırakmadım. Biraz da bu fakir eşyalı loş odanın aynasında gülümseyen genç kızı seyretmek için beklettim. Bir yabancıyı seyreder gibi, ona utana utana bakıyordum. Mademki defterimi benden başka kimse okumayacak. Niçin hepsini itiraf etmemeli? Onu güzel, hem de dikkat ettikçe insanı saran bir güzellikle güzel buluyordum. Gözler, İstanbul'da tanıdığım şen, kaygısız Çalıkuşu'nun berrak aydınlık parçası içinde titreyen birkaç yıldız kırıntısından ibaret açık ela gözleri değildi. Onlarda, karanlıklara baka baka geçmiş birçok yalnızlık gecelerinden kalma siyah bir acı, yorgun bir tahayyül, uykuya ve daha başka şeylere doymamış gözlerin süzgün mahmurluğu vardı. Bu gözler, gülmeseler, canlı bir ıztırap gibi büyük ve derin görünecekler. Fakat gülmeye başladıkları an her şey değişiyor. O vakit küçülüyorlar, ziyalar[286] içlerine sığmıyor, küçük pırıltılarla yanakların üstüne dökülmeye başlıyor.

Bu yüzde ne güzel, ne ince çizgiler vardı. İnsana ağlamak arzusu verecek kadar güzel şeyler.

---

285 "Fransızca – vieux" yaşlı işi, eski
286 ışık

Kusurlarında bile şimdi bir sevimlilik görüyordum. Tekirdağ'daki enşitem derdi ki: "Feride, senin kaşların lakırdılarına benziyor, güzel güzel, ince ince başlıyor, fakat sonra yolunu sapıtıyor!" Onun dediği gibi güzel güzel, ince ince başladıktan sonra, yolunu sapıtan bu kaşların, şakaklara doğru öyle güzel bir dağılışı vardı ki...

Sonra bir parça kısa olduğu için daima gülen, daima üst dişlerimi bir parça açık bırakan dudağım, –düşünmeli ki bu dudak –Bursa'daki Hoca Efendi'nin dediği gibi– beni mezarıma bile gülümseye gülümseye götürecek.

Küçük hanımın aşağıda, mahsus potinlerini vurarak gezindiğini işitiyor, fakat bir türlü aynadaki küçük hanımdan ayrılamıyordum.

Bana, B...de İpekböceği, Ç...de Gülbeşeker dedikleri zaman ne kadar üzülmüş, titizlenmiştim. Şimdi, aynada gördüğüm genç kıza, bu seher aydınlığı gibi berrak, kırağılarla ıslanmış nisan gülleri gibi taze mahlûka, bu isimleri vermekten çekinmiyordum. Bir aralık görünmekten korkuyor gibi etrafıma baktım, sonra kendi kendimi, gözlerimi, yanaklarımı, çenemi öpmek için aynaya uzandım. Yüreğim kuş gibi çırpınıyor, dudaklarım ıslak lezzetle titriyordu.

Fakat yazık ki bu aynalar da erkek icadı. İnsan ne yapsa mesela saçlarını, gözlerini öpemiyor. Ne yapsa, ne kadar uğraşsa kendini yalnız, münhasıran[287] dudaklarından, ağzından...

Neler söylüyorum?.. Sör Aleksi, "Papaz elbisesi adamın ruhunu da papaz eder!" derdi. Koket başı da adamı koket mi

287 özellikle

yapıyor, nedir? Bir mektep hocası için ne manasız, ne ayıp lakırdılar bunlar.

*
* *

İki sene uslu uslu oturduktan sonra biraz afacanlık etmek bugün benim hakkımdı.

Hanımları, salonlarının içinde, bana karşı acemi aktrisler gibi tuhaf tuhaf pozlar almış görünce içimden güldüm, "görürsünüz, biraz sabredin!" dedim.

Onlar, başkaları gibi hanımefendiyi, küçük hanımefendileri eteklemediğimi, gayet sade ve serbest bir selamla iktifa etiğimi görünce hayret ettiler. Birbirlerine bakıyorlardı. Mürebbiye olduğunu tahmin ettiğim adi bir Beyoğlu kokonası, altın gözlüğünü takarak, beni baştan aşağı süzdü.

Tavırlarımda, hareketlerimde öyle tabii bir akıcılık, sözlerimde öyle fütursuz bir emniyet vardı ki, salonun içi gizli bir fırtınaya uğramış gemi gibi altüst oluyordu. Bu salon, kibarlık ve zevkten ziyade paranın bin türlü pahalı eşya ile doldurulduğu bir nevi manifaturacı camekânı idi. Hanımcıklar, senelerden beri, birer manken ölülüğüyle bu salonda oturuyorlar, Ç...nin zavallı görgüsüz kadınlarını hayretlere düşürmekten zevk alıyorlardı.

Serbest ve afacan cüretimle yavaş yavaş bu salona sahip oluyor, kendilerini acemi, beceriksiz bir misafir mevkiinde bırakıyordum. Bu kaba ve gülünç komedyayı oynarken tabiilikten çıkmamaya, oyunumu belli etmemeye gayret ettim. Her ne gösterdiler, ne söylediler, ne yaptılarsa beğenmediğimi hissettirdim. Hem de onlara, zavallılıklarını, görgüsüzlüklerini derin derin, acı acı duyurmak şartıyla. Mesela, paşanın büyük kızı, bana tabloları gösteriyordu; ben bunların adi şeyler olduğunu nazik ve üstü örtülü kelimelerle söyledikten sonra, bir köşede bir minyatür buluyor, salonda yegâne bir sanat eseri olan bu güzel şeyin niçin buraya atıldığını soruyordum. Hülasa, hiçbir debdebelerine hayret etmedim. Her şeylerini tenkit ettim. Hele yemekte onlara o kadar gizli eziyetler ettim ki... Bu mükemmel, zengin sofrada, kim bilir, kaç kişinin lokması boğazında kalmıştı? Kim bilir, kaç misafir, çatal bıçak kullanmasını beceremedikleri için gizli gizli ter dökmüş, kaç biçare, nasıl alınacağını, nasıl yeneceğini bilmediği bir yemeği reddetmek mecburiyetinde kalmıştı? Bugün hep onların intikamını aldım. Öyle becerikli, ahenkli hareketim vardı ki, hanımlar göz ucuyla, hayran hayran bakmaktan kendilerini alamıyorlardı. Ben de ara sıra onlara bakıyordum. Fakat nazarlarım, onların elindeki çatalı titretiyor, boğazlarını tıkıyor, su içmelerini şaşırtıyordu. Hele o görgüsüz, cahil kadınlara kendisini adam diye satan, gülünç Fransızcasıyla övünen Beyoğlu kokanasını dünyaya geldiğini pişman ettim.

O bir mürebbiye, ben bir mektep hocası olduğum için kendisini benimle kapı yoldaşı farz ediyordu[288]. Benimle gizli bir mücadeleye girişmeyi, bir meslek mecburiyeti bildi. Fakat, bu maskarayı öyle bozdum ki... Türkçe derdini anlatmaktan aciz kalıyor, "Türkçe iyi anlatamıyorum" diye kurtulmak istiyordu. Ben, o vakit Fransızca, "Beis yok matmazel,

288 *varsaymak*

Fransızca konuşalım" diyorum. Fransızca konuşmaya çalışıyor, bu defa Fransızcasıyla eğlenmeye başlıyorum. Hülasa küçük, ehemmiyetsiz, iptidaiye hocası kaybolmuş, "Dam dö Siyon"un en zarif lakırdıcı[289] muallimlerini ağlamaklı eden zalim Çalıkuşu, bütün haşarılığı, alaycılığı ile yeniden doğmuştu.

Yüksek meclislere ait bir kabul etiketini münakaşa ederken söz bulmakta aciz kaldı: "Maamafih, ben birçok yüksek meclislere girdim, çıktım, gözümle gördüm!" diye beni mat etmek istedi. O vakit, mağrur bir istihfafla yüzüne baktım, gülümseyerek:

– Evet, ama, yalnız girip çıkmak kâfi değil. İnsanın o muhitte kendi tabii hayatını yaşaması lâzımdır, dedim.

Bu pek terbiyeli olmadığını itiraf ettiğim hücumum üzerine kadıncağızı hafakan boğuyordu[290]. Minimini paşazadelerden biri, ders saati geldiğini bahane ederek alelacele yanımızdan çıktı.

Hanımlar, kuzu gibi olmuşlardı. Bu çirkin süs ve gurur maskelerini attıktan sonra ruhlarının asıl çehresini gösterdiler. Hakikaten fena insanlar değildiler. O vakit, ben de yavaş yavaş halini bilen, ehemmiyetsizliğini takdir eden mazlûm, sakin, iptidaiye muallimesi mevkiine indim.

Hanımefendi ve küçük hanımlar sık sık gelmemi samimiyetle rica ediyorlardı. "Ara sıra taciz ederim[291], fakat her zaman nasıl olur, ne söylerler? Sık sık geldiğimi görürlerse

---

289 konuşan
290 sıkıntıdan bunalmak
291 rahatsız etmek

mutlaka sizden bir şey beklediğim fikrine düşerler" dedim.

Hanımefendi, kim olduğumu merak ediyor, mutlaka beni söyletmek istiyordu.

– Epeyice bir ailenin fakir düşmüş bir kızı, dedim.

– Hanım kızım, siz bu güzelliğinizle, bu meziyetinizle pek iyi bir yere gelin olabilirsiniz.

– Belki, hanımefendi, beni de isteyecek zararsız bir adam olabilirdi. Fakat ben kendi alnımın teriyle kendimi geçindirmeyi daha iyi buldum. Çalışmak ayıp değil, dedim.

– Sizi iyice bir ailenin iyice bir çocuğu için isteseler ne dersiniz?

– Tabii, kazandığım bu şeref için teşekkür ederim, fakat zannederim ki kabul etmem.

Asıl maksatlarını biraz sonra anladım. Meğer bugün sadece azamet satmak[292], saltanatlarıyla gözlerimi kamaştırmak için, bu konağa çağrılmamışım!

Paşa'nın büyük kızı bana bahçeyi göstermek istemişti. Bahçeleri de, tıpkı salonlarına benziyordu. Bin bir çeşit çiçek, ot, fidan saksı ile sözüm ona yabana[293] süslenmiş, daha doğrusu döşenmiş, tefriş edilmiş olan bu bahçede dolaşırken, üçer beşer senelik sekiz on bodur çamdan ibaret yapma bir ormancıkta...

Fakat bunu anlatabilmek için on iki gün evvelki bir vakaya dönmeye mecburum.

Mektebimizin teneffüs bahçesine bitişik koca bir bağ var. Çocuklar, aradaki çit duvarı söktükleri için iki bahçe hemen

---

292 böbürlenmek
293 yabancı, el

bir gibi. Bir zamandan beri o bağda üç, dört fakir işçi, başlarında kırmızı mendillerle çapa çapalıyorlardı. Teneffüs saatlerinde yanlarına gidiyor, biçarelerin kan ter içinde çalıştıklarını seyrediyordum. O bahsettiğim gün, bunların arasında genç bir ameleye dikkat etmiştim. O da onlar gibi giyinmişti, fakat simasında, halinde bir başkalık fark ediliyordu. Mesela; yüzünün esmer cildinde renkli bir şeffaflık, gözlerinde başka bir parıltı vardı. Hele elleri, kadın elleri kadar nazik ve küçüktü. Öteki işçiler gibi yaşlı başlı olmadığı için yanına yaklaşmıyordum. Fakat o, benim yanıma gelmeye cesaret etti. Sıcaktan çok susadığını, mektep çocuklarından birinden kendisi için su istememi söyledi.

Horozdan kaçan insanlardan dünyada hoşlanmam. Onun için çekinmedim. Hatta bir mektep hocası olduğumu düşünerek, "Peki oğlum, biraz bekle, söyleyeyim" dedim.

Kendi kendime, "Bu, mutlaka sonradan düşmüş bir asilzade filan olacak!" diye düşünüyordum. Bu işçi, hem utangaç, hem cesurdu. Konuşurken kelimelerini şaşıracak kadar sıkılıyordu. Fakat bir taraftan da mütemadiyen sualler, hem de münasebetsiz sualler soruyordu:

Buraya yeni gelmiş, ucuzluk var mıymış, kış nasıl olurmuş, armudu, elması bol mu imiş?

O suyu içerken ben gülümsüyor, "Anlaşılan biçarenin aklında bir noksan var!" diyordum. Paşanın bahçesindeki çam ormanı taklidinde, maskara edilmiş bir biçare ağaçlar içinde gördüğüm şeyin, beni ne kadar mütehayyir etiğini anlatmak için bu kadar tafsilat kâfi.

Evet, bu ağaçlar içinde yine o fakir işçi ile karşı karşıya geliyordum. Fakat bu sefer büsbütün başka bir kıyafetle. O, başındaki alabros[294] saçlara varıncaya kadar kılıcı, düğmeleri, nişanları, yakası, yüzü, dişleri, hâsılı her şeyi pırıl pırıl parlayan bir erkânıharp[295] yüzbaşısı idi. Fotoğraf çektirir gibi, iki çam ağacının arasında, başı yüksek, vücudu dik, parmakları birbirine yapışmış duruyor, ince bıyıklarının altında, yarı açık dudaklarının içinde dişleri, cüretkâr gözleri parlıyordu. Hülasa, öyle bir duruş, öyle bir kıyafet ki, insan beyaz eldivenleriyle kılıcını çekerek "Hazır ol!" kumandasını vermesini bekliyor.

Maamafih, bir saniyede anladım ki zabite, "hazır ol" kumandasını başkaları vermiş.

Nerime Hanım, paşanın büyük kızı:

– A! İhsan, sen burada mıydın? Nereden çıktın ayol? diye hayret etti.

Fakat biçare kadıncağız, rolünü o kadar acemice oynuyor ki. "A! İhsan, sen nereden çıktın?" diye hayret ederken sesine: "Vah vah! Yalan söylediğimiz ne kadar da belli oluyor!" der gibi bir ahenk geliyor.

Evet, bu gülünç "opera komik" dekoru içinde gülünç bir komedya oynayacaktık, niçin? Bunu daha sonra anlayacağım. Şimdilik hiçbir şey sezdirmemek, sakin ve cesur olmak lâzım.

Herhâlde, bu paşalar, sürpriz yapmasını çok seven insanlar. Fakat benim de, bugün inatçılığım üstümde. Ne ya-

294 dik kesilmiş erkek saçı
295 kurmay

parlarsa yapsınlar, şaşırmış görünmeyeceğim. Galiba, benim utanmamı, kaçınmamı bekliyorlar hiç vakar ve sükûnumu bozmadım.

Nerime Hanım dedi ki:

– Feride Hanımefendi, siz de bizim gibi İstanbullusunuz. Amcazade ve süt kardeşim İhsan'ı size takdim etmemde bir mahzur görmezsiniz, değil mi?

Ben, hiç fütursuz:

– Bilâkis, çok memnun olurum efendim, dedim.

Sonra, onun söz söylemesine meydan vermeden kendimi takdim ettim:

– Feride Nizamettin. Maarif ordusunun küçük zabitlerinden...

Genç zabit, o güzel ve cüretkâr sükûnunu muhafaza edemedi. Hakkı da yok mu ya? Küçük iptidaiye hocası birkaç gün evvel amele kıyafetinde gördüğü bir şahsı, bugün güneş gibi parlak, peri masalı şehzadeleri gibi güzel ve muhteşem görür de heyecanından bayılmaz; bu, akla sığar şey mi?

Evet, bilâkis, o şaşırdı. Bize mektepte, ehemmiyetli bir şeymiş gibi senelerce özene bezene talim ettikleri o mahut[296]; "selam merasimi"ni pek iyi bilmiyordu. Galiba, bir asker temennası[297] için kaldırdığı elini yarı yolda tekrar indirdi, elimi tutmayı tercih etti. Fakat, bu defa da elindeki eldiveni gördü. Bu biçare eldiven, birdenbire ateş almış gibi öyle bir dehşetle elini çekmesi vardı ki...

---

296 *bilinen*
297 *öne eğilip, doğrularak eli başa götürerek verilen selam.*

Üç beş dakika kadar hiç fütursuz konuştum. Göz göze geldikçe zavallı delikanlı, besbelli amele kıyafetiyle benden su istediğini hatırlıyor, muhcubane gözlerini indiriyordu. Fakat ben, hiç oralı olmuyor, onu ilk defa görmüş gibi konuşuyordum.

Biraz sonra Nerime Hanım'la içeri giriyorduk. Kadıncağız, tereddütle bana baktı ve dedi ki:

– Feride Hanım, tabii İhsan'ı tanıdınız.

Mektepteki vakayı, demek o da biliyordu. Sadece:

– Evet, dedim.

– Belki aklınıza bir şey gelir. Size işin doğrusunu söyleyeyim efendim. İhsan, arkadaşlarıyla bahse girmiş. Gençlik bu ya efendim, olur şeyler.

Hayretle dudaklarımı bükmekten kendimi alamadım:

– Ne münasebet efendim?

Nerime Hanım, kızarıyor, mahcubiyetini saklamak için gülüyordu:

– Efendim, zabitlerden bazıları size mektepten gelirken tesadüf etmişler, pek güzel olduğunuzu söylemişler. Biz İstanbulluyuz, tabii buralılar gibi bunu bir hakaret sayamayız değil mi, güzelim? İhsan, bahse girişmiş, "Mutlaka bir çaresini bulur, bu Muallime Hanım'la görüşürüm." demiş. O gün, üşenmeden amelelerden birinin elbisesini giyinmiş, bahsi kazanmış. Tuhaf değil mi?

Ben, cevap vermedim. Zavallı Nerime Hanım, sözlerinin yaptığı soğuk tesiri pek iyi anlıyordu.

Bugünkü garip komedyanın son perdesini tekrar yukarı salonda oynadık. İhsan Bey'le görüştüğüm haberi, bizden çok evvel yukarı gelmişti. Bütün simalar bunu gösteriyordu.

Büyük Hanımefendinin gizli bir işareti üzerine solandakiler dışarı çıktılar. Yalnız Nerime Hanım kaldı.

Hanımefendi biraz tereddütten sonra söze başladı:

– İhsan'ı nasıl buldunuz, hanım kızım?

Ben, yine gayet sade:

– Çok iyi bir genç görünüyor, hanımefendi.

O:

– Yüzü de güzeldir, tahsili de iyidir: Terfian[298] Beyrut'a tayin edildi.

Ben:

– Ne kadar iyi! Hakikaten güzel, sevimli bir genç. Malumatı[299] da, dediğiniz gibi mükemmel görünüyor.

Ana kız, birbirinin yüzüne baktılar. Bu sözlerime hem hayret ediyorlar, hem memnun oluyorlardı.

Hanımefendi gevrek gevrek gülerek:

– Allah senden razı olsun, kızım! İşimizi kolaylaştırdın dedi. Ben İhsan'ın sütannesiyim, evlat gibi elimde büyüttüm. Feride Hanım kızım, genç kızlarla doğrudan doğruya konuşmak olmaz ama, maşallah siz akıllı, uslusunuz. Sizi Allah'ın emriyle İhsan'a istiyorum. Sizi pek beğenmiş. Mademki siz de onu beğendiniz inşallah mesut olursunuz. Bir ay izin alırız, düğününüzü burada yaparız, olmaz mı? Sonra beraber Beyrut'a gidersiniz.

---

298 yükselerek, terfi ederek
299 bilgi

İşin buraya geleceğini daha evvelden hissetmiştim. Hakikaten gülünecek bir vakaydı. Fakat, bilmem neden, yabancı memlekette kocaya istenilmek bana bu dakikada garip bir mahzunluk veriyordu. Maamafih, neşem gibi hüznümden de renk vermedim:

– Hanımefendi, bu, cariyeniz için büyük şeref. Size de, İhsan Bey'e de bütün kalbimle teşekkür ederim. Fakat mümkün değil, dedim.

Büyük Hanım, birdenbire şaşırdı:

– Niçin kızım? Biraz evvel onu beğendiğinizi, güzel bulduğunuzu söylediniz ya!

Gülerek cevap verdim:

– Hanımefendi, yine tekrar ediyorum ki, İhsan Bey, güzel ve değerli bir genç, fakat aramızda bir izdivaç ihtimalini aklımdan, yahut kalbimden geçirmiş olsaydım, bu meziyetlerini açıktan açığa söyleyebilir miydim efendim? Bu, bir genç kız için biraz fazla serbestlik olmaz mıydı?

Ana kız, tekrar birbirlerine baktılar, küçük bir sükût hüküm sürdü. Sonra, Nerime Hanım, ellerimi tuttu:

– Feride Hanım! Herhâlde kati cevabınız bu olmayacak, çünkü İhsan, çok müteessir olacak.

– İhsan Bey, yine tekrar ediyorum, çok güzel bir genç, kimi istese alabilir.

– Evet, fakat o, sizi istiyor. Demin size arkadaşlarıyla bir bahse tutuştuğunu söylemek lâzım geldi. Hiç böyle şey olur mu, güzelim? Zavallı çocuk, on gündür öyle telaş içinde ki, "Ölürüm, ondan vazgeçemem, mutlaka, alacağım!" diyor.

Nerime Hanım'ın, bu bahsi uzatacağını, beni kandırmak için birçok şeyler söyleyeceğini hissediyorum. Nazikâne, fakat gayet kati birkaç sözle buna imkân olmadığını söyledim. Gitmek için müsaade istedim.

Nerime Hanım, âdeta müteessir olmuştu. Yorgun bir tavırla annesine:

– Kuzum anne, İhsan'a söyle, benim dilim varmayacak, Feride Hanım'ın reddedeceğini aklına bile getirmiyordu. Şimdi, çok müteessir olacak, dedi.

Ah, bu erkekler! Hepsinde aynı gurur, aynı kendini beğeniş. Bizim de bir kalbimiz olduğunu, bizim de "mutlaka" isteyecek bir şeyimiz olabileceğini, bir türlü akıllarına getirmek istemiyorlar.

*
* *

Paşanın landosu beni evime bıraktığı vakit Munise, komşudaydı. Soyunmadan evvel bir kere daha kendimi seyretmek istedim. Oda, iyiden iyiye kararmıştı. Duvara vurmuş donuk bir ay ışığına benzeyen aynada, kendimi hayal meyal seçebiliyordum. Bilmem nasıl bir ışık oyunu oldu. Lacivert kısa elbisem bana beyaz gibi göründü. Uzun etekleri karanlıklarda kaybolan bir beyaz ipek.

Birdenbire ellerimi yüzüme kapadım. Bu dakikada Munise odaya girdi:

– Abacığım!

Ondan imdat ister gibi ellerimi uzattım. "Munise" diyecektim, fakat dudaklarımdan yanlışlıkla başka bir isim, nefret ettiğim büyük düşmanımın ismi çıktı.

Ç..., 6 Mayıs

Bu hafta benim kısmetim açıldı. Dünkü vakanın sıcağı sıcağına bugün bir komedyaya daha kahraman oldum. Fakat, bu dünkünden bin kat daha gülünç, bin kat daha isyan ettirici bir komedya.

Vakayı olduğu gibi yazıyorum. Sahne, bizim aşağı misafir odası, Hafız Kurban Efendi'nin karısı, arkasında düğünlere giderken giydiği gron[300] çarşafı, boynunda dizi dizi beşibirlikleriyle misafir geliyor. Maamafih, halinde bir tuhaflık var, gözleri ağlamış gibi. Konuşmaya başlıyoruz.

Ben "Galiba teklifli bir yere misafir gideceksiniz."

O "Hayır, hemşireceğim, mahsus size geldim."

Ben "Ne kadar süslüsünüz bugün. Benim için mi?"

O "Evet, hemşire sizin için."

Ben (gayri ihtiyari eğlenerek) "O hâlde, bana görücü geldiniz?"

O, (saf gözlerinde saf bir hayretle) "Nereden bildiniz?"

Ben, (birdenbire şaşalamış) "Nasıl, siz bana görücü mü geliyorsunuz?"

O (içini çekerek) "Evet, hemşireceğim!"

Ben "Kimin için?"

O, (dünyanın en sade bir şeyinden bahseder gibi) "Bizim efendi için."

Bu kadar saf bir kadının, böyle hiç renk vermeden şaka etmesi, tabii hoşuma gidiyor, kahkahalarla gülüyorum. Fakat o gülmüyor, bilâkis gözlerinde yaşlar var!

---

300 ipekten yapılmış çarşaf

O: Hemşireceğim, efendi size göz koymuş, sizi almak için beni boşamaya kalktı. Yalvardım, yakardım, "Ziyanı yok, o hanımı al, tek beni boşama. Biz, güzel güzel geçiniriz. Ben, sizin yemeğinizi pişiririm, hizmetinizi ederim!" dedim. Kuzum kardeşim, bana acı!

– Bu Kurban Efendi sizi bırakırsa, beni alabileceğinden o kadar emin mi?

O, (isyan ettirici bir saffetle) "Öyle ya! Tam elli beşibiryerde vermeye razıyım," diyor.

Ben: "Zavallı komşum, haydi gönlün rahat etsin. Dünyada, böyle bir şeye ihtimal yok."

Biçare kadın, dualar ediyor ve perde kapanıyor.

Ç..., 15 Mayıs

Bu akşam, mektep tatilinde Müdire Hanım beni odasına çağırdı, çatkın bir çehreyle şu sözleri söyledi:

– Feride Hanım kızım, ciddiyet ve gayretinizden memnunum. Fakat bir kusurunuz var: Kendinizi hâlâ İstanbul'da sanıyorsunuz. Güzellik başa beladır, diye meşhur bir söz vardır kızım, siz hem güzel, hem yalnız bir taze olduğunuz için kendinizi biraz daha iyi korumanız lâzım gelirdi. Halbuki bazı ihtiyatsızlıklarınız oldu. Telaş etmeyiniz kızım. Kabahat demiyorum, sade ihtiyatsızlık. Mesela, bu memleket o kadar kapalı bir yer değil, kadınlar epeyce süslü olarak gezebiliyorlar. Muallimlerimiz de hakeza[301]. Fakat, başkaları için tabii görülen bir şey, sizde nazarı dikkati celbetti. Çün-

301 böyle

kü, kızım, gençliğiniz, güzelliğiniz, her rast geldiğiniz erkeğe baş çevirtiyordu. Öyle ki, kasabada gizliden gizliye bir dedikodu başladı. Ben, burada, hiçbir şey bilmem gibi otururum ama, her şeyi haber alırım. Mesela kışladaki zabitlerden, kahvedeki esnaftan tutunuz da, idadi mektebindeki büyük talebelere varıncaya kadar sizi uzaktan tanımayan, sizden bahsetmeyen yokmuş.

Bunlardan ne hakla ve niçin size bahsettiğim meselesine gelince, buna da iki sebep var kızım. Birisi tecrübesiz, fakat cidden iyi bir çocuksunuz. Biz artık insan sarrafı olduk, onun için size bir analık, ablalık vazifesi yapmak istedim. Sonra, mektebin menfaati meselesi var, kızım. Öyle değil mi?

Müdire, yüzüme bakmadan tereddütle devam ediyordu:

– Mektep, cami gibi mukaddes bir yerdir. Onu dedikodudan, iftiradan, daha sair lekelerden korumak bizim için en büyük vazifedir. Öyle değil mi? Halbuki bu münasebetsiz dedikodular mektebe de, maateessüf söz getirmeye başladı. Akşamüstü kızlarını, kardeşlerini almak için, mektep kapısına gelen peder ve biraderlerin ne kadar çok olduğuna dikkat ediyor musunuz? Siz, belki farkında değilsiniz. Fakat ben biliyorum. Onlar, çocuklarından ziyade sizi görebilmek için geliyorlar. Bir gün, fakir talebelerimizden birinin saçlarını örmüşsünüz, ucuna bir kordela parçası takmışsınız. Bilmem kimden duymuşlar, çapkın bir mülazım, sokakta çocuğa para vererek kordelayı elinden almış. Şimdi, ara sıra yakasına takıyor: "Bana artık paşalar paşası demelisiniz, değil mi Gülbeşeker'den nişan aldım!" diye arkadaşlarını eğlendiriyormuş.

Dün kapıcı Mehmet Ağa, tuhaf bir haber verdi:

Evvelki gece, meyhaneden dönen sarhoşlar, mektebin kapısında durmuşlar, bunlardan birisi: "Ben duvardaki siyah taşa Gülbeşeker'in elini sürdüğünü gördüm. Allah hakkı için şu Hacer-i Esvedi[302] takbil edelim[303]!" diye nutuk vermiş. Görüyorsunuz ki kızım, bunlar ne kendiniz için, ne mektep için hiç hoşa gidecek şeyler değil. Halbuki bu yetmiyomuş gibi, bir tedbirsizlik daha yapmışsınız. Abdürahim Paşa'nın evinde Yüzbaşı İhsan Bey'le konuşmuşsunuz. Hanımefendinin teklifini kabul etmiş olsaydınız, bunda bir beis görülmeyebilirdi. Fakat genç bir adamla görüşmeniz, sonra da bu kadar iyi bir kısmeti reddetmeniz nazarı dikkati çekti. "Mademki İhsan Bey'i istemedi, demek bir başkasını seviyor, acaba kimi?" yolunda dedikodular meydan aldı[304].

Bu sözleri cevap vermeden, hiçbir hareket yapmadan dinlemiştim. Evvela, benim itiraz ve isyanımdan korkan müdire, şimdi bilakis, sükûtumdan şüpheleniyordu. Bir parça tereddütle:

– Bunlara ne dersiniz, Feride Hanım? diye sordu.

Hafifçe içimi çektim, düşüne düşüne:

– Sözlerinizin hepsi doğru Müdire Hanım, dedim. Kendim de yavaş yavaş farkına varıyorum. Bu güzel memlekete acıyacağım, fakat ne yapayım? Siz artık idareye yazarsınız, bir sebep göstererek beni başka bir yere göndermelerini istersiniz. Bu işte bana edeceğiniz en büyük insaniyet ve mü-

---

302 Kâbe'nin duvarındaki siyah taş
303 öpmek
304 yayılmak

rüvvet, asıl sebebi söylememek... Lütfen başka bir bahane bulunuz: "İdaresiz" deyiniz, "Elinden iş gelmiyor, cahil" deyiniz, "Asi" deyiniz, ne derseniz deyiniz, Müdire Hanım, size hatırım kalmaz. Yalnız, "Şehirde dile düştüğü için istemiyorum!" demeyiniz.

Müdire bir şey söylemeden düşünüyordu. Gözlerimin dolduğunu göstermemek için pencereye döndüm. Ufukta akşamın uçuk mavi seması içinde, ince ince tüten dumanlara benzeyen karşı dağları seyretmeye başladım.

Çalıkuşu, bu dağlardan, yine gurbet kokusu almaya başlıyordu. Gurbet kokusu! Bu kokuyu bütün ruhuyla koklamayanlar için ne manasız bir söz! Hayalimde yollar, gittikçe incelip mahzunlaşan, bitip tükenmez gurbet yolları uzanıyor, kulağımda geçen arabaların o ince yanık sesli çıngırakları ağlıyordu.

Ne vakte kadar yarabbi, ne vakte kadar? Niçin? Hangi emele yetişmek için?

Ç..., 5 Haziran

Kuşlarımın ahı tuttu. Tatilin bu uzun aylarında onlar gibi mahpus kaldım. Müdire Hanım eylülden evvel başka bir yere nakletmeme imkân olmadığını söyledi. Şimdilik kendimi unutturmaya çalışıyor, hemen hiç sokağa çıkmıyorum. Komşularım da artık beni eskisi gibi aramıyorlar. İhtimal bu dedikodulardan gözleri korktu. Yalnız ara sıra teyzeme benzeyen bir büyük hanımla konuşuyorum. Hele sesi öyle benziyor ki geçen gün, utana utana ondan bir şey istedim:

– Kuzum hanımcığım, bana hocanım demeyin, sadece Feride deyin, olmaz mı? dedim.

Komşum, bir parça şaşırdı, fakat arzumu reddetmedi. Bana söz söylerken gözlerimi kapıyorum, kendimi Kozyatağı'nın bahçesinde ...Ne münasebetsiz sözler söylüyorum! Galiba bende sinir hastalığı başlıyor. Herhâlde bir kararsızlık var. Yine eskisi gibi gülüyorum, yine Munise ile hamal çocukları gibi alt alta, üst üste boğuşuyoruz. Yine kuşlara ıslık çalıyorum. Fakat hüznüm gibi endişemin de kararı yok. İçim içime sığmıyor.

Buraya gelirken gece vapurda uykum kaçmıştı. Yanık sesli bir yolcu suların karanlığına karşı: "Sendedir avare gönlüm, sendedir" diye bir şarkı söylemişti.

Bunu o gece işitmemle unutmam bir olmuştu. Aylardan sonra, bahçemdeki çiçeklerin açmaya başladığı bir nisan gününde, durup dururken yavaş yavaş bu şarkıyı söylemeye başladım. İnsan ruhu ne anlaşılmaz bir muamma? Bir kere işittiğim bu şarkıyı, bestesiyle, güftesiyle nasıl aklımda tutmuştum! O günden sonra, iş görürken, kuşlara su verirken, penceremden görünen deniz parçasını seyrederken bu şarkı, dudaklarımın ucuna geliyordu. Dün akşamüstü: "Sendedir avere gönlüm sendedir" diye son mısraı tekrar ederken hiç sebepsiz ağlamaya başladım. Bu adi şarkı parçasının ne güftesinde, ne bestesinde ağlanacak hiçbir şey yok. Dedim ya, sinir.

Bir daha bu şarkıyı söylemeyeceğim.

Ç.., 20 Haziran

Mektepte Nazmiye isminde bir arkadaşım var. Yirmi dört yirmi beş yaşlarında, güzelce, şen, şakacı bir kız; gayet tatlı söz söylüyor, güzel ut çalıyor, bunun için kibar aileler el üstünde tutuyorlar, her gece bir yere davet ediyorlar. Muallim arkadaşları onu pek sevmezler, hakkında bazı ufak tefek dedikodular işitiyorum.

İhtimal, biraz açık giyinmesini hoş görmüyorlar, yahut da kıskanıyorlar, ne bileyim?

Nazmiye'nin bir yüzbaşı nişanlısı varmış. Çok iyi bir çocukmuş. Fakat bu nişanlının ailesi şimdilik evlenmelerine rıza göstermediğinden, münasebetlerini şimdilik gizli tutuyorlar. Nazmiye, bunu bana bir sır gibi söyledi, kimseye söylemememi tembih etti. Dün evde, can sıkıntısından bunalacağım bir dakikada Nazmiye geldi:

– Feride Hanım, sizi almaya geldim. Bu gece Feridun'un teyzesine davetliyim. Subaşı'ndaki bağında ziyafet veriyor. Sizi tanımadığı hâlde gözlerinizden öptü. Mahsus rica etti.

– Nasıl olur? Bilmediğim yere nasıl giderim? dedim.

Nazmiye gözlerinin sitemli bir bakışıyla:

– Nişanlımın teyzesi niçin senin yabancın olsun? Hem başka bir fikrim daha var, sana nişanlımı göstereceğim. Zannediyorum ki, zevkimi takdir edeceksin. Sen gitmezsen vallahi ben de gitmem.

Ben gitmemek için birçok bahaneler gösteriyordum. Fakat hepsine cevap buldu. Zaten benim bahaneler de öyle çocukça şeylerdi ki, yukarıda da söyledim ya, Nazmiye, çok şeytan bir kız! İnsanın alt çenesinden girip, üst çenesinden çıkıyor.

O kadar dil döktü, o kadar yalvardı ki, dayanamadım, arzusunu kabul ettim.

Yalnız, bir şey dikkatimi celbetmişti. Munise'yi giydirmek isteğim vakit Nazmiye, hafifçe kaşlarını çatmış:

– Küçüğü de götürecek misin? demişti.

– Tabii, Munise'yi nasıl evde yalnız bırakayım? Bir mani mi var? diye sordum.

– Hayır, ne mani olacak? Daha iyi. Bazen onu evde bırakıyorsun da...

– Evet, fakat şimdiye kadar gece yatısına gitmedim ki.

Ben, artık pek gözü kapalı bir kız sayılmazdım. İki seneden beri dışarılardan çok şeyler görmüş, çok şeyler işitmiştim. Ne oldu, nasıl bir gaflet dakikama geldi de Nazmiye'nin bu sözleri beni şüpheye düşürmedi? Bir türlü bunu anlamıyordum.

İhtimal can sıkıntısı, açık hava ihtiyacı beni iyiden iyiye bunaltmıştı.

Küçük bir talika[305] arabası bizi derenin öbür kıyısına geçirdi. Bahçeler arasında, yapraklarla örtülü ince yollardan birisine girerek yarım saat, üç çeyrek uzakta bir bağa götürdü. Buraları ne tenha, fakat ne güzel yerlerdi. Yolda bir sürüye tesadüf ettik. İhtiyar bir çoban, bir bostan kuyusunun tahta tulumbasını çekerek taş bir yalakta koyunlarını suluyor. İnce boynuzlarıyla yalağın başında birbirlerini iten keçi yavruları Munise ile bana Mazlum'u hatırlattı, merakımızı kaldırdı.

305 yaylı, üstü kapalı at arabası

Gözlerimizde yaşlarla arabadan atladık, bir keçi yavrusu yakalayarak uzun kulaklarını, sular damlayan ince çenesini öptük. Bir aralık çobandan onu satın almayı düşündüm. Fakat neye yarar? Mademki yakında yine bırakıp gideceğiz. Derdimiz eksik gibi niçin başımıza yeni bir sevda satın almalı?

Gittiğimiz köşk; ucu bucağı görünmeyen bir bağın ortasında eski bir bina idi. Etrafını yüksek çardakların yeşilliği sarmıştı.

Feridun Bey'in teyzesi, yaşlı, şişman bir kadın. Elbisesini, süsünü doğrusu gözüm tutmadı. İhtiyar bir kadına bu kadar fantezi yakışmaz. Saçları sarıya boyalı, şakağında laden[306], yüzünde tekerlek allıklar, hâsılı[307] acayip bir şey!

Bu kadın, bizi üst katta bir odaya aldı, çarşafımı çıkardı. Sonra, fazla bir teklifsizlikle koklar gibi yanaklarımı öperek:

– Görüştüğümüze memnun oldum, elmas kızım. Gülbeşeker de ne Gülbeşeker! Sahiden insanın yiyeceği geliyor. Yanıp tutuştukları kadar varmış, dedi.

Fena hâlde bozuldum. Fakat renk vermemek lâzım. Ne söylediğini bilmeyen bazı münasebetsizler vardır ya, onlardan olacak.

Bir odada epeyce zaman beni Munise ile yalnız bıraktılar. Güneş batmıştı. Çardağı örten sık yaprak kümeleri içinde akşamın pembe yaldızı yavaş yavaş sönüyordu. Küçükle şakalaşarak kendimi oyalamaya çalışıyordum. Fakat, yüreğime gizli bir kurt düşmüştü. İçim içime sığmıyordu.

---

306 yüze yapılan sahte ben
307 kısacası

Bahçeden karışık, kadın erkek sesleri, kahkahalar, hafif hafif çığlıklar geliyor, bozuk bir kemanın akort edildiği işitiliyordu.

Pencereden başımı uzatım. Sık asma yaprakları arasında hiçbir şey seçmek mümkün değildi.

Nihayet, merdivenden doğru gürültülü ayak sesleri gelmeye başladı. Kapı açıldı. Ev sahibi hanım, elinde kocaman bir lamba ile içeri girdi.

– Elmas kızım, seni ihmal ettim ama, mahsus karanlıkta bıraktım. Güneş batarken bu bahçelerin güzelliğine doyum olmaz.

İhtiyar kadın, lambanın fitilini düzelterek, mehtap gecelerinde bu bahçenin cennet gibi olduğunu anlatırken Nazmiye girdi. Kapının dışında gözüme uzun boylu iki zabit üniforması ilişti. Başım açıktı, gayri ihtiyari çekindim. Kolumla saçlarımı kapamak istedim.

Nazmiye gülüyor:

– Cicim, sen ne kadar dışarlıklı olmuşsun? Herhâlde nişanlımdan kaçacak değilsin, çek kolunu, ayıp vallahi! diyordu. Hakkı vardı, fazla kaçınmak için sebep yoktu.

Zabitler, biraz tereddütle odaya girmişlerdi. Nazmiye onlardan birini takdim etti:

– Feridun Bey, nişanlım, Feride Hanım, arkadaşım. Talihime iki sevdiğimin isimleri de birbirine yakın düştü.

Küçüklüğümde büyükannem acayip bir kibrit kutusu alırdı. Bunların üstünde burma bıyıklı, çarpık omuzlu, kıvırcık saçlarının bir *filozası* gözünün üstüne kadar inen bir panayır palikaryası[308] resmi vardı. İşte bu Feridun Bey, tıpkı kibrit

308 *Rum kabadayısı*

kutularının birinden fırlamış gibiydi. Elimi, teklifsizce sert avucunun içine aldı, sallaya sallaya,sarsa sarsa sıkarak:

– Efendim, arzı teşekkür ve minnettari ederiz, âlemimize şeref verdiniz, sağ olun, dedi. Sonra da arkasında duran zabiti takdim etti.

– Müsaade ederseniz kulunuz da candan bir arkadaşı, bir velinimeti takdim edeyim: Binbaşı Burhanettin Bey. Binbaşı ama bildiğiniz binbaşılardan değil, meşhur Solakzadelerin küçük mahdumu...

Solakzadelerin bu küçük beyi hemen kırk beşi aşkın bir zattı. Saçlarıyla bıyıklarının bir kısmı ağarmıştı. Bir kibar evladı olduğu halinden belliydi. Giyinişi, duruşu, söz söyleyişi Feridun'dan büsbütün başka idi. Çehresi ve beyaz saçları, arkadaşının bana verdiği korku ile karışık fena tesiri hemen hemen izale eti[309]. İçime biraz emniyet gelir gibi oldu.

Burhanettin Bey, kolay ve seri söz söylüyordu. Nazik bir baş işaretiyle uzaktan selam verdi, hafifçe eğilerek:

– Burhan bendeniz. Efendim, peder merhum emlaki içinde en ziyade bu bağı severdi. "Burası uğurludur, bana ne kadar saadet geldiyse bu bağdan geldi!" demeyi mutat[310] edinmişti. Tenezzülen teşrif ettiğinizi öğrenince, merhumun bu sözlerini mahzı[311] keramet gibi tasdik ettim.

Bu, hesapça bir *kompliman* olacaktı. Fakat bu Burhanettin Bey'in bağla ne alakası vardı?

---

309 gidermek , yok etmek
310 alışkanlık
311 bir şeyin ta kendisi, aslı

Hayretle Nazmiye'nin yüzüne bakarak cevap bekledim. Fakat o bana bakmıyor, gözlerini gözlerimden kaçırmakta inat ediyordu. Bu dakikaya kadar bağ sahibi sandığım hanım, Munise'yi elinden tutarak dışarı götürmüştü.

Yarım saatten ziyade bir zaman bu odada beraber oturduk. Şuradan, buradan konuşuyorduk. Daha doğrusu konuşuyorlardı. Çünkü bende konuşmaya değil, söylenen sözleri bile anlamaya mecal kalmamıştı. Demir bir pençe kalbimi sıkıyor, nefesimi daraltıyordu. Zihnim durmuştu. Hiçbir şey düşünmüyor, hiçbir şey duymuyor, yuvasında tecavüze uğramış bir hayvan yavrusunun idraksiz korkusuyla köşemde büzülüyor, küçülüyordum.

Aşağıda bir keman taksimi yaptılar, bunu bir gazel, daha sonra kalınlı, inceli birçok seslerin söylediği şarkılar takip etti.

Bir kanepede yan yana oturan Nazmiye ile nişanlısı, gittikçe daha ziyade birbirlerine sokuluyorlardı. Yavaş yavaş onlara arkamı çevirdim. Bunlar çok adi ruhlu insanlardı. İki yabancının önünde, sinemadaki o çirkin aşk sahnelerinden birini oynar gibi çekinmeden, utanmadan baş başa... Evet, bunlar çok adi ve fena insanlardı.

Biraz evvel şişman hanım, masanın üstüne şişeler, tabaklarla dolu bir tepsi bırakmıştı. Burhanettin Bey, elleri cebinde, odanın içinde dolaşıyor, ara sıra bize arkasını çevirerek bu masanın önünde duruyordu.

Bu gezinmelerden birinde binbaşının önümde durduğunu, hafifçe eğildiğini gördüm:

– İnayeten[312] kabul buyurmaz mısınız, küçük hanım?

Hayretle gözlerimi kaldırdım. Elindeki küçük bir kadehin içinde yakut kırmızı bir içki parlıyordu. Başımla reddettim. Gayet yavaş:

– İstemem, dedim.

O, daha ziyade eğildi, sıcak nefesi yüzüme dokunarak:

– Zararlı bir şey değil, küçük hanım. Dünyanın en nazik ve masum bir likörü. Değil mi, Nazmiye Hanım?

Nazmiye, ona başıyla işaret etti:

– Israr etmeyiniz Burhanettin Bey, Feride, burada kendi evinde sayılır. Nasıl isterse öyle yapsın.

Burhanettin Bey, ağarmaya başlamış saçları, munis ve kibar çehresi bu dakikaya kadar bana müphem[313] bir emniyet vermişti. Neydi bu başıma gelen şey yarabbi? Kendimi nasıl kurtaracaktım?

Odadaki ışıklar yavaş yavaş sönüyor, gözlerime çöken bu karanlığın içinde kıvılcımlar uçuşuyordu. Çalgı sesi kulağıma uzak bir denizin uğultusu gibi geliyordu:

– Elmas kızım yemek vakti geldi, sofrada birkaç misafirimiz var, sizi bekliyorlar.

Bu sözleri o şişman kadın söylemişti. Biraz kendimi toplar gibi oldum:

– Teşekkür ederim, rahatsızım, beni burada bırakınız, diyebildim.

Bu sefer, Nazmiye yanıma yaklaştı:

---

312 lütuf olarak
313 belirsiz

– Ferideciğim, vallahi yabancı değil, Feridun'la, Burhan Bey'in iki arkadaşı, sonra, onlardan bazılarının nişanlıları, zevceleri, öyle ya zevceleri, gelmezsen çok ayıp olur. Mahsus senin için geldiler.

Bileklerimi Nazmiye'nin elinden kurtarmaya çalışıyor, koltuğun kenarlarına tutunarak köşeme büzülüyordum. Söz söylemek mümkün değildi. Dişlerimi sıkmasam, onların birbirine çarpacağını hissediyordum.

Burhanettin Bey:

– Misafirimiz ne emreder, nasıl isterse öyle hareket etmek borcumuz. Siz misafirlerin yanına ininiz. Feride Hanım'ın biraz rahatsız olduğunu söyleyiniz. Binnaz Hanım, siz de bizim yiyeceğimizi buraya getiriniz. Misafirimi yalnız bırakmamak benim vazifem.

Bu dakikada çıldırıyordum. Bu odada, Burhanettin Bey'le yalnız kalmak, beraber yemek yemek!

Ne yaptığımı bilmeden, düşünmeden yerimden fırladım, var kuvvetimi tolayarak:

– Peki, istediğiniz gibi olsun.. dedim.

Nazmiye ile nişanlısı kol kola önümüzden iniyorlardı. Burhanettin Bey, bir adım geriden beni takip ediyordu.

Karanlıkta taşlığın nihayetinde bir kapı açıldı. Kamaştırıcı bir pırıltı birdenbire gözlerimi yaktı. Avizelerin tavandan döktüğü ışık selleri içinde sendeleye sendeleye birkaç adım yürüdüm.

Duvarlarda, salona hudutsuz derinlikler veren endam aynaları[314] parlıyor, avizelerin aksi, karanlık bir yolda koşan meşaleler gibi ta uzaklara gidiyordu.

---

314 boy aynası

Birçok gözler, çehreler, rüyada görülmüş gibi karışık, bulanık kadın, erkek çehreleri. Sonra korkunç bir el şakırtısı koptu. Çalgının uğultusu içinde sesler derinleşiyor, bulanıyor, fakat bir türlü sönmüyor, uğultulu dağ rüzgârları gibi ta uzaklarda haykırıyordu: "Yaşasın Burhanettin Bey, yaşasın Gülbeşeker, yaşasın Gülbeşeker, Gülbeşeker."

*
* *

Gözlerimi açtığım vakit kendimi Munise'nin kollarında buldum. Küçüğüm, "Abacığım" diye ağlayarak yüzünü yüzüme sürüyor, ıslak saçlarımı, kolonyadan yanan gözlerimi öpüyordu. Üstüm başım sırılsıklam olmuştu. Odanın yarım aydınlığında birçok gözün bana baktığını hissediyordum. İlk hareketim, kollarımla açık boynumu saklamak oldu.

Tanımadığım bir ses: Dışarı çıkın, rica ederim, dışarı çıkın,diye bağırıyordu.

Hafifçe çırpınmak, yerimden kalkmak istedim. Bir el beni omzumdan tuttu:

– Korkma kızım, hiçbir şey yok, korkma, dedi.

Kirpiklerimin arasından bu sözü söyleyenin yüzüne baktım, her zaman ceketinin önü açık duran şişman kolağasıydı. O da bana baktı, sonra yanındakilere dönerek:

– Biçare, sahiden çocukmuş, dedi.

Nazmiye, yere diz çökmüş, bileklerimi ovuşturuyor: "Feridecığim, biraz açıldın mı? Aklımızı başımızdan aldın!" diyordu.

Yüzünü görmemek için başımı öte tarafa çevirdim, gözlerimi kapadım.

Sonradan öğrendiğime göre, bu baygınlık bir çeyrekten fazla devam etmiş, Kolonyalar, yün yakıp koklatmalar, hiçbir şey tesir etmiyormuş. O kadar ki, artık ümit kesmeye başlamışlar, şehirden doktor getirmek için bir bağ arabası hazırlatmışlar.

Kendime geldikten sonra, o araba ile beni şehre götürmelerini istedim. Razı olmazlarsa gece vakti tek başıma yola düşmekten çekinmeyeceğimi söyledim. Çaresiz, razı oldular. Şişman kolağası paltosunu giyerek arabacının yanına atladı.

Yola çıkacağımız vakit Burhanettin Bey, çekine çekine bana yaklaştı, yüzüme bakmaya cesaret edemeyek:

– Feride Hanım, dedi, siz bizi çok yanlış anladınız, emin olunuz ki, kimsenin size karşı fena bir niyeti yoktu. Sadece ikram etmek, bir bağ eğlencesi göstermek istemiştik. İstanbul'da terbiye görmüş, sonra mesela birkaç gün evvel arkadaşlarımızdan biriyle konuşmakta bir beis görmemiş bir küçük hanımın, bu kadar vahşi tabiatlı olacağını nasıl tahmin ederdik? Tekrar temin ederim ki, size karşı bir fena niyet yoktu. Maamafih, üzüldüğünüz için sizden af rica ederim.

*
* *

Araba, ince dağ yollarının karanlıklarına dalmıştı. Bir köşede üşür gibi titreyerek büzülüyor, gözlerimi kapıyordum. Yavaş yavaş başımda bir başka gecenin hayali uyanıyordu. Kozyatağı'ndaki köşkten kaçtığım, ne yaptığımı düşünmeden bir başıma, karanlık yollara düştüğüm gece...

Baygın kokulu iğde dalları, ara sıra arabanın penceresinden giriyor, yüzüme, gözlerime dokunarak beni rüyamdan uyandırıyordu.

Başını arabanın öbür penceresine dayayan Munise'nin derin derin içini çektiğini işittim. Yavaşça:

– Munise, sen uyandın mı? diye sordum.

Cevap vermedi, başını daha ziyade eğdi. O zaman dikkat ettim, küçüğüm ağlıyor, hem de bir büyük insan gibi gözyaşlarını karanlıkta gizlemeye çalışarak:

Ellerini tuttum, "Ne var, kızım?" dedim.

Benden daha çok yaşamış, daha çok anlamış büyük bir insan ıztırabıyla başımı kollarının içine aldı, kulağıma eğilerek:

– Abacığım, ben bu gece ne kadar ağladım. Ne kadar korktum. Seni niçin oraya çağırdıklarını anladım, abacığım. Bir daha öyle yerlere gitmeyelim. E mi? Ya sen. Allah esirgesin, annem gibi... Ben ne olurum sonra abacığım!

Ah, ne zillet[315] ne sefalet, yarabbi! Düşmüş bir kadın gibi bu çocuktan utanıyor, yüzüne bakmaya cesaret edemiyordum.

Başımı, onun küçük dizlerine koydum, eve gidinceye kadar annesinin kucağında ağlayan bir çocuk gibi için için ağladım.

*
* *

Müdire Hanım'ın evine gittiğim vakit güneş yeni doğmuştu. İhtiyar kadın, sabahın bu saatinde ağlamaktan şişmiş gözlerim, sararmış yüzümle beni görünce şaşırdı:

– Hayırdır inşallah. Feride Hanım. Ne oldu, kızım? Seni hiç böyle görmedim. Hasta mısın? dedi.

---

315 alçalma

Bu hanımın sakin ciddiyeti, çatkın çehresi beni daima biraz korkutmuş, kalbimi açmaya mani olmuştur. Fakat bu saatte, bu yabancı memlekette ondan başka derdimi anlatacak kimsem yoktu. Sonra vazifem, mesleğim beni buna mecbur ediyordu.

Utana utana, titreye titreye dün geceki vakayı anlattım. Hiç bir noktasını gizlemedim. İhtiyar kadın, bir şey söylemeden dinliyor, kaşlarını çatıyordu. Hikâyenin sonunda boynumu büktüm, yaşlı gözlerimle gözlerinden bir teselli cevabı dileyerek:

– Müdire Hanım, dedim, siz benden yaşlısınız. Benden çok fazla şeyler biliyorsunuz. Allah için bana doğrusunu söyleyin. Şimdi ben, artık fena bir kadın mı sayılırım?

Bu sual, müdirede, umulmaz bir heyecan ve teessür[316] uyandırmıştı. Çenemden tutarak başımı kaldırdı, ta yakından gözlerimin içine baktı, hem de her vakitki gibi bir müdire gözüyle, bir yabancı gözüyle değil, seven ve anlayan bir anne gözüyle.

Sonra çenemi okşayarak, dizlerine koyduğum ellerimi elleriyle severek, müterreddit[317], titrek kelimelerle şunları söyledi:

– Feride, ben, senin bu kadar masum, temiz bir kız olduğunu bugüne kadar anlamamıştım. Seni, daha kendime yakın bulundurmak, daha iyi himaye etmek mümkündü. Yazık. Ah, o Nazmiye! Kızım, ben birçok şeyler biliyorum. Her şeyi anlıyorum. Fakat dünya öyle bir dünya ki, bildikle-

316 üzüntü
317 çekingen

rinin birçoğunu saklamak lâzım. Nazmiye, fena bir mahluktur. Mektebi onun şerrinden kurtarmak için müracaatlarda bulundum, çok uğraştım. Fakat beyhude. Onu yerinden oynatmak mümkün değil. Çünkü mutasarrıfından, alay beyinden, tabur imamlarına kadar hesapsız hamilcri var. Nazmiye buradan giderse kibar hanımlara kim dalkavukluk edecek? Büyük memurların gizli gizli yaptıkları gece eğlencelerinde kim ut çalacak, hatta oynayacak? O Burhanettin Bey gibi azılı mirasyediler, senin gibi masum, saf, taze, güzel çocukları nasıl ele geçirecek? Feride, sana tertipledikleri planı ben tamamıyla anlıyorum. Bu Burhanettin Bey, babasından kalan serveti birçok biçare kadınları iğfal etmek, birçok aile çocuklarını yakmak için israf etmiş bir ihtiyar çapkındır. Bütün Ç...nin, güzelliğinden bahsettiği bir genç kızı ele geçirmek, onun için bir izzetinefis meselesi oldu.

Genç zabitlerin sokaklarda kılıç şakırdatarak yolunu beklediği, peçesi altında yüzünü görmeyi bir muvaffakiyet saydığı bir genç kızı koluna takarak bir işret[318] ve sefahet[319] âlemine götürmek, birçok hasut[320] çapkınları, "Yaşasın Burhanettin Bey" diye bağırtmak onun için bir şerefti.

Bahusus, senin İhsan Bey'le konuştuğunu da duymuştu. İşte kızım, Nazmiye'ye müracaat ettiler, kim bilir, ne vadederek sana bu oyunu oynadılar? Bu kadarla kurtulduğuna yine şükret, kızım! Maamafih, sana şunu da söylemeye mecburum ki, artık burada kalamazsın. Vakanın bir iki güne kadar

---

318 içki
319 "Ar. sefahat" içkili eğlence
320 kıskanç

bütün şehirde duyulacağı muhakkak. İlk vapurla buradan gitmelisin? Gidecek yerin, akraban, bildiğin var mı, Feride?

– Müdire Hanım, kimsem yok.

– O hâlde İzmir'e git. Orada benim iki bildiğin var. Biri bir muallim arkadaşım. Bir tanesi de maarif başkâtibi. Sana bir mektup vereyim, bir ders bulmak için elinden gelen yardımı esirgemez ümidindeyim.

Bu şefkat, beni şımartmıştı. Yağmurda, karda ölmekten kurtarılmış bir kedi yavrusu gibi sokuldukça sokuluyor, saçlarımı okşayan ellerine korka korka yanağımı sürüyor, sonra, bu eli çevirerek, avuçlarının içinden öpüyordum.

İhtiyar kadın, hafif bir göğüs geçirerek devam etti.

– Sen bu halle artık evine gidemezsin Feride. Hem artık bu caiz olmaz. Haydi kızım, yukarıda seni yatıracağım, bir parça uyu. Ben eşyan ile baraber Munise'yi buraya getiririm. Gidinceye kadar burada kalırsın.

Müdirenin yukarıdaki odasında akşama kadar uyanıp uyanıp tekrar uyudum. Ben gözlerimi açtıkça ihtiyar kadın, yanıma geliyor, elini alnıma koyuyor, artık Ç...nin kızları gibi iki kalın örgü ile ördüğüm saçlarımı okşuyor:

– Hasta mısın, Feride? Bir yerin ağrıyor mu, kızım? diye soruyordu.

Bir şeyim yoktu, hasta değildim. Fakat halsiz halsiz yatağın üstüne başımı bırakıyor; küçük bir çocuk gibi nazlanıyordum. Bana öyle geliyordu ki, kendimi daha fazla okşatıp sevdirirsem, bu yeni bulduğum ana sevgisi gönlümün içine daha fazla sinecek, ileride geçireceğim yalnızlık ve hastalık günlerinde –hediye mendillerde kalmış kokular gibi– bana teselli olacak.

Prençipeza Maryu[321] vapuru, 2 Temmuz

Rüzgâra karşı mantoma büründüm, ay batıncaya kadar yukarıda oturdum. Güverte boştu. Yalnız, akşamdan beri hiç vaziyetini değiştirmeyen uzun boylu bir yolcu, kollarını demir parmaklığa dayıyor, rüzgâra karşı ıslıkla mahzun havalar çalıyordu. Ben, denizi derin derin yaşayan, daima gülen, söyleyen, dinleyen, darılan bir şey gibi tanır ve severdim. Halbuki bu gece sular bana çaresi, tesellisi olmayan büyük bir yalnızlık gibi göründü.

Gecenin rutubeti iliklerime işlemiş gibi titreyerek aşağı indim. Munise kamaranın ranzasında uyuyor. Bu büyük yalnızlığın kalbi vurur gibi ta derinlerden gelen sarsıntılarını dinleyerek defterime yazmaya başladım.

*
* *

Bugün müdirem, beni iskeleye kadar getirdi. Bildiklerimden kimseye veda etmedim. Yalnız teyzeme benzeyen büyükhanıma uğradım, gözlerimi kapayarak son bir defa "Feride" diye adımı söylemesini dinledim.

B...de Mazlûm'u bırakmıştık. Burada da kuşlarımızdan ayrılmak lâzım geldi. Onları müdireye emanet ettim, yemlerini, sularını unutmayacağına söz verdirdim.

Müdirem dedi ki:

---

321 "İt. principessa maria" prenses maria vapuru

–Feride, mademki onları bu kadar seviyorsun, kendi elinle azat et, daha sevap olur.

Mahzun mahzun gülümsedim:

– Hayır, Müdire Hanım, dedim, ben de sizin gibi zannederdim. Fakat artık fikrimi değiştirdim. Kuşlar, ne istediğini bilmeyen zavallı, akılsız mahluklar. Kafesten kaçıncaya kadar türlü türlü üzüntüler içinde çırpınıyorlar. Fakat, sanır mısınız ki, dışarıda daha fazla bahtiyar olacaklar? Hayır, buna imkân yok. Ben, öyle sanıyorum ki, bu biçareler her şeye rağmen kafeslerine alışıyorlar, açık havaya kavuştukları zaman bir dal üstünde, başlarını kanatları içine gizleyerek geçirdikleri gecelerde sabaha kadar bu kafesi düşünüyorlar, küçük gözlerini pencerelerin aydınlığına dikerek hasret çekiyorlar. Kuşları zorla kafeslerde alıkoymalı, Müdire Hanım, zorla, zorla.

İhtiyar kadın,çenemi okşadı:

– Feride, sen anlaşılmaz bir çocuksun. Bu kadar ehemmiyetsiz bir şey için ağlanır mı? dedi.

*
* *

Vapurda, benimle beraber Ç...den binmiş birkaç yolcu vardı. Bunlardan iki zabit arasında şöyle bir konuşmaya kulak misafiri oldum:

Genci yaşlısına dedi ki:

– İhsan Bey dört gün evvel hareket edecekti. Birkaç gün bekle de Beyrut'a kadar beraber gidelim, dedim. Bilmeden zavallıyı felakete sürüklemiş oldum. Öyle ya, dört gün evvel gitseydi, bu hal başına gelmeyecekti.

Yaşlısı:

– Hakikaten esef edilecek bir vaka. Bu İhsan, öyle pek titiz bir adam değildi ama, bilmem nasıl oldu? Sen vakanın tafsilatını biliyor musun?

– Ben gözümle gördüm. Dün Belediye gazinosunda idik. Burhanettin Bey bilardo oynuyordu. Bu esnada İhsan kapıdan girdi, binbaşıyı bir köşeye çekerek bir şeyler söylemeye başladı. Evvela sakin, nazik nazik konuşuyorlardı. Bilmem aralarında ne geçti? Birdenbire İhsan'ın bir adım gerilediğini, Burhan Bey'e müthiş bir tokat indirdiği gördüm. Binbaşı, revolverine[322] davranmak istedi. Fakat, İhsan daha evvel kendi silahını çekmişti. Birkaç kişi hemen üstlerine atılmasaydı, muhakkak kan dökülecekti. Divanıharp yarın İhsan'ın muhakemesine başlıyor.

– Bizlerden birimiz bu işi yapsaydık, halimiz yamandı. Fakat İhsan zannederim, Paşa'nın bir şeyi oluyor.

– Karısının yeğeni ve sütoğlu.

– Öyle ise küçük bir ceza ile atlatılır. Maamafih şu Burhan'a da gayet iyi oldu. Kudurdukça kudurdu, canım.

– Sebep ne imiş acaba?

– Kendi söyleyişlerine göre politika kavgası. Şu ordudan politikayı çıkaramadılar gitti.

– Vallahi bana kalırsa, bu yine bir kadın meselesi olacak. Burhan'ı bilmez miyiz?

Zabitler, konuşa konuşa yanımdan uzaklaşmışlardı. Biraz evvel ihtiyar bir sandalcının kamarama getirip bıraktığı gül demetinin kimden geldiğini şimdi anlıyordum.

---

322 altı patlar, altı fişek alan

İhsan Bey, hayatta belki bir daha size tesadüf edemeyeceğim, yahut edersem de sizi tanımamış gibi görünmek lâzım gelecek. Fakat benim için divanıharp karşısına çıkmaya hazırlandığınız bir günde yine beni andığınızı unutmayacağım. Kimden olduğunu söylememek inceliğini gösteren bu güllerin bir küçük yaprağını defterimde, hatıranızı da, en temiz bir şey gibi kalbimde saklayacağım.

*
* *

Dışarıda, o kimsesiz yolcu, hâlâ çaldığı mahzun havalara devam ediyor. Kamaramın açık penceresinden başımı uzattım. Denizde, suların içinde kaynıyor gibi görünen berrak bir seher başlıyor.

Çalıkuşu, haydi yat artık, gece ve yorgunluk zavallı gözlerini ağrıtıyor. Seherden sana ne? Seher, ta uzaklarda uykuya ve daha başka şeylere kanmış sarı çiçeklerin mesut gözlerini açacakları vakittir.

DÖRDÜNCÜ KISIM

I

İzmir, 20 Eylül

Üç aya yakın bir zamandan beri İzmir'deyim. İşlerim iyi gitmiyor. Son bir ümidim kaldı. Yarın, onu da kaybedersem, bilmem ne olacağım? Düşünmeye bile cesaret edemiyorum. Ç...deki müdirenin beni tavsiye ettiği adam, ben gelmeden bir ay evvel hastalanmış, altı ay hava tebdiliyle[323] İstanbul'a gitmiş. Çaresiz kendi kendime maarif müdürüne gittim. Karşıma kim çıksa beğenirsiniz? B...deki o uyur gibi oturan, sayıklar gibi söyleyen battal zat değil mi? Kudretin, bakmaktan ziyade uyumak için yarattığı o güzelim mahmur gözler, beni bittabi[324] tanımadı: "Birkaç gün sonra uğrayın da bakalım, bir şey buluruz" dedi. Birkaç gün onun lisanında bir iki ay demekti. Nitekim öyle oldu.

---

323 değişim
324 doğal olarak

Bugün tekrar uğramıştım. Lütfen bir parça iltifat gösterdi. O halim masum sesiyle:

– Kızım, buraya iki saatlik bir mesafede bir nahiye mektebi var. Abuhavası[325] latif; manzarası ferahfeza, diye başladı.

Bu nutuk, beni Zeyniler'e gönderdiği vakit verdiği nutkun aynı idi. Birdenbire deliliğim tuttu, gülerek sözünü ağzından aldım:

– Yorulmayınız beyefendi, sizin yerinize ben söyleyeyim, dedim. İdare birçok himmet ve masraf ihtiyar ederek yeni bir mektep vücuda getirdi. Yalnız, benim gibi genç bir muallimin himmet ve fedakârlığına muhtaç değil mi? Mersi, beyefendi. Bu lütfunuzu bir kere B...de Zeyniler'e giderken görmüştüm.

Tabii ben, bunları söylerken kovulmayı göze almıştım. Fakat tuhaf değil mi? O, hiç kızmadı. Bilakis, kahkahalarla güldü, gayet filozof bir tavırla:

– Ne yaparsın kızım? İcabatı idariye[326]. Sen gitme, o gitmesin, kim gidecek? dedi. Maarif müdürlerinin odalarında misafir eksik olmuyor. Köşedeki koltuktan çatlak bir ses geldi:

– Ay, bu ne çıtıdık pıtıdık fındık kurdu böyle!

Fındık kurdu mu? Benim İpekböceği ve Gülbeşeker'den zaten canım yanmış, burada da fındık kurdu ha!

Şiddetle döndüm. Bana türlü isimler "hem de inatlarına böyle tatlı ve böcek isimleri" veren saygısızlardan birini nihayet yakalamıştım.

---

325 iklim

326 yönetim gerekleri

Ona güzel bir ders verecek, bütün ötekilerinin acısını bu beyden çıkaracaktım.

Fakat o, söz söylemeye meydan bırakmadan maarif müdürüne döndü, gayet amîrane bir eda ile:

– Bu küçük hanım ne istiyorsa ver Allah aşkına, üzme çocuğu, dedi.

Müdür gayet hürmetle cevap verdi:

– Emredersiniz Reşit Beyefendi, fakat bugün cidden münhalim yok. Yalnız Rüştiye'nin Fransızca muallimeliği var. Tabii hanımın işine gelmez.

– Niçin gelmesin efendim? dedim, zaten cariyeniz B...de Darülmualimat Fransızca muallimesi idim.

Müdür tereddüt ediyordu:

– Evet, fakat müsabaka ilan ettik. Yarın imtihan var.

Reşit Bey:

– Pekâlâ küçük hanımda imtihana giriverir, ne çıkar? Ben de zaten imtihanda bulunacağım. Allah kerim. Ben gelmeden sakın imtihan başlamasın ha...

Bu Reşit Bey, herhâlde mühim bir adam olacaktı. Fakat, ne o tasavvura sığmaz çirkinlikti yarabbim!

Yüzüne bakarken kahkahalarla gülmemek için dudaklarımı kanatıyordum.

İnsan, ya esmer olur, ya beyaz değil mi? Bu beyefendinin yüzünde yeni kapanmış yaraların nazik beyazından kömür karasına kadar bin çeşit renk vardı. Öyle kirli bir esmerlik ki, yakalığını nasıl kirletmediğine hayret edilecek. Sanki birisi, eğlenmek için elini kömür tozuna sokmuş da bu yüzü şöyle karmakarışık karalayıvermiş.

Yara gibi kırmızı, kirpiksiz göz kapakları içinde birbirine gayet yakın iki şebek gözü. Beyaz bıyıklarının üstünde ta dudaklarının ucuna sarkan bir acayip burun. Hele öyle avurtları var ki, görülecek şey. Hani maymunların ağzında fıstık falan sakladıkları keseler vardır, tıpkı onlar gibi, yüzünün iki tarafından sarkıyor.

Maamafih, ben de ileri gidiyordum. Bana birkaç sözle ettiği iyilik doğrusu az şey değil. Herhâlde Kudret, bu beyefendinin yüzünü yarattıktan sonra fazla ileri gittiğini görmüş, haksızlığını güzelce bir kalple tazmin etmiş[327] olacak.

Bence, gönül güzelliği göz, yüz güzelliğinden daha iyi bir şey.

Kalpsiz bir güzelliğin, fakir teyze kızlarının hayatını kırmaktan, gönlünü söndürmekten başka neye faydası var ki?..

İzmir, 22 Eylül

Bugün, müsabakaya girdim. Tahriri[328] imtihan fena gitti; istikrar[329], istismar[330] istifa[331] gibi sekiz, on fiilin muzarilerini[332], emr-i hazırlarını[333], tahriren[334] tasrif ediniz[335], dediler. Kelimelerin Türçelerini bilmiyorum ki, Fransızcasını yazayım. Fakat şifahi imtihan iyi oldu, Reşit Beyefendi benimle

327 *zararı ödemek*
328 *yazılı*
329 *kararlılık*
330 *iyi niyeti kötüye kullanmak*
331 *bir işten isteğiyle ayrılmak*
332 *Arapçada şimdiki ve geniş zaman kipi*
333 *"Arapça" emir kipi*
334 *yazılı olarak*
335 *çekmek*

Fransızca konuştu. Behemehal[336] kazanacağımı ümit ettirecek bazı sözler söyledi.

Allah, Munise'ye acısın.

İzmir, 25 Eylül

Netice anlaşıldı. İmtihanı kazanamadım. Kâtiplerden biri dedi ki:

– Eğer Reşit Beyefendi istemiş olsaydı, behemehal kazanırdınız. Onun reyi hilafına[337] iş görmek kimin haddine düşmüş! Herhâlde bir fikri var.

Vaziyetim çok fena. İki güne kadar aybaşı oluyor. Kira vermek lâzım. Anneciğimden kalan son bir madalyon imdadıma yetişti. Bugün onu komşularımdan birine verdim. Kocasına sattırarak parasını getirecek. Bu yadigârı elden çıkarmak istemiyordum; çünkü içinde annemle babamın evlendikleri sene çıkardıkları resim[338] vardı. Biçare resim, şimdi çıplak kaldı. Fakat bunun için de bir teselli buldum. Kendi kendime: "Annemle babam, kimsesiz kızlarının kalbi üstünde durmayı, elbette bir altın parçası içinde yatmaya tercih ederler" diyorum.

İzmir, 27 Eylül

Bugün Reşit Beyefendi'den bir tezreke aldım. Bana bir iş bulmuş. Görüşmek için Karşıyaka'daki köşküne çağırıyor.

---

336 *mutlaka*
337 *ters, aykırı*
338 *fotoğraf*

Maarifteki kâtip, bu beyin bana düşmanlık ettiğini söylemişti. Bu sözün doğru olmadığı anlaşılıyor. Bakalım, yarın anlayacağım.

İzmir, 28 Eylül

Reşit Bey'in, Karşıyaka'daki köşkünden dönüyorum. Saray gibi bir yer. Bu beye, niçin bu kadar ehemmiyet verdiklerini şimdi anlıyorum.

Reşit Bey, beni nezaketle kabul etti. Fransızcamı beğendiğini, fakat arkadaşlarının bana haksızlık etmelerine mani olamadığını söyledi. Mektubunda bahsettiği iş, kızlarının Fransızca muallimliğiymiş. Bana dedi ki:

– Hanım kızım, iktidarınız gibi hal ve tavrınız da hoşuma gitti. Maarif mekteplerinde sürünüp ne yapacaksınız? Kızlarıma Fransızca dersi verirsiniz. Beraber oturur kalkarsınız. Size güzel bir oda veririz, olmaz mı?

Bu, âdeta mürebbiyelikti. Herhâlde benim muallimliğimden daha rahat ve kârlı iş olacaktı. Ne çare ki, ben, bu mesleği öteden beri sevmem, hizmetçilik kabilinden bir şey addederdim.

Reşit Bey'i kırmak doğru değildi. Gösterdiği emniyet ve nezaket için teşekkür ettim. Fakat Munise'yi bahane ederek kabul edemeyeceğimi anlattım. Reşit Bey, bunu sebep saymıyordu:

– Onun da başımızın üstünde yeri var, kızım. Küçük bir çocuğun fakirhanemize ne yükü olur? diyordu.

Kati cevabımı vermedim. Üç gün mühlet istedim. Son bir teşebbüste bulunacağım. Resmi bir muallimlik bulursam âlâ. Olmazsa ne çare!

Karşıyaka, 3 Teşrinievvel

Munise ile bana köşkün üst katında denize karşı bir oda verdiler. Küçük, fakat kuş kafesi gibi şirin bir yer.

Geç vakte kadar penceremden rıhtımı ve denizi seyrettim. Pencerem, bütün körfezi görüyor. Karşıda İzmir, yıldızlarla donanmış bulut kümelerine benzeyen tepeleriyle, muhteşem bir donanma aydınlığı içinde yanan Kordonu'yla görülecek şey.

Fakat doğrusu, önümdeki Karşıyaka rıhtımı, beni daha ziyade eğlendirdi. Burada ne güzel, ne eğlenceli bir hayat var. Gece yarısına kadar tramvaylar işliyor, havagazlarının yeşil aydınlığında ardı arkası kesilmeyen genç kafileleri piyasa ediyor. Uzakta, denize allı, yeşilli ziyalar akıtan bir gazinoda, kitaralarla[339] kâh şen, kâh mahzun havalar çalıyorlar.

Bilmem niçin, bana öyle geliyordu ki, bu hafif aydınlıkta yalnız elbiselerinin siyah yahut beyaz lekelerini fark ettiğim insanlar, hep birbirlerini seven nişanlı çiftler. Yalnız onlar değil, karanlığın bütün görünmeyen köşeleri, denizin içinde koyu hayaletleri fark edilen kaya yığınlarının üstü, hep böyle görünmeyen sevgilerle dolu.

Denizden gelen fısıltılar, dudak dudağa gizli söyleşmeler. Gecenin göğsüme basan, nefesimi tıkayan ılık nefesleri, öyle

339 Bir çeşit Yunan çalgısı. Eski Türkçede gitar anlamında kullanılır.

genç kızların dudaklarından geliyor ki, başları sevgililerinin boynunda, gözleri onları gece denizleri gibi koyulaşmış yeşil gözlerinde.

*
* *

Beni bu köşke bir küçük hanım gibi nezaketle kabul ettiler. Kendi yüküm, hiçbir zaman bana ağır gelmemişti. Böyle olduğu hâlde bavulumu kendi elimle odama çıkarmama müsaade etmeyen, onu zorla elimden çekip alan ihtiyar kalfaya minnettar oldum. Munise, daha bunları anlayacak yaşta değil. Köşkün ihtişamı biçarenin gözlerini kamaştırdı. Demin yukarı çıkarken evimizde her zaman yaptığı şakayı tekrar etmek istedi, merdivenin yarısında birdenbire eteğimi yakaladı, çıktığım basamaklardan beni geri indirmeye uğraştı. Kolundan tuttum, kulağına eğilerek:

– Munise, biz artık başkasının evindeyiz çocuğum... İnşallah yine kendi evimiz olursa o vakit kızım, dedim.

Çocuk, birdenbire durdu. Ne demek istediğimi anlamamıştı.

Odaya girdiğimiz vakit güzel, küçük yüzündeki sevinç sönmüştü. Bu çocuk, beni ne kadar ince anlıyor. Kollarını boynuma doladı, her zamandan ziyade bana sokularak küçük küçük buselerle yüzümün her tarafını öptü.

*
* *

Penceremi kaparken bir kere daha dışarıya baktım. El ayak çekilmiş, fenerler sönmüş, biraz evvel sahil fenerleriyle oynaşan deniz bile, şimdi kumsalın bir kısmını boş bırakarak daha uzaklara çekilmiş, yavaş yavaş uyuyan bir çocuk gibi başını kayaların beyaz yastığına koymuş...

*
* *

Ben buraya bugün gelirken... Fakat bunu yazmaya cesaret edemeyeceğim, dursun.

Karşıyaka, 7 Teşrinievvel

Reşit Bey'in köşkünde hayat fena geçmiyor. Talebelerim, biri ben yaşta, biri daha küçük iki kız. Büyüğünün ismi Ferhunde, güzellikte beybabasının bir eşi. Bunun için gayet hırçın tabiatlı. Küçük Sabahat onun zıddı. Bir bebek gibi güzel, şirin, yumuk yumuk bir kız...

Kalfa hanımlardan biri, bir gün manalı manalı göz kırptı:

– O vakitlerde rahmetli hanımefendi hasta idi. Bir genç askeri doktor gelir giderdi. Hanımefendi besbelli bu doktorun yüzüne baka baka çocuğu güzel oldu, dedi.

En büyük korkum hizmetçilerden. Niçin hakikati saklamalı, az çok onların kapı yoldaşı değil miyim? Fakat ben, çok iyi hareket ettim, hiçbirisine iş buyurmadım... Onun için hürmet ediyorlar.

Maamafih, bunda Reşit Beyefendi'nin verdiği ehemmiyetin de –zannederim– tesiri var.

Köşkün en büyük kusuru arı kovanı gibi işlemesi. Misafir, hiç eksik olmuyor. Daha fenası Ferhunde ile Sabahat, mutlaka her misafire çıkmam için ısrar ediyorlar. Köşkün bundan daha büyük bir kusuru, Reşit Beyefendi'nin büyük oğlu Cemil Bey... Otuz yaşlarında kadar, manasız ve sevimsiz bir genç... Senenin on ayını Avrupa'da,babasının parasını yemekle geçirirmiş. İki ayını da burada, İzmir'de. Bereket versin, bu iki ayın son günlerindeyiz. Öyle olmasaydı köşkü üç gün evvel bırakmış olacaktım. Sana ne mi, diyeceksiniz? Ben de, kendi kendime öyle dedim ama hesap yanlış çıktı.

Üç gün evvel Ferhunde ile Sabahat, geç vakte kadar beni aşağı salonda alıkoymuşlardı. Onlardan ayrıldıktan sonra karanlıkta yukarı çıkıyordum... Üçüncü kat merdiveninin başında bir erkek gölgesiyle karılaştım. Birdenbire ürktüm, geri çekilmek istedim.

Cemil Bey'in sesi:

– Korkmayınız, küçük hanım, yabancı değil, dedi.

Yan pencerelerden birinden, yüzüne hafif bir aydınlık vuruyordu.

– Affedersiniz Beyefendi, birdenbire tanımadım efendim, dedim. Geçmek istedim.

Cemil Bey, sağa doğru bir adım attı. Merdivenbaşı dar olduğu için geçecek yol kalmıyordu.

– Uykum kaçtı, küçük hanım, pencereden mehtabı beklemeye çıktım.

Maksadı hissetmiştim. Bir şey anlamamış gibi görünerek usuletle[340] kaçmak istiyordum. Maamafih, sözü cevapsız bırakmamış olmak için:

– Mehtap zamanı değil ki, efendim, dedim.

O yavaş yavaş.

340 yavaşça

– Nasıl değil, küçük hanım,ya bu merdiven başında birdenbire doğan pembe mehtap! Hangi mehtabın aydınlığı acaba o kadar gönül alıcıdır ki?!

Cemil Bey, birdenbire beni bileklerimden yakaladı, sıcak nefesini yüzümde hissettim ve kuvvetle kendimi geriye attım. Bir merdiven parmaklığına sarılmasaydım aşağıya kadar yuvarlanacaktım. Fena hâlde başımı çarpmıştım. Hafif bir ıztırap feryadını zapt edemedim.

Cemil Bey, gürültü etmeksizin yanıma inmişti. Yüzünü görmediğim hâlde pek telaş ve heyecan içinde olduğunu hissediyordum.

– Feride Hanım, beni affediniz, bir yeriniz incindi mi? dedi.

– Hayır, ehemmiyeti yok, yalnız beni bırakınız, diye yalvaracaktım. Fakat dudaklarımdan boğuk bir hıçkırıktan başka ses gelmedi. Bu hıçkırığı boğmak için mendilimle ağzımı kapamak istedim. O vakit, hafifçe yaralanan dudağımdan ince kan sızdığını gördüm.

Merdiven penceresinin yanında idik. Açık kalmış bir panjurdan giren hafif aydınlık içinde Cemil Bey de bu kanı görmüştü. Sesi teessürlü titreyerek:

– Feride Hanım, dedi. Bu gece ben dünyanın en adi bir adamı gibi hareket ettim. Beni affettiğinizi söylemek mürüvvetini[341] esirgemeyiniz, Feride Hanım.

Yapılan terbiyesizlikten sonra bu soğuk edebiyat, tüylerimi ürpertti ve bana bütün cesaretimi iade etti.

Sert bir sesle:

---

341 cömertlik

– Yaptığınızda bir fevkalâdelik yoktur efendim, dedim. Kadın hizmetçi, evlatlık kabilinden insanlara böyle muameleler yapmak âdettir... Konağınızda bunların vaziyetinden pek farklı olmayan bir vaziyeti kabul etmekle ben, buna çanak tuttum. Bir gevezelik falan etmemden korkmayın, yarın sabah rasgele bir bahane ile çıkıp gideceğim.

Bunları söyledikten sonra telaşsız ve lakayt bir tavırla merdivenleri çıktım, odama doğru yöneldim.

*
* *

Bir elime çantamı, bir elime Munise'yi alarak kapıyı çekip gitmek kolay. Fakat nereye? Aradan üç gün geçtiği hâlde bu karar tatbik edilemedi. Hâlâ buradayım. Çünkü geldiğim gece, defterime bile yazmaya utandığım şeyi artık itiraf etmek zamanı geldi.

Ben buraya bir akşamüstü ortalık kararırken gelmiştim. Ertesi sabahı beklemek daha münasip değil miydi? Tabii böyle. Fakat buna imkân yoktu.

Buraya geldiğim o ümitsiz akşamda, köşk misafirlerle doluydu. Reşit Beyefendi ve küçük hanımlar beni yeni satın alınmış bir süs eşyası gibi misafirlerine gösteriyorlardı. Herkes bana beğenen, hatta biraz acıyan bir gözle bakıyordu. Yeni vaziyetimin beni mecbur ettiği mahcup nezaketle herkesin ayrı ayrı gönlünü almaya çalışırken, üstüme hafif bir baygınlık gelmişti, kendimi kaybetmiştim. Yalnız birdenbire sandalyenin kenarına oturmuş, dudaklarımdaki şaşkın gülümsemeyi bile söndürmemeye çalışarak yarım dakika, belki daha az gözlerimi kapamıştım.

Reşit Bey, küçük hanımlar, misafirler telaş etmişlerdi.

Sabahat, elinde bir bardakla koşmuş, şakalaşır gibi ikimiz de gülerek bana zorla birkaç yudum su içirmişti.

Misafirlerden yaşlı bir hanımefendi gülümseyerek:

– Bir şey değil, lodosun tesiri olacak. Ah, bu zamanın asabi, nazik küçük hanımları. Bir parça hava değişmesiyle gül gibi sararıp soluyorlar, dedi.

Hepsi beni, meşakkate[342] tahammülü olmayan bir küçük hanım, nazik, hasta bir kız sanıyorlardı.

Ben onları başımla tasdik ediyor, böyle zannettikleri için âdeta minnettar oluyordum.

Onlara yalan söylemiştim.

Bu hafif baygınlığın sebebi başkaydı, Çalıkuşu, o gün, ömründe ilk defa aç kalmıştı.

Karşıyaka, 11 Teşrinievvel

Bugün Ferhunde ile Sabahat'in yine İzmir'den misafirleri gelmişti. On beş ile yirmi yaş arasında dört küçük hanım. Öğleden sonra bir deniz gezintisi yapacak, sandalla Bayraklı'ya gidip gelecektik. Fakat tam sokağa çıkacağımız vakit aksi gibi yağmur başladı. Arkamızda çarşaflarımızla, mahzun mahzun salona döndük. Küçük hanımlar bir parça piyano çaldılar, biraz dedikodu yaptılar. Sonra, birer ikişer köşelere çekilerek gizli gizli konuştular. Böyle baş başa gıdıklanmış gibi gülüşerek ne konuşalacağı malum.

---

342 güçlük

Sabahat, çok tatlı, çok şeytan bir kız. Misafirlerini eğlendirmek için, güzel maskaralıklar icat etti. Bir etajerin üstünde aile, ahbap fotoğraflarıyla dolu albümler vardı. Bunlardan bir tanesini çekerek masanın başına geçti, arkadaşlarını etrafına toplayıp onlara fotoğraf göstermeye başladı. İşin zevki fotoğraflarda değil, Sabahat'in onlar için söylediği sözlerdeydi. Her birisiyle öyle eğleniyor, hayatları, tabiatları için öyle tuhaf şeyler söylüyordu ki, gülmekten bayılıyorduk. Mesela, göğsü nişanlarla dolu, heybetli bir paşa, dünyaya emredecek gibi görünen bu koca sakallı adam, karısından süpürge ile dayak yermiş.

Akrabalarından kerli ferli bir hanımefendi, fakat dışarlıklı olduğu belli. Bir gün vapurdan Kokaryalı İskelesi'ne çıkarken kaza ile denize düşmüş, memleketinin şivesiyle, "Tatlı canlarım gidiyor, kurtarın!" diye bağırmış.

Reşit Bey'in, Konyalı bir sütdayısı vardı ki, bakmakla doyulur şey değildi. Bu sarıklı, poturlu bir hoca efendi kıyafetinde görünüyordu. Onun karşısında duran resmini ise, mebus olduktan sonra frak ve tek gözlükle çıkarmıştı.

Hoca Efendi, hiddetle gözlerini açarak mebusa bakıyor, mebus, dudaklarını bükerek hocayı alaya alıyordu. Bu manzara, o kadar güzeldi ki, sayfayı çevirmemesi için Sabahat'ın elini tutuyor, deli gibi gülüyordum.

Ferhunde, benimle şaka etmeye çalışıyordu:

– Feride Hanım isterseniz sizi bu güzel zatla evlendirelim, şimdi münhaldir. İlk karılarını boşadı, şimdi mebusa lâyık bir alafranga hanım arıyor, dedi.

Ben, hâlâ gülerek masanın başından ayrıldım, Ferhunde'ye:

– Hemen mektup yazınız, ben razıyım, insan, başka saadet bulamazsa bile, hiç olmazsa ömrünü tatlı tatlı gülmekle geçirir, dedim.

– Feride Hanım, bu resmi görürseniz, mebusumuza varmaktan korkarım, vazgeçersiniz, dedi.

Misafirler, hep bir ağızdan: "Ah, ne güzel..." diye haykırıştılar. Ellerini sallayarak beni çağırıyorlardı.

– Nafile, ne olursa olsun, ben mebusumdan vazgeçemem diyerek yaklaştım, albümün üstüne, birbirine karışan dalgalı saç kümeleri arasından başımı uzattım. Ben de onlar gibi hafif bir feryadı menedemedim. Albümün yaprakları içinden gözlerime bakarak gülümseyen bu resim, Kâmran'ın resmi idi.

*
* *

Sabahat, bu fotoğrafın sahibiyle eğlenmedi bilâkis, çok alaka ve hararetle arkadaşlarına şu tafsilatı verdi:

– Bu bey, Münevver teyzemin zevcidir. Geçen ilkbaharda İstanbul'dayken düğünleri oldu. Kendini görseniz acaba bu resim bir şey mi? Bir gözleri, bir burnu var ki, görülecek şey! Size daha tuhafını söyleyeyim: Bu bey, teyzelerinden birinin kızını severmiş. Bu kız ufak tefek, gayet hoppa, gayet şımarık bir şeymiş, hatta bunun için ismine Çalıkuşu derlermiş. Çalıkuşu bu Kâmran Bey'i bir türlü istememiş. Gönül bu ya...

Nihayet, evlenmelerine bir gün kala, bir başına evden kaçmış, yabancı memleketlere gitmiş. Kâmran Bey, aylarca yemeden, içmeden kesilmiş, bu vefasız kızı beklemiş. Hiç dönmeye niyeti olsa, gelin olacağı gece kaçıp gider mi? Münevver teyzem, kaynanasının elini öptüğü vakit oradaydım, ihtiyar hanımefendi, o bir dalda durmaz, acayip Çalıkuşu'nu hatırlamış olacak ki, çocuk gibi ağladı.

Bu tafsilâtı, arkamdaki piyanoya dayanarak hiçbir şey söylemeden, hiçbir hareket etmeden dinlemiştim. Kâmran, hâlâ albümün içinden bana gülüyordu. Gayet yavaş bir sesle "kalpsiz" dedim.

Sabahat, bana döndü:

– Çok doğru söylediniz, Feride Hanım, dedi. Bu kadar güzel, bu kadar nazik bir gence vefa etmemiş bir kıza "kalpsiz"den başka bir şey denemez.

*
* *

Kâmran, ben senden nefret ediyorum. Öyle olmasaydı, bu haberi aldığım vakit ağlar, bayılır, matemini tutardım. Halbuki ben, ömrümde hiçbir gün, bugünkü kadar gülmedim, etrafımdakileri bu kadar neşe ve şenliğe boğmadım. Hatta başımdan münasebetsiz bir kaza geçmeseydi bugüne, ömrümün en mesut günü diyebilecektim.

Akşamüstüne doğru hava açmış, uzunca bir kır gezintisi yapmamıza müsaade etmişti. Bir sel çukuru kenarından geçiyorduk. Misafirlerden biri, çukurun öte yakasında bir kasımpatı gördü, "Ah, ne güzel! Koparmak mümkün olsaydı!"

dedi. Ben, gülerek: "İsterseniz onu size hediye edeyim?!" dedim. Çukur, bir tehlike teşkil edecek kadar derin ve genişti.

Hanımlar gülüştüler, birisi:

– Köprü olsaydı, iyi olacaktı, diye şaka etti.

Ben sadece:

– Köprüsüz de geçilir zannederim, dedim ve birdenbire atladım. Arkada bir çığlık koptu.

Öteki tarafa geçmeye muvaffak olmuştum. Fakat ne çare ki vadettiğim kasımpatıyı koparıp getiremedim. Çünkü ayaklarım çukurun tam kenarına basmıştı. Düşmemek için bir diken kümesine sarılmış, ellerimi yırtmıştım. Evet, bu kaza başıma gelmeseydi, avucuma batan dikenlerin sızısı beni, akşam karanlığı içinde köşke dönünceye kadar ağlatmasaydı, bugüne ömrümün en şen, en eğlenceli günü diyecektim.

Kâmran, ben senden nefret ettiğim için, yabancı memleketlere kaçmıştım. Şimdi, nefretim o dereceyi buldu ki, bu uzaklık kâfi gelmiyor, senin yaşadığın, nefes aldığın dünyadan uzaklara kaçmak istiyorum.

Karşıyaka, 5 Teşrinisani

Artık bu evde kalmamayı iyiden iyiye zihnime yerleştirdim. İki üç günde bir İzmir'e iniyor, maarif idaresine uğruyordum. Dün sabah vapurda eski muallimlerimden Sör Berenis'e tesadüf ettim. Onu bir kere de iki ay evvel görmüş, mektepteyken pek seviştiğimiz için bir parça halimi anlatmıştım. Sör Berenis dün dedi ki:

– Feride, ben birkaç günden beri seni arıyorum. Karantina'daki mektebimizde bir Türkçe ve resim muallimesine ihtiyaç var. Müdireye seni tavsiye ettim. Ayrıca ev tutmaya hacet yok, mektepte kalırsın. Zaten, sen bizim hayatımıza alışıksın.

Kalbim çarpmaya başladı, öyle sanıyorum ki, tekrar oraya, o günlük kokularının, o ağır erganun[343] seslerinin içine düşersem, çocukluk rüyalarımdan bir kısmına tekrar kavuşmak mümkün olacak.

Düşünmeye bile lüzum görmeden:

– Peki Ma sör, gelirim, teşekkür ederim, dedim.

Bugün, oraya gitmeden evvel maarif idaresine uğradım, maksadım, evrakımı geriye almaktı. Müdürün üç günden beri beni aradığını söylediler. Ne istediğini merak ederek yanına girdim. Maarif müdürü beni görünce:

– Çok bekledin kızım, fakat talihine iyi bir yer çıktı. Seni Kuşadası mektebine göndereceğim, dedi.

Kuşadası, ne güzel isim; benim adım. İçimden öyle geldi ki, mutlaka güzel bir yer olacak. Fakat Sör mektebi için verdiğim söz... Bir iki dakika kaldım, cevap vermeden düşünüyordum.

Bu tarafta rahat bir hayat vardı. Öbür tarafta belki yine zaruret, sefalet, fakat bunun da başka bir tesellisi, başka bir cazibesi yok muydu? Gözümün önüne, mekteplerimizin bakımsız kalmış kaba saba ellerde ziyan olmuş, miniminileri geldi. Bu biçareler, açılmak için biraz güneş, bir parça şefkat

---

343 org

bekleyen çiçekler gibiydi. Bu şefkati, bu harareti gösterenlere, gönüllerinin bütün minnet ve muhabbetini veriyorlardı. Her şeye rağmen, bu küçük sefilleri, derin derin sevmeye başladığımı anladım. Munise bile onlar arasından gelmemiş miydi?

Bundan başka son iki senelik hayatımın bir iki tecrübesi daha vardı. Aydınlık, hasta gözleri nasıl incitiyorsa, saadet de hasta gönülleri öyle sızlatıyor. Hasta gözler gibi hasta gönüller için de karanlıktan iyi ilaç yok.

Ben, muallimliği, açlıktan ölmemek için kabul etmiştim. Hesabım doğru çıkmadı. Bu meslek bir gün açlıktan öldürebilir. Fakat ne ziyanı var? Değil mi ki, benim gönlümün şefkate olan açlığını doyuracak, kendi hayatını başkalarının saadetine vakfetmek tesellisini bana verebilecek. O ölmüş günlerin ölmüş rüyasını yeniden uyandırmak zaten mümkün değildi. Başımdan günlük kokularının ağır hülyası, kulaklarımdan erganunların hassas iniltileri yavaş yavaş silindi. Kuşadası'na, tekrar kavuşacağım miniminilerin muhabbet ve merhamet bekleyen hayallerine gülümseyerek:

– Peki, beyefendi, giderim, dedim.

*
* *

Emrimi alıncaya kadar köşkte kimseye bir şey söylemek istemiyordum. Fakat yeni bir vaka beni buna mecbur etti: Büyük kalfa bir zamandan beri bana tuhaf tuhaf şeyler söylüyordu. Mesela geçen gün, hiç münasebeti yokken demişti ki:

– Kızım, ben seni günden güne daha ziyade seviyorum. Sade ben değil, herkes öyle...

Ferhunde ile Sabahat, genç çocuklar ama, eve tat vermiyorlar. Sen geldikten sonra bir başkalık oldu. Tabiatın, ahlâkın güzel, büyükle büyük, küçükle küçük oluyorsun.

Buna benzer daha birçok sözler... Kalfa Hanım'ın bu sözlerine ben bir: "Kapı yoldaşı teveccühü"nden başka bir mana veremiyordum. Halbuki ihtiyar kadın, dün gece büsbütün açıldı:

– Kızım, ne yapsak da seni bu eve bağlayabilsek acaba? Benim aklıma bir çare geliyor ama, sakın aklına bir şey gelmesin, hani vallahi kimse bir şey söylemedi.

Kalfanın bu sözlerinin, birisi tarafından söylendiğine şüphem kalmadı. Fakat anlamamazlıktan gelerek dinlemeye devam ettim. O başladığı bir söze devama cesaret edemediği vakit, başka söze atlayarak söylüyordu:

– Beyefendi, yaşlı bir adam değil, ben çocukluğunu bilirim. Güzel bir adam değil ama, debdebesi, saltanatı var. Eh, tabiatı da fena değil. Kızım, ev hanımsız gitmeyecek, yarın öbür gün Ferhunde ile Sabahat kocaya giderler. Maazallah, bir haramzadeye düşersek, hâl fena. Feride Hanım, insan burma bıyıklı delikanlılara da varır ama, bu debdebeyi bulamaz. Ah, şu Bey'e münasip bir kızcağız bulabilsek, ne dersin kızım?

Ben, bir şey demiyor acı acı gülümseyerek düşünüyordum.

Reşit Beyefendi'nin bana o kadar hürmet etmesi, Sabahat'le Ferhunde'nin derslerine bu derece ehemmiyet vermesi, bizimle saatlerce şakalaşması, hatta top oynaması... Demek bütün bunlar... Maarif kâtibinin: "Reşit Beyefendi istese seni Fransızca muallimliğine tayin ederdi, herhâlde bir maksadı var!" diye söylediği sözler aklıma geldi. Birkaç sene evvel böyle bir şeye isyan ederdim. Fakat şimdi, sözü kesmek için kalfaya lakayt bir tavırla şu cevabı verdim:

– Sizinle görücü gider, Reşit Beyefendi'ye bir hanımcık arardık. Ne çare ki, ben bir iki güne kadar Kuşadası'na gidiyorum. Birkaç ay sonra nişanlım oraya gelecek, evleneceğiz, dedim. Sonra şaşkın şaşkın yüzüme bakan ihtiyar kadına:

– Allah rahatlık versin, kalfacığım, ben erken yatacağım, deyip odama çekildim.

Kuşadası, 25 Teşrinisani

"Kuşadası'na gider misiniz?" dedikleri vakit, birden sevinmiş, kendi kendime: "Kuşadası, benim adım, bu kadar zamandan beri aradığım saadeti, gönül rahatını mutlaka orada bulacağım!" demiştim. Bu his beni aldatmamıştı. Burasını her yerden ziyade sevdim. Pek güzel bir memleket diye mi? Hayır. Kuşadası, evvelce zannettiğim gibi. Munise ile –bu sarı papağanla– avare, yalnız bir hayat geçireceğim bir Robenson adası çıkmadı.

Rahatım pek yolunda olduğu için mi? Bu da değil. Bilakis her zamankinden ziyade çalışıyorum. Şu hâlde? Verilecek cevap biraz gülünç. Fakat ne yapayım ki hakikat, ben Kuşadası'nı güzel ve rahat yer olmadığı için seviyorum. Öyle sanıyorum ki Kudret, yalnız güzel simaları değil güzel toprakları, güzel denizleri de insana gizli gönül azapları versin diye yaratmış.

Bir ay evvel buraya geldiğim vakit, mektebin başmuallimesi beni karşısına aldı. Elli yaşlarında kadar, hasta, bitkin bir kadın, bana dedi ki:

– Kızım, birbirinden tam üç ay fasıla ile dağ gibi iki oğlumu kara toprağa verdim. Dünyayı gözüm görmüyor. Seni buraya ikinci muallimelikle göndermişler. Gençsin, malumatlı görünüyorsun, mektebi sana bırakıyorum. Bildiğin gibi idare et. İki muallimemiz daha var, yaşlı iki hanım, onlardan hayır yok.

Elimden geldiği kadar çalışacağımı vadettim ve sözümde durdum.

Başmuallim Hanım, bana dün dedi ki:

– Feride Hanım kızım, sana ne kadar teşekkür etsem az, vadettiğinden on kat ziyade çalıştın. Bir ay içinde gerek mektep, gerek çocuklarımız çiçek gibi oldu. Allah senden razı olsun. Arkadaşlarından en minimini çocuklara varıncaya kadar herkes seni seviyor. Ben bile vakit vakit derdimi, yüreğimin acısını unutuyorum, sen gülerken gülmeye başlıyorum.

Zavallı kadın, kendi kara gözleri için çalıştığımı zannediyor, minnettar oluyordu. Çalışmak, bütün ruhuyla, kendini başkalarına vermek ne güzel şey! Çalıkuşu tamamıyla eski Çalıkuşu oldu. Ne o, Ç...deki müphem yaşamak yorgunluğu, ne İzmir'deki isyanlar, bunların hiçbiri kalmadı, bir yaz semasına musallat olmuş geçici bir bulut gibi hepsi dağıldı.

Saçlarım birer birer ağarıncaya kadar başkalarının çocuklarına, onların saadetlerine kendimi vakfetmek artık beni korkutmuyor. İki sene evvel, bir sonbahar akşamı, gönlümün içinde öldürülen küçüklerin boş yerini başkalarının çocuklarına verdim.

Kuşadası, 1 Kânunuevvel

Bir zamandan beri etrafımda bir muharebe sözü dolaşıyordu. Hayatımı mektebe vakfettiğim için kulak bile vermiyordum. Bugün kasaba birbirine girdi. Muharebe başlamış.

Kuşadası, 15 Kânunuevvel

Muharebe başlayalı on beş gün oldu, hastaneye her gün kafile kafile yaralı geliyormuş. Mektebe bir neşesizlik çöktü, küçüklerimden birçoğunun orduda babaları, kardeşleri, var. Biçareler tehlikeyi, şüphesiz, bilmiyorlar. Üstlerine büyük adam gibi halim bir mahzunluk çöktü.

Kuşadası, 15 Kânunuevvel

Ne aksilik, Yarabbi, ne aksilik! Bugün kumandanlığın emriyle mektebi işgal ettiler. Muvakkat hastane yapacaklarmış. Ne isterlerse yapsınlar, umrumda değil. Fakat mektep kurtuluncaya kadar ben ne yapacağım, nasıl vakit geçireceğim?

Kuşadası, 24 Kânunuevvel

Bugün, mektepte kalan birkaç kitabı almaya gitmiştim. Öyle bir karışıklık ki, insan, kitabını değil, kendini kaybetse bulamayacak. Çaresiz geri dönüyordum. Bir hastabakıcı kadın, kapılardan biri açarak:

– Bir kere de Başhekim Bey'e soralım. O, galiba birkaç kitap kaldırmıştı!... dedi.

Odanın içi şişeler, sargılar, ecza kutularıyla doluydu. Başhekim, sırtından ceketini atmış, inleye oflaya bu karışık şeyleri düzeltmeye çalışıyordu. Arkasını döndüğü için, yalnız boynunu, ak saçlarını ve sıvalı bileklerini görüyordum. Bu hâlde bir adamdan kitap sormak saygısızlıktı. Hastabakıcıyı eteğinden çektim.

– Vazgeçiniz, dedim. Fakat o, farkında olmadı:

– Beyefendi hani siz Fransızca resimli kitaplar bulmuştunuz, nerede onlar? dedi.

İhtiyar doktor birdenbire kızdı. Başını çevrimeden öyle fena, öyle ayıp bir cevap verdi ki, gayri ihtiyari ellerimi yüzüme kapadım, oradan kaçmak istedim. Fakat, tam bu dakikada yüzünü çevirmişti. Birdenbire:

– Vay küçük yine mi sen? diye bağırdı.

Yüzünü görür görmez, ben de kendimi tutamadım:

– Doktor Bey, Zeyniler'deki Doktor Bey! diye feryat ettim.

Mübalağa etmiyorum. Bu bir feryattı.

Şişeleri devirerek yanıma geldi, ellerimi tuttu; başımı çekerek, çarşafımın üstünden saçlarımı öptü. Yalnız bir gün, hatta bir gün bile değil, birkaç saat birbirimizi görmüştük. Hangi gizli ruh alakası bizi birbirimize bağlamış, iki sene sonra kırk yıllık iki dost, hatta bir baba kız gibi bizi birbirimizin kollarına atmıştı? Ne bileyim, insan kalbi, öyle anlaşılmaz bir şey ki!...

Hayrullah Bey, tıpkı Zeyniler'deki gibi bana:

– Söyle bakalım, yaramaz, senin burada ne işin var? diye sordu.

Çocuk gözleri gibi berrak mavi gözleri, beyaz kirpiklerinin içinde tarif edilmez bir tatlılıkla parlıyordu. Ben, yine tıpkı Zeyniler'deki gibi, bu gözlerin içine gülerek:

– Biliyorsunuz ki, ben, muallimeyim Doktor Bey, dedim. Memleket memleket geziyorum. Şimdi buraya tayin ettiler.

Bütün hayatımı ve gönlümü biliyor gibi nihayetsiz bir esefle:

– Hâlâ mı haber yok, küçük? dedi.

Birdenbire yüzüme su serpilmiş gibi ürperdim, gözlerimi kırpıştırdım. Hayret ediyor gibi görünmeye çalışarak:

– Kimden Doktor Bey? dedim.

O, canı sıkılmış gibi beni parmağıyla tehdit etti:

– Ne yalan söylüyorsun küçük? Dudakların yalan söylemeyi öğrenmiş ama gözlerin, halin daha pek toy. Kimden mi haber soruyorum. Seni böyle memleket memleket gezdiren her kimse ondan.

Gülerek omuzlarımı silktim:

– Maarif demek istiyorsunuz, sonra tabii memleketimin çocuklarına hizmet etmek emeli.

Doktor, yine Zeyniler'deki iddiasını tekrar etti. Bu söz, beni çok müteessir ettiği için kelimesi kelimesine aklımda kalmıştı:

– Bu yaşta, bu halle, bu çehreyle mi? Peki, öyle olsun yaramaz, öyle olsun, tek sen vahşilik gösterme.

O ilaçlarını, ben kitaplarımı unutmuştuk, konuşmaya devam ediyorduk:

– Bu mektepte hocasın öyle mi?

– Mektebimizi aldığınıza o kadar üzüldüm ki, Doktor Bey...

– Bana başka bir fikir geliyor... Ne musibetti o köyün adı? Orada sana hastabakıcılık ettirdimdi. Hatırlarsın ya? Burada da bana yardım eder misin, ha? Zaten arada büyük bir fark yok, ha senin minimini maymuncukların, ha benim "sevgili ayıcıklarım!" Zaten ikisi ruh itibariyle öyle birbirlerine benzerler ki... Aynı safvet[344], aynı temiz çocuk yüreği, hem de ateş karşısında yandıkları bu aylarda benimkilere yardım, daha ecirli[345] bir iştir, küçük kız...

Birdenbire yüzüm güldü, çocuk gibi sevindim. Bana kuvvetimi ve sevgimi harcayacak bir iş olsun da, ne olursa olsun.

– Peki Doktor Bey, ne vakit isterseniz işe başlarım.

– Hemen şimdi, bak şurasını ne hale koymuşlar? El değil ki, âdeta...

Yine hatırı sayılacak derecede fena bir kelime.

Ben utanarak:

– Fakat bir şartla Doktor Bey... Yanımda pek askerce konuşmayacaksın...

O, gülerek:

– Gayret ederim küçük, gayret ederim... Maamafih arada bir kaza olursa kusura bakmazsın artık, dedi.

---

344 arılık, saflık
345 sevap

Akşama kadar beraber çalıştık, yarın geleceğini haber aldığımız hastaları kabule hazırlandık.

Kuşadası, 26 Kânunusani

Bir aydan beri Hayrullah Bey'in yanında hastabakıcıyım. Muharebe devam ediyor, hastaneye gelen yaralı kafilelerinin ardı arkası kesilmiyor. İş o kadar çok ki... Bazı geceler evime bile dönemiyorum.

Dün gece geç vakte kadar ağır yaralı bir ihtiyar yüzbaşı ile meşgul olmak lâzım gelmişti. Sabaha karşı yorgunluktan bitap düşmüş, ecza odasındaki bir koltuğun içinde uyuyakalmıştım.

Omuzlarıma hafif bir elin dokunduğunu hissettim; gözlerimi açtım, Doktor Hayrullah Bey'di. Benim üşümemden korkmuş, uyandırmamaya çalışarak üstüme ince bir battaniye örtmek istemişti; pencereden giren hafif seher aydınlığı içinde daha solgun ve yorgun görünen mavi gözleriyle gülümsedi:

– Uyu küçük, rahatsız olma, dedi.

Bu dakikada, bu şefkat, bana öyle tatlı geldi ki... Bir şey söylemek, minnetimi anlatmak istiyordum. Yorgunluk, uyku galebe etti[346], dalgın dalgın gülümseyerek tekrar uyudum.

İki büyük kusuruna rağmen, bu ihtiyar doktoru çok seviyorum. Bunlardan biri kaba kelimeler kullanması. Vakıa[347] etrafındakiler de buna hak kazanacak münasebetsizlikler ya-

346 üstün gelmek
347 gerçi

pıyorlar ama sebep değil, bazı ağzından öyle şeyler çıkıyor ki, yanından kaçıyorum. Günlerce yüzüne bakamıyorum. Maamafih kabahatini kendi de biliyor.

– Aldırma küçük, bunların irapta mahalli yok[348], askerliktir, diyor.

Hayrullah Bey, kabahatlerini, saf pişmanlıklarını, sevimli mahcubiyetleriyle affettiren, hatta hoş gösteren çocuklara benziyor.

İkinci kabahati bundan daha büyük. Bu kaba saba adamda anlaşılmaz bir nicelik var. İnsanın kendine bile itiraf edemediği en olmayacak şeyleri öyle ustalıkla ağzından alıyor ki... Mesela, benim kimseye söylememek için o kadar çalıştığım sergüzeştimin büyük bir kısmını biliyor. Bunları nasıl söyledim. Kendim de farkında değilim. Ara sıra sorduğu tek tük suallere kuru cevaplar vermekten başka bir şey yapmamıştım. Halbuki o, bu sözleri bir araya toplaya toplaya bütün bir hikâye meydana çıkardı.

Doktorun kimsesi yok, yirmi beş sene evvel evlenmiş, dokuz ay sonra karısı tifodan ölmüş. O vakitten beri bekâr kalmış, kendisi Rodosluymuş, fakat Kuşadası'nda da bazı emlakı var. Miralaylık maaşına herhâlde ihtiyacı olmayan bir adam. Çünkü onun birkaç mislini hastalara sarf ediyor. Mesela bir gün evvel, yaralı bir neferin memleketinden gelen mektubunu okumuştum. Neferin ihtiyar anası, sefaletlerinin son dereceyi bulduğunu, çocukların açlıktan sokaklara döküldüklerini yazıyordu. Yaralı, bu mektubu dinlerken derin derin ah etti.

---

348 hiçbir önemi yok anlamında deyim

Hayrullah Bey, yanımızdaki yatakta bir askeri muayene ediyordu. Birdenbire bu biçare nefere döndü:

– Çok memnun oldum, neyinize güvenir de böyle alay alay yumurcak çıkarırsınız ortaya? dedi. Bu zalim alay, ok gibi yüreğime saplanmıştı. Münasip bir vakitte bunu ihtiyar doktara söyleyecektim. Fakat o, bana daha evvel bu meseleden bahsetti:

– Küçük, belli etmeden o ayının anasının adresini al, beş on lira gönderelim, dedi.

Öyle anlıyorum ki, bu ihtiyar doktor, ne para için ne de bir vazife fikriyle askerlik ediyor, onun bir iptilası[349] var: "Sevgili ayıcıklarım" dediği biçare neferlere muhabbeti, fakat bilmem niçin, bu muhabbeti, utanılacak bir şey gibi daima gizlemeye çalışıyor.

Kuşadası, 28 Kânunusani

Bu sabah, hastaneye geldiğim vakit ağır yaralı dört zabit getirildiğini haber aldım. Hastabakıcılar, Hayrullah Bey'in beni aradığını söylediler. Ne vakit nazik bir ameliyat yapacak olsa, beni yanında istiyor:

– Sana, böyle şeyler göstermek doğru değil, ama, küçük, elinden iş gelecek adam yok, beni kızdırıp bağırtıyorlar, ne yapacağımı şaşırıyorum, diyor.

Çarşafımı attım, acele acele gömleğimi giydim. Fakat, ben hazırlanıncaya kadar ameliyat bitmişti. Yaralıyı sedye içinde yukarıya gönderiyorlardı.

---

349 düşkünlük

Hayrullah Bey, beni yanına çağırdı:

– Küçük, dedi, ehemmiyetli bir terzilik ettik –ameliyata terzilik diyor– genç bir erkânıharp binbaşısı. Bir bomba, sağ kolu ile yüzünün bir tarafını berbat etmiş, kendi odamı verdim. Artık onunla sen meşgul olursun. Çok büyük ihtimama[350] ihtiyacı var.

Konuşa konuşa odaya girdik, yatakta yüzü, kolu sargılar içinde sessiz bir insan yatıyordu. Doktorla yanına yaklaştık, yalnız yüzünün sol tarafı bir parça görünüyordu. Bu çehre bana yabancı değildi. Fakat bu yüzü bir türlü bulup çıkaramıyordum.

Hayrullah Bey, yaralının sol nabzını tutmuştu. Yüzüne doğru eğilerek iki kere:

– İhsan Bey, İhsan Bey! diye seslendi.

Birdenbire zihnimde bir şimşek çaktı. Ç...de Abdürrahim Paşa'nın evinde tanıdığım erkânıharp yüzbaşısı idi. Bir adım geri çekildim; odadan çıkacak, bir daha beni bu yaralı zabiti yanına göndermemesini doktordan rica edecektim. Fakat hasta, gözlerini açmış, beni görmüştü. Tanıdı, lâkin ben olduğuma ihtimal vermedi. Yaralandığı günden beri, kim bilir, kaç defa kendini kaybetmiş, hastalığı, ateşi, ona ne çılgın rüyalar vermişti. Evet, dalgın gözlerin bakışlarından anladım ki, ben olduğuma ihtimal vermedi, bembeyaz dudaklarında, hafif bir gülümsemeyle tekrar gözlerini kapadı.

İhsan Bey! Bir zaman evvel çocukluğumdan, beni müdafaa eden bir babam, bir kardeşim, bir... Bildiğim olmamasından istifade etmişler, beni gece âlemlerine sürüklemişlerdi.

---

350 özen, iyi bakım

Yüreğimde, sürgüne gönderilen bir adi sokak kadını zilletiyle elimi suçsuz yüzüme kapayarak şehirden çıkıyordum. Dünyayı baştan başa bir zulüm, kendimi o zulme baş eğmekten başka çaresi olmayan bir sefil gibi gördüğüm o günde beni müdafaa ettiniz, mesleğinizi, istikbalinizi tehlikeye koymak, hatta belki ölmeyi göze alarak mürüvvetini gösterdiniz.

Mademki hazin bir tesadüf, bugün bizi karşı karşıya getirdi, sizden kaçmayacağım, bu ümitsizlik ve acı günlerinizde bir küçük kız kardeş gibi kendimi hizmetinize vakfedeceğim.

Kuşadası, 7 Şubat

İhsan Bey'in yarası tehlikeli değilmiş, bir aya kadar kendini toplayabilirmiş. Fakat sağ kaşının üstünden başlayarak çenesine kadar bütün yanağını kaplayan yara onu korkunç bir surette çirkin bırakacakmış.

Hayrullah Bey, sargıları değiştirirken yanında bulunmuyordum. Yüreğim dayanamadığı için değil, çünkü her gün yaranın bundan çok daha fenalarını görüyordum, fakat benim bakışımın ona, korkunç yarasına dokunmuş bir bıçaktan daha fazla ıztırap verdiğini gördüğüm için...

Zavallı adam, ne çehre ile hastaneden çıkacağını biliyor, açıktan açığa bir şey söylemediği hâlde, derin bir ümitsizlik içinde bulunuyor.

Hayrullah Bey:

– Biraz daha gayret delikanlı, yirmi güne kadar dipdiri ayağa kalkacaksın, dediği zaman, âdeta telaşa düşüyor.

Yaralının bugünlerini hoş geçirmesi için kalbimin bütün şefkat kabiliyetini sarf ediyorum; bazen yatağının başucunda kitap okuyorum, hatta, masal bile söylediğim oluyor.

Evet, biçarenin hiçbir şey söylemediği hâlde daima çirkin kalmak azabından bir dakika kurtulamadığı o kadar belli ki... Bazen gizli teselliler icadına çalışıyorum. Büsbütün başka şeylerden bahsediyor gibi görünerek yüz güzelliği kadar dünyada lüzumsuz, hatta muzır bir şey olmadığını, asıl güzelliği ruhta, gönülde aramak lâzım geldiğini söylüyorum.

Kuşadası, 25 Şubat

İhsan Bey, ümit ettiğimizden az zamanda iyi oldu. Bu sabah sütlü çayını götürdüğüm zaman, onu giyinmiş buldum.

Bir sene evvel Abdürrahim Paşa'nın bahçesinde tesadüf ettiğim parlak elbiseli, güzel ve mağrur çehreli erkânıharp yüzbaşısı gayriihtiyari gözümün önüne geldi.

Bu binbaşı üniformasının yakası içinde incecik boynunu yana doğru meylettiren, yüzündeki yara yerinden, bir ayıp gibi utanan hasta asker, o güzel, mağrur erkânıharp zabiti miydi?

Teessürümü galiba gizleyememiştim. Onu, başka bir şeyle tevil etmeye[351] çalışarak yalandan darılmaya başladım:

– İhsan Bey, bu yaptığınız âdeta çocukluk, daha tamamıyla iyi olmadan niçin giyindiniz? dedim.

Gözlerini önüne indirdi:

– Yatmak daha ziyade hasta ediyor da ondan, diye cevap verdi.

---

351 söze başka anlam vermek

İkimiz de susuyorduk. O hırçın asabiyetini gizlemeye çalışarak:

– Artık gitmek istiyorum, bir şeyim kalmadı, tamamıyla iyi oldum, diye ilave etti.

Yüreğim merhametten eziliyordu, renk vermemek için, şakaya vurdum:

– İhsan Bey, görüyorum ki, beni dinlemeyeceksiniz. Yine asker inadınız uyandı. Fakat, şunu haber vereyim ki, ben, şimdi fitnelik etmeye gidiyorum. Doktorunuza her şeyi haber vereceğim, sizi iyice paylasın da görürsünüz, dedim.

Tepsiyi bırakarak acele acele dışarıya çıktım. Fakat doktoru görmeye gitmedim.

25 Şubat (Akşama doğru)

Hayrullah Bey'le müthiş bir kavga ettim. Ama iş için değil, başkalarının işine karışmak saygısızlığını pek ileri vardırdı da ondan...

Demin İhsan Bey'den bahsediyorduk. Yüzünün onu fazla müteessir ettiğini söyledim.

Hayrullah Bey, dudaklarını büktü:

– Hakkı var, ben onun yerinde olsam, şuradan kendimi denize atardım. Öyle surat, balıklara yem olmaktan başka neye yarar? dedi.

– Ben, sizi başka türlü sanıyordum, Doktor Bey. Ruh güzelliği yanında yüz güzelliğinin ne ehemmiyeti olur? dedim.

Hayrullah Bey gülmeye, benimle eğlenmeye başladı:

– Lakırdıdır o küçük, o suratta adama kimse metelik vermez. Hele siz yaştaki kızlar yok mu?

Şikâyet eder gibi yakasını silkiyordu. İsyan ettim:

– Hayatımı bir parça biliyorsunuz, bazı esrarımı hemen hemen zorla benden çaldınız. Benim güzel hem de çok güzel bir nişanlım vardı. Beni aldattı diye onu kalbimden silip attım, ondan nefret ediyorum.

Hayrullah Bey yeniden bir kahkaha kopardı. Sonra beyaz kirpiklerinin içinde küçüle küçüle gülen mavi gözlerini ta kalbimin içine dikti:

– Bana bak küçük, dedi. Öyle değil, gözlerimin içine bak da söyle, onu sevmiyor musun?

– Ondan nefret ediyorum.

Çenemi tuttu, hâlâ gözlerime bakmakta devam ediyordu:

– Ah, zavallı küçük, sen onun için senelerden beri çıra gibi cayır cayır yanıyorsun. O hayvan, seninle beraber kendi kendine de yazık etmiş. Bu aşkı o, başkasında zor bulur.

Hiddetten sesim boğularak:

– Niçin bana bu ağır iftirayı reva görüyorsunuz, nereden biliyorsunuz? dedim.

– Hatırlarsın ya, seni o köyde gördüğüm gün, bunu anladım. Saklamaya çalışma nafile. Sevda, çocuk gözlerinden uyku gibi akar.

Gözlerim kararıyor, kulaklarım uğulduyordu. O, hâlâ söylüyordu:

– Başkalarının içinde yaşarken öyle herkese, her şeye yabancı bir halin, rüya gören insanlara mahsus dalgın, mahzun bir gülümseyişin var ki, yüreğimi yakıyor küçük. Sen, yaradılış itibariyle bile herkesten başkasın, Esatir[352], buseden doğmuş buse ile gıdalanmış, büyümüş birtakım perilerden bahseder. Bunları yalnız bir hayal zannetmemeli. Onların dünyada da numuneleri vardır. Feridecik, sen onlardan birisin. Sen, sevmek, sevilmek için yaratılmış bir mahluksun. Ah deli kız, çok yanlış hareket etmişsin, ne olursa olsun, bu sersem oğlanın yakasını bırakmamalıydın. Mutlaka mesut olacaktın.

Bir isyan feryadıyla kıvrandım. Çırpınarak, ayaklarımı yere vurarak:

– Niçin bunları söylediniz? Benden ne ediniz? diye ağlamaya başladım.

O vakit, doktorun da aklı başına geldi:

– Doğru küçük, hakkın var, bunlar sana söylenecek şeyler değildi. Berbat bir halt ettik, affet beni küçük diye beni teskin etmeye çalıştı.

Artık, darılmıştım, yüzüne bakmayı canım istemiyordu:

– Göreceksiniz, onu sevmediğimi nasıl ispat edeceğim, dedim. Şiddetle kapıyı kapayarak dışarı çıktım.

Yine 25 Şubat gecesi

İhsan Bey'in lambasını gördüğüm vakit, o hâlâ soyunmamıştı. Pencerenin önünde, ayakta duruyor, akşamın denizdeki son kızıltılarını seyrediyordu.

---

352 mitoloji

Söz olsun diye:

– Üniformanızı ne kadar göreceğiniz gelmiş efendim, dedim.

Odaya, akşamın alacakaranlığı iyiden iyiye çökmüştü. İhsan Bey, bu karanlıktan cesaret almış gibi muammalı bir tebessümle başını salladı, ilk defa açıktan açığa derdini söyledi:

– Üniformam mı efendim? Evet, şimdi ümidim yalnız onda. Yüzümü o bu hale getirdi. Uğradığım felaketi tamir etmek kudretini yalnız onda görüyorum.

Bu sözlerin manasını anlamıyor, hayretle yüzüne bakıyordum. O hafif bir göğüs geçirerek devam etti:

–Gayet sade Feride Hanım, anlaşılmayacak şey değil. Bir nizamiye zabiti gibi geriye döneceğim. Bombanın yarım bıraktığı iş tamam olsun, ben de kurtulayım.

Genç binbaşı, bu sözleri bir çocuk safvet ve ızdırabıyla söylüyordu. Lambayı yakmak için ona arkamı dönmüştüm. Tutuşturduğu kibriti, belli etmeden üfledim, fitili düzeltmek istiyor gibi eğilerek gayet yavaş:

– Böyle söylemeyiniz İhsan Bey, siz isterseniz bahtiyar olabilirsiniz. Mesela zararsız bir kızla evlenirsiniz, iyi bir aileniz, minimini çocuklarınız olur, her şeyi unutursunuz.

Başımı çevirmediğim hâlde hissediyordum ki, o da bana bakmıyor hâlâ pencereden denizi seyrediyordu.

– Feride Hanım, ne kadar temiz kalpli bir kız olduğunuzu bilmesem, benimle eğleniyorsunuz, diyecektim. Beni bu hâlde kim ister? Ben ki böyle olmadan evvel, bir kadının hiç olmazsa gülmeden yüzüme bakabileceği günlerde bile hoşa gitmemiştim. Şimdi öyle bir alilim[353] ki.

Artık devam etmek istemedi, kendisini toplamaya çalışarak:

– Feride Hanım, bunlar lüzumsuz sözler. Affedersiniz, lambayı yakar mısınız? dedi.

Bir kibrit daha çaktım, fakat elim bir türlü lambaya gitmiyordu. Gözlerimi bir titrek aleve dikerek düşüne düşüne onun sönmesini bekledim. Oda, eski karanlığın içine düşünce yavaş yavaş:

– İhsan Bey, dedim. Siz o muvaffakiyetsizliğe uğradığınız vakit mağrur, hodkâm[354] bir erkektiniz. Elem, ümitsizlik, kalbinize bu inceliği vermemişti. O vakit, mesleğinizi çiğneyerek, belki ölümü göze alarak, bir küçük kızı, hakir bir iptidaiye hocasını müdafaa etmiştiniz. Sonra bunların hepsinden daha mühim olarak bugünkü kadar, –artık saklamayınız, derdinizi anlıyorum– bugünkü kadar bedbaht değildiniz. Niçin o biçare iptidaiye hocası ömrünü sizin saadetinize vakfetmesin?

Hasta binbaşı, tıkanmış bir sesle:

– Feride Hanım, rica ederim, beni böyle olmayacak hayallere düşürerek büsbütün bedbaht etmeyin, dedi.

Artık kararımı vermiştim. Ona döndüm. Başımı önüme eğdim:

– İhsan Bey, ben sizinle evlenmeyi rica ediyorum. Beni kabul ediniz, göreceksiniz, sizi ne kadar mesut edeceğim, ne kadar mesut olacağız...

---

353 sakat
354 bencil

Gözyaşlarıyla perdeli kirpiklerimin arasından binbaşının karanlık yüzünü göremiyordum. Cevap vermedi. Sade uzattığım eli dudaklarına götürerek korka korka parmaklarımın ucunu öptü.

*
* *

Her şey bitti. Artık, bundan sonra kimse benim onu için için sevdiğimi söylemeye cesaret edemeyecek.

Kuşadası, 26 Şubat

O günden beri sen benim için bir yabancıdan, bir düşmandan başka bir şey değildin Kâmran!.. Bir daha yüz yüze gelmeyeceğimizi, bu dünyanın gözleriyle birbirimize bakmayacağımızı, birbirimizin sesini işitmeyeceğimizi biliyordum. Böyle olduğu hâlde ben, senin nişanlın olmak hissini bir türlü gönlümden çıkaramamıştım. Ne söylesem, ne yapsam kendime... Sana ait birşey gözüyle bakmaktan kurtulamıyordum.

Evet, niçin yalan söyleyeyim? Bütün nefretlerime, isyanlarıma, bütün o geçmiş şeylere rağmen, ben yine bir parça senindim.

Bunu, ilk defa bir başkasının nişanlısı, olarak uyandığım bu sabah saatinde hissettim, başkasının nişanlısı. Bunca senenin, bunca sabahında senin nişanlın diye uyandıktan sonra bir gün, başkasının nişanlısı diye uyanmak! Kâmran, ben asıl bu sabah, senden ayrıldım. Hem de bir hatıra götürmeye, son bir defa başını çevirerek arkasına, arkasında bıraktığı şeylere bakmaya hakkı olmayan bir biçare muhacir gibi.

*
* *

Bu sabah, İhsan Bey'le görüştükten sonra onu doktor Hayrullah Bey'in odasına götürecek, nişanlandığımızı haber verecektim. Bu büyük vaka için her günkü hastabakıcı gömleğim pek sade düşecek, yeni nişanlımı belki mahzun edecekti. Bahçede cılız çiğdemler yetişmişti. Onlardan küçük bir demet yaparak göğsüme iliştirdim.

İhsan Bey'i, bu sabah yine giyinmiş buldum. Beni görünce bir çocuk safvetiyle gülümsemeye başladı. Düşündüm ki, bugünden sonra onu mesut etmek benim vazifem.

Zorla gülmeye çalışarak ellerimi uzattım:

– Bonjur, İhsan Bey, dedim.

Sonra, çiğdemlerden birkaç tanesini ayırarak üniformasının göğsüne iliştirdim:

– Bu gece rahat uyuduğunuzu tahmin ediyorum.

– Pek çok. Ya siz?

– Altı aylık bir çocuk kadar memnun, müsterih bir uyku.

– Niçin yüzünüz solgun öyleyse?

– Düşününüz ki, bahtiyarlık da insanı soldurabilir.

Bu cevap üzerine ikimiz de sustuk.

İhsan Bey'in dudakları bembeyazdı. Kısa bir sükûttan sonra ağır ağır söze başladı. Ara sıra sesinin titremesinden korkuyor gibi susuyor, birkaç saniye tereddüt ediyordu, dedi ki:

– Feride Hanım, size ölünceye kadar minnettarım. Bana eski bahtiyar zamanlarımda da nasip olmamış emsalsiz bir gece geçirttiniz. Size demin hakikati söylemedim; ben bu gece sabaha kadar uyumadım... "Ben sizinle evlenmeyi rica ediyorum" diyen sesiniz kulağımdan gitmedi... Uyuyamadım, çünkü sizin nişanlınız olarak geçirdiğim tek saadet gecesinin bir dakikasını ziyan etmemek lâzımdı... Ömrümün sonuna kadar size minnettar kalacağım.

– Sizi daima mesut edeceğim, dedim.

O, derin bir heyecan içindeydi. Ellerimi tutmak istiyordu. Fakat cesaret edemedi. Bir hasta çocuğa hitap eder gibi, halim, okşayıcı bir sesle:

– Hayır, Feride Hanım, bu gecenin bir ferdası[355] olamazdı, bunu biliyorum. Bu gece, çok mesut oldum. Fakat, buna rağmen, ben bugün gidiyorum, birkaç saat sonra sizden ayrılmış olacağım.

– Niçin İhsan Bey? Beni istemiyor musunuz? Doğru değil, bana bu kadar ümit verdikten sonra gitmek doğru değil.

Zabit, arkasını duvara dayadı, gözlerini kapayarak, derin derin: "Ah, bu ses!" dedi. Sonra, birdenbire silkindi, hemen hemen sert bir sesle:

– Biraz daha gayret etseniz, merhamet size, beni sevdiğinizi iddia ettirecek.

– Niçin olmasın, İhsan Bey? Mademki sizinle nişanlanmak istedim, demek ki bunda bir sebep vardı.

O, âdeta acı bir istihza[356] ile cevap verdi:

– Evet, siz mademki benimle evlenmeyi kabul ettiniz, demek ki beni seviyorsunuz. Fakat, ben, sizin tarafınızdan bu

355 yarın, gelecek
356 gizli veya ince alay

kadar sevilmek istemiyorum. Siz, bu izdivaca sahiden ihtimal verdiniz miydi, Feride Hanım?

– ....

– Feride Hanım, beni, ümitsiz bir alile karşı duyulmuş bir merhametten başka saiki[357] olmayan bir aşk sadakasını kabul edecek kadar düşmüş, bitmiş bir adam mı sanıyorsunuz?

Nihayetsiz bir mahzunlukla başımı eğdim:

– Hakkınız var. Biz iki biçare insanız, iki derdi birleştirirsek, belki mesut oluruz diyordum, yanılmışım.

Duvarda asılı duran kılıcı göstererek ilave ettim.

– Sizin yine bir teselliniz var. Dediğiniz gibi vazifenizin başına döneceksiniz. Ben kadınım, sizden daha biçareyim.

*
* *

Bir donuk kış sabahına göğüslerinde birkaç cılız çiğdem, dudaklarında onlar gibi yalancı bir tebessümle karşı karşıya gelen yeni nişanlılar on dakika sonra gözlerinde yaşlarla bedbaht bir ağabey, kimsesiz küçük bir kız kardeş gibi birbirlerinden ayrıldılar.

Kuşadası, 2 Nisan

Üç gün evvel, mektebi iade ettiler. Beş yıllık fasıladan sonra tekrar derse başladık. Fakat, neme lazım, sene sonu oldu gitti. Bahar, sınıfları pırıltılı güneş aydınlıklarıyla, ılık çiçek kokularıyla dolduruyor. Duvarlarda Akdeniz'in yeşil hareleri dolaşıyor, çocuk olsun, büyük olsun, kimsede çalışmaya istek yok.

---

357 sebep, güdü

Başmuallim, bir türlü Kuşadası'nda kalmak istemiyordu. Bir ay evvel başka bir yere gönderdiler. Yerine beni tayin ettiler. Hem de unvanımı "Müdire"ye çevirmek şartıyla. Ben bir cihetten bu işe memnun olmadım. Çünkü muallim arkadaşlarım bana tuhaf bir nazarla bakmaya başladılar.

Gerçi bunlar, öyle malumatlı, meziyetli insanlar değil, fakat ne olursa olsun, yaşlı başlı kadınlar. Maarif memurlarının dedikleri gibi her birinin on beşer, yirmişer senelik "kıdem"leri var. Onların yerinde olsam, sonra, günün birinde kendi kızımdan küçük bir çocuğu başıma getirseler, zannediyorum ki benim de kalbim kırılır.

Mart iptidasında[358] Hayrullah Bey'i tekaüt ettiler.

Kendisi zengin adam, maaşa muhtaç değil. Maamafih, mahzun oldu.

– Sevgili ayıcıklarımdan birçoğunun gözlerini elimle kapadım. İsterdim ki, benim gözlerimi de onlar kapasınlar, mezarıma onlar götürsünler, olmadı, dedi.

Hayrullah Bey, malumat cihetinden de çok mükemmel bir adam, bütün gençliğini okumakla geçirmiş. Evinde kocaman bir kütüphanesi var. Dünyada kitaptan lüzumsuz, boş şey olmadığını söylüyor, kitap yazanlar gibi, okuyanların da hayatta hiçbir şey görmeden geçip giden budalalar olduğunu iddia ediyor. Geçen gün onu kuvvetli bir itirazla mağlup etmek istedim:

– Mademki öyle siz niçin bu kadar çok okudunuz, hatta beni de buna teşvik ediyorsunuz? dedim.

---

358 başlangıç

Bu, öyle itirazdı ki, akan suları durdururdu. Fakat o hiç bozulmadı, bilâkis, kahkahalarla gülüp, benimle eğlenerek:

– Daha iyi dedin ya, beni dinle diye sana kim söyledi, küçük, dedi.

Bu ihtiyar doktoru anlamıyorum ki... Her neyi severse aleyhinde bulunuyor; hatta öyle hissediyorum ki, beni bile azarladığı zaman her zamankinden daha çok seviyor.

Hastaneyi bıraktığı günden beri kâh günlerce evine kapanarak kitap okuyor, kâh askerlikten kalma çizmelerini çekiyor, sırtına jandarma gibi bir tüfek takarak Düldül'e biniyor. (düldül, onun pek sevdiği emektar atıdır) Bu kıyafetle köylerde bakacak hasta, kendini meşgul edecek bir iş aramaya gidiyor.

Evinde seksenlik bir sütanne ile "On başı" diye çağırdığı topal bir bahçıvanı var.

Üç gün evvel benimle Munise'yi evine davet etmişti. Pek keyifliydi. Ben, kütüphaneyi karıştırırken o, Munise ile saatlerce çocuk gibi oyun oynadı. Munise'ye öyle ciddi emirler veriyordu ki, gülmekten bayılıyordum:

– Şimdi saklambaç oynayacağız, lâkin güç yere saklanmak yok ha, parmak kadar vücudun var. Bir yere sıkışırsın, saatlerce beni yorarsın. Sonra, beni bulamazsan, merak etme ha, belki saklandığım yerde uyur kalırım.

Munise'yi birkaç güne kadar çarşafa sokuyorum. Şöyle böyle on dördüne giriyor. Boyu şimdi tam benim boyum kadar. Küçüğüm çiçekler gibi açıldı, beyaz denecek kadar açık sarı saçlarının içinde beyaz küçük yüzü, günün saatlerine göre değişen lacivert gözleriyle güldükçe yanağında güller açan, ağladıkça gözlerinden inciler dökülen peri kızlarına benzedi.

Hayrullah Bey, bu çarşaf meselesine çok kızıyor. Ben de onun daha pek küçük olduğunu biliyorum ama ne yapayım, korkuyorum. Tanıdıklardan bazıları:

– Feride Hanım, sen bunu erkekten kaçır, vakitsiz kaynana olacaksın, diyorlar.

İçime bir helecandır düşüyor. Hem seviniyor, hem titizleşiyorum. Kaynanalar için tevekkeli titiz demezler.

Geçen gün, mektepten geliyorduk. Karşı kaldırımda on altı, on yedi yaşlarında güzelce bir mektepli yürüyordu. Ara sıra bize bakışı tuhafıma gitti. Peçemin altından, belli etmeden Munise'ye baktım. Bir de ne göreyim. Hain sarı çıyan gözünün ucuyla delikanlıya bakarak gülmüyor mu? O kadar meraklandım ki sokağın ortasında düşüp bayılacaktım. Canavarı bileğinden yakaladım, eve getirdim; fena hâlde sıkıştırmaya başladım. Evvela inkâr etti. Baktı ki, bende inanacak göz yok, yalandan ağlamaya başladı. Çünkü gözyaşlarına dayanamayacağımı, benim de ağlayacağımı biliyor.

– Ben de sana yapacağım cezayı biliyorum, dedim. Çarşıda bulduğum koyu nefti ipekliden bir çarşaf dikmeye başladım.

Bu sabah da bir elyotrop kavgası ettik. Birkaç ay evvel söz arasında elyoptropu çok sevdiğimi söylemiştim. Hayrullah Bey, bilmem nereden bulmuş, üç dört gün sonra bir şişe getirmesin mi? Bitmesin diye çok ihtiyatlı kullanıyorum. Sağ olsun, yaramaz kız rahat vermiyor ki. Musallat oldu, bir parça yalnız kaldı mı, odaya bir elyoptrop kokusudur yayılıyor. Sonra, masum masum:

– Almadım vallahi abacığım, diye yemin ediyor.

Kuşadası, 5 Mayıs

Bu sabah, Munise biraz hasta ve renksiz uyandı. Gözleri kırmızı, benzi soluktu. Mektepte pek çok iş olduğu için evde kalmak mümkün değildi. Maamafih, doktor Hayrullah Bey'e uğradım. Bize uğrayarak Munise'ye bakmasını rica edecektim. Aksi olacak, o da yarım saat evvel Düldül'e binerek bilmem hangi köye gitmiş.

Eve döndüğüm vakit Munise'yi yatakta buldum. İhtiyar bir komşuya, ara sıra çocuğu yoklamasını rica etmiştim. Eksik olmasın, hiç yanından ayrılmamış, akşama kadar yanında çorap örmüş.

Munise'nin nezlesi artmıştı. Başı ateş gibi yanıyor, sabahkinden daha sık öksürüyordu. Sesi kısılmıştı, nefes alırken hafif bir tıkanıklık hissettiğini söylüyordu. Boynunun altından tutarak ağzını açtırdım, elime sert sert bezeler dokundu. Yüzüne yaklaştırdığım lambanın ziyası gözlerini kamaştırıyordu. Ağzında, küçük dilinin etrafında beyaz beyaz kabarcıklar görünüyordu.

Munise, benim merakımla eğlendi:

– Öksürükten ne olur abacığım, Zeyniler'de de ben öksürük oldum, unuttun mu? dedi.

Çocuğun hakkı var. Zeyniler'de, karların içinde onu yarı donmuş bir hâlde bulduğum gece böyle değil miydi? Çocuklarda nezlenin ne ehemmiyeti olur? Yalnız canımı sıkan şey, Hayrullah Bey'in bulunmaması. Onbaşı deminden tekrar uğradı, beyin bu gece köyde kaldığını söyledi. İnşallah o gelinceye kadar küçüğüm kalkmış olur.

Kuşadası, 18 Temmuz

Bu sabah hesap ettim, küçüğüm toprağa düşeli tam yetmiş üç gece olmuş.

Yavaş yavaş buna da alışmaya, bu acıyı da hazmetmeye başlıyorum. İnsan, neye tahammül etmiyor ki!..

Demin, ihtiyar doktorumla deniz kenarına gitmiştik. Kumsaldan çakıllar, sedef kabukları topladım, sakin suların üstünde taş sektirmeye başladım.

Hayrullah Bey, çocuk gibi seviniyordu. Beyaz kirpiklerinin içinde masum mavi gözleriyle gülerek:

– Ah, gençlik! Elhamdülillah onu da yendik. Bak, rengin gibi neşen de gelmeye başladı, dedi.

Güldüm:

– İnsanın sizin gibi doktoru olduktan sonra tabii değil mi? dedim.

Ağır ağır başını salladı:

– Tabii değil, küçük, tabii değil, doktorluk da insanlar gibi, kitaplar gibi doğruluk ve cefa gibi asılsız, fasılsız bir masal... Parmak kadar çocuğu kurtaramadıktan sonra, içine tüküreyim ben böyle fennin.

– Ne yapalım, Doktor Bey, üzülmeyiniz. Allah öyle istedi, öyle oldu, dedim.

Mahzun mahzun yüzüme baktı:

– Zavallı küçük, ben sana asıl niçin acıyorum, biliyor musun? Bir derde uğradığın vakit, asıl teselli edilecek kendin olduğunu unutuyor, başkalarını telliye başlıyorsun. Senin bu mazlum hallerin beni ağlatacak gibi oluyor küçük.

Biraz sustu. Sonra, kendi kendine şikâyete başladı:

– Ben de ama ipsiz sapsız herif oluyorum ya, bunadım mı nedir? Haydi küçük gidelim.

Sararmış tarlaların içinden eve doğru yürümeye başlamıştık. Bütün çiftçiler, doktoru tanıyorlar. Kocaman bir ekin yığının yanında çalışan ihtiyar bir kadınla konuştuk. Hayrullah Bey, birkaç sene evvel bu kadının torununu tedavi etmiş. Büyükanne çok dualar etti; sonra temmuz güneşinin altında harman döven gürbüz bir genci çağırdı:

– Gel buraya. Hüseyin, velinimetinin elini öp. O olmasaydı, sen şimdi bir avuç toprak olmuştun, dedi.

İhtiyar doktor, Hüseyin'in yanık, terli yüzünü okşadıktan sonra:

– Ben öyle kuru kuruya el öpmelerden anlamam delikanlı. Haydi bakalım bizi düvene bindir, dedi.

İki kuvvetli öküzün çektiği düvene bindik, hemen, beş on dakika bu saman denizinin sarı dalgaları üstünde ağır ağır dolaştık.

*
* *

Bugün artık o vakayı yazmak kuvvetini kendimde buluyorum. Defterimin son sayfasını yazdığım gecenin son sabahı Munise'yi daha ziyade hasta buldum. Sesi konuşamaycak derece kısılmıştı. Biçare küçük göğsü havasızlıktan bunalıyordu. Ne olursa olsun, bir başka doktor aramaya gidecektim. Fakat çarşafımı giyerken Hayrullah Bey geldi. Hastayı kısa bir muayeneden geçirdikten sonra, ehemmiyetli bir şey olmadığını söyledi.

Maamafih, çehresi çatık, gözleri düşünceliydi. Bu çehreyi beğenmediğimi korka korka kendisine söyledim. Canı sıkılmış gibi omuzlarını silkti:

– Mızmızlanmaya lüzum yok. Tam dört saatlik yoldan geliyorum. Yorgunluktan berbat oldum; size hizmet ettiğimiz yetmiyor da, bir de dalkavukluk mu etmeli? dedi.

Hayrullah Bey, ehemmiyetli hastalıklar karşısında daima böyle asabi ve kaba bir adam oluyordu.

Yüzüme bakmaya çalışarak:

– Lüzum yok ama, ihtiyaten bir iki doktor arkadaşı çağracağım, kâğıt kalem bul, çabuk, dedi.

Bugün her işim aksi gidiyordu. Sabahtan beri mektepten üç defa hademe göndermişlerdi. Maarif Encümeni azasından iki efendi ile bir müfettiş gelmiş, benden bazı şeyler soracaklarmış.

Üçüncü haberi getiren hademe kadını âdeta hırpalayarak kovuyordum. Hayrullah Bey, birdenbire hiddetlendi:

– Ne halt var burada? Haydi vazifenin başına. Yorgun yorgun, az işim varmış gibi, bir de seninle mi uğraşmalı?

Haydi çabuk, çarşafını giy, arş. Sen burada durup beni şaşırtırsın. Billah çıkar giderim.

İhtiyar doktor öyle sert ve kati tavırla bu emri vermişti ki, itaat etmemek mümkün değildi. Bir kelime söylemeye cesaret edemedim; peçemin altında ağlaya ağlaya mektebe gittim.

Maarif, beni dünyanın nimetine gark etse, bugünkü fedakârlığımı ödeyemez. Müfettişler sınıfları geziyorlar, talebeleri imtihana çekiyorlar, defterleri görmek istiyorlar, bin türlü olmayacak şeyler soruyorlardı. Başımdaki kıyamet içinde nasıl düşündüm, nasıl cevap verdim, bilmiyorum! Vakit ikindiye yaklaşıyordu, onlar hâlâ gitmiyorlardı.

Nihayet aralarından biri perişanlığımı fark etti:

– Rahatsız mısınız Müdire Hanım? Çehreniz pek bozuk görünüyor, dedi.

Artık, kendimi tutamadan, merhamet ister gibi boyumu büküp, ellerimi kavuşturarak:

– Evde çocuğum ölüyor, dedim.

Acıdılar, manasız teselli sözleri söyleyerek gitmeme müsaade ettiler.

Evimle mektebin arası nihayet beş dakikalık bir yer. Ben bu yolu yarım saat, belki daha uzun bir zamanda yürüdüm. Sabahtan beri eve koşmak için o kadar çırpındığım, hırçınlaştığım hâlde, şimdi bir türlü oraya gitmek istemiyordum. Tenha sokaklarda duvarlara dayanıyor, yorgun yolcular gibi çeşme taşlarına oturuyordum.

Evimin açık pencereleri içinde yabancı erkek başları görünüyordu. Kapıyı bana "Onbaşı" açtı. Bir şey sormaya cesaret edemiyor, bir şey söylememesi için gözlerimle, halimle yalvarıyordum. Fakat o, bana ummadığım bir şey söyledi:

– Fakir çocuk hastaca.... Allah, inşallah, şifasını verir, dedi.

Birdenbire tavanlar sarsıldı, merdiven başında doktor Hayrullah Bey göründü. Göğsü çıplak, başı açık, kolları sıvalıydı:

– Kim geldi Onbaşı? diye seslendi.

Halsiz halsiz merdiven basamağına çömelmiştim. Taşlığın karanlığında beni görünce durdu, şaşkın şaşkın:

– Sen misin, Feride? Pekâlâ kızım, pekâlâ, dedi. Sonra ağır ağır yanıma indi; halim, her şeyi bildiğimi söylüyordu. Ellerimi tuttu, kesik kesik:

– Kızım, gayret et, dişini sık. İnşallah kurtulur. Serum yaptık, elimizden geleni yapıyoruz. Allah büyük, ümit kesilmez, dedi.

– Doktor Bey, müsaade ediniz, onu göreyim, dedim.

– Şimdi değil, Feride bir parça sonra. Şimdi biraz dalgın, vallahi bir şey olmadı. Yemin ediyorum sana. Dalgınlık billahi.

Sakin bir inatla:

– Mutlaka göreceğim, Doktor Bey, hakkınız yok, diye sızlandım. Sonra, içimi çekerek ilave ettim:

– Zannettiğinizden ziyade kuvvetliyim. Münasebetsiz bir şey yapmamdan korkmayın.

Hayrullah Bey, bir parça düşündü; sonra başını sallayarak razı oldu:

– Peki kızım, fakat şunu unutma ki, beyhude ah u vahlar hastayı ürkütür.

İnsan, ne kadar acı olursa olsun, bir mecburiyeti kabul ettikten sonra içine sükûn ve tevekkül geliyor. Hayrullah Bey'in omzuna başımı dayayarak odaya girerken, ne gönlümde helecan, ne gözümde bir damla yaş vardı!

Aradan yetmiş üç yıl kadar uzun, yetmiş üç gün geçtiği hâlde hâlâ o odayı gözümün önünde görüyorum.

İçeride gömleklerinin yakasını ve kollarını açmış iki genç doktorla bir ihtiyar kadın vardı. Ağaç yapraklarının içinden süzülerek giren bir ikindi güneşi odayı parlak bir hayatla dolduruyordu. Dışarıda kuşlar, ağustos böcekleri ötüyor, uzaklardan bir gramafon sesi geliyordu. Odanın içi karmakarışıktı. Sandalyelerde, raflarda şişeler, pamuklar, yerlerde, duvarlarda Munise'ye ait bin türlü eşya sürünüyordu. Aynanın kenarında onun doktorun bahçesindeki çiçeklerden eliyle yaptığı bir demet, konsolun üstünde deniz kenarından topladığı bir avuç renkli taş, sedef kabukları, sandalyelerden birinin altında iskarpinin bir teki, duvarda B...de evimizin içinde suluboya ile yaptığım resmi (başında kır çiçeklerinden bir çelenk, kucağında Mazlum ile yaptığım o resim) sonra, bin türlü boncuklar, kumaş parçaları, cam küpeler, duvaklı gelin kartpostalları, bir kız çocuğu kalbinin bütün bu masum ve biçare sevgileri...

"Munise, artık çarşaflı bir genç kız oluyor" diye iki hafta evvel ona sarı yaldızlı bir karyola almış, bir bebek yatağı hazırlar gibi özene, bezene muslinlerle süslemiştim.

Küçüğüm, bu ipeklerin içinde bir başka ipek kümesi gibi bembeyaz yatıyor, başı ağır bir rüyanın rehaveti içinde biraz yana düşüyordu. Karyolasının demirinden, nefti çarşafının daha bitmemiş pelerini sarkıyor, başucundaki rafta B...de satın aldığım bebeği –küçüğümün buseleriden solmuş yüzü, iri mavi gözleriyle– ona bakıyordu. Hastalığın bütün acıları, azapları durmuştu. Yorgun bir uyku içinde uyurken ağzının etrafında son bir hayat titriyor, gülümser gibi aralanmış dudakları, inci dişlerini gösteriyordu. Bu zavallı güzel şeyler karanlık bir köy mektebinde, ruhumun içine döküldükleri dakikadan bugüne kadar beni mesut etmişlerdi.

Kuşlar hâlâ şenlik yapıyorlar. Gramofon hâlâ çalıyordu. İkindi güneşinin ağaç yapraklarını tarayan ışıkları, bu renksiz çocuk yüzüne, örselenmiş kelebek kanatlarının parmaklarında bıraktığı yaldızlı toza benzer bir renk veriyor, alnına dökülmüş sarı perçemleriyle oynuyordu.

Ne bir feryat, ne üstüne atılmak gibi bir telaş... Kollarım ihtiyar doktorun boynuna kilitlenmiş, başım omzunda, âdeta acı bir saadetle bu güzelliği seyrediyordum.

Ölüm, yavruma bir ay ışığı tatlılığıyla yaklaşıyor, bir ana dudağı gibi korkutup ürkütmeden alnından, dudaklarından öpüyordu.

*
* *

Doktorlar, yatağa yaklaşmışlardı. Birisinin, ipek örtüler içinden küçüğümün çıplak kolunu çıkardığını, ona bir iğne yaklaştırdığını gördüm.

Hayrullah Bey hafifçe döndü, vücudunu gözlerime siper etti. Birisi:

– Kolonya, bir parça kolonya, diyordu.

İhtiyar doktor, başıyla raflardan birini gösterdi. Kuşlar hâlâ durmuyor, gramofon gittikçe artan bir şenlikte çalmakta devam ediyordu.

Birdenbire odanın içine keskin bir elyotrop kokusu yayıldı. Kolonya bulamamışlar onu kullanmışlardı. Elyotrop... Küçüğümün elinden hemen hemen zorla çekip aldığım bu şişe... Bana verdiği bütün saadetlere mukabil ondan, sevdiği ehemmiyetsiz bir kokuyu kıskanacak kadar mı kalpsizlik etmiştim?

İnler gibi bir sesle:

– Şişeyi yatağa boşaltınız, doktor bey, küçüğüm bu koku içinde daha mesut ölecek, dedim.

Hayrullah Bey, saçlarımı okşuyor:

– Haydi Feride, haydi evladım, artık dışarı çıkalım, diyordu.

Munise'yi son defa öpmek istiyordum. Cesaret edemedim, yalnız çıplak kolunu tuttum. Küçüğüm, ara sıra ellerimi tutar, avuçlarımı çevirerek içlerinden öperdi. Bende onun gibi yaptım. Bu zavallı buruşuk avuçlarının içinden küçük küçük buselerle öptüm, abasına ettiği bütün iyilikler için teşekkür ettim.

Bu dakikadan sonra Munise'yi bir daha göremedim. Beni yatağımın üstüne uzattılar ve yalnız bıraktılar.

Bir yandan titriyor, bir yandan ter döküyordum. Evin içine yayılan keskin elyotrop kokusu bir dalga gibi beni içine gömüyor, göğsümü tıkıyordu. Bana öyle geldiki bu koku, bu ikindi aydınlığı, kuşların sesi, senelerce devam etti. Sonra yavaş yavaş ortalık karardı. Gözlerimin önünde Munise'nin, kar fırtınasında kaybolduğu o karanlık gecenin hayali titriyor, küçüğümün kapıya vurduğunu, fırtınanın içinde ince sesiyle inlediğini duyuyordum.

Gecenin bilmem hangi saatinde idi. Kuvvetli bir ışık gözlerimi yaktı; saçlarıma, alnıma bir el dokunduğunu hissettim, gözlerimi açtım. İhtiyar doktor, elinde bir şamdanla yüzüme eğiliyor, sönük mavi gözlerinde, beyaz kirpiklerinde yaşlar titriyordu. Rüya içinde gibi:

– Saat kaç? Bitti, değil mi?

Dediğimi hatırlıyorum, sonra yine yavaş yavaş o Zeyniler gecesinin karanlığına daldım.

*
* *

Gözlerimi, tekrar açtığım vakit, bulunduğum yeri tanıyamadım; başka oda, başka pencereler... Dirseklerime dayanarak kalkmaya çalıştım, başım benim değilmiş gibi, tekrar yastığın üstüne düştü.

Şaşkın şaşkın, etrafıma bakınıyordum. Yine doktorun mavi gözlerini gördüm.

– Feride, beni tanıdın mı?

– Niçin tanımayayım Doktor Bey? dedim.

– Çok şükür, çok şükür. Cümlemize geçmiş olsun.

– Bir şey mi oldu, doktor?

– Sen yaşta bir çocuk için ehemmiyetsiz, biraz uyudun kızım, biraz uyudun, ehemmiyet verilecek birşey değil...

– Ne kadar uyudum?

– Epeyce zaman, ziyanı yok... On yedi gün kadar...

On yedi gün uyku! Ne tuhaf!.. Aydınlık, beni rahatsız ettiği için tekrar gözlerimi kapadım, bu on yedi günlük uykuya başkasının göğsünden geliyor, dudaklarından çıkıyor gibi bir tuhaf ses veren kahkahalarla güldüm; sonra tekrar uyudum.

*
* *

Büyükçe bir beyin humması geçirmişim. Doktor Hayrullah Bey, beni kendi evine nakletmiş, on yedi gün başucumdan ayrılmamış. Bu, benim hayatta ilk büyük hastalığımdı. Nekahet[359] zamanım kırk günden ziyade sürdü. Günlerce yerimden kalkamadım. Hastalıktan sonra saçlarım demet demet inmeye başlamıştı. Bir gün, makas istedim; onları ensemin hizasından kestim.

Nekahet ne tatlı şey. İnsan, yeniden dünyaya gelmiş gibi oluyor; en ehemmiyetsiz yerlere –renkli oyuncaklara bakan küçük çocuk gibi– sevinçle, saadetle bakıyor. Cama kanatlarını çarpan bir kelebek, aynanın kenarında renkli akisler uyandıran bir güneş aydınlığı, uzak bir sürünün hafif çıngırak sesleri, kalbimi lezzetli titremelerle çırpındırıyordu.

Hastalık, son üç senemin bütün zehirlerini alıp götürmüştü. Hatıralarım bile başkasına ait şeyler gibi geliyordu. Onlar, artık bende ne bir keder, ne bir heyecan uyandırıyordu. Zaman zaman hayretle kendime soruyordum:

---

359 hastalıktan sonra iyileşme dönemi

– Sakın bunlar bir uzun rüyanın hatıraları olmasın! Yahut onları bir eski romandan okumuş olmayayım? Evet, o vakaları rüyada, çehreleri, boyaları solmuş, çerçeveleri tozlanmış eski resimlerde görmüş gibiyim.

Doktor Hayrullah Bey, bu nekahet zamanında bana arkadaşlık etti. Bir gün yalnız bırakmadı. Kâh hikâyeler söylüyor, kâh romanlar okuyarak beni eğlendirmeye, güldürmeye çalışıyordu. O biçare de çok yoruldu.

– Hele şöyle bir adamakıllı ayağa kalk... Alimallah hasta bile olmasam, keyif için patiska entari diktirip üç ay yatakta yatacağım. Sana bin türlü naz edeceğim, diyor.

Ara sıra benim, uykuya benzeyen dalgınlıklarım oluyor. İncelmiş göz kapaklarımın arasından pembe güneş ışıkları sızarak bir zaman o hâlde kalıyorum.

O vakit, Hayrullah Bey, karşımdaki koltukta kitap okuyor yahut uyukluyordu. Bu dalgınlık saatlerinde ruhumun vücudumdan ayrıldığını, ziya[360] gibi, ses gibi boşluklarda dolaştığını hissediyordum.

Nerelere, hangi memleketlere gidiyordum, bilmiyorum. Yalnız birdenbire uçurumlara düşmek hissi içinde, içim ılınarak silkinip uyandıkça öyle hissediyorum ki, uzak, pek uzak bir yerlerden dönüyordum. Kulaklarımda ziya süratiyle aşılmış mesafelerin rüzgârları hışıldıyor, gözlerimde havanın en yüksek tabakalarında görülmüş dumanlı memleketlerin dağınık, sönük hatıraları titriyordu.

*
* *

360 ışık

Evvelki gün Hayrullah Bey'e dedim ki:

– Doktorcuğum, artık büsbütün iyileştim. Onu ziyaret edebiliriz.

Evvela razı olmadı, daha hiç olmazsa on beş gün, bir hafta sabretmemi söyledi.

Fakat hastaların inatçılığına, titizliğine tahammül etmek mümkün olmuyor. İhtiyar arkadaşımı nihayet razı ettim. Bahçeden iki kucak çiçek, deniz kenarından birçok renkli taş –küçüğüm bunları çiçeklerden ziyade severdi– topladık.

Munise, Akdeniz'e karşı bir tepeciğin üstünde, kendi gibi incecik bir küçük servinin altında yatıyor. Saatlerce yanında oturduk. Hastalığımdan beri ilk defa olmak üzere doktorla onu konuştuk. Küçüğümün nasıl öldüğünü, nasıl gömüldüğünü bilmek istiyordum. Bütün ısrarlarıma rağmen Hayrullah Bey bana tafsilat vermedi. Yalnız bir şey öğrenebildim: Gömüldükten sonra imam, Munise'nin annesinin ismini sormuş, bunu, tabii kimse bilmiyor. Doktor benim, bu küçük kız için hemen hemen bir anne olduğumu hatırlamış, ismimi vermiş. Yavrumu "Munise bin Feride" diye toprağa teslim etmşiler...

Kuşadası, 1 Eylül

Doktor Hayrullah Bey bu sabah bana:

– Küçük, dedi. Beni yine bir köyden istemişler. Düldül sana emanet, sakın hayvanın pansumanını o "Onbaşı" ayısına bırakma. Kendi bacağı gibi Düldül'ün bacağını da kestirmeye mi azmetti, hain nedir? Bir türlü ayak iyi olmuyor, pansumanı biliyorsun. Fakat hayvanı artık yavaş yavaş gezdirmeye de başlamalı. Yarayı tekrar bağladıktan sonra Düldül'ü sekiz, on dakika bahçenin içinde dolaştır, hatta mümkünse bir parça, ama çok değil, koştur anladın mı? İkinci işe gelince, fırıncı Hurşit Ağa bugün fırın kirasını getirecek, yirmi sekiz lira mı ne, benim tarafından parayı alırsın. Salisen[361], neydi o söyleyeceğim? Kafa kalmadı ki... Ha, evet, benim kütüphanemi aşağıya naklettir. Deniz tarafındaki odayı sana vereceğim. Orası daha güzel, hem kışın lodosa karşıdır, üşümezsin...

Ne vakitten beri söylemek istediğim sözün sırası gelmişti. Dedim ki:

– Doktor Bey, Düldül'ü merak etmeyin, kirayı da alırım. Fakat, ötekine ihtiyaç var mı? Artık, misafirliğim kâfi derecede uzadı, müsaade ederseniz ben gideceğim.

Doktor, ellerini kalçalarına dayadı, benim taklidimi yapmak için sesini incelterek hiddetle:

– Misafirliğim kâfi derece uzadı. Müsaade ederseniz ben gideceğim, dedi. Sonra daha sert bir tavırla yumruğunu sallayarak:

– Ne dedin? Gidecek misin? Yediği naneye bak. Ağzını kulaklarına kadar yırtarım da asıl o vakit kıyamete kadar gülersin.

– Fakat, Doktor Bey, dedim, misafirlik fazla uzuyor.

Yine elini beline dayıyarak:

– Peki, küçük hanım hazretleri, gitmek istiyorsunuz, âlâ fakat Kovadis[362]?...

---

361 üçüncü olarak

362 "Latince - Quo Vadis" nereye gidiyorsun

Gülümseyerek cevap verdim:

– Doktor bey, nereye gideceğimi ben de kendi kendime soruyorum. Fakat şu var, gitmek elzem[363]. İlanihaye[364] yanınızda kalamam. Bu, tabii... En düşkün bir zamanımda bana yardım ettiniz, bunu unutamayacağım, fakat...

Hayrullah Bey, çenemin altından tuttu:

– Küçük kız, gevezeliğe lüzum yok, biz, seninle "iki ahbap çavuşlar" olduk. Haydi, münasebetsizliği bırak.

Ben, hâlâ ısrar ediyordum:

– Doktor Bey, kalmak benim canıma minnet, emin olunuz, yanınızda çok mesut oluyorum, fakat nice beri size yük olacağım? Gerçi çok insaniyetlisiniz, fedakârsınız...

Doktor, kısa saçlarımı birbirine karışırarak eğlenmeye devam ediyor, yine benim söyleyişimi taklit etmek için yanağını çukurlaştırarak, dudaklarını sivriltip, sesini incelterek:

– İnsaniyet, fedakârlık... Trajedi mi oynuyoruz be deli çocuk? diyordu. Anlatamadık gitti. İnsaniyet, fedakârlık bana vız gelir, küçük kız. Ben keyfim için yaşadım, keyfim için sana hizmet ettim. Senden hoşlanmayayım da bak, suratına bakar mıydım? Kendimi tepesi üstü minareden attığımı işitsen yine fedakârlık ettiğime inanma. "Bu hodkâm ihtiyar, kim bilir, ne zevk buldu?" de. Molyer'in[365] bir kahramanı vardır, pek zevkime gider. Herife dayak atarken öteki beriki kurtarmaya gelir, herif, hepsini kovar. "Haydi efendim işinize. Allah Allah! Belki ben, dayak yemekten hoşlanıyorum!"

363 gerekli, şart
364 sonsuza kadar
365 "Molière" 1622-1673 Fransız oyun yazarı

der. Haydi küçük, zevzekliği bırak, geldiğim vakit odalar hazır olmazsa vay haline. Alimallah hani, bir iri genç bekçi var, herifi çağırır zorla seni nikâh ederim. Cezayı görürsün ha?..

Hayrullah Bey'in, ara sıra yaptığı gibi, yine münasebetsiz şakalar edeceğini, beni utandıracağını biliyordum, hemen yanından kaçtım.

*
* *

Hayrullah Bey, benim için hem iyi bir baba, hem iyi bir arkadaş oldu... Evinde, kendimi yabancı bulmuyorum, benim gibi kalbi ve hayatı kırılmış bir kızın ne kadar mesut olması mümkünse o kadar mesut oluyorum. Kendime bin türlü iş icat ediyorum. İhtiyar sütnineye yardım, evi düzeltmek, bahçeye, yemeklere, hatta doktorun hesaplarına bakmak, daha böyle bin türlü iş.

Buradan ayrıldıktan sonra ne yapacağım? Ben, artık alil sayılırım. Sıhhatim yavaş yavaş düzeliyor. Fakat nafile, öyle hissediyorum ki, içimde müebbeden[366] kırılmış bir şey var. Eski sıhhatimi, bana her şeyi hoş gösteren eski neşemi artık bulamayacağım. Gülerken ağlıyorum, ağlarken gülüyorum; dakikam dakikama uymuyor. Mesela, geçen akşam pek neşeliydim. Yatağımda gözlerimi kaparken âdeta kendimi mesut hissediyordum. Sabaha doğru karanlığın içinde hiç sebepsiz ağlaya ağlaya uyandım. Neyim vardı? Niçin ağlıyordum? Bunu kendim de bilmiyordum. Öyle sanıyorum ki gece, bu kocaman dünyanın bütün evlerini birer birer birer

366 ömür boyunca

dolaşarak ne kadar keder, ümitsizlik varsa hepsini toplamış, getirip benim göğsüme doldurmuşlar. Bu sebepsiz, isimsiz dilsiz yeis içinde: "Anneciğim, anneciğim!" diye titreye titreye hıçkırıyor, daha kuvvetle feryat etmemek için parmaklarımla ağzımı kapıyordum. Birdenbire yanımdaki odadan Hayrullah Bey'in sesi geldi:

– Feride, sen misin? Ne oldun kızım?

İhtiyar doktor, elinde mumla odama koştu, ne olduğumu, niçin ağladığımı bile söyletmeye lüzum görmeden ehemmiyetsiz, belki manasız şefkat kelimeleriyle beni teskin etti:

– Bir şey değil, kızım, bir şey değil, ehemmiyetsiz bir sinir nöbeti, geçer yavrum. Vah, çocuğum, vah.

Ben, gözlerimde bir türlü durmayan yaşlar, tıkanan kuş yavruları gibi açık ağzımda boğuk hıçkırıklarla titrerken ihtiyar arkadaşım, pencereye döndü, karanlıkta ta uzaklara yumruğunu saklayarak:

– Allah belanı versin, aslan gibi çocuğu berbat ettin, dedi.

Yalnız kaldıktan sonra da böyle hastalık ve ümitsizlik saatlerim olursa ben ne yapacağım? Adam sen de... Şimdiden bunu niçin düşünmeli? Herhâlde daha en az bir ay, belki daha ziyade, doktor beni bırakmayacak...

Alacakaya Çiftliği, 10 Eylül

Bir haftadan beri Alacakaya Çiftliği'ndeyim. Hayrullah Bey on gün evvel dedi ki:

– Feride benim Alacakaya'da sözüm ona bir çiftliğim var, hayli zamandan beri gidip yoklamadım, işçileri boş bırakmaya gelmez. Seni on beş gün oraya götüreyim. Sana da iyi bir hava tebdili olur; gözün gönlün açılır. Bak, yakında mektep açılıyor. Bütün yıl kapalı kalacaksın.

– Doktor Bey, açıklık yerleri çok severim, fakat mektep açılmak üzere. Bilmem ki, nasıl olur? diye cevap verdim.

O, hiddetle omuzlarını silkti:

– A babam, ben sana gider misin? diye sormadım ki mülahazat[367] söylüyorsun; götüreceğim, dedim. Sen ne karışırsın? Bu doktorca bir iş... Olmazsa rapor yazıp, zorla götürürüm, haydi, haydi! Bir kaç parça çamaşır, kütüphaneden benim "Ruso"larımı[368] al.

Hayrullah Bey, beni artık bir mektep çocuğu gibi idare ediyor. Hastalığımdan sonra, zayıflayan irademle ona karşı koymak mümkün değil, hem de daha tuhafı, bundan şikâyet de etmiyorum, bu itaat âdeta hoşuma gidiyor.

Doktorun çiftliği bakımsız kalmış. Fakat, ne güzel bir yer. Kışın bile buraları, bir bahara benzermiş. Hele bir kayalık var ki, seyretmekle doyulur şey değil. Bu kayalar, güneşin sabah, öğle, akşam güneşi olmasına, havanın açık, yahut kapalı bulunmasına göre renk değiştiriyor, lal kırmızı, pembe, mor, beyaz yahut siyah görünüyor. Onun için buraya "Alacakayalar" demişler.

Çiftlik beni umduğumdan ziyade meşgul etti. Çiftçilerle beraber süt sağıyorum. Artık, benim de samimi bir ahbabım olmaya başlayan Düldül'e binerek civar koruluklarda geziyorum. Hâsılı, düşündüğüm kır hayatı.

---

367 düşünceler

368 "J. J. Rousseau" 1712-1778 Fransız yazar, düşünür ve siyasetçisi

Maamafih, gönlüm pek rahat değil, birkaç güne kadar mektep açılacak, işimin başında bulunmam, binayı silip süpürtmek lazım. Hayrullah Bey'e söz anlatmak kabil değil ki...

Doktor, geceleri bana roman okutuyor.

– Bu ipsiz sapsız lakırdılara tahammül edilmez ama, senin ağzından bayağı hoş oluyor, diyor.

Dün gece, yine ona kitap okuyordum. Kitapta bazı açık sözler var. Onlar geldikçe utanıyor, yerlerine süratle başka kelimeler koymaya, yahut cümleleri atlamaya çalışıyordum. Hayrullah Bey, benim telaşımı fark ediyor, gür kahkahalarla tavanları sarsıyordu.

Birdenbire karanlıkta köpekler havlamaya başladı. Pencereyi açtık. Çiftliğin kapısından bir atlı giriyordu. Hayrullah Bey:

– Kim o? diye seslendi.

Onbaşının sesi:

– Benim, yabancı değil, diye cevap verdi.

Onbaşının bu saatte Kuşadası'ndan buraya gelmesi mühim bir vakaydı. Doktor:

– Hayırdır inşallah! Ben, aşağı inip anlayayım bakalım. Gecikirsem sen yat küçük, dedi.

Hayrullah Bey, bir saate yakın bir zaman Onbaşı'nın yanında kaldı. Yukarı çıktığı vakit, yüzü kırmızı, kaşları çatıktı:

– Onbaşı niçin gelmiş Doktor Bey? dedim.

Sert bir sesle âdeta bağırdı:

– Sana git yat, dedim yahu, sana ne? Olur rezalet değil, bu kız çocuklarının maskaralığı be! Bana ait bir iş.

Artık, onun tabiatını öğrenmiştim. Böyle zamanlarda üzerine varmaya gelmiyordu. Çaresiz, şamdanı alarak odama gittim.

Bu sabah, uyandığım vakit Hayrullah Bey'in erkenden mühim bir iş için gittiğini, maamafih, dönemezse merak etmememi söylediğini haber verdiler.

Herhâlde doktora canını sıkacak bir havadis vermiş olacaklar. Öğlene doğru odasını düzeltiyordu Yatağın yanına düşmüş bir yırtık resmin zarfı parçası nazarı dikkatini celbetti[369]. Aldım. Üstünde yalnız "Kuşadası Mektebi Müd." kelimeleri okunuyordu. Herhâlde bu zarf bana ait olacak... Bu kâğıt parçası beni derin derin düşündürüyordu. Acaba bunu dün gece Onbaşı mı getirdi? Öyleyse niçin Hayrullah Bey, benden sakladı? Buna imkân yok. Aklıma başka bir şey geliyor, mutlaka bu zarf, kitaplar arasında Kuşadası'ndan gelmiş olacak.

Kuşadası, 25 Eylül

Hayata paçavra diyenler meğer ne doğru söylüyorlarmış!

*
* *

Son vakayı defterimin son sayfasına olduğu gibi kaydediyorum. Kendimden ne bir isyan, ne de bir damla gözyaşı ilave etmek istemiyorum.

Hayrullah Bey, beni iki gün çiftlikte bekletti. Üçüncü gece merakım o dereceyi buldu ki, ne olursa olsun, sabahleyin

---

369 dikkatini çekmek

bir araba hazırlatacak, kendi kendime kasabaya inecektim. Fakat ertesi sabah uyandığım vakit onu gelmiş buldum.

O kayıtsız, kaygısız Hayrullah Bey'i, hiç bu kadar perişan ve yorgun gördüğümü hatırlamıyorum. Her zamanki gibi saçlarıma dudaklarını kondurdu. Sonra dikkatli dikkatli yüzüme bakarak:

– Hay Allah belalarını veresiceler, tuu! dedi.

Başımda yeni bir tehlikenin dolaştığını anlıyor, fakat bir şey sormaya cesaret edemiyordum.

Hayrullah Bey, elleri ceplerinde düşüne düşüne birçok dolaştı. Sonra, ellerini omuzlarıma koyarak:

– Küçük, sen bir şeyler biliyorsun, dedi.

– Hayır, Doktor Bey.

– Biliyorsun, böyle olmasa işlerdeki tuhaflık nazarı dikkatini celbedecekti. Mutlaka bir şeyler soracaktın.

Gayet ağır, ciddi bir teessürle:

– Hayır, Doktor Bey, dedim. Hiçbir şey bilmiyorum, yalnız telaş ve ıztırap içinde olduğunuzu görüyorum, bir kederiniz var. Benim hem hamim, hatta hemen hemen babam olduğunuz için sizin kederiniz benim demektir. Neyiniz var?

– Feride, kızım, kendini kâfi derecede kuvvetli hissediyor musun?

Merakım, korkumdan daha üstündü. Sakin görünmeye çalışarak:

– Ben gayretli bir kızım, bunun birkaç misalini gördünüz, söyleyiniz Doktor Bey, dedim.

– Feride, şu kalemi eline al, söyleyeceğim şeyleri yaz, haydi kızım, ihtiyar dostuna itimat et!

Hayrullah Bey, dura dura, düşüne düşüne bana şu satırları yazdırdı:

"Kuşadası Maarif Encümeni Riyaset-i Âliyesine[370],

Hizmet-i maarifte devamıma ahval-i sıhhiyem[371] müsait olmadığından, Kuşadası İnas[372] Rüştiyesi Müdürlüğü'nden affımı istirham ederim efendim."

– Şimdi kızım, düşünmeden, bir şey sormadan imzanı at, o kâğıdı bana ver. Ellerin titriyor, Feride, yüzüme bakmaya cesaret edemiyorsun. Daha iyi kızım, daha iyi. Çünkü sen, o temiz gözlerinle bana bakarken ben şaşıracağım. Fevkalâde bir şeyler geçtiğini anladın, değil mi? Dinle beni Feride. Eğer heyecan, teessür gösterirsen sözümü kesmek mecburiyetinde kalacağım. Halbuki her şeyi bilmen lâzım. Feride, hayata karıştığın üç sene içinde insanın ne mal olduğunu anladım sanıyorsun değil mi? Nafile, şu altmış seneye yakın hayatımda ben bile anlayamamışım. Ben ki, dünyada şenaatin[373], rezaletin bin türlüsüne tesadüf ettim; ben bu kadarını hâlâ ihtiyar kafama sığdıramıyorum. Biz seninle dünyanın en temiz, en iyi iki dostuyuz değil mi? Aylarca senin hasta vücudunu kendi çocuğum gibi kollarımda tuttum, bize ne demişler,ne diyorlar, biliyor musun Feride? Mümkün değil, tasavvur edemezsin. Ben senin âşığınmışım, ellerini yüzüne kapama, bilâkis başını dik tut. O hareketi yüz karası olanlar yapar, bilâkis, gözlerime bak, nemiz var birbirimizden

370 yüce başkanlık
371 sağlık durumum
372 kızlar
373 iğrençlik, alçaklık

çekinecek? Dinle beni Feride, dinle, sonuna kadar söyleyeyim. Bu melun iftira, evvela mektepten çıkmış. Arkadaşların ötede beride aleyhimizde olmayacak şeyler söylemeye başlamışlar. Sebep malûm. Kendileri dururken senin müdire oluşun. Ben, altı ay evvel sana haber vermeden küçük bir hizmette bulunmak istemiş, İzmir'de defterdar olan bir ahbaba bunun için bir mektup yazmıştım. Bu terfiin benim elimde olması şüpheleri artırmış.

Bu fesat yangını aylardan beri için için yanıyormuş. İş Maarif Encümeni'nin, kaymakamın kulağına gitmiş, uzun uzadıya tahriratlar yazılmış, tahkikat yapılmış. Vilayet Maarif Müdürlüğü'nce tercüme-i halini[374] tetkik etmişler, birçok karanlık noktalar varmış. Mesela İstanbul'dan B...ye gelişin, sonra merkez mektebinden istifa ederek ücra bir köye gelişin, şüpheli bir firara benziyormuş. Birkaç ay sonra meçhul bir yerden yardım olmuş. Maarif hayatında misli görülmemiş bir süratle terakki etmiş, köy muallimliğinden Darülmuallimat muallimliğine yükselmişsin. Sonra yine sebepsiz bir istifa. Bu defa, başka bir memlekete gidiyorsun, fakat orada da tutunamıyorsun. Ç... Maarif Encümeni'nden bir cevap gelmiş. Okurken içim, zehir kesildi, Feride. Güya sen orada... Yok, yok söylemeyeceğim. Terbiyeli, yüksek, ilim irfan adamlarının kaleminden, ağzından çıkan şeyleri, benim o patavasız asker ağzım da söylemeye cesaret edemeyecek. Ben ki bilirsin, ağzıma ne gelirse söylerim, en iğrenç kelimeyi bile dudağımda hapsedemem. Hâsılı Feridecik, yaralı geyikleri av

374 *özgeçmiş*

köpekleri nasıl sararsa, senin etrafını da öylece sardılar. En masum hareketin, aleyhine bir delil olarak tefsir[375] edilmiş; mazbatalara[376], tahkikat evrakına geçmiş. Ara sıra hasta talebelerini tedavi için beni mektebe davet etmen, küçüğümüz ölürken takatsız başını bir lahza omzuma dayaman, sonra sen hasta yatarken yatağının yanında geçirdiğim saatler birer cinayetmiş! Yüzsüzlüğü o derece ileri vardırmışız ki, bir memleketin örf ve âdeti, ırz ve iffetiyle alay etmişiz. Etrafımızdaki insanları hiçe saymışız. Herkese seni hasta diye ilan ederken tarlalarda, kol kola düvene binmişiz. Vazifenle meşgul olacağın yerde, bahçemde at koşturmuşsun, bunlar da kâfi gelmemiş şehir haricinde çiftliklere çekilmişiz.

Feridecik, sana bunları bütün çiğliğiyle söylüyorum. Mızmız tesellilerle seni bir zaman daha avutabilirdim. Ümitlerini yavaş yavaş, birer birer kırabilirdim. Fakat böyle yapmadım. Niçin biliyor musun? Mesleğim, yaşım bana bir kanaat verdi. Bir zehri insan, bir kerede yutmalı, ya ölür ya kurtulur.

Zehri şurupla, daha bilmem ne haltla karıştırıp yudum yudum içmek pis şey, iğrenç şey. Felâketi ağır ağır haber vermek testere ile adam kesmeye benzer.

Evet Feride, hayatın en ağır sillesini yedin. Yalnız olaydın bu darbe seni öldürebilirdi. Öyle ya, bu kadar insan, kuş kadar çocuğun üstüne çullanırsa ne olur? Dua et ki tesadüf karşına çürüklüğe atılmış bir ihtiyar çıkardı. Benim ömrümün saati alaturka on biri çalmak üzere. Fakat, ne ziyanı

375 yorumlanmak
376 tutanaklar

var? Sana hizmette bulunmak için bu kadarcık bir zaman da kâfidir. Buna muvaffak olursam, bir yığın manasız vukuat içinde ziyan olmuş günlerime acımayacağım. Korkma Feride, bu da geçer. Sen gençsin, daha güzel günler görmekten ümidini kesme. İstifanı kendim götürecektim, vazgeçtim. Seni bu hâlde bırakmaya cesaret edemeyeceğim. Çocuk kısmının türlü densizliği, denliliği olur. Haydi Feride, haydi seninle açık havaya çıkalım, koyunlarla, ineklerle uğraşalım. Bu hayvanlar, gördükleri iyiliğe karşı emin ol, daha nimetşinastırlar[377].

İhtiyar doktor, istifanamemi zarfa koyarak Onbaşı'ya verdi.

Bu kâğıt parçasına sadece ömrümün bir parçasını değil, gönlümün son bir tesellisini daha gömüyordum. Ne hazin, yarabbi, ne hazin!

Hangi ümide sarılsam elimde kalıyor, neyi seversem ölüyor. İşte üç sene evvel bir sonbahar akşamıyla beraber ölen genç kızlık rüyalarım, kendi küçüklerim, sonra Munise, onun arkasından belki kalbimin öksüzlüğünü avuturlar diye ümit ettiğim talebelerim. Yavrularını tehlikede gören bir ana kuş hırçınlığıyla üstlerine titrediğim bu şeyler, sonbahar yaprakları gibi birer birer sararıyor, dökülüyor. Daha yirmi üç yaşıma girmedim; yüzümden, vücudumdan çocukluğun izleri silinmedi; halbuki gönlüm, baştan başa bütün sevdiklerimin ölüleriyle dolu.

*
* *

377 *iyilik bilir*

Hayrullah Bey, beni üç gün yalnız bırakmadı. Bu kadar felaket karşısında gösterdiğim sükûn ve tahammüle inanmıyor, geceleri ben yattıktan sonra odamın kapısına gelerek:

– Feride, bir şeye ihtiyacın var mı? Uykun yoksa geleyim, diyordu.

Üçüncü gecenin sabahı idi. Bir mayıs günü gibi taze, ılık bir sabah vakti erkenden kalktım. Hayrullah Bey'e elimle süt sağdım, kahvaltı hazırladım.

Elimde tepsi, sakin çehremde hemen hemen neşeli bir tebessümle odasına girdiğim zaman, doktor pek memnun oldu:

– Aferin Feride! Çok memnun oldum. Nene lâzım, dünyanın gamını çekecek sen mi kaldın? dedi.

Penceresini açtım, dağınık birkaç eşyasını düzelttim. Çiftliğe ait şeylerden, koyunlardan bahsettim. Mütemadiyen söylüyor, gülüyor, hatta eskiden mektepte yaptığım gibi ara sıra ıslık çalıyordum.

Hayrullah Bey o kadar seviniyordu ki, tarif edilemez. Onun memnun olduğunu gördükçe daha neşeleniyordum. Nihayet, vaktin geldiğine hükmettim. Doktorun koltuğunu pencerenin yanına çektim, dizlerine bir örtü örttüm. Sonra, pervazın kenarına çıkıp oturarak:

– Sizinle konuşacak şeylerim var, Doktor Bey, dedim.

Hayrullah Bey, eliyle gözlerini kapayarak:

– Söyle, fakat aşağı in. Maazallah yuvarlanırsan...

– Siz merak etmeyin, benim çocukluğum ağaç dalları üstünde geçti. Şimdi, size memnun olacağınız bir karardan bahsedeceğim. Görüyorsunuz ya, ne kadar sakinim... Ben, dün akşam mühim bir karar verdim.

– Neye?

– Yaşamaya.

– Bu ne demek?

– Gayet sade, kendimi öldürmemeye. Çünkü birkaç gün, kemal-i ciddiyetle[378] bunu düşünmüştüm.

Bu sözleri şaka eden bir çocuk hafifliğiyle, gülerek söylüyordum. İhtiyar doktor, heyecanla yerinden fırladı:

– Ne söylüyorsun, yumurcak? Bu ne? Eğer şimdi senin yerinde olsaydım, hayretten aşağı düşer, parça parça olurdum. Fakat sen aşağı in Allah aşkına, ne olur, ne olmaz!

Ben gülerek:

– Yaşamaya karar verdiğimi söyledikten sonra artık aşağı düşmemden korkmak manasız değil mi, Doktor Bey? Bu kararı niçin verdim? Bunu size söyleyeyim. Birçok sebep var. Evvela cesaret edemeyeceğim. Siz, benim ara sıra ölümden bahsetmeme bakmayınız. Ne olursa olsun, ben ölmekten çok korkarım. Bundan başka çarem kalmadığı hâlde yine cesaret edemiyorum, Doktor Bey.

Bu sözü, ellerimi uzatarak, boynumu bükerek, sakin, saf bir tavırla söylemiştim.

Hayrullah Bey heyecanla bileklerimi tuttu, beni zorla pencerenin kenarından indirdi. Hemen hemen hırpalayarak alçak bir iskemleye oturttu:

---

378 gayet ciddi olarak

– Ne anlaşılmaz bir mahluksun sen, Feride! Bakıyorsun parmak kadar hiçten bir oyuncak oluyorsun. Bakıyorsun öyle derinlikleri, tuhaflıkları, sonra öyle inanılmaz bir metaneti var ki... Peki Feride, söyle, dinliyorum.

– Yegâne arkadaşım, hamim, babam sizsiniz, yaşamaya devam edeyim. Güzel. Ölmeye cesaretim olmadığını anladıktan sonra, ben de bundan başka bir şey istemiyorum. Fakat nasıl? Bana bir yolunu gösteriniz. Bir kolayını bulabilirseniz ne âlâ!

Hayrullah Bey, kaşlarını çatarak düşünüyordu.

– Feride, dedi. Bunları ben de düşündüm. Konuşmak için biraz daha beklemek istiyordum. Fakat, mademki bu kadar kendine hâkim olabiliyorsun. Peki kızım, konuşalım. Bir kere, muallime olmaktan katiyen ümidini kesmelisin. Vaka hakkında sana bugün biraz tafsilât verebilirim:

On gün evvel vilayetten bir müfettiş geldi. Fok balığı gibi azı dişleri dışarı fırlamış, lanet çehreli bir şey. Bu müfettişin riyaseti altında bir tahkikat komisyonu teşkil ettiler. Azlini tebliğ etmeden seni sorguya çekmek istiyorlardı. O gece "Onbaşı"nın getirdiği kâğıt bir nevi celpname[379] idi. Düşün Feride, sen böyle bir heyetin karşısına nasıl çıkardın? Yabancıların ağzından işiteceğin o iğrenç ithamlara nasıl cevap verebilirdin? Bunu haber alınca aklım başımdan gitti. O, encümen odasını gözümün önüne getirdim; seni siyah çarşafınla, zavallı, sararmış çocuk çehrenle, bükük boynunla o fok ba-

379 çağrı belgesi

lığının yırtıcı dişleri karşısında gördüm. Herçibadabat[380] seni parçalamaya azmeden bu adam "kurt ile kuzu" masalındaki canavar gibi sudan sebepler arıyor, o budala olduğu kadar iğrenç iftiraları tekrar ediyor. Seni bunak bir askerin az buçuk çiğ kelimeleri karşısında bile renkten renge giren masum yüzün, ürkmüş elâ gözlerinle o fok balığının karşısında yalnız bırakmak!

Hayrullah Bey, halim mavi gözlerinde hiç görmediğim korkunç parıltı, çenesinde lakırdılarını boğan, dişlerini birbirine çarptıran bir titreme ile yumruğunu sallıyordu:

– Güzel ağzımı öyle bir açtım, o fok balığını öyle bir kalayladım ki Feride... O anda kurşunla vursalar bir damla kanı çıkmayacaktı.

İki gün evvel, benim aleyhimde mahkemeye müracaat ettiğini haber aldım. Müfettişe yaptıkları işin temizliğini bir kere de mahkeme huzurunda tekrar için o günü sabırsızlıkla bekliyorum.

İhtiyar doktor gözlerindeki o vahşi parıltı, şakaklarındaki korkunç kırmızılık sönünceye kadar sustu. Sonra yine eski halim sesi, bön, saf tavrıyla devam etti:

– Bu arada ne olduysa sana oldu. Arada sen, ateşe yandın. Hemen zorla sana istifanı yazdırdım diye ileride benim için fena düşünmeni istemem. Alakanı katiyen kesmen lâzımdı. Allah bu gözleri, bu dudağı gülmek ve etrafındakilere saadet vermek için yarattı. Fok balıklarının karşısında ağlasın, titresin diye değil... Feride, sana bir şey daha söyle-

380 "Farsça" ne olursa olsun

yeceğim. Şimdi sana karşı mesuliyetim iki kat oldu. Çünkü başına bu felaketin gelmesine ben sebep oldum. Onun için lâzım ki, bunu yine ben tamir edeyim. Dediğim gibi, meslekten artık bir şey ümit edemezsin. Bugün bir çaresini bulsak bile, yarın başka bir bahane ile seni yere vuracaklar, fazla olarak o vakit belki ben de bulunmayacağım. Haydi, beraber düşünmeye devam edelim. İstanbul'a, ailenin yanına dönmeye imkân var mı?

Başımı önüme eğdim:

– Hayır, Doktor Bey, onlar benim için büsbütün bitti.

– Başka bir çare; iyi bir gençle evlenmen mümkün değil mi?

– Hayır, Doktor Bey. Ben ihtiyar bir kız olarak ölmeye azmettim.

– Evlenirsen bahtiyar olacağına benim de o kadar kanaatim yok, Feride. O melun[381], kalbine öyle yer etmiş ki, söküp atmak mümkün değil.

– Doktor Bey, ayaklarınızı öpeyim, her şeyden bahsedin, fakat bu mesele...

– Peki küçük, peki.

– Teşekkür ederim, Doktor Bey.

Hayrullah Bey, beyaz bıyıklarını dişleriyle çiğneyerek düşünüyordu:

– Peki, öyleyse ne yapacağız? Zaruret falan çekmenden korkum yok. Çünkü benim az buçuk servetim ikimize de yeter, paramı ne yapacağım diye düşünüyordum. Senin saadetinden iyi neye sarf edebilirim?

---

381 lanetli, kötü

Vereceğim cevabın onu kızdıracağını biliyordum, fakat bu zaruriydi. Korka korka dizlerini okşayarak:

– Fakat Doktor Bey, ben hangi sıfatla sizden böyle bir... Para muaveneti kabul edebilirim? Nasıl bir insan mevkiine inerim?

Hayrullah Bey kızmadı, fakat gayet mahzun bir şikâyetle yüzüme baktı:

– Ayıp Feride, ayıp. Bu kadar birbirimizle anlaştıktan sonra ortaya böyle söz atman ayıp. Fakat ne yapalım ki, sen bütün serbest, hiçbir şeye ehemmiyet vermiyor gibi görünen tavırlarına rağmen sade ruhlu, mazbut, mazlum bir ev kızısın. "Kınalı kuzu" dedikleri cinsten bir kızcağız... Böyle olmamalıydı, fakat olmuş. Şimdi benim muhakememi[382] takip et Feride. Senin gibi, bir ihtiyar samimi arkadaşından küçük bir muavenet bile kabul edemeyecek kadar mağrur bir kız bahusus[383] bu işten, bu dedikodulardan sonra tek başına nasıl yaşar? Seni tekrar evlendirmeyi düşündüğüm bunun içindi Feride. Kimseden muavenet yardım kabul etmek istemezsen, çalışmak istersen buna imkân yok. Beraber yaşayalım, benden ayrılma desem buna razı olmazsın, değil mi? Cevap vermeye cesaret edemiyorsun. Fakat, başını eğiyorsun; doğrusunu istersen, bunu ben de emin bir çare telâkki etmiyorum[384]. Niçin bu saatte her şeyi açık açık konuşmamalı? Mahalle namına kaymakama bir heyet gitmiş. Benim evimde ailemden, akrabamdan olmayan bir genç kız-

---

382 akıl yürütme
383 özellikle
384 saymıyorum

la yaşamamın örfe ve şeriata aykırı göründüğünü söylemiş. Hatta hatta senin başka bir memlekete gönderilmeni istemiş. Herkesin kabahatini açık açık yüzüne söyleyen bir "kör kadı" olduğum için beni zaten kimse sevmez. Bu vesile ile niçin bana da bir darbe indirmemeli, değil mi? Hülasa, Feridecik, senin ne benimle yaşamana ne kendi kendine yaşamana imkân var. Haksız şüpheler hayatını zehirleyecek, bu melun leke, nereye gitsen seni takip edecek. Mazindeki şüpheli bir nokta, her çapkına, her serseriye seni tahkir etmek hakkını verecek. Ne yapacağız Feride? Nasıl hareket edeceğiz? Seni nasıl müdafaa edeceğiz?

Ölmeye mahkûm bir hasta mazlumluğuyla yüzüne baktım. İçimdeki derin ümitsizliğe rağmen hâlâ gülümseyerek:

– Nihayet siz de teslim ediyorsunuz ki, ölümü düşünmekte hakkım varmış. Şu güneşe, şu ağaçlara, uzakta gözüken şu denize bakınız Doktor Bey. Benim kadar başı dara gelmeyen bir insan, kendi gönlünün rızasıyla bu güzel şeylerden ayrılmak ister mi?

Hayrullah Bey, eliyle ağzımı kapadı:

– Yeter artık Feride, yeter artık. Ömrümde yemediğim bir haltı yedirteceksin. Beni çocuk gibi hüngür hüngür ağlatacaksın.

Yaprakları dökülmüş kuru dalların arasında parlayan sonbahar güneşine elini uzattı:

– Ben hayli ihtiyarım; sefaletin, acının türlü şeklini gördüm. Kollarımın arasında nice gözler kapandı. Karşımda ölmek mecburiyetinden bu kadar sükûnla bahseden bu güzel çocuk yüzünden, gülmek için vesile arıyor gibi titreyen yaramaz dudaklardan daha büyük facia görmedim.

Hayrullah Bey, dizlerinden örtüsünü atarak odanın içinde epeyce dolaştı; sonra önümde durarak:

– O hâlde, son çareye başvuracağız. Seni şeriatlarına uyacak bir sıfatla evimde alıkoyacağım, müdafaa edeceğim. Hazır ol Feride. Öbür Perşembe...

*
* *

Bir haftadan beri Kuşadası'ndayım. Yarın gelin oluyorum. Hayrullah Bey, hem hususi işlerini görmek, hem de eve bazı yeni eşya almak üzere, evvelki gün İzmir'e gitti. Bu akşam döneceğine dair telgraf aldım.

Bu yeni eşyaya lüzum olmadığını söylemiştim. Tuhaf bir tavırla itiraz etti:

– Yok, nişanlı hanım, bu âdeta benim yaşlılığımı başıma kakmak demek olur. Gerçi kudret, bir yanlışlık etmiş, aramıza otuz beş, kırk senelik bir zaman sokmuş, ama hiç ehemmiyeti yok. Asıl gençlik, ruhun gençliğidir. Sen bana bakma, ben yirmi yaşında delikanlılardan daha dinç bir adamım. Hem seni öyle telli pullu gelin olmuş görmek isterim. Ben, ergen adam sayılırım; emelim kursağımda kalır. Sana İzmir'den müthiş bir gelin elbisesi getireceğim.

Ben bir şey söylemiyor, önüme bakıyordum. Hayrullah Bey sözüne devam etti:

– Sana ben bir de yüzgörümlüğü veriyorum, ama müthiş bir yüzgörümlüğü. Keşfet bakayım: Küpe, yüzük, inci, elmas, hiçbiri değil. Aklını yorma bulamazsın. Bir yetimhane.

Hayretle yüzüne baktım. O, memnuniyetle gülerek:

– Hoşuna gidecek şeyi nasıl keşfettim. Bizim "Alacakaya"daki çiftliği ben otuz, kırk kişilik bir yetimhane şekline sokuyorum. Etrafta bulduğumuz kimsesiz çocukları oraya toplayacağız. Ben doktorluk edeceğim, sen hocalık ve analık.

Bu satırları, nekahat günlerimi geçirdiğim odanın penceresi önünde yazıyorum. Bahçedeki dallarda hiç durmayan bir kuru yaprak yağmuru yağıyor.

Ağaçların çıplak kollarından döktüğü bu yapraklardan bazılarını rüzgâr, pencereden içeriye defterimin sararmış yaprakları üzerine savuruyor.

İhtiyar arkadaşımın sönük mavi gözlerindeki şefkat, merhamet, temiz ve menfaatsiz muhabbeti gönlümde son bir yeşil yaprak gibi yaşıyordu; ona bir koca gözüyle bakmak mecburiyetinde kaldığım günden beri bu son yaprak da sarardı. Ne yapalım, hayat böyleymiş! Buna da katlanmak lâzım.

*
* *

Karınca ayağı gibi minimini yazılarla dolan mektep defterimin son sayfalarına geldim. Ne hazin tesadüf! Sergüzeştimle beraber defter de bitiyor. Yeni bir deftere yeni hayatımı yazmaya başlamak mümkün değil, artık söyleyecek neyim kalıyor ki? Hem yarın başkasının karısı olduktan sonra buna ne hakkım, ne cesaretim olacak. Öbür sabah başkasının odasında uyanacak genç kadının, hayatı bir parça nağme, birkaç damla gözyaşından ibaret olan Çalıkuşu ile ne alakası kalacak?

Çalıkuşu bugün defterinin gözyaşlarından kirlenmiş sayfalarına dökülen sonbahar yaprakları içinde müebbeden ölüyor.

*
* *

Bu son ayrılık saatinde niçin hakikati saklamalı? Bu okumayacağın defteri ben senin için yazdım Kâmran. Evet, ne söyledim, ne yazdımsa hep senin içindi. Yanlış, çok yanlış bir iş tuttuğumu bugün artık itiraf edeceğim. Ben her şeye rağmen seninle mesut olabilirdim. Evet, her şeye rağmen seviliyordum, sevildiğimi de bilmiyor değildim; fakat bu bana kâfi gelmedi, istedim ki çok, pek çok sevileyim, kendi sevdiğim kadar değilse bile –çünkü buna imkân yok– ona yakın sevileyim. Bu kadar sevilmeye benim hakkım var mıydı? Zannetmem, Kâmran. Ben küçük, cahil bir kızım. Sevmenin, kendini sevdirmenin de bir yolu var, değil mi Kâmran? Halbuki ben bunları hiç, hiç bilmiyordum. Senin Sarı Çiçeğin –taş atmak için söylemiyorum Kâmran, inan bana, mademki seni mesut etti, ben hayalimde onunla barışıyorum– kim bilir ne kadar cazibeli bir kadındı? Kim bilir sana ne güzel şeyler söylüyor, ne güzel mektuplar yazabiliyordu? Ben, belki senin çocuklarına, çocuklarımıza iyi bir anne olacaktım. Bu kadar.

Kâmran, ben seni sevmesini, senden ayrıldıktan sonra öğrendim. Hatta yaptığım tecrübelerle, başkalarını sevmekle sanma sakın. Gönlümün içindeki ümitsiz hayalini sevmekle.

Zeyniler Mezarlığı'nın karanlığında, rüzgârın sabahlara kadar haykırıp ağladığı uzun gecelerde, çekçek arabalarının ince sesli, yanık çıngıraklarının tirediği boş sahralarda, Söğütlük bahçelerinin ılık iğde kokularıyla dolu yollarında, ben hep seninle yüz yüze, senin hayalinin kollarında yaşadım. Yarın karısı olacağım biçare adam, beni zambak gibi masum bir kız zannediyor, ne yanlış!

Sevdanın hiçbiri, bu dul kadın ruh ve vücudunu benim kadar hırpaladığını, yıprattığını zannetmiyorum.

Kâmran, biz asıl bugün birbirimizden ayrılıyoruz. Ben, asıl bugün dul kalıyorum... Bütün olan, geçen şeylere rağmen, sen yine bir parça benimdin; ben bütün ruhumla senin...

(Feride'nin jurnali[385] burada bitiyordu.)

---

385 günlük

BEŞİNCİ KISIM

I

Kâmran, seninle yol arkadaşlığı etmek işkence billahi. İki saatten beri belki yüz şey sordum. "Evet" yahut "Hayır"dan başka cevap alamadım. Kendine gel, oğlum.

Kâmran, bozuk yollarda sarsılan arabanın köşesinde akşam rüzgârına karşı pardösüsünün yakasını kaldırmış, dalgın dalgın Marmara'yı seyrediyordu. Gözlerini zorla denizden ayırarak gülümsedi:

– İki saatte, iki yüz suale, iki yüz cevap az değil zannederim, enişte, velev "evet", "hayır" gibi kısa cevaplar olsun.

– İyi ama oğlum, sen o cevapları da düşünerek vermiyorsun ki... Makine gibi söylüyorsun.

– Güzel tedavi ve tebdilihava usulü, enişte... Beni, boş yere düşündürüp yormak için bir kastınız olmalı.

– Hay nankör, hakikaten sana yaranmak kabil olmuyor... Seni gerçi düşündürmek istiyorum, fakat maksadım yormak değil, öteki şeyi düşünmene mani olmak.

Maamafih, artık ümidimi kesiyorum. Seni canlandırmak kabil değil. Mesela üç gün evvel bir düğün bahanesiyle seni köye götürdüm. Çeşit çeşit insanlar gördün; davul, zurna dinledin; köçek, pehlivan seyrettin; ben, kendi payıma müthiş eğlendim; fakat sen eğlenmedin. İnkâr etme, göz var izan var.

– Size anlatmak kabil değil enişte, benim yaradılışım başka türlü.

– Yok oğlum, sen kendini fena bıraktın. Bak, ben altmışıma giriyorum, günden güne daha gençleşiyorum.

– Ayşe teyzem duymasın.

– Duysa da umurumda değil. Buraya ilk gelişimde ben, daha ihtiyar görünmüyor muydum?

Kâmran güldü

– Ben, Tekirdağ'a geleli on sene oldu. Hâlâ aklımdadır. Yine böyle bir ağustos günüydü.

Aziz Bey ellerini birbirine vurdu:

– Etme, Allah aşkına, seneler amma çabuk geçiyor! Hakkın var ya. Bugün sade dört yaşına yakın çocuğun var, dört beş sene kadar da Feridecikle nişanlı kalmıştın. Ah Kâmran, şu Feride'ye nasıl kıydığını hâlâ aklıma sığdıramıyorum. Çalıkuşu'nun bülbül gibi sesini, gül yüzünü hatırladıkça hâlâ yüreğim sızlar. Aradan on sene geçti, hâlâ benim evin arkasındaki arka bahçeye bakmaya yüreğim tahammül etmez. Hani, ölsem, gitsem seni affetmeyeceğim Kâmran.

– Enişte, tebdilihava için memleketinize davet edilmiş bir hastaya böyle söylenir mi?

– Evet, ama senin derdinin bununla alakası yok ki. Sevdiğin bir kadınla evlendin, bir sene bile tamamıyla mesut olamadın. Münevver yatağa düştü, üç senelik hayatını hastabakıcılığı ile geçirdin. Adada, İsviçre'de ve daha bilmem nerelerde hastanı tedaviye çalıştın. Kadere ne denir? Geçen kış karın vefat etti. Sana bir düşkünlüktür arız oldu[386]. Bir türlü kendini toplayamadın. Hâlâ hasta gibisin. Bunun Feride ile ne alakası var? Sen başka birisini seviyordun.

Kâmran, yine o acı gülümsemesiyle cevap verdi:

– Enişte, kimse bana inanmıyor, siz de, tabii inanmayacaksınız, garip göreceksiniz. Hayatımın bazı sergüzeştleri, hatta epeyce heyecanlı sergüzeştleri oldu. Fakat sizi temin ederim ki, ben dünyada hiçbir şeyi, hiçbir insanı Feride kadar sevmedim.

Aziz Bey, dişleri arasından mırıldandı:

– Yaman sevda, yaman aşk!...

– Söyledim ya, enişte. İnanmıyorsunuz. Zaten kimse inanmıyor. Müjgân, senelerden beri bana dargın. Feride sözünü ağzıma aldırmıyor; kaşlarını çatarak: "Yok, Kâmran, ondan bahsetmeye hakkın yok!" diyor. Annem öyle, teyzem öyle, herkes öyle. Burada Feride'den bahsedebileceğim yalnız Nermin var. Nermin, bugün on yedi yaşında. Feride buraya geldiği vakit yedi yaşındaydı, hayal meyal aklında kalmış. Feride'yi, "Beni salıncakta sallayan kırmızı entarili ablam" diye hatırlıyor. Öyle günlerim oluyor ki, Nermin'e entarili ablasından bahsettirmek için lisanımın bütün kuvvetini sarf ediyorum.

386 bulaşmak, ilişmek

– Ne tuhaf insansın Kâmran? Peki, ya öteki?

– O bir hastaydı, benim yüzümden ölmesi mümkündü. Feride'den ümidi kestikten sonra, ona karşı olsun bir insanlık ve merhamet vazifesi ifa etmek istedim, o kadar.

– Anlaşılır dava değil. Sen karışık ruhlu bir adamsın Kâmran.

– Burası doğru enişte. Ne istediğimi, ne yaptığımı hiçbir zaman kendim de bilmedim. Emin olduğum yalnız bir şey var, Feride'ye karşı zaafım. Bu çocuğun öyle halleri, öyle hatıraları var ki, unutmak mümkün değil. Öyle sanıyorum ki, bunları ölürken hatırlarsam ağlayarak öleceğim. Size bir delil daha söyleyeyim, enişte. Tebdilihavaya ihtiyacın var dedikleri zaman ilk aklıma gelen yer Tekirdağ oldu. Beni buraya sizin davetleriniz mi getirdi zannediyorsunuz? Köy düğünü eğlenceleri için mi bir aydır burada durduğumu sanıyorsunuz? Darılmayınız. Ben burada, ilk gençliğimin birkaç kırık hatırasını aramaya geldim, o kadar.

– Mademki münasebetsizlik etmiştin, bunu tamire imkân yok muydu?

– Yanlış hareket ettim enişte, çok yanlış hareket ettim. Feride, öyle derin bir infial[387] içinde bizden ayrılmıştı ki, izini keşfettiğim vakit, birdenbire üstüne düşmekten korktum. Onun sadece kalbi değil izzetinefsi de yaralanmıştı. Bir başına yabancı memleketlere gitmek için kim bilir, ne kadar müteessirdi? Aradan hiç olmazsa altı aylık bir zaman geçmeden beni görürse belki büsbütün hırçınlaşacak, vahşileşecek, da-

---

387 kızgınlık

ha büyük bir delilik edecekti. Baharı zorla beklemiştim. Çalıkuşu'nu, bulunduğu köy mektebinde yakalamak için yola çıkmaya hazırlanıyordum. Tam o zaman o aksi hastalığım başladı. Üç ay yatakta kaldım. B...de onu bulmaya gittiğim vakit ise iş işten geçmişti. Bana, Feride'nin hasta bir bestekârı sevdiğini, vefasız başını çağlayan kenarında sevgilisinin dizlerine koyarak, gözlerine baka baka tambur çaldırdığını söylediler. Düşün enişte, senelerce bu başı, bu gözleri, "Benim, yalnız benim!" diye bekledikten sonra bir gün böyle...

Kâmran, devam etmedi. Marmara'dan gelen serin akşam rüzgârından çekiniyor gibi boynunu pardösüsünün yakası içinde daha ziyade saklıyor, uzaklarda tek tük kızıllanmaya başlayan balıkçı ateşlerini seyrediyordu.

Aziz Beyin de neşesi kaçmıştı:

– Kâmran oğlum, sen korkarım ki o vakit de ikinci bir budalalık ettin. Çalıkuşu, keşke bunu yapabilecek, kolayca kendini avutacak bir kız olsaydı, hiç olmazsa mesut olurdu; fakat hiç zannetmem.

Kâmran, acı bir gülümsemeyle başını salladı:

– O cihetten müsterih olunuz enişte. Feride, iki seneden beri çok bahtiyarmış, gözüyle görenlerden işittim. Kocası ihtiyar, fakat zengin bir doktormuş. Arkadaşlarımdan bir mülkiye müfettişinin karısı –ki Feride'nin eski bir arkadaşıdır– geçen sene bir gün Kuşadası'nda ona tesadüf etmiş, Çalıkuşu, eskisi gibi mütemadiyen gülüyor, söylüyor, şaka ediyormuş. Şehirden üç dört saat uzak mesafede bir çiftlikte yirmi kadar çocukla uğraştığını, pek mesut olduğunu söylemiş. Kocasından yarım saat ayrılmaya tahammül edemiyormuş. Arkadaşı, İstanbul'dan, akrabalarından bahsetmek istemiş. Feride çabucak sözü kapamış, "Ben, ne o memleketi, ne o insanları artık hatırlamıyorum bile!" demiş. Feride'ye karşı kusurlarım, haksızlıklarım çok, enişte, bunu biliyorum. Fakat, siz de insaf edin, onun da beni bu kadar çabuk unutması doğru muydu? Maamafih, bunlar lüzumsuz sözler, artık devam etmeyelim. Size uğurlar olsun. Ben, arabadan iniyorum. Yürüye yürüye eve geleceğim. Bu bozuk yollar, beni fena hâlde sarstı.

Aziz Bey içini çekti:

– İdare adamları hakikaten bedbaht insanlar. Şu yolları senelerce evvel kendim yaptırdım. Irgat başı gibi, güneşin altında yandım. Herhâlde seni sarsan yollar değil. Kâmran, iftira etme. Ne iyi etmişler de yedi sene evvel beni şu mutasarrıflıktan azletmişlerdi. Haydi oğlum, fakat geç kalma, çünkü ihtiyarlık, teyzeni de beni de berbat etti. Geç kalırsan, o meraktan, ben açlıktan bayılırız.

*
* *

Kâmran'ın arabadan indiği yer yine o köprübaşıydı. On sene evvel yine böyle bir ağustos sonu akşamında buraya kadar gelmiş, çürük tahtaların üstüne oturarak ayaklarını sallamıştı.

Tekirdağ'da bulunduğu yirmi günden beri âdet etmişti. Her akşamüstü buraya kadar gelir, sonra yolların alacakaranlığı içinde yavaş yavaş, düşüne düşüne geri dönerdi.

Kocasının bu muvakkat memuriyetle Anadolu'ya gittiği günden beri çocuklarıyla beraber Tekirdağ'da oturan Müjgân, bir akşam Kâmran'a:

– Çok yorgun görünüyorsun, galiba uzaklara gittin? demişti.

Kâmran, hüzünle gülümseyerek cevap vermişti:

– İyi tahmin ettin Müjgân, çok uzaklara gittim, on sene uzak bir maziye.

Daha başka şeyler söyleyecekti, fakat Müjgân bu sözden bir şey anlamıyor gibi dudaklarını bükmüş, sadece:

– Öyle mi? diyerek arkasını çevirmişti. Müjgân, kadın kalbinin o kadar inatçı olan gizli infiallerinden biriyle senelerden beri Kâmran'a dargındı. Onun yanında Feride için bir tek kelime söylemiyordu.

Kâmran, bahçelerin arasından yavaş yavaş eve dönerken iyiden iyiye akşam olmuştu. Karşı dağlarda gün hâlâ sönmemişti. Kenarlarından doğru dolmaya yüz tutmuş, geçkin menekşelere benzeyen bir gece başlıyordu.

Genç adam, bahçe aralarındaki yollardan birinin yanında durdu, onun ateş böceklerinin yıldızlarıyla benekli yeşil karanlığını uzun uzun seyretti. O akşam, Feride'nin bu yoldan çıktığını görmüştü. Kenarlarından kısa saçlarının lüleleri çıkan şapkası, beyaz kısa tersane elbisesiyle Çalıkuşu'nun önünde yürüdüğünü, topuksuz çocuk potinlerinin ucu ile taşları sektirdiğini hâlâ görüyordu.

Vakit epeyce geçmişti. Evdekilerin merak edeceklerini bildiği hâlde bir türlü gitmek istemiyor, eski bir rüyanın izlerini arar gibi yollarda gecikiyordu.

Uzaktan, sokak kapısının önünde beyazlı bir kadın hayaleti gördü. Müjgân'dı. Ekseri akşamları en küçük çocuğu ile beraber caddeye çıkar, onu koltuklarından tutarak yürüme talimleri yaptırırdı.

Kâmran'ı görünce uzaktan kolunu sallamaya başladı:

– Kâmran, ne kadar yavaş yürüyorsun? Nerede kaldın bu vakte kadar?

– Hiç Müjgân, hava pek güzel de.

Müjgân'ın bu gece yanında çocuğu yoktu. Buna mukabil halinde bir tuhaflık, daima sakin yüzünde biraz heyecan görünüyordu.

– Müjgân, sende bir hal var!

Genç kadın bir şeyler söylemek istiyor, fakat kelime bulamıyordu. Bir adım geri çekildi, kapı ile iç duvarın arasındaki köşeyi göstererek:

– Bak, bugün kim geldi Kâmran, dedi.

Kâmran, hayretle başını çevirdi, iç kapıdaki fenerden süzülüp gelen mavimsi aydınlığın içinde, ta yakında Feride'nin elâ gözlerini gördü. Bebeklerinde birer mavi yıldız parlayan bu gözler gülüyor, biraz solgun ve süzgün görünen bu güzel yüz gülüyor, Feride –altı seneden beri hayalperest gözlerini her yumdukça gördüğü gibi– ta yakınında, kalbinin içinde gülüyordu. Kâmran, hafifçe sallandı, güzel bir rüyayı kaybetmekten korkanlar gibi bir an gözlerini yumdu, yanında dayanacak bir yer aradı. Birbirlerine söyleyecek söz bulamıyorlar, sadece titreye tireye bakışıyorlar, dudaklarıyla birbirlerine gülümsemeye çalışırken gözleri yaşlarla perdeleniyordu. Müjgân, bu dakikanın güçlüğünü hissetti. Feride'yi elinden tutup Kâmran'ın önüne getirdi. Ağır manalarla dolu bir sesle:

– Teyze çocukları hemen hemen kardeş demektir. Feride'nin erkek kardeşi olmadığı için sen doğrudan doğruya onun ağabeyi sayılırsın Kâmran; kardeşine "hoş geldin," desene!...

Kâmran hâlâ bir şey söyleyemiyordu. Hafifçe eğildi, Feride'nin saçlarına dudaklarını dokundurdu. Sonra kulağına söyler gibi gayet yavaş:

– Sizi tekrar görmek memnuniyetini söyleyebilmek için kelime bulamayacağım Feride Hanım, dedi.

Bu söz, Feride'ye cesaret verdi. Eski berrak ahengine sakat billurlar gibi belirsiz bir şikâyet ihtizazı[388] düşmüş sesiyle:

– Teşekkür ederim Kâmran Bey, dedi. Ben de öyle, çok memnun oldum.

– Ne vakit geldiniz?

– Bugün, öğleye doğru. On gün evvel İstanbul'a gelmiştim. Hiçbirinizin orada olmadığını haber aldım. Halbuki teyzelerimi, hepinizi çok göreceğim gelmişti. Belki onlardan da beni göreceği gelenler vardır, dedim. Zaten Tekirdağ, gezmeye alışmış insanlar için ne kadarcık bir yer, değil mi Kâmran Bey?

Müjgân, tekrar söze karıştı:

---

388 titreşim

– Güzel ama, hanıma, beye, teklife tekellüfe lüzum yok, demin de söyledim. Siz, hemen hemen öz kardeş sayılırsınız. Hatta, Kâmran'a "ağabey" desen pek doğru olur, Feride.

İkisi de gözlerini yere indirdiler. Feride, korka korka:

– Sahi, sana ağabey dememe müsaade eder misin Kamran? dedi.

Cevap beklerken Kâmran'a bakmıyor, ateş böceklerinin kaynaştığı karanlıklarda gözleriyle bir şey arıyordu.

Kâmran kırgın bir tavırla cevap verdi:

– Sen nasıl istersen öyle olsun Feride... İçinden nasıl gelirse.

Artık sakin sakin konuşabiliyorlardı. Feride, birkaç kelime ile Kâmran'a seyahatini anlattı:

– İstanbul'da bazı işlerim vardı; sonra dediğim gibi, hepinizi çok göreceğim gelmişti. Doktor enişten iki ay izin verdi. Teyzelerimi, hepinizi sıhhatte bulduğuma ne kadar memnun oldum. Yalnız sen, bir felakete uğramışsın, Kâmran. İstanbul'da işittim, çok, çok müteessir oldum. Bu kadar az bir zaman içinde zevceni kaybetmek ne felaket! Fakat küçüğün var. Allah onun ömrünü Necdet'e versin. Ne güzel çocuğun var Kâmran. O kadar sevdim ki, gelir gelmez arkadaş olduk, şimdiye kadar benim kucağımda oturdu. Zaten ben, küçüklerle öyle çabuk ahbap olurum ki...

Feride, söylemeye devam ettikçe yavaş yavaş açılıyor, sözleri, tavırları o eski yaramaz çocuk hafifliklerini tekrar bulmaya başlıyordu.

Onun sesini dinlemek, söyleyen dudaklarını, gecenin içinde parıldayan elâ gözlerini görmek öyle bir saadetti ki, genç adam bir şey düşünmüyor, hatta onun bir başkasının karısı olduğunu, bu saadetin bir ay, bir buçuk ay sonra yeniden bir rüya olacağını bile aklına getirmiyor. Bir tek korkusu vardı: İçeriden onun geldiğini fark etmeleri. Her korktuğu gibi, bu da nihayet başına geldi. Onları kapının yanında ilk defa gören Nermin oldu. Genç kız, çıngır çıngır bağırarak Kâmran'ın geldiğini haber verdikten sonra yanlarına koştu. Feride'yi tekrar kollarına alarak:

– Seni unutmadığıma Kâmran ağabeyim de şahittir, Feride abla, kırmızı entarili abladan en çok onunla bahsederdik, değil mi Kâmran ağabey? dedi.

II

O gece, akşam yemeği bir düğün ziyafetine benzedi. Sofranın başında çocuk gibi maskaralıklar eden Aziz Bey:

– Ah Çalıkuşu, sen beni âdeta dertli etmiştin! Sesin kulağıma geldikçe ağlayacak gibi olurdum. Meğer ben seni ne kadar severmişim, diyordu.

Senelerden sonra, bir daha görmekten ümit kestikleri bir günde yuvaya dönen Çalıkuşu, oraya sadece biraz neşe değil, eski günlerinin rikkat ve muhabbet dolu bir parçasını da beraber getirmiş gibiydi. Bütün yüzler gülüyor, bütün kalplerde –açık pencerelerden içeri dolan, lambaların etrafında dönen pervaneler, gece böcekleri gibi– bir şeyler titriyordu. Sade, yemeğin sonuna doğru Besime Hanım ehemmiyetsiz bir şey söylerken birdenbire ağlamaya baladı. Fakat derhal gözlerini sildi:

– Hiç, hiçbir şey yok, annesini, Güzide'yi hatırladım da, diyordu.

Dizlerinin üstünde Kâmran'ın çocuğuna üzüm yediren Feride başını eğdi, bir an yüzünü küçüğün kıvırcık sarı saçları içinde sakladı, o kadar. Sonra eski şenlik yine yerine geldi.

Bir aralık Besime Hanım kocasıyla beraber Trabzon'da bulunan Necmiye'den bahsediyordu:

– O bir biçâre de çok dertli. Geçen sene kuşpalazından bir kızı öldü, dedi.

Feride, derin bir göğüs geçirdi.

– O acıyı bilirim teyze, benim küçüğüm de o hastalıktan gitti, diye cevap verdi.

Sofradakiler hayretle birbirlerine bakıştılar. Ayşe teyze:

– Demek senin çocuğun vardı? Bilmiyorduk, dedi.

Feride, mahzun mahzun başını salladı:

– İnci gibi bir kız, görmeliydiniz, ne güzeldi! Yavrumu bir türlü kurtarmak mümkün olmadı.

Ayşe teyze tekrar sordu:

– Çocuğun kaç yaşında öldü, Feride?

Feride, yine o safvetle dudaklarını bükerek:

– Tam on üçünü bitirmişti. İlk çarşafını dikiyordum. Kaynana olacaktım, dedi.

Sofrada bir kahkaha koptu. Aziz Bey:

– Ah Çalıkuşu, yüz yaşına girsen yine deliliği, şakayı bırakmayacaksın, diyordu.

Feride'nin on üç yaşındaki kızına herkes gülüyordu. Fakat, Feride'nin kirpikleri yaşla doluydu. Necdet'i daha kuvvetle göğsüne çekti, söyledikçe artan bir mahzunlukla onlara Munise'nin hikâyesini anlattı:

O gece geç vakte kadar oturdular. Aziz Bey, ara sıra:

– Feride, kızım, sen yol yorgunusun, yat artık, diyordu.

Çoktan beri uyuyan Necdet'i hâlâ kollarından bırakmayan Feride gülüyor:

– Ziyanı yok enişte, ben asıl sizin aranızda dinleniyorum, beni asıl yalnızlık yordu, diyordu.

Parlak elâ gözlerinin, biraz kısa dudağının o hiç sönmeyen gülümsemesiyle saatlerce konuştu. Eski Çalıkuşu tamamıyla uyanmıştı. Hoşa giderek dinlendiğini gördükçe kelimeleri ezip büzüyor, yalnız sevilen ve beğenilen çocukların bildiği o sevimli, nazlı hareketlerle dudaklarını büzerek, dişleriyle dilini ısırarak, yanağını çukurlaştırarak mütemadiyen söylüyordu. Öyle ki, sevincinin verdiği sarhoşluktan bir türlü ayılamayan ihtiyar enişte, eski bir şakasını tekrar etmek arzusundan kendini alamadı. Küçükken, Feride'nin üst dudağını parmakları arasına sıkıştırır, "Seni yaramaz Çalıkuşu seni, benim kirazımı almışsın ha, ver geri bakayım!" diye bu dudağın ucunu zorla öperdi.

Etraftan kopan kahkahalar içinde "yapma, enişte!" diye haykıran Feride'yi zorla çenesinden tuttu, bu eski şakayı tekrar etti. Sonra dikkatle Feride'nin yüzüne bakarak: "Ne yapayım, Çalıkuşu? Kabahat senin, evli barklı oldun, hâlâ tabiatın çocuk, hatta yüzün bile çocuk. Kim bu çehreye genç bir kadın çehresi der?" dedi.

Kâmran bulunduğu köşede sarardığını hissetti. Çalıkuşu'nun bir başkasına ait olduğunu ilk defa bu dakikada anlıyordu.

III

Bu geceyi takiben iki gün içinde Kâmran, Feride'yi pek az görebildi. Çalıkuşu, on sene evvel Tekirdağ'da kendi yaşında birçok kızlarla ahbap olmuştu. Bunlar şimdi evli barklı hanımlardı. Feride'yi rahat bırakmıyorlar, saatlerce gelip oturdukları yetmiyormuş gibi, giderken de Çalıkuşu'nu beraber sürüklüyorlar, ev ev, bahçe bahçe gezdiriyorlardı.

Kâmran'ın gizli gizli üzüldüğünü gördükçe Müjgân, âdeta seviniyor, gözlerinin içi gülerek şikâyet ediyordu:

– Nafile, Feride'yi bize bırakmayacaklar. Maamafih, her şeyden evvel onun eğlenmesi, açılması lâzım.

Kâmran, bu iki gün içinde Feride'yi bir kere yemekte, bir kere de çarşaflı olarak sokaktan dönerken görebildi.

Üçüncü gecenin sabahıydı. Kâmran, âdeti hilafına çok erken uyanmıştı. Ortalık yeni ağarıyordu. Köşk, daha uykudaydı. Kâmran, odanın pancurlarından birini ittiği vakit, Feride'yi bahçede gördü. Pencerenin açıldığını o da fark etmişti. Başını kaldırdı, yeni doğan güneşe karşı elini gözlerine siper ederek:

– Uyandınız mı, Kâmran Bey? Ne kadar tabiatınızı değiştirmişsiniz. Eskiden sizi uyandırabilmek için pancurlarınıza yazın avuç avuç çakıl taşı, kışın bir yığın kartopu atmak lâzım gelirdi. Siz de biraz Anadolulu olmuşsunuz. Ben orada, bu saatte kalktığım vakit: "Tembel, insan üstüne güneş doğurur mu?" diye beni ayıplarlardı.

Eski hafif, alaycı Çalıkuşu'nu hatırlatan bu sözleri söyleyen sesinde kalbe serinlik ve tazelik hisleri veren berrak bir akarsu ahengi vardı. Kâmran, biraz korkarak sordu:

– Ben de geleyim mi, Feride?

O hâlâ elleri güneşe karşı gözlerinde, ta eskiden yaptığı gibi gizli gizli eğlenerek:

– Rutubetin nazik vücudunuzu incitmesinden korkmazsanız fena olmaz. Size Anadolu ikramı yaparım.

Kâmran'ı kocaman bir ceviz ağacı altına götürdü, akşamdan bahçede unutulmuş bir iskemleye oturttu:

– Şimdi bir parça beni bekleyeceksiniz, Kâmran Bey.

– Hani teklif, tekellüf bırakacaktın?

– Biraz sabır, o kendi kendine gelir. Birdenbire hürmetsizliğe cesaret edemiyorum.

Kâmran güldü:

– Fakat bu daha büyük hürmetsizlik Feride, seni menederim. Bana: "Siz", "Kâmran Bey" derken eğleniyorsun gibi geliyor.

Feride de gülüyordu:

– Doğru, hakkınız var, hakkın var, gayret ederim. Şimdi bana müsaade, sana süt pişireceğim.

– Feride, rica ederim.

– Nafile, ısrar etme. Bir Anadolu kadınına karşı en iyi kompliman onun iş görmesine, hizmet etmesine müsaade etmektir.

Biraz eğlenerek, biraz mahzun devam ediyordu:

– Bizim kendimizi beğendirmek için ev işi görmekten başka hiç cazibemiz yok ki...

Bahçenin içine, elinde bakraçla, kuru dal parçalarıyla gidiyor geliyor, yeni uyanan bahçıvanla konuşan sesi işitiliyordu.

Nihayet, elinde dumanları tüten bir süt bardağı ile geldi.

– Süt, istediğim gibi değil, Kâmran, fakat üç gün sonra, bugün ne? Pazartesi. Perşembe sabahı için seni bir sabah ziyafetine davet ediyorum. Aynı koyunun sütünü içeceksin, fakat göreceksin ki bambaşka bir şey, âdeta güzel bir meyve. Bu benim büyük bir sırrım! Nasıl olacak diye merak etmiyor musun? Aman, ne hissizlik! Ben, sana şimdiden söyleyeyim. Üç gün koyunu armutla besleyeceğim. Sen, galiba üşüyeceksin, hava biraz serin. İster misin Besime teyzem: "Deli kız, oğlumu hasta ettin!" diye beni paylasın? Dur, ben rutubete filan alışkınım, sana atkıyı vereyim.

Bir çengelli iğne ile boynuna iliştirdiği kırmızı yün atkıyı çıkardı. Sabah rutubetinden müteessir oluyor gibi hafifçe titreyen Kâmran'ın omuzlarını, göğsünü örttü.

Kâmran'ın gözlerinde on sene evvelki bir akşamın hayali uyanıyordu. Kozyatağı'ndaki köşkün dış kapısı önünde yine böyle omuzlarına kendi küçük lacivert paltosunu koyan kısa etekli, siyah önlüklü, minimini mektep kızını, onun mor mürekkeple lekeli küçük parmaklarını gördü, büyük bir adam gibi: "Artık seni muhafaza etmek benim vazifem!" diyen sesini işiti.

– Kâmran, bunaklar gibi elinden sütünü düşüreceksin, dizlerin yanacak, niçin öyle daldın?

– Hiç, aklıma bir şey geldi de...

Feride, bu akla gelen şeyin söylenmesine mani olmak ister gibi, acele acele:

– Benim de öyle, seni omzunda atkı ile görünce, Kâmran Hanım dediğim aklıma geldi.

*
* *

Feride işini bitirdikten sonra Kâmran'ın karşısında alçak bir mutfak iskemlesine oturmuştu. Kalın, donuk Bursa ipeğinden –dışarı biçimi– bol bir elbise, boynunu, vücudunu geniş, hafif kıvrımlarla örtüyordu. Dirsekleri dizlerine dayalı, bilekleri çenesinin altında birleşmiş, yanakları açık avuçlarının içinde, konuşmaya başladı.

Kâmran, onun yüzünü bu kadar temiz bir aydınlık içinde, bu kadar yakından ilk defa görüyordu: Çehresi biraz zayıflamış, süzülmüştü. Bu süzgünlük, gözlerini daha büyük gösteriyor, kenarlarını belli belirsiz bir mahmurlukla gölgeliyordu. Beş sene evvelki Çalıkuşu'nun yaldızlı bir ışıkla dolu elâ gözlerine, ateş yanında unutulmuş çiçeklerin hummalı yanıklığı düşmüştü. Bu gözler yine eskisi gibi gülüyor, yine eskisi gibi masum bir cesaretle kaçınmadan bakıyordu. Fakat, Kâmran'a öyle geldi ki artık eskisi gibi onların derinliğini, nihayetini görmek mümkün değil.

Saçlarını dışarlık kızları gibi ortasından ayırarak iki kalın örgü ile yanlarına bırakmıştı. Bu saçlar o kadar sıkı örülmüştü ki, alnının, şakaklarının derisini geriyor, kaşlarının dağınık uçlarını biraz yukarıya kaldırıyor, daha şeffaf ve nazik görünen teninde ince mavimsi damar gölgeleri meydana çıkarıyordu.

Kâmran, onun sözlerinden ziyade sesini dinleyerek bu güzel yüzü seyrederken bir şeye dikkat etti. Feride'nin rengi, tabii hayatını yaşayan bir genç kadının mesut rengi değildi. Bu tende, koparılmadan solmaya mahkûm güllerle aşksız ihtiyarlamaları mukadder[389] kızlarda görülen hummalı kızıllığa benzer gizli bir ateş, muzdarip bir şeffaflık vardı.

Sabah güneşi, bu çehrede öyle ince, öyle manalı çizgiler aydınlatıyordu ki, genç adamı sardıkça sarıyor, ona ağlamak arzuları veriyordu. Iztırabın bir genç kız yüzünü bu kadar güzelleştirebileceğini, Kâmran dünyada aklından geçirmemişti.

Feride, dudağının o hiç sönmeyen gülümsemesiyle, eski ahengine, görünmez bir yerinden ince bir yara almış billurların donuk, şikâyetli ihtizazı düşmüş sesiyle çocukluk hatıralarından bahsediyordu.

Kâmran, cesaret etti, ona daha yeni bir hatıra sordu:

Feride, ağır bir tavırla başını salladı:

– Aklımda kalmadı, Kâmran. On beş yaşına kadar, buraya gelinceye kadar olan vakaları hatırlıyorum, ötesini bir duman kapladı göremiyorum.

Hatıralarına çöken bu dumandan bahsederken, gözlerini de bir duman bürüyor, başını yana çevirerek uzaklara bakıyordu.

389 yazgısında olan

*
* *

Bu en eski çocukluk hatıralarından sonra birdenbire hayatının son beş senesine atlamıştı. Hacı Kalfa'nın bir halini, Zeyniler muhtarının bir sözünü, Müdür Recep Efendi'nin bir tuhaflığını hatırlarken gülen gözlerine, canlanan hareketlerine bazen hiç şüphesiz bir yorgunluk düşüyor, o vakit, sesindeki belirsiz, sakat billur ihtizazı daha derinleşiyor, üzgün bir yürek gibi titriyordu.

Bir su kenarından bahsederken Kâmran, gözlerini kapadı, "Sakın bu, başını sevdiğinin dizlerine koyarak gözlerine baka baka tambur çaldırdığın çağlayan kenarı olmasın," diye kendine sordu.

Çalıkuşu, hayatının en manasız, en ehemmiyetsiz birkaç parçasını söyledikten sonra birdenbire aklına gelmiş gibi:

– Kâmran, daha sana eniştenin resmini göstermedim, dedi.

Kâmran'a, ince bir altın kordonla boynuna bağlı bir altın madalyon uzattı:

Genç adam sarardığını; titrediğini belli etmemeye çalışarak resmi aldı. Feride onunla beraber resmi görmek için başını uzatıyor, yüzünü yüzüne yaklaştırıyordu:

– Şu çehreye bak, Kâmran, ne necip, ne güzel bir yüz, değil mi?

Genç adam, belli etmeden gözucuyla Feride'ye bakıyordu. O öyle dalgın bir muhabbetle fotoğrafı seyrediyordu ki, farkında olmadı.

Bu dakika, Kâmran'ın hayatında en acı bir ıztırap ve isyan dakikası oldu. Demek Feride'nin ince, nazlı, masum güzelliği bu beyaz saçlı, kaba yüzlü, iriyarı ihtiyara gıda olmuştu.

Gözlerinin önünde çılgın bir hayal uyanıyor; Feride'yi, utancından dalga dalga kızaran yanaklarında yarı kapalı elâ gözlerinden dökülmüş yaşlar, masum çocuk dudaklarında yalvarmaya benzer ürpermelerle bu ihtiyarın kollarında hırpalanıyor görüyordu.

Çalıkuşu, bakmadan bunu hissetmiş gibi hafifçe silkindi, ağır ağır madalyonu tekrar göğsüne koyarak:

– Bana artık müsaade Kâmran. Zannederim, bugün misafirler var, dedi.

IV

Çalıkuşu, yuvaya döneli on gün olmuştu.

Aziz Bey, her akşam tekrar ediyordu:

– Dikkat ediyor musunuz çocuklar? Eve bir başkalık geldi. Çalıkuşu, bu sefer kırlangıç kuşlarına benzedi. Kanatlarının altında âdeta bir bahar getirdi. Yazık ki bir gün daha geçti, diyordu.

Feride, gülüyor:

– Ziyanı yok, enişte. Birkaç sene sonra yine izin alır, gelirim. Siz üzülmeyin. Hem de önümüzde bu kadar gün varken. Niçin şimdiden kendimize zehretmeli, diyordu.

Çalıkuşu, tamamıyla eski Çalıkuşu olmuştu. Geçici bir fırtına ile örselendikten sonra tekrar güneşe kavuşan taze çiçekler gibi günden güne açılıyordu.

Yeniden, evdeki çocukların elebaşısı olmuştu. Müjgân'ın üç yaşındaki kızıyla ondan biraz büyük olan Necdet'ten, on yedisini bitiren Nermin'e kadar büyüklü küçüklü bütün çocuklar, ona bent olmuşlardı[390]; sabahtan akşama kadar eteklerini bırakmıyorlar, köşkü şenliğe, kahkahaya boğuyorlardı.

Büyükler, bazen yaramazlığın bu derecesinden şikâyet ediyorlardı. Fakat, başka bir cihetten de seviniyorlardı. Onlar her şeye rağmen iki eski nişanlıydı. İlk günlerde beş senede kapanan eski yaralarının yeniden açılmasından korkmuşlardı. Feride'nin taşkın şenliği, onu böyle uzaktan görmekten başka bir şey istemiyor gibi görünen Kâmran'ın halim, sakin bahtiyarlığı onlara biraz emniyet vermeye başlamıştı.

Maamafih ihtiyatı elden bırakmıyorlar, onlarda en eski zamanlardaki "büyük ağabey" ile "küçük kız kardeş" hislerini yeniden kuvvetlendirmeye çalışıyorlardı. Uyanmalarından korkulan dalgın hastaların odasında nasıl konuşmaktan çekinilirse, onların yanında da ihtiyatsız[391] bir kelimeyle bu hazin maziyi uyandırmaktan öyle korkuyorlardı.

Aziz Bey, ara sıra:

– Misafirliği biraz daha uzatmak mümkün değil mi? diye sordu.

Gitmek sözünü işittiği zaman daima biraz mahzunlaşan Çalıkuşu:

– İmkân yok enişte. Çalıkuşu, ne de olsa başka yuvanın annesi, onun yolunu da bekleyenler var, diyordu.

390 bağlanmak
391 ölçüsüz

*
* *

Kâmran'a en ziyade dokunan şey de, Feride ile Necdet arasındaki büyük dostluktu. Onları ayırabilmek için çocuğun, Çalıkuşu'nun kollarında uyuyup kalmasını beklemek lâzım geliyordu.

Kâmran, bir gün Feride'nin onunla kavga ettiğini işitti.

Çalıkuşu gülerek:

– Söyle bakayım Necdet, bir kere daha hala, hala, hala diyordu, fakat Necdet ona itaat etmiyor, inatçı sarı başını sallayarak "anne, anne, anne!" diyordu.

Kâmran biraz korkarak:

– Bırak Feride, varsın öyle desin, ne ziyanı var? Biçarenin belki öyle söylemeye ihtiyacı var, dedi.

Feride, bir şey söylemeden eğildi, çocuğun başını uzun uzun okşadı.

V

Kâmran, yine bir sabah, kapalı pancurlarına vuran hafif taş sesleriyle uyandı. Bunun, yalnız Feride'ye mahsus bir uyandırma usulü olduğunu biliyordu. Çalıkuşu, yine onu, büyük cevizin altında sabah ziyafetine davet ediyordu. İlk günlerde vadettiği gibi artık güzel armut kokusu vermeye başlayan sütün yanında minimini dışarlık çörekleri, sonra reçele benzeyen pembe bir tatlı vardı.

Feride, çöreklerin üstüne bu tatlıdan sürerek Kâmran'a veriyordu:

– Bunlar benim elimin marifeti... Bu çöreklerin ismini bilmiyorum, fakat tatlıya gülbeşeker diyorlar.

İşini bitirdikten sonra yine o alçak mutfak iskemlesini bularak Kâmran'ın karşısına, hemen hemen ayaklarının dibine oturdu.

– Şimdi söyle bana bakayım Kâmran, gülbeşekeri beğendin mi?

Genç adam, gülerek cevap verdi:

– Beğendim.

– Sevdin mi?

– Sevdim.

– Bir daha söyle.

– Sevdim.

– Öyle değil, Kâmran, "Ben gülbeşekeri sevdim," de.

Kâmran bu çocukça ısrarı anlamayarak gülüyordu.

– Ben gülbeşekeri sevdim.

Feride, gözlerinde, yanaklarında ateşler uçarak, utancından kirpikleri titreyerek yüzünü ona yaklaştırıyor, yalvaran bir çocuk gibi boynunu büküyordu. Dudaklarında tutuk nefeslerle:

– Bir kere daha, Kâmran, "Ben gülbeşekeri çok seviyorum," de.

Genç adam, istediği verilmezse ağlayacak çocuklar gibi bükülen, titreşen bu dudaklara heyecanlı bir hayretle bakıyordu. Sebebini kendinin de bilmediği gizli bir teessürle titreyerek:

– Ben gülbeşekeri çok seviyorum, senin istediğin kadar çok seviyorum, dedi.

Feride, bir çocuk sevinciyle ellerini çırptı, fakat dudakları gülerken gözlerinden yaşlar geliyordu. Ehemmiyetsiz bir şey için ağlayan bir yabancıyı ayıplar gibi "Ne delilik, bir marifetini beğendirdiğin için bu kadar memnun olmak ne delilik!" diye çırpınıyor, kendi kendisiyle eğlenmeye, parmaklarıyla gözlerini kurutmaya çalışıyordu. Fakat yaşlar bir türlü durmuyordu. Tutuk bir feryada benzeyen bir hıçkırık; sonra yüzü elleri içinde, ağlaya ağlaya içeri kaçtı.

*
* *

Bir akşamüstü Kâmran, eniştesiyle beraber çarşıdan dönüyordu. Çocuklar, âdet etmişlerdi. Onların geldiğini uzaktan gördükleri gibi kapının içinde dizilirler, yemiş, şeker, çikolata beklerlerdi. Kâmran, birer birer onların payını dağıtırken yanına, ayaklarının dibine küçük taş parçaları düştüğünü fark etti. Son hisseyi verdikten sonra gözleriyle etrafı araştırdı, Çalıkuşu idi. Biraz ötede, kocaman bir kestanenin yanında duruyor, eliyle ona işaret ediyordu:

– Manasını biliyorsunuz ya, Kâmran Bey? Biz de varız.

Eğleneceği yahut bir muziplik edeceği vakit, daima ona "siz" diye hitap ederdi. Gülerek devam etti:

– Siz, beni artık pek fazla tekaüt ettiniz. Hani benim payım. Eski kabahatler unutuldu mu sanıyorsunuz efendim? Ya sükût hakkımı verirsiniz, ya o eski kiraz ağacı hikâyesi bu gece sofrada canlanır.

On sene evvel yine bu kapının yanında yaptığı gibi, dilini dişlerinin arasına sıkıştırıyor, sivri kırmızı ucunu göstererek gülüyordu.

Kâmran, pardösüsünün cebinden bir kutu çıkardı, gülerek:

– Verilmiş sadakalarım varmış. Feride, ne güzel tesadüf. Ben de bugün bir kutu fondan buldum, kimseye göstermeden kendim yiyecektim ama mademki böyle tehdide uğradık, ne yapalım?...

Feride'nin yüzünde bir çocuk sevinci parladı:

– Ne güzel, ne güzel!

– Fakat bir şartla Çalıkuşu. Onları yine ben senin ağzına vereceğim.

– Nasıl olur?

– Ta eskiden, sen on iki, on üç yaşındayken nasıl oluyordu?

Bunu söylerken fondanlardan birini Feride'ye uzatmıştı. Çalıkuşu, birkaç saniye tereddüt etti; sonra başını uzatarak, hafifçe titreyen dudaklarını açtı. Fakat Kâmran'ın bütün ısrarlarına rağmen, bunlardan bir ikincisini yemek istemedi.

– Ver bana, yemekten sonra onu Necdet'le beraber yerim, dedi.

– Seninle şu duvarın yanına kadar gidelim, Feride. Bak, deniz ne güzel. Hem konuşur, hem seyrederiz.

– Peki, fakat şu kutuyu içeri bırakayım. Bir dakikacık.

Kâmran, ilk defa ona dokunmaya cesaret etti; bileğinden tutarak:

– Hayır, Feride, dedi. Sana emniyetim yok. Bekle, bir dakikacık, şimdi geliyorum, diyecek gelmeyeceksin, yahut gelsen de kim bilir ne vakit ve nasıl geleceksin? Görüyorsun ki sana emniyetim kalmadı.

Feride, bir şey söylemeden başını önüne eğdi, yavaş yavaş onunla beraber yürümeye başladı.

Kâmran'da bu akşam dalgın bir hüzün vardı. Kendisini zapt edemiyor, kesik, rabıtasız kelimelerle mütemadiyen şikâyet ediyordu. Bir aralık karanlıklarla dolmaya başlayan enginden uçan bir kuş sürüsünü gösterdi:

– Feride, bir zaman sonra sen de bunlar gibi uçup gideceksin, değil mi?

– ...

– Peki, arkanda bıraktığın teyzelerden, teyze çocuklarından, eski arkadaşlarından, çocukluğunun geçtiği yerlerden ayrılmak sana pek mi tatlı gelecek?

– ...

– Yuvanda mesut ederek, mesut olarak yaşarken harap ve perişan bıraktığın başka bir yuvanın hali hiç mi seni üzmeyecek?

Feride, cevap vermiyor, hatta dinlemiyor, şekerleme kutusunun altına bir kurşunkalem parçasıyla şekiller çiziyor, bir şeyler karalıyordu.

Kâmran acı bir şikâyetle:

– Cevap vermiyorsun Feride? dedi.

Çalıkuşu, dalgın dalgın onun yüzüne baktı:

– Affet Kâmran, aklım başka yerdeydi. Ne söylediğini dinlemedim. Vaktiyle dinlediğim bir eski şarkı vardı ki, unutmuştum, bilmem niçin, birdenbire o aklıma geldi. Unutmayayım diye onu işaret ediyordum. İstersen oku. Ben, üşümeye başladım, içeri gidiyorum.

Kâmran, kutunun altında, Feride'nin karışık yazısıyla yazılmış, şu dört mısraı gördü:

Pür ateşim açtırma benim ağzımı zinhar,
Zalim, beni söyletme, derunumda neler var;
Bilmez miyim ettiklerini, eyleme inkâr,
Zalim, beni söyletme, derunumda neler var!

VI

Bu vakanın üstünden dört gün geçmişti. Feride, eski arkadaşından hemen hemen kaçıyordu. Onun yalnız kalabilmek için icra ettiği bütün bahaneleri, kurnazlıkları boşa çıkıyor, başkalarının yanında konuşmak lâzım geldiği vakit yüzüne bakmaktan, göz göze gelmekten çekinmiyordu.

Dördüncü günün akşamına doğruydu. Evdekiler o gün yine çoluk çocuk bir yere davetliydiler. Akşam ezanından evvel dönmelerine ihtimal yoktu. Kâmran, dışarıda şiddetli bir rüzgârın tozu dumana katmasına rağmen, evde duramamış, dolaşmaya çıkmıştı.

Rüzgâr, uzak tepelerde ıslık çalıyor, ağaçlar görünmez bir yağmur sağanağı altında gibi hışırdıyor, göz alabildiğine uzanıp giden yolun üstünde toz kasırgaları koşuyordu.

Kâmran'ın yüzüne, gözlerine tozlar doluyor, her birkaç adımda bir durarak rüzgâra arkasını vermek mecburiyetinde kalıyordu. Çıplak bir tepeciğin kenarında kocaman bir kaya kovuğu gördü. Yanında bitmiş cılız bir ağaç, mütemadiyen çırpınıyor, sıska kollarını sallıyordu. Kâmran, yolunu çevirerek oraya gitti. Kayanın bir köşesini rüzgâra karşı siper ederek oturdu.

Bu kadar gürültüye, bu kadar çırpınmaya rağmen etraf bugün bomboş görünüyordu... Bomboş, dümdüz, tıpkı bir çöl gibi.

Tabiatı, hiçbir gün bu kadar ruhsuz, onun güzel şeylerini bu kadar lüzumsuz, hayatı bu kadar ümitsiz görmemişti!

Ta uzaktan yolun, suların içinden geçiyor gibi görünen denize yakın bir noktasında renkli bir kadın hayali fark etti. Hiç sebepsiz yokuştan indi, ona doğru yürümeye başladı.

Biraz sonra, Nermin'in gül kurusu çarşafını tanıdı. Genç kız da onu görmüş olacak ki, uzaktan şemsiyesini sallıyordu?

Nermin, niçin ötekilerden ayrılmıştı, niye yalnız geliyordu? Bunu merak ederek daha hızlı yürümeye başladı.

Genç kız, rüzgâra karşı başını eğiyor, bir eliyle eteklerini zapta çalışıyor, ötekiyle çarşafının hırçın kuş kanatları gibi çırpınıp havalanan pelerinini tutuyordu.

Yüzünü gördüğü vakit birdenbire Kâmran'ın kalbi çarptı. Nermin'in gülkurusu renkli çarşafı içinde Feride vardı.

Tam birbirine yaklaşacakları vakit rüzgâr, Feride'nin şemsiyesini aldı. Çalıkuşu feryat ederek onu tutmak istedi. Fakat, birdenbire etekleri dağıldı; pelerin uçtu, saçları açıldı. Kâmran, tam dakikasında yetişmişti. Şemsiyeyi bir çalı kenarında yakaladı. Pardösüsünü rüzgâra siper ederek Feride'nin çarşafını düzeltmesine yardım etti. Çalıkuşu:

– Ne kadar zamanında yetiştin Kâmran, rüzgâr beni sahici çalıkuşları gibi uçuracaktı, dedi. Daha bir şeyler söylemek istiyordu. Fakat rüzgâr başını eğmeye, gözlerini, dudaklarını kapamaya mecbur ediyordu. Kâmran, hâlâ ona pardösüsünü siper etmeye çalışarak yürümeye başladılar.

Feride, artık söz söyleyebilecek bir hale gelmişti. Fakat öyle görünüyordu ki, onun şimdi söylemekten ziyade gülmeye ihtiyacı vardı. Kendini zapt edemiyor, bir başka rüzgâr sağanağına tutulmuş gibi gülüyordu. Kesik kesik bunun sebebini anlattı.

– Biliyor musun niçin gülüyorum, Kâmran? Misafirlikteydik. Benim çarşıda pek mühim bazı işlerim olduğu aklıma geldi. Halbuki arkamda yeldirmem vardı. Tabii, o kıyafette cesaret edemedim. Zavallı Nermincik, bana iyilik etmek istedi. Çarşafını teklif etti. Biraz evvel yüzüm kapalı olduğu hâlde çarşıdan geçiyordum. Bir zabitin arkamdan geldiğini gördüm. Tam yanımdan geçerken:

– Nermin Hanım, siz burada! Ne ümit edilmez saadet efendim, demesin mi?

Nermin'in bana iyilik edeyim derken böyle foyasını meydana vermesi o kadar tuhafıma gitti ki, kendimi tutamadım, güldüm. Zabitçik, yanlışlığı o vakit fark etti. Benden öyle bir kaçması vardı ki... Öyle ya! Nermin'in yerine yaşlı bir kadın görünce...

Kâmran, gülümseyerek dinliyordu. Feride, devam etti:

– Fakat ben, kızcağızın sırrını sana söylediğime fena ettim. Geveze dilim durmuyor ki... Kuzum, Allah aşkına, kimseye söyleme e mi? Yalnız ileride, kim bilir, bu kızcağız da onu istiyorsa?... Onlara bir iyilik edebilirsen...

– Sana vadederim, Feride, ancak Nermin o kadar çocuk ki...

Feride, zayıf bir şikâyet gibi:

– Olabilir, fakat böyle çocukların kalbi hiç göründüğü gibi olmuyor, dedi.

Bu söz üzerine ikisi de sustular; yine öyle yan yana yürümeye başladılar.

Rüzgâr hafifliyor, onlar da adımlarını ağırlaştırıyordu. Yolun bitmesinden âdeta korkuyorlardı. Kâmran mahzun mahzun düşünüyordu: "Demin bu tabiatı bomboş, kendimi lüzumsuz bir insan gördüm... Şimdi, bu gül kurusu çocuk çarşafı içinde titriyor gibi görünen nazik, küçük, güzel şeyi rüzgâra karşı bir parça himaye edebilmek inanılmayacak kadar büyük bir saadet veriyor. Bu daima böyle olabilirdi. Bu güzel küçük mahluku ben istersem bahtiyar edebilir ve bahtiyar olurdum... Yazık!"

Dalgın bir düşünce içinde gittikçe adımlarını ağırlaştıran Feride, tekrar konuşmaya başladı. Hiç münasebeti olmayan şeyler söylüyordu:

– Her şeye rağmen bu küçük tebdilihava beni çok eğlendirdi. Herhâlde bir iki sene yeter... Sonra, teyzelerimi, hepinizi yine çok göreceğim geldiği vakit tekrar geleceğim... Böyle böyle seneler geçecek, benim yavaş yavaş saçlarım ağarmaya başlayacak, senin de, tabii öyle. Birbirimizi gördükçe yine memnun olacağız. Buna mukabil ayrılırken belki daha az mahzun ayrılacağız... Kim bilir, ileride belki büsbütün bile gelirim, değil mi? Hayat bu, her şey mümkün... O vakit sen, benim büsbütün ağabeyim olursun... Büyükler birer birer çekildikçe birbirimizin daha kıymetini biliriz. Ehemmiyetsiz, küçük kusurlarımızı daha ziyade hoş görürüz. Böylece ömrümüzün son senelerini, çocukluğumuzu geçirdiğimiz yerlerde...

Sesinin billurundaki görünmez yara daha derinleşiyor, sözlerine bir gizli vasiyet mahzunluğu veriyordu.

Yol üzerinde çocuklu bir dilenci kadına tesadüf ettiler. Çocuk çıplak ayaklarıyla yanlarında koşuyor, kuru eliyle Feride'nin eteklerini okşuyordu.

Kâmran, para vermek için durdu. Feride, küçük sefillerle temasın verdiği bir alışkanlıkla çocuğun başını okşamaktan iğrenmedi. Tekrar yürümeye başladıkları vakit, dilenci kadın onlara dua etti:

– Allah birbirinizden ayırmasın, Allah güzel hanımcığını sana bağışlasın, dedi.

Gayri ihtiyari durdular. Kâmran, gönlünün bütün acısı gözlerinin içine toplanmış:

– Feride, duydun mu kadın ne söyledi? dedi.

Bu suale iki iri yaş damlası cevap verdi. Artık, birbirlerine yaklaşmaya cesaret edemeyerek yollarına devam ettiler.

*
* *

Köşkün önüne geldikleri vakit, akşam olmuştu. Hava, epeyce sakinleşmiş, rüzgârın uğultusu durmuştu. Ağaçlar, bu uzun yorgunluktan sonra, sakin gölgelerinin uykusuna dalıyor, kayalarda –kendi içlerinde sızıyor gibi görünen– hafif bir sedef parıltısı yanıp sönüyordu.

– Vakit daha erken, Feride. Onlar şehirden dönmediler. İster misin seninle şu kayaların yanına gidelim?

Feride, başını önüne eğerek halsiz halsiz rica etti:

– Bana artık müsaade, Kâmran. Gidip soyunayım, rüzgâr başımı sersem etti.

Biraz evvel Feride'nin canlı, oynak vücudu etrafında canlı bir mahluk gibi yaşayan, omuzlarından uçarak dizlerinin etrafına dolanarak hassas, zarif, çapkın sarılışlarla çırpınan gül kurusu çarşaf, şimdi sönük bir emel füturuyla[392] omuzlarından, dizlerinden sarkıyordu.

Daha ileri gitmeye kuvveti kalmamış gibi oraya, kapının önündeki iri bir taşın kenarına oturdu; kumlara şemsiyesiyle ümitsizliği kadar derin, hayatı gibi kırık çizgiler çizmeye başladı.

Biraz sonra, Kâmran'ın da yanına oturduğunu, omzunun omzuna dokunduğunu, elinin elini tuttuğunu hissettiği vakit, hafifçe heyecanlandı. Şaşkın şaşkın etrafına bakarak kaçmak istiyordu. Fakat vazgeçti.

Kâmran, onun birkaç defa derin derin içini çektiğini, ilk önce vahşileşen gözlerine birdenbire çaresiz bir mağlubiyet tevekkülü düştüğünü gördü. Buz gibi soğuyan, titreyen elini eski nişanlısının eline bırakmıştı. İkisi de gözlerini kapadılar. Kâmran, gözlerinin karanlığı içinde kıvılcımlar uçuşarak

392 bezginlik, umutsuzluk

düşünüyordu: "Bu avucumun içinde titreyen el, Feride'nin eli. Demek insanın, gecelerin imkânsız bir rüyası sandığı şeyler de mümkün olabilirmiş!" Gözlerini tekrar açtı. Feride, ağlaya ağlaya uyumuş çocuklar gibi ara sıra göğüs geçiriyor, gittikçe ağırlaşan başını onun omzuna bırakıyordu. Halinde, ellerini bırakışlarında mazlum bir teslimiyet vardı. Kâmran, ara sıra kımıldadıkça onun daha ziyade sokulduğunu, elini daha kuvvetli sıktığını hissediyordu. Genç adam, niçin böyle söylediğini kendi de bilmeden, gayet yavaş:

– Ben gülbeşekeri seviyorum, dedi.

Yanlarındaki kapının birdenbire açılması, onları bu uykudan uyandırdı. Feride, silah sesi duymuş gibi kuş hafifliğiyle yerinden fırladı. En önde Nermin giriyordu. Çalıkuşu, heyecanlı bir sevinçle onun boynuna atıldı. Genç kızı kollarında sıkıyor, saçlarını, gözlerini buselere gark ediyordu[393]. Kimse bu sevincin sebebini anlamıyordu. Biraz evvelki yorgunluktan eser kalmamıştı. Küçükleri kollarından yakalıyor, cıyak cıyak bağırtarak havaya atıp tutuyordu. İçeri girecekleri vakit biraz geri kaldı. Kâmran'ın yaklaşmasını bekledi. Sonra, iç kapının karanlığında gayet yavaş:

– Mersi, Kâmran, dedi.

VII

Ertesi gün Feride, yine kendi kendine şehre inmişti. İkindiye doğru köşke döndüğü vakit, çok yorgun görünüyordu.

393 *boğmak, bol bol vermek*

Buna rağmen çocukları yine etrafına topladı, arka bahçede kocaman bir kolan salıncağı kurdu.

Kâmran, Aziz Bey'in ihtiyar ve geveze bir misafirinden kendini kurtardığı vakit, salıncakta Feride ile Necdet vardı. Feride var kuvvetiyle salıncağı uçuruyor, Necdet çığlıklar atarak bir kedi yavrusu gibi boynuna tırmanıyordu.

Kâmran, Ayşe teyzenin tıpkı on sene evvelki gibi:

– Feride, kızım, deliliği bırak, çocuğu düşüreceksin, diye bağırdığını işitti.

Çalıkuşu aldırmıyor, bütün ruhuyla eğlenerek cevap veriyordu:

– Aman teyze, nenize lâzım, Necdet'in asıl sahibi şikâyet etmiyor ya! Değil mi Kâmran?

Feride çocukların birini bırakıp ötekini alıyor, hepsinin sıra ile gönlünü hoş etmek istiyordu.

Çocukların en büyüğü, fakat en korkağı olan Nermin'i cıyak cıyak bağırttıktan sonra salıncaktan atladı. Saçları, terden kıpkırmızı kesilen alnına, yanaklarına yapışıyor, elindeki ip yanıklarını gidermek için avuçlarını birbirine sürüyordu.

– Zannederim artık kimse kalmadı.

Kâmran, tereddütle:

– Beni unuttun, Feride, dedi. Çalıkuşu'nun dudaklarında renksiz bir tebessüm uçtu. "Olmaz" demeye razı olmuyor, "Haydi" demeye cesaret edemiyor, gözleriyle ipi, ağaç dallarını muayene ederek etraftan teşvik bekliyordu.

– Nasıl olur bilmem ki? İpler ikimizi çekmez sanırım, öyle değil mi Müjgân?

Müjgân, eliyle ipi tuttu, sakin gözlerini Kâmran'ın gözlerine dikerek:

– İpler için değil... Fakat Feride çok yorgun. Haline bak onun Kâmran. Bir yorgun kadını daha ziyade yormak sanırım ki günah olur artık, dedi.

Feride evvela, "Ehemmiyeti yok, ne çıkar?" diyordu. Fakat sonra Müjgân'ın söz ve bakışlarındaki manayı anladı. Kabahatli bir çocuk gibi mahcup ve korkak, başını önüne indirdi, yavaşça:

– Evet, fazla yorgunum, belki hasta olurum, dedi.

Haline bir hasta kadın yorgunluğu çökmüş, gözlerinin biraz evvelki neşesi sönmüştü:

Hâlâ Kâmran'a bakan Müjgân yavaşça:

– Sen, zannettiğimden ziyade kalpsizsin Kâmran! dedi. O, işitilmemek için aynı yavaş sesle:

– Niçin? diye sordu.

Müjgân, onu kendisiyle beraber bahçenin öte tarafına doğru yürümeye mecbur etti:

– Biçarenin halini görmüyor musun? Hayatını, gönlünü bu kadar üzdüğün elvermedi mi?

– Müjgân!...

– Onu bu kadar sene birimiz bir kere aramadık. Hasret acısına dayanamadı. Dargınlığını, isyanını unutarak yanımıza döndü. Geldiği zaman hemen hemen iyi olmuştu. Bu yeni kapanmış yarayı sen tekrar açtın.

Müjgân, gözleri dolarak devam ediyordu:

– Biçarenin yarın buradan giderken çekeceği ıztırabı düşünüyorum da... Evet Kâmran, Feride yarın gidiyor. Her şey hazır. Ben de bilmiyordum. Feride, bu sefer bana ne kalbine, ne hayatına dair hiçbir şey söylemiyor. Demin haber aldım; bu ani kararın sebebini sordum. Kocasından gelmiş bir mektuptan bahsediyor. Eminim ki yalan. Feride senden kaçıyor. Biçare artık tahammül edemiyor. Sana bunları söylemekte bir maksadım var, Kâmran. Ben bu zaruri ayrılığın biraz müşkül olacağından korkuyorum. Feride çok gayretli, inanılmayacak kadar gayretli bir mahluk. Fakat ne de olsa kadın. Hayatını kırdığın bu biçareye karşı senin bir borcun var, bu ayrılık günlerinde kuvvetli ve sakin olmak; mümkün olduğu kadar ona gayret ver...

Kâmran, bu sözleri dinlerken gözlerinin yeşiline kadar sararmıştı:

– Yalnız Feride'nin kırılan hayatından bahsediyorsun, ya benimki? dedi.

– Sen kendin istedin.

– Bu kadar kalpsiz olma, Müjgân.

– Sen sanıyor musun ki, yapılacak bir şey olsaydı geri duracaktım? Fakat elimizde hiçbir çare yok. Feride, şimdi bir başkasının karısı. Biçarenin ayağı bağlı. Görüyorum ki sen de çok bedbahtsın. Artık sana dargın değilim. Fakat, yapılacak bir şey yok.

*
* *

Feride'nin ertesi gün gideceğini herkes duymuştu. Fakat kimse bundan bahsetmiyordu. Akşam yemeğini derin bir sükûnet içinde yediler. Bu gece, daha ihtiyar ve düşkün görünen Aziz Bey, Feride'yi yanına almıştı. İkide bir omuzlarını okşuyor, çenesinden tutup başını çevirerek gözlerine bakıyor:

– Ah! Çalıkuşu, ihtiyar vaktimde yüreğimi dertli ettin, diyordu.

O gece, herkes erkenden odasına çıktı.

VIII

Vakit, gece yarısını geçiyordu. Köşk, çoktan uyumuştu. Müjgân, omuzlarında bir ince atkı, elinde küçük bir şamdanla odasından çıktı. Ayaklarının ucuna basa basa, dura dura Kâmran'ın kapısına geldi. Odada ne ses, ne ışık vardı. Genç kadın, yavaşça kapıya dokundu, fısıltıya benzeyen bir sesle seslendi:

– Kâmran, uyudun mu kardeşim, dedi.

Kapı, çabucak açıldı. Kâmran, soyunmamıştı. Mumun hafif ışığında çehresi daha soluk ve yorgun görünüyor, bu sönük ziya, gözlerini kamaştırmış gibi kirpiklerini kırpıyordu.

– Daha uyumadın mı, Kâmran?

– Görüyorsun ya.

– Niçin lambanı söndürdün?

– Bu gece aydınlık gözlerimi yakıyor.

– Karanlıkta ne yapıyorsun?

Acı acı gülümseyerek:

– Hiç, ümitsizliği, zehrimi hazmetmeye çalışıyorum. Fakat sen, bu vakit niçin geldin, ne istiyorsun?

Müjgân heyecanını zorla zapta çalışarak:

– Fevkalâde bir havadis var. Telaş etme, Kâmran. Kendine gel, söyleyeceğim.

Odaya girmişlerdi. Müjgân, mumunu yere bıraktı; sonra, yavaşça kapıyı kapadı, nereden başlayacağını bilemiyormuş gibi tereddüt ediyor, sakin görünmeye çalıştığı bir sesle:

– Telaş etme, kuzum Kâmran. Fena bir şey söylemeyeceğim, bilâkis çok iyi bir şey. Fakat böyle helecanlanırsan[394]...

Genç kadın, onu teskin etmeye çalışırken kendi telaşlanıyor, gözlerinde, sesinde yaşlar titriyordu.

– Kâmran, biraz evvel Feride benim odama geldi. Halinde bir fevkalâdelik vardı. "Müjgân", dedi, "Ben bugüne kadar dünyada yalnız sana kalbimi açabildim. Senden daha yakın kimsem yok. Sana tevdi edilecek bir sırrım var, onu yarın, ben gidinceye kadar saklayacaksın, sonra söyleyebilirsin. Günün birinde birdenbire geldiğimi gördüğünüz vakit, hayret ettiniz. Size, artık hasrete dayanamadığımı söyledim, bu da doğru. Fakat asıl sebep bu değildi. Ben burada dünyada en çok sevdiğim bir adama, üç ay evvel ölüm döşeği başında verdiğim vaadi yerine getirmek için geldim. Müjgân, size yalan söylemek mecburiyetinde kalmıştım. Ben, şimdi dul bir kadınım. Kocam, üç ay evvel kanserden öldü."

Feride, bu sözleri söylerken başını omzuma dayıyor, hıçkıra hıçkıra ağlıyordu. Gözyaşları içinde devam etti: "Doktorum öleceği gün beni yanına çağırdı. 'Feride', dedi. Artık zaruret çekmenden korkmuyorum. Çünkü, nem varsa sana

394 kalp çarpıntısı

kalıyor. Senin gibi sade, sakin bir kadını, ömrünün sonuna kadar ferah fahur[395] geçindirir. Fakat, başka bir şey var, Feride. Kimsesiz bir kadının zengince de olsa, yalnız yaşaması kolay değil. Sonra para başka, şefkat yine başka. Feride, benim rahat öldüğümü istiyorsan şimdi bana yemin et. Ben öldükten sonra İstanbul'a ailenin yanına döneceksin. Eğer daima onlarla beraber kalmak istemiyorsan, hiç olmazsa üç ay, iki ay onlarla beraber kal. Dünyanın ucu uzundur. Belki bir gün onlara işin düşer. Yahut günün birinde bir parça aile şefkatine ihtiyaç duyarsın. Hâsılı Feridecik, senin ailenle barışacağından emin olursam, rahat rahat öleceğim, gözüm arkada kalmayacak."

"Bu son arzuyu yerine getireceğimi ağlaya ağlaya söyledim. Fakat doktorum, bunu da kâfi görmedi. Eski nişanlımla da barışmamı istiyor, bir gün onun, benim için belki bir büyük kardeş olacağını söylüyordu. Elimle Kâmran'a teslim edilmek için bana mühürlenmiş bir paket verdi:

– Bunun içinde bir eski gönül kitabı var ki, beni vaktiyle çok müteessir etmişti. Onu mutlaka eski nişanlının okumasını istiyorum. Bunu bu şekilde ona teslim edeceğine yemin et, dedi.

Hakikat işte bu Müjgân. Şimdi her şeyi biliyorsun. Doktorcuğum saf ve temiz bir adamdı. Beni ailemle barıştırmakla hayatımın yetimliğine bir deva bulacağını zannediyordu. Biçare, bunun benim için ne kadar acı olacağını tahmin edemedi. Doktorumu Munise'nin yanına bıraktıktan sonra, İstanbul'a geldim. Orada öğrendiğim şeyler bu vasiyeti yerine

395 bolluk içinde

getirmenin çok müşkül olacağını bana gösterdi. Kâmran'ın karısının vefatını yeni öğreniyordum. Sonra, benim için bazı fena sözler çıktığını haber alıyordum. Kâmran'ın karısı sağ olsaydı benim, kocası yeni ölmüş bir dul kadın sıfatıyla birkaç gün aile ocağına misafir olmam tabii görülebilirdi. Halbuki şimdi hepiniz, hatta Kâmran, hatta sen, Müjgân –sen ki beni herkesten iyi tanıdın– benim için ne fena şeyler düşünecektiniz. Senelerce bir başına gezdi, dolaştı, türlü maceralarla dolu, kim bilir ne adi hesaplarla kendini ihtiyar bir adama sattı? Şimdi eski nişanlısının yeniden serbest kaldığını haber alınca yine o adi hesaplarla aramıza, beş sene evvel haksız lanetlere, hakaretlere boğarak ayrıldığı o ocağa, o nişanlıya döndü, diyecektiniz. Böyle düşünmeyecek kadar merhametli ve hassas olanlarınız karşısında bile ezilecektim."

Müjgân, gittikçe artan bir heyecanla ve teessürle söylemekte devam ediyordu:

– Ah! Kâmran, Feride'nin kollarımda ne ümitsiz gözyaşlarıyla çırpınarak bunları söylediğini işitseydin! Hele şu son sözlerini dünyada unutmayacağım. Feride dedi ki: "Benim hangi perişan hislerle aile ocağından kaçtığımı, hayatımın ne elemlerle dolduğunu, hangi mecburiyetlerin sevkiyle evlendiğimi anlatmaya imkân yok. Yaşı yirmi beşe gelmiş, beş senelik hayatının bir kısmını maceralar içinde sürüklemiş, bir kısmını kocasının evinde geçirmiş bir kadın; yüzüne, vücuduna bir erkek dudağı sürülmemiş bir genç kız olduğunu iddia ederse herkes güler. Herkes ona adi bir yalancı der, değil mi Müjgân? Aksini ispata imkân yok. Daha ziyade söyleyemeyeceğim. Doktorun Kâmran'a bıraktığı paketin ne olduğunu bilmiyorum. Fakat belki içinde olmayacak bir şey saklıdır. Son arzusunu bu kadar üzüntü, bu kadar ıztırap ile yerine getirdim. Fakat, bunu yapmaya kuvvetim kalmadı. Onu ben yarın vapura bindikten, her şey bittikten sonra her şey bittikten sonra Kâmran'a verirsin."

Müjgân sustu. En acı vakalar karşısında hissiz denecek kadar derin bir sükûn ve tahammül gösteren bu genç kadın, çocuk gibi ağlıyordu. Titreyen ellerini uzatarak:

– Onu artık bırakmayacağız. Kâmran, lâzım gelirse zorla tutacağız. Mazideki vakalar ne olursa olsun, artık sizin ayrılmamanız lâzım, görüyorum ki, dayanamayacaksınız, dedi.

Kâmran, âdeta uyuşmuştu. En ehemmiyetsiz bir hülyayı, en sönük bir hatırayı aylarca hasta, muğlak[396] ruhuna gıda yapan bir hayalperest için bu kadar ümit, bu kadar acı fazlaydı. Uzun baygınlıklardan uyanmış hastaların hiçbir şey anlamayan, düşünmeyen gözleriyle karanlığın içinde etrafına bakınıyor, sık sık göz kapaklarını açıp kapıyordu.

Müjgân, atkısının içinden kırmızı mumlarla mühürlü bir büyük zarf çıkardı:

– Feride'ye verdiğim vaade rağmen onu sana şimdi teslim ediyorum, dedi.

Tekrar atkısını düzelterek odadan çıkmaya hazırlanıyordu. Kâmran, eliyle onu menetti:

– Müjgân senden bir ricam var. Maceramıza en çok sen alakadar oldun. Bu zarfı beraber açacağız. İçinde ne varsa beraber öğreneceğiz.

---

396 anlaşılmaz, karışık

Müjgân, masanın üstünde duran sönmüş lambayı yakarken Kâmran zarfı açtı. İçinden bir mektupla ikinci bir büyük zarf çıktı. Kalın bir yazı ile yazılmış olan mektup, Kâmran'a hitap ediyordu.

"Kâmran Bey oğlum,

Size bu kâğıdı yazan adam, ömrünün birazını kitaplara, bir parçasını da hayat denilen bu kör dövüşün yaralılarına vakfetmiş münzevi[397]*, merdümgiriz*[398] *bir ihtiyardır ki, mektubunun elinize değmesinden epeyce zaman evvel dünyaya 'Yuf borusunu*[399]*' öttürmüş olacak. Pek sevgili bir biçareye son bir iyilik etmek ümidiyledir ki, son nefesinde size bu satırları yazmak zahmetini ona ihtiyar ettirdi*[400]*. Dinleyiniz:*

Bir gün ücra bir köyün, viran bir evinde aydınlık kadar temiz, hülya gibi güzel bir küçük İstanbul kızına tesadüf ettim. Kara kış ortasında, karın lapa lapa yağdığı bir gece, odanızın penceresini açsanız, size karanlıktan bir bülbül sesi gelse ne duyarsınız? İşte ben, o dakikada bunu duydum.

Bu masum, nazik, kibar kız çocuğunu, kudretin bu güzel ve nadide süsünü hangi melûn talih veya tesadüf, bu karanlık köyün mezbelesine atmıştı! Ruhu ağlarken gözleri dudakları gülüyor, beni olmayacak fedakârlık hikâyeleriyle aldatmaya çalışıyordu. Ah zavallı küçük kız! Ben, senin İstanbul'da bıraktığın gafil, aptal sevgilin miyim ki, bu ağızla-

---

397 *yalnız başına yaşamayı seven*
398 *insanlardan kaçan*
399 *"yuf borusunu öttürmek" ölmek anlamındadır.*
400 *seçtirmek*

rı yutayım? Uykuya doymadan uyanmış çocuklar gibi mahmur gözleri, nereye bastığı görünmeyen savruk halleri, bir hayali dudağın busesiyle titriyor gibi görünen dudakları, bir hayali kucağa sokuluyor hissini veren tavırları, hareketleri bana her şeyi anlattı.

Eski zaman masallarının Leyla'yı aramak için sahralara düşen Mecnun'unu, ara sıra, tatlı bir rikkatle hatırlardım. Bugünden sonra onu bıraktım. Yeni zamanların mezarlıklarla dolu, karanlık köylerinde bir imkânsız aşk rüyası arayan bu berrak elâ gözlü, ipek renkli masum, kibar, küçük "Leyla"sını sık sık hatırlamaya başladım.

İki sene sonra ona, tekrar tesadüf ettim. Hastalık durmuyor, yavrucağı için için yiyip bitiriyordu. Ah, ilk gördüğüm gün onu niye atımın terkisine bindirmemiş, niye ite kaka, zorla İstanbul'a, evine getirmemiştim? Gaflet!...

İkinci tesadüfümde iş işten geçmiş bulunuyordu. Siz, evlenmiştiniz. Çocuktur, gençtir, belki zamanla unutur diyordum. Bir hastalığı esnasında tesadüfen elime geçen bir defter, bu yaranın ne kadar derin olduğunu bana gösterdi. Bu deftere bütün hayatını yazmıştı. O vakit ümidimi kestim, onu kendi çocuğum gibi tedavi etmek istiyordum. İnsanların fesadı, fitnesi buna da imkân vermedi. Bu aralık iyice bir adam bulup onu evlendirmeyi düşündüm. Fakat bu, tehlikeliydi. Kocası ne kadar insan adam olursa olsun, ondan aşk isteyecekti. Gerçi kızcağızım bunun için doğmuştu, bunun için ölüyordu, fakat bir yabancının aşkı onun için bir hazin angarya olacaktı. Birisini severken bir başkasının kollarına düşmek, belki onu öldürecekti. Bu tehlike karşısında çaresiz, onu nikâhım altına aldım. Yaşadıkça müdafaa edecektim. Öldükten sonra da benim beş on kuruş servetim, üç beş parça emlakım onu geçindirip gidecekti. Şüpheli kız olarak yaşamaktansa, emin bir dul olarak yaşamak onun için daha kolay olacaktı. Bunların hepsinden fazla olarak da bir gün asıl emeline vasıl olması ihtimali vardı. Hayatta imkânsız ne var ki? Nitekim, karınızın vefatı, benim bu ümidimi canlandırdı. İstanbul'dan, sizden daima haber alıyordum. Bu vefat, sizi dilhun[401] ve müteessir etmiş olabilir, fakat ben de öyle oldum, dersem riyakârlık olur. Münasip bir çare düşünüyordum. Feride'yi bir budalalıktan ibaret olan nikâh kaydından ıtlak edecek[402], doğrudan doğruya size iade edecektim. İnsanlar, bilmem bu hareketime ne der? Herhâlde ben insanların hakkımda söyleyeceği, düşüneceği şeylerin üstüne çoktan tükürmüş bir adamım. İşte bu esnada hastalığım artmaya başladı. Nihayet üç, dört ay içinde meselenin kendi kendine halledileceğine aklım erdi. Fazla söylemeye bilmem hacet var mı? Bir bahane ile Feride'yi ayağınıza gönderiyorum. Mektubumu eliyle teslim edeceğinden şüphem yok. Tabiatını iyi öğrendim, tuhaf bir kızcağızdır. Belki titizlik filan etmeye kalkar, katiyen aldırma, öleceğini bilsen bırakma. İcap ederse zorla kadın kaçıran dağ erkekleri kadar vahşi, kaba ol. Emin ol ki kollarında ölse zevkinden ölmüş olacak.

401 *içi kan ağlayan, dertli*
402 *salıvermek, sınırlandırmamak*

Şunu da tasrih edeyim[403] ki, bu işte seni zerre kadar düşünmedim. Hani, gönlümün rızasıyla sana, Feride gibi nadide bir kız değil, evimin kedisini bile teslim etmezdim. Fakat, gel gör ki, bu deli kızlara söz anlatmak kabil değil. Sizin gibi toy, kalpsiz adamların nesini severler, bilmem ki?..."

Merhum Hayrullah

Haşiye[404] – Zarfın içinde Feride'nin defteri var. Geçen sene çiftliğe giderken onu, içinde bulunduğu sandıkla beraber yok etmiş, "Arabacılar çalmış olacak," diye bir lakırdı çıkarmıştım. Birçok üzüldüğünü hissettim. Fakat sesini çıkarmadı. Bu defterin bir gün olup işe yarayacağını düşünmekte ne kadar isabet etmişim!

IX

Müjgân'la Kâmran, Çalıkuşu'nun mavi kaplı mektep defterini okuyup bitirdikleri zaman ortalık ağarmaya başlıyor, pencerenin dışındaki dallarda kuşlar cıvıldaşıyordu.

Kâmran, yorgunluk ve ıstırapla ağırlaşan başını defterin sararmış yaprağına koydu. Yer yer gözyaşlarıyla silinmiş bu muhabbet kelimelerini tekrar tekrar öptü. Defteri kapayacakları vakit Müjgân, hafif bir hareket yaptı, onun mavi kabını lambaya yaklaştırıp bakarak:

403 açıkça belirtmek
404 dipnot

– Defter bitmemiş Kâmran, kabın üstünde de yazılar var. Fakat mürekkebin rengi, mavi kâğıt üstünde güç seçiliyor, dedi.

Lambayı daha ziyade açtılar, başlarını birbirine yaklaştırarak güçlükle şu satırları okudular:

"Dün defterimi müebbeden kapamıştım. Evlendiğim gecenin sabahında değil hatıramı yazmak, eski yüzümü görmemek için aynaya bakmaya, eski sesimi işitmemek için söylemeye cesaret edemeyecektim. Fakat...

Dün, ben gelin oldum. Sele kapılmış bir kuru yaprak mazlumluğuyla kendimi bırakmıştım. Kim ne söylerse yapıyor, hiçbir şeye itiraz etmiyordum. O kadar ki, doktorun İzmir'den getirdiği uzun etekli beyaz elbiseyi giydirmelerine, saçımın bir yanına bir tutam tel iliştirmelerine bile razı oldum. Yalnız, kendimi görmek için büyük bir endam aynasının önüne getirdikleri vakit, belli etmeden gözlerimi yumdum, o kadar. Bütün isyanım bundan ibaret kaldı.

Beni görmeye birçok yabancı geliyordu. Hatta bunların içinde eski muallime arkadaşlarımdan da vardı. Söylenen sözleri işitmiyor, yalnız hepsine aynı titrek tebessümle gülümsemeye çalışıyordum. Bir ihtiyar yüzüme karşı:

– Ne talih varmış bunakta? Turnayı gözünden vurdu, dedi.

Hayrullah Bey akşam yemeğine doğru eve geldi. Şişman vücudunu korse gibi sıkan bir redingot giymiş, gelincik rengindeki tuhaf boyunbağı bir yana çarpılmıştı. O kadar mahzun olmama rağmen hafifçe gülmekten kendimi alamadım, bu adamcağızı gülünç mevkide bırakmaya hakkım olmadığını düşündüm. Kırmızı kravatını çıkarıp atarak yerine başka bir boyunbağı taktım. Hayrullah Bey gülüyor:

– Aferin kızcağız, sen amma iyi ev kadını olacaksın. Gördün mü, genç karısı olmanın faziletlerini? diyordu.

Misafirler dağılmıştı. Yemek odasının penceresi yanında, karşı karşıya oturduk. Hayrullah Bey:

– Küçük, dedi, niye bu kadar geç kaldım, biliyor musun? Bir ziyaret ifa ettim. Munise'nin mezarına birkaç çiçek ile bir parça senin gelin tellerinden götürüp bıraktım. Fakir, senin yanında cesaret edemezdi, fakat yalnız kaldığımız vakit dilinden düşürmezdi: "Abam gelin olup, tel taktığı vakit, ben de tel takacağım," derdi. Biçarenin kanarya gibi sarı başına teli ben takacaktım ama olmadı.

Doktor, bunları söylerken kendimi tutamadım, başımı pencereye çevirerek bu mahzun sonbahar akşamının sisleri gibi görünmeyen kirpiklerimde kuruyan gizli yaşlarla uzun uzun ağladım.

Gecenin ilk saatlerini, her akşamki gibi aşağı yemek odasında geçirdik. Hayrullah Bey, gözlüğünü takmış, *"Ruso"*sunun kalın cildini dizlerinin üstüne koyarak köşeye oturmuştu.

– Gelin hanım, yeni güveyin kitap okuması caiz olmaz amma, kusura bakmazsın. Korkma, geceler uzun, yeni geline aşk destanları okumaya da vakit bulurum, dedi.

Kenarını işlemekle uğraştığım mendilin üstüne başımı daha ziyade eğdim. Ah, bu ihtiyar doktor! Onu ne kadar sevmiştim. Şimdi ne kadar nefret ediyordum. Demek acıdan, mihnetten bunaldığım vakit başımı omzuna koydukça o... Bu beyaz kirpikli masum mavi gözler, demek bana bir kadın, bir zevce gözleriyle bakmaya tahammül ediyordu. Saat on biri çalıncaya kadar bu acı düşünceler içinde bunaldım. Nihayet doktor, kitabını masanın üstüne bırakarak gerindi, esnedi.

– Ey, gelin hanım, yatak vakti geldi. Haydi bakalım; diye ayağa kalktı. Ellerimden iğnem, yumaklar dökülerek ayağa kalktım, masanın üstünde duran şamdanı aldım.

Camı kapamak bahanesiyle pencereye yaklaştım, uzun uzun karanlığa baktım. İçimden öyle geliyordu ki, usulcacık bu odadan kaçayım, karanlık yollara düşeyim.

Doktor:

– Gelin hanım, sen fazla daldın. Haydi bakalım, doğru yukarıya. Ben Onbaşıya, bir şey söyleyeceğim, geliyorum, dedi.

İhtiyar sütnine ile bir komşu kadın elbisemi değiştirdiler. Tekrar şamdanı elime vererek beni zevcimin[405] odasına gönderdiler. Hayrullah Bey, daha aşağıda idi. Bir dolabın kenarında ayakta duruyor, göğsümü soğuktan muhafaza eder gibi kollarımı kavuşturuyordum. O kadar titriyordum ki, şamdan sallanıyor, ara sıra saçlarımın ucunu yakıyordu. Nihayet, merdivenlerde, sofada bir ayak sesi. Hayrullah Bey bir şarkı mırıldanarak ceketini çıkararak içeriye girdi. Beni görünce şaşırmış gibi:

405 koca, eş

– Kız, sen daha yatmadın mı? dedi.

Cevap vermek için ağzımı açtım. Fakat dişlerim birbirine çarptı. O yanıma yaklaşmıştı. Hayretle yüzüme bakıyordu.

– Kız, bu ne hal? Sen benim odamda ne arıyorsun?

Birdenbire gür bir kahkaha odayı sarstı:

– Kız, sakın buraya!...

Sözünü ikmal edemiyor[406], gülmekten tıkanıyordu. Ellerini dizlerine vurup şakırdatarak, parmaklarını toplayıp ağzına götürerek:

– Demek sen buraya... Vay aşüfte vay! Sahiden karı koca olduk diye ha?... Tuu utanmaz, arlanmaz!... Allah cezanı versin! İnsan babası yerindeki adama...

Oda, etrafımda fırıl fırıl dönüyor, tavanlar başıma yıkılıyordu. O, parmağını ısırıp utancından âdeta kızararak:

– Vay fesat yürekli aşüfte vay! Kız, böyle gecelik gömleğiyle odama gelmeye utanmadın mı?

Bu dakikada kendimi görmek isterdim. Kim bilir kaç çeşit renge girmiştim?

– Doktor Bey, vallahi, ne bileyim öyle söylediler.

– Haydi, onlar o haltı yedi, ya sen?... Dünyada her şey aklıma gelirdi, bu yaştan sonra harim-i ismetime[407] ve iffetime böyle bir yüzsüz kızın tecavüz edeceğini zannetmezdim!

Ah yarabbi, ne işkence! Yerlere giriyor, kanatacak gibi dudaklarımı ısırıyordum. Ben kımıldadıkça, o yalandan şirretlik ediyor, pencereye doğru kaçıp fanila gömleğinin yakasıyla boynunu saklayarak:

---

406 tamamlamak
407 kutsal sayılan, ocak, korunulan yer

– Kız, üstüme gelme, korkuyorum. Vallahi pencereyi açar, yetişin a dostlar, bu yaştan sonra bana...

Ötesini dinleyemeden kapıdan kaçıyordum. Fakat bilmem ne oldu, birdenbire döndüm. Kalbimin o daima itaat edilmek lazım gelen hareketlerinden biriyle:

– Babam, benim babam, diye feryat ettim, ağlayarak kendimi kollarına attım.

O da kollarını açmıştı, aynı derin kalp feryadıyla:

– Kızım, çocuğum, dedi.

O dakikada alnımda titreyen baba öpücüğünün lezzetini ölünceye kadar unutamayacağım.

*
* *

Odama girdiğim zaman hem ağlıyor, hem gülüyordum. O kadar gürültü ediyordum ki, doktor yanımdaki odanın duvarını vurdu:

– Kız, evi yıkacaksın, o ne gürültü? Fesatçı komşular kabahati bana bulurlar. Bunak, sabaha kadar gelini bağırttı, derler ha! diye seslendi.

Maamafih kendi de benden az gürültü etmiyordu. Odasında dolaşıyor:

– Bu ahir zaman kızlarından ırzımız, iffetimiz sana emanet yarabbi! diye şirret şirret bağırıyordu. O gece, belki on defa, o odasında, ben odamda uyandık. Duvarları vurarak, horoz, kuş, kurbağa taklitleri yaparak birbirimizi rahatsız ettik.

*
* *

İşte, gelin olduğum gecenin hikâyesi. Doktorcuğum o kadar temiz hisli, temiz yürekli bir adam ki, bana evlenmemizin bir sözden ibaret olduğunu söylemeyi bile lüzumsuz görmüştü. Ben, ona nispet ne kadar koket ruhluymuşum, yarabbi? Ulvi arkadaşlığımızda o, erkekliğini unutmuştu. Fakat, ben kadınlığımı unutamamıştım. Erkeklerin büyük kısmı çok fena, çok zalim, bu muhakkak. Kadınların hepsi iyi, hepsi mazlum, bu da muhakkak. Fakat erkeklerin, sade kalbiyle ve dimağıyla[408] yaşayan pek az kısmı var ki, onlardaki gönül temizliğini her kadında bulmak mümkün değil.

XI

Feride, o gece sabaha doğru uyuyabilmişti. Akşamkinden daha kırgın ve yorgun bir hâlde uyandığı vakit, güneşin hayli yükselmiş, saatin on biri geçmiş olduğunu gördü. Mektebe geç kalan çocuklar gibi, hafif bir telaş çığlığı ile kendini yataktan attı.

Müjgân, sofrada bir işle meşguldü. Feride, dargın bir sesle:

– Aferin sana Müjgân, dedi. Yola çıkacağım gün niye beni böyle geç bıraktınız?

Müjgân, her günkü soğukkanlılığıyla cevap verdi:

– Birkaç defa odana geldim, o kadar yorgun uyuyordun ki, kıyamadım. Korktuğun kadar geç değil. Hem galiba vapur biraz şüpheliymiş, Marmara'da fırtına var.

– Ne olursa olsun artık gideceğim.

408 beyin, biliç

– Ben de babama söyledim, senin işinle meşgul olmak için limana indi. Hazır olsun, vapur gelirse ya araba gönderirim, ya kendim gelir alırım, dedi.

Feride, bu ayrılık gününü böyle düşünmemişti. Müjgân'ın çocukla meşgul olduğunu, teyzelerinin her günkü gibi konuştuğunu, güldüğünü gördükçe mahzun oluyor, kendine bu kadar az ehemmiyet vermeleri kalbini kırıyordu. Kâmran da görünürlerde yoktu. Müjgân, söz arasında gizlice:

– Feride, sana bir iyilik ettim. Kâmran'ı evden uzaklaştırmaya muvaffak oldum. Seni fazla muzdarip etmemek için bu fedakârlığa razı oldu.

– Şimdi hiç gelmeyecek mi?

– Galiba iskelede seninle vedaya gelecek, tabii memnun oldun.

Gözleri dalgın, hafifçe dudakları tireyerek düşünüyor, parmağıyla şakağının ağrıyan bir noktasına basıyordu:

– Tabii, teşekkür ederim. İyi ettin, dedi.

Müjgân'a bir sürü kırık, manasız kelimelerle teşekkür ederken sevgili çocukluk arkadaşının da gönlünde müebbeden öldüğünü, bir daha onunla barışmayacağını hissediyordu.

Öğle yemeğine oturacakları vakit, komşu bağlarının birinden haber geldi. Şehirde kışlık evlerine inmeye hazırlanan belediye reisleri, hem bağ komşularına, hem Feride'ye son bir ayrılık ziyafeti vermek istemişlerdi.

Feride:

– Nasıl olur? Beni almaya gelecekler, diyordu.

Teyzeler:

– Ayıp olacak Feride, beş dakikalık yer. Zaten, senin ne hazırlığın var ki, çarşafını şimdiden giyersin, dediler.

Kendisine evvela bir hasta kedi kadar ehemmiyet vermeyen teyzelerin, bu yarı annelerinin yüzüne bakmamak için başını önüne indirdi:

– Peki, olsun, dedi.

*
* *

Saat üçe gelmişti, yaprakları sararmış bir çardağın yanından yolu gözleyen Feride, Müjgân'a:

– Bir araba geliyor, Müjgân, zannederim benim için, dedi.

Fakat tam bu dakikada, sahildeki bir ağaçlığın az ötesinden birdenbire bir vapur görünmüştü.

Feride, yüreği ağzına gelerek:

– Geliyor! diye haykırdı. Bağa bir telaş düştü. Yeldirmeleri getirmek için ahretlik kızlar koşuşuyorlardı.

Feride, teyzelerine:

– Ben, daha evvel gideyim, siz yetişirsiniz, dedi.

Müjgân'la beraber bağların arasındaki kestirme bir yoldan koşmaya başladılar. Çitlerden atlıyor, bahçelerin içinden geçiyorlardı.

Bahçe kapısının önüne aşçıya tesadüf ettiler. İhtiyar kadın:

– Küçük hanımlar, ben de size geliyordum. Beyler araba ile geldiler, sizi istiyorlar, dedi.

Aziz Bey'le Kâmran, onları ikinci katın sofasında karşıladılar. Aziz Bey, eliyle odayı göstererek:

– İki münasebetsiz misafir geldi, gürültü etmeyin, dedi.

Sonra, Feride'yi süzerek:

– Bu ne hal küçük hanım, kan ter içinde kalmışsın? dedi. Sonra gülerek ona yaklaştı, çenesinden tutup gözlerine bakarak:

– Vapur geliyor ama sana hayrı yok. Kocan razı olmuyor...

Feride, süratle geri çekilerek, şaşkın şaşkın:

– Enişte, ne diyorsunuz? dedi.

– Kocan o kızım, ben karışmam!

Feride, hafif bir feryatla ellerini yüzüne kapadı. Düşecekti, fakat bir el bileklerinden tuttu. Gözlerini tekrar açtı... Kâmran'dı.

Aziz Bey, heyecanlı bir kahkahayla:

– Ha şöyle, nihayet kafese girdin mi Çalıkuşu? Haydi bakayım, çırpın bakalım, çırpın artık! Bakalım, para eder mi?

Feride, yüzünü kapamak istiyor, fakat bileklerini Kâmran'dan kurtaramıyor, başını sallamak için kıvranıyor, onun göğsünden, omzundan başka bir yer bulamıyordu. Aziz Bey, aynı müteheyyiç[409] kahkaha ile:

– Etrafındakiler sana tuzak kurdu, Çalıkuşu; bu Müjgân haini esrarını sattı. Allah gani gani rahmet eylesin, merhum senin defterini Kâmran'a göndermiş. Ben onu aldığım gibi Kadıya gittim. Kaleminden çıkmış bazı parçaları gösterdim. Kadı, geniş kafalı adam, hemen nikâhı kıyıverdi; anlıyor mu-

409 *heyecanlı*

sun Çalıkuşu? Bu adam, artık kocan, seni bir daha da bırakacağa benzemiyor.

Feride o kadar kızarmıştı ki, yüzünün rengi elâ gözlerine vuruyor, gözbebeklerinin içinde kızıl yıldızlar titreşiyordu.

– Haydi Çalıkuşu, nazlanma artık, görüyoruz ki, saadetten bayılıyorsun, "Fena etmedin enişte, ben bunu istiyordum de!" dedi.

Aziz Bey, yarı zorla ona bu sözleri tekrar ettirdi. Sonra oda kapısını açarak muzaffer bir kahkahayla:

– Vekalet-i şer'iyeyi[410] haizim[411] efendim. Çalıkuşu, pardon Feride Hanım namına işte şu Kâmran Bey'i evlendiriyorum. Duayı edin, biz âmini burada deriz, dedi.

Sonra, Feride'ye:

– Nasıl Çalıkuşu? Parmak kadar yumurcak, bizi senelerce oynatırsın ha! Gördün mü, kaç türlü hile yaptım sana?

Bahçeden çocuk sesleri geliyordu.

Aziz Bey:

– Şimdi tebrikler, el öpmeler uzun sürer. Hepsi kalsın. Kendi elimle müthiş bir düğün sofrası hazırlayacağım. Haydi oğlum, bizim gevezeliklerimizden size fayda yok. Elbet konuşacaklarınız vardır. Şu dar, arka merdivenlerden karını kaçır. Ta uzağa, istediğin yere kadar, sonra beraber dönersiniz.

Kâmran, Feride'yi hemen kollarında uçurarak merdiven kapısına koşarken Müjgân arkalarından yetişti. İki arkadaş ağlaşa ağlaşa öpüştüler.

---

410 şeriat vekilliği
411 sahip

Gözlerinden yaş geldiğini göstermemek için gürültüyle burnunu silen Aziz Bey, bir hatip edasıyla kolunu salladı:

– Ey benim kirazımı çalan Çalıkuşu, onu başkalarına çaldıracağın saat çaldı gibime geliyor. Ver onu bana bakayım da hesabımızı keselim! dedi.

Hâlâ ellerini, Kâmran'dan kurtaramayan genç kızı havaya kaldırıp öptükten sonra tekrar Kâmran'ın kollarına attı:

– Bu gece seni, deniz fırtınasından kurtardık, fakat yanındaki sarı fırtına bana daha müthiş görünüyor. Allah muinin[412] olsun, Çalıkuşu, dedi.

Dar merdivende yuvarlanır gibi, uçar gibi iniyorlardı. Kâmran, kolunu Feride'nin belinden geçirmiş, genç kızı nefes aldırmayacak gibi sıkıyor, avuçlarının içinde parmaklarını incitiyordu.

Merdivenin bir yerine Feride'nin eteği takıldı. Nefes nefese bir dakika durdular. Genç kız eteğini kurtarmaya çalışırken Kâmran kesik kesik:

– Feride, sen benim olasın! İnanamıyorum. Benim olduğuna kalbimi inandırmak için senin ağırlığını duymaya ihtiyacım var, dedi.

Dudaklarında kesik, tutuk nefesler, vücudunda derin ürpermelerle çırpınan Feride'yi zorla –küçük bir çocuk gibi– kucağına aldı, yüzü onun bozulmuş çarşafından uçan saçları içinde, ağırlığıyla kuvveti artmış, hararetliyle kanı tutuşmuş, merdiveni inmeye başladı. Genç kız, vücudunda bir uçuru-

---

412 yardımcı

ma yuvarlananların ılık raşesiyle[413] kendini bırakıyor, hem gülüyor, hem ağlıyordu. Kapının yanındaki küçük taşlıkta yalvarmaya başladı:

– Halime bak Kâmran. Bu halle nasıl dışarı gideriz? Müsaade et, bir dakika odama çıkayım, üstümü değiştireyim, şimdi gelirim.

Kâmran, onun bileklerini bırakmıyor:

– İmkân yok, Feride. O bir defa oldu. Seni bir kere ele geçirdikten sonra tekrar bırakmak... Diye gülüyordu.

Genç kız, artık uğraşmaya takatı kalmamış gibi başını Kâmran'ın göğsüne koydu, yüzünü saklayarak utana utana itiraf etti:

– Gittiğime benim de pişman olmadığımı mı zannediyorsun?

Kâmran, onun yüzünü göremiyor, yalnız çenesini, dudaklarını okşayan, seven parmaklarına sıcak gözyaşı damlalarının düştüğünü duyuyordu.

*
* *

Yolda, onlar hemen hemen kucak kucağa yürüyorlardı. Karşıdan iki balıkçının geldiğini görerek ayrıldılar. Hemen hiç konuşmuyorlardı. Yan yana yürümek saadeti onları sarhoş ediyordu.

On sene evvel Feride'yi burada ilk gördüğü bağ yoluna geldikleri vakit Kâmran, onu hafifçe omuzlarından tuttu:

---

413 titreyiş

– Sen burasını belki hatırlamazsın, Feride, dedi.

Genç kız, yolun derinliklerine dikkatle bakarak gülümsüyordu.

– Bu bakışta manalar var, demek hatırlıyorsun?

Feride hafifçe içini çekti, bir eski hülyaya gülümser gibi derin, dalgın bir nazarla Kâmran'ın yüzüne baktı:

– O dakikada ne kadar sevinmiştim, unutur muyum hiç? dedi.

Genç adam, bu başın çevrilmemesi, bu gözlerin gözlerinden ayrılmaması için onu çenesinden tuttu, ağır, derin bir sesle:

– Feride, dedi. Bizim bütün sergüzeştimiz burada başlıyor. Beni dinle, öyle görüyorum ki, bu gözler artık beni anlayabilecek kadar ıztırap çekmiş ve düşünmüş. Seni sevmeye başladığım vakit gülmeden, eğlenmeden başka bir şey düşünmeyen hafif, yaramaz bir kız çocuğu, ışık gibi, ses gibi elde durmasına imkân olmayan bir Çalıkuşu'ydun. Sana karşı derin bir zaafım vardı. Her sabah uyandığım vakit, aşkımı kalbimde biraz daha büyümüş buluyordum. Bu derin zaaf, beni hem utandırıyor, hem korkutuyordu. Zaman zaman öyle bakışların, öyle sözlerin vardı ki, kalbimi derin ümitlerle çırpındırıyordu. Fakat sen, çabucak değişiyordun. Bu gülen, eğlenen çocuk gözlerinin içinde uyanan nazik, hassas genç kız ruhunun görünmesiyle kaybolması bir oluyordu. "Bu çocuk, beni mümkün değil anlamayacak, hayatımı kıracak..." diyordum. Hayatını, gönlünü bu kadar derin bir vefa ile bana vakfedeceğini ümit edemiyordum. Sen, belki beni görünce; uçan rengini, titremeye başlayan bu güzel dudakları saklamak için benden kaçıyordun. Ben, bunu bir Çalıkuşu hafifliği sanarak kendimi yiyip bitiriyordum. Söyle bana Feride, bu kadar derin bir vefayı, bu kadar ince bir ruhu, bu küçük Çalıkuşu göğsünün neresine saklamıştın?...

Kâmran, bir dakika sustu. Sonra beyaz nazik şakaklarında ince ter damlalarıyla başını eğerek daha yavaş bir sesle devam etti:

– Derdim bu kadarla da kalmıyordu, Feride. Seni kendi kendimden, hayatının, muhtelif saatlerini birbirinden kıskanıyordum. Dünyada zamanla yıpranmayan, kuvvetini kaybetmeyen hiçbir his yok. "Ya bir zaman sonra Feride'yi bu kadar sevemezsem, ya bu leziz, nadide tahassüsünü[414] kaybedersem?" diyordum. O vakit, yan yana bitmesinden korkulan ışıkları nasıl söndürürlerse ben de öyle yapıyor, hayalini gözlerimden uzaklaştırmaya çalışıyordum.

Dağlarda ismini bilmediğim bir ot yetişir. Feride, insan, onu daima koklarsa, bir zaman sonra kokusunu daha az duymaya başlar. Bunun ilacı, bir zaman kendini ondan mahrum etmektir. Hatta bazen –sırf o eski güzel kokuyu yeniden bulmak hırsıyla– herhangi bir kokuyu, mesela bir manasız "Sarı Çiçeği" yüzüne yaklaştırır.

Bu ot, güzel kokusu için bazen mihnete de uğrar. İnsanlar, onu parmaklarının arasında örseler, hırpalarlar. Feride, seni bu ıztıraptan derinleşmiş gözlerin, mahzun düşüncelerden yorulmuş güzel yüzünle ben, bu hırpalandıkça ko-

---

414 duygulanım, his

kusu artan çiçeklere benzetiyorum. Beni anlıyorsun, değil mi? Çünkü artık, gözlerin gülmüyor, benim bu manasız gibi görünen sözlerimle eğlenmiyorsun.

Feride, uyumaya hazırlanan bir çocuk gibi, kirpiklerinde yaş damlaları titreyen gözlerini kapıyordu. Bu heyecanlı yorgunluklardan öyle bitap düşmüştü ki, dizleri kesiliyor, vücudunun bütün ağırlığını Kâmran'ın kollarına bırakıyordu. Bir rüya içinde, hemen hemen yalnız dudaklarının hareketiyle:

– Görüyorsun artık, Çalıkuşu müebbeden öldü, dedi.

Genç adam, başını daha ziyade yaklaştırdı, aynı hafif ses:

– Ziyanı yok, ben Çalıkuşu'nun bütün aşkını bir başkasına, Gülbeşeker'e verdim, dedi.

Kâmran, kollarında gittikçe ağırlaşan bu bitap genç vücudun birdenbire canlandığını, bir hayal titreyişiyle kıvrandığını hissetti:

– Kâmran, onu söyleme, yalvarırım sana.

Hâlâ Kâmran'ın göğsünde duran başını biraz arkaya atmış, yüzünü ona çevirmişti. Kesik, donuk nefesleriyle titreyen gerdanının damarları morarıyor, yüzünde, gözlerinde, kızıltılar uçuyordu.

Kâmran, haris bir inatla tekrar etti:

Feride, bütün vücudu titreyerek ayaklarının ucunda yükseldi, genç adamı omuzlarından çekti. Vücudunun bütün kanı dudaklarında toplanmış boynunu uzattı.

*
* *

Bir dakika sonra ayrılmışlardı. Feride, uzun bir susuzluktan sonra berrak bir dereden kana kana su içen bir kuş gibi canlanıyor, ayağını yere vurup yüzünü göstermemek için bir yandan bir yana çevirerek:

– Ne ayıp, yarabbi, ne ayıp! Sen sebep oldun vallahi, sen sebep oldun, diye hırçınlaşıyordu.

Yanlarındaki ağacın dalında bir çalıkuşu ötüyordu.

– SON –

Reşat Nuri Güntekin'in Romanları

HARABELERİN ÇİÇEĞİ

GİZLİ EL

ÇALIKUŞU

DAMGA

DUDAKTAN KALBE

AKŞAM GÜNEŞİ

BİR KADIN DÜŞMANI

YEŞİL GECE

ACIMAK

YAPRAK DÖKÜMÜ

KIZILCIK DALLARI

GÖKYÜZÜ

ESKİ HASTALIK

ATEŞ ECESİ

DEĞİRMEN

MİSKİNLER TEKKESİ

KAVAK YELLERİ

KAN DAVASI

SON SIĞINAK